Cyteen

1

J'AI LU

C.J. CHERRYH

HESTIA	*J'ai lu* 1183/**2***
LES PORTES D'IVREL	
CHASSEURS DE MONDES	*J'ai lu* 1280/**4***
LES FEUX D'AZEROTH	
LES PUITS DE SHIUAN	
LES ADIEUX DU SOLEIL	*J'ai lu* 1354/**3***
LES SEIGNEURS DE L'HYDRE	*J'ai lu* 1420/**3***
CHANUR	*J'ai lu* 1475/**4***
L'OPÉRA DE L'ESPACE	*J'ai lu* 1563/**3***
LA PIERRE DE RÊVE	*J'ai lu* 1738/**3***
L'ÉPOPÉE DE CHANUR	*J'ai lu* 2104/**3***
LA VENGEANCE DE CHANUR	*J'ai lu* 2289/**4***
LE RETOUR DE CHANUR	*J'ai lu* 2609/**6***
LES LÉGIONS DE L'ENFER	*J'ai lu* 2814/**5***
CYTEEN - 1	*J'ai lu* 2935/**6***
CYTEEN - 2	*J'ai lu* 2936/**6***

C.J. CHERRYH

Cyteen
1

TRADUIT DE L'AMÉRICAIN
PAR JEAN-PIERRE PUGI

ÉDITIONS J'AI LU

Ce roman a paru sous le titre original :

CYTEEN

Audiotexte extrait de :
La Révolution humaine
« Les Guerres de Compagnie »
Tome I

Publications éducatives de Reseune :
4668-1368-1 approuvé pour 80 +

Tentons d'imaginer les divers composants de notre espèce confinés sur un seul monde, une planète fertilisée par les ossements pétrifiés de nos ancêtres, pointillée par les ruines de dix millénaires de civilisations oubliées... ce microcosme que les humains ont un jour quitté pour s'aventurer dans l'espace, ce milieu où ils ont vécu de la chasse et de la cueillette, avant de cultiver le sol en utilisant des méthodes archaïques, filer de quoi se vêtir et préparer leurs maigres repas sur des feux de bois.

La Terre, dont les habitants devaient se soumettre à la volonté d'une multitude d'administrateurs, conseillers, rois, ministres et présidents ; parlements, sénats et comités ; républiques, démocraties, oligarchies, théocraties, monarchies, hégémonies et partis politiques qui avaient proliféré au fil des siècles.

Station Sol existait, primitive mais autonome, et pour bénéficier des importants dégrèvements fiscaux accordés aux entreprises qui favorisaient le développement scientifique elle fut à l'origine d'un grand nombre de projets ambitieux. On lui doit les sondes stellaires géantes autopropulsées et les amas de vaisseaux-pousseurs habités lancés vers les autres systèmes.

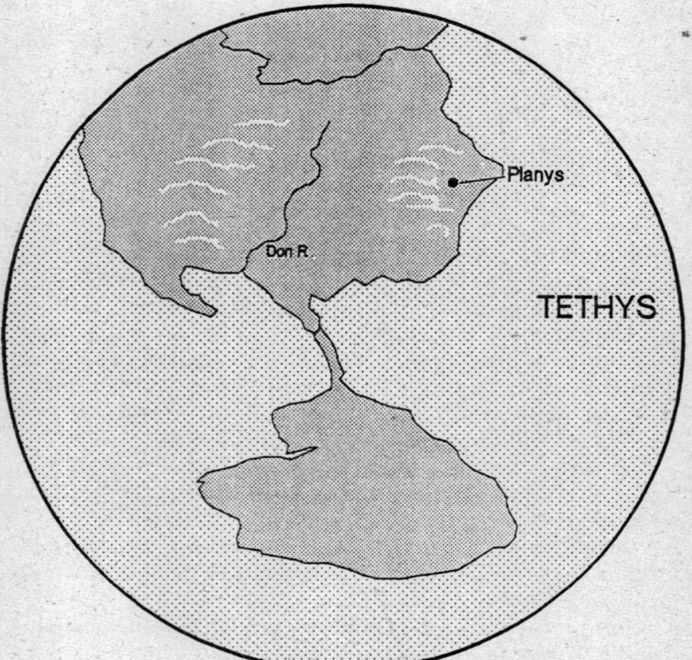
Planys
Don R.
TETHYS

Svetlansk
Novaya Volga
Reseune
Sanguay
Kennicut R.
Moreyville
Big Blue
Amity R.
Pytho
Kaukash
Novgorod
Gagaringrad
Swigert Bay
Castile
High Brasil
TETHYS
ANTIPODES

Le premier de ces modules, la vénérable Gaia, *devait transporter les composants de Station Alpha vers ce que l'on appelait à l'époque l'étoile de Barnard et abandonner trente chercheurs et techniciens au cœur de ce qui était alors un isolement absolu. Ces pionniers se créeraient un habitat en extrayant les matières premières de la roche et de la glace présentes dans ce système, procéderaient à des expériences scientifiques et resteraient en liaison avec la Terre par radio.*

S'il avait été prévu à l'origine d'employer des pousseurs non réutilisables – de simples sondes stellaires robotisées –, la présence d'êtres humains à leur bord imposa aux concepteurs de prévoir la possibilité d'interrompre la mission et de revenir vers le point de départ. Compte tenu des risques inhérents à un tel voyage, ils optèrent pour une autonomie totale et décidèrent qu'un module-pousseur habité resterait à Barnard si l'étoile s'avérait trop pauvre en matières premières pour assurer l'autonomie d'Alpha. Gaia *demeurerait sur place quelques années puis prélèverait sur la station de quoi ramener les membres de l'expédition vers la Terre. Si Alpha trouvait dans ce système de quoi garantir son fonctionnement,* Gaia *ne s'y attarderait qu'un an : le temps de permettre à la station de devenir autonome et de se stabiliser sur son orbite.* Gaia *regagnerait alors Sol avec tout son équipage, serait ravitaillée, puis repartirait pour Alpha avec à son bord ce qu'il aurait été impossible de se procurer sur place. Ces pionniers considéraient en outre le maintien d'un contact avec le reste de l'humanité comme aussi important que ce réapprovisionnement. C'était pour eux la garantie de ne pas se retrouver coupés de leurs semblables, séparés d'eux par ce qui était à l'époque un néant inhabité.*

Grâce au flot constant de données transmises par Gaia *et Station Alpha, les Terriens furent informés de la réussite de la mission et du retour prochain de la sonde. Ils entreprirent aussitôt de former un nouvel équipage et d'organiser l'expédition de retour.*

Mais les explorateurs de l'espace captèrent des infor-

mations à même de les inquiéter : la Terre avait connu des changements importants accentués par les effets de la relativité et ils ne se sentaient plus d'affinités avec ce monde en pleine mutation culturelle. Déçus par leur séjour à Station Sol, ils décidèrent de reprendre possession de Gaia par la force. Leur attaque prit les responsables de la station au dépourvu et leur permit de se rendre maîtres du vaisseau. L'équipe qui devait les relever dut attendre la construction de l'amas-pousseur suivant.

Lors des missions ultérieures, d'autres équipages prirent une décision identique et s'attribuèrent ainsi un statut d'éternels voyageurs. Ils assimilaient désormais leur appareil à un véritable foyer et avaient des enfants à son bord. Le nombre des stations stellaires et des pousseurs de ravitaillement se multiplia, et ceux que l'on appellerait bientôt les spatiaux se contentaient désormais de demander à la Terre et aux stations du carburant, des provisions, et la modernisation de leurs appareils par l'adjonction de modules plus spacieux et de propulseurs plus performants... les améliorations dues aux progrès effectués par la science depuis leur dernier appontage.

Ces amas-pousseurs assuraient désormais une liaison régulière entre les stations d'une demi-douzaine d'étoiles. Mais compte tenu de l'isolement propre à cette époque – les messages ne pouvaient voyager plus vite que la lumière et les hommes se déplaçaient encore plus lentement – tous ces noyaux d'humanité étaient séparés par un décalage temporel de l'ordre de quatre à cinq ans, et notre espèce dut réapprendre à vivre en fonction de ces nouvelles contraintes.

La Terre ne fut ainsi informée que dix ans plus tard de la découverte d'une forme de vie intelligente sur la planète de l'étoile de Pell... autrefois Tau Ceti. Humains et Downers entretenaient de nombreux contacts depuis plus de deux décennies, quand les instructions des responsables terriens parvinrent à Pell. L'attente fut bien plus longue encore avant l'arrivée des scientifiques contraints de suivre une route interminable jalonnée de nombreuses stations : des noyaux d'humanité dont la culture était *presque aussi étrangère pour les Terriens que celle des Downers.*

Tout comme il nous est difficile d'imaginer la Terre à cette époque, les ressortissants de la planète-mère ne parvenaient qu'avec peine à assimiler le mode de pensée des spatiaux, ces individus qui refusaient de sortir de leurs appareils et cédaient à la panique dès qu'ils devaient s'aventurer dans les coursives bondées de monde de Station Sol, qu'ils jugeaient chaotique et terrifiante. Même les stationneurs étaient décontenancés par le mode de vie de leurs contemporains de l'Espace-profond : des humains dont la culture était fondée sur des histoires et des légendes ayant pour cadre des vaisseaux et des avant-postes lointains, et non un monde verdoyant et grouillant de vie dont ils n'avaient vu que des images.

Bien que confrontée à des problèmes de surpopulation et à des crises politiques – la conséquence d'anciennes rivalités – la Terre prospérait en tant que centre de rayonnement de l'expansion humaine. La ruée imprévisible des stationneurs vers Pell, motivée par la présence sur ce monde de biodenrées abondantes, d'une population autochtone primitive amicale et de ressources orbitales aisément exploitables, se changea en exode. Les stations situées entre Terre et Pell furent abandonnées et fermées, ce qui bouleversa le système d'échanges commerciaux du Grand Cercle et fut à l'origine d'une grave crise économique sur la Terre et Station Sol.

La planète-mère réagit en tentant d'imposer des réglementations... avec dix ans de retard : les politiciens terriens ne pouvaient imaginer que l'augmentation de la population des stations restantes – un phénomène dû à la ruée vers Pell – apporterait à ces noyaux d'humanité une telle puissance. La concentration des humains et la découverte d'immenses richesses, éléments auxquels venait s'ajouter l'élan psychologique de l'exploration, firent évoluer la situation si rapidement que les instructions de la Terre, parvenues à destination avec un retard de vingt ans, s'avérèrent inapplicables. Un simple décalage d'un mois eût d'ailleurs suffi à les rendre inadéquates.

La Terre se retrouva isolée et son économie devint chancelante, ce qui fut à l'origine de graves dissensions. Dans le cadre d'une tentative désespérée qui s'avérerait peu judicieuse, son gouvernement imposa des taxes protectionnistes. Contrebande et marché noir devinrent des activités lucratives, et le commerce traditionnel connut une brusque récession. Les autorités réagirent en accordant un statut privilégié à certains vaisseaux; une mesure qui fut à l'origine d'affrontements armés entre les appareils terriens et ceux dont les capitaines refusaient de se plier à la politique compliquée et incohérente des gouvernants de la planète-mère.

Le départ des scientifiques et des techniciens du Système de Sol permettait aux spatiaux de bénéficier du concours des esprits les plus brillants et privait la Terre de ses plus grands talents. Les responsables de ce monde décidèrent alors d'interdire l'émigration des membres de certaines catégories socioprofessionnelles, non seulement hors du Système de Sol mais aussi d'une station à l'autre.

Gaia effectua son dernier voyage vers la Terre en l'an 2125, et lorsqu'elle appareilla à nouveau son équipage fit vœu de ne jamais y revenir.

Une vague de rébellion et de mutinerie générale balaya les étoiles : d'autres stations furent closes, des sondes et des missions se rendirent vers des systèmes inexplorés pour des raisons qui n'étaient pas uniquement d'ordre économique... On trouvait de plus en plus d'individus avides de ces libertés qui paraissaient menacées.

Les Stations Viking et Mariner furent construites quand les stationneurs estimèrent que même Pell était trop vulnérable à l'influence terrienne et que son économie, désormais stabilisée, offrait moins d'opportunités pour des investissements rentables.

En 2201, des scientifiques et des techniciens dissidents qui bénéficiaient du soutien financier d'importants investisseurs de Mariner fondèrent une station à Cyteen, une planète très différente de Pell. Le travail admirable d'un de ces chercheurs et l'essor économique rapide des nouvelles industries de ce monde permirent la fabrication de la pre-

mière sonde supraluminique en 2334 ; un événement qui modifia les contraintes temporelles du vol spatial et bouleversa de façon définitive les règles du commerce et de la politique.

L'histoire de Cyteen est non seulement caractérisée par un développement fulgurant de sa croissance économique et des progrès de la science, un phénomène sans précédent depuis l'aube des temps, mais aussi – et ce fait peut paraître paradoxal – par la réapparition de techniques tombées en désuétude : moteurs à combustion interne et production industrielle en pesanteur. Ces mesures avaient pour but de limiter les navettes entre ce monde et ses stations orbitales, compte tenu de ses importants besoins pour se développer à un niveau de type terrien. De nouvelles méthodes furent employées pour créer des poches d'atmosphère respirable dans ce milieu mortel pour l'homme. Si de tels travaux furent entrepris, ce fut parce que Cyteen représentait une opportunité biologique unique pour l'humanité. Ce monde privé d'espèce autochtone évoluée possédait un double écosystème... pour ne pas dire deux écosystèmes indépendants – dus à l'isolement presque absolu de ses continents – très différents l'un de l'autre mais surtout sans points communs avec ceux de la Terre et de Pell.

C'était en fait un véritable paradis pour les biologistes. L'absence de toute vie intelligente faisait en outre de cette planète un nouveau berceau de civilisation pour l'humanité, après la Terre elle-même.

Les origines des Guerres de Compagnie ne furent pas que politiques. On compte parmi leurs causes la brusque expansion du commerce et la mobilité de la population, l'application inflexible de mesures inadéquates par des agences terriennes qui avaient perdu tout contact avec leurs administrés, et la loyauté d'une poignée de capitaines marchands terriens privilégiés désireux de conserver un empire mercantile sur le déclin à un monde qui n'occupait plus qu'une position de second plan dans la galaxie colonisée.

Une telle entreprise était vouée à l'échec. Cyteen n'était plus isolée, dans l'Espace-profond. Elle était à son tour devenue une planète-mère pour Espérance, Fan-paris et Lointaine, et elle proclama son indépendance en 2300. L'annonce de cette décision, désormais transmise à une vitesse ultraluminique, incita la Terre à armer des FTL et à les envoyer ramener les stations dissidentes dans son giron.

Les marchands s'empressèrent de déserter les routes spatiales proches de Pell, ce qui eut pour effet de réduire l'approvisionnement de ce monde en denrées de première nécessité, alors que la Terre elle-même ne pouvait assurer la logistique d'une flotte en opérations si loin de sa base malgré sa maîtrise de la technologie FTL. Bientôt, les unités terriennes en furent réduites à commettre des actes de piraterie et de coercition qui dressèrent contre elles la totalité des marchands : une nouvelle erreur.

La création sur Pell de l'Alliance mercantile permit à la seconde puissance commerciale de l'Espace-profond de voir le jour et mit fin à l'hégémonie de la Terre sur ses colonies dispersées.

Une des conséquences inattendues de ce conflit fut le Traité de Pell. Cette charte, qui établissait des liens économiques entre trois sociétés humaines installées dans des écosystèmes très différents, est de nos jours la force motrice d'une nouvelle structure d'échanges qui transcende la politique et les systèmes.

Commerce et intérêt commun se sont avérés, en fin de compte, plus puissants qu'une armada de vaisseaux de guerre.

CHAPITRE PREMIER

1

C'était depuis les airs qu'on découvrait le mieux le caractère désertique de ce monde : d'immenses étendues que l'arrivée des humains n'avait pas modifiées, un sol non revendiqué par l'homme et aussi dénudé que celui d'une lune, des terrains rocailleux et des bosquets de lainebois où seules les ondes des radars en orbite pouvaient pénétrer. Ariane Emory se pencha vers le hublot pour regarder ce spectacle de désolation. Elle restait désormais dans le compartiment passager. Il lui fallait admettre que sa vision n'était plus assez perçante et ses réflexes plus assez rapides pour lui permettre de prendre les commandes de l'appareil. Elle aurait pu aller à l'avant, pousser le pilote de son siège et le remplacer : c'étaient *son* jet et *son* pilote, et le ciel était vaste. S'il lui arrivait parfois de s'accorder encore ce plaisir, elle ne trouvait plus cela aussi grisant qu'autrefois.

Seul le sol restait inchangé, sur la majeure partie du continent. Et lorsqu'elle l'étudiait par le hublot il lui semblait remonter le temps, visiter Cyteen cent ans après l'arrivée des humains, à une époque où nul n'aurait pu imaginer la fondation de l'Union... quand la guerre se résumait à un simple mécontentement général et le terraformage de ce monde n'avait pas encore commencé.

Seulement deux siècles s'étaient écoulés depuis que

les premiers colons avaient atteint cette étoile, entrepris la construction de la Station et posé le pied sur cette planète.

Quarante ans plus tard quelques vaisseaux étaient arrivés à leur tour, pour faire modifier leurs propulseurs et pouvoir se déplacer à des vitesses supraluminiques ; et le temps avait accéléré son cours, en laissant derrière lui la lumière. L'évolution était telle que des équipages croisaient des engins si rapides qu'ils les croyaient d'origine extraterrestre. Ce n'était pas le cas, la réalité s'avérait encore plus fantastique. Ces bolides étaient pilotés par des humains. Et les règles du jeu s'en trouvaient bouleversées.

Les vaisseaux stellaires s'essaimaient telles des graines emportées par le vent. Les labos génétiques de Reseune installés en amont du fleuve engendraient des êtres humains. Leur rendement n'était limité que par le temps nécessaire pour sortir les nouveau-nés des cuves utérines, et les nouvelles générations prenaient la relève pour assurer la reproduction de leur espèce. Et ce processus se poursuivrait jusqu'au jour où – pour citer son oncle – il y aurait suffisamment d'hommes pour peupler les zones inhabitées, coloniser cette planète et construire d'autres stations stellaires semblables à Espérance et Lointaine. Des noyaux d'humanité dotés de leurs labos et de la possibilité de créer à leur tour la vie et de croître.

La Terre s'était décidée à rappeler ses vaisseaux. Trop tard. Le gouvernement de ce monde avait voulu imposer des taxes et des réglementations draconiennes à ses colonies en employant la manière forte. Bien trop tard.

Ariane Emory se souvenait de la Sécession, du jour où Cyteen et ses propres colonies avaient proclamé leur indépendance et la naissance de l'Union, quand ils étaient tous devenus des rebelles qui refusaient de reconnaître l'autorité d'une planète-mère lointaine. Elle était âgée de dix-sept ans, lorsque la Station avait annoncé : *Nous sommes en guerre.*

Reseune avait engendré des soldats farouches, résolus et habiles. Oh, oui ! engendré, modelé et affiné des combattants qui savaient d'instinct tout ce qu'ils n'avaient encore jamais eu l'occasion de voir et, surtout, qui savaient quelles étaient leurs fonctions. Des machines à tuer faites de chair et de sang dont toutes les pensées tendaient vers un unique but. Et elle avait contribué à leur apporter de telles caractéristiques.

Quarante-cinq ans après la Sécession la guerre se poursuivait toujours dans la clandestinité ou si loin dans l'espace que lorsque la nouvelle d'une escarmouche leur parvenait elle appartenait déjà à l'histoire. À Reseune, la situation était différente. Des soldats et des ouvriers pouvaient être engendrés dans n'importe quel centre de naissance, une fois leur modèle établi, mais c'était en ce lieu que se trouvaient les laboratoires de recherche auxquels l'Union devait en grande partie sa victoire, grâce à sa participation active à l'effort de guerre sous le directoire d'Ariane Emory.

En cinquante-quatre ans elle avait vu... les Guerres de Compagnie prendre fin, l'humanité se diviser, des frontières apparaître. La flotte terrienne avait occupé Pell, mais l'Alliance mercantile s'était empressée de reprendre ce monde pour y installer le siège de son gouvernement. Afin d'oublier cette défaite humiliante, Sol avait changé de politique et les vestiges de son armada reconvertis dans la piraterie continuaient d'arraisonner des marchands en étant pourchassés par l'Alliance et l'Union. Ce n'était qu'un détail. Le conflit armé appartenait au passé. L'affrontement se poursuivait désormais autour des tables de conférences où des négociateurs tentaient de tracer des lignes et des frontières arbitraires dans un espace tridimensionnel illimité... afin de maintenir une paix qui avait toujours été illusoire, aussi loin que remontaient les souvenirs d'Ariane Emory.

Tout cela aurait pu appartenir à l'avenir, ou se dérouler un siècle plus tôt, mais elle était à bord d'un appareil racé et fuselé, sans aucun point commun avec les engins faits de bric et de broc qui transportaient autrefois le fret entre Novgorod et Reseune : à l'époque, les voyageurs devaient s'installer sur les caisses, les conteneurs de semence, ou tout autre colis.

Elle avait demandé à s'asseoir près des hublots poussiéreux et sa mère s'était retournée pour lui dire de mettre son pare-soleil.

Elle occupait à présent un fauteuil en cuir, avec une boisson posée près de son coude, à bord d'un jet luxueux et climatisé, entourée par une poignée d'assistants qui s'entretenaient en consultant leurs notes : des conversations murmurées en partie couvertes par les ronronnements des propulseurs.

Elle ne voyageait plus sans être accompagnée par une armée d'aides et de gardes du corps. Catlin et Florian restaient à l'arrière pour veiller sur elle même à dix mille mètres d'altitude et au milieu des membres de son équipe aux mallettes bourrées de documents confidentiels.

Tout cela était si différent du passé.

Dis, maman, je peux m'asseoir près de la fenêtre ?

Son cas était une exception, elle pouvait se targuer d'avoir eu deux parents : Olga Emory et James Carnath. Ils avaient fondé les labos de Reseune et mis au point la technique grâce à laquelle l'Union avait pu voir le jour. Ils étaient les créateurs des colons et des soldats. Leurs gènes se retrouvaient dans des centaines d'entre eux, ses presque-frères et presque-sœurs dispersés dans l'espace, séparés par des distances se comptant en années de lumière. Mais c'était valable pour tout le monde, désormais. Depuis sa naissance, le concept des liens familiaux avait évolué : la parenté biologique était un fait secondaire. Seule importait la Famille... à la fois fiable et prospère.

Elle avait reçu Reseune en héritage, y compris ce jet personnel. Cet appareil n'était *ni* de location *ni* commercial *ni* militaire. Une femme de son rang aurait pu réquisitionner n'importe quel moyen de transport, mais elle préférait emprunter des engins appartenant à sa Maisonnée, utiliser les services d'un pilote dont elle connaissait toutes les structures psychiques et des gardes du corps qui pouvaient être considérés comme une de ses plus belles réalisations.

La pensée de se retrouver au cœur d'une ville – dans les couloirs du métro, au milieu des employés et des techs, des cuisiniers et des ouvriers qui se bousculaient dans leur hâte d'aller travailler pour gagner quelques crédits – était pour elle aussi terrifiante que celle d'affronter le néant de l'espace. Elle façonnait à sa guise des mondes et des colonies, mais l'idée de devoir prendre un repas dans un restaurant, affronter la foule pour emprunter un moyen de transport en commun, ou simplement suivre une des rues de surface empruntées par des véhicules grondants et une multitude de piétons... c'était suffisant pour l'emplir d'une panique irrationnelle.

Elle n'aurait pu vivre hors de Reseune. Elle était capable d'organiser ses déplacements aériens, de vérifier le plan de vol, de faire préparer ses bagages, de diriger ses assistants et de veiller à sa sécurité dans les moindres détails... mais se rendre dans un aéroport représentait pour elle une dure épreuve. Une grave lacune, certes. Mais chaque individu avait droit à quelques phobies et c'était d'une importance secondaire. Il était improbable qu'Ariane Emory dût un jour prendre le métro ou se retrouver dans la cale d'appontage d'une station.

Il s'écoula un long, très long moment avant l'apparition du fleuve et de la première plantation. Une route réduite à la largeur d'un petit ruban, puis les dômes et les tours de Novgorod ; une métropole à l'apparition si soudaine qu'elle en paraissait irréelle. Sous les ailes de l'appareil les champs cultivés grandissaient, les ombres des pylônes du bouclier électronique et des tours des précipiteurs s'étiraient, et les véhicules se déplaçaient avec une impensable lenteur.

Des trains de péniches descendaient la Volga en direction de la mer, des barges pointillaient le port fluvial au-delà des cultures. Novgorod était toujours une agglomération industrielle, en dépit du lustre apporté par les nouveaux quartiers. Cette berge n'avait pas changé en un siècle, hormis pour s'étendre pendant que les bateaux et les véhicules terrestres perdaient leur statut de choses rares pour devenir banals.

Regarde, maman, un camion !

La tache bleue d'un bosquet de lainebois fila sous l'aile. Les dalles et les bandes qui matérialisaient l'extrémité de la piste passèrent en un éclair.

Les pneus entrèrent en contact avec le sol. L'appareil continua sur sa lancée et finit par s'immobiliser, avant d'effectuer un quart de tour en direction du terminal.

Comme toujours, Ariane Emory fut prise de panique. Elle savait pourtant qu'elle n'aurait pas à pénétrer dans les salles bondées de monde. Des voitures attendaient. Les membres de son équipe se chargeraient de prendre les bagages, de remiser le jet, d'effectuer toutes ces tâches. Ils traverseraient la grande banlieue de la ville, mais si les glaces des véhicules permettaient de voir l'extérieur elles dissimuleraient leurs occupants aux regards des badauds.

Tous ces inconnus. Des mouvements de foule désordonnés et chaotiques. De loin, elle appréciait ce spectacle. N'était-ce pas sa création ? Elle aimait observer les gens pris dans leur ensemble. Vus de loin ils lui inspiraient de la confiance.

De près, ils lui donnaient des sueurs froides.

Les voitures qui s'arrêtaient et le tourbillon d'hommes en uniforme qui se formait à l'entrée du Palais de l'État indiquaient que les arrivants n'étaient pas de simples sénateurs. Du balcon de la Salle du Conseil et entouré par ses gardes du corps et assistants, Mikhaïl Corain baissa les yeux sur le niveau inférieur et sa fontaine, son escalier monumental aux rambardes de cuivre, ses parois de pierre grise ornées d'étoiles d'or.

Une magnificence impériale, pour des ambitions impériales. Et le principal architecte de ces idées de grandeur fit son entrée : la conseillère de Reseune, accompagnée par le secrétaire des Sciences. Ariane Carnath-Emory et sa cour, en retard ainsi qu'il fallait s'y attendre, certaine d'obtenir la majorité lors du scrutin et ne condescendant à faire acte de présence que parce qu'une conseillère ne pouvait voter par procuration.

Mikhaïl Corain la foudroya du regard et remarqua

que son pouls s'emballait. Détends-toi, ils ne vont pas s'attarder. Certaines choses ne dépendent pas de ta volonté.

Dont la conduite de la conseillère de Reseune.

Cyteen, de loin le plus peuplé des éléments de l'Union, avait obtenu *deux* sièges au sein de l'organe exécutif : le Conseil des Neuf. S'il était logique que l'un d'eux appartînt au bureau des Citoyens, chargé de défendre les intérêts des salariés, des agriculteurs et des petites et moyennes entreprises, il était illogique que les électeurs scientifiques dispersés dans l'immensité de l'Union persistent à se faire représenter par Ariane Emory, alors qu'il existait une bonne douzaine de candidats potentiels éminemment qualifiés.

Et, surtout, qu'ils aient réélu cette femme à une telle position pendant une cinquantaine d'années. Il y avait désormais *un demi-siècle* qu'elle défendait ses intérêts en utilisant la corruption et l'intimidation, tant à Cyteen que dans toutes les stations de l'Union et (selon des rumeurs que rien ne venait cependant étayer) au sein de l'Alliance et de Sol. On voulait obtenir quelque chose ? Il suffisait de le demander à un proche de la conseillère des Sciences. Qu'était-on disposé à payer ? Qu'espérait-on avoir en échange ?

Et ce maudit électorat scientifique, composé de soi-disant intellectuels, continuait de voter pour elle, bien qu'elle fût impliquée dans de nombreux scandales et en dépit du fait que les laboratoires de Reseune lui appartenaient : l'équivalent sur le plan légal d'une *planète* au sein du gouvernement de l'Union, un organisme qui se livrait à des activités douteuses... un fait que d'innombrables enquêtes n'avaient pas permis de démontrer.

L'envie n'était pas à l'origine de l'animosité de Corain. Il vivait dans l'aisance. C'était Ariane Emory elle-même qui l'exaspérait. Et le fait que la majeure partie de la population de Cyteen, et de l'Union elle-même, trouvait d'une manière ou d'une autre ses origines à Reseune. Quant à ceux qui n'entraient pas dans cette catégorie, ils utilisaient des bandes préparées dans ces laboratoires.

Conçues par... cette femme.

Douter de l'intégrité des concepteurs de ce système éducatif relevait de la paranoïa. Certes, on trouvait des gens qui refusaient de les utiliser pour étudier les maths et le commerce, qui ne prenaient aucune pilule et ne faisaient pas les mêmes rêves que les autres ressortissants de l'Union. Mais la plupart leur laissaient le soin de déverser dans leur esprit toutes les connaissances qu'ils étaient à même d'assimiler, en quelques séances. Drames, vécus autant que vus avec une intensité soigneusement dosée. Habileté manuelle, acquise au niveau nerveux et musculaire. On utilisait ces bandes pour la simple raison que les autres ne s'en privaient pas et qu'il convenait d'exceller pour pouvoir progresser au sein de cette société ; parce que c'était l'unique moyen d'étendre son savoir dans un nombre assez important de domaines pour ne pas se retrouver distancé dans un monde en évolution constante.

Le bureau de l'Information examinait de près ces bandes. Des experts les étudiaient. Aucun message subliminal n'aurait pu échapper à leur vigilance. Mikhaïl Corain n'était pas un de ces fous qui suspectaient le gouvernement de procéder à des écoutes télématiques, l'Alliance d'empoisonner les denrées alimentaires, les concepteurs de programmes éducatifs d'adresser au subconscient des injonctions destinées à asservir les esprits. Ces puristes refusaient la réjuv et mouraient de vieillesse à soixante-quinze ans, après s'être tenus éloignés de la fonction publique parce qu'ils prenaient bien soin d'entretenir leur ignorance.

Mais, bon sang, *bon sang,* cette femme était constamment réélue. Et il ne réussissait pas à en comprendre les raisons.

Elle restait là, les épaules voûtées, avec une mèche grise striant sa chevelure brune alors qu'il suffisait d'effectuer un petit calcul pour savoir qu'elle était plus vieille que l'Union, sous réjuv, et qu'une teinture dissimulait ses cheveux blancs. Ses assistants formaient un essaim autour d'elle. Les caméras se braquèrent sur cette femme, comme sur le centre de l'univers. Maudite sorcière squelettique !

Celui qui désirait s'offrir un être humain préparé tel un verrat de concours agricole n'avait qu'à s'adresser à Reseune. Si on voulait des soldats, des ouvriers, des muscles développés et un esprit embryonnaire, ou encore un génie garanti sans la moindre lacune, il suffisait pour cela d'en passer la commande à ce laboratoire.

Et les sénateurs et les conseillers se bousculaient pour venir s'incliner devant elle, lui faire des courbettes et lui débiter des compliments... Bon Dieu, quelqu'un lui avait même apporté des fleurs !

De dégoût, Mikhaïl Corain se détourna et s'ouvrit un chemin dans le groupe de ses assistants.

Il était à la tête de l'opposition depuis vingt ans ; deux décennies qu'il avait passées à nager à contre-courant pour obtenir un léger avantage à tel moment et le perdre sitôt après, comme la dernière fois. Stanislaw Vogel, le représentant des commerçants, venait de mourir. L'Alliance violait les clauses du traité aussi rapidement qu'elle armait ses cargos et les centristes auraient dû pouvoir remporter son siège. Mais non. L'électorat mercantile venait d'apporter ses suffrages à Ludmilla deFranco, la nièce du défunt. Cette femme se qualifiait de modérée mais, enfer, elle se souciait surtout de garder le cap de la prudence et était aussi expansionniste que son oncle. *Des biens* avaient changé de mains. Quelqu'un venait de négocier les voix de la compagnie Andrus et les centristes de perdre une opportunité d'avoir un cinquième membre parmi les Neuf, et d'obtenir ainsi la majorité au sein de l'exécutif, pour la première fois de l'histoire.

Une cruelle déception.

Et là, dans la salle qu'il voyait en contrebas, au milieu des sycophantes et des jeunes politiciens pleins d'avenir, se pavanait celle qui avait manipulé tous ceux qui ne s'étaient pas laissé séduire par l'appât du gain.

En leur accordant des faveurs politiques. Ces avantages impossibles à prouver, à dévoiler au grand jour.

Et l'avenir de l'Union dépendait de manœuvres de ce genre.

Il permit à son imagination de lui brosser un tableau

épouvantable : la vision d'un dément qui se ruait dans la salle en brandissant une arme à feu – ou un poignard – et résolvait d'un seul coup tous leurs problèmes. Avoir de telles pensées l'embarrassait un peu, mais la disparition de cette femme eût ressoudé l'Union et offert à l'humanité une dernière chance, avant qu'il ne fût trop tard.

Une vie... quelle valeur fallait-il accorder à l'existence d'un seul individu quand de tels enjeux faisaient pencher l'autre plateau de la balance ?

Il inspira profondément pour se détendre, entra dans la Salle du Conseil et répondit avec courtoisie aux rares personnes venues réconforter les perdants. Puis il serra les dents et alla saluer Bogdanovitch qui présidait le Conseil : une fonction qui revenait de droit au représentant du bureau de l'État.

Rien dans l'expression de cet homme ne trahissait ses pensées. Ses yeux pleins de douceur et surmontés de sourcils blancs broussailleux faisaient de lui l'archétype du grand-père bienveillant. Pas le moindre éclat de triomphe n'y brillait. S'il avait été aussi retors lors de la négociation de l'accord avec l'Alliance, l'Union eût disposé des codes d'accès à Pell. Mais il excellait surtout en politique politicienne. Et c'était un autre personnage immuable. Son électorat se composait de professionnels : consuls, délégués, responsables de l'immigration et administrateurs de station... un nombre restreint d'individus chargés d'élire un représentant à un poste honorifique à l'origine mais devenu très important au fil du temps. Seigneur, de quel droit les législateurs avaient-ils pris de telles libertés avec le système politique ? En créant ce qu'ils appelaient le « nouveau modèle », *un gouvernement élu par un électorat responsable et informé,* ils avaient jeté par le sas dix millénaires d'expérience... ces maudits théoriciens qui comptaient parmi eux Olga Emory et James Carnath, à l'époque où Cyteen détenait la majorité au Conseil des Neuf et au Conseil des Mondes.

– Un dur revers, commenta Bogdanovitch.

Il serra la main de Corain et la tapota.

– C'est la volonté de l'électorat. Je ne puis la contester.

Il était surpris de pouvoir se contrôler ainsi.

– Nous n'avions encore jamais obtenu un pourcentage de voix aussi élevé.

« *Un jour, vieux pirate, nous serons majoritaires.*

Et tu seras encore là pour assister à notre victoire. »

– La volonté de l'électorat, répéta Bogdanovitch.

Corain lui retourna un sourire forcé puis reporta son attention sur Jenner Harogo, un autre individu du même bord qui occupait le siège des puissantes Affaires Intérieures, et sur Catherine Lao du bureau de l'Information, l'organisme chargé de passer les bandes au crible.

Emory approcha et tous abandonnèrent Corain en plein milieu d'une phrase pour aller se joindre à sa cour. Il adressa un regard peiné à l'Industrie, Nguyen Tien de Viking ; et aux Finances, Mahmud Chavez de Station Voyager... deux centristes. L'homme qui occupait leur quatrième siège, l'amiral Leonid Gorodin, se tenait un peu plus loin, entouré par ses assistants en uniforme. La Défense était, paradoxalement, leur allié le moins sûr... celui qui risquait le plus de revoir sa position et de passer dans le camp des expansionnistes s'il y trouvait le moindre avantage à court terme. Gorodin s'était joint aux centristes dans l'espoir d'obtenir que les transports de troupes de type Excelsior soient stationnés dans l'espace proche où il pourrait les utiliser et non, pour le citer, *loin sur notre arrière-garde pendant que l'Alliance décrète un nouvel embargo. Si vous souhaitez que vos électeurs viennent vous réclamer des biens de première nécessité, si vous voulez voir éclater un autre conflit armé, citoyens, il vous suffit d'envoyer ces transporteurs aux marches de l'Espace-profond et d'abandonner les rênes de notre destin aux mercantis de l'Alliance...*

Sans oublier que le traité de Pell – cet accord selon lequel l'Alliance transporterait le fret et ne fabriquerait aucun vaisseau de guerre, et l'Union (qui disposait d'un grand nombre de tels appareils) conserverait sa flotte mais ne construirait aucun cargo pour lui faire de la concurrence – pouvait être assimilé à un pot-de-vin diplomatique, une rançon versée pour obtenir la libre circulation des marchandises. Même Emory avait voté contre cette proposition de Bogdanovitch.

Les stations s'étaient abstenues. Le Conseil Général avait dû trancher et il s'en était fallu de peu qu'elle ne fût rejetée. L'Union était lasse de la guerre, des interruptions des échanges économiques, de la pénurie.

À présent, Emory souhaitait lancer une nouvelle campagne d'exploration et de colonisation; là-bas, aux confins de l'Espace-profond.

Tous *savaient* qu'il n'en résulterait rien de bon. Que Sol eût rejoint le camp adverse le démontrait. Ce projet avait jeté la Terre dans les bras de l'Alliance, pour solliciter des échanges commerciaux, l'ouverture de nouveaux marchés. Sol avait des voisins, et ses ingérences irréfléchies dans les affaires d'autrui seraient probablement à l'origine de tensions aux marches de l'Alliance, pour ne pas dire au sein même de l'Union. Gorodin insistait sur ce point. *Et* il en profitait pour réclamer une augmentation conséquente du budget de la Défense.

Sa position était la plus faible et il eût été renversé en cas de vote de confiance. Les centristes risquaient de perdre son siège, s'il n'obtenait pas les appareils nécessaires à la flotte dans les zones stratégiques.

Et l'électorat mercantile venait de leur faire subir un revers, une défaite cuisante. Les centristes avaient cru remporter une victoire, avoir une chance de contrecarrer Emory. Et ils en seraient réduits à invoquer un vice de procédure. Le projet Espoir incluait en effet une réquisition de vaisseaux et une attribution de budget prioritaire, ce qui permettrait aux modérés de retarder le vote jusqu'à l'arrivée de DeFranco et sa prise de fonctions.

Ou... ils pourraient se retirer afin que le quorum ne pût être atteint. La question serait alors renvoyée devant le Conseil des Mondes dont les membres n'étaient pas inféodés aux labos de Reseune, surtout au sein de l'important bloc de Cyteen composé principalement de centristes. S'ils se faisaient les dents sur un projet de loi aussi complexe avant qu'il n'eût été soumis à l'approbation des Neuf, ils proposeraient une foule d'amendements que le Conseil s'empresserait de rejeter et le texte se verrait ainsi condamné à effectuer des navettes pendant des mois.

Ce serait à Gorodin d'essayer de convaincre les expansionnistes de reporter le vote. Il était le principal intéressé, le militaire bardé de médailles, le héros. Ils l'enverraient au combat en espérant qu'il réussirait à faire fléchir leurs adversaires. Faute de quoi il ne leur resterait qu'à se retirer, tous les quatre. Ils devraient payer un prix politique élevé, pour empêcher d'atteindre le quorum et clore la session.

Mais c'était de temps dont ils avaient besoin, pour permettre à leurs partisans d'agir, découvrir s'il n'existait rien qu'ils pourraient utiliser contre leurs adversaires, apprendre si deFranco serait dans les actes aussi modérée qu'elle prétendait l'être... ou, tout au moins, si elle soutiendrait les centristes lorsqu'il lui faudrait se prononcer sur un projet de loi risquant de lui faire perdre le soutien de son électorat. Elle pourrait, *pourrait,* pencher en faveur d'un ajournement.

Les conseillers gagnèrent leurs sièges. Le groupe d'Emory arriva le dernier. C'était prévisible.

Bogdanovitch utilisa son antique maillet.

– La session du Conseil est ouverte, déclara-t-il.

Puis il communiqua le résultat des élections et confirma la nomination de Ludmilla deFranco en tant que conseillère du bureau du Commerce.

Résolution déposée et appuyée par Catherine Lao et Jenner Harogo. Emory restait assise, semblant penser à autre chose. Elle n'intervenait jamais, dans le cadre de telles procédures. Son expression d'ennui et les lentes révolutions de son style entre ses doigts aux ongles démesurés indiquaient qu'elle devait puiser dans sa patience pour endurer ces formalités de pure forme.

Pas de discussion. Une succession de *oui* polis et dûment enregistrés.

– Article suivant à l'ordre du jour, déclara Bogdanovitch. L'acceptation de Denzill Lal en tant que procurateur de sera deFranco jusqu'à l'arrivée de cette dernière.

La même routine. Un autre chapelet de *oui* apathiques, une plaisanterie échangée entre Harogo et Lao, quelques petits rires. Aucune réaction de Gorodin, Chavez, Tien. Emory parut le noter. Corain la vit jauger ce silence en fermant les yeux à demi. Le style interrompit ses révolutions dans les airs. Il lut de la méfiance dans le regard qu'elle lui adressa. Quant à son sourire, il entrait dans la catégorie de ceux destinés à rendre plus courtois de tels contacts.

Mais il ne contenait pas la moindre trace d'amusement. Que comptez-vous faire ? lui demandait-il. Que me préparez-vous, Corain ?

Les possibilités étaient peu nombreuses et elle possédait un esprit assez vif pour en dresser très vite l'inventaire. Le regard s'attarda puis devint menaçant comme un fleuret, lorsqu'elle comprit. Il ne pouvait supporter cette femme. Il exécrait tout ce qu'elle personnifiait. Mais, Seigneur, il avait toujours l'impression de participer à une expérience de télépathie, en sa présence. Il haussa un sourcil, ce qui signifiait : Conduisez-moi au bord de l'abîme, et je vous y pousserai. Oui, je n'hésiterai pas à provoquer la dissolution du Conseil, à paralyser le gouvernement.

Les paupières mi-closes de la femme et son sourire ironique proclamaient : La manœuvre est adroite, Corain. Mais êtes-vous certain de ne pas le regretter par la suite, d'être assez fort pour pouvoir résister à un tel affrontement ?

Il rétorqua : Absolument. Voilà la ligne que je ne vous conseille pas de franchir, Emory. Si vous souhaitez qu'une crise éclate avant le vote sur les deux projets qui vous tiennent tant à cœur, vous serez servie.

Elle cilla, baissa les yeux vers la table puis le fixa à nouveau, les lèvres désormais serrées, les paupières mi-closes. La guerre, donc. Sa bouche s'incurva. Ou une négociation. Prenez garde, vous commettriez une erreur fatale en ouvrant cette brèche.

Je gagnerai, Corain. Mais il est exact que vous pourrez retarder mes projets. Et cela me fera perdre plus de temps que d'attendre l'arrivée de deFranco.

– La question des affectations pour la Station Espoir, disait Bogdanovitch. Le premier orateur inscrit est Catherine Lao...

Emory adressa un signal à cette femme. Corain ne pouvait voir son visage, seulement sa nuque et au-dessus une couronne de tresses blondes. Son expression devait traduire de la perplexité. Emory fit un signe à un assistant et lui parla à l'oreille. Les traits de l'homme se figèrent, sa bouche se tendit en une fine ligne étroite, de la consternation se refléta dans ses yeux.

Il alla rejoindre un des aides de Lao, qui murmura quelque chose à la conseillère. Elle se tourna, et Corain put voir son profil aux sourcils froncés, son haussement d'épaules, sa poitrine qu'enflait une inspiration profonde.

– Ser président, dit-elle, je propose de reporter le débat sur la Station Espoir tant que sera deFranco n'aura pas assumé ses fonctions. Les mesures qui en découleront concernent au plus haut point le Commerce. Avec tout le respect que je dois au distingué représentant de Lointaine, j'estime préférable d'ajourner le débat.

– J'appuie cette proposition, dit Corain.

Un murmure de surprise parcourut les rangs des assistants et des conseillers qui se penchèrent l'un vers l'autre. La bouche de Bogdanovitch resta béante. Un moment s'écoula avant qu'il ne pût réagir et utiliser son maillet afin de respecter les usages.

– Il a été proposé et appuyé que le débat sur les attributions accordées au projet Espoir soit reporté tant que sera deFranco n'aura pas assumé ses fonctions. Des objections ?

Une question de pure forme, car Emory complimentait déjà le procurateur et le représentant de Lointaine.

Corain réclama un vote d'approbation officiel. Il aurait pu accompagner ses propos d'une plaisanterie. Les expansionnistes en échangeaient parfois avec les centristes, non sans une certaine ironie, quand les questions étaient réglées.

Mais ce n'était en l'occurrence pas le cas. Emory, toujours elle, l'avait privé de tous ses effets en lui accordant ce qu'il souhaitait avant qu'il pût exposer son point de vue. Elle continua de le fixer droit dans les yeux pendant qu'il adressait un compliment de pure courtoisie à Denzill Lal puis se rasseyait.

Vous me le paierez, disait son regard.

La proposition fut acceptée à l'unanimité. Denzill Lal avait voté par procuration pour deFranco.

– Voilà qui clôt la question, dit Bogdanovitch. Nous avions prévu trois jours de débats. La proposition suivante porte le numéro 2405. Le budget du bureau des Sciences présenté par sera Emory. Souhaitez-vous un report du débat, sera ?

– Ser président, je suis prête à poursuivre la séance, mais je ne voudrais pas imposer cette discussion aux autres conseillers sans leur laisser le temps de préparer leur argumentation. C'est pourquoi je propose de reporter ce vote à demain, si mes distingués collègues n'y voient aucun inconvénient.

Un murmure poli. Pas d'objections. Corain approuva, lui aussi.

– Sera Emory, souhaitez-vous présenter votre proposition sous forme de motion ?

Appuyée et acceptée.

Motion d'ajournement de séance.

Appuyée et acceptée.

Le tumulte fut plus grand que de coutume, dans la salle. Corain allait se lever lorsqu'il sentit une main peser sur son épaule. Il releva les yeux sur le visage de Mahmud Chavez, qui paraissait à la fois soulagé et ennuyé.

Que s'est-il passé ? demandait son regard. Mais, à haute voix :

– J'avoue avoir été surpris.

– Mon bureau, dit Corain. Dans une demi-heure.

Ils se contentèrent d'un déjeuner improvisé composé de thé et de sandwiches apportés par leurs assistants. Ils débordaient du bureau et empiétaient sur la salle de conférences. Dans un accès de paranoïa, les militaires s'étaient fait un devoir de chercher des micros cachés dans la pièce et de fouiller les personnes présentes pour s'assurer qu'elles ne s'étaient pas munies d'enregistreurs, pendant que l'amiral Gorodin restait assis sans rien dire, maussade, les bras croisés. Il avait emboîté le pas aux autres membres du groupe centriste et ruminait désormais de sombres pensées, angoissé et silencieux, conscient qu'Emory risquait de leur adresser un ultimatum à présent qu'ils avaient retardé le vote du budget Espoir.

– Ce dont nous manquons le plus, c'est d'informations, déclara Corain.

Il prit le verre d'eau minérale qu'on lui tendait. Devant lui, les autres conseillers et la plupart de leurs assistants, s'entassaient les huit cents pages d'exposés et de chiffres constituant la demande d'attribution de budget pour les Sciences ; un listing dont certains passages avaient été surlignés. On trouvait des centristes même à *l'intérieur* du bureau des Sciences et il circulait bien des rumeurs sur ces projets. Comme toujours. Chaque année, un bon nombre se rapportaient à Reseune.

– Ce maudit labo ne *réclame* pas de crédits pour lui-même, et la seule chose que nous ayons à notre disposition est sa déclaration fiscale. Je me demande pourquoi Emory veut faire attribuer un statut de Spécial à un chimiste de Lointaine âgé de vingt ans. Qui peut bien être ce Benjamin P. Rubin ?

Chavez tria les papiers empilés sur la table, prit celui qu'un assistant venait de glisser sous sa main et mordit sa lèvre inférieure en suivant du regard le doigt de l'aide qui désignait le bas de la feuille.

– Un étudiant, dit-il. Aucune information particulière.

– Peut-il exister un rapport entre cet homme et le projet Espoir ? N'hésitez pas à émettre des hypothèses, même si elles paraissent à première vue farfelues.

– Il se trouve à Lointaine. Sur le chemin.

– Nous pourrions le demander à Emory, fit Chavez avec amertume.

– Nous le devrions peut-être, devant l'assemblée, et

prendre note de tout ce qu'elle daignera nous révéler sur son compte.

Tous le foudroyèrent du regard.

– Ce n'est pas le moment de plaisanter, déclara Gorodin.

Lu, le secrétaire de la Défense, se racla la gorge.

– Nous avons un contact digne de confiance, ou plutôt un réseau de contacts. Notre dernier candidat aux Sciences...

– C'est un xénologue, objecta Tien.

– Mais également un ami intime du Pr Jordan Warrick, de Reseune. Le Pr Warrick est à Novgorod. Il fait partie de l'équipe de la conseillère Emory. Il a demandé par l'entremise de Byrd à rencontrer, mmmm, certains membres du bureau des Sciences...

Quand Lu daignait s'exprimer, ses propos avaient un sens bien plus profond que ceux des autres politiciens. Corain le regarda droit dans les yeux. Gorodin était attentif. L'amiral revenait d'effectuer des opérations militaires, qu'il irait bientôt reprendre en laissant au secrétaire de la Défense et à son équipe le soin de régler tous les détails administratifs : un fait classique... si les conseillers prenaient les décisions, les secrétaires se chargeaient de les faire exécuter et les chefs de service savaient qui couchait avec qui.

– Byrd est-il avec eux ?

– C'est probable, répondit Lu de manière compassée.

Il ne fit aucun commentaire.

C'est à noter, pensa Corain.

– Est-ce une amitié de longue date ? s'enquit Tien à voix basse.

– Une vingtaine d'années.

– N'est-ce pas dangereux, pour Warrick ? Que risquons-nous de compromettre ? voulut savoir Gorodin.

– Pas grand-chose, affirma Lu. Et certainement pas de nuire aux rapports qu'il entretient avec Emory. Il dirige sa propre section et ne se rend presque jamais dans celle de cette femme. C'est réciproque. En fait, on pourrait même parler d'une certaine animosité. Il a réclamé son autonomie au sein de Reseune, et il l'a obtenue. On ne trouve *aucun* centriste, là-bas. Mais Warrick est... disons qu'il ne fait pas partie de la clique d'Emory. S'il est venu à Novgorod, c'est pour demander son transfert au bureau.

– Il fait partie des Spéciaux.

Corain avait apporté cette précision à l'intention de ceux qui n'étaient pas originaires de Cyteen et pouvaient ignorer le statut de Warrick. Celui de génie certifié. Un trésor national, de par la loi.

– La quarantaine, et aucun ami commun avec Emory. Il a eu une douzaine d'opportunités d'aller fonder ses propres labos ailleurs, mais elle est intervenue auprès du bureau pour opposer son veto à chaque occasion.

Il avait procédé à une étude de Reseune *et* d'Emory, sans rien trouver d'intéressant. Mais l'accès à certaines informations était difficile, comme par exemple la nature des rapports entre les membres du personnel de ces laboratoires. Lu avait réussi à la découvrir, et il s'adressa à cet homme :

– Byrd peut-il le contacter ?

– Le programme de cette visite a été bouleversé. Comme toujours. Il est sans cesse nécessaire de tout réorganiser. Je suis convaincu qu'il est possible de faire quelque chose. Voulez-vous que je m'en charge ?

– Faites. Nous allons en rester là. Mettez-vous tous au travail.

– Nous pourrons nous réunir dans la matinée, dit Tien.

– Mon équipe demeurera ici jusqu'à une heure tardive, précisa Corain. S'il y a du nouveau...

Il haussa les épaules.

– Si quelque chose se présente et qu'il faille... s'il s'avère nécessaire de faire vous savez quoi...

Ils ne parlaient qu'à mots couverts de se retirer des débats, car certains ignoraient leurs projets, surtout dans les rangs des simples assistants.

– Nous vous contacterons.

Et, après avoir rattrapé Gorodin et Lu alors que les autres regagnaient leurs bureaux et les salles et services où se réuniraient les groupes de travail :

– Pouvez-vous joindre Warrick ?
– Lu ? demanda Gorodin.
Et le secrétaire, avec un haussement d'épaules :
– Ça me paraît réalisable.

2

Ce fut un homme à l'aspect banal qui entra dans cette salle de réunion du Palais de l'État. Il portait un costume marron sans prétention et tenait un attaché-case qui semblait avoir trop souvent voyagé dans des soutes à bagages. Corain ne l'eût pas remarqué au sein d'une foule ; brun, un physique agréable, assez athlétique et ne paraissant pas ses quarante-six ans. Mais des gardes du corps l'encadraient lorsqu'il n'était pas placé sous la protection de la police militaire, des serviteurs l'avaient aidé à s'habiller et ses assistants se chargeaient d'expédier toutes ses affaires courantes. Jordan Warrick n'aurait pu emprunter un moyen de transport commercial et nul autre que lui n'était habilité à toucher à sa mallette.

Un Spécial, comme Emory. On en dénombrait trois, à Reseune, le plus grand nombre jamais réuni dans le même lieu. Et cet homme était censé pouvoir concevoir et lister des bandes-structures psych dans son esprit. Les ordinateurs se chargeaient d'effectuer de telles besognes. Mais lorsqu'un programme important devait être élaboré ou revu, on le confiait à l'équipe de Jordan Warrick ; et quand le problème s'avérait impossible à résoudre il s'en occupait. Cela résumait tout ce que Corain savait sur son compte. Il s'agissait d'un génie certifié et d'un pupille de l'État. Au même titre qu'Emory et la douzaine d'autres Spéciaux.

Emory souhaitait faire accorder un statut identique à un chimiste de Lointaine âgé de vingt ans et fonder, selon les rumeurs, une annexe de Reseune à bord de cette station. Elle accordait tant d'importance à ce projet qu'il figurait en bonne place auprès de celui d'expansion coloniale et on pouvait présumer que ce n'était pas sans raison.

– Ser Lu, dit Warrick en serrant la main de cet homme. Amiral Gorodin. Charmé.

Ce fut avec un regard troublé mais amical que le nouveau venu se tourna vers Corain.

– Conseiller. Je ne m'attendais pas à vous rencontrer.

Le cœur de Corain s'emballa, à contretemps. Un signal de danger. Warrick n'était pas un de ces brillants chercheurs qui évoluaient dans le royaume brumeux de la logique abstraite en se coupant du reste de l'humanité mais un psychochirurgien, un spécialiste de la manipulation de l'esprit accoutumé à disséquer les pensées de ses interlocuteurs pour mettre à nu leurs motivations. Tout cela se tapissait derrière son affabilité et ses yeux plus jeunes que leur âge.

– Vous avez dû déduire que je ne vous avais pas tout dit, déclara Lu.

L'expression du scientifique traduisit de la méfiance.

– Oh ?

– Le conseiller Corain tenait à s'entretenir avec vous... discrètement. Pour des raisons politiques, Pr Warrick. C'est important. Mais si vous préférez vous rendre à la réunion prévue, et à laquelle vous arriverez en ce cas avec une dizaine de minutes de retard... sachez que nous ne vous tiendrons pas rigueur de refuser de vous compromettre. J'espère qu'en ce cas vous accepterez mes excuses. Ces cachotteries sont à mettre sur le compte de ma profession qui favorise le développement d'un certain goût de l'intrigue.

Warrick prit une inspiration profonde puis se dirigea vers la table de conférence et y posa sa mallette.

– Est-ce en rapport avec le Conseil ? Pourriez-vous m'expliquer de quoi il retourne, avant que je ne prenne une décision ?

– Cela concerne un projet qui vient d'être déposé. Le budget des Sciences.

Warrick releva la tête, juste assez pour que ce mouvement pût être interprété comme un : Ah !

Un semblant de sourire incurva ses lèvres. Il croisa les bras et s'appuya à la table. Il paraissait détendu.

– Que souhaitez-vous savoir, plus précisément ?

– Ce qu'il contient, demanda Corain. Ce qui s'y trouve en réalité.

Le sourire énigmatique s'épanouit.

– Ce qu'il dissimule, voulez-vous dire ? Ou autre chose ?

– Ce... ce qu'il dissimule. Existe-t-il un rapport, direct ou éloigné, avec le projet Espoir ?

– Non, aucun. Pas que je sache, en tout cas. Il y a bien le sondage SETI, mais c'est d'ordre général.

– Et ce statut de Spécial ? Reseune semble lui accorder beaucoup d'importance.

– Vous pouvez le dire. Désirez-vous que je vous parle de Lointaine ?

– Tout ce que vous avez à nous apprendre nous intéresse, professeur Warrick.

– J'accepte de vous consacrer ces dix minutes. Il me serait d'ailleurs possible de résumer l'essentiel en moins de temps. Un seul mot suffirait : psychogenèse. Le clonage de l'esprit, pour reprendre un terme popularisé par les médias.

Corain ne s'y était pas attendu. Le militaire non plus, et il grogna :

– Qu'est-ce que ça couvre ?

– Ce n'est pas une couverture. Pas plus que le processus décrit dans la presse populaire, d'ailleurs. Le but recherché n'est pas d'obtenir des copies conformes de certains individus mais de dupliquer leurs capacités. La méthode ne serait d'aucune utilité à quelqu'un qui souhaiterait retrouver un parent décédé, par exemple. Lorsqu'il s'agit d'un Spécial, ce sont ses possibilités que l'on veut récupérer. Vous connaissez tous l'expérience effectuée sur le géneset de Bok.

Estelle Bok. La femme dont les travaux avaient ouvert la voie au supraluminique.

– Ils ont essayé, dit Corain. Mais cela s'est soldé par un échec.

– Si le clone possédait un esprit exceptionnel, ce

n'était pas celui du modèle. Le double était plus doué en musique qu'en physique, et la publicité faite autour de cette affaire a traumatisé la deuxième Bok. Les derniers temps, elle ne suivait plus sa cure de réjuv ; elle ne s'en inquiétait que quand les effets de la sénescence commençaient à se faire sentir et qu'elle y était contrainte. Elle s'est détruite ainsi, pour finir par mourir à quatre-vingt-douze ans. Elle ne sortait même plus de sa chambre, au cours des dernières années de sa vie.

» À l'époque, nous n'avions pas les appareils dont nous disposons de nos jours et, surtout, les enregistrements. Le travail que le Dr Emory a effectué pendant la guerre sur la chimie organique...

» Le corps humain possède des régulateurs internes chargés de contrôler l'activité sexuelle, la croissance, et les défenses immunitaires. Mais le vécu a un impact sur le métabolisme établi par le code génétique. Tout cela est décrit en détail dans des revues spécialisées. Je pourrai vous fournir les références, si vous le souhaitez...

– Vos explications sont très claires, déclara Corain. Continuez, je vous prie.

– Nous savons à présent des choses que nous ignorions lors du clonage de Bok. Si le programme en cours est à la hauteur des espérances du Dr Emory, il sera possible de recréer des capacités identiques dans les mêmes domaines. Le processus fait entrer en ligne de compte la génétique et l'endocrinologie, et il réclame de nombreux contrôles physiologiques et psychologiques. Et il faut surtout disposer d'un grand nombre d'enregistrements se rapportant au modèle. Je ne suis pas au courant de tous les détails. C'est le projet du Dr Emory. Il est confidentiel et relève d'une branche scientifique éloignée de la mienne. Mais je sais que ces travaux sont sérieux et qu'une telle expérience est réalisable en fonction des possibilités actuelles de la science. Elle comporte des risques mais nous sommes tous soumis aux mêmes contraintes en ce domaine : le chercheur doit vivre assez longtemps pour pouvoir tirer des conclusions de ses essais, et le Dr Emory n'est plus très jeune.

Il faut une quinzaine d'années pour créer un simple azi. Dans le cas de Rubin, le projet prendra au moins vingt ans. Vous voyez la difficulté. Elle doit brûler les étapes.

– Problèmes de santé ? s'enquit Corain.

Il se remémora l'altération subtile du teint d'Emory, sa perte de poids. La réjuv était efficace pendant un nombre d'années imprévisible. Une fois que ses effets commençaient à s'atténuer... les problèmes débutaient. Et les ans revenaient prendre leur revanche.

Warrick cessa de le regarder dans les yeux. Il n'était pas disposé à répondre franchement à cette question ; Corain le devina avant même que son interlocuteur n'eût rouvert la bouche. Il avait été trop loin.

– Dans notre domaine d'activités, la crainte de la mort devient un souci croissant à partir d'un certain âge. J'ai simplement parlé du *temps* nécessaire pour mener à bien de tels projets.

– Que pensez-vous de celui-ci ? s'enquit Gorodin.

– Il est très important, pour elle. C'est l'aboutissement de toutes ses théories, comprenez-vous, le fruit de toutes ses recherches sur les systèmes endocrinien et génétique, sur les structures psychiques.

– Emory est une Spéciale. Elle peut réclamer tout ce dont elle a besoin, ou presque...

– Hormis l'attribution du statut de Spécial à son cobaye, alors que ce serait le seul moyen de l'isoler et de le protéger contre ce qui est arrivé à Bok. Je partage son point de vue, quand elle s'oppose au clonage d'un chercheur résidant à Reseune. La réplique s'y trouvera, mais pas le modèle. Ce dernier est jeune, ce qui constitue une condition indispensable. En plus d'être un individu brillant, il est né à bord d'une station et ses moindres faits et gestes – même lorsqu'il s'est servi une boisson à un distributeur automatique – ont été enregistrés et figurent dans les archives. Il souffre en outre d'une déficience immunitaire et nous disposons d'un dossier médical très complet qui remonte à sa prime enfance. C'est le plus important. Ari n'a pas besoin de l'aval du Conseil mais, sans la protection offerte par un statut de Spécial, certaines décisions prises par le gouvernement local de Lointaine pourraient remettre les résultats en question.

– Rubin en est-il conscient ?

– Il sait qu'il servira de sujet de contrôle pour une expérience mais le clone ignorera jusqu'à son existence tant qu'il n'aura pas atteint l'âge actuel de cet homme.

– Trouvez-vous ce projet valable ?

Warrick prit son temps avant de répondre :

– Même si la réplique n'est pas la copie conforme de l'original, ces travaux seront profitables à la science.

– Mais vous avez des réserves à formuler, intervint Lu.

– Je ne pense pas que Rubin puisse en pâtir. C'est un scientifique. Il sait ce qu'on attend de lui. Mais je m'opposerai à toute rencontre de ces deux hommes, même dans un avenir éloigné. Je compte d'ailleurs exprimer clairement mon point de vue à ce sujet. Mais je soutiendrai ce programme.

– Ce ne sont pas vos travaux.

– Ils n'incluent aucune de mes recherches, c'est exact.

– Votre fils, intervint Corain. Je crois savoir qu'il travaille en étroite collaboration avec le Dr Emory.

– Justin poursuit ses études de concepteur de bandes. C'est au Dr Emory de décider s'il apportera ou non sa contribution à une telle expérience. Ce serait pour lui une opportunité de démontrer sa valeur et, à condition qu'il s'acquitte de cette tâche, de demander son transfert à l'annexe de Lointaine. J'aimerais qu'il y parvienne.

Pourquoi ? se demanda Corain. Il regretta de ne pas oser poser cette question, mais il existait des limites à ne pas franchir en présence d'un informateur plein de bonne volonté et il circulait sur le compte d'Emory des rumeurs dont nul n'avait cependant apporté la moindre preuve.

– Un statut d'étudiant n'est pas le même à Reseune que dans une simple université, fit remarquer Lu.

– Oui, la différence est considérable, répondit Warrick.

Toute spontanéité avait déserté son visage. Il se tenait désormais sur ses gardes et plaçait ses expressions et ses réactions sous contrôle.

– Et quels sentiments vous inspire le projet Espoir ? s'enquit Corain.

– Est-ce une question d'ordre politique ?

– Oui.

– C'est un domaine que je prends soin d'éviter, hormis en tant que sujet d'étude.

Il baissa les yeux, puis les releva sur Corain.

– Reseune ne dépend plus du commerce des azis. Nous pourrions vivre de nos recherches, avec ou sans nouvelles colonies. Il existe un indéniable besoin pour ce que nous faisons, quel que soit le destin des autres labos... qui ne pourraient pas nous concurrencer, quoi qu'il en soit. Notre avance est bien trop importante dans tous les domaines. Les bénéfices s'en trouveraient réduits, mais ils resteraient malgré tout largement suffisants. Ce n'est pas sur le plan économique que je m'inquiète. Il faudra se revoir pour en discuter, un de ces jours.

Corain cilla, surpris. Il ne s'était pas attendu à ce qu'un chercheur de Reseune pût lui faire une telle proposition. Il fourra les mains dans les poches de sa veste et regarda les autres.

– Le Pr Warrick pourrait-il s'abstenir d'aller à cette autre réunion sans que cela paraisse suspect ?

– Aucun problème, répondit Lu avant d'ajouter : Si c'est le souhait du principal intéressé, cela va de soi.

Warrick prit une inspiration puis posa sa mallette sur le sol et tira un fauteuil vers la table de conférences.

– Entendu, déclara-t-il en se laissant choir dans le siège.

Corain s'assit à son tour. Gorodin et Lu prirent place en bout de table.

L'expression de Warrick ne révélait toujours rien de ses intentions.

– Je connais ces messieurs, dit-il en lorgnant les militaires. Et je vous connais de réputation, conseiller Corain. Je sais que vous êtes un homme intègre. Ce que je vais dire pourrait avoir pour moi de... graves conséquences. J'espère que vous ne déformerez pas mes propos et que vous ne les attribuerez pas à une quelconque animosité personnelle. Il est exact que je ne suis pas toujours du même avis que le Dr Emory. Vous comprenez... lorsqu'on travaille à Reseune il est parfois nécessaire de prendre des décisions délicates. Nous procédons à des expérimentations sur des êtres humains. Dans certaines situations, il n'existe aucun précédent. Faute de disposer d'une éthique, nous devons alors nous fier à notre jugement, et les avis peuvent être contraires.

» Le Dr Emory et moi avons eu... un peu plus d'accrochages que la moyenne. J'ai même écrit quelques articles dirigés contre cette femme. Je m'oppose à... certains aspects de ses travaux. Et si elle découvre que je vous ai fait des confidences elle pensera que j'ai voulu lui nuire. Mais j'espère sincèrement que vous lui accorderez la possibilité de réaliser le projet Lointaine. Son financement sera assuré par Reseune et le gouvernement n'aura qu'à accorder ce statut...

– Faire d'un homme un Spécial pour les besoins d'une expérience constituerait un précédent regrettable. Je parle de prendre une telle mesure pour pouvoir limiter ses déplacements.

– Je veux être transféré hors de Reseune avec mon fils.

Corain cessa de respirer, un court instant.

– Vous êtes un Spécial, au même titre que cette femme.

– Mais je ne suis pas un politicien. Je n'ai pas autant d'influence qu'elle. Emory prétendra que ma présence est indispensable, en avançant comme arguments tout ce qui m'a valu ce statut... et je dois rester là où le gouvernement estime que je suis le plus utile. Jusqu'à présent, il a jugé que c'était à Reseune. Mon fils collabore à ce programme pour deux raisons : premièrement, parce que c'est sa spécialité et que cette femme est la meilleure ; deuxièmement, parce qu'il est mon fils, qu'Ari veut avoir sur moi un moyen de pression, et que je n'ai pas la moindre influence sur ce qui relève de la politique interne des labos. Je compte tout faire pour recouvrer ma liberté et, sitôt hors de Reseune, demander que mon fils soit affecté à un autre projet pour des raisons personnelles. C'est entre autres pour cela que je souhaite voir construire les installations de Lointaine. Ce serait une excellente chose tant pour l'État que pour Reseune. Surtout pour Reseune.

– Il pourrait en résulter des changements. Est-ce le fond de votre pensée ?

– Je ne porte aucune accusation. Et je vous interdis de répéter mes propos à qui que ce soit. J'estime simplement qu'Ari détient un pouvoir bien trop grand, tant à Reseune que hors des labos. Je ne remets pas en question sa contribution aux progrès de la science. Sur un plan professionnel, je n'ai pas eu le moindre accrochage avec elle. Mais je sais comment tout fonctionne, là-bas, et c'est pourquoi trouver des appuis politiques me paraît constituer l'unique moyen de me dégager d'une situation qui devient de plus en plus... explosive.

Il convenait d'être prudent, très prudent. Corain occupait un poste gouvernemental depuis vingt ans et il avait appris à ne pas interpréter de telles déclarations au premier degré. Et à ne pas risquer d'effrayer un témoin jusqu'alors plein de bonne volonté. Aussi demanda-t-il :

– Que désirez-vous exactement, professeur Warrick ?

– Voir ce projet aboutir, puis déposer une demande de transfert. Emory s'y opposera. J'aimerais pouvoir bénéficier d'un soutien... quand je ferai appel.

Warrick se racla la gorge. Ses doigts étaient serrés, annelés de blanc.

– À Reseune, la situation devient intolérable. Un départ serait... tout ce que je peux souhaiter. Je vous avouerais que... je n'approuve pas ce projet d'expansion. Je partage le point de vue de Berger et de Shlegey : il ne peut rien résulter de bon d'une telle dispersion hâtive de l'humanité. Nous venons à peine de mettre un terme à un surpeuplement catastrophique et nous ne sommes *pas* les colons qui ont quitté la Terre, nous ne sommes *pas* les hommes qui sont partis de Station Gloire, et nous ne sommes *pas* tels que les fondateurs nous avaient imaginés. Et si nous accentuons encore cette tendance un fossé se creusera entre nous et nos descendants... et il ne faudra pas compter sur un miracle, Estelle Bok, ou les progrès de la science pour combler cet abîme. C'est mon point de vue, mais je ne peux l'exprimer tant que je reste à Reseune.

– Nous diriez-vous que la liberté d'expression y est limitée ?

– Je dis simplement que j'ai d'excellentes raisons de me taire. Je précise en outre que si les médias ont vent de cette conversation je m'empresserai de tout démentir et de soutenir la position officielle des labos.

– Dois-je en déduire que c'est ce transfert que vous souhaitez obtenir de nous ?

– Oui, conseiller. Mon départ. Puis celui de mon fils. Ensuite, je pourrai exprimer mes opinions. Me comprenez-vous ? La plupart des gens assez qualifiés pour pouvoir émettre un avis digne de foi contre le projet Espoir sont à Reseune. Faute de voix s'élevant au sein même du bureau des Sciences, sans articles publiés... de telles idées manquent de poids. Les xénologues sont divisés. Les arguments les plus décisifs relèvent de notre domaine. Vous ne disposez *pas* d'une majorité au sein du Conseil. C'est le bureau des Sciences que vous devez gagner à votre cause, l'électorat d'Ari Emory. *Ceci,* ce projet de psychogenèse, lui tient à cœur. À tel point qu'elle ne laisse même pas ses assistants s'en occuper. Le facteur temps, à nouveau. D'un côté, nous en avons si peu pendant notre vie. De l'autre... une expérience qui porte sur l'existence humaine est scindée par une multitude de parenthèses et de points, alors que seul le temps permet d'obtenir des résultats.

– Ce qui signifie que nous devrons encore compter avec elle.

– Elle fera partie du Conseil jusqu'à la fin de ses jours. Et c'est pourquoi je pense que nous devrions tous tirer parti de son désir de créer une annexe à Lointaine. J'aimerais prendre position à vos côtés. Des critiques provenant de l'intérieur même de Reseune – surtout de la part d'un autre Spécial – auraient beaucoup de poids auprès du bureau des Sciences. Mais je ne peux rien faire pour l'instant, compte tenu de ma situation.

– Il est important de savoir si le projet Rubin a des chances d'aboutir, intervint Gorodin. S'il est solide.

– Il est probable qu'elle le mènera à bon terme, amiral. Cette entreprise est plus valable que l'expérience tentée avec Bok. Vous devez savoir qu'il est rare de créer des Spéciaux à partir d'un géneset. Même nos gènes sont légalement protégés. En pratique, c'est toujours le vieux problème de « l'étroite frontière » qui sépare le génie de la folie. Ces craintes ne sont pas infondées, notez bien. Quand nous créons des azis, les types Alpha nécessitent bien plus de contrôles et d'ajustements que les autres. Ce qui a cloché dans le cas du clone de Bok, c'est ce qui aurait pu arriver si cette femme avait eu d'autres expériences, si elle n'avait pas été soumise à des influences dont nous n'avons gardé aucune trace. Nos chances de réussir la duplication d'un Spécial toujours en vie sont bien plus grandes. Nous disposons de renseignements plus complets sur Rubin. Bok est arrivée avec les autres colons et son dossier est reparti à bord du vaisseau, qui a été ensuite détruit. Trop d'informations ont disparu, trop de faits n'ont jamais été enregistrés. J'ignore s'il sera un jour possible de reconstituer le génie de Bok, mais cela ne pourra se faire dans le cadre d'un projet tel que celui-là. D'autre part, reproduire par exemple Kleigmann et bénéficier de son génie pendant un siècle et demi supplémentaire, voilà qui serait vraiment positif.

– Ou Emory elle-même, marmonna Corain à mi-voix. Dieu. Est-ce ce qu'elle recherche ? L'immortalité ?

– Au même titre que tout individu qui souhaite avoir des enfants à son image. On ne peut assimiler cela à une quête de la vie éternelle, pas dans le sens d'une continuité de l'identité. Nous parlons de similitudes mentales, de deux individus plus semblables que ne pourraient l'être des jumeaux, et sans élément dominant. Essentiellement, de la récupération d'une capacité latente dans l'interface située entre le génóset et ce que nous appelons la bande chez un azi.

– La bande ?

Warrick secoua la tête.

– Ces dernières ne pourraient nous permettre d'obtenir un tel résultat. Pas en fonction de nos connaissances actuelles, tout au moins.

Corain y réfléchit.

Gorodin intervint :

– Ce qui signifie qu'avec votre savoir en matière de génétique et de reconstitution psych nous pourrions dupliquer des Spéciaux vivants autant que décédés.

– Ce serait réalisable, à condition d'abroger certaines lois. Mais je m'élèverais contre de telles pratiques. Je comprends pourquoi elle n'a choisi qu'un seul cobaye. Mais le risque de troubles psychologiques est très grand, même si le modèle et le clone ne se rencontrent jamais. Ce danger existe même dans le cas d'un disparu. Si je faisais l'objet d'une telle expérience... eh bien, je m'inquiéterais pour mon fils, et cet individu qui ne serait ni son frère ni son père, quel que soit le sens qu'on puisse donner à ces termes. Tout se complique, dès l'instant où on manipule des êtres humains. Les Neuf se sont intéressés à l'affaire Bok. Bien trop. Sur ce point, je partage l'opinion du Dr Emory : seuls le bureau des Sciences et Reseune devront avoir des contacts avec les deux sujets. C'est le but de cette implantation à Lointaine. Nous ne parlons pas d'un bureau ou d'un labo, mais d'une enclave, d'une réserve où Rubin ne pourra sortir que comme je sors de Reseune : rarement et accompagné d'une escorte.

– Mon Dieu, laissa échapper Gorodin. Lointaine opposera son veto.

– Ce sera une installation orbitale distincte. Voilà ce qu'elle a dû promettre à Harogo. Une zone compartimentée dont Reseune financera la construction.

– Vous connaissez les termes de ces accords ?

– Je suis au courant de cette clause, mais il doit y en avoir bien d'autres. C'est une affaire juteuse pour certains entrepreneurs de Lointaine.

Ses propos avaient un accent de vérité. Corain mordilla sa lèvre inférieure.

– Permettez-moi de vous poser une question délicate. Si vous disposiez d'autres informations...

– Je n'hésiterais pas à vous les communiquer.

– Et si vous deviez apprendre des faits nouveaux...

– Me demanderiez-vous de devenir un de vos informateurs ?

– Un homme qui possède une conscience. Vous savez quels sont mes principes. Je sais quels sont les vôtres. Nous avons bien des points communs. Reseune serait-elle propriétaire de votre âme ?

– Même l'amiral n'a pu me réquisitionner. Je suis un pupille de l'État. Pour changer de lieu de résidence, je dois demander l'aval du gouvernement de l'Union. C'est le prix que doit payer un Spécial. Gorodin pourrait vous le dire : Reseune considère ma présence comme indispensable. Un vote automatique de cinq des Neuf, ce qui signifie que je devrai rester là-bas. Voici ce que je compte faire, conseiller. Je vais transmettre à l'amiral Gorodin une demande de transfert, sitôt *après* qu'un statut de Spécial aura été accordé à Rubin et juste *avant* le vote sur le projet Espoir. Officiellement... c'est alors que tout se produira.

– Dieu ! Pensez-vous qu'une telle proposition puisse justifier notre intervention ?

– Conseiller... vous ne pourrez trouver une majorité contre la Station Espoir. DeFranco est dans la poche d'Ari. Je parle en fait de son compte en banque, par l'entremise des Industries Hayes. Leur accord est le suivant... deFranco commencera par s'abstenir pour ne pas mécontenter ses électeurs, mais elle finira par donner sa voix à vos adversaires. Je ne vous ai rien dit, bien sûr. Mais si vous n'obtenez pas un ballottage et ne renvoyez pas cette proposition devant le Conseil Général, elle sera acceptée. Faites-moi transférer et obtenez le départ de *mon* fils, et j'exprimerai mon point de vue. Je vous serai utile... une fois à Lointaine, hors de son domaine. Il se peut qu'elle obtienne sa Station Espoir, ou que ses projets soient contrecarrés. Si vous voulez qu'une voix soutienne votre point de vue au sein du bureau des Sciences, je vous propose la mienne.

Corain dut attendre un moment avant de pouvoir reprendre le contrôle de sa respiration. Il regarda Lu puis Gorodin. Il tentait de se rappeler de quelle manière Lu l'avait incité à organiser cette rencontre. Il nourrissait désormais des soupçons envers ces deux éminences grises qui déplaçaient leurs pions derrière un rideau de secrets.

– Vous devriez faire de la politique, dit-il alors à Warrick.

Puis il se souvint qui était cet homme : un psychomanipulateur de Reseune, et un de ces personnages que l'Union voulait conserver à tout prix tant ils étaient habiles.

– Le psych est mon domaine, répondit Warrick.

On pouvait lire une franchise gênante dans son regard qui n'avait plus rien d'ordinaire, d'innocent ou de banal.

– Je veux pouvoir exercer mes activités sans contraintes. La politique ne m'est pas étrangère, conseiller. Je peux vous assurer qu'elle nous rappelle son existence, à Reseune. Et que nous ne l'oublions jamais. Aidez-moi et je vous aiderai. C'est très simple.

– Bien moins que vous ne le pensez, rétorqua Corain.

Mais il s'adressait à Warrick. La personne qui l'avait attiré dans cette réunion... ce pouvait être Lu, Gorodin, ou encore Warrick...

Il se demanda si ce n'était pas Emory. Un homme risquait de sombrer dans la démence, lorsqu'il était confronté à l'habileté des Spéciaux. Surtout lorsque ces derniers étaient des spécialistes de la perception.

Mais il fallait parfois accorder sa confiance sans disposer d'aucun gage. Faute de quoi, rien ne pouvait jamais être réalisé.

3

– La première proposition à l'ordre du jour porte le numéro 2405 : le collectif budgétaire des Sciences déposé par sera Ariane Emory conformément à la disposition 2595 des Statuts de l'Union, section 2...

Emory se tourna vers Corain. Alors, demandaient ses yeux mi-clos, allez-vous vous dresser contre moi pour un vote de pure forme ?

Il sourit et s'abstint de dissiper ses inquiétudes.

Le maillet redescendit, et il était encore très tôt.

– La séance est levée, annonça Bogdanovitch.

Des murmures étouffés s'élevèrent dans la salle.

Ariane Emory pouvait à nouveau respirer. Ses adversaires n'étaient pas intervenus et Rubin obtiendrait son statut, hormis si le Conseil des Mondes opposait son veto. Mais elle savait qu'il n'interviendrait pas. Si Corain pouvait lui réserver une mauvaise surprise, sans doute attendrait-il que l'enjeu fût plus important pour se manifester. Plus important à *ses* yeux. La Station Espoir servirait de leurre, et si deFranco avait des velléités d'abstention elle se verrait contrainte de prendre position.

Des assistants se ruaient vers la porte, dans le sillage des conseillers. Les journalistes resteraient parqués au rez-de-chaussée jusqu'à l'ajournement de séance. Après les deux heures de pause du déjeuner, les membres du gouvernement devraient se prononcer sur les autorisations sollicitées par les Sciences : une liste interminable et monotone de propositions que les neuf membres de l'exécutif étaient censés étudier et approuver mais qui avaient déjà été analysées par les secrétariats et dont l'acceptation n'était plus qu'une simple formalité. C'était d'ailleurs le cas de la plupart des décisions de ce Conseil qui s'était métamorphosé en léviathan administratif en une seule génération.

Elle ne pourrait respirer normalement avant que le feu vert eût été donné... que les faits noyés dans le texte de la demande d'utilisation du généset d'un Spécial non décédé aient été acceptés en même temps que le reste.

Chaque année, le Conseil Général tentait d'obtenir une réduction des subventions accordées aux Sciences. Chaque année les abolitionnistes et d'autres fanatiques déposaient une proposition de loi visant à rendre illégales les créations d'azis et les expérimentations sur les êtres humains, et chaque année le Conseil des Mondes faisait preuve de bon sens en rejetant de telles motions. Mais ces factions hostiles existaient et les centristes pourraient s'en servir pour faire pression contre le projet Espoir. Et si les marginaux et les centristes *réussissaient* à s'entendre sur une cause, ils approcheraient de la majorité et représenteraient un danger pour le courant expansionniste.

Elle était inquiète. Elle nourrissait des craintes depuis que ses informateurs lui avaient appris que les centristes parlaient de se retirer. L'absence de toute intervention de la part de Corain la tracassait.

Et si une telle hâte n'avait pas été inconvenante, elle eût volontiers pressé le président de présenter cette loi de finances avant midi. Les obstacles s'effondraient trop vite, tout se déroulait trop bien, elle avait trop de raisons de s'estimer satisfaite. Ce qui s'était annoncé comme une session interminable s'achèverait en un temps record et, après avoir fait acte de présence pendant trois jours, les Neuf pourraient retourner vaquer à leurs autres occupations jusqu'au prochain semestre.

Ce système avait pour but d'accélérer les décisions de l'exécutif : les Neuf se prononçaient sur l'ensemble des mesures concernant leurs portefeuilles puis laissaient à leurs assistants, aux représentants élus du Conseil des Mondes et aux diverses commissions et assemblées le soin d'expédier les travaux de routine et de régler les détails administratifs.

En fait, les conseillers étaient des professionnels confirmés et efficaces. Ils se réunissaient, faisaient rapidement leur besogne et repartaient exercer leurs autres fonctions... mais certains continuaient de fournir des directives à leurs bureaux, ce qui leur conférait un pouvoir que les auteurs de la constitution n'avaient pas prévu ; pas plus qu'ils n'avaient deviné ce qu'accomplirait Reseune pendant la guerre, la modification profonde de la composition de la population, la scission de Pell tant avec Sol qu'avec l'Union, et ce qui en avait résulté.

Le bureau de l'État aurait dû être dirigé par des diplomates, mais l'immensité de l'espace habité contraignait ces derniers à fonder leurs décisions sur des rapports fournis par la Défense.

La possibilité de découvrir des formes de vie extraterrestres évoluées ailleurs que dans le système de Pell avait incité le bureau des Sciences à assumer des fonctions diplomatiques et à former des spécialistes des contacts.

Le bureau des Citoyens disposait désormais d'un électorat d'une importance disproportionnée qui avait élu un homme capable et redoutable, un individu qui savait flairer les pièges qu'on lui tendait.

Corain devait ignorer que deFranco était à la solde d'Emory. Cela expliquait peut-être sa décision de risquer son avenir politique en quittant le Conseil en cours de séance. Il ne pouvait espérer gagner à sa cause la boucle commerciale pan-parisienne placée sous la coupe de Lao. Il ne pourrait rien faire, hormis coûter de l'argent au gouvernement, ce qui dresserait contre lui d'autres intérêts. Qu'il s'opposât au vote du budget des Sciences paraissait improbable.

Certainement.

– Dr Emory.

Bien qu'entourée par ses assistants et ses gardes du corps, elle sentit un contact sur son bras. Catlin se porta aussitôt à son côté, sur la défensive et surprise, car l'individu qui venait de l'aborder ne faisait pas partie de sa suite. C'était l'amiral Gorodin, qui avait trompé la vigilance de ses protecteurs.

– J'aurais deux mots à vous dire.

– Mon emploi du temps est très chargé.

Elle n'avait pas le moindre désir de s'entretenir avec ce militaire qui lui contestait l'attribution de dix vaisseaux pour le projet Espoir *et* faisait cause commune avec la clique de Corain, alors que ses services se livraient à un gaspillage éhonté des deniers de l'État. Elle disposait de contacts au sein du bureau de la Défense, et les utilisait : une bonne partie des membres des renseignements et des services spéciaux étaient à ses côtés et elle savait que dans le cadre d'une nouvelle élection les militaires ne renouvelleraient sans doute pas le mandat de Gorodin et de Lu. Corain devrait y réfléchir, s'il voulait la guerre.

– Je vous accompagne, déclara Gorodin.

Il refusait de se laisser chasser et ses assistants se mêlaient à ceux d'Emory.

– Un instant, ser, dit Catlin.

Florian s'était rapproché. Ils n'avaient pas d'armes, contrairement aux militaires, mais ils étaient des *azis* et obéissaient en conséquence à Ariane et non à la logique.

– Tout va bien, dit-elle.

Elle leva la main, pour confirmer qu'elle ne tenait pas de tels propos sous la contrainte.

– J'ai appris de source sûre que vous disposiez de voix pour faire approuver le projet Espoir, lui déclara Gorodin.

Malédiction. Elle sentit son cœur s'emballer. Mais à haute voix, avec un calme inébranlable :

– Eh bien, il est possible que vos informateurs aient vu juste. Mais sachez que je ne considère jamais rien comme acquis d'avance.

– Corain s'en inquiète. Il va perdre la face.

Où diable veut-il en venir ?

– Mais vous savez que nous pourrions retarder la décision.

– C'est probable. Mais ce serait sans objet si vos informateurs ont dit vrai.

– Nous disposons d'un contact dans l'équipe de DeFranco, docteur Emory. Je sais de quoi je parle. Nous avons aussi des sympathisants au sein de la compagnie Andrus et des Industries Hayes. Un sacré portefeuille d'actions. Vont-ils obtenir ce contrat de construction spatiale ?

Mon Dieu.

Un des sourcils du militaire s'incurva.

– Vous savez que Hayes travaille également pour la Défense.

– J'ignore quelles sont vos intentions, mais il n'est pas dans mes habitudes d'avoir des discussions d'ordre financier à la veille d'un vote. Et si vous avez sur vous un enregistreur, sachez que je ne l'apprécierais pas du tout.

– Ma réaction serait la même, sera. Mais je ne parle pas de ce genre de transactions. J'ai chargé mes services de se renseigner auprès des contacts que nous avons chez Hayes, et nous savons parfaitement que la construction de ces installations ne dépend que de l'approbation du projet Rubin. Mon équipe a consacré toute la nuit à éplucher la charte de Reseune et un jeune assistant plein d'avenir a exhumé un article oublié qui accorde aux laboratoires le privilège de rattacher leurs annexes à leur Territoire administratif. Il en découle que les installations de Lointaine ne seront *pas* placées sous la juridiction de cette station, mais sous la vôtre. Ce sera une enclave indépendante au sein de l'Union, en rapport étroit avec Rubin.

Malédiction ! Il n'a pas pu le découvrir tout seul, mais il le sait. Quelqu'un a parlé, et il ne cesse de se référer à Hayes et à Andrus. Voilà où il voudrait que je cherche les responsables de cette fuite.

– Vos informations paraissent très complètes, marmonna-t-elle.

Ils avaient atteint l'intersection du balcon et du couloir qui donnait sur les bureaux du Conseil, où elle voulait aller. Elle s'immobilisa puis se tourna vers l'amiral.

– Continuez.

– Nous estimons que les autorités militaires ont leur mot à dire dans cette affaire. Une telle installation à Lointaine posera des problèmes de sécurité nationale.

Pendant un instant tout s'arrêta. Elle s'était apprêtée à subir une attaque, mais pas d'une direction aussi inattendue. C'était absurde. Et logique, compte tenu de la situation politique.

– Ce n'est pas un centre de recherche, amiral.

– De *quoi* s'agit-il, en ce cas ?

– D'un simple lieu où Rubin pourra travailler en paix. Son labo, en quelque sorte.

– Vous semblez placer beaucoup d'espoirs en ce jeune homme.

Un piège. Mais lequel, mon Dieu ?

– Il est plein d'avenir.

– J'aimerais pouvoir discuter de ces problèmes de sécurité. Avant le vote de cet après-midi, si possible.

– Bon sang, on m'attend pour le déjeuner.

– Je serais désolé de devoir laisser au comité le soin de trancher la question, docteur Emory. Je m'efforce de me montrer conciliant, mais il me semble que les événements se précipitent. En outre, ce ne sont pas mes seules inquiétudes, et je doute que vous souhaitiez m'entendre les exprimer publiquement.

Quelqu'un a parlé. Il a des contacts.

Mais à voix haute, en s'adressant à Florian :

– Informe Yanni que je suis retenue. Dis-lui de prendre ma place. Je le rejoindrai dès que possible.

Elle regarda l'amiral, désormais moins tendue. Tout cela évoquait plus une offre de marchandage qu'un tir de torpille.

– Chez vous, ou chez moi ?

– Merci, dit-elle en prenant le café que lui tendait Florian.

Ils étaient dans son bureau, avec ses gardes du corps. Les aides du militaire étaient restés à l'extérieur de la pièce : une proposition de l'amiral.

Dans le cadre d'une tentative de conciliation, peut-être.

Gorodin prit son café noir, comme la plupart des gens qui n'en buvaient qu'à l'occasion. C'était une variété très rare et authentique, importée de l'hémisphère Sud de la Terre, dans le système de Sol. C'était un des petits plaisirs qu'Ariane s'accordait, et elle prenait le sien avec un nuage de lait. Du lait véritable. Une autre folie.

– L'AG poursuit ses travaux sur ces planètes, précisa-t-elle. Un jour...

Cyteen était un enfer pollué par les silicates, lorsqu'ils avaient effectué les premières tentatives de culture dans les vallées encaissées, là où les dômes et les précipiteurs créaient des microclimats.

Un autre souvenir : des collines dans des tons de brun et de bleu-vert. Les lignes qui s'entrecroisaient au-dessus du paysage évoquaient la toile d'une mouche tisseuse. Sur les sommets, les grands miroirs captaient la lumière en provenance de l'espace et la convertissaient en énergie, pendant que les météorisateurs en orbite déclenchaient des orages, de véritables ouragans qui ébranlaient le sol. *Nous ne risquons rien, Ari,* disait maman. *Ce ne sont que des bruits. Le temps, voilà tout...*

Leonid Gorodin buvait son café à petites gorgées, l'air détendu. Ce fut en souriant qu'il déclara

– Selon certaines rumeurs, le projet Rubin serait placé sous votre unique responsabilité. Une expérience personnelle, en quelque sorte. Mais vous ne pouvez rien faire sans modifier l'équilibre actuel des forces entre nous, l'Alliance, et Sol. J'en ai parlé à Lu. Nous nourrissons de vives inquiétudes à ce sujet.

– Nous assurons notre propre sécurité. Nous y sommes toujours parvenus.

– Dites-moi une chose, docteur Emory. Cette expérience... pourrait-elle avoir des conséquences sur le plan stratégique ?

Piège.

– Je présume que pour certains de vos conseillers la mise au point d'une nouvelle lunette de cuvette hygiénique peut avoir une importance militaire, amiral.

Gorodin s'autorisa un petit rire puis attendit la suite.

– C'est entendu, fit-elle avec calme. Nous aimerions bénéficier du soutien de votre bureau, pour ce vote. Si vous préférez que cette installation soit construite à un autre emplacement, nous la déplacerons. À Station Cyteen, s'il le faut. Nous sommes disposés à nous montrer conciliants. Nous désirons simplement ne pas perdre Rubin.

– Serait-il important à ce point ?

– Oui.

– Je vais vous faire une proposition, Dr Emory. Vous avez préparé un ordre du jour. Vous souhaitez qu'il soit accepté. Vous désirez que ces autorisations vous soient accordées et que les Finances entérinent votre budget le plus vite possible. Vous aimeriez regagner Reseune et je voudrais retourner à mon quartier général, où du travail m'attend. Je vous avouerais en outre que je suis allergique à la politique et que j'ai horreur des mondanités.

– Je suis pressée de rentrer chez moi, c'est exact.

Ils exécutaient une danse. Et l'amiral menait le bal.

– Parlez-moi franchement du projet Lointaine, dit-il.

– Disons qu'il se rapporte à des études génétiques, de la recherche pure.

– Aurez-vous des labos et utiliserez-vous des techniques de pointe, là-bas ?

– Non, une simple antenne médicale. Analyses. Travaux administratifs. Rien de top secret.

– Dois-je en déduire que vous y effectuerez de simples activités de surveillance ?

– C'est exact. Aucun labo de naissance.

Gorodin regarda sa tasse vide puis les deux azis. Il la leur tendit.

– Florian, dit Ariane.

L'azi inclina la tête et alla prendre la cafetière posée sur le placard. Le militaire suivit le serviteur des yeux, paraissant absorbé par ses pensées.

– Vous pouvez compter sur leur discrétion, déclara Ariane. Ils ont été programmés à ne répéter aucune discussion. La plus belle réussite de Reseune. N'est-ce pas, Florian ?

– Oui, sera, approuva l'azi.

Il servit une deuxième tasse qu'il lui proposa.

– La beauté alliée à l'intelligence, commenta-t-elle.

Mais seule sa bouche souriait, pas ses yeux.

– En outre, l'Alliance ne souhaite pas se doter de labos de naissance. Elle n'a aucun monde à peupler.

– Il convient de bien étudier la question. Qui sera responsable des installations de Lointaine ?

– Yanni Schwartz.

Gorodin se renfrogna et but une gorgée de café.

Ah ! pensa Ariane. *Nous approchons du but.*

– Je vais vous dire une chose, Dr Emory. Certains membres de mes services doivent aller régulièrement à l'hôpital psych de Viking et – pour des raisons politiques – j'aimerais disposer d'un établissement de soins plus proche de la route que doit suivre votre station Espoir. Je parle d'un centre capable d'accueillir les cas les plus graves, sans qu'ils aient à transiter par la station.

– Pour des raisons particulières ?

– Je me réfère à nos agents spéciaux qui doivent changer d'identité et dont nul ne doit voir le visage. Ces hommes vivent dans l'angoisse. Ils se sentent vulnérables, à bord des grandes stations. Leur stress serait moins grand dans un établissement qui dépendrait de Reseune... mais pas sur Cyteen, c'est évident.

Ariane ne prit pas la peine de dissimuler sa perplexité. Tout cela lui paraissait absurde.

– Ce que je veux, c'est disposer d'un lieu où mes agents se sentiraient... en sécurité, conclut Gorodin. Où je saurais qu'ils ne risquent rien. Je compte y consacrer une partie du budget occulte de la Défense, ainsi que du personnel.

– Pas de militaires.

– Je parle d'une contribution importante à cette installation. Je peux vous la fournir.

– Aucun soldat. Que des gens de Reseune. Et il serait préférable que votre participation soit conséquente, amiral. Vous nous obligez à revoir la totalité du projet. En outre, je ne tolérerai pas que l'expérience en cours soit compromise par la présence de vos hommes. J'exige une séparation totale entre la section militaire et la nôtre.

– J'accepte bien volontiers. Il sera toutefois nécessaire d'assurer une liaison permanente et je pense à un homme qui bénéficierait de la confiance des deux parties concernées, quelqu'un avec qui nous avons déjà eu l'occasion de travailler.

L'idée la cingla comme un jet d'eau glacée. Il lui était difficile de ne pas réagir, de ne pas briser entre ses doigts l'anse fragile de sa tasse.

– À qui pensez-vous ?

– Au Pr Warrick, à l'homme qui a conçu nos bandes d'entraînement. C'est lui que nous voulons, Dr Emory.

– Et lui, veut-il de vous ?

Avec calme. Un calme admirable.

– Il suffit de le lui demander.

– Je crois désormais savoir qui est votre informateur, amiral. Je suis même certaine de connaître vos sources. Que vous a-t-il encore appris ?

– Vous sautez à des conclusions hâtives.

– Non. Je redoutais quelque chose de ce genre. Vous voulez cet homme ? Vous désirez qu'un individu qui n'a eu aucun scrupule à trahir son employeur devienne le responsable de vos opérations ultra-secrètes ?

– Je vous ai fait part de mes sources.

– Disons que vous voulez sacrifier un sous-fifre de chez Hayes, un pauvre bougre de technicien auquel ils feront porter le chapeau si je leur reproche ces indiscrétions. Vous êtes donc parvenu à un accord avec Jordan Warrick, mais cet homme vous a-t-il parlé de ses motivations ?

– Comment l'aurait-il pu ?

– Vous êtes un bon joueur de poker, amiral, mais vous semblez oublier quelles sont mes activités. Et les siennes. Que vous a-t-il proposé ? D'exprimer son point de vue devant les médias ? Est-ce ainsi que vous me garantissez la non-intervention de Corain ?

– Dr Emory, vous savez que je peux tenir mes promesses.

– Je n'en ai jamais douté. Et à propos de promesses... Jordan Warrick vous a fait celle de vous apporter ma tête sur un plateau, de vous obtenir des voix au sein du bureau des Sciences. Mais qu'importe... je vous laisse cet homme. Je le ferai transférer, avec toute son équipe. Si vous voulez le nommer responsable d'un service ultra-secret, ne vous gênez surtout pas. S'il fait des discours et écrit des articles dirigés contre moi, grand bien lui fasse.

Elle posa la tasse.

– Sommes-nous d'accord, amiral ? Nous pourrons quitter cette maudite ville bien plus tôt que prévu, si c'est le cas. Vous me soutiendrez quand je réclamerai un scrutin à bulletins secrets pour le budget Espoir, et si vous me permettez d'avoir une majorité nous n'aurons pas de comptes à nous rendre. Affaire conclue ?

– Vos conditions sont acceptables.

Elle sourit.

– Parfait. Si vous voulez obtenir le transfert de la section de Warrick à Lointaine, il faudra le solliciter par écrit. Je vous demande de charger votre équipe de rédiger le formulaire. La mienne est débordée de travail. Mais vous devrez attendre la fin des travaux pour avoir Warrick. Je présume que vous savez comment le joindre pour lui faire signer cette demande.

Gorodin avala d'un trait le reste de café contenu dans sa tasse.

– Merci, docteur Emory. Je suis certain que cet accord sera profitable à toutes les parties concernées.

Ils se levèrent, et l'amiral lui présenta sa main. Ariane la serra avec énergie, puis elle lui sourit tant qu'il n'eut pas atteint la porte.

Catlin referma le battant. Le visage de l'azie était aussi inexpressif que celui d'un soldat au garde-à-vous.

Florian ramassa les tasses. Il tentait lui aussi de ne pas attirer l'attention.

Ils savaient en quelles circonstances ils pouvaient avoir peur.

Audiotexte extrait de :
Formes de croissance
Bandétude de génétique n°1
« Un calendrier de Reseune, 2396 »

Publications éducatives de Reseune :
8970-8768-1 approuvé pour 80 +

LOT AL-5766 : QUATRE UNITÉS

Le technicien débute une opération de routine, un transfert de matériel génétique dupliqué. Il laisse dix unités AL-5766 inutilisées dans la génébanque, ce qui constitue une mesure habituelle tant pour les expérimentations que pour les commandes commerciales.

AL-5766 est de sexe féminin et de type Alpha. Alpha, la plus développée des intelligences dans la classification de A à Z des non-citoyens, correspond à une fourchette allant de 150 à 214 sur l'échelle de Rezner. Les AL-5766 atteignent 190, à la limite du génie. Engendrer des Alpha est rare, hormis pour permettre l'exécution de tâches spécifiques, à des fins d'étude ou dans le cadre d'opérations coloniales à faible densité de population où l'esprit d'initiative est un facteur déterminant. Faute d'une socialisation dès un très jeune âge, les Alpha sont sujets à des troubles de la personnalité : les meilleurs résultats obtenus chez des individus isolés ont été réalisés par une rétroaction positive dans la formation et un programme de bandétudes accéléré portant sur la découverte du monde ainsi que le développement des capacités de lecture et de calcul ; les interventions étant réduites au minimum hormis pour accorder des récompenses. Les Alpha qui ont les meilleures chances de réussite sont ceux confiés à des pa-

rents humains sitôt après la naissance, et leur comportement est alors comparable à celui des individus nés-citoyens de valeur Rezner équivalente. Il convient de garder à l'esprit que les caractéristiques du géneset d'un azi et dans une certaine mesure sa classification sont déterminées par les bandes conçues pour ledit géneset et que les échecs antérieurs semblent dus à des lacunes dans leur conception.

La conduite des AL-5766 placés dans un milieu parental humain peut être considérée comme normale, avec toutefois une indéniable propension à l'agressivité. S'ils sont élevés au sein des communautés azies, les statistiques s'écartent de la norme : réactions violentes, brusques sautes d'humeur, anxiété irrationnelle. Les bandes s'avèrent inefficaces pour atténuer de tels troubles du comportement et les méthodes de rééducation sont inadaptées, bien qu'on ait enregistré certains progrès lors du transfert des sujets sur des théâtres d'opérations militaires où les conditions d'existence et les contraintes physiques étaient extrêmes.

Dans aucun cas, leur potentiel dans le domaine des mathématiques n'a pu être pleinement exploité. Le géneset des AL-5766 n'est plus utilisé depuis 2353, même pour des expérimentations. Mais Reseune souhaite tester sur eux une bande-réparatrice dont l'intérêt s'est accru depuis que la série AL-5767 semble entrer en fait dans la catégorie Bêta, tout en étant privée des caractéristiques qui rendent les 5766 à la fois si intelligents et asociaux.

Ce groupe comporte quatre séries. Les concepteurs de bandes ont en effet mis au point deux types de programmes de rééducation différents et ce nombre permettra d'établir des comparaisons suffisantes pour un premier essai. Nul contrôle ne sera effectué avec la bande originale : les AL-5766 bénéficient de données qui couvrent une période de quarante-six ans et vouloir démontrer les lacunes des anciens enregistrements serait pour le moins superflu.

Les œufs ne disposent d'un code personnel qu'après avoir reçu un ensemble complet de cellules diploïdes d'AL-5766. C'est une procédure normale, tant pour la production d'azis que pour la duplication de citoyens.

La matrice qui reçoit chaque œuf est bioplasmée et contractile. Cet environnement qui reproduit une grossesse naturelle est utilisée à Reseune depuis quarante-neuf ans. Tous les mouvements, les sons, les états chimiques et les cycles interactifs d'un utérus organique y sont reconstitués.

LOT EU-4651: DIX UNITÉS

Les AL-5766 ont un jour quatre points de vie aux codes génétiques identiques affairés à se diviser et croître dans les ténèbres de la matrice. Il en va de même pour les EU-4651, de sexe mâle, dont dix unités ont été stockées dans la génébanque.

Les EU-4651 sont de type Êta, entre 90 et 95 sur l'échelle de Rezner, et leur stabilité est exceptionnelle. Ce sont sans doute les azis les plus demandés par l'industrie et l'armée. Leur emploi n'est pas restreint à Cyteen et toutes leurs séries et variantes ont fait l'objet d'un dépôt de brevet. En d'autres circonstances Reseune se serait contenté de vendre les ovules à un laboratoire, mais il s'agit en l'occurrence de donner une utilisation différente à ces EU-4651. Un EU-4651 a en effet démontré posséder des aptitudes exceptionnelles qui se sont développées tardivement dans une situation d'urgence; ce qui pourrait entraîner une reclassification et un changement de type si une bande-programme parvenait à inclure ces nouvelles données, tant pour les EU-4651 existants que pour ceux qui restent à créer.

LOT RYX-20 : VINGT UNITÉS

Cette série est de type Rhô, Rezner 45 et inférieur. Le type Rhô correspond à la plus basse des classifications d'azis que Reseune produit à des fins commerciales. Leur comportement est satisfaisant, avec une rétroaction posi-

tive et une intervention minimale. Ils sont peu enclins à dévier du programme. Leur résistance aux problèmes provoqués par les bandes considérées comme défectueuses en fait des sujets d'expérience idéaux pour tester les nouvelles bandes. Telle sera la principale utilité de ces vingt azis. Étant prédisposés à subir des contraintes physiques importantes tout au long de leur vie, ils ne bénéficient pas comme les types de N à P de cures de réjuv mais reçoivent une structure qui donne entière satisfaction pour la perpétuation du génotype.

LOT CIT -*-**-**-**-****: UNE UNITÉ

CIT --**-**-**-**** va passer directement de sa matrice à un conteneur cryogénique, pour être transportée par un jet de la compagnie à un service d'expédition de Novgorod d'où elle prendra la navette régulière du week-end, si le temps l'autorise.*

Reseune dispose d'une section spéciale destinée à satisfaire les besoins du grand public, ce qui lui permet de bénéficier d'exonérations fiscales et d'amortir le matériel pendant les heures creuses.

CIT --**-**-**-**** provient d'un prélèvement effectué sur le cadavre d'une enfant de sept ans dont la mort a été accidentelle. Le bon de livraison comporte les mentions obligatoires informant la mère qu'aucun transfert d'identité n'a pu se produire et qu'une réplique doit obligatoirement avoir un conseil de tutelle, mais que si les parents le désirent, le clone pourra porter le nom et le matricule de la défunte en raison de son statut de double posthume de l'enfant, fille aimée de Susan X. (Nom de famille et matricule ne pouvant être divulgués.) L'embryon se développera dans le labo de ***, et seul le coût du transport à tarif réduit d'un petit conteneur sera facturé. Arrivée à terme, CIT -*-**-**-**-**** sera transférée de la cuve utérine dans les bras de sa mère génétique.*

LOT CIT -*-**-**-****DP : UNE UNITÉ

Le clonage d'individus qui préfèrent avoir un jumeau au lieu d'un enfant aux gènes provenant de deux sources est devenu une activité lucrative pour de nombreux labos. Le coût d'une telle opération peut en effet s'élever à 500 000 crédits. Mais les laboratoires de Reseune sont un centre de recherche et de développement et ils ne s'intéressent pas à ces pratiques appelées par certains le clonage narcissique, hormis pour les rares génotypes jugés d'un intérêt commercial ou expérimental exceptionnel. C'est le cas de ce fœtus qui arrive presque à terme. En fait, Reseune a assumé la totalité du coût de cette duplication désignée par le code CIT --**-**-****DP : le sujet-parent possède en effet des capacités hors du commun et souhaite partager son unicité génétique avec une réplique. Il a signé une décharge autorisant les labos à accéder à tous les enregistrements qui le concernent. Reseune a stocké ces données pour un développement ultérieur du généset en s'engageant à ne commercialiser ce dernier qu'à l'expiration d'un délai de cinquante ans après les décès du parent et de son double.*

*Reseune a stocké dix génésets à A**-1.*

LOT AGCULT-789X : UNE UNITÉ

AGCULT-789X se développe depuis un jour dans une des cuves utérines d'un grand immeuble situé au bas de la colline. AGCULT-789X, un expérimental comme son matricule l'indique, ressemble aux RYX-20 et aux EU-4651, si ce n'est que les codes génétiques des RYX-20 et des EU-4651 prévoient deux membres inférieurs et un épiderme lisse, alors que les siens lui donneront quatre pattes, un pelage bai et des possibilités de déplacement bien plus rapides.

AGCULT-789X est une créature d'origine terrienne. Les laboratoires ont procédé à une nouvelle tentative sur des espèces pour lesquelles les succès ont été à ce jour limités. Les programmes AGCULT s'appliquent à des repré-

sentants de la faune et de la flore, et ils ont permis d'obtenir des résultats plus significatifs avec les algues et les organismes occupant l'extrémité inférieure d'une chaîne alimentaire qui constituera un jour la base de l'alimentation de tous les descendants des espèces terriennes. Afin de cimenter la paix, la Terre a fourni à Cyteen les génésets et les données correspondantes d'un échantillonnage important d'animaux, en mettant l'accent sur les espèces disparues ou en voie d'extinction, ainsi que sur les génésets humains contenant des informations ayant pu s'effacer du pool génétique de l'Union et de l'Alliance.

En contrepartie, l'Union a adressé aux archives génétiques terriennes des génésets représentatifs de ses populations, dans le cadre d'un programme d'échanges qui permettra d'effectuer des comparaisons et de fournir des références en cas de catastrophe universelle ou de perte de contact aux causes imprévisibles.

Downbelow, l'un des deux mondes sur lesquels se sont installées des colonies humaines, a un statut de protectorat et il n'est pas question de modifier l'environnement en mettant en péril l'existence des populations autochtones. Les humains resteront de simples visiteurs, sur cette planète.

L'autre, Cyteen, est moins hospitalier et n'abrite aucune forme de vie plus évoluée que les platythères et les ankylodermes. Il se prête à un terraformage radical. La capacité des laboratoires de ce monde à stocker du matériel génétique en prévision d'éventuels bouleversements climatiques et atmosphériques irrévocables permet d'entretenir l'espoir d'une réapparition sélective des espèces dans certains habitats protégés, si de tels changements devaient s'avérer catastrophiques.

Calamité pour les espèces locales, le terraformage offre une opportunité unique d'étudier les régions interfacielles, de comparer l'adaptation des espèces terrienne et indigène et de faire ainsi progresser notre compréhension des bouleversements cataclysmiques qui ont autrefois affecté notre planète-mère et des changements subis par les humains lors de ces transformations radicales de leur cadre de vie.

Après avoir compris que l'évolution est inévitable mais pas toujours souhaitable, la Terre voit en Cyteen le dépositaire des codes génétiques des espèces en voie d'extinction. Certains des projets les plus ambitieux incluent un habitat pour les gros mammifères. Fait paradoxal, les expériences de terraformage de Cyteen – si destructrices pour la vie indigène de ce monde – ont permis de recréer des écosystèmes terriens menacés et l'application de ces techniques sur Mars, la quatrième planète du système de Sol dont l'équilibre écologique est encore plus fragile.

L'intérêt de certains des échanges proposés peut paraître moins évident.

La Terre souhaite par exemple acclimater sur Cyteen des cétacés et des primates. Elle a proposé un programme d'étude conjoint pour l'observation du développement des baleines et la comparaison des chants des spécimens des deux mondes.

Si de tels projets ont une indubitable valeur scientifique à long terme, le terraformage de Cyteen et son nouvel écosystème posent des problèmes plus pressants : bouleversements atmosphériques à l'échelle planétaire, cas des régions interfacielles, salinité importante et présence de minéraux à Baie de Swigert, dans la zone à forte densité de population du delta de la Novaya Volga qui offre les conditions les plus favorables à l'implantation d'un système d'aquaculture intensive...

CHAPITRE II

1

Vue depuis les airs, Reseune était une tache de verdure, une bande de vie encastrée dans la profonde vallée de la Novaya Volga. Chaque année, la Ville empiétait un peu plus loin sur les berges du fleuve : immeubles blancs de construction récente, enclos de l'AG, baraquements, laboratoires qui s'étendaient sous le hublot de gauche. Ariane Emory réunit ses papiers au moment où l'avion entamait sa descente et Florian apparut à côté de son siège pour prendre son nécessaire de voyage.

Elle ne se sépara pas de sa mallette.

Comme à son habitude.

Le jet prit contact avec le sol et la piste bétonnée grimpa à la rencontre des ailes delta. Le pilote freina et alla immobiliser l'appareil devant les bâtiments de l'aéroport pendant que le personnel au sol passait à l'action : chauffeurs, bagagistes, mécaniciens Une intervention rapide et précise qui permettait de tout régler à la fois, de la décontamination au débarquement. Ceux de Novgorod n'auraient pu les égaler

La totalité de l'équipe était constituée d'azis nés à Reseune. Les critères retenus pour leur formation dépassaient de beaucoup ceux jugés satisfaisants partout ailleurs. Mais cela s'appliquait à la majeure partie du personnel de ces laboratoires.

Elle voyait des visages et des modèles connus, et tout ce qui les concernait était stocké dans les banques de données.

Et, pour la première fois depuis des jours, Ariane Emory parvint à se détendre.

Sur le plan de la sécurité, le transfert s'était opéré sans problème. Les services de Reseune avaient pris la relève à l'instant où l'information selon laquelle RESEUNE UN décollait de Novgorod parvenait au bureau de Giraud Nye... en ne lui laissant qu'une heure de battement. Les déplacements d'Ari étaient souvent imprévus et elle n'en informait pas toujours à l'avance le responsable de la sécurité, mais cette fois elle avait battu tous les records.

– Avertis notre équipe, dit Giraud à Abban, son garde du corps.

L'azi s'en chargea avec son efficacité coutumière. Il veilla à faire procéder au transfert des registres et des rapports pendant que Giraud contactait son frère Denys, à l'administration. Ce dernier informa la section un du retour d'Ari dès que l'appareil entama la phase d'approche finale.

Le reste était de la routine, la procédure standard lorsque RESEUNE UN arrivait dans un grondement de turbines et qu'Ariane Emory revenait s'installer chez elle, dans sa section, sa résidence.

Au cours des informations de la veille des commentateurs avaient déclaré que le vote sur le projet Espoir venait d'être ajourné. La Bourse en avait été ébranlée et l'onde de choc risquait de se propager très loin dans l'espace, bien que les analystes aient qualifié ce contretemps de retard procédurier. Mais ils avaient aussi eu droit à une bonne nouvelle sous la forme d'une brève dépêche accompagnée d'une vid biographique fournie par le bureau des Sciences : un obscur chimiste de Lointaine venait d'obtenir un statut de Spécial. Au moins cette demande avait-elle été accueillie favorablement. Puis le Conseil s'était lancé dans une session marathon qui s'était poursuivie jusqu'au petit matin, ce qui avait engendré d'autres remous dans les places boursières interstellaires où les incertitudes n'étaient pas plus prisées que les brusques renversements de politique. Les porte-parole de tous les gouvernements de l'Union avaient organisé des conférences de presse pour commenter la situation et tenter de l'analyser – des interventions diffusées sous forme de flashes spéciaux avant même les informations du matin – et les journalistes avaient fait de leur mieux pour proposer des interprétations, faute de se voir accorder des interviews... même de la part des conseillers de l'opposition.

Seul le chef de la faction abolitionniste de la coalition centriste avait accepté d'exprimer son opinion : Ianni Merino, un personnage aux cheveux blancs en bataille, au visage encore plus rouge et aux propos encore plus outranciers que de coutume. Il voulait réclamer un vote de censure et envisageait de se séparer des centristes. S'il ne disposait pas des voix nécessaires pour mettre sa première menace à exécution, il pourrait réaliser la seconde. Giraud Nye avait écouté ses déclarations avec attention. S'il savait bien plus de choses que les commentateurs, il se demandait comme eux quel genre d'accord venait d'être conclu en coulisses et ce qui avait pu inciter Mikhaïl Corain à l'accepter.

Un triomphe pour Reseune ?

Une catastrophe politique ? Une perte ?

Il n'était pas dans les habitudes d'Ariane de le consulter pendant les sessions du Conseil, hormis en cas d'extrême urgence. Elle ne pouvait utiliser le téléphone, pas même sur les lignes protégées du bureau, mais elle avait des courriers et des avions à sa disposition.

Qu'elle n'eût pas donné signe de vie... cela semblait indiquer qu'elle gardait la situation sous contrôle malgré cet ajournement inattendu. Il l'espérait, tout au moins.

Les rencontres prévues avaient été annulées, les conseillers s'étaient décommandés et ceux de Russell et de Pan-paris avaient regagné en hâte Station Cyteen pour embarquer à bord d'un vaisseau qui devait appareiller pour leur système. Leurs secrétaires voteraient à leur place, par procuration. Sans doute avaient-ils reçu des instructions bien précises.

Ce ne fut pas seulement le protocole qui incita Giraud Nye et son frère Denys à aller attendre le petit car qui gravissait la rampe d'accès de Reseune.

La porte du véhicule s'ouvrit. Le premier passager qui débarqua fut comme toujours Catlin, vêtue de l'uniforme noir des membres des services de sécurité. Le teint blême et les traits tendus, ce qui n'était pas de bon augure, l'azie se pencha afin d'aider Ari à descendre... Ari qui portait un ensemble bleu ciel et tenait comme toujours sa mallette. Rien en elle ne pouvait laisser présumer d'une victoire ou d'une catastrophe. Puis elle se tourna vers les Nye et son expression dissipa leurs incertitudes.

– Votre bureau, dit-elle à Denys.

Giraud vit alors Jordan Warrick parmi les membres de l'équipe. Il n'était pas censé se trouver à bord de cet appareil. Parti cinq jours plus tôt à bord de RESEUNE UN, il n'aurait dû rentrer qu'en fin de semaine par un vol spécial de la RESEUNAIR.

Ils avaient de sérieux problèmes. L'arrivée de cet homme en compagnie d'Ari le surprenait autant que si les centristes et les expansionnistes venaient de faire cause commune. Les membres de la section de Warrick ne l'accompagnaient pas. Seul Paul, son chef de Maisonnée azi, le suivait avec son nécessaire de voyage, l'air inquiet.

Abban pourrait recueillir des informations auprès de l'entourage d'Ari, ces azis qui appartenaient à la Famille et étaient libres de rapporter les conversations entendues. Giraud donna cet ordre à Abban puis rejoignit Ari, Denys et Florian. Sitôt après avoir franchi les portes, ils s'engagèrent sans dire un mot dans un couloir latéral. Catlin suivait avec Seely, l'azi de Denys.

Ils n'échangèrent pas une seule parole tant qu'ils ne furent pas dans le bureau de Denys. Ari attendit qu'il eût mis en marche le brouilleur phonique de la pièce pour déclarer :

– Nous avons un problème.

Elle posa sa mallette sur le bureau en bois exotique verni et l'ouvrit avec des gestes précis.

– Le projet Espoir serait-il compromis ? s'enquit Denys en prenant la fiche qu'elle lui tendait. Ou est-ce en rapport avec Warrick ?

– Gorodin nous garantit que nous obtiendrons la majorité pour Espoir... si Jordan est nommé agent de liaison à l'installation psych militaire de Lointaine que nous devrons inclure de façon détournée dans notre projet.

– Seigneur ! s'exclama Giraud, avant de s'asseoir. Apprenez-moi comment vous avez acheté le vote de Mikhaïl Corain, et pourquoi l'amiral a inclu le transfert de Warrick dans cette tractation.

Il ne semblait avoir aucun doute, et il était évident qu'Ari n'en avait pas non plus.

– Il nous pose un sérieux problème, dit-elle.

– Nous ne pouvons rien faire contre lui s'empressa de déclarer Giraud, pris de panique.

Ari oubliait parfois ses limites, ou celles qu'aurait dû lui imposer la prudence.

– Il table sur ce fait, n'est-ce pas ?

Elle s'installa dans le fauteuil restant.

– Il reste à voter. Cette formalité pourra attendre la fin des travaux. Notre budget a été approuvé.

Giraud était en sueur. Il réprima le désir de s'essuyer le visage. Les ondes de l'audiobrouilleur entraient en résonance avec ses dents mais il était surtout incommodé par ses entrailles.

– Eh bien, c'est déjà ça, déclara Denys qui inclina son fauteuil en arrière et croisa les mains sur son estomac proéminent. Jordan est un imbécile. Pour commencer, nous pouvons placer sa section sous le contrôle de l'administration et récupérer son équipe et tous ses fichiers.

– Il est loin d'être stupide, rétorqua Ari. Je veux savoir si certains dossiers n'ont pas disparu.

– Vous pensez qu'il a pu leur fournir des documents compromettants ?

– Qu'est-ce qui aurait pu l'en empêcher ?

– Merde, laissa échapper Giraud. Ari, je vous avais mise en garde. Je vous avais avertie.

Elle inclina la tête, pour le lorgner.

– Vous oubliez un détail. Même s'il part pour Lointaine, son fils restera parmi nous.

– Nous avons cinq autres années de budget à faire accepter. Que se passera-t-il lorsque Jordie se sera exprimé devant les médias ?

– Ne vous tracassez pas pour ça.

– Que voulez-vous dire ?

– Il est ici, non ? Il a laissé ses assistants et le reste de son équipe à Novgorod. Paul excepté, bien sûr. Je ne lui ai pas encore parlé de cette fuite. Je me suis contentée d'envoyer Florian lui adresser un avertissement. Il a conscience de la gravité de ses actes et il doit savoir que je n'ignore rien de ses agissements.

– Si vous touchez à cet homme... Écoutez-moi. Il n'a certainement pas tenté une chose pareille sans protéger ses arrières. Dieu sait quels torts il peut nous causer et quels atouts il garde dans sa manche. Seigneur, je n'avais rien prévu de ce genre.

– Jordan et ses récriminations. Sa demande de transfert. Ses accrochages avec les autres membres de l'équipe. Oh ! Nos rapports sont toujours courtois, malgré nos divergences sur le plan politique. Nous avons d'ailleurs eu une discussion sur ce thème, pendant le retour. Et nous échangions de larges sourires. Pourquoi pas ? Qu'est-ce qui prouve que je n'aie *pas cru* les déclarations de Gorodin, après tout ?

– Il le sait !

– Et il sait que je sais qu'il le sait. Voilà la raison de nos amabilités. Je vais vous dire une chose. Je ne suis pas inquiète. Il croit que je m'abstiendrai d'agir tant que j'ignorerai ce qu'il détient contre nous. Il pense être le maître de la situation. Notre Spécial de la section éducative se juge plus malin que les autres et il a risqué le tout pour le tout en étant convaincu que tout se passera comme il l'a prévu. Il fera bientôt une contre-proposition. Moi aussi. Des mois s'écouleront ainsi. Il est certain de pouvoir me contrer, rendre coup pour coup. L'avenir nous dira qui a raison. Pour l'instant, je vais me contenter de regagner mes appartements. Florian adû terminer, à présent. Je prendrai une douche, m'allongerai un moment et lirai les rapports. Ah ! Je souhaite faire un véritable repas. Dîner de gala, ce soir. Ne convient-il pas de célébrer dignement la fin d'une session du Conseil ? Catlin se chargera d'établir le menu.

– Je vais en informer l'équipe, dit Denys.

Le simple fait de penser à de la nourriture retournait l'estomac de Giraud.

– Ce n'est pas un échec complet, ajouta-t-elle. Avez-vous suivi les informations ? La coalition centriste craque aux entournures. Le comportement de Corain a déçu Ianni Merino. Je n'aurais jamais cru qu'un vieux politicien comme Corain serait un jour dépassé par les événements. Ses partisans avaient accepté de se retirer en cours de séance et voilà qu'il modifie soudain sa position... Les abolitionnistes ne vont-ils pas le soupçonner de s'être laissé acheter ? Laissons-les s'écarter du centre et réclamer à nouveau la fermeture des labos. Il n'y a rien de tel pour semer la panique dans les rangs des modérés.

– C'est justement auprès de cet électorat que Jordan peut le plus nous nuire ! S'il s'adresse aux médias...

– Oh ! Vous ne pensez tout de même pas que nos adversaires prêteront attention à l'opinion de quelqu'un qui travaille pour nous ?

– Pourquoi ne le feraient-ils pas, s'il leur dit ce qu'ils souhaitent entendre ?

– Alors, il faudra faire en sorte qu'il perde une partie de sa crédibilité. *Étudiez la question,* Gerry. Corain finira par accepter – que dis-je ? par voter – la proposition de création d'une annexe de Reseune sur la route de la colonie Espoir. Les abolitionnistes ne sont pas devenus plus raisonnables, seulement plus discrets, et nous avons en leur sein quelques taupes qui nous permettent d'avoir accès à leurs dossiers. Occupez Corain en attisant les dissensions dans les rangs de ses partisans. Gorodin se sentira incommodé par les remous et nous lui ferons alors des propositions à même de l'intéresser. Il tient à ménager la chèvre et le chou. Le cas de Lu est plus délicat, mais nous le ramènerons à la raison. L'installation de Lointaine devrait nous le permettre. Étudiez toutes les possibilités. Avec discrétion. Utilisez vos contacts chez les militaires. Le bureau des Sciences va envoyer un vaisseau notifier à Rubin son nouveau statut et faire le nécessaire pour lui attribuer une résidence protégée dans la zone bleue de Lointaine : l'équipe partira dimanche, à bord de l'*Atlantis*.

– Harogo sera à son bord ? voulut savoir Denys.

– Bien sûr. Il n'y aura pas le moindre accroc, croyez-moi. Il fera passer la douane à nos hommes et l'*Atlantis* est rapide.

– Les militaires pourraient le rattraper.

– C'est exact. Mais Harogo est notre meilleur atout, sur sa station, et il a dans ses bagages le projet de construction le plus important que Lointaine ait jamais convoité. Après le couloir Espoir, naturellement. Tout se passera bien. Et si les centristes tentent quoi que ce soit contre Rubin, Harogo redressera sans peine la situation. Devoir lancer une riposte de ce genre ne serait pas pour me déplaire. Avez-vous vu le clip ? Rubin, le scientifique aux grands yeux, innocent et vulnérable. Je suis assez satisfaite de son impact.

– Cela peut se retourner contre nous, fit remarquer Giraud.

– J'ai confiance en Harogo. Il est parfois nécessaire de se contenter d'attendre.

– Même en ce qui concerne Warrick ?

– À condition qu'ils veuillent encore de lui le moment venu.

2

Ari adressa un doux sourire aux convives puis reporta son attention sur la salade qui provenait de ses jardins potagers et qu'elle assaisonna d'une copieuse cuillerée de keis : un fromage synthétique, une levure salée dont les spatiaux étaient friands. Sa mère en utilisait, autrefois. Ari aimait toujours son goût âcre et s'en procurait en dépit des problèmes d'importation.

La plupart des autres membres de la Famille avaient quant à eux le keis en horreur.

Ils étaient dans la grande salle à manger : une longue table centrale pour la Famille, et d'autres disposées en U sur le pourtour de la pièce pour les azis qui étaient à la fois plus proches et plus nombreux que les parents selon un rapport d'environ deux contre un.

Elle-même en bout de table, comme toujours depuis la mort d'oncle Geoffrey. À sa droite, Giraud Nye ; à sa gauche, Denys ; puis à nouveau sur la droite Yanni Schwartz et sur la gauche sa sœur Beth, avec en face d'elle le fils de Beth par Giraud : le jeune Suli Schwartz au nez et au visage en lame de couteau, maussade et mort d'ennui à seize ans. Ensuite venaient Petros Ivanov et ses deux sœurs, Irene et Katrin ; l'amant du moment de cette dernière, Morey Carneth-Nye à la peau sombre ; la vieille Jane Strassen qui ressemblait à une impératrice douairière avec sa robe noire et ses bijoux d'argent exhibés de façon ostentatoire ; sa fille Julia en robe verte au décolleté pour le moins audacieux ; ce cher cousin Patrick Carnath-Emory, *bien* plus Carnath qu'Emory et aux doigts en guimauve... il essuyait déjà son pantalon ; la fille de Patrick, Fideal Carnath, au teint olivâtre et charmante, puis son fils de trente-deux ans, Jules, qu'ils avaient cru de Giraud avant qu'un examen génétique ne révélât que son père était en fait Petros. Venaient ensuite Robert Carnath-Nye, sa fille Julia Carnath *et*, à l'autre bout de la table, Jordan Warrick et Justin, qu'une personne non informée aurait pu prendre pour son fils alors qu'il était son clone.

Vanité, vanité.

Jordan avait eu des liaisons. (N'était-ce pas leur cas à tous ?) Mais au moment de transmettre son hérédité il s'était méfié de la nature, ou de la gent féminine. La tentation de la divinité avait pu le séduire : peut-être estimait-il qu'un Spécial se devait d'en produire un autre.

Un dupliqué parental n'était pas un azi. Sur le plan légal, il existait des différences considérables entre, par exemple, Justin et Grant, qui devait s'asseoir à l'autre table. Ils étaient très proches dans tous les domaines et nés dans le même labo à un jour (insignifiant) d'intervalle. Mais Justin, un jeune homme brun de dix-sept ans au physique agréable, à la mâchoire carrée et aux larges épaules, la réplique de Jordan au même âge, portait le matricule CIT 976-88-2355DP : le préfixe de Citoyen si important et le suffixe de Dupliqué Parental. La reproduction était parfaite, à l'exception des traits accidentels comme le nez cassé de Jordan, la petite balafre sur le menton de Justin et, surtout, la personnalité *et* les capacités. À l'époque où Justin n'était qu'un minuscule embryon à l'intérieur d'une cuve utérine le projet Bok pouvait déjà être considéré comme un échec, mais (et cela amusait Ari) Jordan avait entretenu l'espoir que ses bandes et ses gènes parviendraient à compenser les lacunes de la science.

Ce garçon possédait un esprit très vif. Mais il n'était pas Jordan. Dieu merci.

Grant portait le matricule ALX-972 : un expérimental conçu par Ari, au physique très réussi et aux antécédents excellents... un géneset de Spécial sur lequel elle avait corrigé une tare génétique. Le résultat était tel que les descendants d'un biologiste au corps flasque, affligé de myopie et de problèmes auditifs, en auraient été sidérés.

Grant n'était pas doué pour la biologie mais pour la conception de bandes. Cet Alpha pourrait perfectionner les structures qui faisaient de lui ce qu'il était devenu. Et la différence de statut légal résidait dans ces structures, et non dans la substitution de certaines séquences du géneset ou la nature de la matrice qui avait servi de cadre à leur gestation.

Un nouveau-né, confié à son père et placé dans un berceau de la Maison, avait entendu... trop souvent le silence. Accaparé par son travail, Jordan Warrick n'avait pas de temps à lui consacrer, et il devait attendre ses repas, être éveillé par des bruits intempestifs...

L'autre avait été mis dans un berceau du laboratoire où des battements de cœur étaient à intervalles réguliers remplacés par une voix apaisante, où ses mouvements étaient surveillés, ses pleurs mesurés, ses réactions minutées... puis il avait écouté des bandétudes pendant trois ans, jusqu'au jour où Ari l'avait confié aux bons soins de Jordan. Il s'agissait d'une mesure normale. Tous les azis de potentiel Alpha étaient élevés par des humains, et à l'époque les rapports entre Ari et cet homme étaient houleux mais sans plus. L'attribuer à un membre de la Maisonnée qui avait un fils du même âge était naturel, et disposer d'un Alpha en tant que compagnon de jeu représentait un honneur, même à Reseune.

Je sais pouvoir faire confiance à Justin, avait-elle déclaré à Jordan. Les réunir me paraît logique. J'accepte bien volontiers qu'ils soient élevés ensemble, dès l'instant où il me sera possible de poursuivre l'instruction de Grant et de contrôler ses progrès.

On pouvait en déduire que Justin obtiendrait par la suite la garde de l'azi, qu'il deviendrait son compagnon... et donc qu'Ari estimait le jumeau génétique de Jordan digne de faire partie des tuteurs d'Alpha, qu'elle pensait que ses propres résultats équivaudraient à ceux d'un azi de ce type.

Tout se déroulait comme elle l'avait prévu. Les interventions étaient banales, mineures, et ne risquaient pas d'affecter l'intellect de l'azi... ce qui, dans certaines limites bien sûr, n'avait d'ailleurs pas été sa préoccupation fondamentale lors de sa création.

En outre, Ari n'était pas mécontente d'avoir un contact auprès d'un personnage tel que Jordan, même si Grant ne pourrait rien lui apprendre qu'elle ne sût déjà.

Mais... elle estimait que ce serait peut-être utile un jour.

Elle termina la salade puis s'entretint avec Giraud pendant que les serveurs changeaient les assiettes et apportaient le plat suivant : un jambon magnifique. Des porcs terriens étaient élevés à Reseune, nourris des déchets des jardins. Cochons et chèvres, les plus anciens et les plus résistants de tous les fournisseurs de viande de l'humanité, des animaux assez prudents pour ne pas s'empoisonner en mangeant des plantes locales.

Contrairement aux chevaux et aux bovins qui paraissaient avoir des tendances suicidaires.

On apporta le dessert, un sorbet parfumé et savoureux.

– Vous savez, déclara-t-elle, nous allons devoir procéder à des changements radicaux au sein du personnel.

Elle fut étonnée par le brusque silence. Tous tendaient l'oreille, alors qu'elle ne s'était adressée qu'à Denys.

– Je ne m'attends pas à rencontrer de difficultés pour faire accepter le projet Espoir.

Tous l'écoutaient, sans dissimuler leur intérêt. Elle sourit aux membres de la Famille, posa sa cuiller et prit la petite tasse de café.

– Vous savez comment interpréter cela. Aucun problème. Oubliez ce que vous avez pu entendre. Tout continue, sans imprévus ni retards, et nous avons en outre à relever un nouveau défi... d'ailleurs passionnant : l'implantation d'une installation psych militaire à Lointaine. En plus de ce que nous avions prévu. Et cela bouleverse tous nos projets. Il convient de féliciter Jordan pour le travail de préparation. Il faut lui accorder le mérite de nous avoir ouvert la route d'Espoir *et* livré l'annexe de Lointaine sur un plateau. Les faits sont là. Et il est le principal artisan de cette magnifique victoire.

Nulle expression n'apparaissait sur le visage de Warrick, qui rétorqua :

– Cessons de feindre. Nous sommes *entre nous,* pas devant des caméras.

Elle lui adressa un sourire.

– Jordan, je vous assure de ma profonde reconnaissance. Je m'étonne que cela puisse vous décevoir, mais vous venez de rendre un fier service à Reseune... et à moi-même. C'est sans la moindre arrière-pensée que je vous félicite.

– Enfer !

Ari se mit à rire et but une autre gorgée de café.

– Mon cher Jordie, je sais que vous espériez m'en faire la surprise, mais c'est à *moi* que Gorodin s'est adressé. Je vous accorderai tout ce que vous désirez. Vous *obtiendrez* ce transfert tant attendu, vous et tous les membres de votre section désireux de partir pour Lointaine. Lorsque nous aurons reçu la demande officielle des militaires, cela va de soi.

– Qu'est-ce que ça signifie ? voulut savoir Yanni Schwartz.

– Je ne dis pas que ce sera une mauvaise chose, déclara Ari. Et sachez que ce coup de poignard dans le dos n'est pas volontaire, Yanni... Jordan m'a forcé la main. Je pense d'ailleurs que tous devraient y réfléchir, ceux qui préfèrent s'exiler au loin et ceux qui ne souhaitent pas renoncer au confort de Reseune... et Dieu sait que les jambons et les fruits frais manqueraient à certains d'entre nous. Mais les opportunités qui accompagnent tout transfert doivent être prises en considération.

Une autre gorgée de café, bue lentement, l'air pensif. Elle surveillait les yeux de Jordan comme s'ils s'affrontaient au fleuret.

– Nous ne supprimerons pas la section éducative de Reseune. En outre, il sera impossible de tous vous transférer. Nous devrons nous restructurer, faute de pouvoir nous dupliquer...

Un sourire un peu plus large leur indiqua qu'elle voulait plaisanter. Suli Schwartz s'éveilla et regarda autour de lui afin de découvrir s'il était ou non censé rire.

– Jordie, je vous demanderai de me signaler les membres de votre équipe les plus qualifiés.

– Avec plaisir, même si je doute que vous teniez compte de mon avis.

Elle rit, afin de conserver à cet échange de paroles un tour courtois.

– Il est logique de supposer que tous ceux que vous pourriez me recommander *voudront* eux aussi être transférés et que vous ne rejetterez pas leur candidature, mais je me baserai sur vos suggestions chaque fois que ce sera possible. Yanni, j'aimerais que vous vous chargiez de régler ces détails avec Jordie.

La méfiance s'accentuait derrière le masque de neutralité des convives. Le jeune Suli parut enfin comprendre ce qui se passait. Peut-être venait-il de prendre conscience qu'il ne se trouvait plus à la table des enfants mais à celle des adultes, pour une grande occasion. Tous s'étaient figés, membres de la Famille et azis installés sur le pourtour de la salle.

Un raclement de gorge de Denys :

– Au fait, Ari...

Un autre grondement.

– Ne serait-il pas possible d'avoir quelques-uns de ces délicieux biscuits qui nous ont été servis hier soir ?

Avec espoir.

– Si, ser, répondit un serveur proche de la porte.

Il s'esquiva, pendant que Denys additionnait son café d'une quantité considérable de sucre.

– Hm, l'important c'est Reseune, n'est-ce pas ? Ari, Jordie, Yanni, nous avons tous les mêmes aspirations : pouvoir poursuivre librement nos travaux. Aucun de nous n'apprécie les contraintes administratives. C'est une telle perte de temps. Ce que nous effectuons ici est plus important que les mesquines querelles des politiciens de Novgorod. Que les administrateurs de station soient ou non autorisés à créer des génébanques est certes plein d'intérêt, mais ce ne sont pas des problèmes qui nous concernent... ce que je veux dire, c'est que la politique ne devrait pas entraver nos recherches. Assister aux séances du Conseil est parfait pour Corain ou Chavez, et surtout pour Bogdanovitch, mais je trouve regrettable que Gorodin perde ainsi son temps. Et en ce qui concerne les Sciences... c'est plus grave encore. Je suis sincère, Ari, cela représente un gaspillage inadmissible de votre temps et de votre énergie...

– Je ne partage pas ce point de vue, déclara Jordan.

Il leva son verre de vin à une rivalité aussi vieille que leur présence à Reseune, aux pointes traditionnellement échangées autour de cette table.

– Étant donné qu'Ari semble considérer que son domaine s'étend à tout l'univers.

Elle en rit et tous se sentirent soulagés de constater qu'elle n'assimilait pas de tels propos à une insulte. Nul ne souhaitait provoquer un incident, pas même Jordan.

– Eh bien, l'opportunité d'élargir votre propre horizon vient de se présenter, il me semble ? dit-elle. Espoir doit passer à proximité de Lointaine, et vous travaillerez avec de vieux amis. Ce serait bien différent si vous partiez seul. Si j'étais plus jeune, Jordie, je m'empresserais de saisir cette occasion. Mais Denys a raison. Le combat politique est gagné et l'avenir est tracé. Je suis impatiente de reprendre mes travaux et vous êtes impatient de reprendre les vôtres. Je suis désolée de vous charger d'une tâche administrative, mais vos compétences nous sont indispensables. Je vous demande de mettre sur pied une nouvelle section éducative, ici même, à Reseune. Ce sera pour vous la possibilité de nous transmettre votre héritage.

– Je l'ai déjà légué à des caissons cryogéniques, rétorqua Jordan.

Des rires nerveux, tout autour de la table.

– En voudriez-vous un échantillon ?

Ari gloussa et but une gorgée de café.

– Quoi ? J'aurais cru cela contraire à vos goûts, Jordie. Mais nous disposons quoi qu'il en soit d'une deuxième source d'approvisionnement.

Justin rougit. Tous se tournèrent vers lui pour s'en assurer. Il laissa échapper un petit rire.

– Je suis certain que Jordie fera tout son possible pour nous faciliter la tâche, intervint Denys avant que la situation ne pût s'envenimer.

C'était un vieux principe : rien de trop déplaisant, dans cette salle. Ici, les seules armes autorisées étaient les traits d'esprit, décochés avec modération.

– Je n'en doute pas, dit Ari qui fit une pause puis ajouta avec gravité : Nous devons nous restructurer. Je compte effectuer une partie de mon travail de conseillère par procuration. Tout sera plus calme, maintenant que nos projets principaux ont un avenir assuré. Nous ne devrions pas avoir de problèmes. En outre, il me sera toujours possible de faire un saut à Novgorod si ma présence y est indispensable. Mais Denys a raison, je suis très âgée...

– Certainement pas ! protesta Denys.

– Disons alors que je viens d'entamer la dernière étape de mon existence... c'est la stricte vérité.

Le silence était revenu.

– L'expérience Rubin me prendra une grande partie du temps qu'il me reste à vivre. Je ne suis pas morbide, vous savez comme moi que nous n'avons pas l'éternité devant nous pour lancer ce projet. Yanni, je vous charge de tout organiser, pour Lointaine. Je continuerai de m'informer de l'évolution de la situation, mais je tiens à superviser ce programme... pour prouver que je peux être encore active. Ou par vanité, peut-être...

Elle s'autorisa un petit rire.

– Je compte écrire mon livre, procéder à des recherches complémentaires. Prendre une retraite anticipée, en quelque sorte.

– Tiens donc ? s'exclama Jordan.

Elle sourit et couvrit sa tasse avec sa paume quand le serveur voulut la resservir.

– Non, merci. J'ai absorbé assez de caféine pour pouvoir gagner mes appartements. Je vais aller y prendre du repos, bien que le sol semble monter et descendre sans cesse... car nous avons subi d'importantes turbulences au-dessus du Kaukaz. Et je n'ai pas fait un somme véritable pendant tout mon séjour à Novgorod. Catlin ?

Une chaise fut déplacée et l'azie apparut près d'elle, accompagnée par Florian. Catlin recula son siège.

– Bonne nuit à tous, fit Ari avant de se tourner vers Florian : Va dire à Grant que je veux le voir.

Les autres membres de la Maisonnée se levaient à leur tour et sortaient de la salle.

– Sera ?

– Je dois lui parler. Annonce-lui qu'il me sera désormais affecté. Justin ne deviendra jamais son tuteur. Je présume qu'il a déjà dû le comprendre.

3

– Un instant.

Florian venait de s'adresser à Justin et à Grant qui sortaient derrière Jordan et Paul, dont ils étaient séparés par d'autres membres de la Famille et des azis.

– Plus tard, rétorqua Justin.

Son cœur s'emballait. C'était toujours le cas, lorsqu'il avait affaire à Ari ou à ses gardes du corps pour des raisons autres que professionnelles. Il prit Grant par le bras pour lui faire franchir la porte, mais Florian bloquait le passage.

– Je regrette, insista l'azi. Sera veut parler à Grant. Il lui est affecté, désormais.

Il fallut à Justin quelques instants pour comprendre le sens de ce qu'il venait d'entendre. Quant à Grant, il s'était figé.

– Mais il peut aller récupérer ses affaires, précisa Florian.

– Va lui dire que nous refusons.

Ils empêchaient les Schwartz de sortir. Justin s'avança dans le corridor et entraîna Grant avec lui, mais Florian les suivit.

– Dis-lui... bon sang, dis-lui que si elle souhaite bénéficier de ma coopération dans quelque domaine que ce soit, elle devra me laisser Grant !

– Je regrette, ser, mais il est trop tard. Il doit aller chercher ce qui lui appartient. Catlin et moi veillerons sur lui du mieux que nous le pourrons.

– Elle ne fera pas une chose pareille, dit Justin en s'adressant à Grant.

Florian regagnait la salle à manger, où Ari s'attardait. Justin avait froid et le repas alourdissait son estomac.

– Reste ici.

Son père attendait un peu plus loin dans le vestibule, en compagnie de Paul, et il alla les rejoindre. Il s'efforçait de paraître détendu et craignait d'être trahi par la pâleur de son visage.

– Il y a du nouveau au sujet d'un projet, déclara-t-il à son père. Je dois aller régler certains détails.

Jordan hocha la tête. S'il se posa des questions, l'explication semblait suffisante. Justin revint vers Grant, posa la main sur son épaule au passage, puis entra dans la salle à manger où Ari s'entretenait toujours avec Giraud Nye.

Il attendit. Elle porta les yeux sur lui et dut donner congé à Giraud, car cet homme regarda à son tour Justin et les laissa.

– À quoi rime cette histoire ? demanda Justin en venant vers Ari.

– Je vais avoir besoin de lui, c'est tout. Il a un géneset de Spécial sur lequel j'effectue des recherches. Il me sera utile, voilà tout. Cette décision n'a aucun caractère personnel.

– À d'autres !

Il venait de perdre le contrôle de sa voix, ce jeune homme de dix-sept ans qui affrontait une femme aussi redoutable que son père. Il éprouvait le désir de la frapper. Ce qui n'entrait pas dans le cadre des possibilités. À Reseune, Ari pouvait faire n'importe quoi. À n'importe qui. Il était bien placé pour le savoir.

– Que voulez-vous ? Que désirez-vous obtenir de moi ?

– Je viens de te dire que ce n'est pas une affaire personnelle. Grant peut aller chercher tout ce qu'il possède. Il disposera ensuite de quelques jours pour se détendre... et en outre tu continueras de le voir. La situation serait différente si tu ne travaillais pas dans cette section.

– Vous comptez tester des bandes sur lui !

– C'est son utilité, il me semble ? Grant est un expérimental. Subir des tests est ce que nous attendons de lui en échange de l'existence que nous lui offrons...

– Il gagne sa vie en tant que concepteur, bordel ! Il n'est pas un de vos foutus cobayes, il est...

Mon frère, manqua-t-il dire.

– Je regrette que tu laisses tes sentiments prendre le pas sur ton objectivité et je te conseille de te calmer sur-le-champ. Tu n'as pas encore été habilité à avoir la tutelle d'un Alpha, et il est improbable que tu le sois un jour si tu ne réussis pas à te dominer. Si tu lui as fait des promesses que tu ne peux tenir, tu es le seul à blâmer. *Tu* l'as blessé. Dieu sait de quoi tu t'es encore rendu coupable envers lui, et je découvre qu'un long entretien avec toi va s'avérer nécessaire... pour t'apprendre ce qu'est un Alpha, découvrir ce que tu lui as fait et décider si tu es digne d'obtenir un jour sa tutelle. Posséder de l'intelligence n'est pas tout, mon garçon. Encore faut-il savoir raisonner en faisant abstraction de ses aspirations et de ses convictions. Il serait grand temps que tu le comprennes.

– D'accord, d'accord, je me plierai à tous vos désirs. Et lui aussi. Mais autorisez-le à rester avec moi !

– Calme-toi, tu m'entends ? Calme-toi. Je ne peux laisser un Alpha à quelqu'un d'aussi surexcité. En outre...

Du bout de l'index elle exerça une pression sur la poitrine de Justin.

– Tu sembles oublier à qui tu as affaire, mon chéri. Tu devrais savoir que je parviens toujours à mes fins. Tu n'as jamais rien obtenu en me manifestant ton opposition. Sèche tes larmes, reprends-toi, et regagne tes appartements avec Grant pour veiller à ce qu'il n'oublie rien qui pourrait lui être utile. Et, surtout, apaise ses craintes et ne t'avise pas d'accentuer son appréhension. Tu n'as donc pas la moindre compassion ?

– Soyez maudite ! Que *voulez-vous* ?

– J'ai déjà tout ce que je désire. Va et exécute mes ordres. Tu travailles pour moi. Et j'espère que demain matin tu manifesteras à mon égard toute la politesse et le respect que tu me dois. Est-ce compris ? Maintenant, va t'occuper de tes affaires.

– Je...

Ari se détourna. Elle se dirigea vers la porte de la zone de service et ses gardes du corps vinrent barrer le passage à Justin ; des azis, privés de choix.

– Florian, appela-t-elle avec impatience.

Et Florian laissa à sa coéquipière le soin de bloquer seule le chemin. Catlin était la plus redoutable des deux, car elle n'avait pas autant de scrupules que son compagnon. Elle n'hésiterait pas à utiliser la manière forte à la moindre incartade.

– Partez de l'autre côté, jeune ser, lui ordonna-t-elle. Faute de quoi je devrai intervenir.

Il se retourna et regagna l'autre porte. Grant l'attendait, livide et silencieux après avoir été le témoin de toute l'altercation.

– Viens, lui dit Justin qui le prit par le bras.

En temps normal il eût rencontré une légère résistance, découvert de la tension dans ses muscles. Il n'y en avait pas. Grant se contenta de le suivre puis de marcher à son côté lorsqu'il le lâcha. Il ne dit pas un mot avant d'être dans l'ascenseur des résidences du troisième niveau.

– Pourquoi fait-elle cela ?

– Je l'ignore. Mais ne t'inquiète pas. Tout va s'arranger.

L'azi le regarda à l'instant où la cabine s'immobilisa et Justin fut bouleversé par la vague lueur d'espoir qui faisait briller son regard.

Le couloir était presque désert en raison de l'heure tardive. Ils se dirigèrent vers leur appartement, dans une zone calme et résidentielle. Justin prit sa carte et la glissa dans la fente de la serrure, avec difficulté. Sa main tremblait. Grant dut s'en rendre compte.

– *Aucune entrée depuis la dernière utilisation de cette clé,* annonça la voix plate du concierge qui fit aussitôt la lumière, conformément aux instructions que Justin avait incluses dans son programme.

Tout s'éclaira dans la salle de séjour bleu et beige, ainsi que dans une autre pièce.

– Grant m'accompagne, murmura-t-il à l'appareil.

La chambre de l'azi s'illumina à son tour au-delà de la voûte située sur la gauche.

– Je vais prendre mes affaires, déclara Grant.

Puis ses émotions furent les plus fortes et il demanda d'une voix tremblante :

– Ne devrions-nous pas avertir Jordan ?

– Dieu !

Justin étreignit Grant puis serra les poings et tenta de réfléchir, de raisonner en faisant abstraction de sa situation et de la loi de Reseune qui lui interdisait de protéger celui qu'il avait toujours considéré comme son frère, aussi loin que remontaient ses souvenirs.

L'azi savait autant de choses que lui. Il n'existait entre eux aucune différence, aucune, à l'exception d'une lettre dans un matricule : un maudit X qui ferait de Grant la propriété des laboratoires jusqu'à la fin de ses jours.

Ari pourrait l'interroger sur Jordan, sur tout ce qu'il savait ou suspectait. Elle testerait sur lui de nouvelles bandes-structures, inhiberait certains compartiments de sa mémoire, lui ferait subir tout ce qui lui viendrait à l'esprit... et il n'existait aucun moyen légal de l'en empêcher.

Elle se vengerait de Jordan par son entremise. Cette maudite femme voulait s'approprier Grant après avoir fait affecter Justin à sa section. N'interviens pas, avait-il dit à son père. Laisse-la me prendre dans son équipe. Ne conteste pas cette décision. C'est sans importance. Tu ne peux te permettre de te fâcher avec elle en ce moment, et ce sera peut-être pour moi un poste valable.

Parce qu'il ne voulait pas risquer de compromettre les chances qu'avait Jordan d'obtenir ce transfert auquel il tenait tant.

Et son père lui avait alors dit, avec gravité :

– Dis-le-moi, dis-le-moi *tout de suite* si elle te crée la moindre difficulté.

Ses problèmes avaient été nombreux, depuis qu'il travaillait auprès d'Ari : un entretien avec elle dans son bureau, la femme bien trop proche de lui et le touchant d'une façon tout d'abord amicale puis plus intime, pendant qu'elle laissait entendre qu'elle n'avait pas demandé son transfert uniquement pour des raisons professionnelles et qu'elle attendait de lui – et de Grant –

de petites faveurs, parce qu'elle exigeait cela de tous ses assistants. Faute de quoi, elle pouvait rendre la vie très difficile aux membres de son équipe.

Il en avait éprouvé du dégoût, et de la frayeur. De l'angoisse, quand il avait compris les intentions de cette femme, vu le piège se mettre en place. Elle voulait se servir de lui pour inciter Jordan à provoquer un incident, qu'elle utiliserait pour lui nuire. Conscient des dangers, il n'avait rien dit quand elle l'avait touché, il avait balbutié des rapports pendant qu'elle demeurait assise sur le bras du fauteuil et caressait son épaule. Elle le convoquait dans son bureau après les heures de travail, pour l'interroger sur des sujets d'ordre personnel en feignant de remplir un formulaire, et il marmonnait alors des réponses à des questions qu'il chassait aussitôt de son esprit ; parce qu'elles se rapportaient à des choses qu'il n'avait jamais faites et qui l'horrifiaient. Il la suspectait d'influencer le cours de toute son existence sans utiliser ni bandes ni drogues, seulement son habileté face à sa naïveté. Il aurait pu s'en prémunir... à condition de perdre sa capacité de se sentir choqué, de lui répondre avec cynisme, et d'accepter les règles de ce jeu...

... établies par cette femme.

– Je trouverai quelque chose, affirma-t-il à Grant. Il doit exister un moyen de nous tirer de ce mauvais pas. Tout finira par s'arranger.

Et il laissa l'azi regagner sa chambre pour faire ses bagages, pendant qu'il restait seul dans la salle de séjour et que l'angoisse glaçait tout son être. Il envisagea de contacter Jordan, pour lui demander conseil et savoir s'il ne *pouvait* rien tenter de légal.

Mais il était probable que son père irait alors voir Ari pour négocier la liberté de Grant. Et cette femme pourrait utiliser d'autres atouts, comme les enregistrements de leurs tête-à-tête dans son bureau...

... Ô Seigneur ! Jordan porterait l'affaire devant le bureau des Sciences et déclencherait un conflit qui rendrait tous les accords caducs et lui ferait perdre tout ce qu'il avait si difficilement acquis.

Il aurait pu interroger les ordinateurs de la Maison sur les dispositions légales qui s'appliquaient à ce cas... mais il n'osait utiliser un terminal : chaque consultation était enregistrée. Tout laissait des traces. En cas d'affrontement au grand jour, Reseune ne pourrait que gagner. Et si Justin ignorait quelle était l'influence d'Ari au sein des milieux politiques, il la savait capable de faire ouvrir de nouvelles routes à l'exploration de la galaxie, de soudoyer des sociétés importantes sur de lointaines stations stellaires et de modifier la nature des échanges commerciaux avec Vieille Terre et encore n'était-ce que la partie visible de l'iceberg.

Au-delà de la voûte une porte claqua et il vit Grant empiler ses vêtements sur le lit.

Il sut alors où devait se rendre l'azi... là où ils avaient rêvé d'aller pendant l'enfance, lorsqu'ils s'asseyaient sur la berge de la Novaya Volga pour lancer des bateaux faits avec de vieilles boîtes de conserve en direction de Novgorod, afin d'étonner les citadins. Et plus tard, un certain soir où ils avaient parlé du transfert de Jordan et de l'attente du jour où ils pourraient à leur tour quitter Reseune.

La pire des hypothèses venait de se réaliser, pensa-t-il. Ils devaient saisir l'unique opportunité de fuite qui s'offrait à eux, quitte à improviser.

Il gagna la chambre de Grant, l'index collé à ses lèvres pour lui imposer le silence. La sécurité les surveillait, Jordan le leur avait appris. Il prit le bras de l'azi, le guida vers la salle de séjour et la porte, sortit son manteau du placard du vestibule... il n'avait pas le choix : il gelait à pierre fendre, dehors. Il tendit un autre vêtement à Grant puis l'entraîna dans le couloir.

Où ? demandait le regard apeuré de l'azi. *Tu vas faire une bêtise.*

Justin le conduisit vers l'extrémité du couloir et les ascenseurs.

Il pressa la touche TT et la cabine s'enfonça. Mon Dieu, pourvu qu'elle ne s'arrête pas au niveau principal...

– Justin...

Il repoussa Grant contre la paroi et l'immobilisa, bien qu'il fût plus grand que lui d'une tête.

– Silence, ordonna-t-il. C'est un ordre. Pas un mot. Rien. *C'est compris ?*

Il ne lui était encore jamais arrivé de s'adresser à son ami sur un ton aussi autoritaire. Il en tremblait. L'azi serra les dents et hocha la tête, terrifié, alors que la porte de l'ascenseur s'ouvrait sur les boyaux de béton des tunnels-tempête. Il tira Grant hors de la cabine et le poussa à nouveau contre le mur. Avec moins de brutalité, cette fois.

– À présent, tu vas bien m'écouter. Nous quittons Reseune...

– Je...

– Écoute-moi bien. Ne laisse pas ton visage traduire tes émotions. Ne pense à rien. Vide ton esprit, et reste ainsi. C'est un ordre ! S'il existe un moment dans ta vie où tu dois faire ce que je te dis... c'est à présent. Tu m'entends ?

Grant inspira à fond. Il recommença, et finit par se détendre.

Plus de panique. Plus rien.

– Parfait, approuva Justin. Enfile ton manteau et en route.

Ils empruntèrent un autre ascenseur pour gagner la section administrative puis ils se rendirent dans les vieilles cuisines où les azis de l'équipe de nuit lavaient la vaisselle du dîner avant de préparer les petits déjeuners. C'était une voie d'évasion que tous les enfants de la Maison avaient empruntée un jour ou l'autre ; par ces lieux où la climatisation ne pouvait compenser la chaleur des fours et où des générations de cuisiniers avaient calé la porte coupe-feu à l'aide d'une poubelle pour laisser entrer un peu d'air frais. Les azis ne signalaient pas de telles sorties, hormis si on les interrogeait, et l'administration n'avait jamais pris de mesures pour mettre un terme à cette pratique... Les jeunes CIT et autres garnements qui faisaient l'école buissonnière étaient ainsi contraints de passer devant des témoins qui pourraient, en l'occurrence, s'empresser de confirmer qu'ils avaient vu Justin Warrick et son azi sortir par cette porte...

... mais du temps s'écoulerait avant le début des recherches.

Chut, mima-t-il aux cuisiniers qui leur adressaient des regards intrigués et méfiants... justifiés par l'heure tardive et le fait que ces fugueurs étaient plus âgés que ceux qui traversaient habituellement leur domaine.

Au-delà de la poubelle, vers le bas des marches, dans des ténèbres glacées.

Grant le rattrapa près de la station de pompage, le premier abri avant la pente qui descendait jusqu'à la route.

– On va au pied de la colline, dit alors Justin. Pour prendre le bateau.

– Et Jordan ?

– Il ne risque rien. Viens.

Il repartit en courant vers la chaussée, avec Grant sur les talons. Ce fut ensuite d'un pas plus paisible qu'ils suivirent les rues du secteur des entrepôts et des ateliers de réparations, puis de la Ville elle-même. Les veilleurs de nuit effectuaient des rondes sur le périmètre de Reseune afin d'inspecter le grillage et enregistrer les informations météorologiques. Ils ne s'occuperaient pas de deux jeunes membres de la Famille partis se promener sur la route de l'aéroport. La boulangerie et les moulins fonctionnaient à plein rendement toute la nuit, mais ils se trouvaient de l'autre côté de l'agglomération ; de simples lumières lointaines, alors qu'ils laissaient derrière eux les derniers baraquements.

– Jordan va-t-il contacter Merild ? demanda Grant.

– Aie confiance, je sais ce que je fais.

– Justin...

– La ferme, Grant. Tu m'entends ?

Ils atteignirent l'aéroport. Les projecteurs du terrain d'atterrissage étaient loin sur la droite, mais les éclairs stroboscopiques de la balise illuminaient les ténèbres d'un monde désert à intervalles réguliers. Au loin, les entrepôts du fret et le grand hangar de la RESEUNAIR étaient brillamment éclairés ; on y effectuait des travaux de maintenance sur un des appareils commerciaux.

– Justin... *le sait-il* ?

– Il se tirera d'affaire, crois-moi. Viens.

Justin se remit à courir. Il ne laisserait plus à Grant le loisir de pouvoir l'interroger. Il suivit la route qui longeait l'extrémité de la piste d'atterrissage, passa le long du quai des barges puis franchit un pont de béton pour atteindre des entrepôts accroupis sur la rive du fleuve.

Personne ne verrouillait les portes de la remise. C'eût été inutile. Il poussa le battant de l'abri préfabriqué et tressaillit en entendant crisser les gonds. Il s'avança à l'intérieur, sur un caillebotis métallique qui grinçait sous son poids. L'eau clapotait et venait lécher les piliers et les défenses. La clarté des étoiles se reflétait autour des embarcations amarrées en ce lieu où régnait une odeur d'eau croupie et de pétrole. L'air était glacé.

– Justin, pour l'amour de Dieu...

– Tout va bien. Tu vas partir, comme nous l'avions projeté...

– *Je...*

– Je ne pars pas. Toi si.

– Tu as perdu la tête !

Justin grimpa à bord du bateau le plus proche, ouvrit la porte pressurisée de la cabine et ne laissa à Grant d'autre choix que de le suivre à bord, avec ses objections.

– Ils vont t'arrêter, si tu restes !

– Et si je pars, ils refuseront de m'accorder ta tutelle. Tu le sais. C'est pourquoi je ne suis pas venu ici, ce soir. J'ignore ce que tu as fait. Je vais regagner notre appartement, affirmer que je n'ai pas quitté ma chambre et demander comment je pourrais savoir où tu es allé. Un platythère a pu te dévorer, au risque d'avoir une indigestion.

Il abaissa un interrupteur et jeta un coup d'œil au tableau de bord.

– Parfait. Le plein est fait et les batteries sont au maximum de leur charge. Il est agréable de constater que l'entretien ne laisse pas à désirer, pas vrai ?

– Justin.

Grant parlait d'une voix chevrotante et gardait ses mains enfoncées dans ses poches. L'air était encore plus froid, au bord du fleuve.

– C'est à *toi* de m'écouter, à présent. Il serait temps de faire preuve d'un peu de bon sens. Je suis un azi. J'ai reçu mes premières bandes quand j'étais encore dans mon berceau, bon Dieu ! Quoi qu'Ari puisse me faire, j'y résisterai. Je suis capable de disséquer n'importe quelle bande-structure et de te dire si elle contient la moindre erreur...

– Je n'en ai jamais douté.

– Je survivrai à ses expériences et elle ne peut résilier mon contrat. Il ne contient aucune clause de ce genre. Je le sais... je *connais* ma série. Oublions tout cela et remontons. Nous trouverons une autre solution, et il nous sera toujours possible d'opter pour la fuite si la situation se dégrade.

– Écoute-moi sans m'interrompre. Tu te souviens que nous avions tout organisé. Les premières lumières visibles sur la droite font encore partie de Reseune. C'est la station de précip numéro dix, là-haut dans les contreforts. Celles que tu verras sur ta gauche, à deux klics d'ici, c'est Moreyville. Si tu navigues tous feux éteints tu pourras dépasser ce point avant qu'Ari n'ait eu vent de ton départ, et la nuit est claire. Ne t'écarte pas du centre du fleuve, car c'est le seul moyen d'éviter les obstacles et, surtout, prends garde aux troncs charriés par les flots. Les courants arriveront de bâbord, au confluent de la Kennicutt. Tu t'y engageras, et les premières lueurs que tu verras ensuite, après deux ou trois heures, seront celles des mines des Kruger. Tu n'auras qu'à dire qui tu es et à donner ceci...

Il alluma la lampe à cartes et griffonna un indicatif sur un carnet fixé au tableau de bord par une pince. Sous les chiffres, il écrivit : MERILD.

– Dis-leur de l'appeler, peu importe l'heure. Quand Merild arrivera, tu lui diras... tu lui diras qu'Ari a voulu faire pression sur Jordan par mon entremise, bordel ! Ça suffira, comme explication. Précise que je ne pourrai pas partir d'ici avant le transfert de mon père, mais que tu devais t'en aller pour réduire le nombre d'otages que détient cette femme. Compris ?

– Oui, fit Grant d'une voix à peine audible.

Une voix d'azi : *oui.*

– Les Kruger ne te trahiront pas. Dis-leur de couler le bateau, si nécessaire. Il appartient à Emory, de toute façon. Merild se chargera du reste.

– Ari contactera la police.

– Parfait. Grand bien lui fasse ! Ne dépasse pas la Kennicutt. Si tu n'as pas le choix, la ville suivante est Avery. Mais Ari aura alors de fortes chances de t'intercepter. En outre, cette région dépend des lois de Cyteen et de sa police, et tu sais ce qui en résultera. Kruger, c'est la seule solution. Tu dois réussir.

Il dévisagea Grant sous la faible clarté de la lampe à cartes et prit soudain conscience qu'il risquait de ne jamais le revoir.

– Sois prudent. Pour l'amour de Dieu, sois prudent.

– Justin.

Ils s'étreignirent avec force.

– Sois prudent, toi aussi. Je t'en supplie.

– Je vais te pousser hors de la remise. En route. Ferme la porte hermétique.

– L'autre vedette...

– Je m'en occupe. Va !

Justin se retourna et sortit de la cabine. Il sauta sur le pont puis sur le caillebotis qui gémit sous son poids. Il libéra alors les amarres qu'il lança sur le pont puis poussa le bateau du pied et des mains tant qu'il ne se fut pas dégagé en raclant les défenses.

L'embarcation pivota, une masse sombre et inerte, puis le courant la fit partir à la dérive jusqu'au centre du fleuve où sa proue tourna à nouveau.

Justin ouvrit le deuxième bateau et souleva le capot du moteur.

Un allumage électronique. Il déboîta le circuit imprimé, laissa redescendre le cache, referma l'écoutille derrière lui et lâcha la pièce dans les flots avant de sauter du pont sur le quai métallique.

Il entendit au même instant les quintes de toux étouffées de la vedette de Grant.

Puis un grondement régulier qui s'éloigna en décroissant.

Il quitta la remise à bateaux, verrouilla la porte et se mit à courir. Il était dangereux de rester sur la berge en pleine nuit, comme en tout lieu non surveillé où risquaient de se trouver des représentants de la faune et de la flore locales, herbes dans un fossé, spores transportées par le vent... Dieu sait quoi. Il tenta de ne pas y penser. Il courut, revint sur la route, et se mit à marcher après l'apparition d'un point de côté.

Il s'attendait à rencontrer un comité d'accueil. Il pensait qu'un des techs de l'aéroport avait dû voir le bateau, ou l'entendre démarrer. Mais les travaux effectués dans le hangar étaient bruyants, quelqu'un semblait utiliser une clé pneumatique. Les ouvriers avaient pu penser à une embarcation au moteur capricieux qui venait de Moreyville, ou d'un autre point situé en amont de la Volga. Les membres des équipes de nuit étaient en outre aveuglés par de puissants projecteurs.

Il estima que la chance avait décidé de leur sourire.

Il ne changea d'avis qu'en atteignant la Maison et en trouvant porte close.

Il resta un moment assis sur les marches des cuisines. Ses dents claquaient en raison du froid, alors qu'il réfléchissait et laissait au bateau le temps de s'éloigner. Mais s'il se trouvait encore là au matin il ne pourrait nier avoir participé à la fuite de Grant.

Et s'il leur fournissait la moindre preuve...

Jordan en ferait les frais.

Il n'avait d'autre choix que d'utiliser sa clé, ce qui déclencha les systèmes d'alarme.

Il s'éloignait dans un couloir juste au-delà des cuisines quand il vit des gardes venir à sa rencontre.

– Que faites-vous ici, ser? demanda l'azi qui commandait la patrouille.

– J'ai éprouvé le désir de me dégourdir les jambes. J'avais bu... et besoin de respirer un peu d'air frais.

L'azi informa le centre de sécurité de l'incident. Justin attendit. Il s'apprêtait à voir l'expression de l'homme se modifier lorsqu'il recevrait des instructions. Mais le garde se contenta de hocher la tête.

– Bonsoir, ser.

Justin s'éloigna sur des jambes tremblantes et prit l'ascenseur pour regagner son appartement.

Les lieux s'illuminèrent.

– *Aucune entrée depuis la dernière utilisation de cette clé,* annonça la voix de fausset du concierge.

Il gagna la chambre de son ami, prit ses effets et les suspendit dans le placard ou les entassa dans les tiroirs. Il trouva des choses étranges, parmi les affaires de l'azi. Un souvenir de pacotille : un badge de spatial du cargo *Kittihawk* que Jordan lui avait acheté à l'aéroport de Novgorod, parce qu'il s'était vu refuser l'autorisation de les accompagner. Deux photos : Justin à quatre ans, blême et décharné, avec une tignasse rousse débordant d'un chapeau ridicule qu'il gardait sur son crâne à longueur de temps, occupé à creuser un grand trou dans le jardin avec l'azi. Un autre cliché des deux enfants, empotés comme on l'est à dix ans, debout contre la clôture de l'enclos du bétail, les pieds nus, les orteils recourbés telles des griffes de pigeon sur la barre du bas, les bras croisés sous le menton et arborant des sourires de débiles.

Dieu... il comparait cela à l'amputation d'un membre, avant que la souffrance ne parvînt au cerveau. Mais il la percevait déjà dans ses entrailles et elle lui annonçait qu'elle ne tarderait guère à empirer.

Ari le convoquerait, il le savait.

Il regagna le salon, s'assit sur le divan, glissa ses mains sous ses aisselles et se plongea dans la contemplation des veines du bois de la table vernie ; tout était préférable à fermer les yeux et revoir le bateau s'éloigner sur le fleuve.

Ou de penser à Ari.

Grant est seul ? demanderait Merild, après avoir reçu le message téléphonique. Il s'en inquiéterait et tenterait de joindre Jordan à Reseune. Une catastrophe. Il essaya d'imaginer ce que dirait son père, comment il lui serait possible de s'en tirer. Grant expliquerait peut-être suffisamment de choses pour inciter Merild à chercher un moyen de leur venir en aide mais... Ô Seigneur ! si Jordan apprenait, pour Ari et lui – par Grant, Merild ou Ari elle-même – et qu'il ne pouvait se contenir...

Non. Il n'était pas du genre à agir de façon irréfléchie...

Le temps s'écoulait. Dans cet appartement, l'air paraissait aussi glacé qu'à l'extérieur. Il eût aimé aller se coucher et se dissimuler sous les couvertures de son lit, mais il demanda au concierge d'augmenter la température et resta dans le salon. Il devait faire des efforts pour empêcher ses paupières de se clore. Il craignait de ne pas s'éveiller lorsque l'appareil lui signalerait un appel.

Mais personne ne le contacta.

De petits bateaux quittaient un port et n'arrivaient jamais à destination. De telles choses pouvaient survenir même à des marins expérimentés.

Il réfléchit à toutes les mesures qu'il avait prises, à ses choix, pendant très longtemps. Il envisagea d'appeler son père, pour tout lui révéler.

Non, se rétorqua-t-il. Non. Il réglerait lui-même la question avec Ari. La situation de Jordan était déjà délicate et l'unique moyen de le protéger consistait à le laisser dans l'ignorance.

4

Un avion traversa le ciel. Grant l'entendit, malgré le ronronnement régulier de la vedette. Ses mains se crispèrent sur la barre, moites de sueur, pour maintenir au centre du fleuve l'embarcation qui prenait de l'erre, emportée par le courant. Il naviguait tous feux éteints. Il n'osait même pas allumer la petite lampe à cartes du tableau de bord, de crainte d'être repéré. Il s'abstenait en outre d'augmenter le régime des moteurs, de peur d'accentuer les crêtes blanches de son sillage et d'attirer ainsi l'attention sur lui.

L'avion passa au-dessus de sa tête et alla se perdre dans les ténèbres.

Mais il effectua peu après un virage sur l'aile : Grant le vit survoler le fleuve derrière lui, précédé par le faisceau d'un projecteur qui balayait les flots noirs.

Il poussa à fond la manette des gaz et sentit les balancements réguliers du bateau se métamorphoser en vibrations, comme la proue se cabrait sur des vagues de plus en plus hautes. Et tant pis pour le sillage, les branches et les troncs qui flottaient sur la Novaya Volga et avaient coulé tant d'embarcations.

Si leurs adversaires envoyaient de Moreyville ou de l'autre extrémité de Reseune des vedettes avec des hommes armés à leur bord, les projectiles traverseraient la cabine et détruiraient son étanchéité, perforeraient la coque ou les réservoirs de carburant même s'ils le rataient. Mais sans doute préféreraient-ils viser les compartiments étanches, afin que l'eau pût y pénétrer et lester le bateau, pour le ralentir. Ils le prendraient vivant, s'ils en avaient la possibilité.

Il devait veiller à ne pas attirer d'ennuis à Justin, à empêcher leurs adversaires de se servir de lui contre son compagnon, ou contre Jordan. Cela excepté, même un azi avait le droit d'essayer de sauver sa peau.

L'avion passa en grondant au-dessus de lui. Le pont fut inondé de lumière, un éclat qui blessa ses yeux à travers les hublots de la cabine. Le faisceau du projecteur poursuivit sa trajectoire, le laissant presque aveugle dans l'obscurité brusquement revenue. Le cône blanchâtre révéla le feuillage des arbres de la berge opposée du fleuve, des silhouettes grisâtres dressées contre la noirceur de la nuit.

Puis la proue bascula à tribord et la rive illuminée parut grimper vers le ciel. Pris de panique, Grant crut que l'hélice s'était emmêlée dans quelque chose, puis il comprit qu'il croisait un contre-courant... celui de la Kennicutt qui se jetait dans la Volga.

Il redressa la barre, toujours aveugle. Il disposait pour se repérer de ce que le projecteur lui avait permis d'entrevoir de la berge opposée. Il pourrait atterrir. Il n'osait toujours pas mettre les feux.

Puis il vit des ombres sur la rive, celles de grands arbres qui se découpaient contre le ciel nocturne, de chaque côté d'une étendue d'eau qui brasillait sous les étoiles.

Il se dirigea vers l'espace dégagé et l'embarcation fut ébranlée par les chocs que subissait la coque, les coups de boutoir du sable et une collision qui le projeta en avant et lui fit perdre le contrôle du bateau.

Il se retint au tableau de bord et vit l'obstacle apparaître devant lui. Il vira en mettant à contribution toute la maniabilité de la vedette.

Quelque chose percuta la proue et fila à bâbord en raclant la coque. Une souche. Une barre de sable et une souche. Il l'entendit passer en poupe, vit les flots dégagés devant lui et espéra qu'il s'engageait dans la Kennicutt et ne retournait pas dans la Volga. Il n'aurait pu se prononcer. Les cours d'eau étaient identiques, sous la faible clarté des étoiles.

Il prit le risque d'allumer la lampe à cartes pendant une seconde, le temps de jeter un coup d'œil au compas. Cap au nord-est. Ne suivait-il pas un des méandres de la Volga ? Il espéra s'être engagé dans son affluent. L'avion n'était pas revenu. Cette manœuvre avait pu tromper l'adversaire, si sa balise n'était pas activée. Ari était suffisamment influente pour faire participer Station Cyteen à la poursuite et si les satellites de surveillance géostationnaires disposaient d'un relèvement de sa position il ne réussirait jamais à leur échapper. Mais d'après ce qu'il savait les localisateurs n'étaient pas dotés de capacités offensives et il espérait encore pouvoir semer toute vedette venue de Moreyville ou d'un point situé en aval sur la Volga.

Chercher ensuite les premières lumières, lui avait dit Justin. Deux ou trois heures plus tard, en amont du confluent aux berges désertiques. Station Kruger était un avant-poste minier en grande partie automatisé et les azis qui y travaillaient obtenaient un statut de CIT dans l'année, avec en prime une participation aux bénéfices... une affectation de rêve, le genre d'endroit dont les azis parlaient parfois à voix basse, un paradis pour ceux qui étaient très, très gentils...

Et qui avaient un contrat négociable.

Un azi de dix-sept ans avec un X dans son matricule ne pouvait quant à lui nourrir de tels espoirs. Et tout ce qu'il avait appris depuis qu'il vivait à Reseune indiquait que Justin venait d'agir par désespoir et en dépit du bon sens...

Il pensait en outre que si les Kruger auraient accueilli à bras ouverts Warrick et un azi pour lequel il détenait un contrat en bonne et due forme, ils pourraient refuser de l'héberger s'il n'était pas accompagné.

Plus il réfléchissait à la question, plus il était persuadé de ne pas avoir d'intérêt véritable pour ses ravisseurs ; exception faite de ce qu'il savait sur Reseune, Ari, et l'affaire Warrick... des renseignements qui pouvaient intéresser certains individus. Mais il n'avait reçu aucune instruction en ce domaine. S'il faisait partie des Alpha, il était un jeune azi conscient d'avoir des réactions conditionnées, des connaissances limitées, des raisonnements faussés... (Ne t'inquiète pas pour tes bandes, lui avait dit Jordan avec douceur. Si tu as des problèmes, viens me voir pour me dire ce que tu penses et ce que tu éprouves, et je trouverai une solution. N'oublie pas que je dispose de la totalité de tes schémas. Tout s'arrangera.)

Il avait alors sept ans. Pleurer dans les bras de cet homme était embarrassant, mais Jordan lui avait tapoté le dos en le serrant contre lui. Comme il l'eût fait avec Justin. Il l'appelait son second fils et lui affirmait que même les hommes-nés pouvaient commettre des erreurs et se sentir désemparés.

C'était à la fois réconfortant et angoissant, de savoir que l'humanité avait évolué sur Vieille Terre à force d'essais et d'erreurs, et que pour le créer Ari avait fait une chose du même genre. Expériences et tâtonnements. Le X de son matricule ne signifiait pour lui que cela, à sept ans.

Il ignorait à l'époque que cette lettre empêcherait Jordan de tenir sa promesse, qu'elle faisait de lui un bien qui appartenait à Reseune et non l'enfant dupliqué de cet homme. Il se raccrochait désormais à ce « second fils » comme à la clarté du jour et à l'air qu'il respirait, et cela ouvrait un nouvel horizon à son existence.

Mais les deux garçons avaient grandi. À douze ans, quand Justin avait commencé à s'intéresser aux filles, Grant s'était rendu compte qu'en ce domaine leurs situations ne pouvaient être comparées.

– Pourquoi ? était-il allé demander à Jordan.

Et ce dernier l'avait conduit dans la cuisine et pris par les épaules pour lui expliquer qu'un Alpha finissait toujours par trouver une interprétation personnelle aux instructions inculquées par les bandes, qu'il était très intelligent et que son corps se développait, et qu'il lui faudrait s'adresser aux azies spécialisées dans ces choses.

– Et si l'une d'elles tombe enceinte ?

– Aucun risque, avait répondu Jordan sans en préciser la raison. Il suffit que tu saches que tu ne dois rien faire avec les femmes de la Maison. C'est interdit.

Il en avait été choqué, tout en jugeant cela plein d'ironie.

– Parce que je suis un Alpha ? Vous voulez dire que celles avec qui je coucherai...

– Devront être habilitées à avoir des contacts avec les azis de ton type. De telles autorisations ne sont délivrées que bien plus tard, ce qui exclut toutes les filles de ton âge. Et ne va pas t'amuser à faire des galipettes avec tante Mari, c'est bien compris ?

C'était presque drôle. À l'époque, Mari Warrick était en fin de réjuv, toute ratatinée.

Il trouverait cela bien moins amusant un peu plus tard. Il était en effet difficile de rester de marbre quand une des filles Carnath posait ses mains là où n'était pas leur place, lui murmurait des choses à l'oreille, et qu'il se voyait contraint de répondre :

– Désolé, sera, je ne peux pas.

Pendant que Justin, ce pauvre Justin, avait droit à

des petits rires moqueurs et des fins de non-recevoir pour la simple raison qu'il appartenait à la Famille et que son azi était une proie idéale... ou l'eût été s'il avait fait partie des Bêta.

– Prête-le-moi, d'accord ? avait demandé Julia Carnath à Justin.

Cela se passait en présence de Grant, qui savait son ami amoureux de cette fille. L'azi aurait voulu se rendre invisible. Faute d'en avoir la possibilité, il avait arboré une expression neutre de circonstance puis était resté silencieux pendant que Justin se morfondait et grommelait que Julia venait de l'éconduire.

– Tu es plus beau que moi ! Ari a fait de toi un être parfait, bon sang ! Quelles sont mes chances ?

– Je préférerais être à ta place, avait répondu Grant d'une voix faible.

Il avait alors pris conscience de ne pas mentir et, pour la deuxième fois au cours de l'existence dont il gardait le souvenir, il s'était mis à pleurer... pour la simple raison que Justin venait de toucher un nerf sensible. Ou une bande-structure.

Car tels étaient ses composants.

Il avait ensuite été rongé par des doutes, jusqu'au jour où Jordan s'était décidé à lui révéler ses structures. Il venait d'avoir seize ans et de commencer des études supérieures de conception. Il savait désormais suffisamment de choses pour que Jordan lui montrât les éléments de sa personnalité, et on n'y trouvait rien à même d'engendrer une quelconque peur du sexe.

Mais les Alpha reprogrammaient en permanence leur conditionnement. Ils rétablissaient sans cesse leur équilibre au-dessus de l'abîme. En eux, nulle tendance n'était prédominante. Ils veillaient à établir un juste milieu dans tous les domaines.

Faute de quoi tout allait de travers.

Un dysfonctionnement.

Un azi qui devenait son propre conseiller allait au-devant de sérieux ennuis. Il était fragile et courait le risque de se placer dans une situation qu'il ne pourrait contrôler, car les règles du jeu de l'existence étaient bien plus nombreuses et complexes que celles qu'on avait pris la peine de lui enseigner.

Malédiction, Justin !

Il essuya ses yeux de la main gauche et tint la barre avec la droite, en tentant de voir où il allait. Il se reprocha de se conduire en parfait imbécile.

Comme un homme-né. On pourrait me croire semblable à eux.

Je devrais pourtant être plus intelligent. Je suis censé *être un génie. Mais les bandes ne fonctionnent pas de cette manière et je ne suis pas conforme à ce qu'ils voulaient faire de moi.*

Je n'utilise peut-être pas le potentiel qu'on m'a donné.

Alors, pourquoi n'ai-je pas élevé la voix ? Pourquoi n'ai-je pas contraint Justin à aller voir son père, quitte à employer la force ?

Parce que je ne suis qu'un foutu azi, voilà la raison. *Parce que ma volonté se met à fondre en face d'un homme-né sensé et que je cesse alors d'utiliser mon cerveau. Oh ! merde, merde,* merde ! *J'aurais dû l'en empêcher, l'obliger à partir avec moi,* l'emmener *chez les Kruger, en sécurité. Il aurait pu nous protéger tous les deux et Jordan se serait retrouvé avec les mains libres, capable d'agir. À quoi a-t-il bien pu penser ?*

À une solution qui ne pourrait pas me venir à l'esprit ?

Bon sang, c'est toujours le même problème, je n'ai aucune confiance en moi. J'ai si peur de commettre une erreur que je ne fais jamais rien, je me contente d'exécuter les ordres...

... parce que ces maudites bandes exercent sur moi leur emprise. Elles ne m'ont pas programmé à hésiter, mais on ne trouve en elles aucune incertitude alors que la vie en est pleine...

Voilà pourquoi nous ne prenons pas d'initiatives. Nous avons en nous un composant qui ignore le doute, ce qui n'est pas le cas des hommes-nés. Voilà *notre problème...*

Une collision. Le pont fut ébranlé et Grant redressa la barre en toute hâte.

Il était en sueur. Stupide, vraiment. Il avait trouvé un

sens à tout cela et failli couler son bateau : le genre de choses qui arrivaient aux hommes-nés, eût dit Justin. C'était toujours ainsi... une seconde de vérité cosmique par minute. Son esprit fonctionnait normalement ou s'emballait sous l'aiguillon de la peur, parce qu'il venait de comprendre ce que représentait le fait d'être un homme-né, doublé d'un sacré imbécile par-dessus le marché. Il fallait faire abstraction de ses doutes et se contenter de vivre, combien de fois Jordan le lui avait-il dit ? Les incertitudes n'appartiennent pas au royaume des bandes mais à celui de l'existence, mon fils. L'univers ne risque pas de s'effondrer si tu fais une erreur, pas même si tu te brises le cou. Seul ton monde personnel disparaîtra. Le comprends-tu ?

Je crois, avait-il dit. Mais c'était un mensonge. Jusqu'à ce jour, cette révélation. *Je suis libre, je me trouve pour la première fois livré à moi-même,* se dit-il avant de penser : *Mais je ne suis pas certain de trouver ça à mon goût.*

Imbécile. Secoue-toi. Fais attention, bon sang. Ô mon Dieu ! Voilà l'avion qui revient.

Le point lumineux venait de réapparaître derrière lui.

Non, un bateau. Seigneur, Seigneur, une vedette m'a pris en chasse !

Il poussa à fond la manette des gaz. La proue se cabra et l'embarcation bondit en rugissant dans la Kennicutt. Il mit les feux qui se reflétèrent sur les flots noirs, un cours d'eau tourbillonnant aux berges bien plus proches que celles de la Volga, des rives hantées par les silhouettes dégingandées des saules pleureurs... des arbres qui devenaient cassants avec l'âge, quand la pourriture les sapait, et qui perdaient d'énormes branches mortes noueuses dans la rivière ; un danger pour la navigation bien plus redoutable que les rochers, parce qu'ils se déplaçaient sans cesse.

Il venait de se dire qu'il serait moins dangereux de mettre les feux que de naviguer sans visibilité.

Mais ses poursuivants devaient être armés. Et dotés d'un bateau peut-être plus rapide que le sien, même s'il eût été surpris d'apprendre qu'il y avait une telle vedette à Moreyville. Très surpris, pensa-t-il en sentant la peur nouer ses viscères. Dans le rétroviseur, il vit la lumière clignoter dans un méandre de la rivière puis se stabiliser.

Une embarcation partie de la station de précip, sans doute. Il ignorait si on en trouvait, à cette extrémité de Reseune.

Il reporta son attention sur la proue. Son ami lui avait dit de rester au centre du cours d'eau. Justin ne s'était-il pas rendu à Moreyville à bord du même bateau ? Il avait parlé à des habitants de cette agglomération qui avaient descendu la Volga jusqu'à Novgorod.

Pendant que Justin discutait, Grant avait surtout prêté attention à ce qui concernait Novgorod, son principal sujet d'intérêt. Ils envisageaient déjà de prendre un jour la vedette et de fuir sur le fleuve.

Il tourna brusquement la barre pour esquiver un obstacle : une branche dressée au-dessus des flots.

Un arbre *énorme*. Il vit la masse de ses racines emmêlées approcher dans le faisceau du projecteur, tel un énorme buisson, et il continua de changer de cap, avec désespoir.

Seigneur, si un de ces troncs arrivait par le travers et percutait la proue...

Il poursuivit sa route.

Les feux de l'autre bateau étaient toujours visibles dans le rétroviseur, lorsqu'il repéra les lumières dont Justin lui avait parlé. Elles brillaient sur la droite, au sein des ténèbres. Une embuscade, pensa-t-il le temps d'un battement de cœur. Car tout s'apparentait à des pièges, tout se liguait contre lui.

Mais elles étaient trop élevées et nombreuses : des points de clarté qui papillotaient derrière l'écran des saules pleureurs et des écorces-de-papier, bien trop hauts pour se trouver sur la rivière, des lueurs rouges qui clignotaient au sommet des collines afin d'informer les appareils aériens de la présence des tours de précip.

Puis ses genoux commencèrent à flancher et ses bras à trembler. Il ne vit pas les feux de son poursuivant, lorsqu'il se retourna pour regarder, et il pensa à glisser la note de Justin dans sa poche et à prendre la feuille suivante, au cas où quelqu'un ramènerait le bateau à Reseune.

Il réduisit les gaz pour chercher un endroit où accoster, et s'inquiéta comme le projecteur révélait une succession de parois métalliques verticales attaquées par la rouille...

Des péniches, comprit-il. La station Kruger était une installation minière. Il voyait des barges à minerai, plus petites que celles qui descendaient du nord. Il venait d'atteindre un port fluvial et voyait un espace où sa vedette pourrait se glisser. L'échelle qui reliait le quai au niveau supérieur lui indiquait qu'il n'était plus en pleine nature et pouvait ouvrir la porte hermétique. Il ne le fit pas. Et il s'abstint d'utiliser la radio, étant donné que Justin ne lui avait fourni aucune instruction à ce sujet. Il se contenta d'actionner la corne de brume, de façon répétée, jusqu'au moment où les quais s'illuminèrent et où des gens intrigués par ce vacarme sortirent des maisons.

5

– *Un appel téléphonique, ser,* annonça le concierge.

Et Justin, recroquevillé sur le divan de la salle de séjour, fut tiré du sommeil dans lequel il avait sombré sans seulement s'en rendre compte. La voix l'incita à se redresser sur un coude, puis un bras, et à se lever quand l'appareil passa sur la fonction répondeur.

– Je vais répondre, déclara Justin.

Le concierge en prit note et déclara :

– *Ser Justin va prendre cet appel. Veuillez patienter un instant, s'il vous plaît.*

Il massa son visage qu'une barbe naissante rendait râpeux.

– Oui ?

Son rythme cardiaque s'emballa, alors qu'il s'apprêtait à entendre de mauvaises nouvelles.

– *Bonjour*, lui dit Ari. *Désolée de t'importuner si tôt, Justin, mais j'aimerais savoir où est Grant.*

– Je l'ignore.

Si tôt ? Quelle heure est-il ? Il se frotta les paupières et tenta de reconnaître les chiffres indistincts de l'horloge murale. *5 heures du matin. Il a dû arriver chez les Kruger, à présent.*

– Pourquoi ? Il n'est pas auprès de vous ?

Il dirigea son regard sur la porte voûtée et l'autre chambre toujours éclairée. Le lit n'était pas défait : la preuve qu'il n'avait pas rêvé, que Grant avait pris la fuite, que les événements dont il gardait le souvenir s'étaient réellement produits.

Il est impossible que nous ayons réussi.

– *Passe me voir dès ton arrivée au bureau.*

– Oui.

Sa voix se brisa. Il était si tôt. Il tremblait.

– *À 8 heures. Au labo de la section un.*

– Oui, sera.

La liaison fut coupée. Justin se massa le visage et ferma les yeux, mâchoires serrées. Il découvrait des signes annonciateurs de nausées.

Il envisagea d'appeler son père. Ou de passer le voir.

Mais en fixant ce rendez-vous Ari lui laissait le temps d'avoir un entretien avec Jordan. Peut-être espérait-elle qu'il irait voir son père... ou qu'il s'en abstiendrait après être parvenu à cette conclusion. Déduire les intentions de cette femme s'avérait aussi difficile que de se montrer plus rusé que son père.

Et il lui faudrait obtenir ces deux résultats.

Il se prépara un petit déjeuner composé de pain grillé et de jus de fruits, les seuls aliments qu'accepterait son estomac rebelle. Il prit une douche, se vêtit, et fit les cent pas dans la pièce. Il n'était pas pressé. Il avait du temps devant lui, trop de temps.

C'était de propos délibéré qu'elle lui imposait cette attente interminable. Il le savait. Elle n'agissait jamais sans raison.

Grant pouvait être aux mains de la police.

De retour à Reseune.

Ou mort.

Ari comptait lui annoncer quelque chose, susciter une réaction de sa part et l'enregistrer. Il prépara des réponses à tout ce qu'elle pourrait lui dire, même la pire des possibilités. Il s'exerça à répondre, si nécessaire : *Je ne sais pas. Il est parti. J'ai pensé qu'il allait vous rejoindre. Comment aurais-je pu me douter de ce qu'il ferait ? Il n'avait jamais agi ainsi.*

Il quitta son appartement à 7 h 45, prit l'ascenseur pour descendre dans le hall principal, franchit le poste de contrôle de la section un, gagna son bureau, déverrouilla la porte et fit la lumière, comme chaque matin.

Puis il repartit dans le corridor et passa devant les services de Jane Strassen, qu'il salua de la tête. Arrivé à l'angle du passage, il emprunta l'escalier de la section d'expérimentation située à l'extrémité du bâtiment.

Il inséra sa carte dans la fente des portes de sécurité puis suivit un couloir sur lequel donnaient de nombreux bureaux. Tous étaient clos. Au bout du passage une double porte permettait d'accéder au vieux labo défraîchi dont l'odeur d'alcool, la fraîcheur et l'humidité faisaient renaître des souvenirs de l'époque où il avait débuté ses études en ce lieu. La pièce était éclairée. Une clarté plus vive provenait de la chambre froide située sur la gauche.

Il laissa la double porte se clore derrière lui et entendit des voix. Florian sortit du labo.

Sa présence n'avait rien d'étonnant, pas plus que celle des techs. Le labo un n'était pas aussi moderne que les installations du bâtiment B, mais bon nombre de chercheurs préféraient s'y rendre plutôt que de devoir faire une longue marche jusqu'aux centres de naissance du B, allant même jusqu'à préférer travailler avec ce matériel démodé à réglage manuel plutôt que sur les appareils récents automatiques. Ari y passait désormais de nombreuses heures. Elle effectuait une grande partie de ses recherches dans cette vieille chambre froide.

Le projet Rubin se dit-il. Les premiers temps il avait été intrigué par la présence d'Ari, car elle disposait d'excellents techs qui auraient pu se charger de ces préparatifs. Il ne trouvait plus cela étonnant.

Je tiens à superviser ce programme... pour prouver que je peux être encore active. Ou par vanité, peut-être...

Ce qui l'attendait avait également un caractère personnel. Il se retrouvait dans la situation qu'il s'évertuait depuis longtemps à éviter.

– Sera vous attend, déclara l'azi.

– Merci. Sais-tu de quoi il retourne ?

Il avait posé cette question avec une désinvolture feinte.

– J'espérais que vous le sauriez, ser.

Justin ne put lire aucune pensée dans les yeux noirs de Florian qui se tournait vers la chambre froide.

– Vous pouvez entrer... Sera, Justin Warrick est arrivé.

– Parfait, répondit Ari.

Justin gagna la porte de la longue salle. La femme était assise sur un tabouret, devant un séparateur démodé.

– Merde, grommela-t-elle sans relever les yeux. Je n'ai aucune confiance en cet appareil. Va m'en chercher un autre au B, Florian. Je ne vais tout de même pas travailler sur du matériel défectueux.

Elle releva la tête et le mouvement brusque de sa main surprit Justin, qui lâcha la porte. Il prit conscience d'avoir déplacé le battant et le repoussa en arrière, irrité par cette maladresse qui sapait une assurance dont il n'avait jamais eu autant besoin.

– Foutue porte, marmonna Ari. Jane et son besoin maladif de faire des économies... il suffit de l'effleurer pour qu'elle se rabatte sur celui qui la franchit. Il va falloir prendre des mesures. Alors, comment vas-tu, ce matin ?

– Très bien, merci.

– Où est Grant ?

Son cœur battait déjà la chamade. Il devait veiller à l'empêcher de s'emballer plus encore.

– Je l'ignore. Je le croyais avec vous.

– Allons, Justin... hier soir, il a volé une vedette et saboté l'autre bateau. La sécurité l'a suivi jusqu'à la mine des Kruger. Que sais-tu sur cette affaire ?

– Rien. Rien du tout.

– Je m'en doutais.

Elle fit pivoter son tabouret.

– Ton compagnon a tout organisé sans aide.

– C'est probable. Il en est capable.

Et Ari était quant à elle capable de prolonger cette attente plutôt que d'aller droit au but. Il ne s'autorisa pas à éprouver du soulagement, comme s'il était emporté par le courant du fleuve. Florian n'était pas revenu. Nul témoin ne pourrait entendre ce qu'elle dirait... ou ordonnerait. Les portes du labo avaient un verrou. Et peut-être enregistrait-elle leur entretien.

– Je regrette qu'il ne m'ait pas informé de ses intentions.

Ari fit claquer sa langue.

– Désires-tu prendre connaissance des rapports de la sécurité ? Vous êtes sortis tous les deux, cette nuit, mais tu es le seul à avoir regagné la Maison.

– Je cherchais Grant. Il m'avait dit qu'il voulait aller emprunter un sac pour transporter ses affaires. Je me suis inquiété.

Les sourcils de la femme s'incurvèrent.

– À d'autres !

– C'est la stricte vérité.

– Tu me déçois. J'aurais cru ton imagination plus fertile.

– Je vous ai dit tout ce que je sais.

– Écoute-moi, jeune homme. As-tu conscience de t'être rendu coupable d'un *vol*? Sais-tu ce qui se passera, si une plainte est déposée ?

– Oui, fit-il d'une voix qu'il espérait posée et lourde de sous-entendus. Je le pense.

– Nous ne dépendons pas des lois de Cyteen.

– Je sais.

– Tu me parais sûr de toi. Pourquoi ?

– Parce que vous ne saisirez pas la justice.

– Serais-tu prêt à le parier ?

Il était censé réagir. Il lui sourit. Il avait jusqu'à présent réussi à se contrôler, sans seulement savoir si son ami était toujours en liberté.

– Je suis même prêt à miser gros. Vous me tenez, mais vous ne l'avez pas repris. Tant qu'il ne nous arrivera rien de fâcheux à mon père et à moi, Grant ne dira rien et tout sera parfait pour tout le monde.

– Voilà donc pourquoi tu as décidé de rester.

C'était *cela* qui l'avait inquiétée. L'aspect irrationnel de son acte.

Il sourit, afin d'entretenir son triomphe, seul en territoire ennemi.

– L'un de nous devait demeurer à Reseune, pour vous garantir que l'autre ne dirait rien tant que vous ne prendriez aucune mesure de rétorsion.

– Naturellement. Je présume que c'est Jordan qui a tout organisé ?

Ce compliment inattendu et détourné le fit sursauter.

– Non.

– C'est donc toi.

Elle eut un petit rire qu'il ne trouva pas de bon augure, bien qu'elle parût surprise.

Ari savait jouer avec les réactions de ses interlocuteurs – aussi bien que son père – et elle y consacrait toute son habileté tant qu'elle n'était pas arrivée à ses fins.

Il devrait en faire autant. Il haussa les épaules.

– Ton plan est excellent, déclara Ari. Le problème, c'est que tu as placé toutes tes mises sur Grant.

Il est mort, se dit-il. Et il s'apprêta à entendre la nouvelle qu'il redoutait le plus. *Mais elle peut aussi bluffer*.

– J'ai confiance en ses capacités.

– Tu as oublié un détail.

– Et ce serait ?

– Jordan. Je doute qu'il apprécie.

– Je lui parlerai.

Il avait des frissons. Les conduites cryogéniques qui passaient au-dessus de leurs têtes paraissaient absorber sa chaleur corporelle. Son assurance s'effritait et il dut faire un violent effort de volonté pour se reprendre. Son père lui avait appris la tactique qu'utilisait Ari. Elle alternait attaques et répits, en étudiant des indices tels que la dilatation de ses yeux et la rigidité de ses membres. Le rythme était comparable à celui d'un affrontement au fleuret, parade, riposte, parade, riposte, puis un assaut à contretemps sitôt qu'il aurait assimilé les règles du jeu. Il pouvait le prévoir. Il lui sourit. Cette pensée venait de lui permettre de se contrôler à nouveau.

– Il trouvera cela très amusant.

Les lèvres d'Ari s'incurvèrent, parce qu'il venait de marquer un point ou qu'elle baissait volontairement sa garde afin de l'inciter à le croire.

– Tu as du cran, car tu es loin de te sentir sûr de toi. Bon sang, mon garçon, tout s'effondre, tu doutes de la valeur de tes atouts, mais je reconnais que ta manœuvre est habile même s'il serait difficile de la réaliser deux fois.

– Je n'aurai pas à partir avant mon père.

– Voilà bien le problème, n'est-ce pas ? Comment allons-nous remettre un peu d'ordre dans cet embrouillamini ? As-tu songé un seul instant à ce qui va se passer ? Dis-moi ce qui se produira quand Jordan pourra quitter cette planète. Ton point de vue m'intéresse.

– Peut-être aurez-vous une proposition à me faire.

Elle eut un sourire radieux.

– C'est merveilleux. Toi qui étais si effacé ! Qu'as-tu fait, faussé les résultats de tes tests psych ?

– Vous êtes censée pouvoir trouver seule la réponse.

– Oh, quel culot ! s'exclama-t-elle avant d'éclater de rire. Tu es plein de ressource. Et tu viens de m'apprendre une chose. À mon âge, on sait l'apprécier. Tu as beaucoup d'affection pour Grant, puisque tu n'as pas hésité à jeter bas le masque pour le sauver. Tu tiens *beaucoup* à cet azi.

Elle s'accouda au comptoir et le dévisagea avec calme.

– Je vais te dire une chose, mon garçon. Jordan a pour toi un amour sans bornes qui transparaît dans la nature de tous vos rapports. Et je dois reconnaître qu'il s'est admirablement occupé de Grant. Il est indispensable que les enfants soient élevés ainsi. Mais il existe un prix à payer. Nous sommes mortels. Nous perdons nos proches. Nous souffrons de leurs peines. Nos liens affectifs nous font vivre un véritable enfer. Que comptes-tu raconter à ton père ?

– Je ne sais pas encore. Le strict nécessaire, sans doute.

– Juste de quoi l'informer qu'il a gagné ?

Désengagement et repos. Il se contenta de sourire. Il refusait de croiser à nouveau le fer avec un tel bretteur.

– Eh bien, il sera sans doute très fier de toi. Je ne dis pas que tu as agi avec sagesse, car si ton plan est adroit tes motivations sont stupides. Mais... les sentiments vont rarement de pair avec la raison, n'est-ce pas ? À ton avis, que ferait ton père si je portais plainte contre toi ?

– Il rendrait cette affaire publique. Il s'adresserait au bureau. Et vous n'y tenez pas.

– Ce n'est pas la seule possibilité qui m'est offerte. N'oublie pas que tu t'es rendu coupable de vol, d'actes de vandalisme, d'accès à des fichiers confidentiels... Si Jordan peut porter des accusations, moi aussi. Il n'obtiendra pas son transfert, malgré ses appuis actuels. Ses amis l'abandonneront à son sort sans la moindre hésitation. Mais tu le sais déjà. Tu penses que vous pourrez vous en tirer... hormis si je décide de prendre des mesures pour récupérer Grant et poursuivre vos complices en justice. Mais il existe un élément dont tu as omis de tenir compte. C'est que je peux décider d'agir comme toi, dans l'illégalité. Si quelqu'un révélait le rôle que tu as joué dans cette affaire, et si ton père apprenait quelles sont tes motivations... s'il avait vent de nos petites réunions privées, hmmm ? Voilà qui risquerait de saper sa belle assurance.

– Vous perdriez trop de choses, si la justice devait trancher ce différend. Vous ne pouvez vous le permettre. Vous avez obtenu l'accord du Conseil. Pour voir s'effondrer tous vos projets, vous n'avez qu'à vous en prendre à Grant. Je parlerai, et tous vos rêves s'envoleront en fumée.

– Maudit serpent. Tu crois tout savoir.

– Je sais en tout cas que mes amis n'utiliseront leurs atouts que si vous les y contraignez.

– De quoi as-tu menacé les Kruger, pour qu'ils acceptent de courir de tels risques ? T'est-il venu à l'esprit qu'ils n'agissent pas nécessairement par pur altruisme ? As-tu pensé qu'ils veulent peut-être se servir de toi ?

– Vous ne m'avez pas laissé le choix, il me semble ? Mais la situation restera sous contrôle tant que vous ne remettrez pas en question le transfert de Jordan et que vous laisserez Grant tranquille. Si on me soumet à un psychosondage, je devrai dire beaucoup de choses... sur vos projets. Et je ne pense pas que vous souhaitiez voir des enquêteurs débarquer à Reseune en ce moment.

– Très dangereux, jeune homme.

Elle se pencha vers lui et le menaça de l'index.

– C'est Jordan qui a tout manigancé.

– Non.

– Il t'a donné des conseils, alors ?

– Non.

– Voilà qui me sidère. Et je ne serai pas la seule à éprouver de la surprise. Si cette affaire est portée devant les tribunaux, les membres du bureau refuseront de croire qu'il ne t'a pas incité à agir de la sorte. Et ce sera pour lui un sérieux handicap, lors du vote. Voilà ce que je te propose. Nous allons passer cette affaire sous silence. Tu es libre de dire ce que tu veux à ton père et nous considérerons avoir fait match nul. Je ne toucherai pas Grant, je ne ferai pas arrêter les Kruger, et je m'abstiendrai même de commanditer un seul assassinat. Eh oui, j'en ai la possibilité. Je pourrais organiser un accident dont tu serais victime. Toi ou Jordan. Les machines agricoles... Elles sont si dangereuses.

Il en fut choqué. Et effrayé. Il ne s'était pas attendu à la voir brandir une menace si directe.

– Je veux que tu réfléchisses à une chose, ajouta-t-elle. Ce que tu diras à ton père peut tout détruire ou permettre de garder la situation sous contrôle. Je ne remets pas en cause son affectation à Lointaine, et voilà ce que je te propose pour nous sortir du merdier dans lequel tu nous as fourrés. Jordan quittera Reseune dès que les nouvelles installations pourront l'accueillir. Quand son vaisseau appareillera de Station Cyteen, tu resteras ici. Tu feras en sorte que Grant suive ton père dès que le couloir Espoir aura été ouvert et que le projet Rubin sera en bonne voie. Voilà qui devrait vous inciter à rester tranquilles et protéger mes intérêts. Les militaires empêcheront ton père d'être trop bavard... ils n'aiment guère attirer l'attention des médias sur leurs activités. L'autre possibilité consiste à tout révéler au grand jour et laisser à la justice le soin de nous départager. Je me demande cependant qui serait le gagnant, si Reseune décidait de faire revenir Rubin à Cyteen et renonçait à s'installer à Lointaine.

Je suis tombé dans un piège, se dit-il. *Mais comment aurais-je pu l'éviter ? Quelle erreur ai-je commise ?*

– Acceptes-tu ? ajouta-t-elle.

– Oui. Si vous tenez parole et si je suis transféré dans la section de mon père.

– Oh ! Il n'en a *jamais* été question. Tu resteras à Reseune. Plus important : nous allons devoir coopérer étroitement, tous les deux. Ton père a beaucoup de fierté et tu sais à quel point il en souffrirait, s'il devait choisir entre s'adresser au bureau et perdre ainsi tout ce qu'il a acquis, ou se taire et t'abandonner à ton sort pour préserver ses intérêts. Parce que c'est la situation qui résulte de tes actes irréfléchis. Tu viens de me fournir toutes les armes légales et illégales dont je pourrais avoir besoin. Je dispose désormais d'un excellent moyen de faire tenir ton père tranquille, sans provoquer de remous et sans lui nuire pour autant. Quant à toi, tu n'auras qu'à te taire et effectuer ton travail. Tu as bien cherché ce statut... celui d'otage garant de la conduite de ton père. Ce que je veux que tu fasses, jeune homme, c'est poursuivre tes travaux, me remettre les rapports BRX en fin de journée et me donner entière satisfaction. Quant au reste, tu es libre d'agir à ta guise. Tu peux appeler ton père, lui annoncer que Grant a disparu, lui raconter ce que tu veux. Je ne peux t'en empêcher. Et tu passeras à mon appartement à... disons 21 heures, pour me faire part de ta décision. Faute de quoi j'en déduirai que tu as opté pour l'autre solution.

Elle se tut, et il mit le silence à profit pour réfléchir, analyser les propos d'Ari et ce qui en découlait. Il tenta de répertorier les pièges. Il ne lui était pas difficile de voir celui dans lequel il venait de tomber. C'était l'invitation de cette femme qu'il redoutait le plus. Et tout le contraindrait à s'y rendre.

– Tu peux disposer, fit-elle.

Il passa devant Florian qui attendait dans le labo extérieur, suivit le couloir, franchit les portes et regagna les corridors de la section un. Il se dirigeait vers son bureau, quand quelqu'un le croisa et lui souhaita une bonne journée ; il n'en prit conscience qu'une fois arrivé à l'extrémité du passage, sans même savoir de qui il s'était agi.

Il ignorait comment annoncer la nouvelle à son père. Par téléphone, pensa-t-il. Puis il le retrouverait pour le déjeuner. Et il se débrouillerait d'une manière ou d'une autre. Jordan s'attendrait à le voir fou de douleur.

Ari avait raison. Si son père se trouvait impliqué dans cette affaire tous les accords passés deviendraient caducs, et il doutait que Jordan eût encore des atouts dans sa manche.

Il jugea préférable d'attendre de s'être calmé avant de décider s'il devait tout lui dire, en dépit de la torture qui accompagnerait cette attente.

6

– Ce que nous avons fait...

Justin faisait tourner le pied de son verre afin d'avoir un prétexte pour ne pas lever les yeux sur son père.

– Nous nous sommes contentés de mettre à exécution un projet élaboré il y a longtemps, en prévision du jour où l'un de nous se trouverait pris au piège. Si elle m'a retiré la garde de Grant... c'est pour faire pression sur moi. Je sais... j'aurais dû venir t'en parler. Mais elle nous a placés devant le fait accompli, sans nous laisser le temps d'effectuer quoi que ce soit, hormis adresser une protestation au bureau. Mais la décision ne pouvait être suspendue et Dieu sait ce qu'elle aurait fait subir à Grant avant que nous n'obtenions gain de cause...

Il haussa les épaules.

– À condition que le verdict ait été rendu en notre faveur, ce dont je doute. Elle a la loi pour elle, et une telle action aurait entraîné l'annulation de toutes les mesures prises pour ton transfert à Lointaine. Alors j'ai... j'ai opté pour la seule possibilité qui me paraissait avoir des chances de réussite. C'est tout ce que je peux dire.

Ils déjeunaient dans la cuisine de l'appartement de Jordan. Paul s'était chargé de leur préparer quelques sandwiches qu'ils avaient à peine entamés.

– Malédiction, grommela son père.

Il s'était jusqu'alors abstenu d'intervenir pour permettre à Justin de lui exposer la situation.

– Bon sang, il fallait m'informer de ce qui se passait. Je t'avais dit...

– Je ne pouvais te joindre. Autrement, tous auraient cru que c'était ton œuvre. Je ne voulais pas laisser de traces.

– Y es-tu parvenu ? Ont-ils des preuves contre toi ?

– Irréfutables, je le crains. Mais c'est un élément de mon plan. C'est pour cela que je suis resté. À présent, Ari me tient et veut m'utiliser contre toi, comme elle comptait se servir de Grant contre moi. Elle n'a plus besoin de lui, désormais.

– Tu peux le dire ! Justin...

– C'est moins grave que tu ne sembles le penser. Je l'ai forcée à abattre son jeu, en restant. Elle a dit... voilà ce qu'elle propose : tu obtiendras ton transfert sitôt l'installation construite, puis j'enverrai Grant te rejoindre et ainsi...

– Ainsi, tu resteras à Reseune. À sa merci.

– Et ainsi... reprit-il en prenant le temps de choisir ses paroles. Elle sait qu'elle me tient et que tu ne feras rien contre elle jusqu'au jour où ses projets seront trop avancés pour pouvoir être interrompus. Elle estime en outre que les militaires t'empêcheront de parler. C'est ce qu'elle désirait. La voilà comblée. Mais il existe des limites à ce qu'elle peut faire... et nous finirons tous par échapper à son emprise.

Jordan ne dit rien pendant un long, très long moment. Puis il leva son verre, but une gorgée de vin, le reposa.

Le silence s'éternisait.

– Je n'aurais pas dû garder Grant avec nous quand mes rapports avec Ari se sont dégradés, déclara-t-il enfin. Je me doutais de ce qui se passerait. Je le savais, depuis des années. Il ne faut jamais, *jamais* accepter la moindre faveur de la part d'un adversaire.

– Mais il était déjà trop tard, non ?

Cette brusquerie ébranlait ses nerfs, l'amenait au bord des larmes, engendrait en lui une colère privée de cible précise.

– Et je te demande un peu ce que nous aurions pu faire !

– Es-tu certain que tout s'est bien passé, pour lui ?

– Je n'ai pas osé tenter de me renseigner. Mais je pense qu'Ari me l'aurait dit, si elle l'avait repris. J'ai tout prévu. Je lui ai fourni un indicatif téléphonique, et si personne ne répond les Kruger le garderont chez eux.

– Le numéro de Merild ?

Justin hocha la tête.

– Seigneur, soupira Jordan.

Il passa la main dans sa chevelure, et son regard traduisait son désespoir.

– Mon fils, Merild n'est pas de taille à tenir tête à la police.

– Tu m'as toujours dit de m'adresser à lui en cas d'urgence... Et également qu'il était un ami des Kruger. Je sais en outre qu'Ari n'avertira pas les autorités. Elle ne tentera rien, elle l'a précisé. Je pense être le maître de la situation.

– En ce cas, tu pèches par excès de confiance, mon

garçon. Nous ignorons où se trouve Grant, la mine des Kruger est peut-être cernée par la police, Merild risque d'être absent... bon Dieu, il exerce sur tout le continent.

– Je ne pouvais tout de même pas lui téléphoner pour l'avertir.

Le visage de Jordan s'empourpra. Il but à nouveau et le niveau du verre baissa considérablement.

– Merild est avocat. Il a une éthique.

– Et aussi des amis, il me semble ? De nombreux amis.

– Il n'appréciera pas ce que Grant va lui dire.

– C'est pareil que si je lui avais demandé asile, non ?

Justin s'était placé sur la défensive et tentait de couvrir sa retraite.

– Grant n'est pas différent de moi. Merild le sait. Que deviendraient ses grands principes, s'il le livrait à nos ennemis ?

– Il aurait pu se justifier, dans ton cas. Si tu avais eu le bon sens de partir toi aussi...

– Grant ne nous appartient pas ! Il est la propriété des labos ! L'accompagner n'aurait pas apporté la moindre légalité à son départ.

– Ton statut de mineur t'aurait permis de bénéficier de circonstances atténuantes...

– Mais Ari n'aurait pas hésité à porter plainte, en nous accusant de Dieu sait quoi. Je me trompe ?

Jordan libéra l'air que contenaient ses poumons et regarda son fils en fronçant les sourcils.

Justin espérait l'entendre dire qu'il se trompait, qu'il existait une solution... Alors, l'espoir renaîtrait.

Mais son père répondit à voix basse :

– Non.

Ce qui balaya toutes ses espérances.

– La question est donc réglée. Et tu n'auras pas à intervenir tant qu'Ari respectera la parole donnée. Je te le dirai, si elle me cherche des ennuis.

– Comme tu l'as fait cette fois ?

– C'est une promesse. Je te le jure. D'accord ?

Jordan mordit dans son sandwich, pour justifier l'absence de tout commentaire. Le problème n'était pas réglé. Justin le savait. Mais il ne pouvait rien espérer obtenir de plus pour l'instant.

– Tu ne resteras pas ici après mon transfert, déclara Jordan. Je trouverai un moyen.

– Ne lui cède rien.

– Je n'en ai pas l'intention. Mais Ari ne se résignera pas. Il serait préférable que tu le comprennes. Elle reviendra sur cet accord dès qu'elle pourra se le permettre. Grant en est la preuve. Cette femme n'hésiterait pas à trancher quelques gorges, tu m'entends, et je te conseille d'en tenir compte la prochaine fois que tu envisageras de lui lancer un défi. Elle n'accorde pas plus d'importance à ta vie, ou à la mienne, qu'à celle des cobayes de ses labos. Bon Dieu, il suffit de penser à ce pauvre azi de neuf ans dont elle a effacé l'esprit avant de l'envoyer trimer dans une mine, pour la simple raison qu'il ne correspondait pas à ses espoirs et qu'elle avait besoin de place ! Elle ne transmet même pas à mon équipe les cas qui lui posent des problèmes... elle se contente de ne pas réutiliser leur géneset. Le mois dernier, elle a ordonné la liquidation de trois azis sains de corps et d'esprit en les passant aux pertes et profits, parce qu'elle n'avait pas de temps à leur consacrer. L'expérience à laquelle ils servaient était terminée et ces pauvres bougres ne lui étaient plus d'aucune utilité. Je ne peux le prouver, faute d'avoir accès à leurs dossiers, mais je le sais. Voilà qui est la femme avec qui tu joues au chat et à la souris. La vie des gens n'a aucune valeur à ses yeux et je plains ses cobayes. Elle a en outre dépassé le stade où elle se préoccupait de l'opinion publique... voilà ce qu'elle est devenue. Ari est si méfiante qu'elle rédige ses comptes rendus d'expériences de façon que nul autre qu'elle ne puisse les lire. Elle ne doit répondre de ses actes que devant les hautes instances de l'Union, qu'elle manipule à sa guise. Elle se fiche de nos vies et nous garde tous sous son microscope...

Jordan repoussa son assiette et l'étudia un instant avant de relever les yeux.

– Ne va pas t'imaginer qu'elle reculerait devant quoi que ce soit, mon fils. Rien ne pourrait l'arrêter.

Il écoutait, avec attention. Et il entendit à nouveau Ari déclarer qu'il était très facile d'organiser un accident, à Reseune.

7

Il lut 20 : 30, lorsqu'il sortit de la cabine de douche et glissa sa montre à son poignet... dans un appartement silencieux et vide, déprimant.

Il éprouvait du soulagement à la pensée de ne pas devoir y passer la nuit, à présent que l'autre chambre était inoccupée, un peu comme s'il venait de s'écraser un doigt et se mordait la lèvre afin d'atténuer par comparaison la souffrance. La perte de Grant était la plus pénible de ses épreuves. Les harcèlements d'Ari devenaient en quelque sorte anodins, par rapport à la solitude insoutenable à laquelle il se trouvait condamné.

La salope, pensa-t-il. Ses yeux étaient humides ; une humiliation qu'il refusait de porter au crédit de cette femme. C'était le départ de son ami qui l'ébranlait, ses ennuis qui faisaient à tel point trembler ses mains que le bouchon de l'aérosol lui échappa et alla faire le tour du réduit en ricochant sur le sol. Cela le mit en colère. Tout conspirait pour l'irriter et saper ses capacités de jugement. Il posa la bombe de mousse en contrôlant ses gestes puis élimina les quelques poils qui justifiaient ce rasage.

Il pensa à la toilette d'un mort, pour ses funérailles. À Reseune, tous influençaient son avenir, tous détenaient une hypothèque sur lui, même son père qui ne lui avait pas demandé s'il voulait avoir les lettres DP à la fin de son matricule et savoir quel serait son visage jusqu'à quarante ans. Il n'était pas laid, grâce à Dieu, mais banal... ses traits rappelaient le passé aux amis – et aux ennemis – de son père. Ainsi qu'à Ari, qui l'avait coincé pour la première fois dans la réserve du labo...

Il n'avait su comment réagir, sur l'instant, et regretté

un millier de fois depuis de ne pas l'avoir surprise en allant au-devant de ses désirs. Cette femme ne se serait pas attendue à cela de la part d'un adolescent dont elle aurait pu être l'arrière-arrière-grand-mère. Mais en raison de sa jeunesse et du choc éprouvé, dans une situation qu'il n'aurait pu envisager auparavant, il s'était contenté de balbutier qu'il devait aller à un rendez-vous avant de lui demander si elle avait reçu son rapport sur un projet dont il avait oublié la référence...

Le sang affluait vers son visage chaque fois qu'il se rappelait cet incident. Il s'était enfui avec tant de précipitation qu'il avait oublié son bloc-notes et tous ses documents dans la réserve. Il avait ensuite préféré tout réécrire plutôt que de retourner les récupérer.

Il n'avait pas le choix et il alla retrouver Ari en essayant de se convaincre qu'il recouvrerait un peu de respect envers lui-même s'il se comportait de façon plus intelligente que la fois précédente.

Elle était âgée, mais pas au point de rendre la réjuv inefficace. Elle paraissait n'avoir qu'une bonne quarantaine d'années et il avait vu des holos d'elle à douze et seize ans : un visage privé de sa dureté actuelle. Comme la plupart des femmes qui avaient six fois son âge, elle attirait toujours les regards et dans l'obscurité son corps devait être comparable à celui de Julia Carnath, se dit-il avec cynisme... et, contrairement à Julia, Ari savait ce qu'elle voulait. Tous les CIT de Reseune avaient partagé le même lit à un moment ou un autre, et il n'était pas étonnant qu'Ari Emory eût souhaité retrouver sa jeunesse avec le double d'un homme qui avait été trois fois plus jeune qu'elle à dix-sept ans. Il en eût ri, en d'autres circonstances et s'il n'avait pas été le clone en question.

Il ignorait ce qui l'attendait mais savait que ce serait une expérience inoubliable. Il n'avait fait des avances qu'à Julia, qui s'était alors permis de lui demander de servir d'entremetteur entre elle et Grant. Il s'était senti si blessé dans son amour-propre qu'il ne lui avait plus adressé la parole depuis ce jour. Sa vie amoureuse se résumait à cela, et il trouvait la misogynie de son père presque justifiable. Ari était une vipère, elle personnifiait tout ce qu'il jugeait abject, mais il pensait que sa propre attitude serait la clé du dénouement S'il se dominait, s'il réussissait à garder à l'esprit que c'était un des coups montés de cette femme, elle n'aurait plus aucune arme à utiliser contre lui. C'était la meilleure façon de régler le problème et il avait décidé de se conduire en homme, de ne plus se dérober, d'en tirer des leçons. (Une personne de cet âge pourrait lui apprendre bien des choses... dans maints domaines.) Il lui permettrait d'assouvir le désir qu'il lui inspirait et de perdre ou non tout intérêt pour lui.

Il pensait ne courir aucun risque en acceptant de figurer sur la liste des conquêtes d'Ari. Un jeune homme de dix-sept ans ne pouvait tomber amoureux d'une centenaire, alors que cette dernière risquait de s'attacher à un CIT adolescent au physique et à la compagnie agréables. Il la laisserait s'enferrer sur cet hameçon.

Et ce serait alors au tour d'Ari d'avoir des problèmes, et à lui de maîtriser la situation.

L'âge et la vanité de cette femme représentaient peut-être un excellent moyen d'en venir à bout. Il pourrait exploiter une faiblesse que lui seul avait découverte pour la simple raison qu'il était le garçon de dix-sept ans qui éveillait son désir.

8

Sa montre indiquait 21 : 05 lorsqu'il sonna à l'appartement d'Ari... cinq, parce qu'il voulait l'inciter à se demander s'il viendrait ou s'il avait trouvé avec Jordan un moyen de la contrer; et pas plus parce qu'il craignait qu'elle ne pût s'en convaincre et décider de prendre des mesures qu'il serait ensuite impossible d'annuler.

Ce fut Catlin qui ouvrit la porte, sur un décor qu'il n'avait encore jamais vu : du travertin chamois et des meubles blancs, un cadre de vie d'un luxe inouï, le genre de choses qu'Ari pouvait s'offrir et que les autres devaient se contenter d'admirer sur l'écran de leur vid lorsqu'ils suivaient des reportages ayant pour cadre des lieux tels que le Palais de l'État; et l'azie aux nattes blondes qui formaient une couronne au sommet de son crâne, à l'uniforme noir immaculé, guindée... comme toujours.

– Bonsoir, lui dit-elle.

Sans doute était-ce la première fois qu'elle s'adressait à lui avec tant d'amabilité.

– Bonsoir, répondit-il pendant que Catlin laissait la porte se refermer.

Il entendait une musique à peine audible... le timbre d'une flûte électronique, aussi froid et impersonnel que les corridors de pierre dans lesquels les sons se réverbéraient. Il fut parcouru d'un frisson. Il n'avait mangé qu'une poignée de pommes chips au déjeuner et un bout de pain grillé au dîner, tant il était certain de rendre ce qu'il aurait dans l'estomac. À présent, ses jambes flasques et ses étourdissements lui indiquaient que c'était une erreur.

– Sera ne vient jamais dans cette partie de ses appartements, commenta l'azie qui le précédait dans un autre couloir. Ces pièces sont purement décoratives. Regardez où vous marchez, ser, ce tapis a tendance à glisser sur la pierre. Je ne cesse de le répéter à sera... Au fait, avez-vous eu des nouvelles de Grant ?

– Non.

Son estomac se noua sous l'impact de cette attaque, portée avec modération mais de façon inattendue.

– Je ne m'y attends d'ailleurs pas.

– Je suis heureuse qu'il ne lui soit rien survenu de fâcheux, ajouta-t-elle sur un ton de confidence.

À l'intonation de sa voix feutrée, elle aurait pu lui parler de la pluie et du beau temps, et il se demanda s'il lui arrivait parfois d'éprouver de la joie ou de l'affection pour quelqu'un. Elle était aussi froide et belle que la musique et le passage dans lequel elle le précédait. Ils atteignirent un boudoir situé en contrebas, lambrissé de lainebois vitrifié, gris-bleu avec un grain rappelant du tissu sous un film de plastique, au sol couvert de tapis pelucheux blancs et meublé de fauteuils gris-vert et d'un grand divan beige. Florian venait à leur rencontre, vêtu d'un uniforme identique à celui de la femme. Ses cheveux bruns et son corps frêle étaient en contraste avec la chevelure blonde et l'allure athlétique de Catlin. Il s'adressa à l'azie.

– Va dire à sera que son invité est ici.

Puis il prit Justin par l'épaule.

– Désirez-vous un rafraîchissement, ser ?

– Oui. Vodka et *pechi* si vous avez.

Le *pechi* devait être importé. C'était une folie, mais il se trouvait sous le choc provoqué par la découverte des richesses qu'Ari avait amassées dans son antre aménagé au cœur même de Reseune. Il regarda les statues downers installées dans l'angle opposé, derrière le bar. Puis il étudia en ouvrant de grands yeux des images votives, une sculpture en acier et quelques tableaux suspendus aux lambris de lainebois. Seigneur, il les connaissait. Il avait vu sur des bandes ces classiques de vaisseaux subluminiques, des chefs-d'œuvre remisés en un lieu où seuls Ari et ses proches pouvaient les admirer.

Il se trouvait dans un palais érigé au sybaritisme.

Et il pensa à l'azi de neuf ans dont lui avait parlé son père.

Florian lui apporta la boisson.

– Asseyez-vous, je vous en prie.

Mais Justin alla faire le tour de la galerie surélevée qui occupait le pourtour de la pièce, afin de regarder les toiles, l'une après l'autre. Il buvait à petites gorgées un breuvage auquel il ne goûtait que pour la deuxième fois de son existence et tentait de se détendre.

Il entendit des pas et se retourna. Ari venait vers lui, vêtue d'une robe imprimée aux motifs géométriques qui scintillaient sous les lumières ; une tenue qui n'eût pas été de circonstance pour un rendez-vous d'affaires. Il la regarda et son cœur se mit à marteler sa poitrine. Et il fut pris de panique en prenant conscience que cette femme était bien réelle, qu'il ignorait tout de sa situation, et qu'il n'existait pour lui aucune échappatoire.

– Tu apprécies ma collection ?

Elle désigna la toile devant laquelle il s'était trouvé à son arrivée.

– Elle a été peinte par mon oncle. Un véritable artiste.

– Un vrai maître.

Il resta un instant décontenancé. Il ne s'était pas attendu à ce qu'Ari débutât leur entretien en évoquant des souvenirs.

– En bien des domaines. Tu ne l'as pas connu ? Mais non, il est mort en 45.

– Avant ma naissance.

– Bon sang, je finis par m'y perdre.

Elle glissa son bras sous le sien pour le guider vers le tableau suivant.

– Celui-ci est inestimable. Fausberg, un artiste naïf mais une des rares représentations d'Alpha Cent. Plus aucun humain ne s'y rend, désormais. J'adore cette toile.

– Elle est en effet très belle.

Il s'en dégageait une étrange sensation d'éternité et d'antiquité. Justin avait conscience d'avoir devant lui une œuvre originale, peinte par un artiste qui s'était rendu là-bas, jusqu'à cette étoile que l'humanité avait depuis perdue.

– À une époque, nul ne soupçonnait sa valeur. Moi si. De nombreux peintres naïfs étaient à bord des premiers vaisseaux. La lenteur des déplacements subluminiques leur laissait le loisir de s'adonner à leur art. Fausberg utilisait des feutres à graphique et des couleurs acryliques, et il a fallu mettre au point de nouvelles techniques de conservation, là-haut à la station... à ma demande. Mon oncle a acheté le lot et j'ai fait le nécessaire pour que ces peintures soient préservées. C'est ainsi que les toiles de l'*Argo* ont été sauvées. La plupart sont exposées au musée de Novgorod et Station Sol souhaite acquérir un *61 Cygnus* de Fausberg. Nous accepterons sans doute de le céder contre un tableau de valeur équivalente. Je pense à un certain Corot...

– Corot ?

– Voyons, mon enfant. Des arbres. Des arbres au feuillage vert. As-tu vu des bandes terriennes ?

– Un grand nombre.

Il oublia un instant son anxiété pour se rappeler des paysages plus étranges encore que ceux non terraformés de Cyteen.

– Eh bien, voilà ce que peignait Corot. Entre autres choses. Il faut que je te prête quelques bandes. Tout de suite, pendant que j'y pense... Catlin, peux-tu me trouver cette série sur *Les Origines de l'Art humain*?

– Oui, sera. Je vais les demander à l'ord.

– Parmi tant d'autres... Celui-ci, jeune homme, est un des nôtres. Shevchenki. Nous avons son fichier. Il est mort d'une panne de scaphandre, le malheureux, au cours des travaux de Pytho, là-haut sur la côte. Mais son travail est remarquable.

Le rouge des falaises et le bleu des lainebois étaient trop banals pour susciter l'intérêt de Justin. *Il* aurait pu en faire autant. Mais les règles de politesse les plus élémentaires l'empêchèrent d'exprimer cette pensée à haute voix. Il dessinait. Il lui était même arrivé de peindre, à l'époque où il se sentait contaminé par l'inspiration des artistes-explorateurs. Cloué au sol, il avait imaginé des étoiles et des mondes étrangers, faute de pouvoir espérer quitter un jour Reseune.

Jusqu'au moment où Jordan avait paru en avoir la possibilité.

Florian vint présenter une boisson à Ari, un breuvage doré dans un verre en cristal taillé.

– Vodka-orange, dit-elle. As-tu déjà goûté de l'orange ?

– Synthétique ?

Tous l'avaient fait.

– Non, le jus du fruit véritable. Tiens. Bois une gorgée.

Il y trempa les lèvres et découvrit une saveur étrange, douce-amère et indéfinissable, sous celle de l'alcool. Un goût de Vieille Terre, si elle disait vrai. Et celle qui possédait de tels chefs-d'œuvre ne se serait pas abaissée à mentir en ce domaine.

– C'est bon, dit-il.

– Bon ? C'est un délice ! L'AG va essayer d'acclimater ces arbres fruitiers. Nous pensons leur avoir trouvé un site... et il ne sera même pas nécessaire de les modifier, car le sol devrait leur convenir. Le fruit est orange vif. Comme son nom l'indique. Il contient plein de bonnes choses. Allons, prends mon verre. Florian, prépare-m'en un autre, veux-tu ?

Elle lui serra le bras avec plus de force et le guida vers les marches, qu'ils descendirent jusqu'au divan.

– Qu'as-tu dit à Jordan ?

– Que Grant est parti et qu'il n'a pas à s'inquiéter.

Il s'assit, but une gorgée de vodka-orange, puis posa le verre sur la tablette de cuivre placée derrière le siège. Il avait repris le contrôle de ses nerfs autant qu'il jugeait possible d'y parvenir en ce lieu, et en cette compagnie.

– Je ne lui ai rien dit d'autre. J'estime que ce sont mes affaires.

– Est-ce vraiment le cas ?

Elle s'installa à son côté, ce qui eut pour effet de tendre son estomac et de le mettre mal à l'aise. Elle posa la main sur sa cuisse et se pencha vers lui, alors qu'il pensait au jeune azi et à ceux qu'elle avait éliminés sans raison, ces malheureux qui ne savaient même pas qu'ils allaient mourir... seulement qu'ils devaient se présenter à un examen médical.

– Rapproche-toi, mon chéri. Tout va bien. C'est agréable, pas vrai ? Tu ne devrais pas être aussi tendu, aussi nerveux.

Elle glissa un bras entre le dossier du siège et ses côtes, pour lui masser le dos.

– Là, décontracte-toi. Ça fait du bien, pas vrai ? Tourne-toi, et laisse-moi faire.

Comme le jour où elle l'avait pris au piège dans le labo. Il chercha une repartie, mais échoua. Il reprit le verre et but une gorgée, puis une autre, sans lui obéir pour autant. La main de la femme poursuivait ses mouvements.

– Tu es si tendu. C'est pourtant très simple, personne ne t'oblige à rester. Tu es libre de t'en aller, si tu veux.

– Bonne idée. Pourquoi pas dans votre chambre, bon sang ?

Ses mains commençaient à trembler et les extrémités de ses doigts devenaient aussi froides que de la glace. Il vida son verre, sans la regarder.

Je pourrais la tuer, se dit-il sans éprouver de colère. *Lui briser le cou avant que ses azis n'aient le temps d'intervenir. Que feraient-ils ensuite ?*

Un psychosondage révélerait les agissements de cette femme. Autant pour sa réputation.

C'est peut-être le meilleur moyen de me tirer de ce mauvais pas.

– Justin a terminé son verre, Florian. Apporte-lui-en un autre... Allons, mon cœur. Détends-toi. Tu ne peux pas faire une chose pareille, tu le sais aussi bien que moi. Désires-tu en obtenir la confirmation ? Est-ce ce que tu veux ?

– Ce que je veux, c'est une autre vodka-orange, marmonna-t-il.

Tout lui paraissait irréel, cauchemardesque. Dans un instant elle s'adresserait à lui comme elle l'avait fait lors de ses interrogatoires. Il était pris dans un piège et ne savait pas comment s'en libérer. Il décida de boire, de s'enivrer au point d'en être malade et impuissant, ce qui la contraindrait à renoncer à ses projets.

– Tu m'as déclaré n'avoir eu aucune expérience sexuelle, celles procurées par les bandes exceptées, fit-elle. Est-ce bien la vérité ?

Il se détourna sans répondre pour découvrir si Florian lui apporterait bientôt un verre et chercher un moyen d'orienter la conversation vers un autre sujet.

– Penses-tu être normal ?

Il s'abstint à nouveau de répondre. Il étudiait le dos de l'azi qui versait et mélangeait les ingrédients, pendant que les doigts d'Ari pétrissaient son dos et que les coussins s'affaissaient sous le poids de la femme. Elle s'était collée contre lui pour faire glisser sa main le long de son flanc.

Florian lui tendit la vodka-orange, qu'il but en restant accoudé au dossier du divan. Ari continuait de le masser, avec lenteur et douceur.

– Je vais te dire une chose, déclara-t-elle à mi-voix. Te rappelles-tu ma réflexion sur les rapports sexuels entre membres de la Famille et sur ce qui en découle ? Je compte te faire une faveur. Demande-moi laquelle.

– Laquelle ? s'enquit-il, faute d'avoir le choix.

Les bras de la femme se refermèrent autour de son corps et il but, dans l'espoir que l'alcool emporterait ses nausées.

– Tu crois encore que le sexe et les sentiments sont liés. Rien n'est plus faux. On peut avoir des rapports charnels pour satisfaire un besoin naturel, pour des raisons personnelles, ou tout simplement parce que c'est agréable. Il arrive que l'on se sente très proche de son partenaire et que l'on désire que ce soit réciproque. On lui accorde alors sa confiance, et c'est une grave erreur. La première chose qu'il convient de bien assimiler, c'est qu'on peut faire cela avec n'importe qui. La deuxième... qu'il s'établit des liens avec des gens qui ne font pas partie de la Famille et que cela fausse le jugement, hormis si on garde la règle précédente à l'esprit. Voilà la faveur que je te fais, mon chéri. Je t'évite de te méprendre sur la nature de ce qui va se passer entre nous. Est-ce agréable ?

Il avait des difficultés à respirer, à avoir des pensées cohérentes. Son cœur battait à contretemps et les caresses de la femme accentuaient la sensibilité de sa peau, elles le conduisaient au bord de la jouissance... ou d'un intense inconfort. Il n'aurait pu se prononcer. Il but une bonne dose de vodka-orange et tenta de projeter son esprit loin de là, dans le néant, au sein d'un étrange brouillard qui dissolvait le contrôle exercé sur son être.

– Comment te sens-tu, mon chéri ?

Malade, pensa-t-il. Il devait être ivre, mais il enregistra à la frontière de ses sens une dislocation, une perte de perception des relations spatiales... comme si Ari se trouvait à un millier de kilomètres, que sa voix provenait d'un point situé à la fois très loin derrière lui et sur le côté...

Il reconnaissait les symptômes propres aux cataphoriques, cette drogue qu'on prenait pour suivre les bandétudes. La panique l'envahit et engendra un véritable chaos dans son cerveau. Les stimuli étaient innombrables et parvenaient bien trop vite à son corps qui paraissait s'attarder dans un univers à l'atmosphère sirupeuse. Une dose peu importante, il s'en rendait compte. Il sentit Ari remonter sa chemise et caresser sa peau nue, alors même qu'il perdait son sens de l'équilibre et avait des vertiges. La pièce se mit à tournoyer autour de lui. Il lâcha le verre et la boisson glacée se répandit sur sa hanche et sous ses fesses.

– Ô mon Dieu ! Florian, ramasse ça.

Il sombrait. Toujours conscient, il tenta de bouger. Mais la confusion l'envahit, un tumulte de sons assourdissants et de sensations vertigineuses. Il essaya de restaurer son sens critique. C'était difficile. Il savait que l'azi venait de récupérer le verre et que sa tête reposait désormais sur les cuisses d'Ari, dans la dépression de ses jambes croisées, qu'il regardait le visage de la femme la tête en bas et qu'elle déboutonnait sa chemise.

Et elle n'était pas la seule à le dévêtir. Il entendait des murmures, mais aucun ne s'adressait à lui.

– Justin, dit une voix pendant que les mains d'Ari inclinaient sa tête.

Elle chuchotait, comme dans les bandes.

– Es-tu à ton aise ?

Il l'ignorait. La peur et la honte l'assaillaient, et tout au long d'un interminable cauchemar il fit l'objet d'innombrables caresses. Puis il se sentit soulevé, emporté, et allongé sur le sol.

C'étaient Catlin et Florian, qui se penchaient vers lui. C'étaient Catlin et Florian qui le touchaient, le déplaçaient, et lui faisaient des choses dont il n'avait que vaguement conscience mais qu'il savait répréhensibles, honteuses et avilissantes.

Arrêtez, leur ordonnait-il en pensée. *Arrêtez. Je ne suis pas d'accord.*

Je ne veux pas.

Mais il y avait le plaisir, une explosion qui affectait ses sens en un lieu infini, en un lieu de ténèbres.

Au secours.

Je ne veux pas.

Il n'était qu'à moitié conscient, quand Ari lui demanda :

– Tu es éveillé, n'est-ce pas ? Comprends-tu, à présent ? Il n'y a rien d'autre. Il n'existe rien de supérieur. Tu ne pourras rien trouver de plus, peu importe avec qui. De simples réactions biologiques. La première règle et la deuxième...

» Regarde l'écran.

La bande défilait. Des images érotiques qui se fondaient dans ce qu'il vivait. Il trouvait cela très agréable, mais à son corps défendant. Il n'était responsable de rien, ce n'était pas sa faute...

– Je crois qu'il émerge...

– Il lui en faut encore un peu. Il va s'en remettre.

– Rien ne peut procurer autant de sensations que les bandes. Pas vrai, mon garçon ? Peu importe l'individu. De simples réactions biologiques. Quoi qu'on te fasse...

» Ne bouge pas...

» Plaisir et souffrance, la frontière qui les sépare est étroite. Il est possible de la franchir toutes les dix secondes et la douleur devient alors jouissance. Je peux te guider sur cette voie. Tu te souviendras de ce que j'ai fait pour toi, mon chéri. Tu penseras à cela, tu t'en souviendras jusqu'à la fin de tes jours... et rien ne sera plus jamais comme avant...

Il ouvrit les yeux sur une ombre qui le surplombait. Il était nu, dans un autre lit que le sien, et une main caressait son épaule. Elle se déplaça pour écarter une mèche de cheveux tombée devant ses sourcils.

– Là, là, réveille-toi, dit Ari.

C'était son poids qui inclinait le bord du matelas, Ari assise près de lui, habillée alors que...

Son cœur bondit et s'emballa.

– Je dois me rendre au bureau, mon chéri. Tu peux dormir, si tu le souhaites. Florian t'apportera ton petit déjeuner.

– Je rentre chez moi.

Il remonta le drap pour couvrir sa nudité.

– Comme tu voudras.

Le matelas redevint horizontal lorsqu'elle se leva pour aller s'étudier dans le miroir mural : une manifestation d'indifférence qui tendit les nerfs de Justin et brassa son estomac.

– Viens au labo quand ça te chante. Tu peux aller tout raconter à ton père, si tu le souhaites.

– Que suis-je censé faire ?

– Ce que tu veux.

– Ne voulez-vous pas que je reste ici ?

La panique rendait sa voix tranchante et il avait peur qu'Ari pût le remarquer, et s'en servir contre lui. Il assimilait les propos de la femme à une menace. Sa voix était atone, dépouillée du moindre indice qui lui eût permis de déduire ses pensées, et il oublia un court instant que Grant constituait toujours pour lui un moyen de pression.

– Ça ne marchera pas.

– Vraiment ?

Ari donna de petites tapes à ses cheveux. Elle était très élégante, dans cet ensemble beige. Elle se retourna, pour lui sourire.

– Viens quand tu voudras. Ce soir, tu pourras rentrer chez toi. Nous recommencerons peut-être, qui sait ? Pourquoi ne pas en informer ton père et l'inciter à rendre tout cela public, hmmm ? Raconte-lui ce que tu veux. Au fait, j'ai tout enregistré. Les preuves ne manqueront pas, s'il décide de s'adresser au bureau.

Il avait froid, jusqu'au fond de son être. Il tenta de ne pas le laisser voir. Il la foudroya du regard et serra la mâchoire, alors qu'elle souriait et sortait de la chambre. Puis il resta allongé un très long moment, le corps glacé. Son ventre le faisait souffrir et les élancements d'une violente migraine reliaient le sommet de son crâne à sa nuque. Son épiderme paraissait hypersensible, douloureux par endroits. Il voyait des ecchymoses sur ses bras, des marques de doigts.

Ceux de Florian...

Une image traversa son esprit, issue des ténèbres et accompagnée d'une sensation intense. Il enfouit son visage entre ses paumes, dans l'espoir d'effacer tout cela. Un flash-bande. Une bande-profonde. Il s'en produirait d'autres, bien d'autres. Il ignorait ce qui lui reviendrait en mémoire, mais il savait que ces réminiscences referaient surface pour un bref instant ; impressions, visions et mots partis à la dérive qui traverseraient son être avant de sombrer dans le néant ; de simples fragments... mais de plus en plus nombreux. Et il ne pourrait endiguer leur flot.

Il repoussa les draps et se leva. Il s'efforçait de ne rien voir chaque fois que ses yeux se portaient sur son corps. Il entra dans la salle de bains d'un pas titubant et fit couler la douche. Il se savonna, très longtemps. Il se frotta, le regard rivé sur les murs. Il essayait de ne rien ressentir, de ne pas se souvenir, de ne se poser aucune question. Il lava son visage, ses cheveux, et même l'intérieur de sa bouche avec une savonnette parfumée, faute de savoir s'il avait autre chose à sa disposition. Il cracha et crut étouffer en raison du goût âcre mais il ne se sentit pas propre pour autant. La senteur lui rappelait celle d'Ari. À présent, il se dégageait de *lui* la même fragrance, et il en gardait le goût au fond de sa gorge.

Et lorsqu'il arrêta le souffleur de la cabine et retrouva l'air frais de la salle de bains, Florian vint lui apporter une pile de vêtements : les siens.

– Il y a du café, ser, si vous le souhaitez.

L'expression neutre, comme si rien ne s'était passé. Comme si tout cela n'avait été qu'un rêve.

– Où pourrais-je trouver un rasoir ?

– Sur la tablette, ser.

Florian désigna la paroi en miroir de l'extrémité de la pièce.

– Brosse à dents, peigne, lotions. Désirez-vous autre chose ?

– Non.

Il veillait à garder une voix posée. Il voulait regagner son appartement. Il entretenait des pensées de suicide : couteaux dans la cuisine, pilules dans l'armoire de toilette. Mais l'enquête qui aurait lieu ensuite déboucherait sur des conclusions d'ordre politique et entraînerait la perte de son père. Il pensa alors aux messages subliminaux qu'on avait pu enfouir dans son subconscient pendant la nuit ; des incitations à se donner la mort. Dieu sait quoi. Toute idée irrationnelle était désormais suspecte. Il savait ne plus pouvoir se fier à son esprit. Il vit une succession de flashes-bandes : sensations, images érotiques, paysages et vieilles œuvres d'art...

Puis des images qui avaient pour cadre l'avenir. Des visions de la colère de Jordan et de son propre corps privé de vie qui gisait sur le carrelage de la cuisine. Il changea le décor, pour rendre la scène plus romanesque : lui-même, qui s'éloignait au-delà des tours de précip, un cadavre qui ferait penser à un bout de chiffon blanc lorsqu'on le découvrirait depuis les airs, quelques heures plus tard... « Désolé, ser, mais il semble que nous ayons retrouvé votre fils... »

Ce n'était pas un test valable pour découvrir les ordres subliminaux qu'Ari avait pu insérer dans la bande. L'esprit qui s'abreuvait à une bandétude assimilait systématiquement tout ce qu'elle contenait. Les images s'effaçaient pendant que l'implant-structure s'imbriquait dans la mémoire résidente et s'y développait de façon indépendante. Il n'existait aucune méthode fiable pour détecter les instructions enchâssées dans le reste, ces suggestions qui ne pouvaient d'ailleurs contraindre quelqu'un à agir à l'encontre de ses convictions profondes mais permettaient de déclencher des tendances préexistantes. C'était uniquement quand les drogues agissaient en terrain favorable que la victime acceptait de tels stimuli sans les censurer, répondait aux questions, faisait tout ce qu'on lui ordonnait...

À condition que ces ordres franchissent les barrières subconscientes des valeurs et des blocages naturels. Un psychochirurgien non pressé par le temps aurait pu obtenir des réponses à même de révéler les ensembles et leur configuration, insérer quelques arguments capables de désorienter la logique interne, puis réordonner le tout, créer une nouvelle microstructure et la placer à un point stratégique...

Toutes les questions, ces maudits tests psych auxquels Ari l'avait soumis en les qualifiant de contrôles de routine pour les assistants de la section un – des interrogations qui se rapportaient à son travail, ses croyances, ses expériences sexuelles – et qu'il avait comme un imbécile attribués à un simple désir de le tourmenter...

Il se vêtit sans regarder les miroirs, se rasa, se lava les dents et se peigna. Il ne nota rien d'inhabituel sur son visage, pas de marques, rien à même de révéler ce qui s'était passé. Il possédait toujours les mêmes traits. Ceux de son père.

Un sujet de satisfaction supplémentaire pour Ari.

Il s'adressa un sourire, afin de vérifier s'il pouvait se contrôler. C'était le cas. Il en était à nouveau capable ; quand cette femme n'était pas présente, tout au moins. Il se sentait d'attaque pour affronter ses azis.

Nuance. Pour affronter *Florian*. Il remercia le Ciel qu'Ari n'eût pas laissé Catlin en sa compagnie et fut aussitôt pris de panique. Pourquoi réagissait-il ainsi ? Pour quelle raison la simple pensée d'avoir affaire à cette azie froide et distante détruisait-elle son équilibre nerveux ? Une peur de la gent féminine prise dans son ensemble ?

Aurais-tu peur des femmes, mon cœur ? Tu sais combien ton père est misogyne.

Il se peignait, lorsqu'il eut envie de rendre. Mais il sourit à son reflet puis massa le pourtour de ses yeux pour atténuer les effets de sa migraine, avant de répéter l'opération sur ses épaules. Il fit un autre sourire, à l'intention de Florian.

Il le lui dira. Mon crâne semble se fendre et je ne peux avoir des pensées cohérentes. Bon sang, il m'est seulement possible d'essayer de donner le change, de feindre d'être détendu et de ficher le camp le plus vite possible.

Le boudoir, le tapis blanc, les toiles sur les murs furent à l'origine d'un autre flash, des réminiscences de douleurs et de sensations érotiques.

Mais le pire lui était arrivé. Ce serait pour lui une sorte de cuirasse. Il ne lui restait plus rien à redouter. Il prit la tasse que lui tendait l'azi et but une gorgée de café en empêchant sa main de trembler : un frisson dû à sa tension nerveuse et à un souffle glacé du climatiseur.

– J'ai froid, dit-il. La gueule de bois, je présume.

– J'en suis désolé, répondit Florian.

L'azi soutint son regard avec le calme propre aux membres de son espèce. Il paraissait ennuyé, et peut-être ne jouait-il pas la comédie. Nul principe moral n'entrait en ligne de compte, il se contentait de respecter les règles de prudence qui incitaient les azis à éviter tout accrochage avec des citoyens à même de riposter. Et il avait en l'occurrence d'excellentes raisons de s'inquiéter.

Florian, au cours de la nuit : *Je ne voudrais pas vous faire mal. Détendez-vous. Détendez-vous...*

Mais son expression ne reflétait pas nécessairement ses pensées. Il continuait de sourire.

– Merci.

Il était facile, très facile de le tourmenter. Si Justin avait été Ari, Florian se serait effondré. Comme pendant la nuit. Justin avait été témoin de sa frayeur...

... souffrance et jouissance. Interfaces...

Ses lèvres s'incurvèrent et il but une gorgée de café. Il osait s'en prendre à un des azis d'Ari et en éprouvait à la fois de la satisfaction et de la peur. Puis il prit conscience que cela lui procurait du plaisir et en fut effrayé. Il s'affirma qu'un tel désir de se venger de l'humiliation subie était humain. Il eût pensé et fait la même chose, le jour précédent.

Mais il n'aurait alors pas su à quoi attribuer cette jubilation profonde, ou analyser ce qu'il ressentait. Il eût été dans l'incapacité d'imaginer une foule de méthodes pour donner des sueurs froides à Florian, d'envisager de fixer un rendez-vous à l'azi en un lieu isolé, par exemple vers les enclos de l'AG, loin de la Maison et de la protection d'Ari, pour lui rendre la monnaie de sa pièce. Il existait bien des moyens d'exploiter sa vulnérabilité... sans Ari dans les parages.

Sans doute en avait-il conscience. Et peut-être comprenait-il que sa maîtresse avait voulu le tourmenter en le laissant seul avec Justin. C'était conforme à tout le reste.

– Je te plains, lui dit alors Justin.

Il le prit par l'épaule et referma ses doigts avec force, à la limite de la souffrance.

– Ta place ne semble pas de tout repos. L'*aimes*-tu ?

La première chose qu'il convient de bien assimiler, c'est qu'on peut faire cela avec n'importe qui. La deuxième... qu'il s'établit des liens avec des gens qui ne font pas partie de la Famille et que cela fausse son jugement, hormis si on garde la règle précédente à l'esprit. Voilà la faveur que je te fais, mon chéri. Je t'évite de te méprendre sur la nature de ce qui va se passer entre nous...

Florian se contentait de le fixer, sans bouger. Son épaule devait le faire souffrir et il aurait pu se dégager sans difficulté de cette prise, et lui briser le bras par la même occasion. Un tel stoïcisme n'avait rien d'étonnant, de la part d'un azi d'Ari.

– Que veut-elle que je fasse ? s'enquit-il. Le sais-tu ? Suis-je censé attendre son retour ou rentrer chez moi ?

Comme s'ils étaient semblables. Des conspirateurs, azis tous les deux. Cette pensée lui inspirait de la répugnance, mais Florian était en quelque sorte son allié. Justin pouvait lire en lui et le manipuler, alors qu'Ari demeurait un mystère même lorsqu'elle acceptait de répondre à ses questions.

– Elle pense que vous regagnerez vos appartements, ser.

– Dois-je m'attendre à recevoir d'autres invitations de ce genre ?

– C'est probable.

– Ce soir ?

– Je l'ignore, répondit Florian, avant d'ajouter : Mais je présume qu'elle voudra rattraper son retard de sommeil.

Comme si ce qui venait de se produire n'avait rien d'exceptionnel.

Justin éprouva un malaise. Ils se trouvaient tous pris au piège.

L'attitude, eût dit Jordan. Tout repose sur cela. Peu importent les actes, dès l'instant où l'on garde la situation sous contrôle. Il convient de bien savoir si on a intérêt à agir de la sorte, c'est tout.

Vendre son âme contre la vie représentait un marché de dupes. Mais l'échanger contre la puissance... le pouvoir de modifier le cours du destin, la possibilité d'exercer une vengeance, cela pouvait justifier une telle tractation. Assurer la sécurité de son père également. L'espoir d'accéder un jour à une position qui lui permettrait de contrecarrer les projets d'Ariane Emory... voilà qui l'était encore plus.

– Je rentre chez moi, déclara-t-il. Pour tenter de me débarrasser de ma migraine et voir si j'ai reçu des messages, avant de me rendre au bureau. Je ne pense pas que mon père ait voulu me contacter.

– Je l'ignore, ser.

– J'aurais cru que tu te tenais informé de ces choses, rétorqua Justin d'une voix douce et tranchante comme un coupe-papier.

Il posa la tasse, se remémora l'emplacement de la porte d'entrée, et emprunta le couloir avec Florian sur ses talons... le garde du corps d'Ari, trop bien élevé pour ne pas dissimuler qu'il n'osait le laisser sans surveillance dans les appartements de sa maîtresse.

Le temps d'un battement de cœur Justin assimila son logement personnel à un havre de sécurité et fut soulagé à la pensée qu'il pourrait bientôt se confier à Grant et lui demander conseil... une habitude de toute une vie, un réflexe stupide qui noua un estomac fragilisé par l'absence de nourriture et l'abus de boisson, de drogues et d'adrénaline. Il avait des étourdissements mais continuait d'avancer en se rappelant quel chemin il avait suivi la veille : un parcours en ligne droite dans un couloir orné de tables fragiles et de vases qui l'étaient encore plus.

Ensuite, une triple voûte puis des piliers carrés en travertin. Et l'entrée qui servait au décorum, à en croire

Catlin. Il se souvint d'une mise en garde, au sujet du tapis, puis il gravit les marches de pierre en direction de la porte.

Il tendit la main vers le verrou mais Florian le prit de vitesse.

– Soyez prudent, ser, lui dit-il.

Et il ne semblait pas se référer à son retour vers son logement.

Justin se rappela l'enfant de neuf ans, les adultes dont Ariane avait ordonné la liquidation. Il pensa à la vulnérabilité de tous les azis, Grant inclus, et prit conscience de celle de Florian... un individu dont l'existence avait été tracée le jour de sa création et qui était, en dépit de ce qu'Ari le contraignait à faire, aussi bon et honnête qu'un saint ; pour la simple raison qu'il avait été conçu ainsi et que les bandes l'empêchaient de s'écarter du droit chemin malgré ce que lui imposait sa maîtresse.

Ce fut avec de telles pensées qu'il quitta les appartements de cette femme, la vision brouillée et la démarche titubante de faiblesse. C'était un cauchemar qui affectait la totalité de ses sens... flashes-bandes et épuisement physique.

Florian devait à Ari les deux facettes de sa personnalité et les qualités et les défauts qui les accompagnaient... l'ange et le démon. Si elle ne l'avait pas créé, elle le gardait conforme à sa conception originelle... depuis sa propre jeunesse.

Afin d'avoir en permanence un souffre-douleur à sa disposition ? se demanda-t-il.

Un cobaye... pour un projet en cours ?

Interface, fut la réponse qui remonta à la surface de son esprit avant de replonger dans ses profondeurs, cauchemardesque comme le cadavre d'un noyé. *À califourchon sur une frontière.*

La vérité se situe entre les extrêmes.

Les opposés sont complémentaires.

Plaisir et souffrance, mon cœur.

Tout oscille constamment entre le bien et le mal... faute de quoi il n'y a que le néant. Tout doit pouvoir changer d'état, sinon tout reste statique. Les vaisseaux spatiaux se déplacent selon ce principe. Les étoiles se consument. Les espèces évoluent.

Il atteignit l'ascenseur et resta adossé à la paroi de la cabine tant qu'il ne fut pas arrivé à destination. Il emprunta un couloir qui paraissait tanguer, parvint à conserver son équilibre jusqu'à son appartement et réussit à insérer sa carte dans la fente de la porte.

– Aucune entrée depuis la dernière utilisation de cette clé.

Impossible de s'y fier, pensa-t-il. Il eut un étourdissement. Le divan semblait plus éloigné que d'habitude, à cause de sa faiblesse. *Impossible de se fier à quoi que ce soit. Elle a accès à tout, même aux systèmes de sécurité. Elle a dû mettre à profit mon absence pour faire installer des micros partout. Certainement. Et comment puis-je savoir si le concierge est capable de détecter la présence des appareils qu'elle utilise ? Le dernier cri de la technique. Du matériel hors de prix et top secret qu'elle peut se procurer sans peine.*

Jordan aussi, peut-être.

Il s'assit sur le sofa, puis s'y allongea et ferma les yeux.

Et si je n'étais pas le seul ?

La voix d'Ari, douce et odieuse :

J'ai manipulé ton père. Chacune de ses actions. Même s'il est impossible de prédire quelles seront les microstructures, l'importance de ces dernières est secondaire.

Des aphorismes de concepteurs de bandes : la macrostructure détermine la microstructure et l'infrastructure des valeurs se charge du reste.

Tu me dois ton existence, mon chéri. J'ai fait naître en ton père le désir de se dupliquer. Mon attitude est à l'origine de son puissant besoin de compagnie. Est-ce que je mens ? Tu me dois la vie.

Le temps d'un battement de cœur il crut que Grant allait sortir de sa chambre et lui demander quels étaient ses problèmes, l'aider à débrouiller l'écheveau de ses pensées confuses. Son ami était un expert en bandes-profondes. Il en avait reçu un grand nombre, bien trop souvent.

Mais il n'était plus qu'un spectre, une habitude dont il ne pouvait se débarrasser.

Et Grant aussi. Je l'ai créé de mes propres mains.

Il devait aller au labo, rompre cet isolement au sein duquel les bandes-structures suppuraient et contaminaient la totalité de son être. Il lui fallait reprendre son travail, occuper son esprit, accorder à ce dernier du repos et effectuer un tri dans ses pensées.

Mais son corps refusait d'effectuer un seul pas.

– Des messages ? murmura-t-il.

Il devait savoir. Il lui fallait apprendre si son père avait tenté de le contacter.

Jordan, ou quelqu'un d'autre.

Les appels étaient dans leur ensemble sans importance. Directives de la section, et de l'administration. Un blâme pour sa sortie illégale. Il s'endormit et s'éveilla en sursaut, les mains crispées sur le divan. L'image érotique fut chassée par la prise de conscience brutale qu'il lui faudrait mettre une chemise à manches longues et à col montant, dissimuler les ecchymoses sous une couche de fond de teint. Il pourrait éviter de rencontrer son père en lui déclarant qu'Ari venait de le charger d'un travail : logique, étant donné que Jordan ne pouvait la suspecter de lui accorder un traitement de faveur. Il ne serait capable de le regarder dans les yeux qu'après avoir recouvré sa maîtrise de soi.

Au cours du battement de cœur suivant, alors que le concierge ponctuait la fin des messages par un cliquetis, il prit conscience de ne pas avoir tout écouté et se souvint qu'il avait deux jours plus tôt programmé l'appareil sur les fonctions « lecture » et « effacement ».

9

Grant vit l'appareil bien avant d'atteindre la piste : un cargo aux hublots blindés très différent des engins fuselés aux lignes élégantes de la RESUNAIR. La voiture s'arrêta près d'un groupe d'individus qui l'attendaient.

– Là, dit le conducteur.

Il accompagna ce premier mot prononcé depuis le début du trajet d'un geste de la main, pour désigner les gens que l'azi devait aller rejoindre.

– Merci, murmura Grant.

Il ouvrit la portière et descendit, récupéra le sac en papier qui contenait son déjeuner, puis s'avança vers les inconnus, le cœur battant.

Non, ils ne lui étaient pas tous inconnus, grâce à Dieu. Hensen Kruger était venu procéder aux présentations.

– Grant, nos amis vont vous emmener loin d'ici.

Il tendit la main à l'azi, qui la serra avec maladresse. Il n'était pas accoutumé à cette pratique. Un des hommes déclara s'appeler Winfield et lui présenta la femme : Kenney. Le pilote, sans doute, car elle portait une combinaison sur laquelle il ne voyait toutefois aucun écusson ou nom de compagnie. Deux autres personnages complétaient le groupe : Rentz et Jeffrey... prénoms, patronymes ou noms d'azis, il ne put se prononcer.

– En route, dit Kenney.

Tout traduisait de la nervosité chez cette femme : les déplacements rapides de ses yeux, la raideur de ses mouvements alors qu'elle s'essuyait les mains sur sa combinaison maculée de graisse.

– Venez... On y va, d'accord ?

Les hommes échangèrent des regards qui augmentèrent la tension de l'azi. Il les étudia, pour tenter de deviner s'il était ou non à l'origine de leur mauvaise humeur. Avoir maille à partir avec des inconnus lui posait toujours des problèmes, que Justin se chargeait alors de régler. Grant connaissait son statut : un azi devait faire ce que lui ordonnait le citoyen qui avait sa garde. Et ce dernier lui avait dit d'insister sur un point.

– Nous allons retrouver Merild ? s'enquit-il.

Nul n'avait prononcé ce nom depuis son arrivée et il était bien décidé à l'entendre avant d'accompagner qui que ce soit.

– Oui, nous allons le voir, répondit Winfield. Allez, montez... Hensen ?

– Aucun problème. Je vous contacterai plus tard.

Grant hésita. Il regarda Kruger, conscient de ne pas comprendre ce qui se passait. Mais il pensait savoir quelle serait la réponse aux questions qu'il pourrait leur poser et décida de se diriger vers l'appareil.

Il ne voyait le sigle d'aucune compagnie, sur le fuselage, seulement un numéro de série : A7998. Un cargo blanc à la peinture écaillée ici et là, pointillée de taches de boue rougeâtre. Très dangereux, se dit-il. Ils ne le lavent donc pas ? Que fait la décont ? Il grimpa dans la carlingue. L'intérieur était nu. Il se retourna pour regarder en hésitant Jeffrey et Rentz qui venaient le rejoindre. Winfield monta à bord le dernier et verrouilla la porte sitôt après qu'elle se fut refermée en crissant.

Des strapontins longeaient les parois latérales. Jeffrey le prit par le bras, abaissa un de ces sièges et l'aida à boucler son harnais de sécurité.

– Restez ici, lui dit-il.

Grant obéit, le cœur battant, et l'appareil se mit à rouler sur la piste puis à grimper dans le ciel. Il n'avait pas l'habitude de prendre l'avion. Il se tourna et releva un store, afin de regarder au-dehors. Le hublot était l'unique source de lumière. Il vit les tours de précip, les falaises et les quais filer sous le cargo qui effectuait un demi-tour.

– Baissez ça, ordonna Winfield.

– Désolé.

Et il redescendit le store, à contrecœur. Il eût aimé pouvoir admirer le paysage. Mais ses compagnons de voyage n'étaient pas du genre à tolérer une discussion, c'était perceptible à l'intonation de leur voix. Il ouvrit le sachet que lui avaient remis les Kruger et répertoria son contenu, avant d'estimer qu'il eût été impoli de manger devant ses compagnons de voyage. Il referma le sac et attendit jusqu'au moment où Rentz se leva, se rendit à l'arrière de l'appareil et revint avec des boissons. L'homme lui proposa une boîte : le premier geste amical de sa part.

– Merci, mais j'ai ce qu'il me faut.

Il pouvait se restaurer, à présent. La veille au soir, il était si las qu'il n'avait pas touché à son repas. Le poisson salé, le pain et la boisson non alcoolisée que contenait le sac en papier étaient les bienvenus, même s'il eût préféré prendre un café en guise de petit déjeuner.

L'appareil filait dans le ciel. Les hommes buvaient et regardaient sous les stores des hublots. Parfois, le pilote s'adressait à eux : des crachotements dans l'interphone. Grant termina son en-cas et entendit annoncer qu'ils avaient atteint sept mille mètres d'altitude, puis dix mille.

– Ser, avait dit une voix, ce matin-là.

Quelqu'un venait d'ouvrir la porte de la chambre et il s'était éveillé en sursaut, surpris par ce cadre non familier et par l'inconnu qui s'adressait à lui en lui donnant du *ser*. Il ne s'était endormi que très tard dans la nuit et ne se sentait pas au mieux de sa forme. Il n'osait ni demander l'heure ni si tout s'était bien passé.

Le soir précédent, des veilleurs de nuit l'avaient conduit des quais et entrepôts jusqu'à la Maison juchée au sommet de la colline. Hensen Kruger avait alors pris sa carte, pour l'étudier et l'emporter. Sans doute afin de contrôler sa validité, s'était dit Grant avec angoisse. Il s'agissait de l'unique document prouvant son identité. S'il le perdait, seul un décodage cellulaire permettrait de démontrer qui il était. À condition qu'il n'existât qu'en *un seul* exemplaire ; un fait dont il n'avait jamais été convaincu en dépit des affirmations de Jordan.

Mais il vit sa carte sur la pile de vêtements et de serviettes que l'homme posait sur la chaise, à côté de la porte. Cet inconnu lui dit qu'il pouvait faire sa toilette, qu'un avion venait d'atterrir et qu'un véhicule allait passer le prendre.

Grant se leva, toujours ensommeillé, pour gagner d'un pas titubant la salle de bains, asperger son visage d'eau froide et s'étudier dans le miroir du lavabo. Il y vit des yeux chassieux et des cheveux auburn dressés sur son crâne tels des piquants.

Seigneur ! Il devait faire bonne impression, paraître calme et sain d'esprit, sans aucun point commun avec l'individu dont Reseune signalerait la fuite : un Alpha schizo et dangereux.

Il finirait par revenir à son point de départ, s'ils le croyaient. Ils ne prendraient même pas la peine d'avertir la police. Et Ari risquait d'avoir tenté une action de ce genre. Elle avait dû convoquer Justin, à présent... et Grant se demandait comment son ami pourrait se tirer d'affaire. Il s'efforça de ne pas y penser, comme il avait essayé de vider son esprit tout au long de la nuit dans cette Maison dont les bruits ne lui étaient pas familiers... ouverture et fermeture des portes, démarrage et arrêt des pompes et des appareils de chauffage, allées et venues des véhicules qui traversaient la nuit.

Il se doucha sans perdre de temps puis enfila les vêtements apportés à son intention : une chemise à sa taille et un pantalon trop ample, ou à la coupe laissant à désirer. Il se peigna avec soin, étudia à nouveau son image dans le miroir et descendit au rez-de-chaussée.

– Bonjour, lui dit un jeune homme de la Maisonnée. Le sac qui contient votre repas est sur la table. Ils arrivent. Prenez-le et en route.

Il avait peur, sans savoir pourquoi. Il était mal à l'aise pour la simple raison qu'il devait se hâter alors qu'il avait jusqu'à présent mené une existence paisible et ordonnée. C'était la première fois qu'il ignorait qui risquait de lui nuire et qui pouvait l'aider. Justin venait de lui promettre la liberté et la sécurité, mais il hésitait sur la conduite à tenir et devait se contenter d'obéir aux ordres qu'on lui donnait. Comme un azi. Oui, ser.

Bercé par les ronronnements des moteurs, il laissa sa tête s'affaisser vers sa poitrine et ferma les yeux. Il était épuisé et n'avait rien pour occuper son attention à l'exception du plancher nu, des hublots condamnés, et des hommes maussades qui voyageaient avec lui. Il estimait que le meilleur moyen d'éviter un accrochage consistait à ne pas dire un mot, jusqu'à leur arrivée à Novgorod où Merild le prendrait en charge.

Il s'éveilla en sentant l'avion s'incliner. Les moteurs changeaient de régime. Il fut pris de panique. Il savait Novgorod à trois heures de vol et un tel laps de temps n'avait pu s'écouler depuis leur décollage.

– Nous devons nous poser ? voulut-il savoir. Avons-nous des problèmes ?

– Tout va bien, répondit Winfield, avant d'ajouter : Ne touchez pas à ça !

Il venait de se pencher vers le store. Il avait cru cela sans importance, mais il s'était trompé.

L'avion se redressa, prit contact avec le sol, rebondit, freina et roula vers ce qui devait être le terminal de Novgorod. Le cargo s'immobilisa et tous se levèrent pendant que la porte s'ouvrait et que l'escalier hydraulique se déployait. Il imita ses compagnons de voyage et prit soin de récupérer le sac en papier, bien décidé à ne pas leur offrir la moindre opportunité de se plaindre d'un quelconque manque de savoir-vivre, puis il attendit jusqu'au moment où Winfield vint le prendre par le bras.

Il ne voyait aucun immeuble important, à l'extérieur, que des falaises et quelques hangars déserts. Le temps était gris, froid et sec. Un petit car s'arrêta au bas des marches.

– Où sommes-nous ? demanda-t-il, au bord de la panique. Chez Merild ?

– Ne vous inquiétez pas. Venez.

Il se figea. Il pourrait refuser d'avancer, se battre... et rien de plus. Il ignorait où il était et il n'aurait pas pu piloter le cargo même s'il avait pu s'en rendre maître. Le véhicule, en contrebas... il lui serait possible de fuir à son bord, mais faute de savoir dans quelle partie du monde il venait d'échouer il risquerait de tomber en panne de carburant au milieu des terres de l'intérieur : l'équivalent d'une condamnation à mort. Et le désert les cernait, il le voyait au-delà des bâtiments.

Il lui restait l'espoir de trouver un téléphone, s'ils le jugeaient assez docile pour lui tourner le dos. Il avait gravé l'indicatif de Merild dans sa mémoire. Grant eut toutes ces pensées pendant la seconde qui sépara l'instant où il découvrit l'extérieur de celui où l'homme le prit par le bras.

– Oui, ser, dit-il avec soumission.

Et il les accompagna. Peut-être le conduiraient-ils chez Merild, après tout ? Il l'espérait encore, sans trop y croire.

Winfield le guida jusqu'au car et le fit monter dans le véhicule, avant de le suivre avec Jeffrey et Rentz. Il y avait sept sièges, en plus de celui du conducteur. Grant prit le premier. Winfield s'installa à sa hauteur de l'autre côté de l'allée centrale et les autres prirent place derrière eux.

Il étudia les ouvertures : hermétiques. C'était un engin adapté aux déplacements hors des zones protégées.

Il croisa les mains sur ses genoux et resta assis sans rien dire, pendant que le chauffeur démarrait et que le car traversait le terrain d'atterrissage. Il ne se dirigeait pas vers les bâtiments et sans doute empruntait-il une des routes qui menaient aux stations de précip. Peu après ils prirent une piste de terre et quittèrent la plaine pour grimper vers les hauteurs situées au-delà de la zone de sécurité créée par les tours.

Ils s'engageaient dans le désert.

Peut-être le tueraient-ils, après avoir dépouillé son esprit de tout ce qu'il savait. Si ces gens étaient à la solde d'Ari, ils usaient de bien étranges méthodes. Il eût été plus simple de le ramener à Reseune, sans que Jordan ou Justin l'apprennent. Leur appareil se serait posé comme un cargo ordinaire et ils n'auraient eu qu'à le conduire dans un des bâtiments périphériques pour faire de lui ce qu'ils voulaient en attendant le jour (s'il venait jamais) où ils annonceraient l'avoir repris.

Il en déduisit qu'il devait être en présence d'adversaires de cette femme, auquel cas il resterait à leur merci jusqu'au jour où ils l'élimineraient pour le réduire au silence.

C'était l'œuvre de Kruger. Cet homme avait pu agir ainsi dans un but lucratif. Les rumeurs qui lui attribuaient des idéaux humanitaires étaient peut-être sans fondement. Elles abondaient, à Reseune, mais Ari elle-même pouvait les entretenir. Kruger ne trompait-il pas tout le monde afin de se livrer à des activités illégales ? Ne falsifiait-il pas des contrats azis chaque fois qu'il trouvait un filon intéressant ? Peut-être serait-il revendu à une mine des régions intérieures ou, Seigneur, à un établissement où ils tenteraient de le rééduquer. *Tenteraient.* Il savait pouvoir contrer quiconque essayerait de modifier ses bandes-structures. D'autre part. .

Il n'avait aucune certitude.

Ils étaient quatre, avec le chauffeur. De tels individus devaient être armés, mais ils hésiteraient à tirer car leurs vies dépendaient de l'étanchéité du véhicule.

Il joignit les mains et chercha désespérément des solutions. Trouver un téléphone était son meilleur espoir. Peut-être pourrait-il voler le car après avoir gagné leur confiance, appris dans quelle direction se trouvait la ville la plus proche et découvert si la réserve de carburant lui permettrait de l'atteindre. Mais une telle opportunité risquait de ne pas se présenter avant des jours, pour ne pas dire des semaines.

– Je suppose que tu as compris que nous n'allons pas là où nous étions censés nous rendre, lui dit Winfield.

– Oui, ser.

– Nous sommes des amis. Tu dois nous croire.

– Des amis de qui, ser ?

L'homme posa la main sur son bras.

– *Tes* amis.

– Oui, ser.

Ne pas les contredire. Être docile. Oui, ser. Tout ce que vous voudrez, ser.

– Es-tu inquiet ?

Comme un surveillant de chantier qui se serait adressé à un Mu. Cet homme *croyait* être le maître de la situation. C'était à la fois une bonne et une mauvaise nouvelle... en fonction de ce que cet imbécile comptait lui faire. Winfield se trompait sur son compte. Grant n'opposait aucune résistance parce qu'il jugeait préférable de garder pour l'instant la tête basse. Ses ravisseurs ne pêchaient pas par stupidité mais par ignorance ; ils ne semblaient pas savoir que l'Alpha figurant sur sa carte indiquait qu'il n'avait pas les mêmes inhibitions que les autres azis. Ils auraient mieux fait de le droguer et de le ligoter.

Un fait qu'il n'avait pas l'intention de leur révéler.

– Oui, ser, répéta-t-il d'une voix hachée.

Il feignait d'être aussi intimidé qu'un Thêta.

Winfield lui tapota le bras.

– Tout va bien. Tu es un homme libre, désormais. Tu le seras bientôt.

Il cilla. Sans devoir feindre la surprise. « Homme libre » apportait d'autres éléments à l'équation qu'il lui fallait résoudre, et aucun n'était à même de le rassurer.

– Nous montons dans les collines. Un endroit sûr. Tu y seras très bien. Nous te donnerons une nouvelle carte. Nous t'apprendrons à te débrouiller une fois en ville.

Apprendre. Une rééducation ! Seigneur, dans quoi me suis-je fourré ?

Est-il possible que ce soit ce que voulait Justin ?

Il eut peur, d'une chose dont la pensée ne l'avait jusqu'alors pas effleuré. Il n'osait plus contrecarrer ces gens, par crainte de faire échouer les projets de son ami...

... ou de Jordan.

C'était peut-être ce qu'ils avaient prévu pour lui. Ces individus pouvaient souhaiter lui offrir une véritable liberté. Mais s'ils envisageaient de tenter sur lui une rééducation le processus affecterait tous ses psychsets et les fausserait. Il n'avait pas grand-chose. Il ne possédait rien, pas même son corps et les pensées qui traversaient son esprit. Ses loyautés étaient celles d'un azi. Il le savait et l'acceptait. Peu lui importait de ne pas posséder de libre arbitre, car ce qu'il éprouvait était bien réel et constituait sa personnalité.

Ces gens parlaient de liberté et de rééducation. Les Warrick pouvaient désirer lui offrir cela, même si tous les souvenirs de ce qu'il considérait comme son foyer seraient remplacés par une *liberté* sans âme. Parce qu'il leur était impossible de le garder plus longtemps auprès d'eux, parce que l'aimer s'avérait trop dangereux. La vie semblait abonder de tels paradoxes.

Seigneur ! À présent il ne savait plus, il ne savait plus qui l'avait capturé et ce qu'il devait faire.

Leur demander d'utiliser un téléphone, pour apprendre par Merild si c'était bien ce que Justin et Jordan avaient prévu pour lui ?

Mais si ses ravisseurs n'étaient pas des alliés de cet homme il leur révélerait ainsi qu'ils n'avaient pas affaire à un azi aussi docile qu'ils le croyaient. Et ils feraient en sorte de ne plus lui laisser la moindre opportunité de contacter qui que ce soit.

C'est pourquoi il se contentait de regarder le paysage et supportait sans rien dire le contact de la main de Winfield sur son bras, pendant que son cœur s'emballait au point de le torturer.

10

Il trouvait cela surréaliste : le fait qu'en dépit de ce qu'il venait de vivre cette journée se déroulait comme à l'accoutumée, dans l'inertie et l'ordre imposés par l'organisation de Reseune. Peu importait que son corps fût endolori et que les choses les plus anodines pussent déclencher des flashes-bandes qui acquéraient un statut de plus en plus banal... de telles choses étaient *naturelles,* depuis l'aube des temps des gens avaient fait l'amour avec des partenaires des deux sexes, payé ainsi leur sécurité ; c'était la vie, rien de plus, et seul un gosse pouvait se laisser traumatiser par de telles expériences. L'alcool portait la responsabilité de ses difficultés à avoir des idées claires, il avait vécu cette épreuve et était toujours en vie, Grant était désormais hors de danger et Jordan ne serait pas inquiété. Mais Ari Emory n'en resterait pas là...

Elle continuerait de l'ébranler, de jouer avec son esprit, de s'acharner contre lui jusqu'à son effondrement.

Tu voulais obtenir la liberté de Grant, mon garçon? C'est chose faite, tu le remplaces, désormais.

... sortir de l'appartement, se présenter au bureau, sourire aux connaissances et entendre échanger les mêmes propos que la veille ou tout autre jour dans la section un... Jane Strassen qui s'emportait contre ses assistants à cause d'un appareil dont la réparation laissait à désirer, Yanni Schwartz qui tentait de la calmer, le murmure soporifique de leur altercation dans le couloir. Justin resta à son clavier et se plongea dans un travail de routine, un problème de bande-structure qu'Ari lui avait confié une semaine plus tôt, assez complexe pour occuper son esprit.

Il était méticuleux. Les contrôleurs d'AI ne pouvaient déceler certaines choses. Des concepteurs de plus haut niveau servaient de garde-fou entre lui et les cobayes, et il existait en outre des programmes-pièges conçus pour éliminer les connexions qui risquaient de s'établir accidentellement dans un psychset, mais ce n'était pas une simple bande didactique : il préparait une bande-profonde qu'un psychochirurgien utiliserait pour adapter certaines sous-séries KU-89 à des fonctions d'encadrement limitées.

Une erreur qui échapperait aux maîtres-concepteurs serait catastrophique pour les KU-89 et les azis qu'ils auraient sous leurs ordres. Il en résulterait des liquidations, si la situation devenait incontrôlable... le cauchemar de tous les concepteurs : créer quelque chose qui ferait sombrer un esprit dans la folie; un processus de synthèse d'ensembles logiques qui durerait des semaines et des années, jusqu'au jour où un événement imprévisible servirait de catalyseur.

Un livre avait été écrit sur ce thème, un roman de science-fiction intitulé *Message d'Erreur.* Sa lecture avait bouleversé Giraud Nye : une Reseune au nom à peine modifié commercialisait une bande ludique contenant ce que l'auteur appelait des vers, et la civilisation s'effondrait. Il en existait un exemplaire, à la bibliothèque. Il n'était accessible qu'aux CIT et faisait l'objet d'une longue liste d'attente. Grant l'avait lu avec lui.

Comme la plupart des azis de la Maison, ceux de Nye exceptés.

Lui et Grant avaient tenté de concevoir un ver, par simple curiosité.

Assis en tailleur à ses pieds, Grant esquissait des flux-logiques.

– Eh ! Pourquoi étudier un ver pour des Rhô quand nous avons un Alpha à notre disposition ?

De tels propos l'avaient terrifié. Ils n'étaient pas drôles.

– Abstiens-toi d'y penser.

Parce que s'il était possible de créer une telle chose le simple fait de l'*imaginer* serait très dangereux. En outre Grant se référait à sa propre série. Il tenait son manuel.

L'azi avait ri, puis eu ce sourire qu'il arborait chaque fois qu'il marquait un point contre son CIT.

– Nous ne devrions pas nous amuser à ça. Je ne crois pas qu'il faille y toucher.

– Les vers n'existent pas.

– Je ne tiens pas à m'en assurer.

Donner des ordres à Grant en se prévalant de son statut de CIT lui était pénible. L'azi avait cessé de rire pour rouler en boule son esquisse, pendant que sa profonde déception bouleversait Justin.

Il en avait souffert jusqu'au cœur de la nuit, quand l'azi était venu dans sa chambre pour l'éveiller d'un profond sommeil et lui dire qu'il venait de mettre au point un ver efficace... avant de rire tel un dément, de se jeter sur lui dans l'obscurité, et de lui faire une peur bleue.

Et Grant s'était effondré sur le sol, secoué par le rire.

Son ami était ainsi, bien trop énergique pour laisser quoi que ce soit s'interposer entre eux. Et il savait ce qu'il méritait pour avoir de telles prétentions à la divinité.

Il restait assis devant le clavier, coupé du monde extérieur. Il percevait une douleur sourde au fond de son être. Grant avait eu raison. Absolument raison.

Un bip s'éleva de l'interphone. Il réunit tout son courage en prévision de l'affrontement et pressa une touche.

– Oui ? fit-il, s'attendant à entendre la voix d'Ari.
– Justin ?
Son père.
– Il faut que je te parle. Viens à mon bureau. Tout de suite.
Il n'osa pas poser la moindre question.
– J'arrive, répondit-il.
Puis il coupa la communication et se leva.

Il était de retour une heure plus tard, dans le même fauteuil, devant l'écran vierge qu'il resta à fixer pendant un long moment avant d'être assez calme pour pouvoir presser la touche de reprise du travail.

Le programme apparut et défila jusqu'à la dernière ligne contrôlée. Mais Justin se trouvait à des milliers de kilomètres de là, dans l'état d'hébétude où il s'était plongé en entendant son père lui annoncer qu'il venait de joindre Merild et que ce dernier avait répondu par la négative à une question codée, sans paraître en comprendre le sens.

Faute d'avoir été contacté par Kruger il n'avait pu assimiler les propos de Jordan. Zéro.

Peut-être était-il trop tôt. Pour des raisons qu'ils ignoraient, les Kruger avaient pu garder Grant chez eux sans contacter Merild. Par peur de Reseune. Ou de la police.

L'azi était-il arrivé jusqu'à la mine ?

Justin était resté sous le coup du choc pendant que son père s'asseyait sur le bras du fauteuil et le prenait par l'épaule, pour lui dire de ne pas renoncer à l'espoir. Mais ils ne pouvaient rien tenter. Ni eux, ni aucune de leurs connaissances. Fournir des détails par téléphone et demander d'effectuer des recherches eût compromis Merild. Jordan avait appelé les Kruger et demandé s'ils venaient de recevoir un certain colis, pour s'entendre répondre que le paquet en question avait été réexpédié dans les délais prévus. Quelqu'un mentait.

– Je pense pouvoir faire confiance à Merild, avait déclaré Justin.

» J'ignore ce qui se passe. Je ne voudrais pas t'inquiéter, mais tu dois savoir qu'Ari n'hésitera pas à utiliser contre toi tout ce qu'elle pourra apprendre.

Il avait conservé son calme... le temps de se lever, de déclarer qu'il devait retourner à son bureau. Mais lorsque Jordan l'avait étreint il n'avait pu se dominer plus longtemps : on venait de lui annoncer que son frère avait peut-être perdu la vie.

Ou qu'il était le prisonnier d'Ari.

Il avait séché ses larmes puis franchi le poste de contrôle pour regagner sa section en passant devant les membres de l'équipe de Jane Strassen qui cherchaient à présent un moyen d'expédier quelque chose à bord d'un avion qui irait chercher du ravitaillement, parce que cette femme était si pingre qu'elle refusait de faire décoller un appareil s'il n'était pas chargé à bloc.

Il demeurait assis et étudiait le programme, rongé par la colère que lui inspirait Ari. Il *haïssait* cette femme, plus qu'il n'aurait jamais pu imaginer haïr quelqu'un, tout en ignorant où était Grant et s'il ne l'avait pas envoyé vers la mort en le forçant à partir à bord de ce bateau.

Et il ne pouvait tout révéler à Jordan. Agir ainsi équivaudrait à déclencher tous les pièges installés à son intention.

Il arrêta à nouveau l'appareil, sortit et suivit le couloir en direction du bureau d'Ari, sans faire cas du remue-ménage. Il entra et se dirigea vers Florian qui assumait les fonctions de secrétaire.

– Je dois lui parler. Immédiatement.

L'azi haussa un sourcil, parut avoir des doutes, puis utilisa l'interphone.

– Comment vas-tu ? lui demanda-t-elle.

Il vint se tenir devant Ari, pour lui demander d'une voix chevrotante :

– Où est Grant ?

Elle cilla. Une réaction trop rapide pour être contrefaite.

– Où est Grant ?... Assieds-toi, mon garçon. Il serait préférable de prendre les choses dans l'ordre.

Il s'installa dans le fauteuil de cuir placé dans l'angle de la pièce et croisa les bras.

– Il a disparu. Où est-il ?

Ari prit une inspiration lente et profonde. Soit elle avait préparé ce qu'elle ferait s'il venait la voir, soit elle ne jouait pas la comédie.

– Il est allé chez Kruger, où un avion a atterri ce matin. Il a pu repartir à son bord. Deux péniches ont quitté la station. Peut-être en a-t-il pris une ?

– Où est-il, bon sang ? Où l'avez-vous enfermé ?

– Je comprends que tu sois bouleversé, mon garçon, mais tu dois te reprendre. Ce n'est pas en hurlant que tu obtiendras quelque chose, et je doute que cette crise d'hystérie soit feinte. Nous allons étudier la situation, d'accord ?

– S'il vous plaît ?

– Oh ! Cette attitude est stupide. Tu sais que je ne suis pas ton alliée.

– Où est-il ?

– Calme-toi. Je ne l'ai pas repris, même si je l'ai fait suivre. Où *devrait-il* être, d'après toi ?

Il ne dit rien. Il resta assis en tentant de se calmer.

– Comment veux-tu que je t'aide, si tu refuses de me fournir des renseignements sur la situation ?

– Vous le pourriez, si vous le désiriez. Vous savez où il est !

– Tu peux aller au diable. Ou encore répondre à mes questions, auquel cas je te promets de faire tout mon possible pour le soustraire aux ennuis qu'il a pu s'attirer. Je ne ferai pas arrêter les Kruger, ni votre ami de Novgorod. Je présume qu'il existe un rapport entre le coup de téléphone que Jordan lui a passé il y a quelques instants et ta venue dans mon bureau. Rien ne semble vous réussir, cette semaine.

Il la fixa, un très long moment.

– Que voulez-vous savoir ?

– La vérité. Je vais te dire ce que je pense, et tu n'auras qu'à le confirmer. Un hochement de tête suffira. D'ici chez les Kruger. De là chez un certain Merild, un ami de Corain.

Il serra les poings sur les bras du fauteuil et hocha la tête.

– Bien. Il peut être à bord d'une des péniches, mais il était censé repartir par la voie des airs, n'est-ce pas ?

– Je l'ignore.

– Vraiment ?

– Vraiment.

– Il est encore possible qu'il soit toujours là-bas. Mais j'avoue ne pas aimer le reste de cette histoire. Corain n'est pas le seul politicien que connaissent les Kruger. Le nom de DeForte te dit-il quelque chose ?

Il secoua la tête, sans comprendre.

– Rocher ?

– Les abolitionnistes ?

Son cœur venait de rater un battement et d'emmêler espoir et angoisse. Ce Rocher était un dément.

– Je constate que tu as fini par comprendre, mon chéri. Cet avion s'est posé à Grand Bleu, un car a pris ses passagers avant de partir sur la route de Bertille-Sanguey. J'ai mis des hommes sur cette affaire, mais il est nécessaire de s'entourer de précautions avant d'envoyer un commando là-bas. Si l'on veut que Grant puisse être récupéré sain et sauf, cela va de soi. Or, les abolitionnistes n'hésiteront pas à lui trancher la gorge, mon garçon. Ils ne sont pas tous motivés par l'altruisme et s'ils n'ont pas hésité à compromettre Kruger il y a gros à parier que ce n'est pas pour le bien d'un azi. Tu m'écoutes ?

Il écoutait. Et il pensait comprendre. Mais il n'avait jusqu'alors cessé de commettre des erreurs – Ari venait de le lui dire – et il voulait obtenir la confirmation de ses craintes.

– Que cherchent-ils, selon vous ?

– À nuire à ton père. Et au Conseiller Corain. Grant est un azi de Reseune, et des Warrick. C'est une proie presque aussi intéressante que Paul, et deForte veut la tête de Corain parce que ce conseiller s'est laissé acheter par *moi*. Il a accepté un marché pour les projets Lointaine et Espoir, ton père se trouve au centre de cette tractation, et voilà que tu jettes Grant dans les bras des Kruger.

– Vous voulez le ramener ici ?

– Oui, je veux le récupérer. *Je veux le tirer des griffes de Rocher,* pauvre imbécile. Et si tu désires que nous le récupérions vivant, tu aurais intérêt à me dire tout ce que tu sais. Tu n'étais *pas* au courant, pour Rocher et tu ignorais tout des rapports entre Kruger et les extrémistes...

– Je ne savais pas. Je ne sais rien. Je...

– Je vais te dire ce qu'ils veulent faire à Grant. Ils l'ont emmené quelque part pour le bourrer de drogues et l'interroger. Peut-être utiliseront-ils des bandes, pendant qu'ils y sont. Ils essayeront d'apprendre tout ce qu'il sait sur les projets Rubin et Espoir, et le reste. Ils *tenteront* de le détruire. Mais ce n'est pas nécessairement leur but. Voilà ce qui a dû se passer. Je pense que ces gens ont infiltré l'organisation de Kruger et qu'en apprenant qui était Grant leur agent a fait en sorte que Merild ne soit pas informé de son arrivée. C'est Rocher qui l'a su, et qui l'a récupéré. Ton azi est bourré de sédatifs, à l'heure qu'il est. Mais que croira-t-il lorsqu'il reprendra connaissance ? Que ce sont vos amis ? Que c'est toi qui as voulu ce qui lui arrive ?

– Pour l'amour de Dieu...

– C'est ce qu'il va s'imaginer, et tu le sais. Calme-toi et réfléchis à la situation. Nous ne pouvons pas lancer un assaut et provoquer un massacre sans avoir l'absolue certitude que Grant est bien retenu prisonnier. Nous utilisons un localisateur. Nous avons raté une occasion à l'aéroport de Bertille et nous ne sommes pas certains d'obtenir un relevé de position précis à Grand Bleu, mais nous allons malgré tout essayer. Par ailleurs, rien ne prouve que Grant soit parti de chez les Kruger. Je parie qu'un grand nombre des contrats azis qu'ils détiennent sont plus que douteux, et je pourrais demander une enquête. Giraud ira voir Corain à Gagaringrad, pour lui parler. Et *toi,* tu vas expliquer tout cela à ton père et préciser que je veux qu'il nous donne un coup de main et charge Merild de s'occuper de l'affaire Kruger.

– Une fois libéré, Grant pourra se réfugier chez Merild. Ce dernier ne dira rien.

– Me croirais-tu stupide ? Grant reviendra à Reseune. Dans le meilleur des cas, il restera aux mains de ses ravisseurs pendant quarante-huit heures. Ne penses-tu pas qu'il sera nécessaire de le soumettre à quelques examens médicaux ? Nos adversaires auront eu le temps de lui faire subir des choses désagréables. Et tu ne voudrais tout de même pas le laisser se remettre d'un pareil traumatisme sans la moindre assistance de notre part, j'espère ?

– Vous voulez révéler cette affaire au grand jour...

– Je te trouve bien exigeant, Justin. Tu ne veux *pas* qu'on en parle. Tu ne veux *pas* que ton père soit mêlé à cette affaire. Mais tu sembles oublier qu'il apprendra tout quand nous ramènerons Grant. Si nous le récupérons vivant, bien entendu. Il sera informé que ton azi est à l'hôpital, et il se fera du souci. Je compte sur toi pour respecter notre accord.

Il ne dit rien, faute de trouver des arguments. Il avait déjà utilisé tous ses moyens de pression.

– En supposant qu'il soit récupérable, le traitement durera peut-être des années... s'il n'est pas mort entretemps. C'est la première condition.

– Vous m'adressez des menaces.

– Je ne puis prédire ce que fera Rocher et qui risque de périr au cours de la fusillade. Je me contente de t'informer des dangers...

– Je vous ai dit que je ferais ce que vous voulez !

– Pour sauver ton père. Oui, je suis certaine que tu te montreras raisonnable. Et nous reparlerons de Grant quand nous l'aurons récupéré.

Elle repoussa le cache de l'interphone et pressa une touche.

– Jordan ? Ici Ari.

– Que se passe-t-il ?

– Votre fils est passé me voir. Il semble que nous ayons un petit problème. Pourriez-vous rappeler votre ami de Novgorod et l'informer qu'il a intérêt à convaincre Kruger de me contacter au plus tôt...

11

Il bénéficia d'un répit, dans la petite station de précip miteuse où ils s'étaient arrêtés... un garage souterrain, un escalier et cette casemate de béton qui tombait en poussière. Il n'y avait que trois pièces, plus un cabinet de toilette et une cuisine. Les fenêtres, trop dangereuses en cet endroit, étaient remplacées par un périscope qui permettait de balayer l'extérieur sur 360°. Mais Grant n'était pas autorisé à s'en approcher. Il restait assis pour répondre aux questions : avec sincérité ou en mentant... son seul moyen de défense. Il n'y avait pas de téléphone, seulement un émetteur-récepteur. Et il ignorait comment fonctionnait cet appareil, bien qu'il eût vu Jordan en utiliser un à bord du bateau, bien des années plus tôt.

Il se demandait toujours qui étaient ces gens. Pour qui ils travaillaient. Il se contentait de marmonner des réponses aux questions de Winfield et de se plaindre : de l'absence de café, de l'inconfort des lieux, de tout ce qui lui venait à l'esprit, afin de les énerver, les pousser à bout et susciter une réaction de leur part. Il jouait la carte de la décontraction, d'une absolue confiance en sa sécurité. Il prenait modèle sur le plus insupportable des azis de la Maison... il calquait son attitude sur celle d'Abban, l'assistant de Giraud Nye : un être odieux envers les domestiques, les cuisiniers, et tous les azis qu'il jugeait d'un rang inférieur au sien.

Il y avait un lecteur de bandes dans la chambre. Sa présence l'inquiétait, bien qu'elle ne fût pas surprenante en un lieu aussi isolé : se distraire devait figurer en bonne place dans les priorités d'un garde-ligne en poste dans un endroit aussi reculé, où qu'il fût situé. Mais ce n'était pas un petit appareil domestique, et que ce fût du matériel neuf prévu pour recevoir de nombreuses extensions l'angoissait. Il voulait mettre à l'épreuve leur patience, se montrer exaspérant au point de faire perdre son calme au plus tolérant des CIT, afin de découvrir à quelle catégorie d'individus appartenaient ses ravisseurs.

– Assis, ordonna Rentz lorsqu'il se leva pour suivre Winfield dans la cuisine.

– J'ai pensé pouvoir l'aider, ser. Je...

Il entendit un véhicule. Rentz et Jeffrey se levèrent aussitôt. Winfield revint en courant pour utiliser le périscope.

– On dirait Krahler.

– Qui est-ce ? demanda l'azi.

– Reste assis et tais-toi.

Rentz prit Grant par l'épaule et le repoussa dans le fauteuil, pour l'empêcher de se lever. Le bruit de moteur s'amplifiait. La porte du garage remonta.

– C'est bien Krahler, confirma Winfield.

La diminution de la tension fut presque palpable, à l'intérieur de la casemate.

La voiture entra, faisant vibrer la cloison qui les séparait de la remise souterraine. Le portail redescendit, le pulvérisateur du décont siffla, puis les portières du véhicule s'ouvrirent et claquèrent. Des pas se firent entendre dans l'escalier.

– Qui est Krahler, ser ?

– Un ami, dit Winfield. Jeffrey, emmène-le.

– Et *où* est Merild, ser ? Pourquoi n'est-il pas encore venu me voir ? Serait-il...

Jeffrey le tira hors du siège puis le poussa vers la chambre, et le lit.

– Couche-toi, ordonna-t-il sur un ton qui ne laissait aucune place aux discussions.

– J'exige de savoir où est Merild, ser. Vous devez me...

Rentz avait suivi. C'était une occasion rêvée. Il se tourna vers Jeffrey pour lui donner un coup de coude dans l'estomac et utilisa l'autre bras pour lancer un direct à Rentz, avant de se précipiter dans l'autre pièce où Winfield venait de comprendre le danger...

L'homme sortit un pistolet de sa poche, et l'azi plongea. Mais Winfield ne céda pas à la panique. Il avait une main sûre et une cible impossible à rater. Grant se figea sur place, pendant que la porte de l'escalier du garage s'ouvrait sur trois individus. Les deux premiers étaient athlétiques et armés.

Derrière lui, une de ses victimes se relevait. Il resta immobile, jusqu'au moment où quelqu'un le saisit par-derrière. Il aurait pu briser le bras de l'homme, mais n'en vit pas l'utilité. Il se laissa tirer dans la chambre, suivi par Winfield qui le menaçait avec son arme.

– C'est tout ce que vous avez trouvé pour vous distraire, ici ? demanda un des nouveaux venus.

Winfield ne trouva pas cela risible.

– Couché, ordonna-t-il à Grant qui gagna le lit et s'y assit. *Couché !*

Il obéit. L'homme sortit une ficelle de sa poche et attacha son poignet droit au montant du lit, pendant que Rentz gémissait sur le sol et que les inconnus restaient regroupés autour d'eux et braquaient leurs pistolets sur lui.

Jeffrey immobilisa ensuite l'autre bras, en l'étirant. Il étudia les nouveaux venus : les deux individus corpulents et athlétiques et un troisième plus âgé, maigre et désarmé. C'était son regard qu'il jugeait le plus menaçant. Tous lui obéissaient.

Krahler, l'avaient-ils appelé. Des noms qu'il n'avait jamais entendus, sans rapport avec Merild.

Ils rengainèrent leurs armes puis aidèrent Rentz à se relever et sortirent. Seul Jeffrey resta, et l'azi étudia le plafond en essayant d'oublier à quel point son ventre était vulnérable.

Jeffrey ouvrit un tiroir du meuble sur lequel était posé le lecteur de bandes et en sortit un pistolet hypodermique. Il l'appuya sur le bras du captif et pressa la détente.

Le léger choc fit tressaillir l'azi, qui ferma les yeux en sachant que dans quelques instants il ne penserait plus à le faire et que ses ravisseurs ne prendraient pas la peine de le lui conseiller. Il utilisa les défenses incluses dans son psychset et concentra ses pensées sur Justin, sans commettre l'erreur de s'appesantir sur l'échec de sa tentative d'évasion : l'affrontement qu'il devrait livrer serait d'une nature très différente. Il n'avait plus de doutes. Les armes constituaient une preuve, au même titre que ce qu'ils comptaient lui faire. Mais Grant travaillait à Reseune dans la section d'Ariane Emory ; cette femme l'avait créé, Ari et Jordan avaient façonné son psychset, et il avait la ferme conviction que personne ne réussirait à disséquer son esprit.

Il se sentait glisser. Il notait les symptômes d'un début de dissociation. Il savait que l'Homme était revenu et que le lecteur fonctionnait. Il s'enfonçait, descendait de plus en plus bas. Une forte dose. Une bande-profonde d'où la vengeance n'était pas exclue. Il s'y était attendu.

Ils lui demandèrent son nom, ainsi que bien d'autres choses. Ils lui dirent qu'ils avaient racheté son contrat. Il se souvint qu'une telle transaction eût été irréalisable.

Finalement, il s'éveilla et ils le détachèrent pour lui permettre de boire et d'aller faire ses besoins. Ils insistèrent pour qu'il prît un repas malgré ses nausées. Ils lui accordèrent un court répit.

Puis ils recommencèrent et le temps se brouilla. Peut-être y eut-il d'autres éveils semblables, mais la souffrance les fondait en un seul. Ses bras et son dos le torturaient, lorsqu'il reprenait conscience. Il répondait aux questions. La plupart du temps il ignorait où il se trouvait, ou ne pouvait se rappeler pour quelles raisons il subissait cette épreuve.

Il entendit un bruit mat. Il vit du sang éclabousser les murs de la pièce. Il respira une odeur de brûlé.

Il venait de déduire qu'il devait être mort, quand des inconnus entrèrent et l'enveloppèrent dans une couverture, pendant que la puanteur devenait de plus en plus forte et infecte.

Haut et bas sombrèrent dans la folie. L'univers basculait et l'air battait comme un cœur.

– Il se réveille, fit une voix. Administrez-lui une autre dose.

Il vit un homme en combinaison bleue, le symbole de l'Homme infini des employés de Reseune.

Et ses suppositions lui parurent alors infondées. Il doutait de pouvoir différencier le monde réel de celui imaginaire attribuable à la bande.

– *Alors, elle vient cette piqûre ?* cria quelqu'un, trop près de ses oreilles. *Et empêchez-le de gigoter comme ça, bordel !*

– *Justin !*

Il hurla ce nom parce qu'il croyait à présent n'avoir jamais quitté Reseuné et que son ami pourrait peut-être l'entendre, intervenir et le sauver.

– *Justin !*

Le pistolet fut collé à son bras. Il se débattit, et des corps l'écrasèrent pour l'immobiliser jusqu'au moment où la drogue fut plus forte que sa volonté et que le monde se mit à tanguer et tournoyer sous lui.

Il s'éveilla dans un lit, à l'intérieur d'une chambre blanche, immobilisé par des sangles. Il était nu, sous le drap, et une lanière pointillée de biosondes traversait sa poitrine. Il en vit d'autres autour de son poignet droit. Le gauche avait été bandé. Il entendait des bips. Son pouls réclamait de l'aide. Il tenta de ralentir et de réduire au silence ces appels biologiques.

Mais la porte s'ouvrit. Sur un tech. Le Dr Ivanov.

– Tout va bien, dit le médecin.

Il entra et vint s'asseoir au bord du lit.

– Ils t'ont amené cet après-midi. Tu n'as plus à t'en faire. Ils ont envoyé tous ces salopards en enfer.

– Où étais-je ? demanda-t-il avec calme, beaucoup de calme. Et où suis-je, à présent ?

– À l'hôpital. Tout va bien.

D'autres bips s'élevèrent du moniteur, en succession rapide. Il s'efforça de ralentir son rythme cardiaque. Il était désorienté. Il doutait de savoir ce qui appartenait à la réalité.

– Où est Justin, ser ?

– Il attend ton réveil. Comment te sens-tu ? Ça va ?

– Oui, ser. S'il vous plaît. Pourriez-vous enlever ces machins ?

Ivanov sourit et lui caressa l'épaule.

– Écoute, mon garçon. Nous savons tous les deux

que tu es sain d'esprit mais, pour ton propre bien, nous allons laisser ces sangles en place. Et la vessie ?

– Aucun problème.

Cette indignité supplémentaire provoqua un afflux de sang vers son visage.

– S'il vous plaît. Puis-je parler à Justin ?

– Pas longtemps, alors. Ils ne veulent pas que tu t'adresses à quiconque avant que des policiers aient pu t'interroger... c'est normal, une simple formalité. Ils te poseront deux ou trois questions, rédigeront un rapport, et tout sera terminé. Ensuite, tu devras passer quelques examens, mais tu seras de retour à la Maison dans très peu de temps. N'est-ce pas formidable ?

– Si, ser.

Ce maudit moniteur piailla puis se tut, comme il reprenait le contrôle de son rythme cardiaque.

– Et Justin ? S'il vous plaît.

Ivanov lui tapota à nouveau l'épaule, se leva et alla ouvrir la porte.

Ce fut en effet Justin qui entra. L'électrocardioscope indiqua que son pouls s'emballait, se régularisait. Il redevint silencieux et Grant regarda son ami à travers un voile miroitant. Jordan était lui aussi présent. Ils étaient tous les deux à son chevet et il éprouva de la honte.

– Est-ce que ça va ? demanda Justin.

– Très bien, fit-il avant de perdre une fois de plus le contrôle du moniteur.

Et de ses cillements, qui firent couler des larmes sur son visage.

– Je présume que de sérieux ennuis m'attendent.

– Non, répondit Justin.

Il se rapprocha pour prendre sa main et lui dire des choses que démentait son expression. Le moniteur leur rappela son existence, pendant un bref instant.

– Tout va bien. C'était une idée stupide. Mais tu vas rentrer à la Maison. Tu m'entends ?

– Oui.

Justin se pencha pour l'étreindre, le serrer dans ses bras. Il se recula et Jordan le prit par les épaules pour lui dire :

– Contente-toi de répondre à leurs questions, compris ?

– Oui, ser. Pouvez-vous faire enlever ces sangles ?

– Non, c'est pour ta propre sécurité. D'accord ?

Il déposa un baiser sur son front, ce qu'il n'avait plus fait depuis très longtemps.

– Et essaie de dormir. Entendu ? Quelle que soit la bande qu'ils ont pu te passer, je réparerai les dommages.

– Oui, ser.

Il resta allongé pour regarder Jordan et Justin quitter la pièce.

Le moniteur fut pris de panique.

Il se sentait perdu et savait qu'il vivrait un véritable enfer avant de pouvoir quitter l'hôpital. En regardant Justin derrière l'épaule de Jordan, il put constater que son ami en connaissait déjà les tourments.

Où étais-je ? Que m'est-il vraiment arrivé ? Est-il vrai que j'ai quitté Reseune ?

Une infirmière entra, avec un pistolet hypodermique. Il n'existait aucun moyen de se soustraire à la piqûre. Il tenta de faire taire le moniteur et de protester.

– Un simple sédatif, affirma la femme.

Elle lui fit une injection au bras.

À moins que ce ne fût Jeffrey. Il se balança d'avant en arrière et vit le sang éclabousser le mur blanc, entendit des hurlements.

12

– Comment va-t-il ? demanda Ari à Justin.

Ils étaient dans son bureau, seuls.

– Quand pourra-t-il sortir ?

– Oh ! Je ne sais pas. Et je m'interroge au sujet de notre accord... Il me semble à présent remis en question. Quels atouts te reste-t-il à abattre ?

– Mon silence.

– Allons, mon chéri. Tu perdrais trop de choses en le

brisant. Jordan également. N'est-ce pas dans un souci de discrétion que nous nous sommes donné tout ce mal ?

Il tremblait, et essayait de le dissimuler.

– Non, nous avons fait tout cela parce que vous craignez que votre précieux projet ne soit compromis. Parce que *vous* ne tenez pas à ce qu'on en parle en ce moment. Parce que *vous* avez bien plus de choses à perdre que nous. Dans le cas contraire vous n'auriez pas été si conciliante.

Un vague sourire s'esquissa sur les lèvres d'Ari.

– Je t'aime bien, mon garçon. C'est vrai. La loyauté est une chose rare, à Reseune. Et tu refuses de trahir tes amis. Admettons que je te rende Grant... indemne, non altéré ? Que serais-tu disposé à m'offrir en échange ?

– Il est possible que vous surestimiez ma patience, dit-il d'une voix qui restait posée.

– Que vaut-il, pour toi ?

– Vous le libérez. Vous ne lui passez aucune bande.

– Il est un peu désorienté. Il a vécu un véritable enfer. Il a *besoin* de prendre du repos et de suivre un traitement.

– Je veillerai à ce qu'il le reçoive. Jordan s'en chargera. Je vous le dis, ne me poussez pas à bout. Vous ignorez de quoi je suis capable.

– Oh ! Je le sais, mon chéri. Et j'avoue avoir trouvé certaines de ces choses très agréables. Mais je n'ai pas à négocier la libération de ton azi. Je dispose d'une bande d'un genre assez particulier. Si ton père la voyait, il est probable qu'il en aurait une attaque.

– Vous le sous-estimez.

– Oh ? L'aurais-tu mis au courant ? J'en doute. Tu dois comprendre la situation. Ce n'est pas simplement son fils et *une femme* parmi tant d'autres. Tu es son jumeau génétique. Et moi, je suis Ari Emory. Sans parler des azis.

Elle gloussa.

– C'est un essai réussi, et il m'inspire du respect. C'est pour cela que je vais te laisser une liberté relative. Viens, mon garçon. Approche.

Elle tendit la main vers lui. Il hésita, décontenancé,

puis avança la sienne. Elle la prit avec douceur, et il sentit ses nerfs se tendre. Son pouls devint irrégulier, une onde de chaleur l'envahit, ses pensées s'embrouillèrent.

Il ne retira pas sa main. Il n'osa même pas lancer une repartie sarcastique. Son esprit fuyait dans une douzaine de directions différentes, en zigzag, tel un animal pris de panique.

– Veux-tu que je te fasse une faveur ? Veux-tu que je te rende Grant ? Je vais te dire une chose, mon chéri. Continue de coopérer et nous passerons un accord, toi et moi. Si nous réussissons à nous entendre jusqu'au départ de ton père, si tu ne dis rien, je te ferai cadeau de cet azi.

– Vous avez utilisé des bandes-profondes.

– Sur toi ? Rien qui puisse fausser ton esprit. Me croirais-tu capable de changer du tout au tout une personne saine et normale ? Tu sembles avoir lu un trop grand nombre d'ouvrages de fiction. Les bandes que j'ai utilisées sur toi... elles sont récréatives. Ce sont celles que se voient accorder les azis de type Mu qui ont été très, très sages. Tu crains de ne pas pouvoir le supporter ? Tu penses qu'elles t'ont corrompu ? Sache que ce qui t'attend à Reseune est bien pire que cela, mon chéri. Et je peux parfaire ton éducation. Je te l'ai dit : je t'aime bien. Un jour, tu seras puissant... que ce soit ici, à Lointaine, ou ailleurs. Tu en as la capacité. J'aimerais vraiment te voir survivre.

– C'est un pur mensonge.

– Vraiment ? Sans importance.

Elle serra ses doigts.

– Je t'attends à mon appartement. Même heure. Compris ?

Il retira sa main.

– La situation serait différente si je ne te laissais aucun choix.

Elle lui sourit.

– Je te demande uniquement de ne rien dire. Ce n'est pas grand-chose, en échange de ce que tu exiges. Tu t'abstiens de me compliquer l'existence, tu me sers d'intermédiaire avec ton père, et je m'engage en contrepartie à ne pas faire arrêter tes amis et à ne pas effacer l'esprit de ton azi. J'irai même jusqu'à cesser de te mener la vie dure, au bureau. Tu sais quel est le prix de tes désirs.

– Vous me rendrez Grant.

– La semaine prochaine. Au cas où il se produirait du nouveau entre-temps. Tu es intelligent. Tu me comprends. Disons à 22 heures, ce soir. Je compte travailler assez tard.

Audiotexte extrait de :
Formes de croissance
Bandétude de génétique n°1

Publications éducatives de Reseune :
8970-8768-1 approuvé pour 80 +

ATTENTION OPÉRATEURS
LOTS ML-8986 & BY-9806 : PHASE FINALE

Les ordinateurs clignotent pour signaler la fin du processus et réclamer une intervention humaine. Les chefs techniciens alertent le personnel spécialisé et déclenchent la parturition.

Aucun imprévu : les cuves utérines qui se balancent et se contractent sont dotées de toutes les sondes imaginables. Les deux ML-8986, des Mu de sexe féminin, ont atteint le poids de naissance requis de 4,2 kilos. Aucune anomalie n'est décelée. Les deux BY-9806, de type Bêta, sont en bonne santé. Les techs connaissent ces bébés. Ils ne peuvent s'empêcher d'avoir une préférence pour les BY-9806, qui débordent de vitalité. Ils leur ont donné des noms, qu'ils ne garderont pas. Les techs ne resteront pas en contact prolongé avec eux.

Les matrices entrent en contractions et expulsent leur contenu dans des cuvettes emplies de liquide amniotique où des techs aux mains gantées les saisissent. On ne note pas de tension, peu de nervosité. Les filles de type Mu ont un visage large, un air placide, des cheveux incolores ; les Bêta sont moins potelés et gracieux, avec des membres grêles et une épaisse chevelure brune. Leurs grimaces font rire les techs.

Les cordons sont noués, la délivre vidée des plateaux et remplacée par de l'eau tiède dans laquelle les nouveau-nés prennent leur premier bain. Les techs les pèsent, par acquit de conscience, et enregistrent le poids dans les dossiers ouverts lors de la conception, deux cent quatre-vingt-quinze jours plus tôt : des fichiers qui recevront de moins en moins d'entrées au fur et à mesure que les bébés passeront d'un état de dépendance totale à une autonomie relative.

Des assistants azis les prennent et les langent. C'est avec beaucoup de douceur qu'ils les manipulent, les tiennent, les bercent dans leurs bras.

Entre les changements de couches et les tétées, ils demeurent désormais dans des berceaux qui, comme les cuves utérines, se balancent au rythme des battements d'un cœur, auxquels vient se superposer une voix lointaine. Elle leur est familière, elle s'est déjà adressée à eux dans la matrice, douce et rassurante. Il lui arrive parfois de chanter. Le reste du temps elle se contente de leur adresser des murmures.

Un jour, elle leur donnera des instructions. C'est une bande. À ce stade, l'effet est subliminal, sa seule utilité est de les rassurer, mais elle récompense déjà la bonne conduite. Un jour elle exprimera de la désapprobation, mais pour l'instant les enfants sont sages. Seuls les Bêta sont un peu turbulents...

LOT AGCULT-789X : URGENCEURGENCE

AGCULT-789X pose un problème. Le géneset expérimental n'a pas permis d'obtenir les résultats escomptés et, après avoir consulté son équipe, un tech arrête l'appareil et vide AGCULT-789X à des fins d'autopsie.

Des azis écouvillonnent la matrice, la lavent plusieurs fois, et le chef tech déclenche le processus qui la tapissera à nouveau de bioplasme.

Elle recevra un autre occupant dès cette opération ter-

minée. Il convient de disposer des résultats de la dissection avant de chercher des solutions au problème.

Entre-temps la cuve utérine reçoit l'œuf mâle d'AGCULT-894, un spécimen de la même espèce. Ce n'est pas la première déconvenue. Provoquer des adaptations est un processus complexe et les échecs sont fréquents. Mais AGCULT-894 est différent et peut-être viable. Et, même si cette expérience échoue, elle permettra aux chercheurs de disposer d'éléments de comparaison valables.

Terraformer le sol et modifier la composition de l'atmosphère ne suffit pas pour faire d'un monde un habitat propre à recevoir des humains. Sur Cyteen, il est impossible d'attendre des millions d'années, le laps de temps qui a été nécessaire aux espèces terriennes pour s'adapter et à des écosystèmes complexes pour apparaître.

Reseune s'est fixé pour mission de remplacer le temps et la sélection naturelle. Comme la Nature, elle subit des pertes, mais ses choix sont plus rapides et guidés par l'intelligence. Certains avancent que de telles méthodes ont leur revers : l'élimination des éléments ornementaux et non fonctionnels qui apportent aux espèces terrestres leur diversité, en mettant l'accent sur certaines caractéristiques au détriment des autres.

Mais Reseune veille à ce que rien ne disparaisse. Les laboratoires ont leurs arches, des sortes de boîtes de conserve remisées autour d'étoiles lointaines, des vaisseaux privés de propulseurs et en conséquence peu coûteux, de simples modules de stockage de matériel génétique situés en divers points de la galaxie, blindés et protégés des radiations. Ces arches contiennent des échantillons et des enregistrements digitaux de génésets, ainsi que des fichiers qui contiennent des instructions destinées à en faciliter l'accès à toute espèce assez évoluée pour comprendre la nature du contenu de ces entrepôts orbitaux.

Il n'a fallu à l'humanité qu'un million d'années pour passer du stade de l'existence primitive à celui de la sapience astropérégrine. Grâce à ces arches, l'homme disposera dans un million d'années des enregistrements génétiques de son passé et du passé de toutes les espèces que

Reseune peut étudier. Il s'agit de notre patrimoine, et de celui de tous les mondes connus où existe la vie, sauvegardé contre les dangers et le temps...

Dans ces arches sont également conservés les codes fragmentaires récupérés sur des spécimens humains vieux de milliers d'années, le pool génétique de la planète-mère précurseur des génébanques du XXe siècle, les restes des animaux et des hommes qui ont été préservés au fil des siècles par des phénomènes de congélation naturelle ou autres.

Pouvons-nous imaginer ce que représenteraient de nos jours de telles arches contenant l'information génétique du passé géologique de la Terre, ce monde où se sont produites des extinctions cataclysmiques de formes de vie évoluées ? Grâce à de telles généthèques il serait possible de reconstituer tous les processus d'évolution et d'apporter des réponses aux nombreuses énigmes que pose son lointain passé...

Reseune n'a pas abandonné une seule option génétique. Elle assure la préservation de tous les gènes à un degré sans précédent dans l'histoire de l'humanité et, tout en s'efforçant de diriger le processus de l'évolution, elle veille à conserver toutes les autres options...

CHAPITRE III

1

Le temps avait cessé de s'écouler. Il n'existait plus que les bandes, un flot tour à tour paisible ou plein de turbulences. Le courant était parfois interrompu par des interludes d'éveil brumeux, mais il sentait les effets des tranks... lorsqu'il remontait vers la surface.

– Allons, tu as de la visite, fit une voix.

Et un linge humide caressa son visage. Le lavage continua vers le bas, avec douceur, cou et poitrine. Il remarqua l'odeur d'un produit astringent.

– Réveille-toi.

Il entrouvrit les paupières et vit un plafond. On procédait toujours à sa toilette, et il espéra qu'on lui rendrait bientôt sa liberté, sans trop y croire. Il voulait recevoir d'autres tranks, car la peur venait de réapparaître et il se sentait bien mieux tant que duraient leurs effets.

Un courant d'air frais descendit effleurer son corps humide. Il frissonna. Il eût aimé que quelqu'un vînt remonter le drap. Mais il ne le demanda pas. Il avait renoncé à communiquer avec son entourage. On ne le torturait plus et il s'estimait comblé. Il pensa à ciller. Il ne vit rien. Il tenta de faire abstraction de la froidure. Il perçut un élément du monde extérieur quand le tech fit bouger l'aiguille plantée dans son bras. Son dos était douloureux et il eût aimé qu'ils modifient l'inclinaison de son lit.

– Là.

Le drap le recouvrit. Une petite tape claqua sur sa joue, mais il ne la sentit pas.

– Allons. Ouvre les yeux.

– Oui, murmura-t-il.

Il entrouvrit ses paupières puis les referma dès que le tech l'eut laissé seul.

Il entendit alors une autre voix, sur le seuil, jeune et masculine. Il redressa la tête, regarda, et vit Justin. Il douta aussitôt de la réalité de cette vision et tira sur ses liens.

Mais Justin vint vers lui, s'assit au bord du lit et prit sa main immobilisée par des sangles dans la sienne. La paume était chaude. Elle paraissait bien matérielle.

– Grant ?

– Arrêtez, par pitié.

– Grant, pour l'amour de Dieu... Grant, tu es revenu. Tu me comprends ?

Le simple fait d'admettre une telle possibilité était dangereux, comparable à un renoncement Il n'existait pas le moindre signe de reconnaissance que son esprit n'aurait pu reproduire. Il n'y avait aucune illusion qu'une bande ne pouvait engendrer. Que ce fût son ami était logique.

– Grant ?

Les bandes l'incitaient à se croire éveillé, à imaginer que le matelas s'enfonçait et que Justin le tenait par l'épaule. Seul son dos douloureux paraissait être un fragment de réalité qui perçait l'illusion. Cette dernière n'était donc pas parfaite.

La réalité... Elle abondait de telles discordances.

– Ils ne m'ont pas encore autorisé à te ramener chez nous. Ari s'y oppose. Que font-ils ? Est-ce que ça va ?

Des questions. Il ne pouvait établir de liens entre elles. Ses ravisseurs les enchaînaient selon un ordre logique, afin de leur apporter de la crédibilité. C'était la règle du jeu.

– Grant, bordel !

Justin lui donna une tape sur la joue, avec douceur.

– Allons. Ouvre les yeux. Ouvre les yeux.

Il résista et put constater qu'il venait d'effectuer des progrès. Il prit plusieurs inspirations et son dos et ses épaules le torturèrent. Il était en danger... parce qu'il commençait à croire cette illusion réelle. Ou parce qu'il ne savait plus faire la distinction.

– Allons, bon sang.

Il ouvrit les yeux, avec méfiance. Et il vit le visage de son ami, son expression angoissée.

– Tu es revenu. À l'hôpital. Tu comprends ? Ari a envoyé tous ces salopards en enfer et t'a délivré.

(Du sang qui éclaboussait les murs. Une odeur âcre de brûlé.)

Ce lieu rappelait effectivement une chambre d'hôpital. Cet individu ressemblait à Justin. Il n'existait pour lui aucun moyen d'être fixé. Il n'aurait pu savoir, même s'ils l'avaient autorisé à aller se promener. Seul le temps lui permettrait de trier le vrai du faux, le temps qui se prolongeait bien au-delà de toute illusion.

– Allons, Grant. Dis-moi que ça va.

– Ça va.

Il prit une inspiration et la douleur qui s'éleva de sa colonne vertébrale lui permit de savoir qu'il pouvait reconnaître la réalité de certaines choses.

– Mon dos me torture. Et mes bras. Pourrais-tu remonter le lit ?

– Je vais leur dire de te retirer ces sangles.

– Je doute qu'ils acceptent. Mais j'aimerais me redresser un peu. Là...

Sous son corps, le matelas s'inclina et ondula tel un être vivant. Sa tête remonta. Le lit fut parcouru par une série de vagues qui massèrent ses muscles et fléchirent ses articulations.

– Oh ! Ça va mieux.

Justin se rassit, ce qui eut pour effet de perturber les ondes.

– Ari a suivi ta trace jusqu'à la mine de Kruger. Nous savons désormais que cet homme était soumis à un chantage. Il t'a livré à des abolitionnistes. J'ai dû m'adresser à Ari. Elle a envoyé quelqu'un – j'ignore qui – te délivrer. Elle dit qu'ils t'ont passé des bandes.

Cette période n'avait pour lui aucune structure temporelle et spatiale. Il reporta ses pensées sur le présent, et y réfléchit.

– Combien de temps ?

– Deux jours.

Possible.

– Tu es *ici* depuis vingt-quatre heures, ajouta Justin. J'ai été autorisé avec Jordan à venir te voir dès ton retour, et on m'a accordé un droit de visite permanent.

Grant prit peur. Cette illusion voulait donc s'installer à demeure dans son esprit, ce simulacre de réalité auquel il était vulnérable. Sa défaite s'annonçait inévitable. Il resta assis dans le lit et pleura.

– Grant.

– Ça va. Mais si je te demande de me laisser, ne discute pas.

– Ce n'est pas une bande, Grant. Tu es *revenu,* bon sang.

Justin serra sa main dans la sienne, si fort que les os en furent comprimés.

– Regarde. Regarde-moi. D'accord ?

Il le fit.

– Mais si je te dis de sortir...

– Je partirai. C'est entendu. Veux-tu que je m'en aille tout de suite ?

– Arrêtez. Pour l'amour de Dieu...

– Je vais chercher Ivanov. Les salauds. Les salauds !

Justin se levait. Grant agrippa sa main, pour le retenir. Il la serra et ne lâcha pas prise. Son ami finit par se rasseoir, pour l'étreindre avec force.

– Ounnnh.

Sa souffrance paraissait bien réelle. Justin pourrait le ramener dans l'univers de la réalité. Il savait ce qu'il faisait, il connaissait son problème, et les raisons de ses peurs. Il était son allié. Il le fallait, car dans le cas contraire rien n'aurait pu le sauver.

– Un certain temps sera nécessaire.

– Tu pourras sortir d'ici dans une semaine, d'après Ari.

Il se rappela qu'il n'était pas le seul à avoir des ennuis. Il regarda Justin qui se rasseyait. Il se souvint des raisons de son départ nocturne sur le fleuve.

– Elle t'a mené la vie dure ?

– Rien d'important.

Un mensonge. De plus en plus réel. S'il s'était agi d'une bande, son ami lui eût fait une réponse plus convaincante. Dans un moment il connaîtrait une fois de plus le doute et serait terrifié. Mais pour l'instant sa frayeur avait une cause différente, plus tangible. Le transfert de Jordan, son ami qui lui ordonnait de partir... tous ces fragments d'un récent passé retrouvaient un ordre chronologique. Le mot *quand* avait à nouveau une signification. Le monde réel dissimulait des pièges, des chausse-trapes préparées par Ari. Justin avait tenté de le libérer de l'un d'eux, il était revenu à son point de départ, et son ami se trouvait dans une situation critique.

Non. Prudence.

Prudence.

– Qu'a-t-elle fait, après avoir découvert mon départ ?

– Je te le dirai plus tard.

Bon sang, craignait-il de le bouleverser ? Ces tergiversations évoquaient bien la Maison. Secrets, Ari, problèmes, et tous ceux qu'il aimait. Il prit une inspiration lente, profonde.

– Je tiendrai, dit-il en sachant que Justin comprendrait. Je ne veux plus qu'on me passe une seule de ces maudites bandes. Je ne veux plus de sédatifs. Je dois rester éveillé. Dis-leur de laisser la lumière. Tout le temps. Et oblige-les à retirer ce maudit tube de mon bras.

– Je ne peux pas leur donner des ordres. Tu le sais. Mais j'en parlerai à Ivanov. Je ferai tout mon possible pour le persuader, crois-moi. Quant à ce tube, je l'enlève tout de suite. Voilà.

Une piqûre.

– Il va se vider sur le sol.

– Oh, merde ! Ça y est.

Il arrêta le goutte-à-goutte.

– Au fait, ils comptent t'installer un téléphone. Et une vid.

Son cœur s'emballa. Il venait de se souvenir qu'il lui fallait contacter Merild. Mais non, il n'était plus dans le désert. À moins que rien de tout cela ne se fût jamais passé. Peut-être existait-il une autre possibilité qu'il n'avait pas envisagée.

– Tu sais que je manque de souplesse.

– Tiens, je ne l'avais pas noté.

Il fut heureux de constater que son ami pouvait encore plaisanter. Puis il prit conscience d'avoir passé un cap. La réponse de Justin venait de le déconcerter. Il s'était attendu à entendre des propos empreints de commisération aseptisée, professionnelle. Or il n'était pas amusé mais surpris.

S'il s'était agi d'une bande, le simulacre de Justin n'aurait pu faire une chose que son esprit eût été dans l'impossibilité absolue de prévoir ; pas quand il résistait et que son subconscient refusait de coopérer.

Il rit. Son ami en parut terrifié et cela fit renaître l'espoir.

– C'est un ver, dit-il.

Et il rit de plus belle en voyant l'expression horrifiée de Justin.

– Espèce de dingue !

Il riait toujours. C'était douloureux, mais agréable. Il tenta de remonter ses jambes. Une erreur.

– Oh, merde ! Tu crois qu'ils refuseraient de détacher mes chevilles ?

– Ils le feront dès que tu sauras avec certitude où tu te trouves.

Il soupira et sentit la tension le quitter. Il se fondit dans le lit en mouvement et regarda Justin avec un calme différent de celui apporté par les tranks et les bandes. Il souffrait toujours. Tension musculaire. Foulure. Dieu seul savait ce qu'il s'était fait, ou ce qu'on lui avait fait.

– Je t'ai bien eu, pas vrai ?

– Si tu me joues une comédie...

– J'aimerais que ce soit le cas. Je suis dans le brouillard. Je sens que je vais avoir des flashes-bandes. Je ne pense pas que ça durera. Mais ce que je redoute, c'est que tu ne reviennes pas. C'est bien le Dr Ivanov qui est le patron, ici ?

– Il s'occupe de toi. Tu as confiance en lui, non ?

– Pas quand il obéit aux ordres d'Ari. J'ai peur. J'ai vraiment peur. J'aimerais que tu puisses rester près de moi.

– Je ne partirai qu'après le dîner. Et je reviendrai demain matin pour le petit déjeuner. Je passerai près de toi toutes mes heures de liberté, tant qu'ils ne me mettront pas à la porte. Je compte parler à Ivanov. Pourquoi ne pas essayer de te reposer, pendant que je suis là ? Je vais m'installer dans ce fauteuil, là-bas.

Ses yeux tentaient de se clore. Il en prit conscience et voulut résister.

– Réveille-moi, avant de partir.

– Je ne te laisserai pas dormir plus d'une demi-heure. Ils serviront bientôt le dîner, et tu dois manger quelque chose, c'est compris ? Tu ne dois plus refuser la nourriture qu'on t'apporte.

– Mmm.

Il permit à ses paupières de se clore et se laissa emporter loin de son inconfort. Il sentit son ami se lever et l'entendit s'asseoir dans le fauteuil. Un moment plus tard il entrouvrit les yeux pour s'assurer que Justin était toujours là, puis il prit encore du repos.

Il oubliait ses problèmes. Il éprouvait même une étrange sensation de sécurité. Il n'avait jamais douté que Justin, ou Jordan, viendrait le chercher pour le ramener vers la réalité. D'une manière ou d'une autre. Cela venait de se produire et il devait chasser ses doutes, sous peine de ne jamais revenir de ce voyage.

2

Les comptes rendus parvenaient à Giraud Nye. Il mordilla son style et étudia le moniteur pendant que la tension brassait son estomac.

Les médias signalaient l'enlèvement d'un azi de Reseune par des éléments extrémistes, ainsi qu'un raid mené par les forces de police et les services de sécurité des laboratoires contre une station de précip isolée sur les hauteurs qui surplombaient Grand Bleu. Ces propos étaient illustrés par des scènes de carnage filmées par les policiers : l'azi rouge du sang de ses ravisseurs, sauvé et évacué. C'était une opération de grande envergure. Les tireurs d'élite en scaphandre avaient dû se rapprocher de la station en rampant, forcer une porte latérale pour pénétrer dans le garage et se lancer à l'assaut dans un petit escalier. Un policier avait été blessé et trois abolitionnistes tués, devant les caméras. Cette couverture de l'événement par les médias permettait de justifier les morts et ne laissait aucune possibilité à Ianni Merino et aux centristes abolitionnistes de faire de l'esclandre et de réclamer une réunion du Conseil : Merino prenait officiellement ses distances. Et si Rocher faisait pleuvoir sur le bureau de l'Information des demandes de conférence de presse, il n'obtiendrait rien. La police le surveillait de près... la dernière fois que cet homme n'avait pu s'exprimer, ses partisans avaient déployé l'étendard de l'Abolition totale dans le métro de Novgorod et saboté les voies pour provoquer un blocage du trafic que les médias n'auraient pu ignorer

Cette action n'avait pas attiré à Rocher la sympathie des usagers des transports en commun, mais de telles manifestations de force impressionnaient ses sympathisants et lui apportaient de nouvelles recrues.

Giraud pensa qu'il était presque temps de prendre des mesures contre cet homme, et contre deForte. Jusqu'alors, ces individus leur avaient été utiles en plaçant dans l'embarras Corain et Merino et en discréditant les centristes aux yeux de l'opinion publique. Mais Rocher venait d'aller trop loin et devenait gênant.

Par ailleurs, si Grant avait subi des dommages irrémédiables, la remise aux médias d'un clip où l'azi apparaîtrait avant et après sa détention montrerait les abolitionnistes sous leur jour véritable. Les spécialistes exceptés, nul n'avait vu les résultats d'un effacement mental, ou d'une rééducation ratée. Cela leur fournirait peut-être un prétexte pour reprogrammer l'azi... ou justifier sa liquidation. C'était un Alpha, un pur produit des Warrick, et Dieu seul savait quel effet avaient eu sur lui les bandes des extrémistes. Il jugeait préférable de l'empêcher de nuire et s'était permis de le dire à Ari.

Absolument pas, avait-elle rétorqué. À quoi pensez-vous donc ? Il constitue un excellent moyen de pression et il est en outre un témoin à charge contre Rocher. Ne touchez pas cet azi.

Un moyen de pression contre qui ? se demanda Giraud avec amertume. Ari avait couché avec Warrick junior et lorsqu'elle n'était pas occupée à aggraver les ulcères de Jane Strassen en voulant faire moderniser le labo un et envoyer ailleurs les huit étudiants qui y suivaient des cours, le projet Rubin l'obsédait à tel point que nul ne pouvait l'approcher : exception faite de ses azis et, bien sûr, de Justin.

Elle s'offre une petite dépression. La nostalgie de la jeunesse, ce genre de chose.

Elle s'enferme dans sa tour d'ivoire et me laisse le soin de régler tout ce merdier à Novgorod. « Ne touchez pas à Merild ou aux Kruger. Il ne faut surtout pas inciter l'ennemi à passer dans la clandestinité. Parvenez à un accord avec Corain. Cela ne devrait pas être très difficile, pas vrai ? »

Bon sang ! Le téléphone sonna. C'était Warrick. Senior. Il demandait que Grant lui fût confié.

– Je ne suis pas habilité à prendre une telle décision, Jordie.

– Bordel, tout le monde semble vouloir dégager sa responsabilité, dans cette affaire. J'exige que ce garçon quitte l'hôpital.

– Écoutez...

– Je me fiche de savoir qui est responsable et qui ne l'est pas.

– Vous devriez vous estimer heureux qu'on n'ait pas porté plainte contre votre môme, Jordie. Il est le seul fautif, pour ce qui s'est passé. Alors, ne vous en prenez pas à moi...

– Selon Petros, vous seul pouvez autoriser sa sortie.

– C'est une décision d'ordre purement médical. Elle n'est pas de mon ressort. Si vous tenez à ce garçon, je vous suggère de permettre à Petros d'effectuer son travail et de rester...

– Ivanov s'est déchargé sur vous de ses responsabilités, Gerry. Denys également. Nous ne parlons pas d'un fichier mais d'un gosse qui a peur.

– Dans une huitaine de jours...

– Laissez tomber. Vous allez me délivrer un laissez-passer pour cette section et ordonner à ce med de me recevoir.

– Votre fils est auprès de Grant, en cet instant même. Il a reçu un sauf-conduit permanent, pour des raisons que je ne peux d'ailleurs pas comprendre. Il s'occupe de lui.

Un long silence.

– Écoutez, Jordie. Ils parlent d'une autre semaine, deux au maximum.

– Justin a un sauf-conduit.

– Il est auprès de Grant, en ce moment. Tout va bien. Croyez-moi. Ils ont cessé de lui administrer des sédatifs. Justin a obtenu un droit de visite permanent. J'ai cette autorisation sous les yeux.

– Je veux que Grant sorte de la section médicale.

– Je vais en parler à Petros. Ça vous va ? Pour l'instant votre fils est avec Grant, et c'est sans doute le plus efficace des traitements. Laissez-moi quelques heures. Je vous ferai parvenir un exemplaire des rapports médicaux. Vous estimez-vous satisfait ?

– Je passerai vous voir.

– Entendu, je serai à mon bureau.

– *Merci,* entendit-il marmonner.

– Il n'y a pas de quoi, murmura Giraud avant de grommeler sitôt la liaison interrompue : Maudite tête brûlée.

Il reprit la rédaction de la liste des sujets qu'il devrait aborder avec Corain puis s'interrompit pour taper une demande adressée à Ivanov : l'envoi rapide d'une copie du dossier médical de Grant au bureau de Jordan Warrick. Et il ajouta sur une arrière-pensée, parce qu'il ignorait ce que pouvaient contenir ces fichiers et quels avaient été les ordres d'Ari : SRIS (sous réserve des impératifs de sécurité).

3

Le nouveau séparateur fonctionnait. Le reste du matériel devait subir une vérification. Ari prenait des notes sur une transplaque, pour la simple raison que la présence d'un scripteur sur le comptoir eût gêné ses mouvements. En certains domaines seul le nec plus ultra pouvait convenir, mais l'appareil démodé transmettait ses écrits à l'ordinateur central qui les classait dans ses fichiers personnels en reconnaissant sa calligraphie. Le processus était archaïque, mais il servait à éviter toute indiscrétion. L'ordinateur entreprenait alors de traduire, transcrire et archiver les informations en leur donnant son code d'accès et son empreinte.

Les travaux qu'elle effectuait ce jour-là n'avaient rien de confidentiel. Il s'agissait d'un test banal, d'un travail de laborantin que n'importe quel tech azi aurait pu faire à sa place. Mais elle aimait effectuer ces sortes de retours dans le passé. Elle avait contribué à polir les tabourets en bois du labo un en utilisant ce matériel pendant d'innombrables heures, occupée au même genre de contrôles sur des antiquités qui faisaient d'un séparateur mis au rebut l'équivalent du fruit d'une technologie futuriste.

Elle n'espérait pas faire la moindre découverte mais voulait pouvoir écrire son rapport à la première personne du singulier, marquer ces travaux de son empreinte et en avoir l'exclusivité, de leur conception à leur achèvement. *J'étais plus méticuleuse, au début...*

Je préparais moi-même les cuves...

Peu de gens auraient été capables de se charger de tous les stades d'un tel projet. Tous se spécialisaient. Mais elle avait débuté dans cette voie pendant la période coloniale, celle des balbutiements de la science. À présent, les collèges formaient des singes savants, de soi-disant scientifiques qui se contentaient d'appuyer sur des touches et de lire des bandes sans rien comprendre à la biologie. Elle luttait contre cette tendance presse-bouton et jugeait indispensable de produire des bandes de méthodologie, bien que ces dernières fussent classées confidentielles par Reseune.

Elle révélerait certains de ses secrets dans son livre. Elle en avait la ferme intention. Ce serait un ouvrage scientifique classique... elle décrirait l'évolution des procédés employés et présenterait le projet Rubin sous sa véritable perspective : en tant qu'expérimentation des théories qu'elle avait développées au fil des décennies. IN PRINCIPIO était le titre qu'elle avait retenu en attendant d'en trouver un meilleur.

La machine fournit la réponse à une séquence connue et un point rouge se mit à clignoter pour signaler une divergence.

Merde. Était-ce une contamination ou une erreur de l'appareil ? Elle en prit note, avec honnêteté. Puis elle se demanda si elle devait prendre le temps de faire remplacer le matériel et d'effectuer un nouvel essai avec un autre échantillon, ou tenter de cerner la cause et de l'analyser afin de faire figurer ses conclusions dans le fichier. La première solution eût dénoté un manque de conscience professionnelle évident. Dans le second cas elle risquait de ne rien trouver de probant – c'était fréquent en cas de pannes mécaniques –, ce qui la ridiculiserait ou la contraindrait à s'adresser à des spécialistes de ce genre de matériel.

Arrêter l'appareil *et* le confier aux techs, passer l'échantillon suspect dans une autre machine, et en faire installer une troisième pour procéder à un contrôle.

Toute expérimentation est sujette à de tels contretemps. Les chercheurs qui soutiennent le contraire sont des menteurs...

Elle entendit ouvrir la porte externe du labo, puis des voix lointaines. Celles de ses azis et une autre, familière. Zut.

– Jordan ? cria-t-elle. Quel est votre problème ?

Elle entendit des pas. Ceux de Florian et de Catlin. Elle avait désorienté ses azis qui accompagnaient Jordan jusqu'à la chambre froide.

– Je dois vous parler.

– J'ai des ennuis, Jordie. Ça ne peut pas attendre une heure ? Dans mon bureau ?

– Cet endroit fera l'affaire. Tout de suite. En privé.

Elle prit une inspiration profonde. Tout recommençait. *Grant,* pensa-t-elle, exaspérée. *Merild, ou encore Corain.*

– Entendu. Bon sang, Jane et son groupe ne vont pas tarder à descendre... Florian, va dire au B que cette foutue machine ne fonctionne pas.

Elle se retourna et éjecta l'échantillon.

– J'en veux une autre. Nous les testerons toutes, si nécessaire. Et j'exige qu'ils la nettoient un peu mieux que d'habitude. Seigneur, je me demande quelles sont les tolérances admises, de nos jours. Et tu l'apporteras toi-même. Ces assistants ne m'inspirent pas confiance. Et toi, Catlin, va dire à Jane d'emmener sa bande d'étudiants se promener ailleurs. Le labo restera fermé tant que je n'aurai pas terminé cette expérience.

Elle prit une seconde inspiration et utilisa le bras mécanique afin de renvoyer l'échantillon douteux dans le système de conservation cryogénique puis éjecter la chambre d'analyse dans un compartiment de sécurité et lui faire suivre le même chemin. Lorsqu'elle se retourna, seul Jordan était encore présent.

4

L'hôpital était situé loin de la Maison elle-même. Pour s'y rendre, il fallait effectuer un détour interminable si les conditions météorologiques obligeaient à emprunter les couloirs et le tunnel. Le parcours était moins long lorsqu'on pouvait couper à l'air libre. Justin opta pour cette possibilité, en dépit du fait que les falaises projetaient leur ombre sur Reseune et qu'il eût été sage de se munir d'un manteau. Il vit un flash-bande. Cela se produisait fréquemment. Les sensations étaient puissantes et son estomac s'en trouvait noué...

– Si tu veux que je mange, commence par me donner l'exemple, lui avait rétorqué Grant.

On venait de leur apporter deux repas.

– Je ferai comme toi.

Il s'était forcé à avaler la nourriture, en se demandant s'il ne la rendrait pas. Il n'eût reculé devant aucun sacrifice pour voir Grant s'asseoir et rire... ils lui avaient en effet retiré ses sangles pour lui permettre de prendre seul son repas. Assis en tailleur sur le lit, l'azi mangeait son dessert avec appétit. Il semblait avoir oublié que les infirmières devraient lui remettre ses liens lorsqu'il se retrouverait seul.

Justin eût volontiers passé la nuit dans cette chambre et Ivanov ne s'y serait pas opposé, mais il devait aller à ce rendez-vous dont il ne pouvait parler à son ami. Du travail à terminer au labo, avait-il dit pour se justifier. À son départ, l'état de Grant s'était amélioré. Malgré sa profonde lassitude, une étincelle de vie faisait briller ses yeux et il riait – un peu trop pour que ce fût naturel, peut-être – mais il n'avait qu'à regarder Justin pour obtenir la confirmation de son retour dans le monde réel.

Cela avait pris fin au départ de Justin. Grant était redevenu morose. Il paraissait très malheureux.

– Je reviendrai demain matin.

– Ne prends pas cette peine. C'est une longue marche.

– J'y tiens, d'accord ?

Et Grant avait paru soulagé.

C'était l'aspect positif de cette journée. Cela justifiait tout ce qu'il devait payer en échange. Pour la première fois depuis sa rencontre avec Ari dans le bureau de cette femme, il avait à nouveau l'espoir de se tirer d'affaire.

Si... si Ari était occupée ailleurs, si...

Il pensa à son ami, à son équilibre mental ébranlé...

L'azi possédait une beauté et un charme qui effaçaient tous les attraits de Justin aux yeux des filles qu'ils avaient connues...

Il marchait lentement, enlisé dans un bourbier d'angoisse et d'épuisement, assailli par des flashes-bandes qui se réduisaient à des souvenirs honteux. Il savait qu'il ne pourrait satisfaire Ari, dans un pareil état. Il désirait s'isoler, pour vomir... il décida de la joindre et de l'informer qu'il ne se sentait pas bien. C'était la stricte vérité, il ne mentait pas. Elle reporterait leur rendez-vous et...

Ô Seigneur ! Il lui fallait respecter à la lettre l'accord qui lui permettait de rendre visite à son ami. Elle avait promis de le faire libérer, alors qu'elle pouvait effacer son esprit, effectuer sur lui tout ce qu'elle voulait. Elle avait en outre proféré des menaces à l'encontre de Jordan. Leur avenir à tous dépendait de son comportement et il ne pouvait le dire à Grant, pas dans son état actuel.

Il prit une inspiration et repartit vers le bas du chemin, en direction de l'entrée principale. Un jet approchait. Il l'entendait. Rien d'extraordinaire. En plus d'effectuer des vols hebdomadaires, les appareils de la RESEUNAIR décollaient en fonction des besoins. Il le vit atterrir, pendant qu'il suivait le lit de gravier bordé de buissons acclimatés. Un car démarra et le croisa, pour s'éloigner vers la route. Justin supposa qu'il allait chercher les passagers de l'avion, et il se demanda quel membre de la Maisonnée avait pu se rendre dans la capitale au cours d'une période si fertile en événements.

Il franchit les portes automatiques après avoir glissé sa carte dans la fente de la plaque de cuivre, remit le rectangle de plastique sous la pince de sa chemise et se dirigea vers les ascenseurs.

Il devrait en premier lieu téléphoner à son père, pour l'informer de l'amélioration de la santé de Grant. Il regrettait de ne pas avoir eu le temps de le joindre depuis l'hôpital, mais son ami ne voulait pas le voir s'éloigner. Il avait craint de le bouleverser.

– Justin Warrick.

Il se retourna vers les gardes et établit aussitôt un rapport entre leur présence, l'arrivée du jet et le départ du car. Il en déduisit qu'un visiteur important était attendu.

– Suivez-nous, je vous prie.

Il désigna les boutons de l'ascenseur.

– Je monte dans ma chambre. Je n'ai pas l'intention de rester là.

– Suivez-nous, ser.

– Oh, merde ! Utilisez un interphone, interrogez votre superviseur... Ne me touchez pas !

Il avait crié cela en voyant un des azis se pencher vers lui. Mais ils saisirent ses bras et le poussèrent contre la paroi.

– Bordel ! gronda-t-il, exaspéré par la fouille minutieuse à laquelle ils le soumettaient.

C'était une erreur. Ces azis avaient mal interprété leurs instructions et faisaient du zèle.

Ils lui tordirent les bras dans le dos et il sentit la froideur du métal sur ses poignets.

– Eh !

Les menottes se fermèrent en cliquetant. Les gardes le firent tourner sur ses talons et l'entraînèrent dans le couloir. Il s'arrêta, et ils le poussèrent en direction des bureaux de la sécurité.

Seigneur ! Ari venait de porter plainte. Contre lui, Jordan, Kruger, tous ceux impliqués dans la fuite de Grant. C'était la seule explication. Elle avait trouvé un nouveau moyen de pression, quelque chose qui les réduirait au silence et les ferait condamner. Et il en portait l'entière responsabilité, parce qu'il avait cru pouvoir pactiser avec cette femme.

Il cessa de résister et se laissa guider dans le couloir, jusqu'au bureau du superviseur.

– Là, fit l'homme en désignant la porte qui s'ouvrait au fond de la pièce.

– Mais qu'est-ce qui se passe, bon Dieu ?

Faute d'avoir une inspiration, il tenta de les intimider :

– *Contactez Ari Emory*, bordel !

Mais ils l'entraînèrent dans un couloir puis le poussèrent dans une cellule de béton nue, avant de refermer et de verrouiller le battant.

– *Malédiction, vous devez m'informer des charges retenues contre moi !*

Ils ne prirent pas la peine de lui répondre.

5

Le corps était gelé, totalement gelé, et il était tombé de guingois contre la porte de la chambre froide. Une pellicule de givre recouvrait toutes les surfaces, à l'intérieur de la salle.

– On dirait qu'elle a glissé sur du verglas, déclara l'enquêteur.

Et il utilisa sa caméra pour filmer la scène, faisant ainsi subir à Ari une indignité posthume. Elle en eût été outrée, pensa Giraud. Il regardait le cadavre, incapable d'admettre qu'Ari n'allait pas bouger, que ses membres raides, ses yeux vitreux et sa bouche entrouverte ne reviendraient pas à la vie. Elle portait un sweater. Comme tous les chercheurs qui devaient travailler dans la vieille chambre froide elle choisissait toujours des tenues ne risquant pas d'entraver ses mouvements. Mais même un vêtement plus chaud n'aurait pu la sauver.

– La glace n'avait pas encore pu se former, marmonna Petros. Impossible.

– Elle s'enfermait, pour travailler ?

L'enquêteur de Moreyville, la seule agglomération où résidait un représentant de la loi dans un rayon de mille cinq cents kilomètres, posa la main sur la porte de la salle souterraine. Il ne fit que l'effleurer, mais ce fut suffisant pour déplacer le battant.

– Merde.

Il le retint, trouva un point d'équilibre et le lâcha, avec méfiance.

– Il y a un interphone, fit remarquer Petros. En fait,

cette porte s'est refermée sur tout le monde, ici. Nous sommes tous au courant. Le faux aplomb est dû au tassement de l'immeuble. Celui qui est coincé à l'intérieur appelle la sécurité, ou le bureau de Strassen, et quelqu'un descend aussitôt le délivrer... un détail sans importance.

– Il en a eu, cette fois.

Le policier – il s'appelait Stern – leva la main et pressa la touche de l'interphone. Le plastique se brisa sous son doigt, comme une pellicule de glace.

– Le froid. Je veux cette pièce à conviction, dit-il à son assistant qui le suivait en tenant un scripteur. Quelqu'un m'entend ?

Aucun son ne s'éleva de l'appareil.

– En panne.

– C'est peut-être un effet de la basse température, fit remarquer Giraud. Mais il n'y a eu aucun appel.

– C'est donc cette baisse de pression brutale qui vous a permis de comprendre que quelque chose clochait.

– Dans la cuve d'azote. Les techs se sont doutés de ce qui se passait et j'en ai été informé une minute plus tard.

– Il n'y a donc pas de système d'alarme ?

– Si, et il s'est déclenché, répondit Giraud qui désignait le module mural. Mais il n'y avait personne dans les parages et compte tenu des phénomènes acoustiques il était impossible de déterminer son point d'origine. C'est l'appel des techs qui nous a fait penser à une conduite d'azote. Et à la chambre froide. Nous sommes venus ici au pas de course.

– Hmmm. Et l'azi de sera Emory s'était absenté juste après l'arrivée de Jordan Warrick, qui avait regagné le niveau supérieur quand l'alarme s'est déclenchée. Je veux un rapport sur cet interphone.

– Nous pouvons nous en charger, proposa Giraud.

– Je préfère confier l'expertise à mes services.

– Nous vous avons fait venir pour la forme, capitaine. Vous vous trouvez hors de votre juridiction.

Stern le fixa... un individu corpulent et peu démonstratif, aux yeux pétillants d'intelligence. Il possédait un esprit assez vif pour comprendre que Reseune voulait garder ses secrets.

Et que compte tenu des rapports qui existaient entre la direction de ces laboratoires et les hauts responsables des Affaires Intérieures la décision qu'il prendrait lui vaudrait une promotion ou de sérieux ennuis.

– Je souhaiterais interroger ce Warrick, déclara-t-il.

Il indiquait ainsi qu'il acceptait d'interrompre ses recherches sur les lieux du crime. Giraud fut tout d'abord tenté de le suivre, pour couvrir tout ce qui devait rester confidentiel. Puis il fut pris de panique. Il prenait conscience de la calamité qui venait de s'abattre sur Reseune et de mettre en péril la totalité des projets en cours : le fait qu'un cerveau si fertile et détenteur de tant de secrets... n'était plus qu'un bloc de glace. Gelé ainsi, le corps ne pouvait être transporté avec la moindre dignité. Même cette simple nécessité leur posait un problème.

Et Corain... Les médias l'apprendront avant l'aube.

Que faut-il faire, bon sang ? Que faut-il faire ?

Que faut-il faire, Ari ?

Florian attendait, assis sur un banc de la salle d'attente, dans l'aile ouest de l'hôpital. Ses coudes reposaient sur ses genoux, sa tête entre ses paumes, et il pleurait faute de pouvoir agir. Les policiers ne l'avaient pas autorisé à s'approcher d'Ari, hormis pour lui permettre d'obtenir la confirmation que ce qu'on lui avait dit était exact. Elle avait cessé de vivre, et son univers serait désormais différent. Les ordres venaient de Giraud Nye : il devait se présenter dans ce service pour recevoir le réconfort que pouvait apporter une bande.

Il comprenait le bien-fondé de cette décision. S'adresser à son superviseur en cas de problème était une règle qu'il respectait depuis sa plus tendre enfance ; et il existait des bandes pouvant effacer l'affliction, les doutes... elles permettaient de comprendre le monde, ses lois et ses règles.

Mais au matin Ari ne serait pas revenue à la vie et il doutait que de simples bandes pussent lui permettre de s'y résigner.

Si les policiers n'avaient pas arrêté Jordan Warrick, il serait allé tuer cet homme. Il le ferait, si l'opportunité s'en présentait. Mais il devait pour l'instant suivre les consignes écrites sur ce bout de papier, cette invitation à trouver le réconfort offert aux azis. Et il ne s'était jamais senti aussi seul et impuissant. Toutes les instructions reçues étaient désormais caduques, ses obligations venaient de... disparaître.

Quelqu'un suivit le couloir et entra, sans faire de bruit. Il releva les yeux sur Catlin, qui paraissait bien moins tendue que lui... toujours calme, quelles que soient les circonstances, même à présent...

Il se leva et la prit dans ses bras pour l'étreindre, la tenir contre lui comme au cours de toutes ces nuits où ils avaient dormi ensemble, pendant tant d'années qu'il en avait perdu le compte, dans les bons et les mauvais moments.

Il baissa la tête, pour la laisser reposer sur l'épaule de l'azie. Catlin le serra contre elle ; un réconfort au sein de ce néant.

– Je l'ai vue, dit-il.

Un souvenir insoutenable.

– Que devons-nous faire, Cat ?

– Nous sommes ici. Nous n'avons nulle part ailleurs où nous rendre.

– Je veux recevoir une bande. Je n'en peux plus, Cat. Il faut que ça s'arrête.

Elle prit son visage entre ses mains et le regarda droit dans les yeux. Ceux de Catlin étaient bleu clair, elle seule en possédait de pareils. Elle n'avait pas perdu son calme. Pendant un instant il fut effrayé par son expression, sa tristesse qui paraissait indiquer qu'il n'existait plus pour eux aucun espoir.

– Ça va finir, dit-elle. Ça va finir, Florian. Bientôt. Tu m'attendais ? Entrons. Allons dormir, d'accord ? Sous peu, nous ne souffrirons plus.

Justin entendit des pas, mais les allées et venues étaient nombreuses et il avait tant crié qu'il souffrait d'une extinction de voix. Recroquevillé en position fœtale contre le mur de béton, il entendit déverrouiller la porte.

Il voulut se lever et se redressa en prenant appui contre la paroi. Il recouvra son équilibre à l'instant où deux gardes venaient le chercher.

Il ne résista pas. Il ne dit pas un mot jusqu'au moment où il fut dans une pièce où ne se trouvait qu'un bureau.

Derrière lequel Giraud Nye était assis.

– Giraud, fit-il d'une voix rauque, avant de se laisser choir dans un fauteuil, pour l'amour de Dieu... qu'est-ce qui se passe ? Qu'est-ce qui leur a pris ?

– Un crime a été commis et vous êtes accusé de complicité, voilà ce qui se passe. Conformément aux lois de Reseune, vous avez la possibilité de faire une déposition de votre plein gré. Vous savez que vous êtes soumis aux règlements administratifs et que nous pouvons réclamer un psychosondage. Je vous conseille donc de ne rien nous cacher.

Le temps ralentit son cours. Ses pensées bondissaient dans toutes les directions. Il ne pouvait croire que cela pût lui être arrivé. Il ne rêvait pas. Il savait que tout était sa faute, que son père avait des ennuis à cause de lui... et qu'un psychosondage révélerait tout.

Absolument tout. Jordan apprendrait ce qu'il lui avait caché. Nye s'empresserait de l'en informer.

Il souhaita mourir.

– Ari me soumettait à un chantage, déclara-t-il.

Il lui était difficile de régulariser le débit de ses paroles, tant l'écart était grand entre le monde qui tournait au ralenti et ses pensées qui tourbillonnaient à une vitesse folle. Il savait que cela continuerait à jamais, en suspension dans le silence. *Dois-je parler de Jordan et préciser pourquoi Grant a dû partir ? Peuvent-ils le découvrir ? Dans quelle mesure est-il possible de leur mentir ?*

– Elle m'avait promis de rendre sa liberté à Grant, si je me pliais à ses volontés.

– Étiez-vous au courant des liens qui unissent Kruger à Rocher ?

– Non !

C'était facile. Les mots se bousculaient.

– Kruger devait aider Grant à s'enfuir parce que Ari lui aurait fait du mal si je... si je ne... elle...

Il allait avoir des nausées. Les flashes-bandes l'assaillaient. Il se pencha en arrière autant que le permettaient ses bras, dans l'espoir de détendre les muscles noués de son ventre.

– Quand j'ai appris que Grant n'était pas arrivé à Novgorod, je suis allé la voir. Je lui ai demandé de m'aider.

– Qu'a-t-elle répondu ?

– Elle m'a traité d'imbécile, avant de me parler de Rocher. Je ne savais rien sur cet homme.

– C'est tout ? Vous n'êtes pas allé voir votre père ?

– C'était impossible. Il ne savait rien. Il risquait de...

– Qu'aurait-il fait ?

– Je ne le pouvais pas. J'ignore quelle aurait été sa réaction. Mais je suis le seul responsable. Il n'est pour rien dans ce qui s'est passé.

– Vous vous référez au départ illégal de Grant ?

– À tout. Kruger, Rocher, le reste.

– Et Ari n'est pas intervenue ?

Cela paraissait inconcevable. *Un piège,* se dit-il. *Elle n'a pas empêché le départ de Grant. Peut-être espérait-elle qu'il réussirait. Peut-être...*

... peut-être existait-il une autre raison. Elle était folle de rage. Elle...

Mais comment savoir, avec Ari ? Cette femme sait feindre les sentiments avec autant d'aisance que s'il lui suffisait de pianoter sur un clavier pour les programmer.

– Je pense poursuivre cet interrogatoire sous psychosondage. À moins que vous ne désiriez me fournir quelques précisions au préalable ?

– Qui s'en chargera ?

Il y avait sondeurs et sondeurs. Il voulait connaître l'identité de celui à qui il ouvrirait son esprit.

– Giraud, si mes révélations sont enregistrées Ari ne l'appréciera pas du tout. Sait-elle où je suis ? Sait-elle...

C'est peut-être une manœuvre politique que Giraud di-

rige contre Ari. A-t-il ordonné mon arrestation pour pouvoir faire pression sur elle ?

– J'exige de voir Ari. Je devais aller la retrouver. Elle va se demander où je suis. Si elle n'a pas de mes nouvelles, elle va...

... se venger sur mon père, prendre des mesures de rétorsion qu'il sera peut-être impossible d'annuler ensuite. Ils vont tout lui dire. Giraud s'en chargera. L'administration cherche peut-être à nuire à Jordan, auquel cas c'est un travail d'équipe : Ari s'occupe de moi et Giraud de mon père. Ô Seigneur ! Dans quelle situation me suis-je fourré ?

– ... se demander où je me trouve.

– J'en doute. Et je compte procéder à cet interrogatoire. Alors, que décidez-vous ? Vous avez le choix entre tenter de résister ou vous soumettre de bon gré à ce psychosondage. J'espère que vous comprenez que ce n'est pas en vous opposant à nous que vous rendrez votre sort plus enviable.

– J'accepte.

– Parfait.

Nye se leva. Justin se pencha en avant et se redressa, sur des jambes tremblantes. Le froid l'engourdissait et les pensées qui se bousculaient dans son esprit perdirent leur diversité et s'assemblèrent pour former une muraille circulaire où n'existait aucune issue.

Giraud lui ouvrit la porte. Il sortit, avant de suivre le couloir avec cet homme et une escorte de gardes, en direction d'une salle dont il entendait parler depuis l'enfance : une pièce parmi tant d'autres dans cette section de l'hôpital, un lieu où se rendaient les azis pour recevoir des bandes de rééducation, une cellule aux murs verts, avec un lit et une caméra installée dans un angle.

– Chemise, dit Giraud.

Il savait ce qu'on attendait de lui. Il retira le vêtement et le posa sur le comptoir puis alla s'asseoir sur le petit lit et tendit son bras à l'azi qui avait préparé l'injection. Il l'aida même à placer les électrodes sur son corps. Il effectuait toujours cette opération lui-même, les rares fois où il décidait de se passer une bande. Mais la drogue diluait déjà sa concentration. Il se laissa aller entre les mains qui se tendaient vers lui, puis il sentit qu'on soulevait ses jambes afin de l'allonger sur le divan. Il remarqua que les assistants s'affairaient à installer les biosondes et il ferma les yeux. Il lui vint à l'esprit qu'il aurait dû dire à Giraud de les faire sortir, parce que ce qu'il révélerait se rapportait à Ari et que les azis qui entendraient cela devraient ensuite être soumis à une bande sélective.

Nye lui posa des questions, avec calme et assurance. Il eut conscience des premières, pour les oublier aussitôt. Un tech aurait pu se charger de l'interrogatoire, mais Giraud était le meilleur... un professionnel qui ne laisserait pas le moindre fardeau émotionnel derrière lui. Un expert. Et il irait au fond des choses, il essayerait de découvrir la vérité.

Justin lui dit tout. La drogue l'eût empêché de mentir.

Nye ne fut pas choqué par les agissements d'Ari. Il avait vécu longtemps et vu beaucoup de choses. Il paraissait compatir et croire Justin. Un jeune homme tel que lui, au voisinage d'Ari... ce n'était pas la première fois. Que cette femme eût essayé d'obtenir un moyen de pression contre son père était évident. Qui aurait pu en douter ? Jordan avait dû le deviner.

– Non, rétorqua-t-il.

Un flash illumina le plafond blanc et lui indiqua qu'il venait de remonter très près de la surface. Il se rappellerait avoir vu Giraud caresser son épaule.

Vous avez pris soin de le cacher à votre père. Que pensiez-vous qu'il ferait, s'il le découvrait ?

Qu'il s'adresserait au bureau des Sciences.

Ah !

Mais il n'en a rien su.

Dormez, maintenant. Vous serez frais et dispos, à votre éveil. Laissez-vous aller. Tout va s'arranger.

Quelque chose était anormal. Il essaya de découvrir quoi, mais cela partit à la dérive et sortit de son champ de vision.

– Je ne pense pas qu'il subsiste le moindre doute, déclara Giraud en regardant Jordan.

À quarante-six ans, cet homme était trop athlétique et fort pour qu'il courût des risques, mais ils devaient veiller à ne pas laisser de traces. Ils utilisaient donc des sangles pour l'immobiliser et ils ne procéderaient pas à un psychosondage. En tant que Spécial, Jordan Warrick faisait partie du patrimoine national. Même le bureau des Affaires Intérieures n'aurait pu lui nuire, dans tous les sens du terme.

Qu'un Spécial fût accusé du meurtre d'un autre Spécial était sans précédent. Mais même si cet individu avait massacré une douzaine d'enfants en bas âge sur la Grand-Place de Novgorod ils n'auraient pu le contraindre à révéler ses raisons, le soumettre à un sondage, ou utiliser sur lui une des bandes rééducatives destinées aux simples vandales.

Jordan le foudroyait du regard depuis le fauteuil dans lequel les gardes l'avaient attaché.

– Vous savez bien que je ne l'ai pas tuée.

– Comment espérez-vous le démontrer ? En réclamant un psychosondage ? Vous savez que nous ne pouvons rien vous faire. Vous le *saviez*, quand vous avez commis ce meurtre.

– Je n'ai rien fait. Bon sang, vous parlez d'assassinat avant même que les légistes n'aient procédé à l'autopsie du corps !

– Quelle que soit la cause du décès, le froid à lui seul aurait suffi. Cette conduite ne s'est pas rompue accidentellement, Jordan, vous ne l'ignorez pas. Et vous n'ignorez pas non plus pourquoi elle a cédé. Simplifiez-nous la tâche. Dites-nous ce que vous avez fait. Je pense que vous vous êtes contenté de taillader ce tuyau et de remplir les cuves du labo, puis de fermer la valve principale et d'augmenter le débit du circulateur. La conduite devait se rompre à son point le plus faible, là où vous veniez de l'endommager.

– Je constate que vous êtes un spécialiste de la question et que vous feriez un bien meilleur plombier que moi. Je travaille sur un ordinateur, Gerry, je passe mon temps à taper sur un *clavier.* Je ne me suis jamais demandé quel tracé suivait l'installation cryogénique du labo de la section un, et les choses de ce genre ne m'intéressent pas. Je relève en outre une autre faille dans votre raisonnement. Je n'ai pas accès à cette zone.

– Ce n'est pas le cas de Justin, ni de son azi.

– Oh ! C'est plutôt tiré par les cheveux. Auriez-vous oublié que Grant est dans un lit d'hôpital ?

– Nous avons procédé à l'interrogatoire de Justin et nous allons nous occuper des azis. Le vôtre et le sien.

Le visage de Jordan devint de marbre.

– Vous ne trouverez rien, pour la simple raison qu'il n'y a rien à trouver. Vous aurez des ennuis, Giraud. Vous devriez commencer à vous y préparer.

– C'est inutile, parce que je connais vos mobiles.

– *Quels* mobiles ?

Nye pressa le bouton de l'enregistreur du bureau. Il contenait une bande.

– Ivanov s'est déchargé sur vous de ses responsabilités, Gerry. Denys également. Nous ne parlons pas d'un fichier mais d'un gosse qui a peur.

– Dans une huitaine de jours...

– Laissez tomber. Vous allez me délivrer un laissez-passer pour cette section et ordonner à ce med de me recevoir.

– Votre fils est auprès de Grant, en cet instant même. Il a reçu un sauf-conduit permanent, pour des raisons que je ne peux d'ailleurs pas comprendre. Il s'occupe de lui.

Une pause.

– Écoutez, Jordie. Ils parlent d'une autre semaine, deux au maximum.

– Justin a un sauf-conduit...

Fin de la bande.

– Je ne vois pas le rapport.

– C'est alors que vous êtes descendu voir Ari, n'est-ce pas ? À la fin de cette conversation.

– C'est exact. Vous refusiez d'intervenir.

– Pas pour cette raison. Vous avez répété « Justin a un sauf-conduit ». Vous étiez visiblement surpris.

A : votre fils vous cachait une chose dont il aurait dû vous informer. B : Ari ne renonçait jamais à ses avantages. C : vous connaissiez ses habitudes. Vous veniez d'obtenir la confirmation d'un soupçon qui vous rongeait depuis longtemps, depuis que vous saviez que Justin voulait sauver son azi.

– Vous avez une imagination débordante.

– Votre fils a tenté de faire pression sur Ari. Reconnaissons qu'il ne manque pas d'audace. Vous pensiez qu'il pouvait réussir. Vous l'avez laissé agir. Mais quand Grant a été ramené à Reseune, Ari s'est retrouvée avec tous les atouts. N'est-ce pas exact ? *Tous* les atouts. Et c'était à elle que Justin venait de s'adresser pour demander de l'aide, pas à vous. Il avait obtenu d'Ari une faveur qu'elle vous aurait refusée, malgré toutes vos menaces. Il y avait de quoi être intrigué.

– Voilà qui confirme que vous possédez une imagination très fertile. J'avoue que je ne m'en étais jamais douté.

– Vous avez eu une explication avec Ari. Elle vous a dit, si vous ne le saviez pas déjà, quel genre de leçons particulières elle donnait à votre fils. Et vous l'avez tuée. Il ne vous a pas fallu beaucoup de temps pour coincer une valve et mettre une pompe en marche. Tous les membres de la section un étaient au courant des problèmes que posait cette porte. Vous pensiez camoufler le meurtre en accident, mais il vous a fallu improviser.

Jordan resta muet pendant un instant, puis :

– Vous oubliez un détail.

– Lequel ?

– Quelqu'un savait où je me trouvais. Vous. J'ai eu une explication avec Ari, mais elle était bien vivante quand je suis ressorti de la chambre froide. Vérifiez sur son scripteur.

– Elle utilisait une de ces fichues transplaques. Ces dernières n'enregistrent pas la parole. Et elle n'a pas laissé le moindre message, faute d'en avoir eu le temps. Vous l'avez assommée, avant de trafiquer la conduite, de refermer la porte et d'augmenter la pression. Quand l'alarme s'est déclenchée, vous aviez déjà gravi l'escalier.

– C'est faux ! Oh ! Je n'irais pas jusqu'à prétendre que sa disparition m'attriste, mais je ne l'ai pas tuée. Quant à Justin, vous dites vous-même dans cette bande qu'il était auprès de Grant, à l'hôpital. Coupez ce passage et je me fais fort de prouver que vous avez trafiqué des pièces à conviction.

– Avoir recours à de telles méthodes serait inutile. Parce que si vous passez en jugement je fournirai d'autres bandes, dont une que je souhaite vous montrer.

– C'est superflu.

– Ah ! Vous avez donc deviné de quoi il s'agit. Mais je tiens à ce que vous regardiez, Jordie. Je les ai toutes à ma disposition, si ça vous chante. J'aimerais bien connaître votre opinion.

– *C'est inutile.*

– Ari disait... que vous aviez vécu de bons moments avec elle... il y a longtemps.

Jordan prit une inspiration profonde et cessa de feindre le calme.

– Vous allez m'écouter, à présent. Vous allez me prêter attention, espèce d'ordure, parce que vous vous trompez en croyant être le maître de la situation. Si vous vous débarrassez de moi, à présent qu'Ari est morte, *deux* sections de Reseune seront désorganisées. Vous ne pourrez pas respecter vos engagements. Vous aurez de sérieuses difficultés à remplir vos contrats et tous les politiciens qui vous soutiennent s'empresseront de ramasser leurs mises. Vous semblez en outre avoir oublié un détail. La mort d'un Spécial doit faire l'objet d'une enquête, et ce que la police découvrira n'intéressera pas que les gens qui vivent béatement à Reseune. Sitôt que les médias en seront informés, des chefs de service et des présidents de corporation se mettront à courir de tous côtés, comme des cafards lorsqu'on fait la lumière. Vous avez raison. Vous ne pouvez m'interroger. Je ne peux prouver ma bonne foi sans engager ma parole. Et savez-vous ce que je dirai ? Que vous avez utilisé vos bandes sur moi. Et vous ne pourrez prouver le contraire car la loi interdit de me soumettre à un psychosondage. Ce que vous allez faire, c'est m'offrir l'opportunité de m'exprimer devant des journalistes. J'attends cela depuis longtemps. Je n'aurais pu espérer une meilleure occasion. Lao, l'amie d'Ari, pourrait museler les médias mais... quand les événements ont une telle importance il est impossible de les passer sous silence. L'assassinat de la personnalité la plus en vue de Reseune entre dans cette catégorie. Je regrette de ne pas y avoir pensé plus tôt.

– C'est exact. Parfaitement exact.

– Vous envisagez de m'éliminer, n'est-ce pas? *Ne vous gênez pas.* Mais n'oubliez pas que la mort d'*un seul* Spécial sera déjà bien difficile à expliquer.

– Vous exagérez la puissance de la presse. Les scandales ont tôt fait de retomber dans l'oubli.

– Celui-ci durera assez longtemps pour vous empêcher de faire partie du Conseil. Ça ne fait aucun doute. Il est possible de commettre des meurtres, mais pas d'étouffer une telle affaire. Quelle que soit la puissance politique. Il n'existe pas de moyens de rendre les micros silencieux. Vous vous attirerez le mépris de l'opinion publique. Vous désirez donc voir Reseune perdre tout ce qu'elle a acquis...

– Une nouvelle banale. Un meurtre ou un suicide? Vous n'avez pu supporter la publicité qui entourerait votre procès. Vous avez pensé que votre mort ferait clore le dossier. Vous ignoriez l'existence des bandes. Vous ne saviez pas qu'Ari enregistrait ses folles nuits. Le bon peuple en sera choqué, mais ce sera passager. Il est depuis toujours friand des scandales qui se rapportent à des gens riches et célèbres. Leurs turpitudes sont agrémentées de paillettes. Qui sait si votre fils ne se suicidera pas, lui aussi? Ou s'il ne connaîtra pas une autre fin tragique? Overdose, trip-bande... Une chose est sûre, en tout cas : il n'obtiendra pas un poste à Reseune. Et nulle part où nous avons un tant soit peu d'influence. Je ne parle pas de son azi. J'ai conscience qu'il est risqué de le soumettre à un interrogatoire, car il est désormais très fragile, mais nous devons connaître tous les faits.

Jordan en resta paralysé un long moment.

– Et il y a aussi Paul, ajouta Giraud.

Son interlocuteur ferma les yeux.

– Battu ?

– Je sais que vous avez une proposition à me faire. Vous avez préparé tout cela avec trop de minutie. Leur sécurité contre mon silence, c'est cela ?

Nye eut un sourire, sans paraître amusé pour autant.

– Vous savez qu'ils sont à notre merci. Vous nous avez livré un grand nombre d'otages et vous ne pouvez garantir leur sécurité qu'en obéissant à nos ordres. Vous ne voulez pas que tous puissent voir la bande des ébats de Justin ou qu'il soit poursuivi en justice, pas plus que les Kruger ou votre ami Merild, d'ailleurs. Je précise que cela compromettrait aussi tous vos amis du Conseil. Une fois l'enquête ouverte, il sera impossible d'interrompre la procédure. Vous ne désirez pas que Grant et Paul subissent une interminable succession d'interrogatoires. Vous avez conscience de ce qui en résulterait. *Nul* ne veut une enquête et *je* ne veux pas d'un scandale qui éclabousserait Reseune. Il n'existe qu'une solution : vous nous remettez une confession détaillée. Rien ne peut vous arriver, et vous le savez. Vous verrez même se réaliser votre plus cher désir : votre transfert. Nous affirmerons que vos travaux sont d'une importance capitale et vous vivrez en un lieu paisible et confortable, sans caméras, sans microphones, sans visiteurs. N'est-ce pas préférable au reste ?

– Je refuse. J'ignore ce qui s'est passé. Je suis descendu voir Ari, et nous nous sommes effectivement querellés. Je l'ai accusée de faire chanter mon fils. Elle a ri. Je suis reparti. Sans la menacer. Sans dire un mot. Lui révéler mes intentions aurait été stupide. Mais je précise qu'elles n'incluaient pas un meurtre. Je n'avais encore rien décidé. C'est la stricte vérité. J'hésitais à m'adresser au bureau des Sciences et je doutais pouvoir la faire fléchir.

– Voilà une nouvelle version des faits. En avez-vous d'autres en réserve ?

– C'est ce qui s'est passé.

– Mais comment le prouver ? Il est *impossible* de vous psychosonder. Vous ne pourrez rien démontrer. Nous voici revenus au point de départ. Entre nous soit dit, je me fiche que vous soyez ou non coupable. Vous êtes notre principal cause de soucis et vous vous retrouvez en tête de la liste des suspects. Vous *aimeriez* l'avoir tuée, et si vous ne l'avez pas fait vous êtes encore plus dangereux que l'assassin parce que ce dernier a alors agi pour des raisons personnelles. Dans votre cas, c'est différent. Nous allons examiner de près toutes les conduites, les valves, la totalité du système. Si nous ne trouvons rien, nous fabriquerons des preuves. Et je vous dirai tout ce que vous devrez déclarer quand vous vous présenterez devant le bureau. Vous vous en tiendrez à cette version des faits et je respecterai ma promesse. Demandez-moi ce que vous voulez. Dans les limites du raisonnable bien sûr. Vous plaidez coupable, vous vous retirez dans une petite installation bien confortable, et tout est parfait pour tout le monde. Dans le cas contraire... nous devrons prendre des mesures regrettables.

– Je veux qu'ils soient transférés hors de Reseune. Justin. Grant. Paul. Voilà mon prix.

– Je vous ai demandé d'être raisonnable. Vous pouvez obtenir leur sécurité. Rien de plus. Ils resteront ici. Si vous décidez de revenir sur notre accord, nous le pourrons également. Si vous tentez de fuir, si vous vous suicidez, si vous êtes trop bavard ou si vous envoyez un message... ils en subiront les conséquences. Tels sont les termes du marché. D'une extrême simplicité.

Un long, très long silence.

– Alors, placez-les avec moi.

Giraud secoua la tête.

– Je serai généreux. Rien ne m'y oblige, comprenez-le bien, mais je vous rendrai Paul. J'ai pour vous une *certaine* estime. Votre azi sera soumis aux mêmes clauses que vous.

– Vous ne toucherez pas à lui.

– Que croyez-vous ? Que je compte le rééduquer afin qu'il vous espionne ? Non. Il n'arrivera rien à Paul, pas plus qu'à votre fils et à son azi. Respectez votre engagement et je tiendrai parole. Sommes-nous d'accord ?

Un instant plus tard Jordan hocha la tête. Ses lèvres frémissaient.

– Vous resterez ici, ajouta Giraud. En attendant l'enquête officielle des Affaires Intérieures vous serez en détention, mais vous bénéficierez d'un confort acceptable. Pour voir Paul... nous nous arrangerons. En ce qui concerne votre fils... les visites seront limitées. Laissez-moi vous donner un conseil : il voudra vous aider. Pour son bien, empêchez-le de tenter quoi que ce soit. Vous êtes la seule personne capable de le faire tenir tranquille. Sommes-nous d'accord ?

– Oui.

– Je tiens malgré tout à vous montrer cette bande.

– Non.

– Vous devriez accepter. Vraiment. Il est préférable que vous connaissiez... ce que nous pourrons utiliser si vous ne trouvez pas de motivations politiques à votre crime. Je vous fais confiance pour être convaincant, parler de rapports avec les extrémistes et les centristes. Il faut bien que vous ayez eu un mobile, non ?

Il pressa un bouton. L'écran mural s'alluma. Il regarda Jordan, dont les yeux s'étaient rivés sur un angle de l'image. Son visage évoquait une sculpture aux reliefs accentués par la clarté réverbérée. Des voix murmuraient. Des corps s'enlaçaient. Il ne voyait rien mais il entendait. Et il réagissait.

Giraud n'en doutait pas.

– Jordan Warrick a-t-il en ta présence exprimé son opinion sur Ariane Emory ?

– Oui, ser, répondit Grant.

Assis devant le bureau, les mains croisées sur le plateau du meuble, il regardait clignoter le voyant du scripteur : une petite boîte noire posée entre lui et l'homme qui disait appartenir au bureau des Affaires Intérieures et qui lui posait des questions.

Justin n'était pas revenu. Après lui avoir servi un repas ils l'avaient laissé prendre une douche en l'informant que quelqu'un viendrait l'interroger dans l'après-midi. Puis ils l'avaient remis au lit et sanglé. Il supposait donc que c'était l'après-midi, ou qu'ils voulaient le lui faire croire. Il n'était pas en colère, c'eût été inutile. Cela n'eût rien changé à la situation. Il se sentait terrifié, mais c'était un autre élément négatif. Il se détendit et répondit aux questions, sans tenter d'en dégager une structure cohérente, conscient que cela eût influencé ses réactions. Il aurait alors voulu les contrôler, ce qui eût créé une situation conflictuelle. Il ne le désirait pas. Et dès qu'il commençait à comprendre il effaçait aussitôt ses pensées, comme il avait appris à le faire pendant l'enfance, la prime enfance... une tactique d'azi. C'était sans doute une autre différence entre lui et Justin, lui et un homme-né. Cela le rendait peut-être inférieur à un être humain. Ou supérieur. Il l'ignorait. Mais il savait une chose : c'était utile lorsqu'on voulait le manipuler.

Il se transférait *ailleurs*. Il continuait de fournir des informations. Ils les auraient obtenues en le rendant inconscient, s'il avait refusé de parler. Il s'attendait en outre à ce qu'ils vérifient ses dires par un psychosondage.

Il reconstituerait le sens de cet interrogatoire plus tard, en se remémorant les questions posées et ses propres réponses. Et il serait peut-être capable d'en tirer des conclusions. Mais pas maintenant.

Ailleurs, c'était tout.

Et l'homme des Affaires Intérieures se retrouva *ailleurs,* lui aussi. Des inconnus le remplacèrent et des portes inexistantes s'ouvrirent.

Il se retrouva dans le labo psych. Puis vint le plus difficile, rester *ailleurs* pendant ce nouvel interrogatoire. Les drogues annihilaient sa volonté et conserver son équilibre précaire sur l'étroite ligne qui séparait *ici* et *là-bas* réclamait une concentration intense. Il savait que s'il se mettait à osciller et s'aventurait trop loin dans l'*ailleurs,* s'il y séjournait trop longtemps, il lui serait ensuite impossible de trouver le chemin du retour.

Ici tentait de s'ouvrir un passage dans son esprit, pour y semer le doute. Soit Justin n'était jamais venu dans sa chambre, soit la haine d'Ari venait de s'abattre sur eux et elle avait accusé les Warrick de son enlèvement...

Mais il chassa ces pensées. Il ne résistait pas aux techs comme à ses ravisseurs... s'ils avaient tout simplement existé. Ces gens faisaient partie de Reseune et possédaient les clés de son esprit.

La première règle allait de soi : Il faut s'ouvrir aux ordres clés.

La deuxième précisait : Un ordre clé est absolu.

La troisième ajoutait : Un opérateur qui a les clés a toujours raison.

Il lui semblait évident qu'un opérateur de Reseune n'eût pas pris la peine de créer une illusion d'opérateur de Reseune, et seul un opérateur de Reseune pouvait avoir ses clés. Même si tout l'univers n'était qu'un flux de particules en dissolution autour de lui, il se sentait exister au plus profond de son être et l'homme aux clés possédait une réalité incontestable.

Contrairement à Justin, qui risquait de n'avoir été qu'une simple illusion, au même titre que ces laboratoires ou la planète baptisée Cyteen. Le tech qui lui murmurait certains nombres et mots pouvait pénétrer dans son esprit à sa guise et repartir sans laisser de traces ; ou prélever ceci ou cela pour l'étudier... sans toutefois rien changer. Le vase posé sur le guéridon de l'entrée oscilla un instant en cherchant à retrouver son équilibre... *Au-delà s'étend le monde extérieur*. Il faudrait un grand nombre de telles intrusions, de rotations de ce vase et d'autres déplacements, comme ceux d'une seconde table ou du divan, pour que le vase pût se stabiliser dans sa nouvelle orientation. Et, même alors, il aurait tendance à reprendre sa position initiale... au fil du temps.

Tout eût été plus simple si le visiteur avait montré sa clé et déclaré : « Nous allons redécorer cette pièce », avant de lui ordonner de s'écarter et de se contenter de regarder. Il lui eût ensuite expliqué comment tout s'harmoniserait avec le reste de la demeure et, s'il se montrait convaincant, de tels bouleversements lui inspireraient de moins en moins d'appréhension.

Mais ce visiteur était brutal. Il bousculait le mobilier pour l'acculer dans un recoin de la pièce et lui poser des questions. Et cela l'angoissait, car Grant savait que de telles méthodes étaient parfois employées pour détourner l'attention par ceux qui désiraient déplacer le vase. Ou pour l'inciter à le croire pendant qu'ils s'appropriaient une chose dont il ne noterait pas la disparition de sitôt.

L'homme le frappa à une ou deux reprises et le laissa groggy. Lorsqu'il entendit la porte se refermer, Grant demeura prostré sur le sol, pour attendre que les morceaux du vase brisé se soient réunis et recollés, les meubles redressés.

Il resta un long moment immobile, jusqu'à ce que tout eût regagné sa place originelle. Le tech aurait pu provoquer des dégâts plus importants encore, s'il était descendu à un étage inférieur pour le pourchasser dans des pièces de plus en plus profondes et l'acculer dans un réduit sans issue. Cela lui eût permis de trouver le passage secret qui conduisait au cœur de son être et de s'aventurer dans un territoire ténébreux qu'il convenait d'explorer avec circonspection.

Tout cela n'était qu'une métaphore, une représentation, le dessin d'enfant naïf qu'un tech l'avait autrefois aidé à esquisser. Le vase était une barrière anti-altérations. Le témoin oui-non/es-tu-en-sécurité. Cette protection était placée à l'entrée de son esprit et tout opérateur qui souhaitait le rassurer veillait à ne pas la bousculer.

Celui-ci l'avait fait tomber par terre.

Il revint à lui dans une chambre plus terne et dépouillée que celles de sa demeure mentale. Des ombres allaient et venaient et s'adressaient à lui, mais il était encore *ailleurs*. Il était épuisé et le désordre régnait toujours en maître dans les pièces de son esprit : les meubles se déplaçaient encore, apparemment au hasard, et pour les remettre à leur place il lui fallait sans cesse retourner à l'intérieur, pendant que des inconnus le frappaient : des coups qui cinglaient ses joues aux chairs mortes. Ils s'adressaient à lui, mais les mots éclataient en fragments. Et il n'avait en outre pas de temps à leur consacrer. Il se désagrégeait et doutait que son agencement psychique pût redevenir tel qu'autrefois, s'ils réussissaient à le réveiller à présent.

Quelqu'un lui fournit les mots clés déjà utilisés par le visiteur et lui ordonna d'ouvrir les yeux. Il le fit, pour voir Petros Ivanov assis sur son lit.

– Ils vont t'installer dans le fauteuil. Vas-tu leur résister ?

– Non, dit-il.

Il les laisserait agir à leur guise. Peu lui importait leur identité. Il était trop occupé à remettre les bibelots sur les étagères, pour les voir retomber sitôt après.

La pièce se métamorphosait. Il y voyait des fleurs. Il y avait une cascade d'où s'élevaient des sons privés de rythme. Un mot lui vint à l'esprit : fractal. Les fractals étaient omniprésents, dans la nature. Il se mit à chercher une structure. Des menottes l'immobilisaient dans un fauteuil. Il doutait que ce détail eût le moindre rapport avec le reste. Il travaillait ses maths, étant donné qu'on lui avait donné ce problème à résoudre. Il ignorait pour quelle raison.

Il dormit, peut-être. Il savait qu'ils avaient trafiqué son esprit, parce que la barrière anti-altération restait instable : le vase vacillait et paraissait sur le point de tomber du guéridon installé près de la porte. Danger. Danger.

Puis il se rappela que Justin devait venir. Ou qu'il aurait dû le faire, avant cette intrusion. Il viola une règle primordiale et se permit d'envisager que la vérité pouvait être différente de celle fournie par l'opérateur.

S'il faisait fausse route il ne pourrait revenir sur ses pas et il ne disposait d'aucun plan des lieux.

En cas d'erreur, se reconstituer serait très difficile.

Il remit le vase à sa place et s'assit, pour attendre.

Justin viendrait. Sinon... rien n'avait jamais existé.

Dans leur monde, il pouvait utiliser les sens de la vue

et du goût, et il avait même la possibilité de se déplacer. Mais pas vraiment. Ils feraient de lui une épave. Mais pas vraiment. Ici, rien n'était...

... réel.

De toute façon.

6

La veillée funéraire évoquait une cérémonie barbare. Les marches funèbres lugubres se réverbéraient à l'intérieur du Palais de l'État envahi de fleurs et de verdure... un faste hérité de Vieille Terre, avaient fait remarquer certains commentateurs pendant que des analystes politiques comparaient ces funérailles à celles de Corey Santessi, le principal architecte de l'Union. Qu'il eût occupé quarante-huit ans un siège au Conseil, en tant que détenteur du portefeuille des Affaires Intérieures puis du bureau des Citoyens, avait donné le coup d'envoi à l'inertie actuelle des électorats... et en raison de l'éloignement des colonies et de la rapidité avec laquelle les rumeurs pouvaient se répandre et croître il s'était alors avéré nécessaire de démontrer que Santessi avait cessé de vivre, d'organiser une transmission de flambeau spectaculaire, d'offrir aux adversaires de cet homme une opportunité de verser quelques larmes en public et d'enliser les spéculations dans une succession interminable de discours soporifiques.

Le besoin devenait encore plus grand quand la défunte avait été assassinée et que son nom était associé aux mots « Reseune » et « résurrection ».

– Nous n'avons pas toujours partagé le même point de vue, déclara Mikhaïl Corain pendant son panégyrique de la défunte. Mais l'Union vient de subir une perte irréparable.

Il eût été déplacé de préciser qu'ils subissaient en l'occurrence une double perte, avec le meurtrier présumé.

– Ariane Emory était une femme de principes et une visionnaire. Pour en avoir la preuve il suffit de songer aux arches placées en orbite autour de tant d'étoiles lointaines et dans lesquelles est préservé notre héritage génétique, de penser au rapprochement avec la Terre et aux accords qui ont rendu possibles la préservation et la renaissance d'espèces rares...

C'était un de ses meilleurs discours. Il avait sué sang et eau pour l'écrire. Il circulait des rumeurs troublantes. On parlait de la disparition de certaines pièces à conviction et d'une instruction enfouie dans les mémoires des ordinateurs de Reseune : un ordre par lequel Emory avait exigé la liquidation de ses gardes du corps et que les techniciens du laboratoire s'étaient empressés d'exécuter sans poser la moindre question. Il y avait en outre le battage fait autour de l'enlèvement de l'azi du fils Warrick, séquestré et soumis à un interrogatoire sous bande par les extrémistes de Rocher avant d'être récupéré par Reseune, et le fait que Rocher lui-même faisait des discours incendiaires et se réjouissait publiquement de cet assassinat. Ses propos outranciers attiraient plus l'attention des médias que les déclarations des abolitionnistes affiliés aux centristes, comme celles de Ianni Merino qui s'était déclaré horrifié par ce meurtre, avant de protester contre la liquidation des azis : des discours jugés trop embrouillés par la presse. Ianni n'était jamais parvenu à comprendre qu'il ne fallait aborder qu'*un* sujet à la fois. En outre, ses paroles rappelaient un peu trop celles de Rocher. Les journalistes s'essaimaient dans les escaliers et sur les seuils des bureaux, tels des rapaces qui attendaient de pouvoir fondre sur les centristes du Conseil et du Sénat, pour leur demander en brandissant un scripteur : « Pensez-vous à un complot ? » ou encore : « Quels commentaires vous inspire le discours de Rocher ? »

Ils avançaient sur une corde raide, et certains de ses amis n'y conservaient qu'un équilibre précaire.

Il regrettait de ne pas avoir calmé le jeu par une mise au point pouvant être citée.

Ne jamais rappeler que les services de presse dépendaient du bureau de l'Information, dont le conseiller n'était autre que Catherine Lao, la porte-parole d'Ariane Emory au sein du Conseil ; ne jamais dire que des promotions et des carrières récompensaient les journalistes qui rapportaient des reportages à même de satisfaire leurs supérieurs. Ils n'étaient pas responsables du fait que leurs chefs souhaitaient mettre l'accent sur l'hypothèse du complot. Ce genre de nouvelles à sensation faisaient grimper l'audience.

Corain était en sueur chaque fois qu'il voyait un scripteur à côté d'un de ses partisans. Il leur avait donné des conseils, en les exhortant à faire montre de circonspection et de dignité. Mais les caméras avaient un pouvoir enivrant, les nombreuses réunions qui accompagnaient des funérailles étaient harassantes et mettaient les nerfs à rude épreuve, et tous les conseillers et membres de la coalition centriste n'approuvaient pas la ligne politique suivie par son parti.

Les caméras se braquaient sur de nouveaux visages : celui du directeur de Reseune, Giraud Nye, par exemple. Les journalistes ne ménageaient pas leurs efforts pour expliquer aux téléspectateurs que, contrairement à une idée très répandue, Ariane Emory n'avait pas été l'administratrice de ces laboratoires, qu'elle n'y avait tenu aucun poste administratif depuis un demi-siècle. Ils avaient des noms à mémoriser : Giraud Nye, Petros Ivanov, Yanni Schwartz.

Nye, ce maudit intrigant, qui était tout à fait à son aise devant les micros.

Et quand un conseiller mourait sans avoir désigné un successeur, le secrétaire du bureau de son électorat assurait l'intérim. Il s'agissait en l'occurrence de cet homme.

Qui n'aurait qu'à démissionner de son poste à Reseune pour pouvoir briguer le siège d'Emory.

Avec résignation, Corain pensa qu'il l'obtiendrait. *Hormis* si des révélations explosives étaient faites lors du procès de Jordan Warrick, si le prévenu utilisait le prétoire comme un podium du haut duquel il porterait des accusations. Mais ses informateurs du bureau des Affaires Intérieures disaient que Warrick était toujours en résidence surveillée. Les centristes ne pourraient prendre Merild pour assurer sa défense, car cet homme était désormais suspecté d'être un conspirateur et faisait l'objet d'une enquête. Pour couronner le tout, un avocat abolitionniste venait de proposer ses services à Warrick. Si ce dernier avait fait preuve de bon sens en refusant cette offre, il s'était montré moins judicieux en demandant aux Affaires Intérieures de lui fournir un conseiller... ce qui avait éveillé l'intérêt des médias. Cet homme était un Spécial qui occupait une position importante, et il se présenterait à une audition du Conseil assisté par un avocat commis d'office, tel un indigent, pour la simple raison que la société qui l'employait avait bloqué ses comptes financiers et qu'elle ne pouvait décemment charger ses services légaux d'assurer à la fois l'accusation et la défense.

Une musique solennelle résonnait dans les salles. Les membres de la Famille se réunirent une dernière fois autour du catafalque, puis la garde d'honneur rabattit le couvercle du cercueil et le scella. L'escorte composée de militaires et de membres des services de sécurité de Reseune attendait à l'extérieur.

Ariane Emory s'en irait dans l'espace. Pas de monument, avait-elle dit. Incinération et transfert de ses cendres jusqu'au contre-torpilleur *Gallant* qui croisait dans le système de Cyteen, d'où un missile les enverrait dans le soleil. Un ultime caprice que le gouvernement de l'Union exaucerait.

En fait, cette mégère avait voulu s'assurer que nul ne pourrait prélever sur elle le moindre échantillon. Et elle s'était choisi une étoile pour tombeau.

7

En cas d'assassinat, les funérailles devaient être organisées trop rapidement pour permettre à la totalité du Conseil de se réunir... mais les secrétaires se trouvaient à Novgorod ou à bord de la station. Le Sénat était en session, de même que le Conseil des Mondes. Quant aux ambassadeurs de la Terre et de l'Alliance, ils n'avaient eu qu'à descendre de Station Cyteen. Seuls trois conseillers assistaient à la cérémonie : Corain du bureau des Citoyens, Ilya Bogdanovitch du bureau de l'État, et Leonid Gorodin de la Défense.

Une majorité des deux tiers pour les centristes, se dit Corain. Mais sans aucun intérêt pour des funérailles, bon sang.

Ils devraient aller débiter à Nye les banalités d'usage et le féliciter pour sa nomination en tant que conseiller intérimaire. Pas de réception : les circonstances l'interdisaient, bien qu'il ne fût pas un cousin d'Emory. Mais Corain était dans l'obligation de gagner les ex-bureaux d'Ari, de rencontrer Nye pour lui présenter ses respects et ses condoléances... et d'étudier cet individu. Il mettrait cette brève entrevue à profit pour porter un jugement sur lui et tenter de deviner qui était cet homme sorti des ombres de l'enclave de Reseune pour prendre la relève d'Ariane Emory... Apprendre en cinq minutes, à condition que ce fût réalisable, si ce Spécial parviendrait à conserver la puissance que cette femme avait, il fallait le lui accorder, réussi à obtenir et consolider.

– Ser, dit Nye en lui serrant la main, il me semble que nous sommes de vieilles connaissances, tant j'ai entendu parler de vous par Ari au cours de nos dîners. Vous lui inspiriez un profond respect.

Corain était déjà en position désavantageuse, car si Nye le connaissait ce n'était pas réciproque. En outre, il n'avait pas oublié ce qu'était cet homme et pensait savoir comment Ariane Emory eût réagi à cette déclaration.

Pendant une fraction de seconde il la regretta presque. Il avait consacré vingt années de son existence à apprendre à interpréter les attitudes et les expressions de cette mégère arriviste et impitoyable. Nye restait pour lui une énigme et il en ressentait du regret et de la frustration.

– Nous nous sommes fréquemment opposés, murmura Corain.

Il lui était arrivé de tenir de tels propos à d'autres successeurs, au cours de sa longue carrière politique.

– Mais pas dans notre désir de servir les intérêts de la nation. J'éprouve une profonde sensation de perte, ser. Et je doute qu'un seul d'entre nous ait pris conscience de ce que sera l'Union sans elle.

– Je souhaite discuter avec vous de questions importantes, déclara Nye qui n'avait pas encore lâché sa main. Il s'agit de problèmes qu'elle aurait jugés prioritaires.

– Je serai heureux de vous rencontrer à votre convenance, ser.

– Tout de suite, si votre emploi du temps l'autorise...

Corain n'aimait guère ce genre de situation ; une réunion inattendue, sans les moindres préparatifs. Mais cela lui permettrait de sonder cet homme et d'entamer des relations avec lui, des relations importantes. Il ne pouvait laisser passer une pareille opportunité.

– Si vous préférez, dit-il.

Et il se retrouva avec Nye dans l'ex-bureau d'Emory. Florian et Catlin avaient été remplacés par un certain Abban : un azi à la chevelure blanche naturelle, contrairement à celle de son interlocuteur teinte en brun argenté. Nye devait être plus que centenaire, et son azi aussi. Abban leur servit du café, et Corain pensa aux journalistes et aux politiciens qui montaient la garde devant les locaux pour noter les allées et venues, ainsi que la durée des entretiens.

Il n'aurait cependant pu précipiter les choses sans

manquer aux règles les plus élémentaires du savoir-vivre.

– Vous êtes conscient que la situation a évolué, déclara Nye qui l'étudiait par-dessus le rebord de sa tasse. Et vous devez vous douter que je compte briguer le siège d'Emory.

– Cela ne me surprend pas.

– Je suis un administrateur valable, mais je ne suis pas Ari. J'aimerais voir le projet Espoir aboutir, car elle y tenait beaucoup. En outre, je crois à ce qu'il peut nous apporter.

– Je présume que vous connaissez mon point de vue sur la question.

– Nous aurons encore des opinions divergentes. Sur le plan philosophique, tout au moins. Si je suis choisi par l'électorat des Sciences, naturellement.

Une gorgée de café.

– Mais ce qu'il convient de régler au plus vite – et je pense que vous en conviendrez avec moi –, c'est l'affaire Warrick.

Le cœur de Corain s'emballa. Piège ou proposition ?

– C'est une épouvantable tragédie.

– Une catastrophe, pour nous. En tant que chef... ex-chef de la sécurité de Reseune, je me suis entretenu avec le Pr Warrick. Je peux vous dire qu'il a agi pour des raisons personnelles. Cette situation a été provoquée...

– Voudriez-vous me dire qu'il est passé aux aveux ?

Nye toussa, mal à l'aise. Il but une gorgée de café avant de regarder Corain droit dans les yeux.

– Ari avait tendance à s'intéresser d'un peu trop près à ses assistants. C'est ce qui s'est produit. Justin, le fils de Jordan, est un dupliqué parental. Une vieille affaire, entre le Dr Emory et Jordan Warrick.

La situation paraissait de plus en plus confuse. Corain se sentait mal à l'aise face à tant de franchise et il demeura silencieux.

– Ari a fait procéder au transfert d'un expérimental qui faisait partie de la famille Warrick. Dans le but d'exercer une pression sur Justin... et sur Jordan par la même occasion. Nous le savons, à présent. Le fils Warrick a voulu protéger son compagnon et l'a envoyé se réfugier chez des gens qu'il croyait être des amis de son père. Nous manquons encore de détails, mais nous avons de bonnes raisons de penser que ces individus étaient liés au parti de Rocher. Et aux extrémistes.

Bon sang. Cette piste de preuves était trouble. Il était censé percevoir la menace.

– Nous avons libéré l'azi, poursuivit Nye, et c'est là que réside tout le fond de l'affaire. Il était hors de question de le livrer à Ari, et nous l'avons placé en observation à l'hôpital. C'est alors que Jordan Warrick a découvert ce qu'Emory avait fait à son fils. Il a eu une explication avec elle dans un labo. Ils étaient seuls. La discussion a dégénéré. Ari l'a giflé et il a riposté. Elle est tombée et son crâne a heurté l'angle d'un comptoir. Il s'agissait d'un simple accident. C'est devenu un meurtre quand Jordan s'est emparé d'un tabouret et l'a abattu sur les conduites cryogéniques pour les endommager, avant de fermer la porte de la chambre froide et d'augmenter la pression dans tout le circuit. Malheureusement pour lui, nos ingénieurs se sont rendu compte de la supercherie.

– Ce sera au Conseil d'en décider.

Un meurtre, entre deux Spéciaux. Et une trop grande preuve de confiance d'un troisième membre de cette élite, dangereux de surcroît. Corain réchauffa ses mains en les refermant autour de la petite tasse.

– Warrick ne veut pas d'un procès.

– Pourquoi ?

– La loi n'a qu'un pouvoir limité sur lui, mais des réputations pourraient en souffrir. Dont celle de son fils.

– Ne pourrait-on pas supposer – et je vous demande de bien vouloir m'excuser – qu'on s'est chargé de le lui faire comprendre ?

Nye secoua la tête, avec gravité.

– S'il y a procès, ses mobiles seront révélés au grand jour. Il sera impossible de l'éviter. Nous devons quant à nous faire entrer d'autres considérations en ligne de compte. Je ne vous cacherai pas que nous avons l'intention de passer certains faits sous silence. C'est pourquoi je tenais à avoir un entretien avec vous, ser... car j'estime important de vous informer que nous sommes au courant de votre entrevue avec le Dr Warrick. Vous savez comme moi que des détails gênants seront rendus publics, dans le cadre d'une enquête officielle. Dans le milieu politique, il en résultera une sorte de... *chacun pour soi.* Ce n'est pas en portant cette affaire devant le Conseil que nous servirons la justice. Merino fera peut-être preuve de modération, mais ce ne sera pas le cas de Rocher. Ce serait préjudiciable à nos intérêts et aux vôtres, sans parler de ceux du bureau de la Défense, de notre sécurité nationale, et même de Jordan Warrick. Il nous a remis sa confession. Il ne veut pas témoigner... il ne peut demander un psychosondage pour confirmer ses dires et la déposition de son fils est accablante. Je précise que nous ne désirons pas l'utiliser contre son père. Ce garçon vient de vivre de pénibles épreuves et ce serait en outre de la cruauté gratuite, car le meurtrier bénéficie d'une immunité légale.

La pièce paraissait s'être rétrécie. Corain eut la certitude que leur conversation était enregistrée.

– Que souhaitez-vous me demander ?

– Nous ne voulons pas que tous puissent apprendre quels étaient les petits travers d'Ari. Vous conviendrez avec moi qu'il n'en résulterait rien de positif. D'une part nous comprenons la réaction du Dr Warrick, et nous avons beaucoup de sympathie pour lui ; de l'autre, nous craignons que la divulgation de certaines tractations ne fournisse des arguments aux tenants de la théorie du complot. Nous aimerions que toute la vérité soit faite sur le compte de Rocher, mais cela lui offrirait une opportunité de s'exprimer qu'il se verrait autrement refuser... Pire, il obtiendrait un droit de réponse. Je doute que vous le souhaitiez plus que nous.

Les enregistreurs, bon sang !

– Nous n'avons rien à cacher.

– Nous ne parlons pas de dissimuler des preuves compromettantes mais d'épargner à un jeune homme innocent une épreuve inutile. Jordan Warrick a confessé son crime. Il ne veut pas que sa vie privée et celle de son fils soient révélées dans le cadre d'une audition publique. Il est légalement impossible de le soumettre à un effacement mental. La plus lourde des peines qu'il encourt est une assignation à résidence accompagnée d'une obligation d'interrompre ses travaux... ce qui serait à mes yeux aussi regrettable que l'acte qu'il a commis.

Corain réfléchit un moment. Il savait qu'il y avait un piège, dans la situation ou la proposition, mais il ne parvenait pas à le trouver.

– Vous proposez en quelque sorte un arrangement à l'amiable. Vous semblez oublier qu'il s'agit d'une affaire criminelle.

– Une affaire qui met en péril notre sécurité nationale. Une affaire dans laquelle le meurtrier, la famille de la victime et les autorités compétentes souhaitent une telle solution. Si nous voulons servir la justice et non ouvrir un débat politique, une délibération à huis clos est de loin préférable.

– Il n'existe à cela aucun précédent.

– Les précédents doivent être établis un jour ou l'autre... en l'occurrence, ce serait dans un but humanitaire. En outre, nul ne serait lésé. À l'exception de Rocher qui perdrait ainsi une opportunité de s'exprimer. Même Ari en serait satisfaite. Elle n'aurait pas voulu que sa mort permette aux extrémistes de porter atteinte à l'institution à laquelle elle a consacré toute son existence. Nous comptons installer un laboratoire séparé pour le Dr Warrick et lui fournir tout ce dont il aura besoin pour poursuivre ses recherches. Ce ne sont pas des mesures punitives. Nous voulons qu'il se retire de la vie publique... par crainte qu'il n'essaie d'en tirer avantage une fois l'accord conclu. Très sincèrement, ser, je pense que nous devons unir *nos* forces pour empêcher la politisation du débat. Et cela inclut le Pr Warrick. Nous conviendrons simplement de repousser le jugement, au cas où il ne respecterait pas cette obligation de réserve. Nous ne tenons pas à avoir les mains liées.

– Je dois y réfléchir. Et, avant d'accepter quoi que ce

soit, j'aimerais avoir la possibilité de m'entretenir avec Jordan Warrick, en terrain neutre. Une question de conscience, vous comprenez. Un grand nombre d'entre nous – ceux qui constituent votre opposition – partageraient ce désir.

– C'est bien naturel. Zut, je n'aime guère régler de telles questions le jour même des funérailles d'Ari. Mais les affaires passent avant tout. Il le faut.

– Je vous comprends, ser Nye.

Corain vida sa tasse et décida de se renseigner sur le prix du café authentique. Il trouvait cette folie justifiée et estimait pouvoir s'autoriser une telle dépense, même avec un fret qui s'élevait à deux cents crédits la livre entre la Terre et Cyteen. À un autre niveau de son esprit il se disait qu'une caméra filmait la scène, et ailleurs encore que Nye venait de lui dresser la liste de tous les avantages qui découleraient de la mort d'Ariane Emory...

S'il était possible d'arriver à un accord, de trouver un compromis. Son interlocuteur était rusé. Il devrait reprendre de zéro l'étude des expressions de son principal adversaire, comme il l'avait fait longtemps auparavant avec Emory. Cet homme représentait un mystère, une inconnue en provenance d'un territoire où aucun de ses observateurs ne pouvait pénétrer. Son seul allié à Reseune était Warrick, et il venait de le perdre. C'était une des rares choses évidentes.

Tout évoluait trop vite, au sein de l'Union. L'explosion d'une conduite dans un laboratoire avait modifié le cours de l'histoire.

Le parti centriste aurait la possibilité de réaliser de rapides progrès, s'il ne se laissait pas impliquer dans des affrontements qui ne serviraient pas les intérêts des parties concernées et ne pourraient mettre en péril aucun des sièges occupés par les expansionnistes.

Les projets Rubin et Lointaine s'en trouveraient retardés. L'opération Espoir serait sans doute financée, mais toute politique expansionniste et colonisatrice ferait l'objet d'interminables débats. La période qui venait de débuter verrait de nombreux changements se produire, tant à Reseune que dans le monde extérieur, et des personnalités restées en arrière-plan pendant le demi-siècle de régime autocratique d'Emory (tous savaient qui prenait les décisions même après qu'elle eut démissionné de son poste d'administratrice) sortiraient de l'ombre afin d'accroître leurs pouvoirs dans ces laboratoires.

Et cela s'appliquait aussi aux autres alliances, dont celles qui existaient au sein du Conseil.

Ludmilla deFranco était une nouvelle venue. Nye également. Les Sciences toutes-puissantes auraient un novice à leur barre... rusé mais inexpérimenté et privé d'une équipe à même de le soutenir. Deux expansionnistes sur cinq seraient des débutants, et Ilya Bogdanovitch avait cent trente-deux ans et commençait à chanceler.

Corain murmura des politesses, remercia le nouveau représentant de Reseune, exprima ses condoléances à la Famille, et repartit en pensant à la possibilité, bien réelle à présent, d'obtenir sous peu une majorité centriste au sein du Conseil.

Il lui vint à l'esprit qu'il n'avait pas soulevé la question de la liquidation des azis ; le cheval de bataille de Merino. Il était trop tard pour le faire, et il s'en sentait presque soulagé. Il suspectait la sécurité de Reseune d'avoir donné cet ordre, pour les raisons que Nye venait de lui fournir. Il jugeait cela inadmissible, mais *un peu moins* que s'il s'était agi d'azis sans défense. Ceux-ci avaient servi Ariane Emory pendant la majeure partie de ses cent vingt années d'existence. Même si aucun CIT ne pouvait évaluer l'impact psychologique de la mort de cette femme sur ses gardes du corps – à l'exception de ceux qui travaillaient en étroit contact avec les azis, sans doute –, Corain pensait en avoir malgré tout une idée assez précise. Il en parlerait à Warrick. Il lui demanderait si une telle mesure était justifiable et s'il pensait qu'Emory avait pu entrer une telle instruction dans le système informatique.

Non, mieux valait ne pas aborder ce sujet. Ces azis étaient morts. Comme Emory. La page était tournée. Soulever la question eût été sans objet et s'il s'en était abstenu sans doute fallait-il mettre cela sur le compte de son instinct.

C'était un problème aussi ancien que l'humanité. Les politiciens étaient libres de pactiser avec le diable si ce dernier pouvait leur apporter des suffrages, mais ils ne devaient ensuite pas se plaindre s'ils se faisaient roussir par les flammes de l'enfer.

8

L'amiral Leonid Gorodin s'assit au bord du fauteuil et prit la tasse qu'on lui tendait. Il était venu rendre la visite de politesse d'usage et Nye lui avait dit :

– Il existe une chose dont je dois vous parler. Cela concerne l'annexe de Lointaine et les projets Rubin et Espoir. Auriez-vous quelques instants à me consacrer ?

Il n'était pas dans les habitudes de Gorodin de s'entretenir de n'importe quel sujet avec des adversaires politiques ou des journalistes... pas sans disposer de l'assistance fournie par ses aides et des dossiers correspondants, et surtout pas dans des locaux que son équipe n'avait pu passer au peigne fin. Mais, tout en le mettant en garde, son instinct lui avait murmuré qu'il s'agissait d'une opportunité unique de discuter avec cet homme sans que Corain pût apprendre qu'il entretenait des contacts avec l'opposition.

Et les projets qui venaient d'être cités l'intéressaient au plus haut point.

– Je répugne à parler de ces affaires le jour des funérailles d'Ari, déclara Nye. Mais je n'ai pas le choix. La situation risque de dégénérer rapidement.

Il but une gorgée de café.

– Vous savez que je vais briguer le siège d'Ari.

– Je m'en doutais. Et je m'attends à ce que vous l'obteniez.

– C'est une période très délicate, pour Reseune. Nous venons de subir deux pertes : celle d'Ari, et celle potentielle de Warrick pour couronner le tout. Nous ne serons pas les seuls à en pâtir. L'Union en pâtira. C'est un coup porté contre nos intérêts nationaux. Vous devez savoir que j'avais accès aux dossiers confidentiels, au même titre qu'Ari. C'était indispensable. Je ne vous demanderai pas de me fournir la moindre confirmation, mais sachez que je suis associé à *vos* projets. . et que j'ai collaboré avec votre prédécesseur, pendant la guerre...

– Je sais que vous êtes autorisé à partager nos secrets, que vous connaissez bien toutes ces affaires, et que vous ferez le nécessaire pour empêcher les enquêteurs d'y fourrer leur nez.

– Absolument. Pas un seul mot sur ces projets, et aucun interrogatoire du personnel. Vous n'avez pas à craindre des fuites, amiral. *Pas plus* qu'un éventuel procès.

Le cœur de Gorodin bondit. Il eût préféré ne rien avoir entendu. Cette conversation devait être enregistrée et il lui fallait exprimer sa position sans laisser planer la moindre ambiguïté.

– Que me dites-vous là ?

– Je parle d'un règlement à l'amiable. Warrick est coupable. Il a avoué son crime. Une sordide histoire de chantage et de harcèlement sexuel dont son fils a été victime. Le tout dans un contexte très compliqué, ce qui – soit dit entre nous – pourrait être préjudiciable à ce garçon. Les désirs de Warrick sont simples : il voudrait disposer d'un laboratoire où il pourra poursuivre ses recherches. Lointaine est hors de question. Il devra rester sur Cyteen. Mais j'ai parlé à Corain.

– Déjà ?

– Il y a une heure. Je ne lui ai rien dit de confidentiel. Notre entretien ne s'est pas écarté des questions politiques. Vous savez aussi bien que moi que des éléments extrémistes sont impliqués à des degrés divers dans cette affaire, amiral, et que certains comptent éplucher les dépositions des témoins *pouvant* être psychosondés, les analyser dans leurs moindres détails. Or, on trouve par exemple dans celles de Justin Warrick des références au projet Lointaine, alors que ces informations sont top secret.

– Jordan Warrick en aurait donc parlé à son *gosse* ?

– S'il voulait obtenir ce transfert, c'était avant tout pour son fils. Ce dernier sait... des choses qu'il devrait ignorer. S'il s'est produit des fuites, amiral, nous les devons aux Warrick. Et je crains qu'en cas de procès la recherche des mobiles de Jordan ne révèle l'existence d'accords difficiles à justifier. Par ailleurs, nous ne ferions qu'alimenter la suspicion en censurant de trop nombreux passages de la transcription.

– Vos services de sécurité ne sont pas à la hauteur de leur réputation. Qui d'autre est au courant ?

– L'azi qui a été enlevé, sans doute. Il appartient à Justin.

– Seigneur !

– Je doute que les sbires de Rocher aient pu le faire parler. C'est un Alpha et il est concepteur de bandes... je me réfère à cet azi. Il a dû leur donner du fil à retordre. Hormis s'il ignorait que ces informations étaient confidentielles. C'est pourquoi nous nous sommes adressés à Lu, lorsque nous avons eu besoin d'un coup de main pour le libérer. Nous devions le prendre vivant pour pouvoir l'interroger, au cas où certains de ses ravisseurs auraient réussi à nous échapper. Heureusement, la chance nous a souri et aucun extrémiste n'a pu s'enfuir. Nous l'espérons, tout au moins. Mais nous n'avons pas exagéré en disant à Lu que cet azi représentait un danger pour la sécurité. En fait, nous avons tous été un peu dépassés par les événements. Ari allait m'envoyer faire un rapport à votre secrétaire quand...

– Ne pensez-vous pas que Warrick ait pu agir ainsi à cause de l'azi et de Rocher ?

– Vous parlez du meurtre ? Non, il n'a pu supporter ses provocations et l'a frappée. Lorsqu'il a pris conscience de la gravité de sa blessure, il a compris qu'il venait de compromettre son affectation à Lointaine et a décidé de l'achever en simulant un accident. Il n'a agi ni de sang-froid ni sous le coup de la colère. Il la haïssait. Ari avait des faiblesses pour les adolescents. Un génie, avec ses bons et ses mauvais côtés. Je vous avouerais que nous ferons tout notre possible pour que le public ne puisse découvrir cette facette peu flatteuse d'Ari. Quant à un complot... non. C'est de l'affabulation pure et simple. Vous pourrez interroger Warrick, si vous le souhaitez. Ou son fils. Nous avons enregistré sa déposition sous psychosonde et ses déclarations permettent de se faire une idée assez précise de ce qui s'est passé. Nous disposons de quelques vids... très explicites. S'il n'est pas dans nos intentions de les effacer, nous ne les communiquerons pas non plus aux médias. Il s'agit en fait d'une histoire banale. Un chantage. Un père outragé. Une altercation qui s'achève sur un drame.

– Merde.

Obtenez le départ de mon fils, leur avait dit Warrick. Il y avait accordé plus d'importance qu'à son propre transfert.

– Merde.

– Nous voulons honorer nos engagements. J'envisage d'attribuer à Jordan Warrick un labo où il restera sous bonne garde. Il pourra ainsi continuer de travailler pour la Défense. Nous testerons ses bandes, afin que vous n'ayez pas à vous inquiéter de leur contenu. C'est la plus humaine des solutions, et elle nous permet en outre d'utiliser un talent dont nous ne pouvons nous passer.

– En avez-vous parlé à Corain ?

– Il a demandé un délai de réflexion. Je lui ai laissé entendre qu'il n'a rien à perdre en nous apportant son soutien. À qui bénéficierait un procès, Rocher et ses acolytes exceptés ? Et nos pertes sont déjà très lourdes. Nous n'avons pas renoncé à ces projets, voyez-vous...

– L'installation de Lointaine.

– Nous comptons poursuivre les travaux. Il est même possible que... les militaires puissent en utiliser une plus grande partie que prévu.

– Mais vous allez annuler le projet Rubin.

– Non. Nous n'y renoncerons pas.

– Sans le Dr Emory ?

Gorodin prit une inspiration profonde.

– Vous pensez pouvoir réussir sans elle.

Nye resta un instant silencieux.

– Ressers-nous, dit-il à son azi.

Le serviteur grisonnant vint remplir les deux tasses.

Nye but une gorgée de café, l'air pensif. Puis :

– Désirez-vous que je vous fournisse des détails techniques ?

– Je laisse cela aux scientifiques. Ce qui m'intéresse, ce sont les applications pratiques. Et stratégiques. Pouvez-vous poursuivre ces recherches à partir des notes d'Emory ?

– Qui choisiriez-vous de dupliquer? Un chimiste *censé* avoir un brillant avenir devant lui ou Emory elle-même ?

Gorodin déglutit une gorgée de café.

– Vous êtes sérieux ?

– Je dois vous exposer quelques-unes de nos nécessités. Il est indispensable de disposer d'une documentation abondante sur le sujet... dans le domaine biochimique. De nombreux individus possèdent les qualités requises et ont un dossier qui contient de telles informations. Ari et Rubin, entre autres : ce dernier à cause de ses problèmes médicaux, Ari parce que ses parents étaient âgés de plus d'un siècle lorsqu'ils ont décidé de la concevoir. Elle est donc née dans nos labos selon un processus que *nous* avons dirigé et enregistré. Son père était mort, à sa naissance, et sa mère est décédée quand elle avait sept ans. Elle a ensuite été élevée par son oncle Geoffrey, auquel elle a succédé comme directrice de Reseune à l'âge de soixante-deux ans. Elle a fait l'objet d'études intensives. Il y a eu tout d'abord sa mère, Olga Carnath, puis son oncle Geoffrey. Nous avons sur elle une documentation égale à celle dont nous disposons sur Rubin, pour ne pas dire plus importante. Et, surtout... Ari souhaitait que cette expérience fût un jour tentée sur elle. Elle a laissé de nombreuses instructions à l'intention de... son futur double.

– Seigneur !

– Pourquoi pas ? À présent qu'elle est décédée, et à condition que ses théories soient valables, nous avons le choix entre dupliquer un chimiste qui – est-il utile de le préciser – n'a pour nous qu'un intérêt tout relatif, ou Ari... dont l'esprit – je n'hésiterai pas à le dire – est d'un niveau équivalent à ceux de Bok et de Strehler et dont les recherches ont été capitales pour notre sécurité nationale. Et nous *pouvons* le faire.

– Vous êtes sérieux ?

– Absolument. Nous n'avons aucune raison d'abandonner ce projet, mais des gens comme Warrick sont essentiels à sa réussite. Vous comprenez... plus nous serons entourés d'individus qui ont connu Ari et influencé sa vie, plus les chances de succès seront grandes.

– Et... et Rubin ?

– Rien ne nous oblige à renoncer. Il nous serait d'ailleurs utile, en tant qu'élément de comparaison. Et comme double couverture, pour ainsi dire. Je ne veux pas de lui à Reseune, car sa présence pourrait fausser l'expérience. C'est presque comparable à un jeu de piste, voyez-vous. Cela nécessite des contrôles intensifs... Ari y était accoutumée, mais son double devra tout ignorer de ces travaux. Il est impératif que les deux sujets du projet Rubin se trouvent à Lointaine.

– Vous semblez laisser entendre que vous le ferez... avec ou sans notre appui.

– Je cherche un tel soutien. Je veux sauver Warrick et je souhaite coopérer avec les militaires. Nous avons besoin de la sécurité et de la couverture qu'ils peuvent nous fournir... jusqu'au moment où la nouvelle Ari pourra paraître au grand jour. La paternité du projet reviendra alors à Reseune... une expérience *civile*. Je présume que vous en voyez tous les avantages, n'est-ce pas ?

– Seigneur !

Gorodin vida sa tasse et la tendit à l'azi.

– Abban, dit Nye.

L'azi vint servir l'amiral, qui mettait cette pause à profit pour effectuer quelques calculs.

– Quel est le rapport avec Warrick ?

– Nous avons besoin de lui, de ses travaux.

– Cet homme ? Pour *la* reconstituer ? Pour préparer ses bandes ?

– Ce serait pour le moins imprudent. Je pense à Reseune. Souvenez-vous... nous devons faire des projets à long terme, sur vingt ou même cinquante ans. Jordan est encore jeune. Pour l'instant, il ne fait que démontrer de quoi il est capable. Ses recherches sont complémentaires de celles d'Ari. Je vais être franc avec vous : les notes laissées par cette femme sont fragmentaires. Lorsqu'on a affaire à des génies, il n'est pas facile de suivre la logique de leur raisonnement. Certaines *déductions* lui paraissaient si évidentes qu'elle n'a pas jugé utile de les porter par écrit. Nous ne pouvons garantir que nous réussirons, compte tenu de la nature de ce programme. Mais nous savons que nos chances de succès sont plus grandes avec Ari – que nous connaissions bien – qu'avec un obscur chimiste que la plupart d'entre nous n'ont jamais rencontré. Elle a en outre codé un grand nombre de choses et ses bonds d'un stade au suivant, dans un domaine dont elle était l'unique spécialiste, font de l'ensemble de ses notes un véritable casse-tête. Il est indispensable de connaître tous les faits marquants de la vie d'Ari. Si des épisodes de son existence restent dans l'ombre, parce que nous ne pouvons consulter certains de ses proches, nos chances de voir ce projet aboutir diminueront. Nul ne parviendra à interpréter les informations contenues dans ses notes. La matrice sera perdue, les références sociales deviendront irrécupérables. Mais ce n'est pour l'instant pas le cas et je crois que nous pouvons réussir. Je le *sais*.

– À quoi servira cette expérience... en plus de reconstituer Emory ? Combien d'individus disposent d'autant d'enregistrements sur leur compte ? À quels domaines de telles recherches peuvent-elles s'appliquer ? Ce n'est pas ce qui nous rendra Bok.

– Retrouver Emory sera déjà très important. Elle reprendra ses travaux au stade où elle les a laissés... mais à vingt ans. Plus tôt, peut-être. Nous ne savons pas. Nous le découvrirons. Comprenez-moi bien : cela nous *permettra de savoir* quelles données sont indispensables pour assurer la réussite de tels projets. Nous pourrons alors tenter l'expérience sur d'autres sujets. Bok, par exemple. Mais nous devrons être très prudents. Parce que *toutes* les précautions sont nécessaires, toutes les influences sont irremplaçables. Faire revenir Ari parmi nous constitue la première phase. S'il peut y avoir un approfondissement de ses travaux sur la formation de la personnalité... elle en est la clé. Nous avons une chance, avec elle. Nous la connaissons si bien qu'il sera possible de combler les lacunes des informations dont nous disposons et d'y apporter des corrections éventuelles. Par rapport, nous ne savons presque rien sur Rubin. Dans son cas, nous débuterons déjà avec un handicap. En fait, dupliquer Rubin est un luxe et recréer Ari Emory est une nécessité. Nous pouvons essayer seuls, mais notre tâche serait facilitée si... nous pouvions bénéficier du soutien du bureau de la Défense.

– Sur le plan financier ?

Nye secoua la tête.

– Une couverture. La possibilité de garder Warrick. Le pouvoir de ne pas divulguer la nature de nos travaux. La protection de nos recherches – et du sujet d'expérience – de la curiosité des Affaires Intérieures.

– Ah ! fit le militaire en prenant une inspiration profonde. Mais l'argent... tout revient toujours à l'argent.

– Nous pourrons financer nos recherches, si vous prenez en charge le projet Rubin. Mais le besoin de protéger nos sujets est absolu. La réussite ou l'échec en dépendent.

Gorodin se carra dans son fauteuil et mâchonna sa lèvre inférieure. Il se souvint des enregistreurs.

– En avez-vous parlé à Lu ?

– Pas encore.

– Nul n'est donc au courant, hors de Reseune ?

– Non. Et je n'ai pas l'intention de révéler cette information. Il s'est déjà produit une fuite... je me réfère à cet azi. Nous avons réussi à étouffer l'affaire. Cela ne se reproduira pas.

Gorodin y réfléchit... Des scientifiques pourraient procéder à leurs expériences sous une couverture militaire. Une brèche dans la Défense, et Dieu sait quoi d'autre. Trop de civils.

Mais par ailleurs Reseune souhaitait coopérer avec l'armée pour un projet que Gorodin considérait comme un moyen de faire pencher l'équilibre des forces en présence en faveur de l'Union...

Expérimenter la théorie d'Ariane Emory sur un jeune chimiste inconnu lui paraissait bien moins risqué. Ce désir de ressusciter les morts lui inspirait...

... et puis zut, après tout ! Il fallait essayer de remporter le gros lot. Risquer le tout pour le tout.

C'était une aubaine, pour la Défense.

– Les difficultés ne sont pas insurmontables, déclara l'amiral. Nous allons réquisitionner l'installation de Lointaine et nous invoquerons le secret militaire. Nous couvrirons tout ce que vous souhaitez dissimuler.

– Pas de problème, fit Nye. Dès l'instant où ce sera top secret.

– C'est chose faite.

– Nous nous chargeons du projet Rubin. Nous construisons l'installation de Lointaine, nous poursuivons les recherches dans le plus grand secret, et vous couvrez les travaux que nous effectuons à Cyteen.

– Deux pour le prix d'un seul ?

Gorodin prit conscience que cette expression était pour le moins déplacée, le jour des funérailles d'Emory. Mais, bon sang, c'était *sa* résurrection qu'ils négociaient. Pas l'identité, avait dit Warrick. Les *capacités*. C'était presque la même chose.

Il suspectait Giraud Nye de vouloir assurer le contrôle de Reseune sur la totalité du projet. Ce projet qui porterait sur un embryon flottant dans une cuve utérine puis sur une enfant élevée à Reseune. Vingt ans.

Il les ajouta à son âge. Il avait cent vingt-six ans, en temps au sol. Il en aurait alors cent quarante-six, et Nye... Cet homme n'était plus très jeune, lui non plus.

Il en prenait conscience pour la première fois... de ce que Warrick avait voulu dire en parlant des problèmes temporels inhérents à leurs travaux. L'amiral était habitué à la dilatation du temps... selon le sens que lui donnaient les spatiaux. Il savait que cent quarante-six ans pèseraient moins lourd sur ses épaules que sur celles d'un homme qui n'avait pas perdu des mois d'existence en quelques jours de déplacements ultraluminiques. Mais à Reseune de telles entreprises duraient toute une vie.

– Nous ne voudrions rien négliger, déclara Nye. Disposer d'un sujet sur lequel nous pourrions faire une étude comparative serait d'une importance capitale en cas d'imprévu, et nous avons dépassé le stade des essais et des théories. Nous trouverons les réponses dont nous aurons besoin. Ce n'est pas un luxe.

Que le projet Rubin fût exécuté à Lointaine permettrait aux militaires d'avoir accès à un grand nombre de données. Et ce serait une sécurité. Gorodin était toujours partisan de garder des réserves... dans tous les domaines. Le sens de la prudence des spatiaux. Avoir un élément de rechange n'était jamais superflu.

– Allez-y, dit-il. Ça rendra la couverture plus facile à assurer.

Il lui faudrait encore mettre les choses au point avec Lu et les chefs de son état-major. Mais il savait que ces hommes ne s'opposeraient pas à un accord qui permettrait d'obtenir de tels avantages et mettrait les travaux d'Emory à la disposition de la Défense.

Leur bureau parrainait un grand nombre de projets. Et si certains se soldaient par des échecs, ceux qui pouvaient être menés à bon terme les compensaient largement.

9

Les allées et venues étaient nombreuses, devant la porte. L'animation lui paraissait plus intense que d'habitude. Il y avait des voix. Justin croyait en reconnaître certaines. Quelqu'un venait de s'arrêter derrière le battant.

S'il vous plaît, pensa-t-il. *S'il vous plaît*. Arrêtez-vous. Pendant un moment, il connut l'espoir et la peur. Il tendit l'oreille, assis sur le matelas qui constituait la totalité du mobilier de la cellule. Il joignit les mains entre ses jambes croisées.

– Avertissez Ari, ne cessait-il de répéter. Dites-lui que je veux lui parler.

Mais ses geôliers étaient des azis et devaient suivre la voie hiérarchique, passer par leur superviseur. Et malgré ses suppliques Giraud Nye ne venait pas le voir.

Ils l'avaient enfermé dans une petite pièce capitonnée, avec un lavabo, une cuvette hygiénique et un matelas. La lumière y brillait en permanence. Ses repas lui étaient apportés dans des emballages solubles guère plus résistants que du papier toilette. Il n'était pas autorisé à avoir un couvert et ils lui avaient pris ses vêtements, pour les échanger contre un pyjama d'hôpital en papier blanc. Ils ne le soumettaient plus à des interrogatoires. Ils ne lui adressaient plus la parole. Il ignorait depuis combien de temps il était en ce lieu et effectuait des sommes irréguliers, dus à sa dépression et à l'absence de repères temporels tels qu'un cycle lumineux ou l'observation de l'activité extérieure. Et il subissait toujours des flashes-bandes, qui le séduisaient et le détruisaient à la fois. Il refusait de laisser les visions et les sensations affermir leur emprise sur lui à la faveur de son isolement. Il les rejetait, bien qu'elles eussent été pour lui une consolation.

Pas moi, ne cessait-il de se répéter en essayant de se maintenir éveillé, de rester loin des rêves. *Ce n'est pas mon choix. Je ne lui appartiens pas. Je refuse d'avoir les mêmes pensées qu'elle.*

Ari le gardait en otage. Elle avait fait arrêter Justin, et peut-être Grant, pour dissuader Jordan de s'adresser au bureau des Sciences. Si elle n'avait pas ordonné son incarcération. Son père pouvait être dans l'impossibilité de l'aider. Mais, dans un cas comme dans l'autre, les Affaires Intérieures interviendraient. Ils ne l'avaient pas soumis à un nouveau psychosondage et ils pourraient employer cette technique sur Jordan.

Le plus vulnérable était Grant. Ari l'utiliserait contre son père... et se servirait également de lui. Il ne pouvait en douter.

Il attendait l'arrivée des enquêteurs de la police, des Affaires Intérieures, du bureau des Sciences. Peu importait qui.

Il espérait que c'était la raison des bruits qu'il entendait à l'extérieur.

Mais il avait déjà eu cet espoir... tant de fois.

Grant avait espéré sa visite, et reçu celle des gardes azis venus le chercher pour le soumettre à de nouveaux interrogatoires...

Il entendit le cliquetis du verrou électronique. La porte s'ouvrit.

– Ser Nye veut vous parler, dit un des deux azis en uniforme. Veuillez nous suivre.

Il se leva. Sur des jambes de coton. Il sortit dans le couloir et réunit tout son courage en prévision d'une nouvelle séance de psychosondage. Au moins cela lui offrirait-il une opportunité de parler à Giraud, de prononcer une demi-douzaine de mots avant que la drogue n'eût raison de sa volonté.

Il fut surpris de découvrir qu'ils le laissaient libre de ses mouvements. Il avait des étourdissements, ses genoux le torturaient et tremblaient, ce qui rendait sa progression difficile.

Un nouveau flash-bande. La vision de Florian...

Vers le bas du couloir, en direction du réduit où il s'était déjà rendu pour ses interrogatoires. Il atteignit la porte, entra et se figea. Il ne reconnaissait pas l'homme assis derrière la petite table : un individu trapu et à la figure ronde que son esprit décontenancé tenta pendant une seconde de superposer à la silhouette décharnée de Nye.

Pas Giraud.

Denys, qui se levait, l'air désolé.

– Où est Grant ? demanda Justin. Où est mon père ? Que se passe-t-il ?

Sa voix se brisa. Ce fut en titubant qu'il s'avança jusqu'au meuble, sur lequel il s'appuya pour se pencher vers son interlocuteur.

– J'ai le droit de voir les membres de ma famille, bon sang ! Je suis mineur ! *Ne l'oubliez pas !*

– Asseyez-vous, fit l'homme en agitant la main. Asseyez-vous, je vous en prie...

Il se tourna vers les azis :

– Apportez-lui à boire.

– Je ne veux rien ! J'exige de savoir...

– S'il vous plaît, insista Denys d'une voix où perçait de l'angoisse.

Il désigna à nouveau le siège.

– Asseyez-vous... Apportez-lui quelque chose... Asseyez-vous, s'il vous plaît.

Justin se laissa choir dans le fauteuil. Il comprit qu'il allait pleurer et serra les dents. Il inspira, pour refouler ses larmes. Denys se carra dans son siège et croisa les mains devant lui. Il lui accorda le temps de se calmer pendant qu'un des azis apportait une boisson et la posait sur la table.

– Que contient-elle ?

– Rien. Rien. Pauvre garçon. Tout cela est bien regrettable. Vous ont-ils dit, pour Ari ?

Il trouva cette phrase étrange. Elle n'avait aucun sens. Les paroles qu'il entendait remontaient le long de ses nerfs tel un courant d'air glacé.

– Qu'y aurait-il à dire, *pour* Ari ? Où est mon père ?

– Ari est morte, Justin.

Il eut l'impression que la pièce effectuait un écart. Pendant un instant, tout se troubla. Puis l'univers s'effondra et il ne subsista qu'un profond silence. Elle n'avait que cent vingt ans, son décès ne pouvait avoir des causes naturelles...

... un accident d'avion ?

... un déséquilibré, à Novgorod ?

– Jordan a découvert ce qu'elle vous faisait subir, précisa Denys de sa voix la plus douce. Et il l'a tuée. Il l'a enfermée dans la chambre froide et l'a laissée mourir.

Justin resta assis, paralysé. C'était faux. Son père ignorait tout des agissements d'Ari. Il avait bien pris soin de lui dissimuler la vérité. Et cette femme ne pouvait être morte. Non, il était impossible qu'on l'eût... tuée.

– Jordan a avoué. Vous savez que la justice ne peut rien contre votre père, pas même le soumettre à... un interrogatoire, rien de ce genre. Pas de psychosondage.

Et un effacement mental est hors de question. Jordie ne risque rien. Il est en sécurité. Vous pouvez me croire.

Il tremblait. Il prit le gobelet et fit tomber une partie de son contenu en le portant à sa bouche. Il en renversa encore lorsqu'il le reposa. Le liquide glacé se répandit sur son genou. Il ne trouvait aucun sens à ce qu'il entendait. Il ne pouvait faire fonctionner correctement son esprit.

– Et Grant ? Je lui ai dit que je retournerais le voir. Je n'ai pu aller...

– Il est toujours à l'hôpital. En sécurité. Jordan lui a rendu visite. Votre père partira pour Novgorod, cet après-midi même. S'ils arrivent à un accord, il pourra alors quitter Reseune.

– C'est faux !

Ils voulaient jouer des tours à son esprit. C'était évident. Il se leva et se retrouva nez à nez avec les deux azis venus le retenir. Il se figea. Eux également.

– Mon garçon. Justin. Asseyez-vous, je vous en prie. Écoutez-moi.

– Ari n'est pas morte ! hurla-t-il. C'est un mensonge ! Que cherchez-vous à obtenir ? Que veut-*elle* encore me faire ?

– Asseyez-vous. Et écoutez-moi. Votre père n'a guère de temps devant lui. S'il vous plaît. Oh, que mon frère soit maudit ! Il a eu peur de vous envoyer à l'hôpital et... Écoutez. Asseyez-vous.

Il obéit. Il n'avait pas le choix. Il était à leur merci.

– Écoutez bien, Justin. Les Affaires Intérieures ont interrogé Jordie, qui a supplié Giraud de ne pas vous mêler à cette affaire. Il ne tient pas à ce qu'on apprenne ce qui s'est passé, vous comprenez ? Il ne veut pas que vous soyez psychosondé. Et Giraud a tout d'abord refusé d'accorder à la police l'autorisation nécessaire, pour respecter les souhaits de votre père. Mais mon maudit frère est parti pour la capitale sans vous faire libérer. Et dire qu'il m'affirmait que vous alliez bien...

Denys se pencha et posa sa main sur celle de Justin.

– Ce qui n'est pas le cas. Bon sang, tout aurait été différent si vous n'aviez eu à subir que le psychosondage de Giraud au cours de ces dernières semaines, pas vrai ?

Justin retira sa main.

– Ne me touchez pas !

– Voulez-vous un sédatif ?

– Je ne veux rien. Seulement sortir d'ici ! Et parler à mon père !

– Non. Impossible. Pas avant que vous vous soyez calmé, c'est compris ? Il part. Il ne reviendra pas.

Il fixa Denys. *Il ne reviendra pas...*

– Le Conseil a l'intention de mettre un laboratoire à sa disposition, là-bas à Planys. Il ne sera pas autorisé à se déplacer. Ni à vous contacter... pas avant un certain temps, tout au moins. Et je ne tiens pas à ce que vous le bouleversiez, mon garçon. Il se présentera demain matin devant la commission d'enquête du Conseil, et il est impératif qu'il soit au mieux de sa forme. Vous comprenez ? C'est très important.

Denys ne mentait pas. De tels événements s'étaient effectivement produits. Il plongea le regard dans les yeux de son interlocuteur et eut l'impression que l'univers avait sombré dans le chaos. Et il sut que lorsqu'il se réordonnerait ce serait sous une forme différente. Tous ceux qu'il aimait n'en feraient plus partie.

– Avez-vous changé d'avis, pour ce sédatif ? Ce n'est pas un piège, Justin, je vous le promets. Je voudrais vous permettre de vous détendre un peu avant de le rencontrer.

Un frisson le parcourut.

– Non. Je dois m'habiller, faire un brin de toilette.

– Vous pourrez utiliser la douche, au bout du couloir. Je leur ai dit de vous apporter des vêtements.

Il hocha la tête.

– Et je vais demander à Petros de vous examiner.

– Non.

– Quand vous aurez vu votre père et obtenu la confirmation que tout va bien. Personne ne touchera à votre esprit. Dieu sait qu'il a déjà subi trop de manipulations, ces derniers temps. Êtes-vous sujet à des flashesbandes ?

La question en déclencha un. À moins que ce ne fût un simple souvenir. Il en eut honte. Comme d'une facette obscure et perverse de sa personnalité qui était... fort semblable à celle d'Ari. Et cette partie de son être avait compris ce que faisait cette femme, aimé cela. Il refusait qu'un psychtech pût explorer son esprit. Il ne voulait pas que Jordan pût apprendre de telles choses. Il redoutait de laisser apparaître ce qui se tapissait dans ses ténèbres intérieures. Et peut-être le savaient-ils déjà... tous.

Ari lui avait déclaré posséder des enregistrements. S'ils ne mentaient pas en disant qu'elle était morte... les enquêteurs de la Maison disposaient de ces bandes.

Il ne lui resterait alors plus la moindre dignité. Il en serait réduit à feindre d'ignorer qu'ils étaient au courant et refuser d'admettre la vérité.

– Écoutez-moi, mon garçon.

La main de l'homme se referma à nouveau sur la sienne, douce et chaude. Mais tout contact lui était désormais insupportable.

– Il n'est pas dans mes intentions de chercher des excuses à la conduite inqualifiable d'Ari. Mais on pourrait dire sur elle bien plus de choses que...

Il eut un brusque mouvement de recul.

Denys lisait en lui. Il vit la pensée traverser ses yeux et il tenta alors d'endiguer un afflux de sang vers son visage.

–... vous n'en devez souhaiter entendre, conclut Denys. Je sais. Écoutez-moi. *Écoutez-moi et faites en sorte de ne rien oublier...* D'accord ?

– Oui.

– Brave garçon ! Écoutez bien. Jordie ne dira pas ce qui s'est passé... pour nous éviter des désagréments et pour vous protéger. Il va mentir aux médias *et* au Conseil. Il dira qu'Ari s'opposait à son transfert. N'importe quelle raison plausible est préférable à la vérité, et ils ne pourront vérifier ses dires par un psychosondage. Il faut comprendre, Justin... vous êtes... autant cet homme que son fils. Cela éclaire sous un autre jour ce qui s'est produit entre vous et Ari, et... c'est pour cette raison qu'il a perdu son sang-froid. Il s'agissait d'une vieille histoire, entre eux. Il comprend ce qui vous est arrivé. Oui. Et il vous aime beaucoup. Mais sa dignité était en jeu. Ceux qui travaillent ici... ils savent à quel point l'amour paternel peut prendre des formes compliquées et confuses, lorsqu'il est poussé à l'extrême. Il a perdu tout ce qu'il peut désirer, vous excepté. Et si vous ne parvenez pas à contrôler vos émotions quand vous le rencontrerez vous lui ferez perdre le reste. C'est pour cela que je vous demande de vous reprendre. Pour qu'il puisse quitter Reseune en connaissant une tranquillité d'esprit relative. Prouvez-lui que son fils n'a pas besoin de lui. Pour son bien.

– Pourquoi ne m'autorise-t-on pas à l'accompagner ?

– Parce que vous êtes légalement mineur, pour des raisons de sécurité, et parce que je n'ai pu convaincre Giraud de donner son accord. Ils ne cessent d'invoquer leurs sacro-saints secrets.

– C'est un mensonge !

– J'ai l'intention de prendre des dispositions pour vous faire accorder un droit de visite. Pas dans l'immédiat. Sans doute pas cette année. Mais le temps et le silence sont des facteurs importants, dans une telle situation. Ils sont tous terrifiés à la pensée d'un complot... à cause de l'histoire Winfield-Kruger.

Ô Seigneur ! Ma faute. C'est ma faute.

– Ils ne peuvent tout de même pas croire que Jordan y est mêlé. Je suis le seul responsable. Giraud m'a psychosondé. Recommencez ! Je peux jurer que mon père ignorait tout de mes projets...

– Le problème, mon garçon, c'est qu'il s'agit justement de ce que Jordie veut empêcher... que l'enquête remonte jusqu'à vous. On dit qu'il n'y a pas de fumée sans feu, et je crains que votre père n'ait entretenu des contacts avec un certain Merild – dont les relations sont plus que douteuses – et avec des centristes haut placés proches de Ianni Merino... ainsi que des abolitionnistes. Or, Rocher a fait des déclarations incendiaires sur la mort d'Ari et Merino ne les a pas désapprouvées. De nombreux membres du gouvernement vivent dans la crainte : la peur de faire l'objet d'une enquête, d'être assimilés à des complices. Les Affaires Intérieures voulaient soumettre Grant à un interrogatoire. Giraud a refusé et a dû psychosonder votre azi pour les satisfaire...

– Oh, non !

– Il n'a pas eu le choix. Je sais, je *sais*, mon garçon. Mais ils auraient pu apprendre trop de choses de vous ou de votre azi. Justin, l'onde de choc engendrée par la mort d'Ari... c'est un vrai raz de marée. Vous ne pouvez imaginer son importance. Elle a provoqué une crise gouvernementale. Des gens craignent pour leur carrière. Et aussi pour leur vie. La plupart pensent que le fond de cette affaire est politique, que leurs vies n'ont pu être bouleversées à ce point parce que sur un coup de colère un chercheur a fendu le crâne de son supérieur hiérarchique. Cette réaction est humaine. Et elle est accentuée par le fait que Jordie ne peut témoigner sous psychosonde et que Florian et Catlin ont été liquidés... des ordres posthumes d'Ari, croit-on. Oui, ses azis sont morts, eux aussi. Les gens sont persuadés que tout cela cache quelque chose. Ils le *souhaitent*. Qu'un concepteur de bandes éducatives puisse commettre un crime sous le coup de la colère... il y a de quoi donner froid dans le dos. Nous sommes censés posséder du bon sens, ici. Jordie devra se surpasser, devant la commission d'enquête. Et plus la situation se calmera au cours des prochaines années mieux cela vaudra. Il faudra faire preuve de patience. Votre père ne restera pas sans amis. Il n'est pas âgé. Il n'a que quarante-six ans. Il pourra attendre que cette histoire ait sombré dans l'oubli, si vous vous tenez tranquille et ne détruisez pas tout ce que nous avons organisé.

Il put respirer à nouveau. Il se concentra, pour y réfléchir. Il essaya de penser... à ce qui était préférable pour son père, et ses aspirations. Et il tenta de chasser de son esprit que cette situation résultait de *ses* erreurs.

– Ça va aller ?

– Oui, je pense. Et Grant ?

Mon Dieu ! Ils peuvent effacer son esprit. Florian mort ! Catlin...

– Giraud va vous le rendre.

Il n'acceptait plus les bonnes nouvelles. Il ne pouvait plus y croire. Elles lui inspiraient trop de méfiance.

– C'est même chose faite, ajouta Denys. Je viens de signer les documents. Sitôt après cette entrevue avec votre père, vous pourrez aller le chercher à l'hôpital... Alors que décidons-nous, pour ce sédatif ?

Justin secoua la tête. S'il prenait un calmant, Jordan se rendrait compte qu'il était drogué. Il lisait en lui depuis toujours. Il espérait...

Il espérait qu'il ne se produirait pas de flashes-bandes si Jordan l'étreignait. Ce qu'Ari lui avait fait était grave à ce point. Il allait perdre son père. Il ne le reverrait jamais. Et il ne pourrait même pas lui faire ses adieux sans avoir l'impression que les mains de cette maudite femme se posaient sur lui.

– Je n'en ai pas besoin, affirma-t-il.

S'il pouvait mentir à Denys et rendre ses propos crédibles, l'espoir d'y parvenir avec Jordan eût été vain. Il lui fallait se ressaisir, et tout de suite. Faute de quoi, il n'y réussirait jamais.

10

Mikhaïl Corain regarda avec impatience l'assistant qui venait de poser une fiche sur son bureau.

– Dell ? demanda-t-il.

L'azi hocha la tête.

Corain le renvoya d'un geste de la main puis glissa la carte dans le lecteur et modifia l'inclinaison de l'écran.

Dell Hewitt travaillait aux Affaires Intérieures et était une amie de Ginny Green, la candidate centriste lors des dernières élections au sein de ce bureau. Et en cette période où les enquêtes se multipliaient et où des comités fourraient leur nez dans tous les recoins de Novgorod, elle avait mis en jeu bien plus que sa carrière en transmettant ces informations à Yvonne Hahner, qui les avait à son tour fait passer à Dellarosa, un membre de l'équipe de Corain. Cela équivalait à en faire un colis et l'expédier par la poste.

En ce qui concerne les azis Catlin et Florian : aucune conclusion. La liquidation a pu être ordonnée de l'extérieur du système. Ou de l'intérieur, par des individus non identifiés. Ariane Emory a pu prendre de telles dispositions pour empêcher qu'ils ne soient soumis à un interrogatoire, ou encore dans un but humanitaire. Il n'est pas à exclure que les azis eux-mêmes aient scellé avec elle une sorte de pacte. D'après les responsables de Reseune, ils auraient été très affectés à la simple pensée de la perdre. Ils appartenaient à la sécurité mais leur loyauté envers Emory était prioritaire et il en découle qu'ils auraient pu agir à l'encontre des intérêts de ces laboratoires. Une rééducation eût été délicate, pour ne pas dire irréalisable, sans un effacement mental; un processus qu'ils n'auraient pu subir compte tenu de leur grand âge. Giraud Nye refuse de nous communiquer leurs psychsets. L'ordre de liquidation a été transmis sous le code d'Emory. Nye invoque des impératifs de sécurité pour interdire l'accès des ordinateurs de Reseune aux techniciens des Affaires Intérieures.

Corain but une goutte du café maintenu à bonne température par la plaque chauffante du bureau. À deux cent cinquante creds la livre, il devait se contenter de petites gorgées. Mais un homme pouvait s'accorder quelques menus plaisirs, surtout après avoir vécu comme lui une existence de fermier misérable au fin fond des terres intérieures pendant la majeure partie de son existence.

Rien de vraiment nouveau. C'était décevant. Il lut la longue liste des refus que Reseune avait opposés aux Affaires Intérieures, et les justifications invoquées. Les conseillers juridiques des laboratoires remportaient tous les rounds contre un adversaire qui n'osait pas riposter.

Puis :

Les Affaires Intérieures s'intéressent à une rumeur qui circule à Reseune. Certains génésets auraient en effet été utilisés sans que l'opération ait été portée sur les registres. Si ces bruits sont fondés, quelqu'un a pu dupliquer illégalement des échantillons...

Une contrebande d'azis ? Seigneur, on pouvait obtenir un géneset à partir d'un prélèvement sanguin. De n'importe quoi. Pourquoi aurait-on pris la peine d'en voler ?

... d'Expérimentaux et de Spéciaux, introuvables ailleurs.

Pour détourner des génésets, il faut disposer de conteneurs cryogéniques. Il devrait être facile de découvrir qui s'en est procuré – hormis s'il ne figure pas sur le manifeste du transporteur – mais la lecture digitalisée d'un géneset pose moins de problèmes. L'administrateur Nye nie qu'on ait pu se livrer à une activité de ce genre ou que de la documentation ait pu être fournie sans que ces opérations aient été dûment enregistrées.

Il circule encore au sein du personnel des rumeurs selon lesquelles on aurait procédé à des liquidations d'azis injustifiées. Reseune oppose son veto à toute enquête sur ce sujet.

Corain mordilla sa lèvre inférieure et pensa : *Je ne veux rien savoir. Pas pour l'instant. La situation est bien trop délicate. Seigneur, si les médias l'apprennent... tous nos accords s'en iront en fumée.*

Une note annexe de Dellarosa : *Quelles sont les possibilités pour qu'Emory ait employé ces génésets ? Ou ordonné de les utiliser ? Quelle est la valeur d'un Spécial, pour celui qui a à sa disposition un labo de naissance ?*

Des voix. Un siège de Conseiller. Le soutien des plus riches. Corain but une gorgée de café, désormais angoissé.

Nous manquons de preuves matérielles en raison des négligences de la police de Moreyville. Elle a relevé dans le labo extérieur et à l'intérieur de la chambre froide les empreintes digitales de Jordan Warrick, d'Emory, des assistants azis et d'autres utilisateurs habituels de ces installations, comme par exemple des étudiants qui se sont spontanément présentés aux enquêteurs. Des traces similaires ont été trouvées sur la porte. Mais le capitaine qui a procédé au constat ne disposait d'aucun détecteur de présence. L'utilisation ultérieure d'un tel appareil eût été sans objet, en raison des allées et venues des policiers et des résidents. Les renseignements enregistrés dans le module mémoriel de la porte de sécurité confirment les témoignages oraux. Mais Reseune s'oppose à nouveau à ce que les techniciens des Affaires Intérieures aient accès à ses ordinateurs.

Selon les résultats de l'autopsie, Emory serait morte de froid. La fracture crânienne a contribué au décès dans la mesure où cette femme avait dû perdre connaissance quand la conduite s'est rompue. Ariane Emory était handicapée par une baisse d'efficacité de sa réjuv et souffrait d'arthrite ainsi que d'asthme : des faits connus du corps médical. Le seul élément inattendu est une tumeur au poumon gauche, localisée et ignorée par son médecin traitant. Rare de nos jours, ce type de cancer était relativement répandu chez les premiers pionniers de Cyteen. Une intervention chirurgicale immédiate suivie d'une chimiothérapie aurait sans doute permis d'obtenir des résultats positifs. De tels cancers réagissent aux traitements mais réapparaissent presque toujours, et compte tenu des carences immunitaires dues aux problèmes de réjuv le pronostic n'aurait pu être favorable.

Seigneur !

Elle avait été quoi qu'il en soit condamnée

11

Justin s'éloignait dans le couloir, au côté de Denys. Il se détendit en respirant à fond. Il venait de prendre une douche, puis de se raser et de se changer : une tenue de travail, pull-over bleu et pantalon marron. Il ne tremblait pas. Il avait demandé de l'aspirine et s'était assuré que les cachets ne contenaient rien d'autre avant de les avaler. Conjugués à sa lassitude, ils suffiraient sans doute à le calmer.

Jordan *paraissait* en forme. Il fallait s'y attendre. Son père était ainsi.

Dieu, il n'a pas pu la tuer. Il ne l'a pas pu. Il a avoué sous la contrainte. *Quelqu'un ment.*

– Bonjour, mon fils.

La rencontre n'avait pas lieu dans une petite salle d'interrogatoire austère mais à l'intérieur d'un des bureaux administratifs. Denys ne les laisserait pas seuls. Il l'avait précisé. Les gardes azis ne ressortiraient pas, eux non plus. Et ils enregistreraient leurs propos pour pouvoir prouver à d'éventuels enquêteurs que les Warrick ne s'étaient communiqué aucune information importante au cours de l'entrevue.

– Bonjour, répondit-il.

Et il lui vint à l'esprit qu'il aurait dû s'avancer pour étreindre son père, ne serait-ce qu'à l'intention de ceux qui visionneraient la bande. Mais, bon sang, Jordan ne l'y invitait pas. Il était réservé et silencieux. Sans doute réordonnait-il tout ce qu'il désirait lui dire. Justin ne pourrait que lui faire ses adieux. Toute autre chose – *toute* – constituerait peut-être une erreur qui, une fois enregistrée, détruirait encore plus radicalement leurs vies que ses fautes précédentes.

Des propos du genre : *Je regrette d'avoir cru ce que disait Ari. Je m'en veux de ne pas t'en avoir informé. Je suis désolé que tu l'aies appris par toi-même.*

Je suis le seul responsable. De tout.

Ne parlez pas de Grant, l'avait averti Denys. Pas un seul mot. Dans le cas contraire, les membres du comité voudront l'interroger.

Ils devaient faire oublier jusqu'à son existence.

– Est-ce que ça va ? lui demanda Jordan.

– Très bien. Et toi ?

– Mon fils, je...

Ses lèvres frémissaient.

Oh, non ! Il va craquer. En public.

– Ils m'ont tout expliqué. Il est inutile d'en parler. Je t'en prie.

Son père prit une inspiration profonde, retint son souffle, le libéra.

– Il faut que tu saches *pourquoi* j'ai fait cela, Justin. J'ai tué Ari parce que son influence était néfaste. Je l'ai éliminée comme j'aurais effacé un passage défectueux dans une bande. Je n'ai aucun remords. Je n'en aurai jamais. Ma décision était logique. À présent, c'est quelqu'un d'autre qui dirige Reseune et on va me transférer, ce qui a toujours été mon désir. Là où j'irai, Ari ne pourra pas modifier ce que je conçois et s'approprier mes travaux après les avoir dénaturés. Me voici libre. Je regrette de ne pas m'être conduit plus intelligemment. Je suis plus doué pour la recherche que pour la plomberie. Je cite les enquêteurs. J'ai augmenté la pression, et ils n'ont eu qu'à consulter les enregistrements des systèmes de contrôle pour le savoir.

La colère qui bouillait en lui, profonde et destructrice, finit par s'atténuer. Il semblait à présent réciter un rôle appris par cœur, et vouloir indiquer qu'il jouait une comédie. Justin fut soulagé quand il se tut.

Je connais tes motivations, voulait-il dire. Mais il lui vint à l'esprit que de tels propos pourraient être mal interprétés et il se contenta de déclarer :

– Je t'aime beaucoup, tu sais.

Et il faillit perdre tout contrôle sur ses émotions. Il mordit sa lèvre inférieure, au point de la faire saigner. Il remarqua que son père serrait les dents.

– Je ne sais pas s'ils m'autoriseront à t'écrire.

– Je le ferai.

– J'ignore s'ils me remettront tes lettres.

Jordan se força à rire.

– Ils doivent s'imaginer qu'il est possible d'insérer un message codé dans un *salut, quel temps fait-il aujourd'hui ?*

– Je t'écrirai malgré tout.

– Ils croient... ils pensent à un complot. Mais ils se trompent. Tu peux me croire, mon fils. Personne ne savait, et personne n'aurait dû savoir. Mais il souffle un vent de panique, à Novgorod. Les gens voient en Ari un personnage politique. Voilà en quoi elle était importante, à leurs yeux. Ils ne la considèrent pas comme une scientifique. Ils ne peuvent imaginer ce qu'on ressent quand on voit ses travaux dénaturés par des tiers. Ils ne comprennent pas qu'il est intolérable de voir l'éthique de notre profession foulée aux pieds.

L'éthique foulée aux pieds ? Bon sang, c'est aux caméras qu'il adresse ce discours. Le précédent était destiné aux membres de la commission d'enquête, mais celui-ci est un message codé à mon *intention. S'il en rajoute, il va se faire coincer.*

– Je t'aime plus que tout au monde, conclut son père.

Et il lui tendit les bras. C'était terminé. La représentation venait de s'achever. Il ne restait plus aux acteurs qu'à se donner une accolade. Il était autorisé à pleurer, à présent.

Il ne reverrait pas Jordan. Il n'aurait plus de nouvelles de lui.

Peut-être pour toujours.

Il franchit le petit espace qui les séparait, tel un automate. Ils s'étreignirent, avec force, longtemps. Très longtemps. Il mordit sa lèvre, parce que seule la souffrance lui permettait de se concentrer. Son père pleurait. Il sanglotait en silence. Cela lui permettrait sans doute de bénéficier d'une certaine indulgence. Peut-être avaient-ils bien tenu leurs rôles, devant les caméras. Il éprouvait lui aussi le besoin de pleurer mais, pour une raison incompréhensible, il était engourdi et n'avait conscience que de son chagrin et du goût de sang dans sa bouche.

Jordan n'apportait pas assez d'humanité à son personnage, il paraissait trop calme, dangereux. Une erreur. S'ils passaient cette bande aux informations les gens auraient peur de lui. Ils le prendraient pour un fou. Comme les Alpha devenus schizophrènes, comme le clone de Bok. Ils l'empêcheraient de poursuivre ses travaux.

Il faillit crier : *Il ment. Mon père ment.* Mais Jordan le serrait. Il avait agi comme il le souhaitait. Après tout, son père n'était pas resté enfermé dans une cellule pendant une semaine. Il avait pu se tenir informé de l'évolution de la situation, parler aux enquêteurs. Il leur jouait une comédie, il les manipulait... tous. Il se présenterait devant la commission et obtiendrait ce qu'il désirait. N'essayait-il pas, par cette attitude, d empêcher que la bande fût communiquée aux médias ? Compte tenu de l'importance que la Défense accordait à ses travaux, les militaires opposeraient leur veto ; ils en avaient le pouvoir.

– Venez, lui dit Denys.

Jordan ne retint pas son fils, que Nye guida vers la porte.

Sitôt après que le battant se fut refermé, Justin put enfin pleurer. Il s'adossa à la paroi et se mit à sangloter, au point d'en avoir mal à l'estomac.

12

Il s'attendait à subir d'autres chocs, mais pas à celui que lui réservait Petros Ivanov.

Le médecin vint l'accueillir à la porte de l'hôpital, le subtilisa à son escorte de gardes et l'accompagna vers la chambre de Grant.

– Comment va-t-il ? demanda Justin.

– Pas très bien. Je suis venu vous y préparer.

Ivanov lui fournit alors des explications. Ils avaient à nouveau psychosondé l'azi, qui était resté en état de choc. Chaque jour, ils le plaçaient dans un fauteuil roulant pour le sortir dans le jardin. Ils avaient attendu, pour le soumettre à un traitement, car Denys affirmait que Justin viendrait le voir sous peu. Ils n'osaient pas explorer une fois de plus son esprit car il avait atteint un point de non-retour et ils suspectaient l'existence de mots de passe illégaux non mentionnés dans son dossier psych.

Ils venaient d'atteindre la porte de la chambre et Justin était rongé par le désir d'étrangler Ivanov, de réduire cet homme en bouillie sanglante avant de massacrer tous les membres de son équipe et Giraud Nye, pour faire bonne mesure.

– Non, il n'y a pas un seul mot de passe illégal, répondit-il. Bon sang, je lui avais dit que je reviendrais. Et il m'attendait.

Et Grant attendait toujours. On venait de le peigner et il paraissait presque normal. Mais il ne pouvait se déplacer sans aide et avait perdu du poids. Son épiderme était translucide, et ses yeux vitreux, et il suffisait de prendre sa main pour découvrir la disparition totale de sa tonicité musculaire.

– Grant, fit-il en s'asseyant au bord du lit. Grant, c'est moi. Tout va s'arranger.

L'azi ne cilla même pas.

– Sortez, ordonna-t-il à Ivanov qu'il foudroya du regard par-dessus son épaule.

Le médecin obtempéra.

Il se pencha vers son ami, afin de desserrer les sangles qui l'immobilisaient toujours. Son calme le surprenait. Il souleva le bras de Grant et le posa sur ses cuisses, afin d'avoir la place de s'asseoir, puis il redressa le lit. Il s'inclina et prit la mâchoire de l'azi entre le pouce et l'index, pour tourner son visage vers lui. Il lui semblait manipuler un mannequin. Mais ce dernier cilla.

– Grant ? C'est Justin.

Un autre battement de paupières.

Ô Seigneur ! Il s'était attendu à voir Grant dans le coma. Il avait cru trouver un mort en sursis pour lequel ils ne pourraient rien faire, hormis le liquider. Il s'y était apprêté. Au cours des cinq minutes nécessaires pour gagner cette chambre, il était passé de l'espoir de repartir avec son ami à la résignation de le perdre.

Et à présent, il avait peur. Il eût été moins en danger, si son ami n'avait pas survécu.

Maudite pensée ! D'où me viennent de tels raisonnements ? Depuis quand suis-je devenu indifférent à ce point ?

Un flash-bande ?

Que m'a-t-elle fait ?

Il lui semblait qu'il se désagrégeait... il sentait l'hystérie enfler en lui comme un raz de marée. Et c'était bien la dernière des choses dont Grant avait besoin. Il prit la main de l'azi dans la sienne. Il tremblait. Il revoyait l'appartement d'Ari, sa chambre. Il parla, pour se changer les idées, sans savoir ce qu'il disait ; dans le seul but d'empêcher le retour de l'horrible pensée qui avait traversé son esprit contre son gré, comme si ce dernier ne lui appartenait plus. Il savait qu'il ne pourrait plus toucher un être humain sans que ce contact eût une connotation sexuelle. Il lui était impossible d'étreindre un ami, ou d'embrasser son père. Il y pensait sans cesse, jour et nuit, et il savait qu'il serait pour lui dangereux d'aimer qui que ce soit à cause de la laideur de son esprit, de ses pensées abjectes.

Parce que cette maudite femme avait eu raison : le fait d'aimer quelqu'un rendait vulnérable. Comme Jordan, Grant constituait *son* point faible. Naturellement. C'était pour cette raison qu'ils le lui rendaient.

Il n'était plus seul, désormais. Un jour, cet azi le livrerait à ses ennemis. Peut-être mourrait-il à cause de lui. Ou pire... peut-être connaîtrait-il le même destin que son père.

Mais en attendant cet instant il ne serait plus seul. D'ici-là, pendant quelques années, il bénéficierait d'une chose inestimable. Jusqu'au jour où Grant découvrirait la laideur qui se tapissait en lui. Même après, sans doute. Étant un azi, il lui pardonnerait.

– Grant, je suis ici. Je t'avais dit que je reviendrais. Je suis là.

Son ami pouvait toujours se croire le soir de son départ. Peut-être réussirait-il à remonter le temps jusqu'à leur séparation et à reprendre son existence le lendemain matin.

Un nouveau clin d'œil, un autre.

– Allons, Grant. Cesse tes enfantillages. Tu les as bien eus. Serre ma main. Tu peux le faire.

Les doigts se raidirent. La respiration devint plus rapide. Justin secoua l'azi avec douceur et se pencha pour donner une pichenette à sa joue.

– Eh, tu l'as sentie ? Allons. Ne me fais pas marcher. C'est Justin. Je veux te parler. Prête-moi attention, bordel !

La bouche de Grant cessa d'être aussi flasque... le redevint. Il prenait désormais des inspirations hachées. Il cilla.

– Tu m'écoutes ?

Un hochement de tête.

– Parfait.

Justin tremblait, et il dut prendre sur lui-même pour se détendre.

– Nous avons un problème. Mais j'ai obtenu l'autorisation de te faire sortir d'ici. À condition que tu réussisses à te réveiller, cela va de soi.

– C'est le matin ?

Il inspira, alla pour fournir une réponse affirmative, puis se ravisa. Le moindre mensonge serait dangereux. Grant se méfiait. Il risquait de comprendre qu'il ne lui disait pas la vérité.

– Un certain temps s'est écoulé. Nous avons des ennuis. Assez sérieux. Je t'expliquerai plus tard. Peux-tu bouger le bras ?

Un mouvement spasmodique agita imperceptiblement le membre. La main se souleva.

– Je suis faible. Très faible.

– Ça va aller. Ils vont te ramener à la Maison. Ce soir, tu dormiras dans ton lit. À condition que tu leur prouves que tu es capable de t'asseoir.

La poitrine de l'azi se dilata puis redescendit. Le bras bougea et rampa sur le drap, avant de tomber sur le côté du lit ; aussi flasque qu'un serpent mort. Il avala de l'air et déplaça la totalité de son corps. Ses épaules se soulevèrent et l'oreiller glissa dans son dos.

– Ça y était presque, l'encouragea Justin.

La nourriture lui paraissait étrange. Trop consistante. Même la bouillie de céréales était difficile à mastiquer. Son ami lui avait fait manger à la cuiller la moitié du bol, quand il leva la main.

– Assez.

Justin parut ennuyé.

– C'est déjà beaucoup pour moi, précisa-t-il.

Parler lui était pénible, mais il devait le rassurer. Il se

pencha et posa sa main sur la sienne. C'était plus facile que de s'exprimer. Son compagnon le regardait et l'enfer paraissait se refléter dans ses yeux. Il aurait voulu pouvoir dissiper ses craintes.

La nuit précédente, Justin avait mis son épuisement à profit pour tout lui expliquer, en précisant : *Ça m'a secoué, et je suppose que le choc sera moins violent si tu es encore à moitié sonné.*

Ensuite, ils avaient pleuré. Justin ne voulait pas le laisser seul et s'était allongé près de lui, pour s'endormir tout habillé sur le lit.

Grant essaya de le couvrir, mais les forces lui manquaient. Il dut se contenter de rouler de côté, pour laisser la couverture sous son ami, avant de reprendre sa place.

Ensuite, il eut froid, très froid, jusqu'au moment où Justin se réveilla et alla chercher une couverture supplémentaire, avant de l'étreindre et de pleurer sur son épaule, pendant un long moment.

– J'ai tant besoin de toi, lui dit-il.

Et, parce qu'il était un azi ou parce qu'il était un humain – il n'aurait pu se prononcer –, il considéra cet aveu comme la chose la plus importante qu'on lui avait jamais dite. Il pleura à son tour, sans savoir pour quelle raison. Il avait seulement conscience que Justin était toute sa vie, qu'il était *tout,* pour lui.

– J'ai moi aussi besoin de toi, répondit-il.

À la faveur de l'obscurité des heures qui précèdent l'aube, quand il est possible d'exprimer des choses trop profondes pour pouvoir être dites en plein jour.

Grant s'éveilla le premier et resta allongé sans bouger, heureux d'avoir son compagnon près de lui. Puis Justin ouvrit les yeux à son tour, se leva, et lui demanda de l'excuser d'avoir dormi dans son lit.

Comme s'il avait été incommodé par sa présence, comme si Justin n'était pas ce qu'il considérait comme le plus important au monde, la seule personne capable de le rassurer. Pour lui, Grant eût fait n'importe quoi.

Il l'aimait, bien plus qu'aucune femme ou quoi que ce soit qu'il eût jamais désiré.

13

– *La série d'Ari est positive,* annonça la voix qui provenait du labo.

Soulagé, Giraud Nye prit une inspiration profonde.

– C'est merveilleux. Absolument merveilleux. Et les deux autres ?

– *C'est positif, dans toutes les matrices.*

– Formidable.

Schwartz coupa la liaison. Giraud Nye se pencha en arrière dans son fauteuil et soupira.

Ils utilisaient neuf cuves utérines, dans le cadre du projet. Trois essais par sujet, ce qui lui valait de subir les récriminations continuelles de Strassen. Il était rare que Reseune prît de telles précautions pour des duplications de CIT. Si une série rejetait l'implant ou si des problèmes se présentaient, il suffisait de tout reprendre de zéro et le planning n'était retardé que de quelques semaines. Le client n'avait qu'à attendre, hormis s'il souhaitait payer le double d'une somme déjà astronomique pour avoir un exemplaire de rechange. Dans le cas d'une commande d'azis ou d'un programme de recherche, on prévoyait pour chaque paire un double qui était vidé après cinquante jours.

Pour cette expérience, neuf matrices resteraient occupées trois semaines et six deux fois plus longtemps, avant qu'ils n'effectuent la sélection finale et ne se débarrassent des sujets en réserve.

Les responsables des laboratoires de Reseune ne voulaient courir aucun risque.

Audiotexte extrait de :
Formes de croissance
Bandétude de génétique n°1

Publications éducatives de Reseune :
8970-8768-1 approuvé pour 80 +

*Tous ceux qui ont reçu une bande sous cataphoriques connaissent les biosondes de contrôle. Le plus rudimentaire des lecteurs domestiques est doté d'un cardiographe : une simple électrode qui enregistre le pouls. Tout programme ludique ou éducatif suivi sous sensibilisateur chimique peut en effet être à l'origine de violentes réactions émotionnelles si son contenu déclenche la résurgence de certains souvenirs ou fait naître une empathie profonde. En suivant une pièce classique telle qu'*Othello*, par exemple, certains individus peuvent établir un parallèle entre des épisodes de la vie des personnages et ceux de leur propre vécu, et s'identifier à eux à un degré plus ou moins grand.*

Le spectateur est alors soumis à la même tension nerveuse que les héros du drame. Mais dès que le rythme cardiaque s'accélère, la biosonde enregistre cette information et la communique aux modules de surveillance du lecteur. Si un seuil établi au préalable est franchi, l'appareil interrompt le programme et une bande de musique apaisante prend le relais.

Cet enfant s'est rendu dans une clinique éducative dans un but bien précis... il souhaite améliorer sa calligraphie. Il tend son bras au technicien qui palpe les muscles et les localise sans hésitation, avant d'appliquer des biosondes numérotées sur sa peau. Il en placera d'autres sur le pourtour des yeux, sous le bras, sur le cœur et l'artère carotide.

Ces petites plaques adhésives grises sont munies de deux électrodes : ce lecteur est bien plus perfectionné que les lecteurs domestiques et dispose d'un système de bioré-troaction. Les numéros des biosondes correspondent à ceux que le tech lit dans la brochure qui accompagne la bande éducative. Pour la simple acquisition de capacités instinctives, il n'est pas nécessaire que le praticien soit diplômé en psychothérapie. Les électrodes appliquées sur l'épiderme à l'emplacement des muscles indiqués dans le manuel d'instructions permettront à la machine de connaître leur activité individuelle, ou celle d'un groupe musculaire, et d'interrompre ou de reprendre l'envoi des impulsions.

Lorsque cette calligraphe expérimentée a écrit le texte à reproduire, elle portait des détecteurs similaires. Les mouvements de tous ses muscles ont été enregistrés. Nous assistons à la phase d'enregistrement de la bande.

Notre jeune élève ne peut s'empêcher d'éprouver une légère inquiétude, alors qu'il s'apprête à ressentir les effets du sensibilisateur chimique. C'est la première fois qu'il suit un programme éducatif sous cataphoriques. Le technicien le rassure et lui explique que les différences sont minimes entre les bandes éducatives et ludiques. Si les biosondes gênent quelque peu ses mouvements, ce n'est que momentané. La drogue agit et le tech s'assure par quelques tests que l'enfant est prêt. La bande débute et le petit garçon est intimidé par la difficulté de l'exercice. L'homme dissipe ses craintes. Dans un instant, grâce à la double fonction des électrodes, l'élève percevra dans sa chair ce que fait son professeur. La femme prend le stylo et commence à écrire. Il découvre comment elle procède. Il voit les lettres prendre forme et sent dans sa chair les mouvements précis de la main et des doigts. L'aisance du calligraphe expérimenté lui est révélée.

Plusieurs séances lui seront sans doute nécessaires,

mais les résultats sont perceptibles dès qu'il effectue seul l'exercice, sitôt après son réveil. Il tient correctement le stylo et ses muscles ne se contractent pas. Finies, les crampes dues à des doigts crispés ; et son attitude corporelle s'est en outre notablement améliorée depuis qu'il a trouvé le point de pivot sur lequel sa main doit reposer. Il est à la fois surpris et ravi du résultat. Il refera souvent cet exercice, afin de renforcer les automatismes. Il se remettra au travail après le déjeuner et recommencera demain. Cet entraînement assidu créera une habitude. Il pourra en outre reprendre la bande tant que ses parents ou lui-même ne s'estimeront pas satisfaits des résultats.

Cet azi de type Bêta est affecté aux forces spéciales. Il est debout et dilate les muscles de son dos à la demande du technicien. Il ferme les yeux, sans manifester d'intérêt pour les préparatifs qui ont tant inquiété notre calligraphe en herbe. C'est avec impatience qu'il attend de recevoir sa bande, mais pour acquérir les capacités qu'il doit maîtriser la participation de la totalité de son corps est en l'occurrence nécessaire. Il fait cela deux fois par mois depuis l'enfance et les électrodes de biorétroaction sont à ses yeux plus importantes encore que les cataphoriques. Entre autres choses, il sait s'instruire avec plus d'efficacité et sa concentration d'esprit est bien supérieure à celle du jeune élève. Il connaît les noms de tous les muscles et sait placer seul les biosondes. Il suit de nombreux programmes d'études facultatifs dans ses quartiers en prenant une dose de cataphoriques à peine plus forte que celle utilisée par d'autres pour regarder une bande ludique. Il sait désormais se rendre réceptif sans sensibilisateur chimique.

À la fin de chaque mois, cet azi se voit attribuer une bande très différente de celles que peuvent obtenir les citoyens : il fait alors une expérience qu'il ne pourrait décrire, car elle est plus sensorielle que verbale. S'il l'appelle une super-bande, le terme employé à Reseune est celui de bande-récompense.

La femme qui la lui passe n'est pas une technicienne, mais un superviseur de Bêta, et elle emploie un appareil très complexe qui comporte une boucle chimiosanguine chargée d'analyser le sang et d'y injecter des euphorisants naturels... un procédé qui n'est utilisé sur des CIT que lorsque des ajustements psych s'avèrent indispensables.

Cet azi, qui a reçu de telles bandes depuis sa plus tendre enfance, trouve l'expérience très agréable et préfère cela à toute autre forme de récompense. Celle-ci est interne, et profonde.

Contrairement à une intervention effectuée sur un citoyen, et dont les résultats dépendent en grande partie de l'intuition du psychologue, celle-ci est ciblée avec précision et préparée par les concepteurs auxquels on doit le psychset de cet azi. Une telle précision serait impossible à atteindre dans le cas d'un patient non azi dont la vie a été façonnée par le hasard, des événements dont nulle trace n'est conservée. Le psychset de cet azi a été préparé sur bandes et est bien connu des spécialistes, même après qu'il a servi dans les forces armées et ainsi côtoyé un grand nombre de citoyens-nés.

Tous ses supérieurs ont reçu une formation spéciale et savent comment se comporter avec ses semblables. Ils veillent à ne pas s'adresser à eux avec brutalité. Le respect et le manquement à la discipline sont sanctionnés par une récompense ou son absence, et la confiance qu'un azi porte à un superviseur-psychologue est plus grande que celle d'un enfant envers ses parents. Que l'identité de ce superviseur puisse changer ne le trouble pas. Cette femme lui inspire un sentiment de sécurité absolu, dès l'instant où il la sait qualifiée.

Les citoyens qui ont travaillé avec des azis non socialisés déclarent presque tous avoir fini par être submergés par l'attachement qu'ils étaient disposés à leur accorder.

Ils ont bien trop confiance en moi, *disent-ils presque toujours.*

Mais celui-ci est un militaire et il a côtoyé des citoyens qui n'ont pas reçu de formation particulière. Il s'est endurci sur le plan émotionnel et ne redoute pas de fréquenter ses camarades non azis. Son chef a dû passer un examen avant d'être habilité à s'occuper d'azis, mais s'il le traite comme ses autres hommes il sait qu'il sera nécessaire de le recevoir immédiatement s'il sollicite une entrevue et qu'il faudra le placer sous sédatifs et l'envoyer sans délai à l'hôpital s'il a besoin de l'intervention d'un superviseur de Bêta. Les azis ont rarement des problèmes et leurs protections émotionnelles sont aussi efficaces que celles d'un citoyen, mais leur psychset n'est pas attribuable à l'expérience et ils ne peuvent en conséquence y trouver un soutien social. Tout azi qui sent ce bouclier s'affaiblir devient vulnérable à son entourage. Son état est proche de celui où plonge tout individu qui étudie sous sensibilisateur chimique et il ne peut repousser les stimuli qui l'assaillent. On pourrait comparer cela à prendre des cataphoriques dans une pièce bondée de monde : une situation angoissante et destructrice.

Cette bande est très agréable. Elle lui réaffirme l'importance des valeurs qui lui ont été inculquées et l'estime qu'il se porte. Il a en lui une confiance absolue. Il connaît ce que nul citoyen ne pourra éprouver en vivant dans un monde régi par les lois du hasard : il communie avec la vérité et s'accepte tel qu'il est.

Nous voici à Reseune, là où est né notre soldat. Cet azi de trois ans, bien plus jeune que le futur calligraphe, s'apprête à recevoir ce qui est communément appelé une bande-profonde. S'il est inquiet, ce n'est pas à cause du processus auquel il s'est déjà soumis maintes fois mais des dimensions impressionnantes de la machine. Le psychochirurgien l'étreint, le rassure, et le déride en lui faisant une grimace. L'azi l'aide à placer les électrodes.

La dose de cataphoriques est importante. Le seuil de sa conscience est plat et son sang fait l'objet d'analyses constantes.

La bande traduit les ensembles de valeur en mots dont il peut assimiler le sens.

Elle lui apprend comment susciter de l'approbation. Elle lui précise quels sont ses talents et ses atouts.

Peut-être lui rappellera-t-elle qu'il doit veiller à réprimer certaines de ses tendances naturelles, comme un père dirait à son fils qu'il est mal de bouder. Mais la bande en-

trecoupe ces conseils d'éléments positifs et de félicitations, et s'achève toujours ainsi.

Elle prend fin, et le superviseur prononce le mot clé qui verrouillera ces acquis. L'azi s'en souviendra. Pour avoir accès à ces instructions, le superviseur n'aura à l'avenir qu'à employer cette clé, mentionnée dans le fichier du sujet avec la référence de la bande. Au fur et à mesure qu'il grandira, sa bande-profonde deviendra plus abstraite et les clés verbales s'intégreront à des blocs de plus en plus vastes pendant que ses structures psych se fondront en ensembles complets, et il acceptera les valeurs inculquées en leur accordant la confiance que les superviseurs inspirent à tout azi.

Compte tenu du désarroi de l'enfant devant la machine, l'homme profite du fait qu'il est toujours réceptif aux instructions pour le rassurer au sujet de cet appareil. Toute manifestation d'angoisse au cours de telles séances, même minime, doit faire l'objet d'une analyse approfondie qui permettra d'en découvrir les causes et de les traiter. Nul superviseur ne souhaite qu'un de ses azis aborde ces séances en éprouvant de l'appréhension.

Toutes les bandes des azis ont été conçues ici, dans ces bureaux d'apparence banale, par des chercheurs dont certains sont eux-mêmes des azis. Des ordinateurs facilitent leur travail. Ils analysent les résultats des examens physiologiques... coordination œil/main pour tel généset, temps de réaction, équilibre, vision, ouïe, force physique, activité hormonale, tests de Rezner, vulnérabilité au stress. Le concepteur tient compte de tous ces paramètres pour créer une bande spécifique et façonner un psychset particulier.

C'est un concepteur qui consulte la bibliothèque de Reseune et choisit un généset à même de recevoir ce qui est nécessaire au développement de nouvelles applications.

C'est un concepteur qui s'occupe de cet azi renvoyé aux labos par son superviseur, qui pense avoir décelé des anomalies dans son comportement. Il devra effectuer des tests et interroger le sujet afin de découvrir si c'est ce dernier qui a un problème, ou son supérieur. Il préparera en-

suite une bande de réadaptation ou rédigera un ordre concernant la totalité des azis de ce géneset. Il pourra par exemple leur interdire d'effectuer certaines tâches.

C'est un concepteur qui a destiné ce garçon à des opérations de sécurité civile, très différentes de celles, militaires, qu'exécutent habituellement les azis de ce génotype. De tels changements d'affectation suscitent toujours des craintes, car un échec est autant redouté par les responsables que par les azis. Pour de telles expériences, on prend soin d'attribuer un mot de passe aux ensembles altérés, une sorte d'étiquette qui permettra au psychochirurgien de les récupérer s'il s'avère problématique de les intégrer au psychset. Les azis qui participent à des programmes d'essais de courte durée sont aptes à effectuer de telles interventions sur eux-mêmes et peuvent refuser de se soumettre à tel ou tel test. Ici, le principe fondamental est de prendre son temps et de ne pas brûler les étapes.

Il arrive parfois que, comme les citoyens, des azis aient de graves problèmes psychologiques.

La plupart sont alors renvoyés à Reseune, où concepteurs et psychochirurgiens s'efforcent de résoudre leurs difficultés. De tels travaux sont non seulement utiles aux principaux intéressés mais aussi à la science prise dans son ensemble et plus particulièrement à la psychothérapie générale.

La solution peut consister en une réadaptation, qui requiert un effacement mental puis une longue période de convalescence. Chez un azi dont le génotype et le psychset ont fait leurs preuves, de tels problèmes sont toujours dus à un traumatisme. S'il a fait l'objet de négligence ou de mauvais traitements, Reseune peut alors agir sur le plan légal afin de protéger les intérêts de l'azi concerné.

Dans d'autres cas le patient est confié à la section génétique et la production de son génotype est suspendue tant qu'une solution n'a pas été trouvée.

Quelquefois, il n'existe aucune solution, pas le moindre psychset réparateur utilisable, même après un effacement mental, et la seule issue est une liquidation. La qualité de la vie d'un azi est une considération qui prime toutes les autres et Reseune – à qui l'on doit les règles qui interdisent à un superviseur de s'adresser avec brutalité à un de ses azis – est confronté à la pénible décision que doivent prendre les proches parents d'un malade dont les fonctions vitales se poursuivent après que toute activité cérébrale, toute vie consciente, a cessé...

CHAPITRE IV

1

La cuve utérine s'inclina et son contenu fut vidé dans le bac récepteur. Ariane Emory se débattait et se contorsionnait : nageuse miniature dans une pénombre non familière et une mer plus vaste que la précédente.

Elle s'agita ainsi jusqu'au moment où Jane Strassen plongea les bras dans l'eau et la sortit du bac. Des assistants nouèrent alors son cordon et la portèrent sur une table pour procéder à un examen rapide, pendant que Jane Strassen regardait la scène par-dessus leurs épaules.

– Vous ne constatez aucune anomalie, n'est-ce pas ?

De l'appréhension était perceptible dans sa voix. Une heure plus tôt, son intérêt était purement professionnel. Elle prenait à cœur un projet qui eût été compromis si la santé du nouveau-né avait été précaire. Mais il s'y ajoutait à présent une angoisse qu'elle ne se serait pas attendue à éprouver.

– *Vous êtes celle qui correspond le mieux au profil d'Olga Emory,* lui avait dit son cousin Giraud.

Et elle s'était emportée, pour refuser avec véhémence et protester que la direction des labos de la section un ne lui laissait pas de temps à consacrer à un nourrisson ; d'autant plus qu'elle avait une santé fragile, était surchargée de travail et venait de fêter son cent trente-deuxième anniversaire.

– *Olga a eu Ari à plus de cent ans,* avait rétorqué Giraud. *Vous êtes une femme décidée, active. Comme Olga, vous vous intéressez aux formes d'expression artistiques, vous êtes née dans l'espace, vous possédez une intelligence supérieure à la moyenne et d'indéniables capacités professionnelles. De tous nos collaborateurs, vous êtes la femme qui lui ressemble le plus. En outre, votre âge constitue un atout : vous devez vous* souvenir *d'Olga.*

– *Je ne supporte pas les enfants. J'ai eu Julia par immaculée conception, et sachez que je me sens insultée quand vous me comparez avec cette mégère insupportable et pinailleuse !*

Et cette ordure de Giraud avait souri avant de lui répondre :

– *Vous ferez l'affaire.*

Ce qui lui valait de se retrouver ici, dans cette salle, à cette heure, assaillie par l'angoisse pendant que les médecins examinaient un nouveau-né qui se tortillait comme un ver et que la pensée de ses nouvelles responsabilités s'ancrait dans son esprit.

Elle ne s'était guère occupée de sa fille génétique, sa contribution à l'immortalité conçue grâce à la participation involontaire d'un mathématicien pan-parisien qui ignorait à quoi avait servi son don à la génébanque de Reseune. Jane accordait une confiance plus grande au hasard et à un sang nouveau qu'à une planification méticuleuse, qu'elle jugeait préjudiciable au pool génétique. Julia était le fruit de cette sélection personnelle : ni un échec ni une réussite. Jane avait la plupart du temps confié sa fille à des nourrices, pour s'en désintéresser après avoir constaté qu'il s'agissait d'une enfant trop timorée et sentimentale... *brillante* dans un milieu aux normes moins élevées mais incapable de dominer ses fonctions biologiques et aussi vulnérable qu'une azie.

Mais *ceci,* le double d'Ari qu'elle adoptait à la fin de son existence, correspondait à tout ce qu'elle avait jamais espéré. L'élève idéale. Un esprit à même d'assimiler la totalité du savoir qu'elle lui jetterait en pâture et de la régurgiter par la suite. Une expérience passionnante, mais à laquelle il lui serait interdit de procéder.

Elle venait de se passer une bande où l'on voyait Olga avec Ari : Olga qui la tenait par l'épaule, tirait sur son pull pour supprimer un pli. Le sursaut d'exaspération de la fillette. Elle s'en souvenait. Elle revivait son propre passé.

Elle avait entendu cette voix pendant dix-huit ans. Olga ne ménageait pas plus ses critiques à l'égard de sa fille que des membres de son équipe – il était même surprenant qu'Ari n'en eût pas été névrosée – lorsqu'elle ne la laissait pas livrée à elle-même avec les azis. Olga effectuait sans cesse sur elle des analyses sanguines et des psychtests, dans le but d'établir les bases des théories qu'Ari développerait plus tard. Elle avait fait passer à son enfant ses premiers tests de Rezner, pour découvrir que le score atteignait presque le maximum. Olga Emory croyait aux vertus d'une éducation scientifique et pensait avoir à sa disposition une nouvelle Estelle Bok, à laquelle les labos permettraient de connaître une semi-immortalité. Et tous les autres gosses qui vivaient à Reseune entendaient dire qu'Ari leur était bien supérieure, et intouchable parce que leurs parents savaient qu'ils se retrouveraient sans emploi si leur rejeton s'avisait de pocher un des yeux de la précieuse Ari d'Olga, qui l'eût pourtant bien mérité.

À cette époque où les pionniers qui avaient fui les lois restrictives de la Compagnie Terre venaient de se regrouper à l'extrême limite de l'espace connu pour y fonder Station Cyteen, les théoriciens politiques renégats, les physiciens célèbres, les chimistes et les explorateurs légendaires étaient plus nombreux dans le réfectoire que les gens capables de réparer un robinet défectueux. La réjuv venait d'être découverte. Reseune serait d'ailleurs fondée pour en étudier les possibilités. La physique de Bok rendait tous les manuels caducs et des gens qui auraient pourtant eu des choses plus utiles à faire se livraient à des spéculations sur ce qu'elle permettrait bientôt de découvrir. Et si Olga Emory était une femme intelligente et à l'esprit pluridisciplinaire, on trouvait aussi sous sa voûte crânienne quelques araignées qui y avaient tissé leurs toiles.

Pour ne pas parler de James Carnath, qui semblait encore plus atteint. En apprenant qu'il était condamné, il avait décidé d'avoir avec Olga une enfant qui surpasserait Bok.

Telles étaient les raisons qui valaient à Jane Strassen de se retrouver avec un projet et un bébé sur les bras.

Elle devrait calquer son comportement sur celui d'Olga. *Tiens-toi droite, Ari. Ne remue pas comme ça, Ari. Fais tes devoirs, Ari...* râleuse et antipathique.

Elle se comporterait ainsi, quand elle ne confierait pas Ari aux nourrices. Comme pour Julia. Elle en avait des remords rétrospectifs.

S'intéresser à l'enfant plus que ne l'avait fait sa mère eût changé Ari. Reconnaître ses fautes lui était pénible, mais en étudiant le comportement d'Olga il lui avait semblé se regarder dans un miroir au reflet trop révélateur. Giraud ne se trompait pas. Il lui restait encore bien des choses à apprendre, à cent trente-deux ans.

Jusqu'à ce jour elle n'avait pas éprouvé pour Julia plus de sentiments maternels que pour n'importe quel autre produit des labos... ou pour les deux azis que les assistants mettaient au monde de l'autre côté de la salle. Dans le cas présent, et malgré l'expérience acquise pendant qu'elle « élevait » sa fille et s'occupait des étudiants placés sous son autorité, les résultats dépendraient de la façon dont elle suivrait le programme établi. Pour le bien de l'enfant. Ari Emory lui avait inspiré du *respect* et si elle ne se montrait pas à la hauteur elle verrait sa réputation s'envoler en fumée. À cent trente-deux ans. Rien ne l'irritait autant que les erreurs, le manque de rigueur et les pensées brouillonnes.

Il lui était toujours pénible de regarder Julia et de voir ce qu'elle était devenue – une jeune femme incapable d'effectuer correctement son travail, trop faible avec sa propre fille dont elle passait tous les caprices, satisfaite de vivre aux crochets d'un interminable chapelet d'amants – et de savoir qu'elle en portait la responsabilité au même titre que ses gènes. Mais la négligence et l'agressivité dont elle reconnaissait à présent avoir fait preuve envers Julia avaient joué un rôle nécessaire et essentiel pour façonner la personnalité d'Ari. Pychsets et génétique à l'ouvrage.

Mauvaise gosse et bonne mère, peut-être. Et vice versa.

Une sacrée donne de Dame Nature.

2

– Ils sont tous en parfaite santé, déclara Petros Ivanov.

– C'est formidable. Absolument formidable.

Denys prit une bouchée de poisson, puis une autre. Ils déjeunaient en privé dans la salle à manger directoriale, dont les rideaux avaient été ouverts sur les baies panoramiques hermétiques. Les météorisateurs leur donnaient de la pluie, comme prévu. C'était une forte averse et l'eau ruisselait le long des vitres. Le beau temps reviendrait dans un jour, à quelque chose près.

– Je ne peux plus supporter mon frère. Savez-vous ce qu'il s'est permis de me dire avant de s'empresser de regagner la capitale ? « Ne t'inquiète pas, tout se passera bien. » Et vous croyez qu'il aurait appelé pour avoir des nouvelles ?

– Tout correspond au profil idéal, pour l'instant. Les azis sont normaux. Leur formation a déjà débuté.

– Celle d'Ari également.

– Strassen râle, à cause de la nourrice en chef.

– Ce n'est pas une nouveauté.

– Elle la trouve inflexible et estime que les membres de son équipe sont mal à l'aise en sa présence.

– *Une azie inflexible !* C'est la preuve qu'elle suit nos instructions à la lettre. Jane est en colère parce que de nouveaux membres du personnel se sont installés chez elle. Ça lui passera.

Il se resservit du café.

– Mais son azi nous pose un problème. Ollie est plus jeune et moins docile que la pauvre loque qu'Olga avait à son service, mais Jane vient de marquer un point en faisant remarquer qu'il ne pourra pas résister à son tempérament si nous utilisons une bande pour adoucir son caractère. Elle réussira à modérer son agressivité avec la gosse, mais pas avec son azi. N'importe quel enfant peut capter la tension de son entourage depuis son berceau, et si la seconde Ari a hérité de la sensibilité de la première, Dieu seul pourrait dire ce qui en résultera. Alors, que décidez-vous ?

Petros sourit.

– Passer une bande à Jane ?

Denys grogna et but une gorgée de café.

– J'avoue que c'est tentant. Mais non. Jane est une professionnelle. Elle a conscience de ce qui est en jeu. Nous avons conclu un pacte. Nous laissons Ollie tranquille et elle se charge de lui apprendre à tenir son nouveau rôle. J'estime qu'un azi capable de rendre cette femme heureuse devrait pouvoir réaliser n'importe quoi.

Des rires.

Il était fou de rage contre Giraud. Son frère aurait pu le décharger d'une grande partie de ses soucis, mais il s'empressait de filer dans la capitale dès que la situation s'annonçait délicate.

Tu as carte blanche, lui avait-il dit. *L'administrateur, c'est toi. Et bienvenue à bord.*

Il venait de consacrer près d'une année à feuilleter les notes laissées par Ari, cette petite partie des archives à laquelle les techs pouvaient accéder. Trois semaines avaient été nécessaires aux ordinateurs de la banque de données de Reseune pour compiler la masse initiale de renseignements sur Ari. Il se félicitait qu'Olga eût tout classé sous des références et selon un ordre chronologique. Il fallait non seulement chercher les bandes se rapportant à Ari mais aussi celles de ses deux azis : des prototypes uniques en leur genre. Les fichiers étaient remisés dans un tunnel creusé sous les collines, et ils devaient à présent en ouvrir trois autres pour la simple raison que le volume de stockage de cet immense souterrain était insuffisant et qu'il grouillait de techs chargés de trier les bandes afin de pouvoir en archiver un plus grand nombre dans la Maison elle-même.

Et ce flot de nouvelles données s'apparenterait à un véritable raz de marée. Un de ces tunnels recevrait les enregistrements, dont les logiciels de certains programmes ébauchés par Ari et qu'il faudrait terminer avant que le bébé eût appris à parler.

Reseune concentrerait ses efforts sur le projet lui-même et sous-traiterait la production d'azis afin d'alléger le travail du personnel. De telles mesures auraient provoqué une crise économique catastrophique, si les militaires n'avaient pas financé en partie les annexes de Lointaine et de Planys : des sommes qui avaient permis d'acheter des cuves et des ordinateurs, d'augmenter la production *et* de forer ces tunnels. Jordan Warrick se faisait oublier. Il se chargeait d'organiser l'installation de l'annexe de Planys et le fait d'avoir à nouveau des responsabilités le rendait plus heureux qu'il ne l'avait été depuis la mort d'Ari. Tous s'estimaient comblés, y compris la Défense. Ils devaient se passer des services de Robert Carnath, nommé à la tête des labos de Planys : cet homme ne faisait pas partie des amis de Warrick et était assez habile pour ne pas lui céder une partie de ses pouvoirs. Une autre équipe était partie à Lointaine et ils perdraient encore des collaborateurs qualifiés quand le projet Rubin serait lancé sur cette station. Si certains avaient autrefois estimé que la main-d'œuvre était pléthorique à Reseune, ils devaient à présent acheter des contrats d'azis à des sous-traitants tels que Bucherlabs et Fermedevie, placer tous les azis de plus de quarante ans sous réjuv et employer les bandes de réadaptation. Quinze baraquements étaient déserts, en bas dans la Ville, et ils venaient de signer avec la Défense un accord de rachat portant sur des azis proches de la retraite. Les militaires n'auraient pas à payer leur rééducation et leurs pensions, et les principaux intéressés seraient ravis d'obtenir des postes à la RESEUNAIR, la production, et partout ailleurs où un azi sans autre perspective qu'un transfert dans un centre de travail gouvernemental lugubre pourrait combler un vide et penser à son avenir plutôt qu'à son passé. Cette mesure permettrait à Reseune de disposer instantanément de main-d'œuvre qualifiée et disciplinée, consciente des impératifs de sécurité. Il en résulterait des erreurs et des frictions, mais *pas* dans ce qui se rapportait de près ou de loin au Projet, auquel ne participeraient que des gens connus et où les meilleurs chercheurs pourraient se consacrer à leurs travaux.

Le rachat des azis aux militaires les tirait d'embarras et Denys était fier de pouvoir s'en accorder tout le mérite. Ce n'était pas une mince affaire, que de multiplier un projet conçu à l'origine pour un seul sujet... par quatre, en comptant Rubin et les deux azis. Et pour concilier objectifs, budget et discrétion. Giraud se chargeait de ce dernier impératif et laissait à son frère le soin de s'occuper de tout le reste.

– La situation ne va pas s'arranger, déclara Denys à Petros. Nous devrons mettre les bouchées doubles, si nous voulons que cette gosse corresponde au profil désiré. Si quelqu'un fait la moindre erreur, je veux en être informé. Si elle pleurniche et que ce n'était pas prévu, j'exige d'être immédiatement tenu au courant. Rien n'est secondaire, tant que nous n'aurons pas assez de résultats pour effectuer des comparaisons valables.

– Ces réajustements constants en cours d'expérience vont nous donner un travail fou.

– Ils seront indispensables. Il y *aura* des écarts par rapport aux normes établies. Nous modifierons le programme aussi souvent que nécessaire, sans pour autant savoir où nous allons. Nous ne pourrons jamais avoir la certitude que cette gosse est bien Ari. Je me trompe ?

Un lourd silence.

3

Le vin tourbillonna dans le verre que Grant avait déjà vidé à plusieurs reprises. Justin se servit à son tour et reposa la bouteille, pendant que son ami contemplait la boisson couleur rubis, l'air soucieux.

Et un peu ivre. Il y réfléchit. Le devoir. Il savait que ce soir l'azi jugeait de telles considérations superflues.

Ils discutèrent de leur travail. Ils parlèrent d'une séquence qu'ils étudiaient. L'alcool ne facilitait pas une telle analyse... les rapports de cause à effet s'embrouillaient quelque peu.

Mais Justin se sentait soulagé.

Car sa propre attitude lui inspirait du mécontentement. Un bébé naissait et il sombrait dans un état dépressif. Dans tout Reseune on entendait demander « Est-elle mignonne ? » ou « Comment va-t-elle ? » et il avait quant à lui l'impression qu'une main venait de se refermer sur son cœur, pour le comprimer.

Parce qu'une petite fille était venue au monde, bon Dieu ! Et pendant qu'on célébrait l'événement dans les appartements des techs et qu'une réception battait son plein dans les locaux de la section un, Grant et lui fêtaient cela en solitaires, avec morosité.

Ils étaient installés dans la fosse-salon de l'appartement où ils avaient passé toute leur l'enfance, l'ex-résidence de Jordan, assis devant des crackers et des tranches de saucisse qui se desséchaient dans les assiettes, une bouteille pleine aux deux tiers et deux autres vides dressées au milieu des miettes et des cercles humides visibles sur le plateau de pierre de la table. L'alcool bu lui permettait d'étudier la situation avec un certain recul.

Tu souhaites la mort d'un nouveau-né ? Seigneur, comment peux-tu avoir des pensées pareilles ?

Il se servit un autre verre, le leva et trinqua avec son ami avant d'avoir un rire forcé.

– Au bébé.

L'azi se renfrogna et s'abstint de boire avec lui.

– Allons, dit Justin. Soyons charitables.

Grant releva les yeux et lui adressa un geste qui signifiait : *N'oublie pas qu'ils nous écoutent peut-être.*

C'était exact. Ils devaient toujours sortir des bâtiments pour pouvoir discuter sans s'inquiéter des conséquences.

– Et après ? Qu'ils nous écoutent ! Je m'en fiche. Je suis désolé, pour cette gosse. Elle n'a pas demandé à venir au monde.

– Aucun azi ne le demande, rétorqua Grant.

Puis un froncement de sourcils plissa son front.

– Et aucun citoyen non plus, d'ailleurs.

– Personne.

Ils sombraient dans la morosité. Justin ignorait ce que l'avenir leur réservait, et c'était tout le problème. Reseune subissait une mutation profonde, on y voyait un grand nombre de nouveaux visages, les changements d'affectation pleuvaient, les azis étaient... déconcertés de se voir désigner pour des cures de réjuv : ravis d'en avoir été jugés dignes, angoissés à la perspective d'être affectés à de nouveaux postes et de devoir côtoyer des inconnus. S'il eût été exagéré de dire qu'ils en souffraient, ils subissaient plus de changements qu'au cours de toute leur existence. Les carnets de rendez-vous des superviseurs étaient pleins et ils réclamaient eux-mêmes un répit qui ne pouvait leur être accordé.

Pendant qu'à l'intérieur de la Résidence de la section un un appartement restait clos comme un mausolée. Ni dépoussiéré, ni touché, ni ouvert.

En attente.

– Je doute qu'ils aient de meilleures chances qu'avec Bok, déclara Justin. Vraiment pas. *Jane Strassen,* bon Dieu. L'endo...

Endocrinologie n'était pas un mot qu'il pouvait articuler distinctement après avoir bu une bouteille et demie de vin.

– Foutue chimie. Tout marche à merveille sur les machines. C'est la façon qu'utilise Dame Nature pour intervenir. Une théorie admirable. Mais ils finiront par la rendre encore plus folle que Bok. Ils auraient de meilleures chances de succès en utilisant sur elle des bandes-profondes. Cette histoire de facteur de créativité... voilà une autre belle connerie. Pour la pousser à *s'intéresser* aux travaux d'Ari, alors qu'il suffirait d'employer une bande à même de faire naître un peu d'*empathie,* bon sang, et ensuite de la lâcher dans la nature.

Tout ce projet est une histoire de fous. En fait, ils ne veulent pas retrouver les capacités d'Ari chez une gentille petite fille intelligente mais recréer cette femme. Son *pouvoir,* sa personnalité ! Nous avons affaire à une bande de vieilles reliques réjuvenées qui ont tout le budget de Reseune à dilapider et qui restent assises en face d'un écran en attendant de voir le mot Fin apparaître. Voilà ce qui se passe. C'est une catastrophe. On ne trouve pas assez de compassion, là-haut. Cette gosse me fait de la peine.

Son ami se contenta de le dévisager pendant un long moment. Puis :

– Je crois qu'il existe un rapport entre la créativité et les bandes... et que nous ne possédons pas cela au même degré...

– Oh, merde !

Il lui arrivait de blesser Grant sans s'en rendre compte. Parfois, il ouvrait la bouche sans penser à peser ses paroles comme en présence des autres azis. Et il s'inspirait alors du dégoût et de la colère.

– Ce sont des conneries. Tu ne peux pas croire des trucs pareils quand tu répares une bande sur laquelle une douzaine de maîtres-concepteurs ont sué pendant un mois.

– Ce n'est pas de cela que je parle. Je *suis* un azi. Je peux voir le problème sous une perspective différente. Frank est un azi, lui aussi, mais il ne me ressemble pas. Je suis un peu arrogant avec lui, et j'estime avoir des raisons de l'être, mais dès que je dois discuter avec Yanni je perçois ce qui nous sépare dans mes tripes.

– *Tout le monde* le sent dans ses tripes. Yanni est un...

– Écoute-moi. Je doute qu'il t'arrive d'éprouver la même chose. Je ressens cela, et je sais que tout ce qui provoque une telle réaction est répertorié dans le manuel posé sur ma table de chevet, alors que la totalité de cet appartement ne pourrait contenir tout ce qui se rapporte à ta personne. Prenons l'exemple d'Ari. Ils ont dû creuser un tunnel sous la montagne, pour emmagasiner ce qu'elle a été.

– Est-il important de savoir que lorsque la guerre a

été déclarée on lui a servi du poisson au déjeuner et que c'était le deuxième jour de ses règles ? Des foutaises, Grant, des foutaises. Et s'ils ont aménagé ces salles souterraines c'est pour stocker ce genre de conneries.

Et ces maudites vids, qui y resteront jusqu'au jour où le soleil s'éteindra. Voilà le seul souvenir impérissable que je laisserai à la postérité.

– La rage t'étouffe en présence de Yanni parce que ce type a un caractère de cochon, voilà tout. C'est sa nature, et voir sa nomination à Lointaine lui passer sous le nez ne l'a pas arrangé.

– Non. Tu ne m'écoutes pas. Il existe une différence. Le monde est bien trop compliqué pour moi. C'est la seule explication possible. Je suis plus doué que toi pour étudier les microstructures pour des raisons de concentration d'esprit. Mais les psychsets des azis ont une particularité... et cela leur interdit de se sentir à leur aise face aux macrostructures aléatoires. Tout un tunnel, Justin. Simplement pour contenir son psychset.

– Psychset, mon cul ! C'est l'enregistrement de tout ce qu'elle a *fait*, la liste de tous les pauvres bougres auxquels elle a joué des sales tours ; et elle a pu s'en donner à cœur joie, en cent vingt années d'existence ! Si tu allais à Novgorod corrompre les conseillers, le compte rendu de tes activités aurait tôt fait de remplir lui aussi un tunnel de ce genre.

– Impossible. Je ne pourrais pas regarder derrière moi. C'est une façon d'exprimer ce que je ressens.

– Tu as passé toute ton existence à Reseune. Tu apprendrais à...

– Non. C'est différent. Crois-moi. Même si on m'inculquait tout ce que savait Ari, ma vision des choses resterait trop étroite.

– Tu n'as pas vécu tout ce qu'elle a connu ! *Qui* a assisté au conflit de 78 ? Pas moi, en tout cas !

Grant haussa les épaules.

– Si les hommes-nés commettent tant d'erreurs, c'est parce qu'ils trouvent des justifications à leurs contradictions. Je ne peux quant à moi franchir ce pas sans en avoir conscience.

– Tu lis en *moi* sans la moindre difficulté.

– Pas toujours. J'ignore ce que t'a fait Ari mais je sais ce qui s'est passé. Et j'ai la certitude que cela ne m'aurait pas affecté de la même façon.

Ils pouvaient désormais aborder ce sujet mais ne le faisaient que rarement.

– Elle aurait pu me restructurer, mais sur toi ce serait impossible.

– Elle m'a fait assez de mal comme ça.

Ce souvenir était toujours pénible. Surtout ce soir. Il voulait parler d'autre chose.

– Ce serait impossible pour la simple raison que ton psychset ne pourrait tenir en quelques pages. Il est bien trop complexe. Tu peux changer, alors que je dois me méfier de tout ce qui risque de m'altérer. J'ai la possibilité de regarder dans mon esprit, et ce que j'y vois n'est pas compliqué. Il se divise en compartiments, alors que le tien se compose de vases de Klein.

– Seigneur, grogna Justin.

– Je suis ivre.

– *Nous* sommes ivres.

Il se pencha pour prendre Grant par l'épaule.

– Et nous avançons tous les deux sur un ruban de Möbius, ce qui explique pourquoi nous voici revenus à notre point de départ et que je suis prêt à parier que mon psychset n'est pas plus complexe que le tien. Tu souhaites vérifier ?

Grant cilla.

– Je... Tu veux un exemple ? Mon cœur vient de rater un battement. Ce que tu viens de dire m'a embarrassé. C'est cette foutue réaction que provoquent les superviseurs. J'estime qu'il ne serait pas très malin de toucher à ton esprit, et je m'empresse de le faire comme si c'était un ordre.

– Tu sais que tu m'exaspères, quand tu t'analyses ? Tu n'oses pas approfondir la question parce que tu crains que la sécurité ne nous écoute, que tu estimes que les pensées d'un homme lui sont personnelles et qu'on t'a enseigné les bonnes manières. Tous tes ensembles-profonds y souscrivent.

– Non.

Grant leva un doigt avec gravité. Un semblant de hoquet.

– La raison de notre différence. L'endo... l'endo... bordel ! Le rôle des hormones... dans notre apprentissage. La chimie sanguine réagit... au milieu. Un stimulus donné peut augmenter le taux d'adrénaline, le faire baisser, provoquer autre chose... d'innombrables nuances de gris. La variabilité... au sein d'un environnement aléatoire. Tu as des souvenirs exacts, erronés, superficiels, parfaits. Dans notre cas...

Un autre semblant de hoquet.

– Tout débute au berceau... sous cataphoriques. Rien n'est aussi efficace, pour aplanir le seuil d'entrée. Il en découle... une absence totale de nuances dans notre organisation logique de base. Tout y est vrai. Nous savons que nous pouvons croire toutes les données que nous recevons. Dans *ton* cas, ce sont tes sens qui modèlent ton psychset. Par l'entremise de cataphoriques naturels. Les bandes se chargent de ton éducation, mais ce sont tes sens qui créent ton psychset. Les informations enregistrées en fonction de ce que tu vois ou entends sont dues au hasard. Tu apprends à établir une moyenne, parce que tu sais qu'il se produit des variations. Mais dans *notre* cas des experts ont éliminé la totalité des il... illogismes. Nous *pouvons* tout accepter à sa valeur nominale, et nous le devons car c'est ainsi que fonctionne notre système de traitement des données. C'est pour cela que nous sommes plus forts que vous pour relever les détails et traiter des problèmes dont vous ne pouvez conserver tous les paramètres à l'esprit. Nous n'avons pas besoin de kats pour nous placer dans un état d'apprentissage et nos premiers souvenirs ne sont pas dus à une formation endocrinienne. Pour nous il n'existe que deux états : oui ou non. Vous pondérez les données et mettez à contribution une mémoire qui contient une palette de valeurs plus ou moins prononcées, et vous êtes plus aptes à établir la moyenne de ces nuances que pour vous remémorer ce qui s'est réellement passé. C'est ce qui vous permet d'affronter l'imprévu, des agressions qui surviennent de toutes les directions à la fois. Et c'est en ce domaine que nous sommes les moins performants. Avoir deux pensées contradictoires et les admettre toutes les deux n'est pas pour vous une impossibilité, parce qu'il se produit des flux dans vos perceptions. Ce n'est pas notre cas.

– Oh ! Nous voici revenus au point de départ. Bon sang, tu fais le même travail que moi. Et j'oublie moins souvent que toi ma carte clé.

– Parce que mon esprit est occupé à traiter autre chose.

– Comme le mien. C'est normal.

– Parce que je rejette tout ce qui est superflu, au même titre que toi : je peux effectuer tout ce qui relève des habitudes cor... corporelles. Mais je suis socialisé, je n'utilise presque jamais des bandes et je traite les informations à deux niveaux. Le supérieur a été façonné par le monde réel ; c'est le système d'enseignement endocrinien. L'inférieur, où sont engendrées les réactions, est simple, très simple et impi... impitoyablement logique. Il serait faux d'assimiler un azi à un être humain *privé* d'une fonction. Chez lui, l'aléatoire est sur le dessus et la logique au fond, alors que vous fonctionnez à l'envers.

– *Je* fonctionne à l'envers ?

– C'est exact.

– Seigneur ! Un émoryte ! Tu *penses* cela parce que les cataphoriques ont tracé dans ton esprit des chemins si profonds qu'ils offrent moins de résistance que les autres. Et leur structure est telle qu'ils *déclenchent* le système end... endocrinien par réflexe pavlovien, ce que ne pourrait réaliser le vécu à lui seul. Pour chaque expérience qui démontre la théorie d'Emory, il en existe une autre qui apporte de l'eau au moulin d'Hauptmann et Poley.

– Hauptmann souhaitait que les résultats confirment ses thèses sociologiques.

– Et après ? On pourrait en dire autant d'Emory.

Grant cilla et prit une inspiration.

– C'est faux. Elle se contentait d'interroger ses sujets alors qu'Hauptmann prenait soin d'établir des liens affectifs, pour leur permettre de déduire quelles réponses et quelles réactions il attendait d'eux. Tu ne dois pas oublier qu'un azi essaie toujours de satisfaire son superviseur.

– Oh, merde ! C'était la même chose, avec Emory.

– Mais elle avait *raison* et Hauptmann était dans l'erreur. Voilà toute la différence.

– Les bandes affectent les réactions du système endo... crinien. Point. Tu n'aurais qu'à m'en passer un certain nombre pour que je sursaute chaque fois que tu fais claquer tes doigts et pour que mon pouls s'emballe comme le tien.

– Je pense être un bon concepteur de bandes. Quand j'aurai l'âge de Strassen, je serai un expert. Je conserverai l'acquis de cet enseignement endocrinien. C'est pour cela que nous ressemblons de plus en plus à des hommes-nés au fil des ans. Certains d'entre nous deviennent même un peu timbrés. Voilà pourquoi il est fréquent que les vieux azis aient des tas de problèmes. Les types de la section deux vont être... ils vont avoir un travail fou, avec tous les annies du Dépotoir sous réjuv.

Justin en fut choqué. Ils existait des mots qu'on prenait bien soin d'éviter, à Reseune : homme-né, annie, Dépotoir. On disait toujours CIT, azi, la Ville. Grant était éméché.

– Nous verrons si ça fait la moindre différence, de savoir qu'Ari a mangé du huso ou du jambon au petit déjeuner le jour de son douzième anniversaire.

– Je n'ai jamais déclaré que je croyais à la réussite du Projet, mais qu'Emory avait vu juste sur notre nature. Il n'était pas dans leurs intentions de nous créer, ils avaient simplement besoin de main-d'œuvre qualifiée. Dans les plus brefs délais. Alors ils ont pensé à utiliser les bandes dès le berceau, et nous sommes devenus un enjeu écono... économique.

Il y avait longtemps, bien avant l'Union.

– Merde.

– Je ne dis pas que ça m'ennuie. Nous sommes déjà plus nombreux que vous. Nous créerons bientôt des fermes où les azis se multiplieront comme des mauvaises herbes et communieront avec leurs glandes. Ils auront une utilité.

– Va au diable !

Grant rit. C'était à la fois un sujet de conversation éculé, entamé une bonne douzaine de fois sous autant de formes différentes, et une tentative de psych de la part de Grant. Mais ils pouvaient à présent voir la situation sous sa juste perspective : un simple ralentissement mémoriel, un retour en arrière. Le passé était le passé. Il eût été impossible de récupérer dans les archives les maudites bandes vid qu'utilisaient ses adversaires pour lui imposer leurs volontés, étant donné qu'elles appartenaient à Ari et que cette dernière avait désormais un caractère sacré. Mais il s'était résigné à ce que tout fût un jour rendu public.

Ou à obtenir la confirmation qu'aucun accord n'était éternel.

Son père avait assassiné une vieille femme atteinte d'un mal incurable pour des raisons qui figureraient à jamais dans les archives du Projet... si ce dernier ne se soldait pas par un échec. En cas de réussite, les moindres détails de la vie privée d'Ari deviendraient des éléments essentiels à sa poursuite.

Et si les résultats étaient positifs, ils feraient l'objet d'une communication aux médias et Jordan pourrait réclamer une révision du procès et être autorisé à se rendre à Lointaine... dans une vingtaine d'années. Mais tous ceux qui avaient ourdi de sombres machinations pour dissimuler les agissements d'Ari et les centristes effrayés par le risque d'être associés aux extrémistes s'y opposeraient, car leur réputation serait à nouveau menacée. Merino et les abolitionnistes, Corain, Giraud Nye, Reseune, le bureau de la Défense et ses innombrables secrets. La justice pourrait être rendue dans un tribunal, mais pas pour les courtiers de la puissance politique auxquels Jordan devait son exil. Les murs du silence se refermeraient et bâillonneraient cet homme devenu incontrôlable. Ainsi que son fils... qui avait tout déclenché en commettant une erreur de jeunesse.

En cas d'échec, ce serait une nouvelle affaire Bok ;

des efforts considérables qui n'auraient permis d'ajouter à la biographie d'une scientifique exceptionnelle qu'un petit renvoi en bas de page... un gaspillage d'énergie, de temps et d'argent que Reseune passerait sous silence. Étouffer la vérité n'était pas une nouveauté. À ce jour, le grand public avait entendu des versions très éloignées de la réalité sur le meurtre et les bouleversements qui venaient de se produire dans les laboratoires : réorganisation administrative devenue indispensable suite au décès d'Ariane Emory, avaient déclaré les relations publiques.

Avant de débiter un tas de balivernes sur le testament d'Ari, où elle était censée avoir exposé des projets d'une portée considérable dont les labos étaient les légataires.

S'ils ne parvenaient pas à leurs fins... les répercussions ébranleraient le monde politique, les services administratifs de Reseune et le bureau de la Défense qui avait été dans la confidence. Il eût été impossible de prédire ce que ferait Giraud Nye pour assurer sa protection. Cet homme *devrait* réussir et, entre-temps, faire de belles promesses aux militaires pour s'emparer du pouvoir d'une façon encore plus absolue qu'Ari ne l'avait fait. Afin d'empêcher la divulgation de ses secrets et de bénéficier des services de certains organismes gouvernementaux qui n'avaient aucune existence officielle. Si Giraud était un tant soit peu malin et s'il ne se produisait pas un échec flagrant et définitif, il deviendrait plus vieux que Jane Strassen avant de devoir admettre qu'il fallait renoncer à tout espoir de réussite. Il pourrait même tout reprendre de zéro et, une fois arrivé à ce stade, il n'aurait plus besoin d'essayer d'augmenter sa puissance. Après Giraud, le Déluge. Il se fichait du reste.

Justin espérait voir échouer le Projet. Mais la pauvre gosse dont le géneset était celui d'Ari deviendrait alors un cas psych. Elle aurait droit à un effacement mental... ou pire. Peut-être ne serait-elle pas la seule. Un homme aussi habile et puissant que Giraud ne renoncerait pas si vite. Il ferait procéder à des études des études des études. Hormis s'il existait un moyen de divulguer la vérité au public.

Certaines de ses pensées le terrifiaient. Elles semblaient provenir d'Ari. Il ne pourrait jamais savoir s'il en était l'auteur – à cause d'une colère naturelle et profonde, du cynisme engendré par le fait de vieillir et de devoir se résigner aux dures réalités de ce monde – ou si cette femme exerçait toujours sur lui son emprise.

Un *ver*. C'était une vieille plaisanterie, entre eux.

Et il devait veiller à ne pas en parler, pour l'empêcher de se développer.

4

– Descends de là ! ordonna Jane.

La frayeur la fit gronder et ses entrailles se nouèrent. La petite fille de deux ans tentait d'atteindre le plan de travail de la cuisine. Elle se penchait et s'étirait, sans penser à ce qui se produirait en raison de son faible poids, du sol carrelé et des pieds métalliques de la chaise. Ari sursauta et le siège glissa en arrière. Elle saisit malgré tout la boîte de biscuits et se tourna. Son perchoir bascula et l'enfant tomba. Jane Strassen la rattrapa au vol.

Ari poussa un cri, de colère ou de frayeur.

– Si tu veux des gâteaux, tu les demandes ! ajouta Jane qui dut se contenir pour ne pas secouer la fillette. Tu tiens à te faire encore bobo au menton ?

La douleur était sans doute le seul argument à même de faire réfléchir Ari. Et une célèbre généticienne en était réduite à parler comme un bébé et à bouillir de rage faute de pouvoir donner une tape sur une petite main. Olga avait toujours réprouvé les punitions corporelles.

Mais Ari avait vu se développer en elle de la colère, de la frustration et du ressentiment au contact de sa mère. À présent, c'était une généticienne qui éprouvait cela et qui eût aimé pouvoir conduire l'enfant jusqu'au fleuve et l'y noyer.

– Nelly ! cria Jane à la nourrice.

Puis elle se rappela qu'elle ne devait *jamais* élever la voix. Elle était pourtant dans *son* appartement, bon sang ! Elle ne redressa pas le siège. Non. Olga n'*eût jamais* laissé une chaise sur le sol. Elle demeura sur place, pour tenir dans ses bras cette petite peste de deux ans qui gigotait comme une possédée. Nelly aurait intérêt à se dépêcher. Ari voulait être posée. Elle laissa glisser jusqu'au sol puis retint par la main la fillette qui tentait de s'asseoir et faisait un caprice.

– Reste debout !

Elle comprima la petite main dans la sienne et lui imprima une secousse, comme l'eût fait Olga.

– Debout ! Qu'est-ce qui te prend de te conduire de cette manière ?

Nelly apparut sur le seuil de la pièce. L'azie ouvrait de grands yeux et ne savait quoi faire.

– Redresse cette chaise.

Ari remarqua que les adultes l'avaient oubliée et en profita pour tirer la main de Jane et se pencher, afin de saisir la boîte de biscuits tombée par terre. Elle n'avait pas renoncé.

Dois-je lui donner un biscuit ? Non. Un mauvais exemple. Il est préférable de ne pas lui céder. Sinon elle recommencera et risquera de se rompre le cou.

En outre, cette mégère d'Olga ne lui aurait pas pardonné si vite.

– Ne bouge pas. Nelly, range cette boîte *là* où elle ne pourra pas l'atteindre. Tais-toi, Ari... Occupe-toi d'elle, Nelly. Je me rends au bureau. Et si elle a une seule égratignure à mon retour, je...

L'azie la fixait, terrifiée et blessée dans son amour-propre.

– Merde, *tu* sais. Que vais-je faire ? Je ne peux pas la surveiller à longueur de temps. *Silence,* Ari.

L'enfant qui avait décidé de se coucher par terre se suspendait à sa main de tout son poids.

– Tu ne sembles pas voir à quel point elle est turbulente, Nelly. Tu te laisses abuser par elle.

– Oui, sera.

L'azie se sentait dépassée, déclassée. On lui avait

fourni des bandes où étaient répertoriés les méfaits que commettaient la plupart des CIT de deux ans : les ennuis que cette enfant pouvait s'attirer, les blessures qu'elle risquait de s'infliger. Ne pas être toujours près d'elle, Nelly. Ne pas la menacer. Ne pas *ne pas* la surveiller. Elle se sentait au bord d'une crise de nerfs. Elle aurait eu besoin qu'un superviseur la prît dans ses bras pour lui affirmer qu'elle s'en tirait mieux que la nourrice précédente. Ce n'était pas dans le style d'Olga, mais la froideur de la mère de la première Ari et le caractère emporté de Jane se conjuguaient pour plonger dans l'angoisse cette azie vulnérable. Et Jane devait passer une moitié de son temps à empêcher l'enfant de se tuer et l'autre à éviter que Nelly ne fît une dépression nerveuse.

– Et dis-leur d'installer un verrou sur la porte de cette maudite cuisine, ordonna Jane.

Ari hurlait comme une possédée, quand on l'enfermait dans la salle de jeu. Elle avait cette pièce en *horreur*.

– Arrête, Ari. Maman ne peut pas te tenir.

– Sera, est-ce que...

– Tu sais ce que tu dois faire, Nelly. Emmène Ari et fais-lui prendre un bain. Elle est en sueur.

– Bien, sera.

L'azie prit la main de la fillette, qui s'assit. Nelly dut la soulever dans ses bras, pour l'emporter.

Jane s'adossa au plan de travail et leva les yeux vers le plafond. Dans la direction où Dieu était censé se trouver, quelle que fût la planète.

Et Phaedra entra pour lui annoncer que sa fille Julia l'attendait dans le séjour.

Jane regarda à nouveau le plafond et prit une inspiration profonde, pour ravaler un hurlement.

– Malédiction. Je ne méritais tout de même pas ça, pas à cent trente-quatre ans.

– Sera ?

– Je m'en charge. Merci.

Elle s'écarta du comptoir.

– Et que Dieu protège Nelly.

Elle aurait voulu pouvoir aller à son bureau.

– Trouve Ollie. Dis-lui d'aller rassurer Nelly et de lui expliquer que je crie tout le temps. Qu'elle n'est pas en cause. Va !

Phaedra obéit aussitôt. Elle faisait partie de *son* équipe et était compétente. Jane sortit de la cuisine et suivit le couloir sur les talons de l'azie, puis elle prit à gauche dans le corridor de verre et de pierre, passa devant la salle à manger et la bibliothèque, et atteignit le séjour.

Où Julia l'attendait, assise sur le divan pendant que la petite Gloria âgée de trois ans jouait sur le tapis.

– Que diable fais-tu ici ?

Julia sursauta et la regarda.

– Je viens de conduire Gloria chez le dentiste. Rien de grave, un simple contrôle. Il m'est venu à l'esprit d'en profiter pour passer te voir.

– Tu n'as pas eu une excellente idée.

Les lèvres de sa fille se pincèrent.

– Je m'avoue touchée par ton accueil chaleureux.

Jane prit une inspiration puis s'assit en calant ses mains entre ses genoux. Gloria se leva. Un autre bébé, qui cherchait ce qu'il pourrait détruire. Rien n'était placé à portée d'un enfant de deux ans, dans cet appartement, mais sa petite-fille avait trois ans et était grande pour son âge.

– Écoute, Julia. Tu connais la situation. Tu sais que tu ne dois pas venir me voir avec Gloria.

– Elle ne risque pas de lui transmettre une maladie, tu sais. J'étais dans les parages et j'ai pensé que nous pourrions peut-être aller déjeuner quelque part.

– Là n'est pas la question. La sécurité nous surveille. Tu le sais. Je ne peux pas déroger aux règles établies. Tu dois le comprendre. Tu n'es plus une gosse. Tu as vingt-deux ans et il serait presque temps que...

– Je voulais te proposer de déjeuner avec moi.

Et avec Gloria. Seigneur ! Elle était déjà à bout de nerfs.

– Nous irons...

La fillette venait d'atteindre la bibliothèque et s'intéressait à une poterie.

– *Gloria, bon sang !*

Comme les platythères, les enfants de trois ans ne se détournaient jamais de l'objectif qu'ils s'étaient fixé. Elle se leva pour saisir la fillette et la tirer en arrière, la traîner vers le divan. Et cette chipie se mit alors à hurler : un beuglement assourdissant qui se réverbéra dans le couloir au bout duquel l'autre petit monstre devait tenter de noyer sa nourrice. Jane modifia sa prise afin de pouvoir coller sa paume sur la petite bouche.

– Ferme-la, bon Dieu ! Julia, débarrasse-moi immédiatement de cette peste !

– C'est ta petite-fille !

– Qu'est-ce que ça change ? Fais-la disparaître !

Gloria devenait hystérique. Elle se débattait et lui donnait des coups de pied dans les tibias.

– *Dehors, bordel !*

Julia en eut le souffle coupé. Outrée, elle libéra sa fille des griffes de sa mère, ce qui eut pour effet de déboucher Gloria qui se mit à hurler comme si on l'écorchait vive.

– *Dehors !* cria Jane. Et fais-la taire, bon sang !

– Tu n'aimes pas ta propre petite-fille !

– Mais si, mais si. Nous irons déjeuner ensemble demain ! *Tu pourras l'amener !* Mais fais quelque chose pour qu'elle se taise !

– *Gloria n'est pas une de tes foutues azies !*

– Julia ! Surveille ton langage ! Ce ne sont pas des choses à dire.

– Tu as une petite-fille ! Et tu m'as, *moi* ! Mais tu t'en fiches !

Nouveaux hurlements hystériques de la fillette.

– Je n'ai pas le temps d'en discuter ! *Dehors !*

– *Sois maudite !*

Gloria hurlait toujours. Julia se mit à pleurer et prit son enfant dans ses bras, pour l'emporter vers la porte et la franchir... enfin.

Jane resta figée au milieu de la pièce redevenue silencieuse, l'estomac brassé. Julia paraissait un peu plus énergique, ce qui avait failli saboter le Projet. Il n'était pas *prévu* qu'Ari connût une autre petite fille. Ils progressaient toujours à tâtons. De légères modifications dans sa perception du soi alors qu'elle façonnait les bases de sa personnalité pourraient avoir des répercussions considérables sur son avenir. Mais si tout était conforme au modèle pendant ses premières années d'existence, sans doute pourrait-elle s'*adapter* aux déviations de parcours ultérieures.

Ari ne devait pas lui demander : Qu'est-ce que c'était, maman ?

L'original avait été une fille unique.

Et maintenant Jane venait de peiner Julia à cause de ce foutu Projet. Le mot *mère* était pour elle un catalyseur et le ferment de tous ses problèmes. Julia était déterminée à devenir une *mère* exemplaire. C'était sans doute le seul domaine où la célèbre Jane Strassen avait lamentablement échoué et elle était certaine de la surpasser. Privée d'affection maternelle pendant son enfance, elle commettait l'erreur inverse. Elle pourrissait sa fille, avec son amour dévorant : cette petite peste savait ce qu'il convenait de faire pour obtenir tout ce qu'elle voulait, un peu de cohérence exceptée. Vivre un mois loin de sa mère lui eût fait le plus grand bien. Elle aurait eu besoin d'être prise en main par quelqu'un d'énergique, avant qu'il ne fût trop tard.

Jane fut surprise de constater qu'il était très facile de faire preuve de sagesse, après coup.

5

À nouveau des biosondes. Florian se sentait bizarre, tout devenait confus. Mais il éprouvait toujours cette impression lorsqu'il était assis au bord de cette table, dans cet immense bâtiment. Il sut cependant répondre quand la super lui demanda où devait être placée la biosonde numéro un. À l'emplacement du cœur. Il le savait. Il avait une poupée à laquelle il pouvait mettre des électrodes. En nombre moins important, bien entendu.

La super lui caressa les cheveux.

– C'est parfait, dit-elle. Tu es un petit garçon très éveillé, Florian. Tu es très intelligent. Pourrais-tu me dire quel est ton âge ?

Âge signifiait grand, et plus il devenait grand et intelligent plus il lui fallait utiliser de doigts pour fournir la bonne réponse. À présent il devait lever le premier, l'autre, le suivant et s'arrêter. Ce qui était difficile parce qu'ils voulaient tous se redresser. Mais quand il réussissait il était très fier et la super le prenait dans ses bras.

Et ensuite, il avait droit à un bonbon. Il connaissait les réponses à toutes les questions. Il se sentait tout drôle, mais c'était agréable.

Il aurait malgré tout préféré que la super lui donne tout de suite le bonbon et oublie les électrodes.

6

Ari était dans tous ses états. Elle portait un nouvel ensemble : rouge avec des dessins qui scintillaient sur le devant et une manche. Nelly lui avait brossé les cheveux, jusqu'au moment où ils s'étaient dressés sur sa tête en crépitant, noirs et lustrés. Une fois habillée, elle avait été tourner en rond dans la salle de séjour, pour attendre que maman et Ollie soient prêts à leur tour. Maman était grande et belle dans sa robe argentée assortie à ses cheveux. Ollie les accompagnerait, très élégant dans son costume noir d'azi. Mais Ollie n'était pas un azi comme les autres. Il restait toujours avec maman, et s'il disait quelque chose Ari devait lui obéir. Surtout aujourd'hui, parce qu'ils allaient l'emmener à une fête.

Elle savait qu'il y aurait un tas de grandes personnes, là-bas. Et qu'ensuite Ollie la conduirait chez Valery, où elle retrouverait les autres enfants.

Valery était le petit garçon de sera Schwartz. Des azis les surveilleraient et ils pourraient jouer, manger des glaces sur une table à leur taille. Elle verrait du monde, mais c'était Valery qu'elle préférait. Il avait un vaisseau spatial avec plein de lumières rouges qui clignotaient et un truc en verre qu'il suffisait de tourner pour voir à l'intérieur des jolis dessins qui changeaient tout le temps.

Elle espérait qu'il y aurait des cadeaux. C'était probable, étant donné qu'ils avaient mis leurs plus beaux habits.

Mais ce serait la première fois qu'elle participerait à une fête des grands. Elle suivait le couloir en tenant la main de maman, en tenue d'apparat. Elle se répétait qu'elle devait être bien gentille et ne pas faire de caprices... pour que tous les gens la prennent pour un ange. Surtout s'il y avait des cadeaux.

Ils prirent l'ascenseur pour descendre. Les azis étaient nombreux, dans le hall : la plupart portaient des habits noirs, et Ari pouvait reconnaître ceux qui avaient des tenues différentes. Ils ne ressemblaient pas à maman ou à oncle Denys mais à des azis. Il lui arrivait de faire semblant d'être une azie. Elle marchait sans faire de bruit et se tenait bien droite, et elle prenait une expression très grave pour répondre : « Oui, sera » à maman. (Pas à Nelly. À Nelly, elle disait : « Oui », tout court.) Parfois, elle était maman et ordonnait à Nelly : « Fais mon lit, s'il te plaît. » (Et à Ollie, un jour : « Sers-moi un verre, bon sang. » Une mauvaise idée. Ollie avait obtempéré puis s'était empressé d'aller tout raconter à maman. Et maman lui avait dit que c'était très vilain et qu'à l'avenir Ollie ne lui obéirait plus si elle parlait mal. À présent, elle ne disait plus *bon sang* qu'à Nelly.)

Maman la guida au sein de la foule d'azis, en direction d'une porte où des gens s'étaient regroupés. Une dame vint vers elle pour lui dire :

– Bonne année, Ari.

Et elle se pencha devant la fillette. Elle avait un très joli collier et on pouvait voir jusqu'au fond de son corsage. Ari trouva cette vision intéressante. Mais Ollie la prit dans ses bras. C'était mieux. Il lui était à présent possible de regarder les visages des invités.

La femme se mit à discuter avec maman et d'autres adultes se regroupèrent autour d'eux. Ils parlaient tous à la fois, et Ari respirait une odeur de parfum, de nourriture et de poudre de riz.

Elle était toujours dans les bras d'Ollie, quand elle sentit qu'on lui tapotait l'épaule. Elle se tourna vers oncle Denys. Oncle Denys était très gros. Il prenait beaucoup de place. Elle se demandait s'il était plein à l'intérieur ou s'il devait inspirer à fond puis retenir sa respiration, pour rester aussi rond.

– Comment vas-tu, Ari ?

Oncle Denys avait dû hurler à cause du brouhaha des conversations.

Et tous les gens arrêtèrent de parler et se tournèrent vers eux.

– Bonne et heureuse nouvelle année

Elle en fut à la fois déconcertée et intéressée. Si c'était sa *nouvelle* année, il en découlait que c'était son anniversaire, tous ces gens auraient dû venir chez elle et lui apporter des cadeaux. Or, elle ne voyait aucun paquet enrubanné.

– Bonne année, dirent les autres.

Elle les regarda, pleine d'espoir. Mais elle ne vit toujours pas le moindre présent. Elle soupira, et aperçut le punch et le gâteau à l'instant où Ollie l'emportait dans la foule.

Il avait compris.

– Tu veux du punch ? demanda-t-il.

Elle hocha la tête. Le bruit était pénible. Elle n'aimait guère ces réunions d'adultes. Cette fête n'avait ni rime ni raison mais les mots punch et gâteau étaient agréables à entendre. Elle s'agrippa à l'épaule d'Ollie et se sentit joyeuse, parce qu'il pourrait l'emporter jusqu'à la table où s'entassaient toutes les friandises. Il savait quelle importance elle accordait à ces choses Du punch et un énorme gâteau... ça lui faisait presque autant plaisir qu'un cadeau.

– Il faut que je te pose, lui dit-il. Ça te va ? Tu resteras ici sans bouger et moi j'irai te chercher une coupe.

Non, ça ne lui allait pas. Les gens étaient trop

grands, la musique trop forte, et quand on la laissait par terre elle ne pouvait plus rien voir, des jambes exceptées. Un étourdi risquait de lui marcher dessus. Mais Ollie la posa malgré tout. Maman se rapprochait en compagnie d'oncle Denys, et la foule ne la piétinait pas. Les gens la regardaient. Certains souriaient. Cela la rassurait et lui permettait de se sentir en sécurité.

– Surtout, n'en renverse pas.

Ollie lui tendit une coupe.

La boisson était verte et ne lui inspirait qu'une confiance relative, mais elle avait une bonne odeur et un goût encore plus agréable.

– Tu es trop grande pour te faire porter, déclara oncle Denys.

Ari leva les yeux et son nez se plissa. Elle ne partageait pas cette opinion. Maman disait la même chose. Mais pas Ollie. Ollie était grand et fort, différent de tous les autres. Elle aimait bien se faire porter par lui. Elle s'agrippait à son cou et se laissait aller contre son épaule, parce qu'on ne sentait pas ses os et qu'il était comme un fauteuil qu'elle avait le droit d'escalader. Sa peau était chaude, et il sentait bon. Mais Ollie allait chercher des boissons pour maman et oncle Denys, qui continuaient de discuter, et elle but du punch, assourdie par la musique.

Ollie se pencha vers elle après avoir apporté des coupes à maman et à Denys.

– Tu veux du gâteau ? lui demanda-t-il d'une voix forte. Il y en aura d'autres, à la fête des enfants.

C'était prometteur.

– Je veux encore du punch, dit-elle.

Elle lui tendit son verre.

– Et un petit bout de gâteau, s'il te plaît.

Elle attendit son retour au milieu d'un espace dégagé, bien sage, les mains croisées dans le dos. Elle se remémora que maman lui interdisait de se balancer sur les talons, parce que ça donnait un air stupide. Des gens qu'elle ne connaissait pas approchèrent pour lui dire qu'ils la trouvaient très jolie et lui souhaiter eux aussi une bonne année, mais elle en avait assez des grandes personnes et désirait s'en aller. Les seules choses qui la retenaient ici étaient le punch et la part de gâteau qu'Ollie devait lui apporter.

Elle estima que ce serait sans doute plus amusant, à la fête des enfants.

Et peut-être y aurait-il des cadeaux, *là-bas*.

– Viens et assieds-toi, lui dit Ollie.

Il gardait le gâteau et le punch. Elle vit des sièges, le long du mur, et se sentit soulagée. Si elle renversait la boisson sur son nouvel ensemble, maman la gronderait. Elle grimpa sur une chaise et l'azi posa l'assiette sur ses genoux, la coupe sur le siège voisin. Elle avait la rangée pour elle toute seule.

– Je vais m'en chercher un, déclara-t-il. Reste ici. Je reviens.

Elle hocha la tête, avec du gâteau plein la bouche. C'était un blanc. Les meilleurs. Avec un bon glaçage. Ari était heureuse. Elle goûta la pâtisserie en laissant ses pieds se balancer puis se lécha les doigts. Des gens empêchaient Ollie d'approcher du bol de punch et maman parlait avec Denys et Giraud.

Tous devaient attendre l'arrivée des cadeaux. Sans doute allaient-ils enfin s'amuser. Leurs habits miroitaient. Elle avait vu quelques-unes de ces personnes à la maison, mais la plupart lui étaient inconnues. Elle termina son gâteau, se lécha à nouveau les doigts, puis se laissa glisser de la chaise. Les convives venaient de se regrouper autour des tables. Elle avait un vaste espace dégagé autour d'elle.

Elle se dirigea vers Ollie, pour découvrir s'il avait progressé au sein de la file d'attente qui s'allongeait devant le bol de punch, mais quelqu'un venait d'aborder l'azi. Cela lui offrait une opportunité de faire un petit tour.

Elle s'éloigna. Pas loin. Maman et Ollie risquaient de l'oublier et de s'en aller. Elle tourna la tête pour s'assurer qu'elle voyait toujours maman. Oui. Mais elle discutait encore. Tant mieux. Si maman la grondait elle lui répondrait : J'étais juste à côté, et maman ne pourrait pas se mettre trop en colère.

Les habits étaient très jolis. Surtout le corsage vert de

cette dame, si fin qu'on pouvait voir à travers. Et la chemise noire pailletée de cet homme. Mais c'était maman qui avait les bijoux les plus beaux.

Son attention fut attirée par des cheveux presque rouges.

Un azi. En noir. Elle l'observa. Elle répondait bonjour quand on la saluait, mais sans y accorder d'importance. Elle avait toujours cru avoir la chevelure la plus belle de toutes, mais celle de cet azi l'était encore plus. Et il avait un très joli visage. Ce n'était pas juste. S'il existait des cheveux pareils, elle voulait en avoir. Les siens lui inspiraient de l'insatisfaction.

Il posa les yeux sur elle. Ce n'était pas un azi. Non. Si. Son expression devint grave et il se détourna en feignant de ne pas remarquer qu'elle le fixait. Il était en compagnie d'un jeune homme brun qui l'étudia à son tour. L'azi parut vouloir l'en empêcher.

Il la dévisageait malgré tout. Elle le trouvait aussi joli qu'Ollie. Il ne l'observait pas comme les autres adultes et elle eut l'impression qu'il n'aurait pas dû se comporter de la sorte. Mais elle refusait de regarder ailleurs, fascinée. L'azi aux cheveux roux restait près de lui, mais il n'avait pas d'importance. Seul cet homme en avait. Il la fixait, et elle eût pourtant juré ne l'avoir encore jamais rencontré. Il n'était pas venu leur rendre visite. Il ne lui avait pas apporté de cadeaux.

Elle se rapprocha, ce qui parut déplaire à l'azi. Il posa la main sur l'épaule de son compagnon, comme s'il pensait qu'elle allait l'embêter. Mais le CIT fixait Ari avec crainte. On aurait pu croire qu'*elle* était sa maman, et qu'il avait été polisson.

Il était Ari. Elle était maman. Et l'azi était Ollie quand maman se mettait en colère.

Puis l'azi leva les yeux et parut effrayé. Elle tourna la tête.

Maman arrivait. Mais elle s'immobilisa à l'instant où Ari la vit.

Les convives venaient de se figer. Ils les observaient. Elle n'entendait plus une seule parole. Il n'y avait que la musique et tous étaient paralysés par la peur.

Elle s'avança vers maman.
Ils sursautèrent.
Elle s'arrêta. Ils sursautèrent à nouveau. Tous, même maman.
C'était *elle* qui avait fait cela.
Elle regarda maman. Un sursaut.
Elle regarda l'inconnu.
Un sursaut. Collectif.
Elle avait jusqu'alors ignoré pouvoir faire des choses pareilles.
Maman la gronderait. Ollie était déjà en colère.
Et dès l'instant où maman crierait, de toute façon, elle n'aurait plus rien à perdre.
Elle alla vers l'azi roux et son compagnon qui semblaient penser qu'elle allait les gronder, à en juger par leurs expressions.
Les mains de l'homme étaient très fines, autant que celles d'Ollie auquel il ressemblait beaucoup. Tous paraissaient le juger dangereux, mais ils se trompaient. Elle le savait. C'était *lui* qui avait peur d'elle.
Elle arriva et prit sa main. Tous se pliaient à ses volontés. Elle jouait à maman. Comme avec Nelly.
Elle *aimait* ça.
– Je m'appelle Ari, fit-elle.
– Moi, c'est Justin, répondit-il.
Au milieu d'un profond silence.
– Je vais aller à une fête, chez Valery.
Jane Strassen vint récupérer l'enfant. Avec fermeté. Grant s'interposa et posa la main sur l'épaule de Justin, pour l'obliger à se détourner.
Ils partirent. C'était l'unique solution.
– Merde, grommela Grant une fois de retour dans leur appartement. S'ils n'avaient pas été pris de panique, il ne se serait rien passé. Rien du tout. Elle a perçu leur tension. Elle l'a captée comme un programme vid.
– Il fallait que je vienne, déclara Justin.
Il n'aurait pu en expliquer les raisons, hormis que tous disaient qu'elle *était* Ari et qu'il n'avait pu le croire avant de la voir de ses propres yeux.

7

– Bonne nuit, mon ange, dit maman.

Elle l'embrassa. Ari tendit les bras pour l'étreindre et lui rendre son baiser. Smack !

Maman sortit de la chambre et tout devint noir. Ari se pelotonna au fond de son lit avec Poo-Poo. Elle se sentait pleine de pâtisseries et de punch. Elle ferma les yeux et revit tous ces gens couverts de paillettes, Ollie qui lui apportait une part de gâteau et les convives qui la regardaient. La fête de Valery s'était révélée plus amusante. Ils avaient joué aux chaises musicales et reçu des cocardes. La sienne était une étoile miroitante. Celle de Valery avait la forme d'une balle. Tout s'était très bien passé, sauf pour la jolie lampe de sera Schwartz.

Elle aurait aimé que ce soit tous les jours le nouvel an.

– Va-t-elle bien ? demanda Ollie.

Ils étaient dans la chambre. Jane hocha la tête, pendant qu'il déboutonnait son corsage.

– Je regrette vraiment, sera...

– N'en parlons plus. Ne t'inquiète pas. Tout va bien.

Il défit le dernier bouton et elle fit glisser le chemisier argenté le long de ses bras, avant de le jeter sur le dossier du fauteuil. L'azi tremblait encore.

Elle aussi, en fait. À cause de cette maudite idée de Denys et de Giraud.

Autrefois, Olga avait présenté sa fille à ses invités en l'exhibant comme un mannequin en herbe. Elle l'avait ainsi immergée dans la tension d'une soirée mondaine, de quoi écorcher ses nerfs déjà à fleur de peau.

Mais ils ne pouvaient lever le rideau du secret, ce qui limitait leur accès à l'atmosphère tendue qui régnait dans Reseune.

Uniquement la Famille. Dans toute sa splendeur et ses bassesses.

Une certaine quantité de sucre dans un métabolisme soumis à de fréquentes analyses, de non-pas-ça, de tiens-toi-bien-Ari et de promesses leur avaient permis de s'assurer que cette enfant de quatre ans serait hypertendue.

Mais c'était l'estomac de Jane qui paraissait s'être noué.

8

Justin ferma sa veste et fourra ses mains dans ses poches pour emprunter avec Grant l'allée extérieure qui conduisait de la Résidence aux bureaux. Ils marchaient sans hâte, malgré la fraîcheur de cette matinée du jour de l'an où tous tentaient encore de se remettre des excès de la nuit.

Il s'arrêta près de l'étang et se pencha pour donner à manger aux poissons. Les koïs le connaissaient. Ils l'avaient attendu. Ils remontèrent en frétillant sous le lotus ourlé de brun de la petite mare encastrée entre les immeubles, ce domaine aquatique où ils distrayaient les enfants de la Maison et se reproduisaient sans paraître souffrir d'être exilés si loin de leur monde d'origine.

Le vieil ancêtre blanc tacheté d'orangé avait reçu de la nourriture de cette main à l'époque où elle appartenait encore à un enfant. Il la voyait désormais chaque jour, depuis que Jordan était parti et que Justin et Grant allaient dans le jardin à la moindre occasion. Chaque matin.

Des micros-paraboles pouvaient capter leurs voix, les suivre où qu'ils aillent, mais les agents de la sécurité ne devaient pas se compliquer l'existence, surtout un premier de l'an. Sans doute se contentaient-ils de se brancher par instants sur le moniteur de leur appartement.

Ils ne perdaient pas leur temps à épier deux paisibles concepteurs de bandes qui n'avaient pas attiré l'attention sur eux depuis des années. Ils auraient pu les soumettre à un psychosondage à tout moment. Qu'ils s'en soient abstenus... cela paraissait indiquer qu'ils ne s'intéressaient pas à eux. Pour l'instant, tout au moins.

Mais ils devaient être à nouveau très prudents.

– Il a faim, dit Justin qui se référait au koï blanc. C'est l'hiver, et les enfants les oublient.

Grant s'assit près de lui, sur un rocher.

– Une différence supplémentaire entre nous. Des jeunes azis s'en souviendraient.

Justin rit, malgré son angoisse.

– Vous nous êtes si supérieurs.

Son ami haussa les épaules.

– Les hommes-nés ne peuvent voir ce qui ne correspond pas à leurs normes.

Un autre bout de biscuit tomba dans la mare et un koï le happa. Les remous firent danser le lotus.

– Je te le dis, tous les problèmes rencontrés lors de la prise de contact avec des extraterrestres sont dus à vos idées préconçues. C'est nous qu'ils devraient charger des missions de ce genre.

– Et dire que tu te sentais dépaysé à Novgorod.

– Nous. Toi et moi. Je ne pensais pas à ces choses, à l'époque.

Une longue pause. Justin tenait toujours la serviette qui avait contenu les biscuits.

– Je regrette tant qu'il n'y ait pas eu un lieu où nous aurions pu nous réfugier.

– N'y pense plus.

Ce n'était pas de Novgorod que Grant voulait parler. Brusquement, les ombres furent de retour. Le froid revenait, apporté par le vent.

– Non. Tout va bien.

Justin hocha la tête, sans rien dire. Ils étaient si proches. Ils avaient reçu des lettres de Jordan. Elles ressemblaient à des napperons en dentelle, tant il y avait de phrases découpées dans chaque feuille. Mais ils avaient pu lire : *Bonjour, mon fils. J'ai appris que tu vas bien, ainsi que Grant. Je lis et relis toutes tes lettres. Les plus anciennes commencent à s'effriter. Envoie-m'en d'autres.*

Son sens de l'humour est intact, avait-il commenté.

Et ils l'avaient lue et relue, en quête d'indices qui leur permettraient de se faire une opinion sur l'état d'esprit de Jordan. Ils avaient lu et relu le reste de cette correspondance : des pages et des pages de bulletins météorologiques entrecoupés de commentaires sur Paul... *Paul et moi*. Un autre élément à même de les rassurer.

La situation évolue, avait répondu Denys le jour où Justin s'était enhardi au point de lui demander un échange de bandes audio. Ou un contact téléphonique, sous surveillance.

Et il s'en était fallu de peu qu'il n'obtînt cette autorisation.

– Je suis malgré tout inquiet, déclara Justin. Il est impératif qu'ils ne puissent rien nous reprocher pendant encore quelque temps. Et je doute d'ailleurs que ce soit suffisant. Ils n'ont aucun besoin d'un prétexte.

– Ce sont eux qui ont fait venir cette gosse. Et ils ne nous ont pas interdit d'aller à cette réception. Ils n'avaient sans doute pas prévu ce qui allait se passer, mais nous n'y sommes pour rien. Une salle bondée de psychologues... qui se figent tous en même temps. Ils ont influencé son comportement. Elle s'intéressait à *eux*, pas à nous. Un flux de pensée collective. Des hommes-nés. Ils ne désiraient pas qu'une telle chose se produise, tout en le souhaitant au niveau de l'inconscient. Ils ont organisé cette soirée pour la mettre en vedette, et le résultat a dépassé leurs espérances... elle a démontré ce qu'ils espéraient prouver, sans pour autant que ce soit probant. Nous avons pu l'influencer. Nous l'observions. Elle m'a surpris en train de l'étudier. Mon intérêt a dû éveiller sa curiosité. Elle a quatre ans, Justin. Et tous les invités ont sursauté. Quelle était la réaction la plus naturelle, pour une enfant de son âge ?

– Courir se réfugier sous les jupes de sa mère, bordel. C'est ce qu'elle aurait fait, si tous ne s'étaient pas alors sentis soulagés. Elle l'a perçu et a eu cette expression...

Ses épaules furent parcourues par un frisson qui descendit ensuite le long de son cou. Puis il serra la bride à son imagination, afin de réfléchir. Une activité à laquelle nul ne semblait s'être adonné, la veille.

– T'arrive-t-il de penser aux lacunes de la mémoire des CIT ? demanda Grant. Flux de pensées. Vous faites des songes prophétiques. *Tu* rêves qu'un homme boit un verre de lait. Une semaine plus tard tu vois Yanni qui prend un thé et cette vision a sur toi un impact. Tu lui superposes ce que tu as vu en dormant et tu es prêt à jurer que tu as déjà vécu cet instant. Ça m'est arrivé à deux occasions, mais je me suis empressé d'aller prendre une bande. Écoute-moi. Je n'exclus pas que la conduite de cette gosse puisse signifier quelque chose, mais j'attends pour me prononcer que d'autres éléments le confirment. Si tu veux mon avis, tous les CIT présents ont en quelque sorte fait un rêve. Toi inclus. Une hallucination collective. Pendant trente secondes, les seules personnes lucides ont été cette fillette et les azis, quant à eux placés sous l'influence de leurs CIT et dépassés par les événements.

– Toi excepté ?

– Je vous observais, toi *et* elle.

Justin soupira et sentit une partie de sa nervosité le quitter. Ce n'était pas une nouveauté. Grant disait vrai, une foule de psychologues avaient oublié leur science. Pensée-flux. Nuances de valeur.

– Hauptmann peut aller au diable, marmonna-t-il. Je souscris à l'émorysme.

Deux autres inspirations silencieuses. Il pouvait désormais se rappeler la scène en la dépouillant de son contenu émotionnel et voir la fillette... au lieu de la femme. *Je vais aller à une fête, chez Valery.*

Pas la moindre malice, dans ces propos. Elle ne jouait pas une comédie. Elle avait levé vers lui le visage innocent d'une enfant qui lui proposait : soyons amis. Eux et Nous. Une offre de paix, peut-être ? Il avait oublié ses propres souvenirs d'enfance. Jacobs, un spécialiste du psych des citoyens, pourrait lui apprendre à quoi ressemblait celui d'une CIT de quatre ans. Mais en lançant son filet dans des eaux aussi troubles il risquait de faire remonter à la surface certaines choses qu'il ne souhaitait pas revoir, comme par exemple les traits de Jordan à trente ans.

Lui et Grant, qui nourrissaient les poissons. À cinq ou six ans. Il ne savait plus avec précision. C'était un de ses plus anciens souvenirs et il ne réussissait pas à le situer à sa place chronologique.

Il était en sueur.

Pourquoi ? Pourquoi ai-je de telles réactions ?

Qu'est-ce qui ne tourne pas rond, en moi ?

Des murs.

Les enfants... ils ne l'intéressaient guère. Pas du tout, même. Il avait rejeté toute opportunité d'en apprendre plus à leur sujet et fui sa propre enfance comme une contrée où il ne pourrait jamais retourner. Et l'importance que Reseune accordait à ce Projet l'emplissait de dégoût.

Il n'était qu'un imbécile de vingt-trois ans qui effectuait un travail de routine, sans exploiter ses possibilités. Il s'abstenait d'avoir la moindre pensée originale. Il se contentait de suivre la voie qu'on lui avait tracée. Il n'utilisait presque aucune bande, parce qu'il les assimilait à des symboles d'impuissance et qu'elles abaissaient les barrières bloquant l'accès à certaines zones de son esprit où il refusait de s'aventurer.

Elles abattaient les murailles dressées autour de *cette époque,* de Jordan, de tout ce qui s'était passé... et cela attisait sa colère, rendait ses paumes moites. Il ne tenait pas à être mêlé à...

Mais ils l'étaient *déjà,* à leur corps défendant.

– C'est un piège, pas vrai ? Ton psychset ne te permet pas de voir les mêmes choses que moi, mais est-ce valable pour *elle*? Elle possède cette capacité de perception de la pensée collective au même titre que tous les autres CIT.

– Tu reconnais que j'ai vu juste.

– Tous les hommes-nés ont fait preuve d'une stupidité sans bornes. Mais peut-être avons-nous réagi à une chose que tu ne pouvais percevoir.

– Flux. Flux. Vases de Klein. Vrai et faux. Je me félicite de savoir en permanence sur quelle planète je vis. Et de la voir sans y superposer le passé ou l'avenir.

– Merde. J'aimerais parfois pouvoir emprunter ta bande.

Grant secoua la tête.

– Tu as raison, lorsque tu parles de ce que je ne peux relever. Je sais que tu perçois des choses qui m'échappent. Cela m'ennuie. J'ai conscience d'être dans l'impossibilité de voir la situation sous le même jour qu'un CIT. Je me sers de la logique pour prévoir ce que tu décideras de faire, mais sans assimiler le flux pour autant.

– Tu veux dire que les chemins que tu suis sont si profonds que tu ne les vois pas.

Il ne pouvait renoncer à poursuivre cet éternel débat entre les tenants des théories d'Hauptmann et ceux qui soutenaient celles d'Emory. Grant abordait ce sujet à tout bout de champ, et il recommençait. Sous tout cela, un point de vue clinique : *Sors de ce cercle vicieux, Justin. Ne te contente pas de réagir. Mets ton esprit à contribution.*

– Ce que je veux dire, c'est que si nous étions tous des azis nous n'aurions pas de tels problèmes. Et *elle* non plus : ils n'auraient qu'à installer ce foutu psychset et elle serait en tout point conforme à leurs désirs. Mais elle n'est pas une azie. Eux non plus. Ils ne recherchent pas le rationalisme, ce n'est pas leur politique. À mes yeux, tu es aussi sens dessus dessous qu'eux et j'aimerais bien que tu suives mes conseils. Baisse la tête, refuse les hallucinations et abstiens-toi de réagir. Ils ne nous chercheront pas d'ennuis avant longtemps. Nous avons le temps de nous y préparer.

– Il existe une chose que je ne peux contester. Nous n'avons pas affaire à des azis. La prudence leur fait cruellement défaut. Et si quoi que ce soit va de travers au cours de la semaine prochaine, ils se diront que c'est ma faute. Il suffit que cette gosse croise mon chemin pour... pour que je sois coupable. Les faits n'entrent pas en ligne de compte. Je crains qu'elle ne vienne de nous faire perdre toute possibilité d'obtenir une liaison directe avec Jordan. Bon sang, ils risquent même de nous interdire de poursuivre notre correspondance...

– Ne cherche pas quelles erreurs tu as pu commettre. Ne te conduis pas comme si tu étais en faute. Écoute-moi bien : si tu réagis, ils en feront autant.

La voix d'Ari, issue du passé : *Détends-toi, mon chéri.*

Je comprends que tu sois bouleversé, mon garçon, mais tu dois te reprendre.

Aurais-tu peur des femmes, mon cœur ? Tu sais à quel point ton père est misogyne.

La Famille est un tel fardeau.

Il enfouit son visage entre ses paumes et comprit qu'il avait perdu tous ses atouts... sa logique, sa maîtrise de soi, ses mécanismes de défense. Il errait dans les corridors de Reseune tel un spectre, l'esprit grand ouvert, sans rien dissimuler. Voyez, constatez que je suis inoffensif.

Nul ne devait s'inquiéter à son sujet. Il était l'esclave de ses nerfs et de ses pulsions. Il n'inspirait que de la méfiance et du dégoût. Les malheurs de Jordan et ses remords pour en avoir été la cause l'avaient privé de sa combativité et fait sombrer dans un état proche de la folie. Voilà ce qu'on devait penser de lui.

Les quelques individus qui avaient visionné ces maudites bandes exceptés. Ces gens savaient ce qu'Ari lui avait fait subir et comprenaient pourquoi il se réveillait en sursaut et veillait à ce que nul ne pût le toucher, ou rester près de lui. Surtout Petros Ivanov, qui avait sondé son esprit après Giraud et les autres. *Je vais procéder à une intervention bénigne,* avait-il dit en lui caressant l'épaule. Il s'était avéré nécessaire de faire appel à trois gardes musclés pour le conduire à l'hôpital et à plusieurs internes pour lui injecter le cataphorique. Sur un ordre de Giraud. *Je me contenterai de vous dire que vous n'avez pas à vous inquiéter. Vous êtes en sécurité. Vous avez subi un traumatisme. Je vais effacer tout cela. D'accord ? Détendez-vous. Vous me connaissez, Justin. Vous savez que je suis votre ami...*

Ô Seigneur ! Que m'ont-ils fait ? Ari, Giraud, Petros...

Il pleurait. Grant le prit par le bras. Son ami, le seul être dont il supportait le contact. Quand l'enfant avait pris sa main il s'était vu transporter dans le passé, le temps d'un éclair. Il lui avait semblé être touché par un cadavre.

Il resta assis sans rien dire, jusqu'au moment où des voix qui provenaient de l'autre côté de la cour intérieure l'informèrent que des gens venaient de sortir de la Maison. Une haie les dissimulait. Mais il réussit à se reprendre.

– Justin ?

– Ça va, bon sang, grommela-t-il avant de dire à son ami une chose qu'il avait toujours tue : Petros a trafiqué mon esprit. À moins que ce ne soit Giraud. Ou encore Ari. Tu ne le vois donc pas ? Ne remarques-tu pas une différence ?

– Non.

– Dis-moi la vérité, bordel !

L'azi tressaillit. Un frisson étrange, lointain. Puis de la souffrance. Une torture.

– Que m'ont-ils fait ?

– Je suis dans l'impossibilité de comprendre les hommes-nés.

– Ne me débite pas ces conneries !

– Je voulais dire...

L'azi était livide, et ses lèvres tremblaient.

– Justin, vous autres, les CIT... votre comportement me dépasse.

– Ne me mens pas. Quelle était ta pensée ?

– Que je ne connais pas la réponse. Bon sang, tu as encaissé coup sur coup, une succession ininterrompue. Si tu étais un azi tu aurais réagi comme moi, ce qui se serait avéré préférable. J'ignore ce qui se passe en toi. Je vois... je te vois...

– Accouche !

– Tu n'es pas... ce que tu serais si rien de tout cela ne s'était produit. Qui aurait pu s'en tirer indemne ? Tu apprends. Tu t'adaptes.

– Tu éludes ma question. *M'ont-ils fait quelque chose ?*

– Je ne sais pas, balbutia Grant. Je ne peux porter un jugement sur le psychset d'un CIT.

– Tu le peux, si c'est le *mien*.

– Ne me pousse pas dans mes derniers retranchements, Justin. *Je ne sais pas.* Je l'ignore, tout comme j'ignore comment je pourrais m'y prendre pour être fixé sur ce point.

– Ils m'ont psyché, c'est ça ? Allons. Tu *dois* m'aider, Grant.

– Il est évident que toutes ces épreuves t'ont marqué. Je ne saurais dire si Petros t'a soulagé ou blessé encore plus.

– Pour ne pas dire achevé, en me faisant subir la même chose qu'Ari. La gosse...

Il avait reçu un coup. Un coup brutal. Il venait d'effectuer un voyage dans le temps. *J'ai peur des flashes-bandes. Je veux m'en isoler. Je fuis tout ce qui se rapporte à cette période. C'est une décision en soi, non ?*

Petros : Je vais l'enfermer.

L'emprisonner derrière des murailles.

Seigneur. Un blocage psych. C'est possible.

Ils n'étaient pas mes amis. Pas plus que ceux de Jordan. Ce n'est un secret pour personne.

Il prit une inspiration. *Je me ferme à tout ce qu'elle m'a appris. Tout cela me terrifie.*

– Justin ?

Et cette fillette vient de faire écrouler ces remparts. Elle m'a renvoyé dans le passé, avant l'intervention de Petros. Avant même celle de Giraud. À l'époque où il n'y avait qu'Ari.

Quand je me croyais invulnérable. Cette nuit-là, lorsque j'ai franchi la porte de son appartement, je croyais être le maître de la situation.

Et j'ai découvert mon erreur deux secondes plus tard.

La Famille est un tel fardeau, mon chéri.

Que voulait-elle me dire ?

– Justin ?

Souhaitait-elle que Reseune devienne ce qu'elle est ? Avait-elle l'intention de livrer cette gosse à Giraud ?

Merde, il respectait autrefois ses volontés, mais depuis sa mort...

– Justin !

Il prit conscience que Grant le secouait, pris de panique.

– Ça va, marmonna-t-il. Je vais très bien.

Il sentit la main de l'azi se refermer sur la sienne. Elle était chaude. Le vent semblait le traverser. Il ignorait ce qu'il regardait. Le jardin. L'étang.

– Grant... que cette enfant soit ou non la réincarnation d'Emory, elle est intelligente. Elle a trouvé le moyen de *les* psycher. Je me trompe ? Elle a déduit quels étaient les désirs de leur subconscient. N'est-ce pas ce que tu disais des cobayes d'Hauptmann ? Elle leur a fait croire tout cela. À Denys, Jane, Giraud et tous les autres. Mais il n'est pas nécessaire que je partage leur opinion pour savoir ce qui se produira si Giraud considère que nous représentons une menace.

– Laisse tomber, Justin. Partons. Il commence à faire frais.

– Crois-tu qu'ils m'ont soumis à un psychoblocage ?

Il regagna le présent et vit le visage de son ami, devenu livide à cause de la froidure.

– Dis-moi la vérité.

Un interminable silence. La respiration de Grant était hachée. Il n'y avait pas besoin d'être un expert pour le constater.

– C'est possible.

L'azi serra la main de Justin avec force : une étreinte douloureuse. Ce fut d'une voix tremblante qu'il ajouta :

– J'ai fait tout ce qui était en mon pouvoir. Je n'ai cessé d'essayer, depuis lors. Tiens bon. Ne leur offre aucune opportunité de te toucher à nouveau. Et ils le feront... si tu leur fournis le moindre prétexte. Tu sais qu'ils le peuvent.

– Je ne vais pas craquer, rassure-toi. Je *sais* ce qu'ils ont fait.

Il prit une inspiration profonde et attira son ami contre lui, pour l'étreindre. Il se pencha vers l'azi, épuisé.

– Je vais bien. Mieux, sans doute, qu'au cours de ces six dernières années.

Grant le dévisagea, angoissé.

– Je te le jure, ajouta Justin.

Il ne sentait plus la morsure du vent. Il était gelé. Engourdi.

– Merde. Nous avons du temps devant nous, non ?

– Rien ne presse. Viens. Tu es transi de froid. Et moi aussi. Rentrons.

Il se leva, jeta les miettes restantes aux poissons, fourra la serviette dans sa poche avec des doigts gourds et se mit à marcher. Il n'était pas conscient du chemin qu'il suivait, de tout ce qui relevait des actions machinales. Grant ne disait rien. Il resta silencieux jusqu'au bureau de Justin, dans la deuxième section.

Il s'attarda sur le seuil de la pièce, puis déclara :

– Je dois faire un saut à la bibliothèque.

Son ami releva le menton :

– Tu n'as aucune raison de t'inquiéter pour moi.

– Va.

Grant mordilla sa lèvre.

– On se retrouve pour le déjeuner.

– Parfait.

Une fois seul, Justin s'assit et repoussa des papiers sur le côté du poste de travail, pour connecter l'ordinateur à la mémoire centrale de la Maison. Il allait se mettre à l'ouvrage quand un point clignotant lui signala la réception d'un message. Il le fit apparaître

Passez me voir à mon bureau dès votre arrivée, lut-il. *Giraud Nye*.

Il resta assis, à fixer l'écran. Sa main tremblait, lorsqu'il se pencha pour arrêter l'appareil.

Il ne s'était pas attendu à cela. La pensée d'un nouveau psychosondage traversa son esprit, accompagnée par ses anciens cauchemars. Il lui faudrait maîtriser toutes ses réactions.

Mais ses réflexes de défense avaient disparu. Tous. *Il* était vulnérable. Au même titre que Grant.

Il disposerait pour se reprendre du temps nécessaire pour aller jusqu'au bureau de Nye. Il envisagea d'effectuer un détour par la bibliothèque, afin d'avertir son ami... mais c'eût été se conduire en coupable et le moindre faux pas risquait de le condamner.

Non, pensa-t-il. Il mordit sa lèvre avec force, et le goût du sang le renvoya dans le passé, lors d'une autre rencontre.

Ça y est, se dit-il. *Le moment est venu.*

Il remit en marche l'appareil et adressa un message au bureau de Grant : *Giraud veut me voir. Je risque d'être en retard pour le déjeuner... J.* Ce serait suffisant. Quant à ce que ferait son ami, il n'en avait pas la moindre idée.

Il savait seulement qu'il s'inquiéterait.

Il arrêta à nouveau le moniteur, se leva, ferma à clé son bureau et s'éloigna dans le couloir. Il regardait ce cadre familier et ceux qui s'y trouvaient en pensant qu'il les voyait peut-être pour la dernière fois. Que, tout comme Grant, il risquait de garder comme ultime vision de ce monde l'image d'une salle d'interrogatoire de l'hôpital.

9

Giraud occupait toujours le même bureau de la section administrative, celui avec une entrée lambrissée fermée par un verrou extérieur... des précautions plus importantes que celles dont Ari s'était entourée. Si Giraud avait cessé d'être le chef des services de sécurité pour devenir le *conseiller* Nye – pour ceux qui ne travaillaient pas à Reseune, tout au moins –, les membres de la Maisonnée savaient qu'il continuait de les diriger.

Justin glissa sa carte dans la fente. Le mécanisme cliqueta et il entra son matricule de CIT avant de pénétrer dans un vestibule également lambrissé et d'ouvrir une porte intérieure, sur une pièce où se trouvaient Abban...

... et deux gardes. Abban se leva du fauteuil, avec nonchalance.

Justin se figea puis se tourna vers le plus proche des

azis en uniforme. Il le fixa droit dans les yeux. *Restons civilisés.* Il fit un autre pas et laissa la porte se refermer derrière lui. Ils disposaient d'un détecteur corporel.

– Veuillez lever les bras, ser.

Il obtempéra et ils passèrent la baguette sur ses vêtements. L'appareil signala quelque chose dans la poche de sa veste. Le garde sortit la serviette en papier. Justin lui adressa un regard méprisant, bien que son cœur se fût emballé et que l'air contenu dans cette pièce ne lui parût pas assez dense.

Lorsqu'ils se furent assurés qu'il n'avait pas d'arme, Abban lui ouvrit l'autre porte. Tous les azis la franchirent avec lui.

Giraud n'était pas seul. Il y avait aussi Denys, et Petros Ivanov. Le cœur de Justin sembla vouloir monter dans sa gorge. Un des azis le prit par le bras pour le guider jusqu'au siège restant, en face de Giraud. Denys était sur la gauche et Petros sur la droite.

Tels des juges, dans un tribunal.

Les gardes restèrent. L'un d'eux posa la main sur le dossier du siège de Justin. Giraud les renvoya d'un geste, mais quelqu'un demeura dans la pièce quand la porte se referma.

Abban, estima Justin.

– Vous savez pourquoi je vous ai convoqué, fit Giraud. Il serait superflu de le préciser.

Il attendait un commentaire.

– Oui, ser.

Je suis à leur merci.

Et pourquoi Petros serait-il présent, si ce n'est pour me psychosonder ?

– Avez-vous une déclaration à faire ?

– Je n'en vois pas la raison.

Il fut soulagé de constater qu'il contrôlait sa voix. *Merde, tu dois te reprendre.*

Et, comme un vent issu des ténèbres : *Ressaisis-toi, mon chéri. Réfute toutes leurs accusations.*

– Je n'ai pas provoqué cet incident. Le Ciel m'en est témoin.

– Vous auriez pu partir.

– Je l'ai fait.

– *Après.*

La colère serrait les lèvres de Giraud qui prit un style et le tint entre ses doigts.

– Quelles étaient vos intentions ? Saboter le Projet ?

– Non. J'étais un simple invité, comme tous les autres. Je ne pensais qu'à mes affaires. Qu'avez-vous fait ? Vous lui avez appris à exécuter ce petit numéro ? C'est *cela*? Un spectacle, destiné à impressionner la Famille et mener les médias en bateau ? Je parie que vous avez tout enregistré.

Giraud ne s'était pas attendu à cela. Il parut ébranlé, et les autres peinés.

– Personne ne lui a fait la moindre suggestion, intervint Denys. Vous avez ma parole, Justin. Nous ne l'avons pas incitée à se comporter ainsi.

– Mon œil. C'est une sacrée aubaine pour les journalistes, pas vrai ? Le genre de truc à sensation qui devrait faire un tabac : l'enfant démasque le double de son assassin. Seigneur, quels miracles peut réaliser la science !

– Inutile de nous jouer cette comédie, Justin. Cet entretien n'est pas enregistré.

– Je m'en doute.

Il tremblait. Il déplaça son pied afin de soulager sa jambe, l'empêcher de trembler. Mais son cerveau s'emballait. Ils allaient le soumettre à un nouveau psychosondage, tels étaient leurs projets ; et cette prise de conscience fut assez brutale pour chasser les brumes qui obscurcissaient ses pensées.

– Je présume que vous allez me conditionner, avant de me présenter aux journalistes. Il serait dommage de m'avoir filmé pendant cette fête pour me laisser ensuite tomber dans l'oubli, ou me faire disparaître. Je vous pose un problème, pas vrai ?

– Justin, intervint Petros sur un ton suppliant, nul ne touchera à votre esprit. Ce n'est pas dans ce but que nous nous sommes réunis.

– Cela va de soi.

– Nous voulons simplement vous poser une question,

déclara Giraud. Avez-vous influencé son comportement ?

– Trouvez vous-même la réponse. Pensez ce que vous voulez. Visionnez l'enregistrement de la soirée.

– C'est déjà fait. Grant a regardé Ari. Vous l'avez fixée à votre tour et elle s'est approchée.

Une attaque dirigée contre une nouvelle cible. Mais il était logique qu'ils s'en prennent à son azi.

– Pourriez-vous me dire à qui s'intéressaient tous les autres convives ? Qui étions-nous tous venus *voir* ? Oui, cette enfant m'intriguait. Vous vous imaginez peut-être que j'aurais pu aller à cette soirée et ne *pas* lui prêter attention ? Vous m'avez vu. Vous auriez pu me dire de sortir. Mais vous vous en êtes bien gardés. C'était un piège, à mon intention. Vous aviez tout organisé. Qui était dans le secret ? Seulement vous trois ?

– Vous affirmez ne pas avoir tenté d'influencer Ari ?

– Non, bon sang. Ni moi ni Grant. Je lui posé la même question. Il ne m'aurait pas menti. Il admet l'avoir dévisagée. « Je ne pouvais plus détourner les yeux », voilà ce qu'il m'a dit. Il n'est pas responsable. Moi non plus.

Petros changea de position et se pencha vers Giraud.

– Pensez à ce que j'ai dit, Gerry.

Giraud effleura une touche et un écran se redressa sur le plateau du bureau. Il tapa quelque chose de la main droite, sans doute une demande de consultation de fichier. Les données qui défilaient sur le moniteur se reflétaient sur son collier de métal : un miroitement verdâtre.

Il ne se contentait pas d'étudier des informations. Il orchestrait tout, se dit Justin. Le grand jeu. Entretien du suspense. Secrets.

Alors qu'il était quant à lui dans l'incapacité de placer ses réactions sous contrôle.

Giraud lisait, ou feignait de lire. Son expression se fit plus sévère, lorsqu'il releva la tête.

– Je constate que vous n'êtes pas un amateur de bandétudes. N'est-ce pas paradoxal, pour un concepteur ?

– Elles ne m'inspirent guère confiance. Pourriez-vous me le reprocher ?

– Vous évitez même les bandes ludiques.

– J'ai peu de loisirs.

– Je ne peux accepter cette réponse. Vous ne vous êtes pas présenté à Petros, pour vos visites de contrôle. Vous ne prenez pas plus d'une bande par mois, à quelque chose près. Oui, votre attitude est bien étrange.

Il ne dit rien. Il avait épuisé sa réserve de reparties désinvoltes.

– Même Grant s'abstient d'aller au labo pour recevoir les siennes. Il utilise un appareil domestique. Ce n'est pas conforme au règlement.

– Rien ne l'y oblige, dès l'instant où il s'estime satisfait. Je ne vois pas pourquoi vous vous sentez concernés. Grant est intelligent, et il possède une excellente capacité d'assimilation...

– Agit-il ainsi sur vos instructions ?

– Non.

– Vous savez, intervint Petros, Grant se suffit à lui-même, il est adapté. Il n'a pas besoin du soutien des bandes aussi souvent que la plupart des autres Alpha. Mais compte tenu de ce qu'il a subi, il serait préférable qu'il prenne des bandes-profondes. Pour nous permettre de nous assurer que tout va bien.

– Compte tenu de ce que *vous* lui avez fait subir, voulez-vous dire. Non !

– Il obéit donc à vos instructions, fit Giraud.

– Non. Je le laisse libre de ses choix. Il agit sans contrainte. Il bénéficie de ce droit au même titre que moi, pour autant que je le sache.

– Je doute que des concepteurs auxquels les bandes inspirent une phobie aient leur place à Reseune.

– Allez au diable.

– Du calme. Détendez-vous, intervint Denys. Giraud, nous n'avons rien à lui reprocher sur le plan professionnel. Pas plus qu'à son azi, d'ailleurs. Là n'est pas la question.

– Ari n'a pas été la seule victime de ce meurtre, déclara Petros. Justin en a souffert. Grant aussi. Vous ne pouvez en faire abstraction. Nous sommes en présence d'un jeune homme qui n'était alors qu'un adolescent, la cible innocente des agissements répréhensibles de cette femme. Je n'ai rien voulu précipiter. Je me suis contenté de le surveiller. Je lui ai demandé de passer à mon bureau, afin de m'entretenir avec lui. N'est-ce pas exact, Justin ?

– Si.

– Mais vous n'êtes pas venu.

– Non.

La panique l'assaillait. Il se sentait mal.

– La situation qui résulte de la mise en œuvre du Projet vous déplaît, n'est-ce pas ?

– Vivre et laisser vivre, c'est mon principe. Je suis désolé, pour cette gosse. Je présume que vous avez pris connaissance de tous les propos que Grant et moi avons pu échanger dans notre appartement. J'espère que les passages intimes vous ont bien amusés.

– Justin.

– Vous pouvez aller au diable, Petros.

– Dites-moi la vérité. Vous arrive-t-il encore d'avoir des flashes-bandes ?

– Non.

– Est-ce bien la vérité ?

– Oui, absolument.

– Vous sentiez-vous tendu, quand vous êtes allé à cette soirée ?

– Bien sûr que non. Pourquoi l'aurais-je été ?

Petros se tourna vers Giraud.

– Je crois pourtant que c'est l'explication. Il était stressé. Comme son azi, d'ailleurs. Ari l'a perçu. Voilà tout. Je pense à un incident fortuit. Ce qui m'inquiète le plus, c'est l'état d'esprit de Justin. Il serait préférable qu'il regagne sa section, assiste aux réunions familiales, et qu'il tente de se comporter le plus normalement possible. Je déconseille tout nouveau psychosondage. Il n'est déjà que trop tendu. Et je veux qu'il vienne me consulter.

Denys s'adressa à son frère :

– Si tu *crois* que la sensibilité d'Ari est supérieure à la moyenne, tu dois tenir compte du fait que Justin ne lui a pas inspiré la moindre appréhension. Malgré sa propre tension, elle n'en a pas été effrayée. Bien au contraire.

– Ce qui me déplaît tout autant.

Giraud prit une inspiration et se carra dans son fauteuil pour étudier Justin, les sourcils froncés.

– Vous allez suivre les prescriptions de Petros. S'il m'informe que vous refusez de coopérer, vous vous retrouverez en poste dans une station de précip avant le coucher du soleil. C'est compris ?

– Oui, ser.

– Vous continuerez vos travaux. Si vous croisez le chemin d'Ari, vous aurez le choix entre lui adresser ou non la parole. Je vous laisse le soin d'opter pour ce qui devrait le moins l'intriguer. Vous assisterez aux réunions de Famille. Si elle vous parle, répondez-lui avec amabilité, rien de plus. Si vous vous écartez de cette ligne de conduite vous aurez affaire à moi et il est probable que je serai moins conciliant qu'aujourd'hui. Tout cela est valable pour Grant. Je compte sur vous pour le lui faire comprendre. Vous m'avez entendu ?

– Oui, ser.

Comme un azi. Calme. Avec déférence. *C'est un piège. Il va se refermer sur toi. Ils te préparent un sale tour.*

– Vous pouvez disposer. Abban, ouvre la porte.

L'azi s'exécuta. Justin s'extirpa du fauteuil. Denys fit de même et sortit avec lui. Une fois dans le vestibule, au-delà des gardes, il lui prit le bras et l'accompagna dans le couloir principal.

Puis il le retint et le fit s'arrêter.

– Justin.

Il s'immobilisa. Il tremblait. Mais la méfiance ne lui était d'aucune utilité.

– Justin, vous êtes soumis à une forte tension nerveuse. Mais vous savez – comme moi – qu'il n'a pu se produire le moindre transfert de souvenirs. Ce n'est *pas* l'Ari que nous avons connue. Nous ne tenons pas à voir s'envenimer nos rapports avec votre famille. Et nous ne *voulons* pas que vous repreniez le rôle de votre père.

J'espère que vous avez conscience de l'importance de ce qui est en jeu.

Il hocha la tête.

– Écoutez-moi, Justin. Giraud vous a fait subir ce sondage. Il sait que vous êtes sincère. Il est...

– Une ordure.

– Ne me compliquez pas les choses, Justin. Suivez les instructions de mon frère. Ne commettez pas la moindre erreur. Vous ne voudriez pas faire de mal à cette enfant. Je le sais. Les actes de la première Ari... elle n'en est pas responsable. Il serait injuste de vous venger sur elle.

– J'ai subi les agissements d'Ari sans réagir, bon Dieu, et vous croyez que je pourrais à présent m'en prendre à une enfant ?

– Non, non. Mais réfléchissez à ce que je viens de vous dire. Pensez-y, quand vous la reverrez. Ari vous a détruit. Vous pourriez en faire autant à cette gosse. La blesser. Je veux que vous en preniez conscience.

– Je ne lui ai rien fait !

– Je sais, je sais. Calmez-vous. Respirez à fond et détendez-vous. Écoutez-moi. Si vous savez tirer votre épingle du jeu, vous en obtiendrez des avantages.

– J'en suis convaincu.

Denys le reprit par le bras et le poussa contre le mur. Les gardes sortaient du bureau de Giraud.

– Justin, je voulais vous dire une chose... au sujet de votre requête. Je compte attendre quelques semaines, puis autoriser cette liaison téléphonique. Il ne faudra pas vous étonner des délais de transmission... votre père est rusé et la sécurité devra analyser vos propos. C'est le mieux que je puisse faire. Vous sentez-vous réconforté ?

– Que me demandez-vous en échange ?

– Rien. Rien du tout. Si ce n'est de veiller à ne pas tout gâcher. Évitez les ennuis. D'accord ?

Il fixait le mur, les motifs du travertin qui se troublaient devant ses yeux. Il sentit Denys tapoter son épaule.

– Je suis désolé. Je sais... vous n'avez pas bénéficié

d'un seul jour de répit. Mais je veux vous faire *participer* au Projet. C'est pourquoi je me suis opposé à Giraud, pour vous garder à Reseune. Ari avait pour vous beaucoup d'estime. Non... écoutez-moi. Elle vous appréciait. Ne parlons pas de ce qu'elle vous a fait. Je la connaissais, aussi bien que je *me* connais. L'antagonisme qui existait entre cette femme et votre père était ancien et profond, mais elle a décidé de vous affecter à sa section sitôt après qu'on lui a communiqué les résultats de vos tests.

– Tout ça, c'est des histoires !

– Non, absolument pas. Oh ! Ils n'avaient rien d'extraordinaire, vous le savez, mais vos scores étaient bons dans une demi-douzaine de domaines différents. Vous n'étiez pas son égal, mais vous possédiez ses qualités et vous n'aviez pas eu Olga Emory pour vous pousser à exploiter toutes vos capacités. Elle m'a confié – c'est la stricte vérité, mon garçon – qu'elle désirait vous avoir près d'elle parce que vous aviez bien plus de valeur que ne le révélaient ces tests, que vous étiez supérieur à votre père. Ce sont ses paroles, pas les miennes.

– Elle ne pensait pas à la science.

– Vous vous trompez. Je sais que vous n'aimez pas entendre parler d'elle, mais pour vous permettre de comprendre certains de ses actes... il existe un fait que vous devez savoir. Ari... Elle avait un cancer. Un problème de réjuv. Les médecins ignorent si c'est la tumeur qui a fait perdre toute efficacité à la cure ou si le traitement a cessé de faire effet et a permis à la maladie de se développer. Mais l'important c'est qu'elle *savait* que ses jours étaient comptés. Se soumettre à une intervention chirurgicale eût retardé le Projet, et elle a ordonné à Petros et à Irina de ne pas en parler. Elle a tout préparé afin que le jour où elle devrait passer sur le billard – je suis convaincu qu'elle envisageait cette possibilité, car elle n'était pas stupide – le sujet d'expérience ne reste pas livré à lui-même et puisse passer quelques mois sans problèmes. Je le savais, parce que j'étais son ami. Elle m'a laissé consulter ses notes. Giraud est obsédé par les problèmes financiers, mais j'ai le même but qu'Ari : la réussite du Projet. Il vous inspire des doutes car nous n'avons aucun sujet de contrôle, pas de résultats reproductibles – bien que tout cela soit basé sur deux siècles d'expérimentations effectuées sur les azis – et rien n'est quantifiable : nous sommes en présence d'un être humain, et donc de paramètres émotionnels et subjectifs. Malgré nos désaccords je respecte votre opinion professionnelle, Justin, mais si vous tentez de saboter le Projet je ne vous ferai pas de cadeau. Est-ce bien compris ?

– Oui, ser.

– Je vais vous dire autre chose. Malgré les actes répréhensibles qu'elle a pu commettre, Ari était une femme admirable. Elle *personnifiait* Reseune et était mon amie. Je vous ai protégé, en préservant sa réputation par la même occasion, et je ne laisserai pas une histoire sordide réduire tous mes efforts à néant.

– Vous conservez ces maudites vids dans les archives ! Si cette pauvre gosse suit plus ou moins les traces d'Ari, les chercheurs voudront disposer des moindres détails de son existence antérieure... dont cet épisode.

– Non. Ce serait sans objet. L'incident date de la *dernière* période de sa vie et ne peut susciter leur curiosité. Par ailleurs, il y a le Projet Rubin. Nous l'avons mis à la disposition de l'armée et nous nous sommes réservé Ari. Nous seuls connaissons les techniques mises en œuvre. Reseune a-t-elle une seule fois divulgué ses méthodes sans y avoir un intérêt financier ?

– Vous comptez mener les militaires en bateau pendant des années. Admettez-le. C'est le moyen employé par Giraud pour récolter des subventions. Sa source inépuisable de contrats avec la Défense.

Son interlocuteur sourit et secoua la tête.

– Ça va marcher, Justin. Nous ne l'avons pas influencée, hier soir.

– Êtes-vous certain que votre frère s'en est abstenu ?

Si Denys fut ébranlé, il continua de sourire.

– Seul le temps nous permettra d'être fixés sur ce point. À votre place, je m'abstiendrais d'en parler. Je vous ai aidé. Quand tous vous avaient abandonné, j'ai pris votre défense. Ainsi que celle de Jordan et de Grant. J'ai été votre protecteur. Mais n'oubliez pas que j'étais l'ami d'Ari et que je vous empêcherai de saboter son œuvre.

La menace n'était plus voilée. Et bien réelle. Il n'en doutait pas.

– Oui, ser, fit-il à mi-voix.

Denys lui tapota à nouveau l'épaule.

– Je ne le répéterai pas. Ne m'y obligez pas. Acceptez la faveur que je vous fais et gardez mes paroles à l'esprit. D'accord ?

– Oui, ser.

– Ça va aller ?

Il inspira.

– Tout est fonction de ce que Petros a prévu pour moi, il me semble ?

– Il souhaite simplement avoir un entretien avec vous. C'est tout. Justin... subissez-vous encore des flashes-bandes ?

– Non, non.

Sa bouche tremblait, ce qui permettait à Denys de savoir qu'il mentait.

– J'ai vécu un enfer. L'hôpital me fait peur. Pourriez-vous me le reprocher ? Ivanov ne m'inspire aucune confiance, pas plus que les membres de son équipe. Oh ! ne vous inquiétez pas. Je répondrai à ses questions. Mais si vous désirez bénéficier de mon soutien interdisez-lui de toucher à mon esprit, ou à celui de Grant.

– Est-ce un chantage ?

– Seigneur, je suis bien placé pour savoir où ça mène. Non, c'est une simple requête. Je respecterai vos volontés. Je n'aurais quoi qu'il en soit aucun intérêt à nuire à cette enfant. Et je ne lui veux pas de mal. Mon seul désir est de pouvoir travailler, entendre la voix de mon père, être...

Il se reprit et se tourna vers le mur, pour attendre que sa respiration fût redevenue normale.

Donne-leur toutes les clés, mon chéri, c'est bien.

Une stupidité sans bornes.

– C'est accordé. Écoutez. Vous allez voir Petros et vous essayez de résoudre vos problèmes. Vous étiez à l'époque un gosse terrorisé. Vous avez toujours peur et je crains que le traumatisme n'ait été plus grave que vous n'acceptez de l'admettre...

– Je peux faire mon travail. Vous l'avez dit.

– Là n'est pas la question. Vous ne savez plus à qui vous fier. Vous vous croyez abandonné de tous. C'est faux. Ivanov s'intéresse à vous. Moi aussi. Je sais, vous n'aimez pas qu'on en parle. Mais gardez à l'esprit que vous pourrez vous adresser à moi chaque fois que vous aurez besoin d'aide. Je vous ai exposé mes conditions. Je vous demande de collaborer avec nous. Je ne veux pas que la moindre accusation soit portée contre Ari, le Projet, ou l'équipe.

– Alors, faites le nécessaire pour que Petros nous laisse tranquilles, Grant et moi. Ordonnez à la sécurité d'interrompre ses écoutes. Laissez-moi vivre ma vie et travailler en paix.

– Je veux vous aider.

– Ne vous gênez pas ! Faites ce que je vous demande, et je vous soutiendrai sans réserve. Je n'ai pas le moindre désir de reprendre ce vieux différend à mon compte. Je souhaite qu'on me laisse tranquille, c'est tout. J'estime avoir droit à un répit, après tant d'années. Ai-je une seule fois fait du mal à quelqu'un ?

– Non.

Une tape amicale sur l'épaule, une autre dans le dos.

– Non. Jamais. Jamais. La victime, c'est vous.

Il se tourna vers le mur.

– Alors, foutez-moi la paix, bon Dieu ! Permettez-moi de parler à mon père, de faire mon travail. Il n'y aura pas de problèmes, si on cesse de me harceler et si la sécurité interrompt ses écoutes !

Denys l'étudia un long moment.

– Entendu, nous allons essayer. Oh ! je ne dis pas qu'on ne surveillera pas vos allées et venues. Tout recommencera au moindre agissement suspect, mais pas si vous restez tranquille. J'accepte de donner cet ordre, et faites en sorte que je n'aie pas à le regretter.

– Oui, ser, se contenta-t-il de répondre faute d'avoir trouvé un commentaire approprié.

Et Denys le laissa.

Lorsqu'il regagna son bureau, Grant l'attendait sur le seuil. Rendu muet par la peur, l'azi l'interrogeait du regard.

– Tout va bien, lui dit Justin. Ils m'ont demandé si nous l'avions fait exprès. J'ai répondu que ce n'était pas le cas. Puis nous avons abordé d'autres sujets et Denys s'est engagé à supprimer les écoutes de la sécurité.

L'expression de son ami lui indiquait qu'il se croyait épié et qu'il le suspectait de jouer une comédie.

– Il me l'a affirmé.

Il referma la porte, pour bénéficier d'une intimité relative. Le plus important lui revint à l'esprit, l'alternance de promesses et de menaces lancées comme des coups de poing, et il s'appuya au dossier du siège du poste de travail, le souffle court.

– Il a précisé qu'ils nous permettraient bientôt de téléphoner à Jordan.

– C'est bien vrai ?

Il en avait été lui aussi décontenancé. Pourquoi lui accordaient-ils cette faveur au moment où ils avaient le moins de raisons de les ménager, alors qu'ils auraient pu utiliser la force pour le conduire à l'hôpital ? Ils venaient de le lui prouver.

Un fait nouveau avait dû se produire.

10

– Musique, ordonna Justin au concierge sitôt après avoir franchi le seuil.

L'appareil obtempéra puis annonça le nombre d'appels reçus pendant leur absence : aucun.

– Je constate que notre compagnie n'est plus guère recherchée, commenta-t-il.

Il était rare qu'ils ne soient pas contactés par des collègues qui souhaitaient obtenir des précisions sur le travail en cours et n'avaient pu les joindre à leur bureau.

– Ah, inconstance des hommes ! surenchérit Grant.

Il alla poser son attaché-case sur la table, rangea sa veste dans la penderie et gagna le bar pour préparer deux cocktails.

– Tu as droit à un double. Retire tes chaussures et mets-toi à ton aise. Je pense que tu en as besoin.

Justin s'assit, se débarrassa de ses souliers, se pencha en arrière et but. Whisky et eau, un goût annonciateur de soulagement pour quelqu'un d'hypertendu. Grant avait pris la petite ardoise en plastique qu'ils utilisaient pour se dire tout ce qu'ils n'osaient exprimer à haute voix et écrivit :

Pouvons-nous les croire, lorsqu'ils parlent d'interrompre les écoutes ?

Justin secoua la tête, posa son verre sur la marche supérieure du puits central tapissé de coussins et s'étira pour attraper la tablette : *Il suffira d'échanger quelques informations fantaisistes pour les prendre en flagrant délit.*

Au tour de Grant, qui hochait la tête : *Une idée ?*

À lui : *Pas encore. Je réfléchis.*

Grant : *Ai-je raison de croire qu'il me faudra attendre d'aller nourrir les poissons pour pouvoir apprendre ce qui s'est passé ?*

Lui : *Compliqué. Dangereux. Petros exige que je passe le voir et m'entretienne avec lui.*

Grant, inquiet : Une question non formulée.

Lui : *Ils ont des soupçons, pour les flashes-bandes.*

Grant : Il souligna le mot *entretienne* et y ajouta un point d'interrogation.

Lui : *Denys a affirmé qu'ils ne feraient « aucun sondage »*. Puis il précisa, après coup : *Ils ont compris que j'ai peur des bandes. Je ne suis pas rassuré. Je crains qu'ils n'aient analysé ma voix. Si c'est le cas, je me suis trahi. Et Petros pourra découvrir bien des choses. Pendant longtemps... j'ai tenté de me convaincre que ces flashes étaient dus au traumatisme. À présent, je pencherais plutôt pour un blocage bâclé. Peut-être ont-ils voulu faire de moi ce que je suis devenu.*

Grant lut et se renfrogna. Il réfléchit, écrivit, effaça la phrase, recommença. Encore. Un succinct : *Je ne crois pas. Je pense aux trop nombreux sondages.*

Lui : *Alors, pourquoi as-tu pris cette ardoise pour dialoguer avec moi alors que nous sommes dans notre appartement ?* Souligné trois fois.

Grant haussa imperceptiblement les sourcils. Il écrivit : *Parce que aucune possibilité n'est à exclure, celle d'un blocage mental décidé en haut lieu exceptée. Ton esprit a subi des dommages. Quand Giraud y a pénétré, Ari n'avait pas terminé ses manipulations. Si ce n'est pas suffisant, rien ne le serait. Quoi qu'ait pu effectuer cette femme, ce devait être à la fois profond et subtil. Nous savons de quoi elle était capable. Et quand Giraud est entré par effraction il a dû casser quelque chose.*

Justin but une gorgée de whisky et sentit le froid le pénétrer. Il mâchonna le style pendant un instant avant de répondre : *Il avait visionné les bandes et savait ce qu'elle venait de me faire subir. C'est un spécialiste du psychset des militaires, et ce n'est pas fait pour me rassurer. S'il a obtenu un statut de Spécial c'est pour des raisons politiques, pas pour ses compétences. Dieu seul peut savoir ce que m'a fait cet homme. Ou encore Petros.*

Grant lut et grimaça. Il écrivit : *Pas Petros. Giraud. Mais Ivanov ne lui est pas inféodé.*

Lui : *Ce med m'inspire de la méfiance. Et me voilà condamné à me présenter à ses visites de contrôle, faute de quoi ils risquent de me retirer mon travail, de me déclarer instable, d'annuler mon autorisation Alpha et de te transférer. Tout recommencerait.*

Grant s'empara de l'ardoise : *Tu es le clone de Jordan. Si tu te révèles aussi compétent que ton père sans programme psychogénique pendant qu'ils poursuivent le projet Rubin, tu pourras faire remettre leurs décisions en question. Moi aussi. Souviens-toi qu'Ari m'a créé à partir d'un géneset de Spécial. À nous deux, nous pourrions exercer un contrôle sur cette expérience. Est-ce le but qu'Ari voulait atteindre ? Est-ce pour cela que Giraud désire se débarrasser de nous ?*

Il sentit son estomac se nouer. *Je ne sais pas*, écrivit-il.

Grant : *Giraud et Denys ne disposeront que de Rubin pour établir des comparaisons, et rien ne les empêchera de falsifier les résultats. Ils nous assimilent à des gêneurs. Ari n'aurait jamais procédé de cette manière. Elle effectuait des contrôles, dans la mesure où c'est réalisable quand on a affaire au psych d'un être humain. Je crois qu'elle voulait nous voir participer au projet.*

Lui : *Denys affirme que les chances de réussite sont bonnes mais que le moindre détail risque de tout compromettre, à n'importe quel stade.*

Grant : *On pourra assimiler l'expérience à un succès si les résultats sont probants. Tu dis toi-même qu'ils n'ont pas l'intention de divulguer quoi que ce soit, si ça marche. Les labos de Reseune ne communiquent jamais leurs découvertes, ils s'en servent pour accroître leurs profits. S'ils reconstituent Ari – je parle d'une Ari capable de reprendre ses précédentes recherches et de les approfondir – ses notes feront-elles l'objet d'une publication ? J'en doute. La Défense signera des contrats importants avec Reseune qui verra son influence s'accroître et bénéficiera d'un secret plus absolu encore. Je ne parle pas des profits. Mais les labos se chargeront de tout, sans jamais communiquer leurs découvertes. Ils travailleront pour les militaires et obtiendront d'eux tout ce qu'ils souhaitent, aussi longtemps que l'armée croira pouvoir reconstituer certains individus... un exploit que nul ne pourrait réaliser sans une documentation aussi importante que celle stockée sous cette montagne, là-bas. Ça durera des années. Des vies entières. Entre-temps, les labos rendront quelques services à la Défense et serviront surtout leurs intérêts. Dis-moi, ai-je bien analysé les motivations des hommes-nés ?*

Justin lut et hocha la tête. Son malaise ne cessait d'empirer.

Grant : *Vous êtes vraiment bizarres, vous autres les CIT. Parce que vous façonnez vous-mêmes vos psych-*

sets... en plaçant la logique à un niveau superficiel. Les azis savent quant à eux que leurs strates inférieures sont saines. Mais qui suis-je pour oser porter un jugement sur mes propres créateurs ?

11

Jane s'assit au bord du lit et écarta ses cheveux pour permettre à Ollie d'effleurer sa nuque du bout des lèvres.

Dieu merci, l'enfant s'était finalement endormie, et Nelly avait remporté pour un soir l'affrontement de volontés.

Contre une Ari surexcitée. Elle l'avait été toute la journée. Elle voulait retourner chez Valery, pour jouer.

Prendre des mesures s'imposait. Valery devenait un problème, ce qu'elle avait d'ailleurs prévu depuis longtemps. Il faudrait fournir à Ari un nouveau compagnon de jeu. Dans sa vie antérieure, elle n'avait jamais été si proche d'un autre enfant.

Zut ! C'était vraiment un sale tour qu'ils joueraient à cette gosse.

Ollie l'enlaça, la serra contre lui.

– Des soucis ? demanda-t-il.

– Change-moi les idées. Je ne veux penser à rien, ce soir.

Bon sang, voilà que je me mets même à parler *comme Olga.*

L'azi la caressa et déposa un baiser sur son épaule.

– Inutile de prendre des gants, Ollie. Je me sens d'humeur à tuer quelqu'un.

Il comprit. Il la repoussa en arrière et entreprit de lui faire oublier tout le reste, en immobilisant ses mains pour se protéger des griffures.

Ollie était un expert. Comme la plupart des azis qui avaient reçu sa formation il savait être un amant merveilleux et faire durer le plaisir. Il remportait sa victoire sur elle avec lenteur et mesure, en la minutant de façon à être d'une efficacité maximale pour sa partenaire.

Ce qu'il faisait sans coup férir. Jane soupira et s'abandonna bientôt à des techniques plus douces. Ce qu'il y avait de formidable, avec un azi, c'était qu'il se tenait toujours prêt à la satisfaire. Et qu'il se préoccupait plus d'apporter du plaisir que d'en prendre. Elle avait eu une douzaine d'amants CIT mais, chose étrange, elle n'éprouvait de l'attachement que pour Ollie. Sans doute ne le soupçonnait-il même pas.

– Je t'aime, lui murmura-t-elle à l'oreille.

Il sommeillait déjà, la tête contre son épaule. Elle fit courir ses doigts dans la chevelure humide de sueur de l'azi qui la regarda, à la fois étonné et ravi.

– Vraiment, Ollie.

– Sera...

Il ne dit rien de plus. Peut-être attribuait-il ses propos à son âge, à la sénilité. Il était épuisé. Elle était insomniaque. Mais elle savait qu'il resterait éveillé si elle ressentait le besoin de lui parler. Il lui accordait déjà toute son attention.

– C'est tout, ajouta-t-elle. J'ai pensé qu'il était temps de te le dire.

– Merci.

Il ne bougeait toujours pas. Il paraissait croire qu'elle ne pouvait en rester là.

– C'est tout, fit-elle en caressant son épaule. N'as-tu jamais désiré devenir un CIT ? Recevoir ta dernière bande ? Partir d'ici ?

– Non.

Le sommeil l'abandonnait et sa respiration devenait plus rapide.

– Vraiment pas. Je n'y tiens pas. Il me serait impossible de vous quitter.

– Ne dis pas de bêtises ! Une bande réglerait ce problème.

– Je ne veux pas. Je sais que je regretterais cet endroit. Rien ne pourrait y changer quoi que ce soit. Ne me donnez pas cet ordre.

– Je n'en ai pas l'intention. Je m'interrogeais, voilà

tout. Tu ne veux donc pas quitter Reseune. Mais que ferais-tu, si je devais partir ?

– Je m'en irais avec vous !

– Vraiment ?

– Où ?

– À Lointaine. Mais pas avant un certain temps. Je désirais m'assurer que ça ne t'ennuierait pas trop. Parce que je t'aime. Je t'aime plus que tout au monde. Assez pour renoncer à toi et te laisser ici si tel est ton désir, t'emmener avec moi dans le cas contraire, ou faire ce que tu voudras. Je te dois bien ça, après tant d'années. Je ne veux que ton bonheur.

Il se redressa sur un coude, pour répondre : une protestation prompte et sincère de loyauté. Elle posa sa paume sur les lèvres de l'azi, afin de l'empêcher de parler.

– Non. Écoute-moi. Je suis très âgée, Ollie. Je ne suis pas immortelle. Et ils craignent que je ne refuse de m'effacer de l'existence d'Ari, le moment venu... Et cet instant approche. Dans deux ans. Dieu, comme le temps passe ! Parfois, j'ai envie de l'étrangler... Parfois, elle m'inspire de la pitié. Et c'est ce qui les inquiète. Ils craignent que je ne décide de changer les règles du jeu. C'est le fond de l'affaire. Les frères Nye... Ces salopards pensent qu'elle s'attache trop à toi. Ils veulent y remédier. Tu la verras moins souvent. Tu devras à l'avenir te montrer froid et distant avec elle. Ce sont leurs instructions. Il m'arrive de penser qu'ils espèrent me voir tomber raide morte au moment prévu dans ce maudit scénario. J'ai eu un entretien avec Giraud, aujourd'hui...

Elle prit une inspiration et sentit des tiraillements, derrière ses yeux et autour de son cœur.

– Ils m'ont proposé la direction de RESEUNESPACE. À Lointaine. Le projet Rubin, sur un plateau et avec de jolis rubans autour.

– Avez-vous accepté ?

Elle hocha la tête, mordit sa lèvre et se reprit.

– Oui. Ce cher Giraud. *Vous n'aurez qu'à vous retirer dans la section un lorsqu'elle aura sept ans,* m'avaient-ils dit au début. Mais ils ont peur, à présent, et ils veulent m'expédier hors d'atteinte. *Ça ne suffit pas,* vient de déclarer Giraud. *Olga est* morte *quand Ari avait sept ans. Vous cloîtrer dans la section un pour sortir de sa vie ne peut suffire, vous serez trop proches.* Merde. Et ils m'ont proposé ce poste. Morley s'en va, et je le remplace.

– Vous disiez toujours que vous souhaitiez retourner dans l'espace.

D'autres inspirations.

– C'est exact, Ollie. Je l'ai espéré pendant des années et des années. Jusqu'à ce que... je sois trop âgée pour le faire. Ils m'offrent cela et je découvre que je ne veux plus partir. C'est pénible, pour une gosse de spatiaux. J'ai passé trop de temps sur une planète, et tout ce que j'aime est ici, tout ce qui m'est familier. Je ne désire pas le perdre, voilà tout...

Une autre inspiration.

– Mais ce souhait ne peut être exaucé. Ils ont le choix entre m'accorder une promotion et me mettre au rancart. Je n'ai pas envie de prendre ma retraite. C'est ce qui arrive à ceux qui pensent plus à leur travail qu'à acquérir de la puissance. Ce parvenu de Giraud peut me virer. Tout se résume à cela. Qu'il soit maudit ! Je partirai donc pour Lointaine. Et je devrai tout recommencer de zéro, avec un autre sale morveux qui a des problèmes de santé pour couronner le tout. Merde, Ollie. Rends des services et vois comment on te récompense.

Il caressa ses cheveux, son épaule. Il souffrait, parce qu'elle était son superviseur et qu'elle se sentait malheureuse.

– Eh bien, si tu veux me suivre dans ce merdier, pense un peu à ce que sera ta vie. Je mourrai dans quelque temps... une simple addition t'en apportera la confirmation. Tu te retrouveras alors seul, à vingt années de lumière de la civilisation. Puis-je condamner à cela quelqu'un dont les choix sont encore plus limités que les miens ? Je ne veux pas te placer dans une telle situation. Si tu te sens bien à Reseune, je t'obtiendrai une bande CIT et tu pourras rester ici, dans le monde civilisé : sans keis, sans croquettes de poisson et sans coursives où les gens marchent au plafond...

– Jane, si je vous dis que je souhaite malgré tout vous

accompagner, que me répondrez-vous ? Que je suis un azi stupide ? Je le sais. Mais puis-je vous laisser partir avec un jeunot droit sorti de la Ville ?

– J'ai plus de cent ans...

– C'est secondaire. Je m'en fiche. Ne faites pas notre malheur. Ne me jouez pas cette comédie. Vous souhaitez m'entendre dire que je ne peux me passer de vous... Eh bien, c'est chose faite. Mais il est cruel de m'imposer cette attente. Je peux vous entendre : *Bon sang, Ollie, je dois te quitter, je le ferai...* Je ne veux pas écouter de tels propos pendant deux ans. Je ne veux même pas y penser.

Ollie n'était pas du genre à se laisser bouleverser. Mais il l'était. Elle finit par s'en rendre compte et se redressa pour caresser sa joue.

– Je ne le ferai pas. Merde, c'est bien trop sérieux. Maudit soit Giraud. Maudit soit ce projet. Ollie, il ne faudra plus que tu aies de contacts avec Ari.

Ses sourcils se plissèrent, de désarroi.

– Qu'ont-ils à me reprocher ?

– Rien, rien, rassure-toi. Ils ont constaté qu'elle s'est attachée à toi. Cette saloperie de programme. Ils voulaient t'expédier loin d'ici sans plus attendre et je leur ai rétorqué d'aller au diable. Je les ai menacés de tout laisser tomber, de révéler la vérité à Ari. Ils étaient conscients d'avancer sur un fil et avaient préparé une contre-proposition. Une offre que je m'empresserais d'accepter et une menace : la mise à la retraite. Que pouvais-je faire ? J'ai cédé. J'ai opté pour mon départ... et le tien. Je devrais me sentir flattée de cette promotion.

– Je regrette...

– Mais tu n'y es pour rien, bon sang. Et moi non plus. Nul n'a rien fait. Olga n'a jamais frappé la gosse, et j'en remercie le Ciel, mais je ne peux plus supporter cette comédie, Ollie. Je n'en peux plus.

– Ne pleurez pas. C'est trop pénible, pour moi.

– Je ne vais pas craquer, rassure-toi. Cesse de discuter et passe dessous. C'est mon tour.

12

– Certainement pas, rétorqua-t-il à Petros.

Ils étaient séparés par un bureau sur lequel trônait un scripteur. Justin avait conscience qu'on analysait sa voix et que les résultats défilaient sur le moniteur placé devant le médecin. Ivanov adressait des regards à l'écran, entre deux sourires professionnels.

– Vous avez des rapports très étroits avec votre compagnon, dit Petros. Cela ne vous donne-t-il pas quelques inquiétudes ? Vous savez qu'un azi ne peut se protéger contre ce genre de choses.

– J'y ai beaucoup réfléchi. J'ai même abordé la question avec lui. Mais c'est ainsi qu'on nous a élevés, non ? Et pour diverses raisons – que vous êtes bien placé pour connaître – nous avons tous deux des problèmes qui nous coupent du reste de la Maisonnée et devons nous apporter un certain... réconfort mutuel.

– Décrivez-moi ces problèmes.

– Allons, Petros, vous savez comme moi que nous sommes des parias. Contagion politique. Il serait superflu de fournir des précisions.

– Vous vous sentez donc isolés ?

Il rit.

– Mon Dieu, n'étiez-vous pas invité à la soirée du Nouvel An ?

– Si.

Un coup d'œil au moniteur.

– J'étais présent. C'est une charmante enfant, n'est-ce pas ?

Il regarda Ivanov, haussa un sourcil et se permit un rire empreint d'amertume.

– Je pense que c'est une petite peste au même titre que tous les autres gosses et que je peux m'estimer heureux de ne pas risquer de tomber *enceint,* car vous risqueriez de vous en prendre à ma progéniture. Notez avec soin ce commentaire. Au fait, ça se présente comment ? Je parle de l'analyse des inflexions de ma voix.

– La tension est acceptable.

– Je m'en doutais. Vous essayez de me pousser à réagir, mais est-il pour autant nécessaire de sombrer dans le grotesque ?

– Vous trouvez donc cette fillette grotesque.

– Charmante, tout au contraire. C'est la situation, qui est ridicule. Mais ça ne vous pose aucun problème de conscience. Vous gardez en permanence une arme braquée sur mon père pour me dissuader de tenter quoi que ce soit. Est-ce que je mens ?

Petros ne souriait plus. Il surveillait le moniteur.

– Une bonne réaction. Excellente, même.

– Je n'en doute pas.

– Vous êtes furieux, pas vrai ? Que pensez-vous de Giraud ?

– Je l'adore. Qu'est-ce que ça donne, pour les comparaisons ? Vrai ou faux ?

– Ne jouez pas avec ça, vous pourriez vous blesser.

– Je tiens à faire enregistrer que vous venez d'adresser des menaces à votre patient.

– Ce n'était pas mon intention. Je dois insister pour que vous suiviez un traitement. Mmmmm... le pouls s'emballe.

– Il y a de quoi. J'accepte de me faire soigner si mon azi assiste aux séances.

– Ce n'est pas prévu par le règlement.

– Écoutez, Petros. J'ai vécu un véritable enfer, dans vos services. Allez-vous achever de me faire sombrer dans la folie ou m'accorder quelques garanties ? Même un non-professionnel a le droit d'assister à une intervention psych, si c'est à la demande du principal intéressé. Et je souhaite savoir ce qu'en pense un observateur impartial. C'est tout. Acceptez, et je viendrai de mon plein gré. Refusez, et je chercherai d'autres solutions. Je ne suis plus un gosse paralysé par la panique, Petros. Je sais où m'adresser pour déposer une plainte en bonne et due forme. Le seul moyen de m'en empêcher consisterait à me boucler... ou encore à m'éliminer. Mais ça ferait assez mauvais effet, ne croyez-vous pas ?

– Je peux faire mieux.

Petros poussa un interrupteur et l'écran se rétracta dans le plateau du bureau.

– Je vais vous donner une bande que vous emporterez chez vous. Mais promettez-moi de l'utiliser.

– Bravo pour l'effet de surprise ! Il est dommage que vous ayez arrêté le moniteur.

– La peur vous fait perdre tout bon sens. Ce n'est pas un reproche, notez bien. Vous contrôlez votre voix, mais le pouls est rapide. Vous êtes-vous psyché avant de venir ? Je pourrais demander une analyse sanguine. Intervention orale ? Grant vous a préparé à cette entrevue ?

– Il faudra obtenir mon consentement écrit.

Petros libéra son haleine, les avant-bras posés sur le bureau.

– Ne vous attirez pas d'ennuis, Justin. C'est un conseil d'ami. Évitez les complications. Obéissez aux ordres. Cette autorisation pour les appels téléphoniques sera reportée à plus tard.

– C'est logique.

La déception pesait sur sa poitrine.

– Je m'en doutais. Ils se jouent de moi, quoi qu'il en soit. J'ai eu tort de croire Denys. J'aurais dû me méfier.

– Denys n'y est pour rien. C'est la sécurité militaire qui a opposé son veto. Il va préparer un dossier, pour tenter de persuader la Défense de revenir sur sa décision. Soyez bien docile pendant quelque temps. Ce n'est pas avec des petits numéros de ce genre que vous améliorerez votre situation. Vous comprenez ? Évitez les ennuis. Vous continuerez de recevoir les lettres.

Un autre soupir, un air malheureux.

– Je dois rendre visite à votre père. Y a-t-il quelque chose que vous souhaitiez lui dire ?

– Qu'allez-vous lui faire ?

– Rien. Rien. Calmez-vous. Je vais à Planys pour vérifier du matériel et contrôler le travail des techs. J'ai cru que ça vous ferait plaisir. Je compte lui apporter une photo de vous. Je pense qu'il appréciera. Je vous en rapporterai une de lui... si c'est réalisable.

– Bien sûr.

– Je le ferai. Pour Jordan autant que pour vous. J'étais son ami.

– Mon père avait beaucoup d'amis.

– Il n'est pas dans mes intentions d'en discuter. Alors, un message ?

– Dites-lui qu'il me manque. Que pourrais-je ajouter qui ne soit pas censuré ?

– Je ferai de mon mieux. Toujours à titre officieux... Je travaille ici, et si on me remplaçait votre situation n'en serait pas améliorée. Pensez-y. Rentrez chez vous. Continuez de travailler. Et n'oubliez pas de demander votre bande au bureau des entrées.

Après être parti, alors qu'il traversait la cour intérieure pour regagner la Maison avec la bande et une ordonnance, il ne pouvait décider s'il venait de remporter une victoire ou de subir une défaite. Ou encore quelle faction avait gagné ou perdu.

Mais c'était une question qu'il se posait depuis de nombreuses années.

Audiotexte extrait de :
Formes de croissance
Bandétude de génétique n°1
« Entretien avec Ari Emory »
1re partie

Publications Éducatives de Reseune :
8970-8768-1 approuvé pour 80 +

Q : Dr Emory, je dois en premier lieu vous remercier d'avoir accepté de nous apporter quelques éclaircissements sur la nature de vos travaux.

R : J'en suis ravie. C'est moi qui vous remercie. Vous pouvez commencer.

Q : Vos parents ont fondé Reseune. Nul ne l'ignore. Savez-vous que certains biographes voient en vous la principale architecte de l'Union ?

R : J'ai déjà entendu porter cette accusation. (Rire.) *J'aurais préféré qu'ils attendent ma mort pour tenir de tels propos.*

Q : Niez-vous l'importance de vos réalisations... tant politiques que scientifiques ?

R : Je fais de la recherche, au même titre que Bok. Ce sont deux domaines distincts, bien qu'ils puissent s'influencer. Nous disposons de peu de temps et j'aimerais faire une remarque... qui devrait me permettre de répondre à plusieurs de vos questions.

Q : Je vous en prie.

R : Le pool génétique des humains partis de la Terre était sélectionné, filtré par des considérations d'ordre po-

litique et économique, et par une volonté commune d'explorer l'espace. La plupart des colons et des spatiaux qui ont atteint les premières étoiles avaient été choisis par les responsables de Station Sol. Les candidatures de ceux qui ne correspondaient pas à un certain profil avaient été rejetées. Seuls subsistaient les plus qualifiés, les esprits supérieurs. Je pense que tout s'est joué au cours de cette période. Le temps que l'humanité atteigne Pell, son pool génétique s'était élargi... sans être pour autant un reflet de la population de Station Sol, et encore moins de celle de la Terre. Puis le durcissement de la politique terrienne a provoqué un second exode, celui des futurs fondateurs de l'Union. Ils étaient pour la plupart originaires de ce que l'on appelait à l'époque le bloc de l'Est. Cette ruée vers les étoiles – avant que la Terre n'impose son embargo et ne provoque une brusque interruption de l'apport de gènes – a permis de diversifier notre pool génétique.

À Cyteen se concentrait l'élite de l'élite, et s'il a jamais existé un noyau d'humanité sélectionné à l'extrême, c'était bien la population de ce monde : composée principalement de scientifiques, peu importante, coupée des courants commerciaux et... de ce que j'appellerais la pollinisation des marchands. Une telle situation était précaire et c'est pourquoi Reseune fut fondée. Telle est l'origine de nos laboratoires, leur utilité. Lorsqu'ils entendent parler de Reseune, la plupart des gens pensent aux azis. Mais ces derniers ne constituent qu'un moyen d'atteindre les buts que nous nous sommes fixés. Un jour, quand la population aura atteint un taux de croissance tech positif – après avoir franchi le point d'équilibre entre la consommation et la production –, les labos n'engendreront plus un seul azi dans les zones concernées.

Mais ces derniers remplissent d'autres fonctions. Ils sont porteurs de tous les traits génétiques identifiés à ce jour, ceux préjudiciables à l'espèce exceptés. Mais le fait qu'un pool génétique soit réduit – même par sélection – a des conséquences négatives. Je pense en particulier à une diminution de la résistance physique et à une plus grande vulnérabilité en milieu hostile. Seule une politique d'expansion peut permettre d'éviter une trop grande concen-

tration au point central de l'Union. Nous ne parlons pas d'eugénisme, mais de diaspora. Notre but est la dissémination de données génétiques selon un pourcentage comparable à celui que l'on trouvait sur la Terre de nos ancêtres. Et nous avons peu de temps devant nous.

Q : Pourquoi... peu de temps ?

R : Parce que la croissance d'une population est exponentielle et qu'elle sature très vite l'écosystème dans lequel elle vit, que ce soit une planète ou une station. Si le groupe en question souffre d'un manque de diversité génétique, si sa densité est bien plus forte en son noyau qu'à sa périphérie – je pense à Cyteen – et s'il réside au centre culturel de l'Union, un facteur inaccessible aux formes de vie inférieures mais d'une importance capitale pour des êtres capables de façonner leur environnement selon toutes les acceptions imaginables... si une telle population souffre d'une carence en matière d'informations génétiques, elle va au-devant de graves problèmes et est à brève échéance confrontée à des choix cruciaux tant sur le plan culturel que génétique. Ce système de sélection peut avoir de graves conséquences. Si l'humanité s'essaime dans l'espace selon un rapport de densité inférieur, de telles situations potentiellement catastrophiques se présenteront bien plus tôt – à cause de divergences trop importantes pour autoriser la survie ou de crises génétiques à l'issue imprévisible –, ce qui donnera lieu à l'apparition de nouvelles espèces de genus Homo *et débouchera sur des impasses biologiques et des tragédies politiques. Il convient de garder à l'esprit que l'homme n'est pas qu'un animal social mais aussi un animal politique... ce qui fait de lui son principal ennemi.*

Q : Vous pensez à la guerre.

R : Ou au pillage. Ne l'oubliez jamais. La dispersion est essentielle, mais l'existence de pools génétiques différents dans des poches de vie dispersées l'est tout autant. C'est pour cela que les azis ont été créés et que nous continuons d'en produire. Ils sont les vecteurs de cette diversité, et le fait que certaines puissances économiques les aient trouvés... profitables est compréhensible mais regrettable. C'est mon point de vue, et celui de Reseune. On pourra porter contre moi maintes accusations, ser, mais l'avenir des azis est pour moi une préoccupation essentielle et j'ai utilisé toute mon influence pour assurer leur protection sur le plan légal. Nous n'engendrons pas des Thêta afin de disposer de main-d'œuvre bon marché mais parce qu'ils représentent une des possibilités qui s'offrent à l'humanité. Les ThR-23 à coordination œil-main développée, par exemple, sont exceptionnels. Leur psychset les rend aptes à réaliser de véritables exploits dans des milieux où les plus grands génies CIT se verraient désemparés. Leur résistance est admirable, ser. Et s'il vous arrive un jour d'être en difficulté dans un des déserts de Cyteen, je vous souhaite que ce soit en compagnie d'un ThR, qui survivra pour perpétuer son modèle même si vous disparaissez. Telles sont les applications de la génétique alternative.

Un jour, il n'y aura plus d'azis. Ils auront tenu leur rôle qui consiste à croître, se multiplier, et combler les vides au fur et à mesure que l'humanité se disperse pour atteindre une densité de population idéale... ce qu'elle doit impérativement faire pour assurer son bien-être futur, sa vigueur génétique.

Je le répète : les azis sont les vecteurs de l'évolution et de l'adaptation, dans le cadre du plus grand des défis que l'homme ait jamais relevés. S'ils sont tels qu'ils sont, c'est parce que le laps de temps dont nous disposons pour accomplir cet exploit est très bref. Reseune a donné son aval à la création de labos de naissance concurrents parce que ses buts sont scientifiques et qu'une production massive est indispensable à cette expansion. Mais Reseune a conservé l'exclusivité de la création et de la sélection des génésets : nul autre laboratoire n'est autorisé à procéder à des manipulations de ce genre.

Je mettrai encore à profit votre patience pour insister sur deux points essentiels. Premièrement... Reseune exige l'intégration de tous les génésets azis dans la population de citoyens dès l'instant où le secteur de l'Union concerné est classé en zone un. En pratique, les azis constituent une solution pour une génération. Leur principale utilité n'est pas de fournir de la main-d'œuvre mais de coloniser un secteur, le développer pour lui permettre d'atteindre un niveau de productivité acceptable, et avoir une descendance qui se mêlera au pool génétique des CIT selon un rapport suffisant pour garantir la diversité du patrimoine génétique. Les seuls azis produits à d'autres fins sont ceux destinés à combler les vides dans les rangs de l'armée ou à servir à des tâches d'intérêt national ; ceux qui effectuent des travaux à haut risques ; et ceux créés à des fins de recherche dans des laboratoires habilités à procéder à de telles expériences.

Deuxièmement... Reseune s'opposera à quiconque cherchera à institutionnaliser les azis en tant qu'outils économiques. En aucun cas les labos de naissance ne devront être utilisés à des fins lucratives. Telle n'a jamais été leur destination.

Q : Me diriez-vous que vous poursuivez les mêmes buts que les abolitionnistes ?

R : Absolument. Depuis toujours.

CHAPITRE V

1

Florian courait sur le trottoir sans oublier pour autant les règles de politesse. Chaque fois qu'il croisait des grands il s'arrêtait, s'écartait de leur passage le souffle court, et effectuait une courbette ; une salutation retournée sous la forme d'un hochement de tête presque imperceptible. Parce qu'ils étaient plus vieux, parce qu'il avait six ans et que les petits garçons de son âge aimaient courir, et parce que les adultes avaient des occupations plus sérieuses.

Et ce serait sous peu son cas. Il venait de recevoir une bandétude et de se voir attribuer un travail. Il devrait s'y présenter chaque matin. C'était l'événement le plus important de son existence, et il exultait. Sa surexcitation était telle qu'il avait imploré la super de l'autoriser à s'y rendre tout de suite, sans passer par la salle de rec où tous allaient se détendre après les bandes.

– Quoi ? s'était-elle exclamée en souriant.

Mais l'éclat de ses yeux lui indiquait qu'elle accéderait à sa demande.

– Pas de rec ? Elles sont aussi nécessaires que le travail, Florian.

– J'en ai eu une juste avant la bande. *S'il vous plaît ?*

Elle lui avait alors donné le mot et un jeton de rec, pour plus tard, lorsqu'il serait allé se présenter à l'autre super, celui de l'AG. Et elle lui avait tendu les bras.

Étreindre la super, la *gentille* super, penser à ne *pas* faire de bruit dans le couloir, marcher et marcher encore, jusqu'à la porte, puis suivre le trottoir et – une fois au pied de la colline – *courir* à toutes jambes.

Autrement dit très vite, car s'il possédait l'intelligence d'un Alpha il était aussi un des meilleurs à la course.

Couper entre les baraquements 4 et 5, traverser la route, emprunter un raccourci par l'allée qui conduisait aux bâtiments de l'AG. Un point de côté le contraignit à ralentir. Il espéra alors – car tous déménageaient, les grands et les petits – qu'on lui attribuerait un logement moins éloigné de l'AG.

Les plus âgés qui avaient un emploi bénéficiaient d'une priorité sur les lits les plus proches de leur lieu de travail. Il l'avait entendu dire par un grand, un Kappa.

Il reprit haleine en montant vers l'AG-100. Il lui était déjà arrivé de venir ici. Il avait vu les enclos. Il aimait leur odeur. C'était... c'était l'odeur des AG, tout simplement, et aucune autre ne pouvait lui être comparée.

Une sorte de bâtiment administratif se dressait près de l'entrée. Des murs blancs, avec une porte hermétique. Il devait se présenter à l'ad, les bandes le lui avaient appris. Il se suspendit à la poignée puis entra dans un bureau où régnait une vive animation.

Il pouvait poser les coudes sur les comptoirs, depuis peu. Avec difficulté. Il n'était pas aussi grand que d'autres garçons de son âge mais plus que certains. Il attendit que quelqu'un eût noté sa présence.

Une femme vint lui demander ce qu'il voulait.

– Je suis Florian AF-9979, déclara-t-il en présentant le mot. Je suis affecté à l'AG.

Elle le salua de la tête et prit le bout de papier rouge. Il resta sans bouger, en humectant ses lèvres desséchées, pendant qu'elle glissait le mot dans une machine.

– C'est exact, fit-elle. Sais-tu suivre les couleurs ?

– Oui, répondit-il sans la moindre hésitation.

Et il ne posa pas de questions parce qu'elle lui fournirait des explications. On ne devait interroger les grands que si on n'avait pas tout compris, après qu'ils avaient terminé. Ça leur permettait de se concentrer et de ne pas faire d'erreurs. Distraire quelqu'un qui travaillait... eh bien, c'était très vilain. Il le savait.

Elle s'assit devant un clavier et tapa sur les touches. La machine cracha une carte. Elle la prit et y fixa une pince. Il ouvrait de grands yeux. Il avait compris que c'était une clé : *sa* clé, étant donné qu'elle s'occupait de lui.

Elle revint et se pencha sur le comptoir pour lui montrer ce qui était imprimé sur le bout de plastique. Florian se leva sur la pointe des pieds et se tordit pour qu'ils puissent regarder en même temps.

– Voilà ton nom, et voilà tes couleurs. C'est une clé. Tu l'accroches à ta poche. Quand tu changes de vêtements, tu la gardes sur toi. C'est très important. Et s'il t'arrive de la perdre, viens tout de suite nous le signaler. D'accord ?

– Oui, dit-il.

Tout correspondait à ce que lui avaient appris les bandes.

– Tu as des questions à me poser ?

– Non, merci.

– Il n'y a pas de quoi, Florian.

Une petite courbette. *Marcher,* ensuite, ressortir et suivre le trottoir, en levant les yeux vers l'angle de l'immeuble où débutaient les couleurs. Mais il pouvait quoi qu'il en soit lire tous les mots écrits sur la carte, et sur le bâtiment.

Marcher. Il ne devait plus courir, à présent. Il travaillait, et c'était important. Son code était bleu, avec du blanc dedans et du vert dans le blanc. Il se dirigea vers la zone bleue, s'y retrouva, et continua jusqu'au blanc dans le bleu. Des carrés imbriqués l'un dans l'autre lui indiquaient le chemin à suivre. De plus en plus passionnant. Il atteignait les enclos. Il vit du vert sur le panneau d'une intersection et prit l'allée gravillonnée pour s'éloigner dans la direction indiquée. Finalement, il aperçut un bâtiment vert et put y lire : AG 899. C'était bien là.

Il voyait une grande bâtisse, juste à côté. Il demanda où était le super à un azi qui lui désigna un gros homme chauve occupé à discuter avec quelqu'un, sur le seuil des grandes portes. Florian alla attendre près de lui qu'il eût fini de parler.

– Florian, dit l'homme rond après avoir regardé la carte. Parfait.

Il l'étudia de la tête aux pieds. Puis il chargea un azi nommé Andy de le prendre avec lui et de lui montrer son travail.

Mais il le connaissait déjà, grâce aux bandes. Il devrait nourrir les poulets, veiller à ce qu'ils aient toujours de l'eau propre, contrôler la température des couveuses et de l'endroit où ils mettaient les petits cochons. Il était conscient de ses responsabilités.

– Tu es très jeune, lui dit Andy. Mais tu sembles avoir compris.

– Oui, dit-il.

C'était pour lui une certitude. Andy lui demanda de lui montrer quelle quantité de nourriture il donnerait aux volailles, ce qu'il devrait marquer sur leur fiche après avoir distribué l'aliment et vérifié la pureté de l'eau, et quelles précautions il convenait de prendre pour ne pas effrayer les poulets qui auraient pu se blesser. Il aimait les voir se regrouper et se déplacer tous ensemble d'un côté et de l'autre, comme une sorte de mer duveteuse. Il y avait aussi les porcelets. Ils criaient et risquaient de renverser un enfant qui se laissait encercler. C'était pour cela qu'il tenait un bâton.

Il exécuta ces tâches avec application et Andy se déclara satisfait. Florian fut très fier de lui, bien plus qu'il ne l'avait jamais été.

Après qu'il eut porté des seaux et changé l'eau des abreuvoirs, Andy l'autorisa à tenter de saisir un porcelet... dès l'instant où il était présent et pourrait intervenir. L'animal se débattit, hurla et piétina les pieds de Florian avec ses petits onglons, avant de s'enfuir pendant que l'enfant riait. Andy, qui riait lui aussi, déclara qu'il fallait les tenir d'une certaine façon et promit de lui apprendre comment il convenait de procéder.

Cette sensation était agréable. Le contact de ce corps chaud et bien vivant entre ses bras. Mais il savait que ces animaux étaient destinés à faire des petits et à être mangés, et il devait garder cela à l'esprit pour ne pas les assimiler à des humains.

Il s'épousseta et sortit pour aller reprendre son souffle. Il s'accouda à la barrière d'un enclos situé sur le côté de la grande bâtisse.

Et il y vit une créature dont la beauté lui coupa le souffle. Il resta figé sur place, bouche bée. Il n'osait même pas ciller, de peur qu'elle ne pût en profiter pour disparaître. Son poil était roux comme celui des vaches, mais plus brillant. Un animal très puissant aux pattes démesurées qui ne se déplaçait pas comme les autres bêtes. En fait, il aurait été impossible de dire qu'il marchait... et il semblait jouer, tout seul.

– Qu'est-ce que c'est ? demanda Florian en entendant Andy approcher. Ça s'appelle comment ?

– AGCULT-894X. C'est un cheval. Le premier de son espèce, sur ce monde.

2

Ari aimait aller à la garderie. Ils sortaient jouer en plein air tous les après-midi. Elle adorait rester pieds nus et s'asseoir dans le bac à sable pour tracer des routes avec la niveleuse, pendant que Tommy ou Amy ou Sam ou René poussaient les camions et les vidaient. Il leur arrivait de dire qu'il y avait une tempête, et tous les ouvriers miniatures devaient alors se réfugier dans les véhicules. Parfois, un platythère s'aventurait dans les parages et saccageait les routes, ce qui les obligeait à tout recommencer. Sam le leur avait expliqué. Sa mère était ingénieur des ponts et chaussées et lui parlait souvent de ces monstres. Ari avait demandé à maman si c'était vrai et obtenu une réponse affirmative. Elle en avait vu un gros comme le divan du séjour, mais on en trouvait qui étaient énormes, plus à l'ouest. Aussi gros qu'un camion. Le leur était de taille moyenne et très vilain, mais Ari adorait faire le platythère. Pour détruire les routes et les murs il suffisait de le pousser sous le sable, et tout s'effondrait.

Elle le prit et le fit avancer. Le sable recouvrait déjà sa main lorsqu'elle cria :

– Attention ! Il arrive.

Ari en avait assez de voir Amy construire sa maison : un tas de sable haut comme ça, avec des tas de portes et de fenêtres qu'Amy avait creusées avec une cuiller en faisant des simagrées insupportables. Ce n'était pas amusant du tout. Quand Sam avait construit une tour sur le toit, Amy s'était empressée de la raser en lui disant qu'il ferait mieux d'ouvrir une route jusqu'à l'entrée, parce que c'était *sa* maison et qu'elle ne voulait pas de tour sur *sa* maison. Elle avait construit un mur devant et percé une voûte sous laquelle passerait la route de Sam. Et ils devaient se contenter d'attendre pendant qu'elle s'amusait toute seule. Pour toutes ces raisons, il était grand temps qu'un platythère charge le mur d'enceinte et le fasse écrouler.

– Attention !

– Non ! hurla Amy.

Ari passa sous la voûte. Patatras ! Le mur s'écroula. Le sable recouvrit son bras mais elle continua d'avancer, parce que rien ne pouvait stopper l'élan d'un platythère. Même si Amy le saisissait et tentait de le retenir.

Sam lui donna un coup de main pour raser la maison.

Amy cria et poussa Ari. Ari cria et poussa Amy. Phaedra arriva en courant pour leur rappeler qu'il était très vilain de se battre et leur ordonner de rentrer.

Plus tôt que d'habitude.

À cause de cette chipie d'Amy Carnath.

Qui ne revint pas le lendemain. C'était toujours la même chose, quand Ari se battait. Elle le regrettait. Dès qu'ils échangeaient quelques coups Phaedra venait chercher son adversaire, et ensuite elle ne le revoyait qu'à l'occasion des fêtes. Il y avait eu Tommy et Angel et Gerry et Kate, qui étaient partis et ne pouvaient plus jouer avec elle. Lorsqu'elle découvrit qu'Amy avait subi le même sort, Ari bouda et déclara à Phaedra qu'elle voulait la revoir.

– Nous demanderons à sera, répondit l'azie. À condition que tu promettes de ne plus te battre avec elle.

Et Amy revint. Mais elle n'était plus amusante. Et Sam non plus. Chaque fois qu'elle les embêtait, ils la laissaient faire.

Ce n'était pas drôle du tout. Elle décida de leur mener la vie dure. Elle vola les camions de Sam, et quand elle les lui rendit il la foudroya du regard mais ne lui dit pas un seul gros mot. Elle rasa la maison d'Amy avant qu'elle l'eût terminée, et Amy se contenta de bouder.

Elle bouda à son tour.

Sam décida de renverser ses camions et de faire comme s'ils avaient eu un accident. L'idée était excellente et Ari l'aida à dépanner les véhicules. Mais comme Amy continuait de faire la tête dans son coin, elle décida de l'écraser.

– Non, cria Amy en voyant l'engin foncer sur elle. Non !

Ari lui donna un coup de camion. Amy recula. Ari se leva et Amy se leva. Amy la poussa.

Et elle la poussa plus fort, puis lui lança un coup de pied. Amy riposta. Elle fit de même. Telles étaient leurs occupations quand Phaedra la saisit. Amy pleurait, et ce fut en mettant toutes ses forces à contribution qu'Ari lui donna un dernier coup de pied, juste avant d'être tirée à l'intérieur par Phaedra.

Quant à Sam, il s'était contenté du rôle de simple spectateur.

– Amy est un bébé, déclara-t-elle ce soir-là.

Maman venait de lui demander pourquoi elle avait frappé son amie.

– Amy ne reviendra pas. Pas si c'est pour vous battre.

Elle promit de ne jamais recommencer, tout en sachant qu'elle ne tiendrait pas sa promesse.

Amy fut absente pendant deux jours, puis elle revint. Elle boudait et demeurait dans son coin. Ce n'était pas intéressant du tout. Même quand Sam essayait d'être gentil avec elle, Amy restait muette.

Exaspérée, Ari alla vers elle et lui donna beaucoup de coups de pied, pour de bon cette fois. Sam tenta de s'interposer. Phaedra la saisit par le bras, l'accusa d'être méchante, et lui ordonna de s'asseoir et de jouer toute seule.

Ce qu'elle fit. Elle prit la niveleuse et traça des routes, aux courbes accentuées par des mouvements de colère. Sam vint y faire rouler un camion, mais Ari se sentait toujours humiliée. Amy restait assise dans son coin... et elle pleurnichait, comme disait maman. Amy ne jouerait plus. Ari sentit sa gorge se serrer et eut des difficultés à avaler sa salive, mais elle ne pleurerait pas car elle n'était plus un bébé. En outre, elle ne supportait plus les jérémiades d'Amy. Ça l'empêchait de s'amuser. Sam était triste, lui aussi.

Ensuite, elle ne revit Amy que rarement. Et lorsqu'il lui arrivait de venir, elle restait assise à l'écart. Ari en profita pour la frapper dans le dos.

Cette fois, ce fut Amy que Phaedra prit par la main et emmena à l'intérieur.

Ari retourna s'asseoir près de Sam. Valery ne venait plus jamais. Pete non plus. Ceux avec qui elle aimait le plus jouer. Il ne lui restait que Sam, et Sam n'était que Sam : un gosse à la figure toute ronde et inexpressive. Oh ! elle n'avait rien à lui reprocher mais il ne parlait presque jamais, sauf pour raconter ce qu'il savait sur les platythères et les camions. Elle le trouvait sympathique, en fait. Mais elle avait perdu tous les autres. Elle avait entendu dire que les meilleurs partaient les premiers.

Ce n'était pas Amy qu'elle regrettait, mais Valery. Sa maman avait été transférée et il s'était vu contraint de partir avec elle. Ari lui avait demandé s'il passerait la voir, mais malgré sa réponse positive maman disait qu'ils habitaient désormais bien trop loin. Il était évident qu'il ne reviendrait jamais. Ari lui en voulait de l'avoir abandonnée, mais elle savait que ce n'était pas sa faute. Il lui avait même donné son vaisseau spatial avec la lumière rouge, ce qui prouvait à quel point il était ennuyé. Maman avait exigé qu'elle lui rende ce jouet. Ari l'avait fait, juste avant de dire adieu aux Schwartz.

Elle n'en comprenait pas la raison mais Valery pleurait, et elle aussi. Sera Schwartz lui avait dit qu'elle était très gentille et qu'elle lui manquerait, mais Ari avait compris que cette dame était irritée contre elle.

Maman l'avait ramenée à la maison et elle s'était endormie en pleurant. Maman semblait en colère, elle aussi. Ça se voyait à la façon dont elle lui avait ordonné d'arrêter de pleurnicher. Mais elle ne le pouvait pas et maman semblait bouleversée, tout le monde paraissait tendu... tendu : le seul mot qui lui venait à l'esprit. Elle avait conscience de faire de la peine à maman.

Il lui arrivait d'avoir peur. Sans pouvoir dire pourquoi.

Elle était triste à cause du départ d'Amy et elle essayait de se montrer très gentille avec Sam. Et avec Tommy, quand il venait. Mais elle savait que si Amy était revenue elle lui aurait encore tapé dessus.

Elle eût aussi donné des coups à Sam et à Tommy, si elle n'avait pas su qu'elle se retrouverait alors sans personne avec qui jouer. Phaedra lui disait de se tenir tranquille, parce que les compagnons de jeu devenaient rares.

3

– Nous y sommes, dit l'instructeur.

– Oui, ser, répondit Catlin.

Elle était à la fois inquiète et impatiente. Elle avait entendu les grands parler de la Pièce. Elle savait ce qui l'attendait : ils couperaient et remettraient la lumière, feraient couler de l'eau sur le sol. Mais il fallait toujours exécuter les ordres de l'instructeur. Et il lui avait dit de traverser le tunnel, le plus vite possible.

– Es-tu prête ?

– Oui, ser.

Il poussa la porte, sur un réduit minuscule où il y avait une deuxième porte. Celle qu'elle venait de franchir se referma et tout fut plongé dans l'obscurité.

L'autre s'ouvrit et un courant d'air glacé et humide vint cingler son visage. Les moindres bruits résonnaient, là-dedans.

Elle se déplaça, sans savoir où était le tunnel. Peut-être s'y était-elle déjà engagée.

– Halte ! hurla une voix.

Un point rouge lumineux sur le mur, un bruit sec.

On avait tiré sur elle. Elle le savait. Son corps fit le nécessaire. Elle plongea et roula sur le sol, pour se mettre à couvert, mais le plancher se déroba sous elle et elle poursuivit sa descente, à l'intérieur d'un tube et splash ! dans de l'eau froide.

Elle battit des bras et se releva. L'eau lui arrivait aux genoux. Ne jamais se croire en sécurité. Quand on vous tirait dessus, il fallait courir et s'abriter.

Mais l'instructeur lui avait dit : *Traverse. Le plus vite possible.*

Elle repartit, le plus vite possible, pour être arrêtée par un mur. Elle le suivit. Le sol montait. Il était sec et réverbérait ses pas. Les bruits signalaient sa présence et son teint et ses cheveux clairs la rendaient facile à repérer dans le noir. Elle hésitait entre la rapidité et la discrétion, mais *vite* signifiait *vite* et c'était un ordre de l'instructeur.

Elle courait avec souplesse. Elle se guidait dans le noir en laissant une main glisser le long de la paroi et tendait l'autre devant elle afin de ne pas percuter un nouvel obstacle.

Le passage tournait. Elle gravit une pente, redescendit, se retrouva sur une dalle de béton, toujours dans l'obscurité.

Là ! Quelque chose ! L'Embusqué la saisit au même instant.

Elle lui donna un coup de coude, se contorsionna. Les doigts de l'Ennemi ne se refermèrent que sur du tissu et elle se dégagea d'une secousse. Vite, vite, le plus vite possible, le cœur battant.

Le tunnel changeait à nouveau de direction et elle heurta la paroi, bang! Bien qu'à moitié assommée, elle se releva et repartit, toujours plus loin...

Un rectangle d'une blancheur aveuglante apparut devant elle.

Son instinct l'incita à plonger et elle se retrouva sur le sol de la petite pièce, avec un goût de sang dans la bouche, une lèvre entaillée et le nez ensanglanté.

Dans son dos, la porte claqua. L'autre s'entrebâilla, sur un homme qui n'était pas son instructeur. Il portait l'uniforme brun de l'Ennemi et tenait un pistolet.

Elle tenta de lui donner un coup de pied mais il l'Eut. Elle entendit le bourdonnement de son arme.

Pendant qu'elle se relevait, rouge de colère et de honte, le battant se referma et se rouvrit.

Sur son instructeur, cette fois.

– L'Ennemi n'est jamais loyal, lui dit-il. Allons voir comment tu t'en es tirée.

Catlin s'essuya le nez. Elle avait mal partout et se sentait toujours aussi irritée et gênée, mais elle avait traversé. Elle regrettait seulement de ne pas être arrivée à Avoir l'Ennemi, à la fin. Mais c'était un grand. Une autre chose déloyale. Et son nez saignait toujours.

L'instructeur lui donna un linge humide et lui dit de l'appliquer sur son cou, avant d'ajouter que le med examinerait son nez et sa bouche. Puis il mit en marche son scripteur et lui demanda de raconter ce qu'elle avait fait, tout en précisant que peu de six ans réussissaient à traverser le tunnel d'un bout à l'autre.

– Tu es très forte.

Et elle se sentit bien mieux, soulagée. Mais elle n'oublierait jamais l'Ennemi qui l'avait Eue à la fin. Ils vous attendaient au tournant, même quand tout était terminé. Et elle n'aimait pas du tout se faire Avoir. Elle avait même cela en horreur, car elle savait qu'une fois grand on en mourait. Elle savait ce qu'était la mort. Les six ans devaient descendre à l'abattoir, pour voir tuer un porc. C'était vite fait, et le cochon cessait d'être un cochon. Ils le hissaient en l'air et le découpaient en morceaux. C'était ça, la mort : on s'arrêtait de fonctionner et ensuite on n'était plus que de la viande. Il n'y avait pas de prochaine fois, et c'était pour ça qu'il fallait Avoir l'Ennemi le premier.

Si Catlin était très forte, l'Ennemi ne se montrait pas loyal : une révélation effrayante. Elle se mit à trembler. L'instructeur le remarqua et lui répéta que le med allait l'examiner.

– Oui, ser, fit-elle.

Le linge était tout rouge, comme les bulles qui sortaient toujours de son nez. Elle s'éloigna en le tamponnant. Ses jambes vacillaient mais elle marchait droit.

Le med lui apprit que son nez n'avait pas été cassé et qu'elle ne devait pas s'inquiéter parce qu une de ses dents bougeait : ça s'arrangerait tout seul.

L'instructeur lui annonça qu'il l'inscrivait aux leçons de tir et précisa que son génotype ferait d'elle une des meilleures. Il ajouta qu'il s'était attendu à la voir réaliser un bon score dans la Pièce, comme tous les azis de sa série, et lui rappela qu'il était toujours possible d'améliorer les résultats d'un génotype et que c'était le but qu'elle devait se fixer ; ce que tous les azis avaient pour devoir d'essayer de surpasser. Même si elle n'avait jamais vu un seul autre AC-7892.

Elle obtint une note excellente, pour cet exercice. Elle ne pourrait cependant s'en vanter. C'était interdit. Il lui serait également impossible de parler du tunnel. L'instructeur venait de le lui préciser. Et c'était une Règle.

Une seule chose l'ennuyait : s'être laissé Avoir par le dernier Ennemi. L'instructeur lui déclara qu'elle n'aurait pu s'en tirer. Elle était trop petite et n'avait pas d'arme. Plonger dans la pièce n'avait pas été une erreur, bien qu'elle se fût trouvée sur le sol lors de l'ouverture de la porte.

– J'aurais pu passer devant lui et m'enfuir en courant.

– Pour te faire Avoir dans le dos pendant que tu courais dans le couloir ?

Elle n'y avait pas pensé et y réfléchit, longuement.

4

– Arrête la vid.

Le concierge s'exécuta. Justin était assis sur le divan du séjour, en peignoir de bain. Grant vint le rejoindre. Il portait une tenue identique et se séchait les cheveux avec une serviette de toilette.

– Quoi de neuf, ce soir ? demanda-t-il.

Justin éprouva une étrange sensation.

– C'est l'effervescence, à Novgorod. À cause d'une découverte qu'ils viennent de faire dans le système de Géhenne.

– C'est où, ça ?

C'était la première fois qu'il entendait parler de cette étoile. Il alla s'asseoir de l'autre côté de la fosse du salon.

– Dans la zone de l'Alliance. Au-delà de Viking.

Le journaliste n'avait pas fourni d'autres précisions.

– Il y a une planète, là-bas. Habitée par des humains. Et tout laisse supposer que l'Union l'a colonisée en secret il y a une soixantaine d'années.

– Seigneur !

– L'ambassadeur de l'Alliance a déposé une protestation officielle. Le Conseil a réuni une cellule de crise. Nous avons violé le Traité. Une bonne douzaine de clauses.

– Une colonie de quelle importance ?

– Ils l'ignorent. Ils ne l'ont pas dit, tout au moins.

– Et personne n'était *au courant* ? Une sorte de base de la Défense, je présume ?

– Ça se pourrait. Ça se pourrait bien. Mais ce n'est plus le cas. Ce monde serait redevenu primitif.

L'azi siffla.

– Une planète habitable ?

– Ça me paraît évident. Je ne pense pas que des

hommes pourraient vivre sur un bloc de roche nue. D'après le commentateur, ce serait un projet top secret datant de la période des hostilités.

Grant ne répondit rien. Il était pensif.

La guerre remontait à la génération précédente et nul ne souhaitait que tout pût recommencer, mais la menace n'avait pas disparu pour autant. Les marchands de l'Alliance ne restaient pas inactifs. En explorant le secteur opposé de l'espace, Sol avait fait une rencontre... dangereuse. Avec une espèce extraterrestre isolationniste à la culture complexe. Sur le plan politique, Sol essayait de se rapprocher de l'Union pour ne pas tomber sous la coupe de l'Alliance et dépendre des vaisseaux des marchands, sans pousser pour autant ces derniers à se prévaloir des avantages que leur accordait le Traité de Pell ou provoquer un conflit d'intérêts entre les deux blocs politiques. La situation était délicate, mais la tension avait décru.

Une génération avait cru que ces problèmes se résoudraient d'eux-mêmes.

Mais de nombreux missiles tirés un siècle plus tôt par les vaisseaux de guerre représentaient toujours un danger pour la navigation. Parfois, le passé resurgissait avec un désir de vengeance.

Et des animosités ancestrales remontaient à la surface tels des spectres, pour troubler la tranquillité d'esprit d'une espèce qui se savait à présent concurrencée dans sa colonisation de l'espace.

– À les entendre, il n'y pas que trois ou quatre survivants, déclara-t-il à Grant. Ils ont parlé d'une « colonie illégale » et reconnu que nous sommes ses fondateurs.

– Existe-t-elle toujours ? Sous une forme organisée ?

– Ils n'ont pas été très explicites à ce sujet.

Un autre silence. Grant se souvint qu'il devait se sécher les cheveux, s'il ne voulait pas qu'ils restent en bataille.

– Un foutu merdier, commenta-t-il. Ont-ils précisé s'ils les ont récupérés, ou s'ils comptent le faire ? Quelles sont leurs intentions ?

– Ils hésitent sur la conduite à tenir.

– Eh bien, nous avons malgré tout une certitude. Nous savons où Giraud passera la semaine prochaine.

5

Ari n'aimait pas les bureaux. Assise à une table, au fond de la salle, elle s'occupait en observant les allées et venues et en faisant des découpages dont elle découvrait les motifs symétriques lorsqu'elle les dépliait. Elle prit une feuille vierge et y dessina un poisson à la queue démesurée.

Finalement, elle se leva et sortit en catimini pendant que Kyle regardait ailleurs et que maman s'attardait dans l'autre pièce. Tout semblait indiquer qu'elle en aurait encore pour longtemps.

Ari en déduisait que maman ne pourrait pas se mettre en colère si elle allait se promener dans le couloir. Il n'y avait que des bureaux, ici. Pas de magasins, pas de jouets, pas de vid : rien pour s'occuper. Elle aimait bien rester assise et dessiner, mais elle préférait que ce soit dans le bureau de maman parce qu'il avait une fenêtre et qu'elle pouvait regarder à l'extérieur.

Ici, elle ne voyait que des portes, de toutes parts. Elle décida de marcher en équilibre sur une des bandes métalliques encastrées dans le sol. Elle la suivit, et jeta des coups d'œil au passage dans les pièces latérales.

Ce fut ainsi qu'elle vit Justin.

Il était assis devant un clavier et un écran, absorbé par son travail.

Elle s'immobilisa sur le seuil et attendit qu'il eût remarqué sa présence.

Il lui semblait très différent des autres. Elle gardait de lui un vague souvenir, dans une salle où tout scintillait. Il avait été accompagné par Grant. Elle ne le voyait presque jamais et quand elle demandait à maman pourquoi les gens semblaient mal à l'aise en sa présence, elle s'entendait répondre que c'était un fruit de son imagination.

Mais Ari avait la certitude de ne pas se tromper. Il paraissait soucieux, apeuré. Elle savait qu'elle n'aurait pas dû l'ennuyer, mais ça ne pouvait pas être interdit puisqu'elle suivait un couloir où tout le monde avait le droit de se promener. En outre, elle n'avait pas l'intention d'entrer. Elle resterait sur le seuil.

Elle changea de position, et il la vit.

– Bonjour, lui dit-elle.

Et elle perçut une onde de peur. La frayeur de Justin, qui cessait de fixer l'écran. Et la sienne, due à la prise de conscience que maman se mettrait en colère.

– Bonjour.

Il était nerveux. Comme toujours, en sa présence. Sa nervosité ne l'abandonnait jamais, et elle empirait quand Ari approchait de lui. C'était une énigme qu'elle ne pouvait élucider, et comme maman esquivait toutes ses questions sur Justin il était évident qu'elle n'aimait pas en entendre parler. Ollie non plus. Ils invitaient Justin pour les grandes fêtes et elle le voyait à l'autre bout de la pièce, mais maman venait la prendre par la main dès qu'elle voulait aller lui dire bonjour. Cela semblait indiquer que personne n'aimait Justin, parce qu'il avait fait de vilaines choses ou qu'il n'était pas tout à fait normal et qu'on craignait qu'il pût mal se conduire. Ça arrivait parfois à des azis. Et à certains CIT. Maman le disait. Elle ajoutait qu'il était plus difficile de réadapter un CIT que de déstabiliser un azi. Alors, elle ne devait pas les embêter. Sauf Ollie, qui n'en était plus à ça près.

Justin ressemblait beaucoup à un azi, mais elle savait qu'il n'en était pas un. Justin était Justin. Et s'il se conduisait de façon un peu bizarre avec elle il n'était pas le seul à ne pas aimer les enfants.

– Maman est là-bas, avec ser Peterson, lui expliqua-t-elle.

À la fois pour alimenter la conversation et l'informer qu'elle avait d'excellentes raisons d'être ici. Elle découvrait l'endroit où il travaillait : une pièce minuscule, avec des papiers partout. Elle se pencha un peu trop et dut se retenir à la porte. Idiote, eût dit maman. Debout. Redresse-toi. Ne sois pas empotée comme ça. Mais Justin n'était pas bavard.

– Où est Grant ?

– En bas, à la bibliothèque.

– J'ai six ans.

– Je sais.

– Comment ?

Il parut mal à l'aise.

– Votre maman va s'inquiéter de votre absence, Ari.

– Elle est en réunion. J'en avais assez de l'attendre.

Il allait l'ignorer, se remettre à taper sur son clavier. Elle ne lui permettrait pas de lui tourner le dos. Elle entra, se hissa dans le fauteuil placé à côté du bureau, se pencha sur le bras du siège et leva les yeux sur Justin.

– Ollie, il est toujours occupé.

– Moi aussi. J'ai à faire, Ari. Il faut me laisser.

– Qu'est-ce que vous faites ?

– Mon travail.

Elle comprenait qu'il voulait la chasser, mais rien ne l'obligeait à lui obéir. Elle s'allongea dans le fauteuil et se renfrogna, avant de tenter une nouvelle approche.

– J'ai commencé mon programme de bandétudes. Je sais lire ce qui est écrit là-dessus. *Mat...*

Elle inclina la tête, parce que le deuxième mot était très long.

– *Ma-trice... sub-li-mi-nale*.

Il éteignit l'écran et se tourna vers elle, l'expression menaçante.

Elle eut peur d'avoir été trop loin et se reprocha de s'être ainsi couchée sur ses coudes. Mais elle n'aimait pas du tout battre en retraite. Elle eut une moue.

– Il faut retourner auprès de votre maman, Ari. Elle va vous chercher.

– Je ne veux pas. Qu'est-ce que c'est, une matrice subliminale ?

– Un groupe de choses. Une disposition particulière pour un ensemble.

Il repoussa son siège et se leva. Elle l'imita et recula.

– J'ai un rendez-vous et je dois fermer le bureau. Vous devriez aller rejoindre votre mère.

– Non.

Il était très grand. Aussi grand qu'Ollie, mais bien moins patient. Il la chassait. Elle ne bougea pas d'un pouce.

– Allez, ouste ! dit-il.

Il s'était placé sur le pas de la porte et lui désignait le couloir.

Elle sortit. Il la suivit et ferma son bureau à clé. Elle l'attendit. Elle avait tout prévu. Lorsqu'il s'éloigna, elle lui emboîta le pas. Il s'arrêta et tendit le doigt vers l'autre extrémité du passage, du côté où était maman.

– Là-bas.

Elle lui adressa un sourire malicieux.

– Vous ne pouvez pas m'y obliger.

Il paraissait angoissé, mais elle lut de la tristesse dans ses yeux quand il les baissa sur elle.

– Ce n'est pas gentil, Ari.

– Je n'ai pas à être gentille avec vous.

– Je vous aimerais beaucoup plus, si vous l'étiez.

Ces mots lui firent de la peine. Elle l'étudia pour voir s'il voulait être méchant avec elle, mais on aurait pu croire que c'était *elle* qui venait de le blesser.

Elle ne pouvait jamais le comprendre.

– Je peux vous accompagner ? demanda-t-elle.

– Votre maman ne serait pas d'accord.

Il avait un air très gentil, quand il lui parlait comme ça.

– Allez la retrouver.

– Je ne veux pas. Ils passent leur temps à discuter. J'en ai assez de les écouter.

– Je dois rejoindre mon équipe, Ari. Je suis désolé.

– C'est pas vrai.

Elle savait qu'il mentait. À son arrivée, il n'avait pas eu l'intention de s'absenter de son bureau.

– Je le dois. Retournez d'où vous venez.

Elle ne bougea pas. Mais il s'éloigna dans le couloir comme s'il voulait vraiment partir.

Elle désirait le suivre, elle eût aimé qu'il fût gentil

avec elle. Elle s'ennuyait et était triste, et lorsqu'elle le voyait elle se rappelait tous ces gens couverts de paillettes qui riaient. Mais elle ne se rappelait plus quand ça s'était passé.

Elle se souvenait seulement qu'il y avait eu Ollie et que maman était très jolie, qu'elle avait joué avec Valery et reçu en cadeau l'étoile désormais suspendue au plafond de sa chambre.

Elle regagna le bureau de ser Peterson, sans se presser. Kyle n'avait même pas remarqué son absence. Elle s'assit et dessina une étoile. Elle pensa à Valery et au rouquin qui s'appelait Grant. L'azi de Justin.

Elle regrettait qu'Ollie et maman n'aient pas plus de temps à lui consacrer.

Elle voulait que maman en finisse et l'emmène déjeuner. Ollie pourrait peut-être les accompagner.

Mais elle savait que l'attente serait encore longue et elle griffonna des lignes sur son étoile, pour la rendre très vilaine.

Comme tout le reste.

6

Les documents en notre possession indiquent que cette opération militaire clandestine comportait le débarquement sur Géhenne de 40 000 hommes de troupe de l'Union, en majorité des azis, disait le rapport qui venait de parvenir à Mikhaïl Corain. *L'ordre d'exécution fut donné en 2355 par le bureau de la Défense.*

La colonie resta ensuite livrée à elle-même. Elle ne bénéficia d'aucun soutien ultérieur.

L'Alliance parle de milliers de survivants dont le mode de vie est primitif. Ce sont des descendants de ces azis et de ces citoyens. Soixante ans se sont écoulés, et faute d'avoir disposé de méthodes de réjuv la population actuelle de Géhenne doit appartenir à la deuxième et à la troisième générations. Il subsiste des ruines d'habitats-

bulles et de quelques centrales solaires. Ce monde est adapté à la vie humaine et ces gens semblent en parfaite santé, compte tenu de la précarité de leurs conditions d'existence. Ils pratiquent des formes d'agriculture rudimentaires et la chasse. L'Alliance doute qu'ils puissent être déplacés et les dommages que leur présence a fait subir à l'écosystème restent à déterminer, mais les conséquences sur le milieu sont importantes et certains colons se sont retirés dans des zones très difficiles d'accès. L'Alliance estime que les habitants de ce monde refuseraient de le quitter et déclare qu'il n'est pas dans ses intentions de les y contraindre par la force.

Le bureau de la Défense pense que les marchands ont l'intention de procéder à un interrogatoire des survivants et qu'ils opposeront une fin de non-recevoir si l'Union demande à récupérer ses ressortissants. Outre le refus probable de l'Alliance, un tel rapatriement serait par ailleurs onéreux et sans intérêt.

La plupart des azis provenaient de contrats militaires passés avec Reseune.

Voir les rapports ci-joints.

La majorité des citoyens appartenaient à l'armée.

Nye compte demander au Conseil que l'Union présente des excuses à l'Alliance et lui propose de l'aider à régler le problème.

La coalition expansionniste lui apportera son soutien unanime lors du vote.

Corain feuilleta les documents. Des pages et des pages. Il existait une espèce sub-sapiente, sur le monde que les colons appelaient Géhenne. Un grand nombre de feuilles avaient reçu les tampons *Bureau de la Défense* et *Informations confidentielles.*

En fait, nul ne pourrait récupérer les survivants, parce qu'ils étaient disséminés dans la nature et que l'Alliance s'opposerait à toute tentative de déplacement de cette population de primitifs illettrés. La prise de position de son ambassadeur ne contenait aucune ambiguïté sur ce point.

Leurs adversaires étaient mécontents. Ils se trouvaient confrontés à un grave problème : celui posé par une planète de type terrestre située dans leur sphère d'influence, mais avec un écosystème bouleversé et une population hostile.

Corain était lui aussi en colère, pour des raisons à la fois morales et politiques : la Défense avait été trop loin, en passant sous silence cette épouvantable bévue. Les faits s'étaient produits pendant la guerre, à une époque où l'armée vivait déjà en concubinage avec Reseune et avait carte blanche tant en matière de décisions que de crédits.

Mais si Corain parvenait à ses fins, il ferait toute la lumière sur la démence des expansionnistes.

7

Gorodin... nul ne pouvait le joindre. Giraud Nye n'en fut pas ennuyé outre mesure. Lu, le secrétaire de la Défense, avait si souvent assuré l'intérim au cours des trente dernières années qu'il était plus respecté que l'amiral, au sein du Conseil, ce qui lui permettait d'imposer son point de vue plus facilement que tout autre remplaçant. En outre, l'équipe du sous-secrétaire de la Défense avait fusionné avec celles de Lu et de Gorodin dans les bureaux planétaires, confirmant dans les faits l'existence du triumvirat qui dirigeait ce bureau depuis la guerre.

Et, bien que Giraud n'eût jamais exprimé cette opinion, il se félicitait que Gorodin fût parti en mission à l'autre extrémité de la sphère d'influence de l'Union. Lu, au visage parcheminé et ridé par la diminution des effets de la réjuv, aux yeux sombres insondables même pour un vétéran de Reseune, abattait ses cartes favorites en répondant *Je ne suis pas habilité à en parler* et *Je ne crois pas pouvoir m'autoriser le moindre commentaire* aux journalistes qui réclamaient des informations et à Corain qui exigeait que la lumière fût faite sur toute cette affaire.

Et la Défense se verrait contrainte de révéler les dessous de cette sombre histoire; à ses alliés politiques, tout au moins.

Ce que Giraud avait appris depuis son départ de Reseune se conjuguait aux vibrations de l'audiobrouilleur pour ébranler ses nerfs autant que sa denture.

– C'est exact, dit Lu sans regarder la feuille posée sur son bureau. La mission est partie en 2355. Elle a atteint le système de l'étoile en question et laissé sur cette planète des colons et du matériel. Le retour de ces hommes n'était pas prévu. Tout comme l'Alliance, nous connaissions l'existence de ce monde habitable situé à proximité de nos adversaires et de la Terre, et nous avions conscience que sa situation et son potentiel... lui donnaient une importance stratégique capitale.

Lu se racla la gorge.

– L'occuper avec des troupes était irréalisable. Nous n'aurions pu ni le ravitailler ni le défendre. Nous avons donc décidé de le rendre inintéressant pour toutes les parties concernées.

Le rendre inintéressant. Après des préparatifs minutieux, l'Alliance venait d'envoyer une mission d'étude vers la plus précieuse des planètes de l'espace accessible... pour y découvrir une population constituée d'êtres humains qui n'appartenaient pas à leur camp et ne pouvaient venir de la Terre. La conclusion était évidente. Elle l'eût été même sans la présence des ruines et le fait que les survivants étaient de descendance azie...

L'Union avait osé *saboter* un monde.

– Quarante mille êtres humains, grommela Giraud. Lâchés sur une planète qui n'avait fait l'objet d'aucune étude préalable. Comme ça.

Lu cilla. Dans le cas contraire on aurait pu le prendre pour une statue.

– Ils étaient des soldats, nous pouvions les sacrifier. Quoi qu'il en soit, ce sont nos prédécesseurs qui ont pris cette décision. À l'époque, l'opinion publique était bien moins... sensibilisée aux problèmes écologiques qu'à présent. Tous jugeaient notre situation militaire délicate, et nous ne pouvions même pas exclure l'éventualité d'une attaque de Mazianni contre Cyteen. Cette opération offrait deux possibilités. Si la Terre lançait une mission-suicide contre notre planète et que l'Union capitulait, les colons pourraient survivre et perpétuer nos idéaux. Dans un tel contexte, il fallait garder leur existence secrète.

– Vous semblez oublier que leur vaisseau a appareillé en 2355, un an après la fin des hostilités, lui rappela Giraud.

Lu croisa les mains.

– Mais la décision a été prise au cours des dernières années de la guerre, quand la situation était encore incertaine. Lors de la mise en application du projet, nous venions de frôler une catastrophe et nous subissions ce traité inique. Nous leur laissions une carte truquée, en quelque sorte. Abandonner un monde plus hospitalier et riche que Cyteen à la Terre ou à l'Alliance eût été désastreux. Nous en arrivons à la seconde hypothèse. Si les colons périssaient, ils auraient entre-temps contaminé l'écosystème avec leurs micro-organismes. Et un siècle plus tard l'Alliance – ou tout autre nouvel occupant – se verrait confrontée à un problème délicat, que notre science pourrait résoudre mais pas la leur. Je peux vous révéler que certains virus autochtones ont fait l'objet de quelques manipulations génétiques... destinées à les préparer à des interventions ultérieures. Dans vos laboratoires. Vous en trouverez la confirmation dans les archives de Reseune. Sans parler des azis et des bandes qu'ils avaient reçues.

– Vous avez raison de dire qu'il en existe des preuves.

Giraud respirait avec peine.

– Seigneur, vous ne nous avez jamais informés que ce projet avait été concrétisé ! Êtes-vous conscient de la gravité du problème ? Nous ne sommes plus au XXIVe siècle. La guerre est finie. Votre maudite bombe à retardement explose juste au moment où Sol vient d'aiguillonner des extraterrestres peu commodes qui vivent de l'autre côté de son système, où des chartes écologiques ont été signées... où nous avons acquis notre *respectabi-*

lité grâce au respect de l'écologie, aux génébanques, aux arches, aux...

– C'est précisément la femme à qui nous devons les génébanques, le traité et les arches qui dirigeait Reseune pendant le développement du projet Géhenne. La conseillère Emory a été la cosignataire de ces contrats avec la Défense.

– Les abolitionnistes... nous leur offrons la meilleure des armes dont ils pouvaient rêver ! C'était une simple étude. Seigneur, le *père* de Jordan Warrick a participé à l'élaboration des bandes des azis de Géhenne.

– J'espère que vos procédures de sécurité ont empêché les chercheurs affectés à ce projet d'apprendre de quoi il retournait.

– Vous l'espérez ? Bon sang, tous les *médias* en parlent, général. Tôt ou tard, la nouvelle parviendra à Planys. Seriez-vous prêt à parier que Jordan Warrick ignore qui a préparé ces bandes, qu'il n'a pas des noms et de multiples détails à fournir à d'éventuels enquêteurs ?

– En salissant ainsi la réputation de son père ?

– Pour la *protéger* au contraire, et provoquer la ruine de Reseune par la même occasion ! Vous avez sacrifié quarante mille azis et compromis le bureau des Sciences afin de saboter une *planète*, bon Dieu ! Ces révélations n'auraient pu être faites à un plus mauvais moment.

– Oh ! je peux imaginer sans peine des circonstances plus inopportunes. Nous vivons au contraire une période paisible où l'humanité – et surtout l'Alliance – a bien d'autres chats à fouetter. En fait, l'opération Géhenne a permis d'atteindre les objectifs fixés. Ce monde a subi un désastre écologique et l'Alliance *ne pourra pas* assurer son développement. La courbe de croissance de nos adversaires a été modifiée. S'ils décident d'assimiler les colons à leur population, et si vous croyez en l'efficacité des instructions incluses dans vos bandes, l'Alliance sera infiltrée par une communauté d'un type ethnique unique imprégnée de nos idéaux. Nous avons empêché tant l'Alliance que la Terre de s'emparer d'importantes ressources... et d'un avant-poste qui leur aurait permis d'accéder à des étoiles plus lointaines. Nos adversaires ont désormais le choix entre traquer des primitifs disséminés dans la nature pour les déplacer contre leur gré – un véritable cauchemar sur le plan logistique – ou les inclure dans leurs projets de colonisation de ce monde. S'ils décident de s'y implanter. Ce qui est improbable à en croire nos services de renseignements. Ils craignent d'avoir de sérieux problèmes, au contact de cette... culture planétaire. Leurs désirs d'expansion se heurtent en outre à une vive opposition. Les spatiaux, qui sont de loin majoritaires au sein de l'Alliance, se méfient de tout ce qui peut apporter de la puissance aux planétaires... les ciels-bleus, comme ils les appellent. Les capitaines ne souhaitent pas l'apparition d'un collège électoral datant de l'ère préindustrielle... pas plus que d'un protectorat encore plus problématique... sans mentionner, bien sûr, *leur* bureau des Sciences qui fait des pieds et des mains pour étudier tout cela pendant que les constructeurs contactés pour construire une station font patienter leurs créditeurs. L'ambassadeur de l'Alliance réclame des informations et des excuses officielles, ce qui représente un prix peu élevé à payer. Les rapports entre les deux blocs seront caractérisés par une certaine froideur pendant quelque temps, mais nous finirons par nous réconcilier. Nos adversaires ont peur de la civilisation extraterrestre que Sol vient de découvrir... bien plus que nous, ce qui est compréhensible étant donné qu'ils en sont bien plus proches. Il serait possible de dire que ces révélations ont été faites au bon moment. Je précise que nous suivions leurs préparatifs et que nous n'avons pas été pris au dépourvu... c'est pour cela que l'amiral Gorodin est inaccessible, d'ailleurs. Nous savions ce qui allait se produire.

– Et vous ne nous avez rien dit !

Un silence glacial, puis :

– Ce *nous* représente-t-il le bureau des Sciences ou Reseune ?

– Nous, Reseune, bordel ! Nous sommes concernés, il me semble ?

– Vous l'étiez. L'enfant n'est pas encore une adulte. Ariane Emory ne risque rien. Aucune loi ne peut s'appliquer à titre posthume, hormis celles auxquelles souscrivent les croyants. Permettons à l'Alliance de consulter quelques documents. Warrick est en quarantaine et son témoignage n'aurait aucun poids s'il devait comparaître devant le Conseil. Que son père ait travaillé sur ce projet ne peut nuire qu'à la réputation de sa famille. Reseune n'a aucune raison de s'inquiéter.

Giraud ne répondit rien. Il était en sueur. Bogdanovitch, mort quatre ans plus tôt, avait été remplacé par Harad de Lointaine qui occupait le siège de l'État et faisait cause commune avec Gorodin, DeFranco et Lao. Ces misérables. La coalition de l'État, de la Défense, du Commerce et de l'Information se portait à merveille, alors que les abolitionnistes étaient en déroute et que Corain et ses centristes ne cessaient de perdre du terrain. Gorodin avait rejoint le camp des expansionnistes, auquel il appartenait d'ailleurs depuis toujours et où il bénéficiait des attentions de Nasir Harad, ce maudit intrigant qui obtenait ainsi des contrats mirifiques avec les militaires. Les bureaux de l'État, de la Défense et de l'Information formaient une coalition à l'intérieur de la coalition... un ménage à trois non officiel.

Reseune voyait son influence décroître. Giraud devait s'accommoder de cette amère vérité, et cela lui donnait des maux d'estomac et troublait son sommeil. Mais Ari avait été – jusqu'à preuve du contraire – unique.

– Laissez-moi vous dire qu'on trouve dans nos archives des informations très compromettantes, dit-il. Nous refusons de les divulguer. Et nous ne voulons surtout pas que Warrick se présente devant une commission d'enquête. Vous ne semblez pas comprendre à quel point la situation est explosive. Il faut obliger cet homme à se taire. Je crains qu'il n'ait pas oublié ce que son père a pu lui dire il y a longtemps. Sa mémoire est hélas excellente. Si vous ne voulez pas que l'Alliance puisse tout reconstituer dans ses moindres détails, *empêchez Jordan de s'exprimer*. Il me serait impossible d'être plus clair.

– Laisseriez-vous entendre que ce scandale pourrait éclabousser des membres de l'actuel gouvernement ?

Une question dangereuse. Une manifestation d'intérêt dangereuse. Giraud prit une autre inspiration.

– Je vous demande de m'écouter, avant qu'il ne soit trop tard. Si vous voulez sonner le glas du projet Rubin, vous n'avez qu'à laisser Warrick agir à sa guise.

– Il nous arrive de douter qu'un tel projet existe, rétorqua Lu d'une voix acerbe. Ce que RESEUNESPACE doit encore faire ne se résume pas à de simples travaux d'aménagement. Vous parlez sans cesse de vérifications, de compilation d'informations. Avez-vous nommé un directeur à la tête de ce projet ?

– C'est évident. Et nous comptons transférer sous peu la banque de données. Mais ce n'est pas une mince affaire. Cette enquête va encore nous compliquer la tâche. À vrai dire, nos équipes sont un peu débordées. Le nombre de fichiers nécessaires est considérable, à cause de la nature du procédé employé. Mais nous sommes opérationnels. Depuis six ans. Nous n'avons pas l'intention de faire les choses à moitié, général.

Bon sang. C'est une tactique. Distraire l'attention, la détourner.

– L'important, c'est Warrick. L'important, c'est que l'installation de Planys est placée sous votre responsabilité et que nous devons vous accorder notre confiance. Nous espérons qu'elle est bien placée.

– Absolument. Comme nous espérons pouvoir compter sur vous dans le cadre de l'affaire Géhenne, conseiller Nye.

Du chantage, pur et simple. Il voyait la main d'Harad poindre sous cette manœuvre.

– Qu'attendez-vous de nous ?

– Acceptez de coopérer avec les scientifiques de l'Alliance. Nous affirmerons que c'était une opération oubliée, dissimulée derrière les secrets de la guerre. Une bévue regrettable dont nul n'avait été informé. Je parle des actuels responsables, cela va de soi. Nous dirons que le projet a été exécuté suite à un malentendu, un problème de communication.

– Le nom d'Ariane Emory ne doit pas être cité.

– Je doute que ce soit possible. Laissons les morts assumer leurs responsabilités. Ils ont bien moins de choses à perdre que les vivants. Bien moins... croyez-moi. Il est indispensable que nous puissions jouer un rôle actif, en ce qui concerne la situation sur Géhenne. Les descendants des ressortissants de l'Union sont des citoyens de l'Union. *Si* nous décidons de soutenir ce point de vue. Ce ne sera peut-être pas le cas. De toute façon... les Sciences seront intéressées par les conséquences sur l'écosystème, et par la société qui a pu se développer là-bas. Nous n'avons rien à gagner en refusant d'aider nos adversaires. Je ne parle pas de révéler à l'Alliance quel est le véritable contenu des bandes, mais de lui indiquer par exemple la composition de la colonie : pourcentage d'azis par rapport aux militaires, états de service et identité de ces derniers... Qu'ils aient droit aux honneurs serait la moindre des choses.

Les sentiments, à présent. Bon Dieu !

– Reseune accorde beaucoup d'importance à la réputation d'Emory.

– Je crains qu'il ne soit impossible de passer ses agissements sous silence. À cause des azis, voyez-vous. Une fois que le public le saura, vous ne pourrez taire certaines choses. Mais nous essayons déjà de limiter les dégâts. L'État s'en occupe.

– Harad était donc au courant, pour cette opération ?

– Tout cela relève de la responsabilité de l'État, alors que les Sciences ne font pas de politique étrangère. Dans cette affaire, *nos* obligations sont différentes. Je vous conseille de réfléchir... à l'importance de vos contrats avec la Défense. Les Bucherlabs ne sont pas devenus nos principaux fournisseurs. Nous continuons de travailler avec vous et de fournir un soutien financier à RESEUNESPACE... bien que ce ne soit pas avantageux. Nous souhaiterions que les efforts soient réciproques... afin qu'il soit possible de poursuivre ces relations privilégiées avec vous.

– Je vois, marmonna Giraud avec amertume. Ser secrétaire, notre désir de protéger certaines données n'est pas uniquement motivé par la volonté de préserver la réputation de la défunte. Il faut empêcher le Conseil de tout révéler au grand jour... et de réduire à néant toute possibilité de réussite.

– Vous réclamez notre aide. Vous voudriez que les militaires se jettent sur la grenade qui va exploser, c'est bien cela ? Une explication s'avère nécessaire. Nous avons d'autres sujets de préoccupation, dont un puissant courant antimilitariste que ce scandale va encore renforcer... ce qui compromet la Défense nationale alors que nous sommes déjà soumis à des restrictions de budget, que nous ne pouvons obtenir des vaisseaux qui nous seraient pourtant indispensables, et que l'opinion publique et les Finances refusent d'admettre notre point de vue. Oui, nous sommes confrontés à de sérieux problèmes, ser. Votre projet, par exemple, est devenu un gouffre dans lequel l'argent disparaît et d'où rien ne ressort jamais. Et vous nous demandez de faire un effort supplémentaire alors que vous refusez de nous fournir quelques fichiers. Je vous suggère de réfléchir aux moyens d'assurer *vous-même* votre protection, ser... Il est bien connu que Reseune ne manque pas de ressources. Le moment de lever le voile sur votre précieux projet est peut-être venu. C'est à vous de décider. Fournissez à la Défense une *raison* valable de classer ces données en tant que documents confidentiels, ou remettez-lui tout ce qui lui permettra d'affronter cette crise.

– Ari n'est pas encore prête, et surtout pas *maintenant*... pendant ce scandale qui éclabousse la femme qu'elle a été. C'est une enfant de six ans, elle ne pourrait résister à de telles attaques...

– C'est votre problème.

Lu croisa les mains et lui adressa un regard sévère.

– J'avoue d'ailleurs douter qu'il y *ait* quoi que ce soit à protéger. D'après ce que vous avez daigné nous montrer il semble que nous ayons affaire à un clone comparable à celui de Bok.

– Je peux vous transmettre des informations plus récentes.

– La seconde Bok a été très brillante, pendant l'enfance. C'est ensuite que les problèmes sont apparus. N'est-ce pas exact ? Non, si vous ne levez pas le secret sur cette expérience et ne me fournissez pas une justification plausible à votre refus de nous remettre ces dossiers... je me verrai dans l'obligation de ne pas étendre la protection dont vous bénéficiez déjà.

– Malédiction, vous nous rendez vulnérables, et nos adversaires s'infiltreront par cette brèche pour envahir votre territoire.

– En passant d'abord par le *vôtre*. Vous avez fait preuve d'une activité fébrile au sein de l'administration de Reseune, au cours de toutes ces années. Se pourrait-il que les documents que vous souhaitez dissimuler vous compromettent ?

– C'est *votre* hypothèse. En fait, ils risquent de mettre en lumière bien des choses qu'un grand nombre de gens préféreraient laisser dans l'ombre.

– Si c'est exact, il convient de dévier le coup dirigé contre nous. Vers le flanc le plus vulnérable. Je suis désolé que ce soit le vôtre, mais je ferai le nécessaire pour que ce ne soit pas le mien.

– Je vous demande de faire preuve d'un peu de patience...

– Plutôt que de patience, je préférerais parler avec vous de *progrès*... ce qui paraît faire défaut à Reseune depuis quelque temps. Nous pouvons en discuter. J'y suis disposé. Mais sachez que je me montrerai intransigeant sur un certain nombre de points. Coopérer est essentiel, en ce moment. Si vous ne nous fournissez pas une bonne raison de garder ces dossiers, vous serez contraints de nous les remettre. Nous devrons communiquer des informations, lors de l'enquête.

Giraud le comprenait. Il resta assis et écouta le remplaçant de Gorodin lui exposer ce que l'amiral avait prévu pour, selon ses propres termes, limiter les dégâts.

Une proposition de coopération scientifique et culturelle avec l'Alliance, déposée par le bureau des Sciences pour le compte de la Défense.

Une expression officielle des regrets du Conseil accompagnée de documents communiqués par l'administration actuelle de Reseune : la preuve que Bogdanovitch, Emory et Azov (trois personnages Dieu merci décédés) avaient été les artisans de l'opération Géhenne.

Le *maudit*.

– Quant à Warrick, rien ne presse, conclut Lu. En fait, nous estimons que le moment est venu de lui permettre de s'entretenir de vive voix avec son fils. Sous étroite surveillance, cela va de soi.

8

– Justin ?

Une voix lointaine, la voix de Jordan, la voix de son père, après huit années de silence. Bien décidé à ne pas révéler ses émotions à Denys, il mordit sa lèvre jusqu'au sang et étudia l'image qui se matérialisait sur l'écran... le visage d'un homme âgé, amaigri, aux cheveux blancs. Il resta comme paralysé, ébranlé par la prise de conscience du temps écoulé, et il murmura :

– Jordan... tu ne peux imaginer comme je suis heureux de te revoir. Nous allons bien, très bien... tous les deux. Grant n'a pas été autorisé à venir, mais la prochaine fois...

– ... *Tu me parais en forme...*

La voix de Jordan couvrit la sienne. Les yeux de son père étaient voilés de tristesse.

– *Mon Dieu, que tu as grandi ! C'est agréable de te revoir, mon fils. Où est Grant ?*

Le décalage de transmission. Les quinze secondes accordées aux censeurs de faction aux deux extrémités de la ligne.

– Tu sembles toi aussi en pleine forme.

Ô Seigneur ! Ils étaient condamnés à n'échanger que des banalités, alors qu'ils disposaient de si peu de temps. Mais ils ne pouvaient exprimer tout ce qu'ils avaient à se dire, sous peine de voir la sécurité interrompre la liaison... au premier manquement aux règles établies.

– Comment va Paul ? Je me suis installé avec Grant dans ton appartement. Nous y sommes très bien, et je fais toujours de la conception...

Denys leva la main. Une mise en garde : leurs activités étaient taboues. Il s'interrompit.

– ... un peu grisonnant, je sais. Mais j'aurais tort de me plaindre. Je suis en parfaite santé. Paul aussi. Bon sang, tu ne peux imaginer comme je suis content de te voir !

– Tu n'as qu'à te regarder dans un miroir, non ?

Un petit rire forcé.

– J'espère être aussi bien conservé que toi, quand j'aurai ton âge. Mais tout le laisse supposer, il me semble ?... En fait, je n'ai pas grand-chose à te dire...

La plupart des sujets de conversation tombaient sous le coup de la censure.

– J'ai été très occupé. J'ai reçu tes lettres.

Découpées en napperons de dentelle.

– Je les attends toujours avec impatience et...

Son père, qui entendait en différé sa tentative d'humour :

– Tu es en quelque sorte ma machine à remonter le temps. Oui, c'est probable... Je reçois tes lettres, moi aussi. Je les ai toutes conservées.

– Grant également. Il a encore plus grandi que moi. Tu ne peux imaginer à quel point. Nous nous complétons, comme les deux mains d'un même individu. Nous veillons l'un sur l'autre et, dans l'ensemble, nous nous en tirons pas trop mal.

– Tu n'aurais pas pu le rattraper, compte tenu de l'avance qu'il avait prise. Paul est grisonnant, lui aussi. Sous réjuv, bien sûr. Je regrette. Je croyais te l'avoir écrit. Mais n'y prête pas attention, je suis trop paresseux pour les teindre.

Ce qui signifiait que les censeurs avaient découpé le passage, les maudits !

– Ça te và très bien, tu sais ? Rien n'a changé, ici...

Ce qui n'était pas le cas partout.

– Sauf que tu me manques. Que vous me manquez tous les deux.

– Tu me manques aussi, mon fils. Mais on me signale que je dois te laisser. Bon sang, il nous reste encore tant de choses à nous dire ! Sois prudent. Ne t'attire pas d'ennuis.

– Toi non plus. Tout va bien, ici. Je t'aime.

L'image éclata et l'écran fut couvert de neige. Il s'éteignit. Justin se mordit la lèvre et se drapa dans sa dignité pour se tourner vers Denys. Comme l'eût fait son père.

– Merci, dit-il.

La bouche de son interlocuteur tremblait un peu.

– Il n'y a pas de quoi. Tout s'est très bien passé. Vous en voulez une bande ?

– Oui, ser. Je vous en serais très reconnaissant. Pour Grant.

Denys pressa la touche d'éjection de l'enregistreur du bureau et lui remit la cassette.

– Entre nous soit dit, ils vous surveillent de près. À cause de Géhenne.

– Dans l'espoir de pouvoir augmenter les pressions qu'ils exercent sur Jordan ?

– Vous avez compris. Oui, dans ce but. C'est pour cela que la Défense a interverti ses priorités. Il se pourrait même – ce n'est qu'une simple possibilité, notez bien – qu'ils vous autorisent à aller à Planys sous bonne escorte. Mais ils surveilleront tous vos faits et gestes.

L'espoir l'ébranla, et il lui vint à l'esprit que c'était peut-être le but recherché.

– C'est vrai ?

– J'en discute avec eux. Je ne devrais pas vous le dire, mon garçon, mais veillez à ne pas commettre d'erreurs. Faites-vous oublier. Vous vous en tirez très bien, depuis que vous... que vous avez résolu vos problèmes. Votre travail est irréprochable. Nous comptons vous confier de plus grandes responsabilités... vous savez ce que je veux dire. De nouvelles tâches. Je veux vous voir collaborer avec Grant et consolider votre position à Reseune. Tous les deux.

– Pourquoi ? Pour que nous ayons quelque chose à perdre ?

– Mon garçon... (Un soupir.) Non. Bien au contraire. Vous devez vous rendre indispensables. Ils vont ouvrir l'annexe de Lointaine, et cette station est très loin de Planys.

Une onde glacée familière se répandit dans son être, jusqu'à son cœur.

– Pour l'amour de Dieu, ne leur offrez pas une excuse pour vous expédier là-bas. Voilà ce que j'avais à vous dire. Nous ne sommes pas maîtres de la situation. Les militaires tiennent Jordan et ne le lâcheront pas. Géhenne leur pose un problème et c'est pour cela qu'ils font des concessions, mais pour la même raison ils veulent accorder à votre père une chose qu'il pourrait perdre. Nous avons refusé de vous livrer à la Défense et tenté de vous faire oublier. Votre statut de mineur nous a facilité la tâche, comme celui de Grant. Mais vous ne bénéficiez plus de cette protection. Vous courez le risque d'être transféré à Lointaine, où les militaires disposent d'une enclave au cœur même de nos installations. Vous y seriez un otage de valeur.

– Est-ce une menace ?

– Accordez-moi un répit, Justin. Je vous fais confiance, et j'aimerais que ce soit réciproque. N'oubliez pas Jordan. On veut vous tendre un piège. *Pensez-y*. La bienveillance soudaine de la Défense m'inspire de la méfiance, et comme vous risquez de ne pas partager mon opinion je dois vous avertir. Si nous ne pouvons nous passer de vous nous pourrons exiger que vous restiez ici. Quoi que vous en pensiez... vous seriez plus en sécurité si nous pouvions déjà utiliser cet argument. Tirez-en les conclusions qui s'imposent. Vous savez quels seraient leurs atouts, s'ils avaient le père et le fils à leur merci. Voilà ce que j'essaie de vous faire comprendre. Vous êtes libre d'agir à votre guise, mais sachez que je ferai tout mon possible pour vous protéger.

Justin prit la bande. Il réfléchit.

– Oui, ser, dit-il après mûre réflexion.

Car cet homme disait vrai. Il ne désirait pas partir pour Lointaine ; pas maintenant, plus maintenant. Peu importaient à présent les anciens projets de son père.

9

J'ai pensé que ces précisions permettraient de lever certaines de vos objections sur le MR-1959, tapa Justin au sommet de la note explicative jointe à ses travaux sur le EO-6823, JW. Puis il réunit les fiches et expédia le tout au bureau de Yanni Schwartz.

Avec anxiété.

Il travaillait à nouveau, sans relâche. Il faisait des heures supplémentaires et ne ménageait pas ses efforts, désormais conscient de la précarité de sa situation. Il prenait des bandes, assimilait leur enseignement et utilisait ses temps libres pour reprendre des travaux personnels abandonnés huit ans plus tôt et tenter de faire admettre à Yanni l'intérêt de telles recherches.

Ce qui, pour une raison inexplicable, avait le don d'exaspérer cet homme.

Mais bien des choses avaient sur lui un tel effet.

Il s'était emporté en l'entendant parler de son MR-1959 parallèle.

– Écoutez, avait rétorqué Justin. Je fais cela pendant mes loisirs. J'ai terminé le travail que vous m'aviez confié. J'ai cru que vous accepteriez de m'aider.

– Votre projet ne peut être mené à bien. Laissez tomber, c'est le seul conseil que j'ai à vous donner.

– Expliquez-vous.

– Si on incluait une bande d'acquisition instinctive dans un ensemble-profond toutes les araignées se mettraient à courir au plafond.

– Pourrions-nous en discuter ? Pendant le déjeuner, par exemple ? J'aimerais vous en parler, Yanni. Je crois connaître un moyen de résoudre ce problème. Tout est précisé dans mon mémo.

– Je n'ai pas une minute à vous consacrer, mon garçon. Mon emploi du temps est chargé, très chargé ! Adressez-vous plutôt à Strassen, si vous réussissez à la joindre. Si c'est réalisable. Elle adore jouer à l'instructrice. Ce qui me fait penser... Demandez à Peterson. Sa patience est exemplaire, ce qui n'est pas le cas de la mienne. Contentez-vous de m'apporter votre boulot et de ne pas me compliquer la vie, bon Dieu ! J'ai bien assez de soucis sans que vous y ajoutiez les vôtres.

Peterson s'occupait des débutants.

Ce qui révélait le fond de la pensée de Yanni.

Justin ne rétorqua pas que Denys Nye l'avait pressé de faire de la recherche et qu'Ariane Emory s'était intéressée à ses premiers essais. Il ravala l'insulte et se rappela que son interlocuteur ne reculait devant aucun coup bas, lorsqu'on l'irritait. Le concepteur psych était d'une patience admirable avec les azis mais il n'hésitait pas à employer toutes les armes à sa disposition en présence d'un CIT ; les tactiques propres à sa spécialité incluses. La blessure était d'autant plus cuisante que Yanni avait l'étoffe d'un expert et qu'il s'en prenait à un être vulnérable, un individu qui se sentait pris au piège et frustré.

Justin le laissa donc sur un :

– Oui, ser, je comprends.

Et il passa une nuit épouvantable avant de recouvrer un équilibre mental relatif, de détendre ses nerfs en pelote, et de décider : *Entendu, il a un caractère de cochon. Mais c'est le meilleur professeur que je puisse trouver. Je l'aurai à l'usure. Que peut-il contre moi ? Que peuvent faire de simples mots ?*

D'épouvantables dégâts, lorsqu'ils étaient choisis par un psych tel que cet homme. Mais le fait de vivre à Reseune et d'aspirer à devenir un jour son égal lui imposait d'encaisser ses rebuffades, de se reprendre, et de repartir aussitôt à l'attaque.

– Ne lui accorde pas autant d'importance, lui avait dit Grant.

Grant, qui ne pensait qu'à son travail et prenait soin de s'abriter derrière un bouclier mental dès qu'il approchait à moins de trois mètres de Yanni Schwartz, parce que cet individu le terrifiait.

– Il est le seul qui *puisse* m'apprendre quelque chose, avec Jane Strassen, Giraud et Denys. Et je préférerais aller me pendre plutôt que de m'adresser aux Nye. Quant à Strassen, je n'ai pas intérêt à passer la voir.

– C'est exact. Je te le déconseille.

Une évidence, à cause de la fillette dont elle avait la garde.

Ce ne fut pas de propos délibéré qu'il déclencha les hostilités avec Yanni. Il était soumis à une véritable torture intérieure et doutait de ses capacités. Il tentait d'exécuter un travail irréprochable, mais cet homme lui imposait d'insérer des mots de passe afin qu'un psychochirurgien pût exciser tout ce qui lui était attribuable. Il en précisa la raison lorsque Justin lui demanda à nouveau d'exposer ses objections au sujet du MR-1959 :

– Vous êtes moins bon que vous ne l'imaginez, bordel ! Et une bande d'acquisition instinctive n'est pas une bande-maîtresse. Renoncez à vouloir faire pousser des plumes à un cochon. Ne touchez pas aux ensembles-profonds. N'avez-vous pas assez de bon sens pour comprendre ce qui résulterait d'un tripatouillage de ce genre ? Je n'ai pas de loisirs à consacrer à vos foutus bricolages. Vous perdez votre temps et me faites perdre le mien. Vous seriez un excellent concepteur, si vous vous cantonniez à votre spécialité plutôt que de vous intéresser à des choses que nous savons *irréalisables* depuis près d'un siècle ! Vous n'avez pas inventé la roue, mon garçon, vous venez de vous engager dans une vieille impasse.

– Ari ne me l'a jamais dit, rétorqua-t-il.

Et ce fut comme s'il expulsait le contenu de ses entrailles. Les mots sortirent en chapelet, lestés d'émotion.

– Qu'a-t-elle dit, alors ?

– Elle a critiqué la conception et précisé que j'avais omis de tenir compte de certaines conséquences sur le plan sociologique...

– C'est exact.

– Elle a ajouté qu'elle y réfléchirait. Ari.. Elle comptait approfondir la question. Voilà pourquoi j'estime que vous avez tort de ne pas me prendre au sérieux. Je vous montrerai le modèle sur lequel je travaille, si ça peut vous faire changer d'avis.

– Il serait préférable d'ouvrir les yeux, mon garçon. Ari s'intéressait à vous, mais pas pour vos idées. Vous savez de quoi je veux parler. Six, huit années se sont écoulées, et vous vous réfugiez dans le passé en imaginant que vous étiez meilleur à dix-sept ans que de nos jours. C'est de la connerie. Admettez-le. Il est vrai qu'on ne vous a pas ménagé et je peux comprendre votre désir de reprendre votre existence au point où elle s'est arrêtée, mais il serait plus constructif de redémarrer à partir du stade que vous avez atteint entre-temps. Reconnaissez que ce n'était pas pour vos *idées géniales* qu'Ari vous convoquait dans son bureau et vous accordait une attention particulière. D'accord ?

Il respirait avec difficulté. Ils étaient seuls et nul ne risquait de les entendre. Mais personne ne lui avait tenu des propos aussi brutaux au cours de toutes ces années ; pas même Denys, pas même Petros. Il était tiraillé entre le désir de fuir et celui de se battre. Son taux d'adrénaline grimpa et le fit réagir. Il était pris au piège dans cette pièce, en face d'un homme qu'il n'osait frapper... Seigneur, il se serait retrouvé à l'hôpital moins d'une heure plus tard...

– Allez vous faire *foutre* ! Quel est votre but ?

– Vous aider.

– Bravo, c'est une réussite. Si c'est ainsi que vous traitez vos patients, je prie Dieu pour qu'Il les protège.

Il se sentait sur le point de craquer. Il serra les dents. *Vous savez ce que j'ai subi, espèce de salaud. Fichez-moi la paix.*

Et Yanni prit son temps avant de répondre d'une voix plus posée :

– Je dis la vérité, mon garçon. Parce que les autres n'osent pas le faire. Ivanov répète qu'il ne faut pas vous pousser dans vos derniers retranchements. Que souhaitez-vous ? Qu'il replâtre vos blessures ? Il ne peut vous toucher. *Denys* ne l'autorise pas à effectuer la moindre intervention. Vous en auriez pourtant sacrément besoin – il faudrait que quelqu'un pratique une incision profonde, excise tout ce qui vous ronge –, que ça vous plaise ou non. Je ne suis pas votre adversaire. Ils ont tous peur de vous soumettre à un psych digne de ce nom. Ils craignent que Jordan ne l'apprenne et ne respecte plus les accords. Mais c'est pour *vous* que je me préoccupe, mon garçon. À tel point que je voudrais pouvoir ouvrir votre crâne et vous présenter votre cervelle dans une assiette, en espérant que vous puissiez vous reconstituer ensuite. Les médias parlent à nouveau d'Ari, et c'est regrettable. L'intérêt des journalistes est préjudiciable à votre sécurité. Nous ne pouvons pas vous contraindre à suivre le traitement dont vous avez besoin. Écoutez-moi. Tous ici ne pensent qu'à sauver leur peau. Vous faites une hémorragie interne et Petros doit se contenter d'appliquer des pansements sur vos blessures superficielles, alors que nous sommes tous conscients de la situation. Denys a tenté de vous ouvrir les yeux, mais vous refusez de coopérer. Grâce à Dieu, vous avez malgré tout essayé de vous ressaisir et de vous remettre au travail. Si j'avais les coudées franches, mon garçon, je vous aurais fait injecter une forte dose de kats avant d'avoir cet entretien avec vous, dans l'espoir que vous prêtiez un peu plus d'attention à mes paroles. Vous voulez regagner votre point de départ. C'est une perte de temps. Admettez ce qui vous est arrivé, que le passé est révolu, et faites ce que vous êtes capable d'accomplir. Et *au plus tôt*. Vous travaillez avec une lenteur exaspérante. Vous consacrez des heures à des vérifications, comme si vous aviez une peur bleue de vous tromper. C'est inutile. Vous n'êtes pas le contrôleur final et vous devez changer d'attitude. Tout de suite, parce que je ne suis pas disposé à le supporter plus longtemps. Alors détendez-vous, contentez-vous d'effectuer les tâches qu'on vous confie, le mieux possible pour votre qualification, plutôt que de consacrer du temps à...

Il donna une pichenette aux pages.

–... ces conneries.

Justin resta assis, sans rien dire. Yanni disait la vérité : il se vidait de son sang. Mais parce qu'il était obstiné et ne désirait qu'une seule chose, il répondit :

– Prouvez-moi que je suis dans l'erreur. Faites une critique de mes travaux. Transmettez-les à la sociologie, afin de déterminer ce qui en résultera à la deuxième et à la troisième générations. Démontrez-moi comment cette modification s'intégrera, ou non.

– Avez-vous regardé autour de vous ? Avez-vous constaté quel rendement doivent fournir vos collègues ? Où croyez-vous que je trouverais le temps d'étudier cela ? Vous pensez peut-être que mon service peut demander à la sociologie de se pencher sur des recherches auxquelles tous ont renoncé depuis près d'un siècle ?

– Je vous dis que le problème est résolu. Je vous dis que j'ai découvert la solution. Analysez *vous-même* mes travaux. Vous voulez me convaincre que je suis fou, alors *prouvez-moi* que je me trompe.

– *Merde*, je refuse de vous aider à vous enliser encore plus dans ce bourbier !

– Je suis le fils de Jordan. J'étais un chercheur valable...

– Étais, étais, *étais*, bordel ! Cessez de vous référer au passé ! Ce que vous faisiez il y a six ans ne valait pas un pet de lapin, mon garçon !

– Prouvez-le-moi. *Prouvez-le*, Yanni. Ou alors, admettez que vous en êtes incapable.

– Adressez-vous à Peterson !

– Comment voudriez-vous qu'il m'aide ? Je suis meilleur que lui. Depuis toujours.

– Pauvre petit con bouffi d'orgueil ! Vous êtes *loin* de le valoir ! Lui, au moins, il gagne son salaire. Si vous n'étiez pas le fils de Jordan, vous vivriez dans un logement d'une seule pièce et toucheriez une rémunération correspondant au travail que vous fournissez, ce qui ne vous permettrait pas de satisfaire vos goûts de luxe. Grant et vous réunis, vous ne méritez pas l'appartement dans lequel vous vivez.

– Que valent les recherches effectuées par mon père, et qu'a-t-il obtenu en échange ? Envoyez-lui mes études. Il trouvera du temps à leur consacrer.

Yanni prit une inspiration, la libéra.

– Merde. Je me demande vraiment ce que je vais faire de vous.

– Ce que vous voulez, comme tous les autres. Je vous adresserai mes travaux une fois par semaine. Si vous ne les étudiez pas, je reviendrai à la charge. J'exige de recevoir l'éducation à laquelle j'ai droit. Je vous ai choisi pour instructeur. Vous aurez beau dire et beau faire, je ne renoncerai pas.

– Bon sang de bonsoir...

Il fixait Yanni et pensait que cet homme allait se lever, faire le tour du bureau et venir le frapper.

– Je m'adresserais volontiers à Strassen, ajouta-t-il. Mais je doute d'être autorisé à l'approcher. Et je ne pense pas qu'elle ait du temps à me consacrer, elle non plus. Ce qui ne me laisse que vous, Yanni. Vous avez le choix entre me virer ou me démontrer que je suis dans l'erreur, m'expliquer pourquoi... mais en utilisant la logique, pas vos techniques psych.

– Je n'ai pas de temps à perdre !

– Vous n'êtes pas le seul. Alors, faites-le. Ça ne devrait pas être bien long, dès l'instant où vous savez déjà ce qui est faux dans mon raisonnement. Je ne veux apprendre qu'une seule chose : quel serait l'impact sur les générations suivantes.

– Fichez le camp d'ici.

– Je suis viré ?

– Non, gronda Yanni.

Et c'était la réponse la plus amicale qu'il adressait à Justin depuis des années.

Il prépara deux bandes. Une pour Yanni et une autre qu'il espérait se voir autorisé à utiliser. Parce que cela lui permettait de parfaire ses connaissances et d'avoir une vision globale de l'ensemble.

Et que, comme disait Grant, l'instinct tenait une place prépondérante dans l'existence d'un azi.

Il ne pouvait toujours pas porter un jugement moral sur ses travaux... il se demandait s'il avait raison de vouloir qu'un Thêta pût aimer effectuer son travail, plutôt que de le faire afin de susciter l'approbation des CIT. C'était une question d'éthique. Et intervenir dans le psychset des azis posait des problèmes de structure fondamentaux. Yanni disait vrai. Un psychset artificiel devait reposer sur des bases très simples, sous peine de voir ces dernières se lézarder et provoquer l'apparition de névroses, de comportements obsessionnels et de frustrations bien pires que l'ennui.

Mais il ne renonçait pas pour autant et continuait de présenter ses études à Yanni quand ce dernier paraissait d'humeur conciliante, ce qui lui arrivait parfois.

– Vous êtes un imbécile, s'entendait-il répondre dans le meilleur des cas.

Avec, à l'occasion, quelques phrases concises couchées sur un bout de papier : des remarques sur les répercussions possibles, la suggestion de se référer à telle ou telle bandétude de sociologie.

Il était fasciné par ces notes. Il prenait les bandes en question. Il se les passait. Il découvrait des erreurs. Il bâtissait de nouvelles théories.

– Vous êtes toujours aussi stupide, lui dit un jour Yanni. Ce que vous faites, c'est ralentir la propagation des dommages en les rendant irrémédiables. Si vous avez tant de loisirs, je vous suggère de les consacrer à des passe-temps plus utiles. Nous avons un problème avec un ensemble Bêta vieux de dix ans qui interprète de travers une des trois bandes instinctives. C'est notre hypothèse, tout au moins. L'instructeur est du même avis. J'ai ici le compte rendu de ce cas. Mettez à contribution vos talents et ceux de Grant pour chercher des solutions.

Il partit avec le fichier correspondant et un défi à relever : le travail le plus important que Yanni lui avait jamais confié.

Et qui devint pour lui un véritable casse-tête. La liste des bandes que les trois azis concernés avaient reçues au fil des années était assez longue pour occuper la totalité de l'écran, et tous avaient eu des affectations différentes. Mais le problème était grave et tous ces azis avaient été placés sous bande réparatrice, une sorte de détends-toi/tu-n'as-rien-à-te-reprocher d'ordre général. Ils attendaient dans l'angoisse qu'un concepteur pût les soulager.

Dieu, cela durait depuis des mois ! Les patients ne vivaient pas sur Cyteen. Tous les maîtres superviseurs locaux avaient participé à l'analyse de leur cas et vu se développer en eux une profonde frustration.

Ce n'était pas un problème ordinaire, ni de simple théorie.

Il passa deux appels, un à Grant :

– Je voudrais avoir ton avis.

L'autre à Yanni :

– Je désire savoir qui travaille sur ces cas. Nous devons être en présence d'un effacement accidentel, bon Dieu. Confiez cette étude à un spécialiste.

– Vous vous vantez d'être un expert, lui répondit Yanni avant de raccrocher.

– Merde ! grommela après coup Justin.

Et quand Grant arriva ils laissèrent de côté tout ce qu'ils avaient entrepris pour se consacrer à l'étude de ce problème.

Au bout de trois semaines de veilles interminables et de labeur acharné, ils mirent en évidence une interaction avec l'ensemble-profond dans une bande instinctive.

– Bon Dieu, hurla-t-il à Yanni lorsqu'il lui apporta leurs conclusions. C'est un gâchis ! Vous auriez pu trouver la solution en une semaine. Ce sont des êtres humains, bon Dieu, et l'un d'eux souffre d'une correction bâclée en plus de tout le reste...

– Vous avez donc réussi ? Je savais que vous ne resteriez pas insensible à leurs souffrances. Préparez-leur une bande réparatrice.

– Que voulez-vous dire ? Sans vérifier nos conclusions ?

– Vous êtes autonomes. Faites le nécessaire. Un contrôle serait superflu.

Il prit une inspiration profonde et foudroya Yanni du regard, rongé par le désir de lui tordre le cou.

– Est-ce un cas réel ou un mauvais tour que vous avez décidé de me jouer ? Une saloperie d'exercice mitonné à mon intention ?

– Ces azis existent, et pendant que vous discutaillez ils attendent d'être soulagés. Mettez-vous au travail. Vous avez résolu le problème assez vite. Voyons de quoi vous êtes encore capable.

– Je sais ce que vous cherchez, bon sang ! N'en faites pas pâtir des azis innocents !

– C'est à vous que peut s'adresser ce reproche, rétorqua Yanni.

Sur ces mots, il regagna son bureau et claqua la porte.

Justin resta figé sur place. Il reporta son attention sur Marge, avec désespoir.

L'assistante de Yanni parut compatir et secoua la tête.

Il revint sur ses pas pour annoncer la nouvelle à Grant.

Et il fournit la bande réparatrice trois jours plus tard.

– Parfait, lui dit Yanni. J'espère qu'elle sera efficace. J'ai un autre cas à vous soumettre.

10

– C'est mon travail, dit maman.

Et Ari, qui laissait sa main dans la sienne – pas parce qu'elle était petite mais parce que les machines étaient énormes, qu'elles bougeaient et que tout semblait très dangereux, ici –, regardait de tous côtés les parois d'acier de ce qu'ils appelaient les cuves utérines : des bacs aussi volumineux que des autocars.

– Où sont les bébés ? demanda-t-elle.

– À l'intérieur, répondit maman avant de s'adresser à

une azie qui approchait : Mary, je te présente ma fille. Ari va jeter un coup d'œil aux écrans.

– Bien, docteur Strassen, fit l'azie.

Tous parlaient très fort, ici.

– Bonjour, Ari.

– Bonjour, répondit-elle.

Et elle agrippa la main de maman qui suivait Mary vers l'autre extrémité de l'interminable rangée de cuves.

Les lieux n'étaient guère différents d'un immense bureau, avec des moniteurs partout.

– Quel est le plus jeune ? demanda maman.

– Le dix n'a qu'une semaine.

– Ari, peux-tu compter dix cuves ? Elle est là-bas, près du mur.

Ari regarda, compta, et hocha la tête.

– Parfait, dit maman. Jetons un coup d'œil, Mary. Ari... Mary va te montrer le bébé de la dix.

– On ne peut pas aller voir dedans ?

– La lumière le gênerait. C'est un présent qu'on reçoit le jour de sa naissance. Il ne faut pas ouvrir les matrices avant la parturition. D'accord ?

C'était amusant. Ari rit et se laissa choir dans le siège placé devant un écran où apparaissait un petit machin rougeâtre.

– Voilà le bébé, déclara maman en tendant le doigt.

– Beurk.

Il se produisit un déclic. Elle se rappela une chose vue quelque part. Sans doute dans une bande. Une sorte de bébé.

– Ils sont en effet un peu « beurk », à ce stade. Sais-tu après combien de semaines ils peuvent naître ?

– Quarante et quelque chose, répondit Ari.

Une autre connaissance inculquée par les bandes.

– Est-ce qu'ils sont tous comme ça ?

– Quels sont ceux qui approchent de huit semaines, Mary ?

– Le quatre et le cinq.

– Les cuves quatre et cinq, Ari. Nous allons te montrer le bébé que contient la... laquelle, Mary ?

– La quatre, sera.

– Il est presque aussi vilain que celui de tout à l'heure, fit remarquer Ari. Je ne pourrais pas en voir un plus joli ?

– Eh bien, nous allons poursuivre nos recherches.

Elle trouva le suivant un peu mieux. L'autre plus encore. Finalement, ils furent trop gros pour apparaître en entier. Et ils bougeaient. Ari était fascinée, parce que maman venait de dire qu'ils allaient procéder à une naissance.

Le moment venu, la salle fut envahie par des techs et maman prit Ari par les épaules pour la tenir devant elle, afin qu'elle pût tout voir. Elle lui indiqua dans quelle direction elle devait regarder, là, dans ce bac.

– Il ne va pas se noyer ? s'inquiéta Ari.

– Non, non. Tu sais que les fœtus vivent dans un liquide, n'est-ce pas ? Le revêtement interne de la cuve commence à se contracter, comme le ventre d'une femme lors de l'accouchement. Le bébé va être expulsé, de la même façon que si c'étaient des muscles. Mais ce sont en fait des pompes. Tu verras beaucoup de sang, parce que des vaisseaux vont se rompre dans le bioplasme, pendant l'expulsion.

– Est-ce qu'il aura un cordon, et le reste ?

– Bien sûr. Tous les bébés en ont un. Il est bien réel. Tout est réel, d'ailleurs, même le bioplasme. C'est le plus difficile... reconstituer un système sanguin. Regarde bien, maintenant. Observe cette lumière qui clignote. Elle avertit les techs de se tenir prêts à intervenir. Ça y est. Voilà sa tête. C'est dans ce sens que les bébés doivent sortir.

– Splash ! s'exclama Ari.

Et elle battit des mains quand il tomba dans la cuvette.

Puis elle se figea en le voyant barboter pendant que l'eau emportait des tas de trucs dégoûtants.

– Beurk !

Mais les techs azis le prirent et coupèrent son cordon ombilical. Ari se haussa sur la pointe des pieds pour les voir emmener le bébé qui gigotait toujours Mary leur dit de s'arrêter et de lui montrer le nouveau-né qui faisait des grimaces. Un bébé garçon.

Puis ils le lavèrent, le talquèrent et l'empaquetèrent, et Mary le prit et le berça.

– Je te présente GY-7688, dit maman. Il s'appelle Auguste. Il fera partie des services de sécurité, un jour. Mais il restera un bébé encore longtemps. Quand tu auras douze ans, il sera grand comme tu l'es à présent.

C'était passionnant. Ils l'autorisèrent à toucher le nourrisson, à condition qu'elle allât d'abord se laver les mains. Il agita ses petits poings et lui donna des coups de pied, ce qui la fit rire aux éclats. Elle s'amusait beaucoup.

– Dis au revoir, lui murmura maman. Remercie Mary.

– Merci, dit Ari avec sincérité.

Elle avait trouvé cela très amusant et espérait pouvoir revenir bientôt.

– As-tu aimé cette visite ? lui demanda maman.

– Surtout quand le bébé est sorti.

– Ollie est né de cette manière, dans le même labo.

Elle ne pouvait imaginer Ollie si petit et si drôle. Elle refusait de le ridiculiser ainsi. Son nez se plissa et elle se le représenta tel qu'il était à présent.

Grand et élégant dans son uniforme noir.

– Certains CIT passent aussi leur gestation dans ces cuves, quand leur maman ne peut pas les garder dans leur ventre. Les matrices artificielles s'en chargent à leur place. Sais-tu ce qui différencie un azi d'un CIT, lorsqu'ils naissent tous les deux de cette manière ?

Une question difficile. Les différences étaient nombreuses, tant sur le plan légal que dans leur façon d'être.

– Qu'est-ce que c'est ?

– Quand as-tu reçu ta première bande ?

– Maintenant. Et j'ai six ans.

– C'est exact. C'était le lendemain de ton anniversaire. Tu n'as pas eu peur ?

– Non.

Elle secoua la tête, parce que ses cheveux s'envolaient et qu'elle adorait ça. Maman prenait son temps pour lui poser des questions et Ari s'ennuyait pendant les pauses.

– Sais-tu quand Auguste recevra sa première bande ?

– Quand ?

– Aujourd'hui. Maintenant. Dès qu'ils l'auront placé dans un berceau une bande se mettra à défiler, pour qu'il puisse l'entendre.

Elle en fut impressionnée, pour ne pas dire jalouse. Cet azi représentait une menace, car il risquait ainsi de devenir plus savant qu'elle.

– Pourquoi n'en avez-vous pas fait autant pour moi ?

– Parce que tu étais destinée à devenir une CIT et que l'éducation des CIT se fait par d'autres méthodes. Les bandes sont efficaces, mais l'enfant qui a une maman ou un papa pour s'occuper de lui découvre des choses qui ne seront révélées à Auguste que bien plus tard. Il serait presque possible de dire que les CIT prennent leur départ dans l'existence bien avant les azis. Ces derniers apprennent à être serviables et à accomplir leur travail, mais pas à décider ce qu'il convient de faire dans une situation imprévue. En cas d'urgence, les CIT sont moins désemparés qu'eux grâce à ce que leur a appris leur maman. Les bandétudes ne peuvent remplacer l'expérience personnelle. Voilà pourquoi je te dis de prêter bien attention à tout ce que tu vois et entends. C'est pour cela que les CIT sont élevés ainsi. . afin qu'ils comprennent que les bandes sont moins importantes que les yeux et les oreilles. Si Auguste avait une maman, elle l'emporterait chez elle et il deviendrait un CIT.

– Mary devrait devenir sa maman.

– Elle s'occupe déjà de nombreux enfants. Cinq cents chaque année. Plus, parfois. Elle aurait bien trop de travail. Alors, la bande s'en charge à sa place. Voilà pourquoi les azis n'ont pas de maman. Elles ne sont pas assez nombreuses.

– *Je* pourrais adopter Auguste.

– Non, ma chérie. Il faut être une grande personne, pour devenir une maman. Et si je le ramenais à la maison, tu devrais partager avec lui ton lit et tes jouets, vivre au milieu des couches sales et l'entendre pleurer. Je ne pourrais plus m'occuper que de lui, et pour toujours parce qu'on ne peut pas renvoyer un bébé d'où il vient quand on ne supporte plus ses hurlements. Veux-tu qu'il prenne la moitié de ta chambre et que maman, Nelly et Ollie te délaissent ? S'il devenait notre bébé, je devrais lui consacrer tout mon temps.

– Non !

Elle n'avait pas eu une bonne idée. Elle agrippa la main de maman avec plus de force et décida de tout faire pour empêcher qu'un bébé ne vînt prendre sa place et s'approprier la moitié de ses affaires. Devoir prêter ses jouets aux enfants insupportables qui lui rendaient visite mettait déjà sa patience à rude épreuve.

– Viens, dit maman.

Elles sortirent dans le jardin ensoleillé, celui des poissons. Ari fouilla dans les poches de son pantalon, sans découvrir la moindre miette de pain, ou d'autre chose. Nelly lui avait préparé des vêtements propres.

– Tu as quelque chose à leur donner ?

– Non, répondit maman en tapotant la roche sur laquelle elle venait de s'asseoir. Viens près de moi, Ari, et dis-moi ce que tu penses des bébés.

Une leçon. Elle soupira et abandonna le koï qui nageait sous les feuilles de nénuphar. Elle s'accroupit sur une pierre d'où elle pouvait voir le visage de maman et laissa ses coudes reposer sur ses genoux.

– Alors, qu'en dis-tu ?

– Je n'ai rien à leur reprocher.

– Tu sais qu'Ollie est né là-bas.

– Ce nouveau-né va devenir un autre Ollie ?

– C'est impossible. Saurais-tu me dire pourquoi ?

Elle grimaça et se concentra.

– Ce bébé est un GY quelque chose, pas un AO. Il n'est même pas de type Alpha.

– C'est exact. Tu es très intelligente.

Elle aimait l'entendre confirmer. Elle ne tenait plus en place.

– Mais sais-tu que tu es toi aussi née dans ce labo ?

Ces mots se réverbérèrent à l'intérieur de son crâne. Elle n'avait pas l'impression que maman voulait plaisanter et elle la dévisagea afin de découvrir si elle disait cela pour la taquiner. À en juger par son expression, ce n'était pas le cas.

– Maman n'aurait pu te garder dans son ventre. Elle était bien trop âgée. Il y avait des années qu'elle avait commencé sa cure de réjuv et elle était dans l'impossibilité d'avoir un bébé. Mais comme les cuves pouvaient s'en charger à sa place, elle a commandé une petite fille à Mary. J'étais là quand tu as été poussée hors de la matrice artificielle. C'est moi qui t'ai sortie de l'eau du bac, quand tu es née.

Elle étudiait maman et tentait de s'imaginer à l'intérieur d'une des cuves de cette salle. Elle essaya de se voir à la place du bébé que Mary avait pris dans ses bras et se sentit différente. Il lui semblait être une autre petite fille. Elle était désorientée.

Maman lui tendit les bras.

– Veux-tu que je te porte, ma chérie ?

Oui, elle le voulait. Elle souhaitait redevenir toute petite pour pouvoir se recroqueviller sur les genoux de maman. Elle essaya, mais elle était trop lourde et ça faisait mal à maman. Elle se contenta de se pelotonner contre elle, et elle eut l'impression d'être énorme et empotée pendant que maman la serrait sur sa poitrine et la berçait. Mais cela lui donnait l'impression d'être en sécurité.

– Je t'aime beaucoup, tu sais ? Tu n'as pas à te sentir gênée d'être née dans cette salle. Tu es la plus gentille des petites filles que je pouvais rêver d'avoir un jour. Je ne t'échangerais contre rien au monde.

– Je resterai toujours ta petite fille ?

Maman ne répondrait pas... Si. Le changement d'attitude fut si brusque qu'elle en fut effrayée jusqu'au moment où elle entendit :

– Tu le seras toujours, ma chérie.

Elle ignorait pourquoi son cœur battait si fort, pourquoi elle avait cru que maman refuserait de le lui confirmer. Et cela l'inquiétait plus que tout. Elle était heureuse de se trouver dans ses bras, mais elle avait froid.

– Je t'ai déjà expliqué que de nombreux enfants n'ont pas de papa. Mais toi si, Ari. Il s'appelait James Carnath. C'est pour cela qu'Amy est ta cousine.

– *Ma* cousine ?

Elle en éprouvait du dégoût. Les cousins appartenaient à la même famille, et elle ne voulait pas avoir de liens de parenté avec cette peste d'Amélie Carnath.

– Où est mon papa ?

– Il est mort, ma chérie. Bien avant ta naissance.

– Ollie n'aurait pas pu être mon papa ?

– Impossible, il était déjà sous réjuv, lui aussi.

– Ses cheveux ne sont pas tout blancs.

– Il les teint, comme moi.

C'était une révélation épouvantable. Elle ne pouvait imaginer Ollie aussi vieux que maman. Il était jeune et beau.

– Je veux qu'Ollie soit mon papa.

Maman était à nouveau bouleversée. Ari le percevait dans les frissons de ses bras, dans le rythme haché de sa respiration.

– Mais c'est James Carnath. Un scientifique, comme maman. Il était très brillant, tu sais ? Tu lui dois la moitié de ton intelligence. Celui qui va passer sous réjuv et veut avoir plus tard un bébé dépose son géneset à la banque, afin de l'avoir à sa disposition quand il lui sera impossible d'en faire un. C'est ainsi que tu as pu venir au monde bien après la mort de ton papa. Tu as attendu des années dans la génébanque que maman se sente prête à s'occuper de toi.

– Je regrette que tu ne te sois pas décidée plus vite. Comme ça, j'aurais eu une maman moins vieille.

Maman pleura.

Et Ari aussi, parce que maman était malheureuse. Mais maman l'embrassa et lui dit qu'elle l'aimait, ce qui lui permit d'estimer que l'incident était sans gravité.

Elle y réfléchit un long moment. Elle avait toujours cru être sortie du ventre de maman, mais le fait de s'être développée dans une cuve ne changeait rien du tout. Elle n'en était pas une azie pour autant. Maman y avait veillé.

Avoir vu le jour au même endroit qu'Ollie lui faisait même plaisir. Cette pensée l'emplissait de satisfaction. Même si elle ne s'intéressait pas du tout à James Carnath, que cet homme eût été son père faisait d'elle une *Carnath*. Beurk. Comme Amy.

Il lui vint à l'esprit que le bébé Ollie devait avoir été très brun et très joli, bien plus qu'Auguste.

Elle décida que quand elle serait grande et vieille comme maman elle aurait elle aussi un Ollie. Ainsi qu'une Nelly.

Mais pas une Phaedra, qu'elle trouvait bien trop autoritaire.

D'ailleurs, les gens qui ne voulaient pas d'azis n'étaient pas obligés d'en avoir. Pour qu'ils viennent au monde, il fallait qu'on les ait commandés.

Et elle ne commanderait pas de Phaedra, qui s'empressait d'aller raconter ses moindres faits et gestes. Non, elle choisirait Auguste à la place, quand il serait grand. Et il resterait dans l'entrée et lui dirait *bonsoir, sera* ; comme le garde lorsqu'il s'adressait à maman.

Elle aurait aussi un Grant. Rouquin, lui aussi. Elle l'habillerait de noir, à la mode azie, et il serait très élégant. Elle ne savait pas encore à quoi il pourrait lui servir, mais elle commanderait un azi roux.

Elle serait riche, comme maman.

Et très belle.

Et elle prendrait l'avion pour aller en ville et acheter des montagnes de jolies toilettes et de bijoux, toujours comme maman. Et pour le Nouvel An tous seraient un peu envieux en les voyant.

Elle retrouverait Valery et lui dirait de revenir à Reseune. À sera Schwartz aussi.

Et ils seraient tous très heureux.

Audiotexte extrait de :

Formes de croissance

Bandétude de génétique n°1

« Entretien avec Ari Emory »

2e partie

Publications Éducatives de Reseune :

8970-8768-1 approuvé pour 80 +

Q : Il nous reste le temps d'aborder quelques autres sujets, docteur Emory. Si cela ne vous ennuie pas, bien sûr.

R : Allez-y.

Q : Vous faites partie des Spéciaux. Certains vous assimilent aux plus grands génies de tous les temps, tels que Vinci, Einstein et Bok. Que pensez-vous de cette comparaison ?

R : J'aimerais avoir pu les rencontrer. L'entrevue aurait été pleine d'intérêt. Cette question me permet de déduire la suivante.

Q : Oh ?

R : Posez-la.

Q : Comment vous situez-vous par rapport aux gens « normaux » ?

R : Mmmm. J'avoue que je ne m'y attendais pas. Les gens ordinaires, dites-vous ? Eh bien, je ne suis pas certaine de le savoir. Je mène une vie de recluse. Ceux qui conduisent un camion dans l'arrière-pays ou pilotent un vaisseau dans le vide de l'espace m'inspirent un profond respect, au même titre que les citadins qui osent s'aventurer dans le métro de Novgorod. (Rire.) *Je présume que je devrais en être capable, mais je n'ai jamais essayé. L'exis-*

tence est complexe. J'ignore s'il me serait plus difficile de faire ces choses qui m'intimident que de concevoir un génotype possédant les qualités requises pour les effectuer.

Q : C'est un point de vue très intéressant, mais placez-vous sur le même plan le fait de conduire un engin de chantier et celui de procéder à des recherches telles que les vôtres ? Un camionneur mériterait-il d'avoir le même statut que vous ? Pourquoi êtes-vous si importante ?

R : Parce que mes capacités sont uniques et que je suis la seule à pouvoir réaliser ce que je fais. Voilà ce qui permet de définir un Spécial.

Q : Qu'éprouve-t-on, lorsqu'on a un tel statut ?

A : C'est la question à laquelle je croyais devoir répondre tout à l'heure. Je peux seulement vous dire que c'est comparable à occuper un poste de conseillère, ou toute autre position de responsabilité. Une absence totale d'intimité, une existence réglée en fonction d'impératifs de sécurité draconiens, trop d'attention de la part des médias.

Q : Pourriez-vous nous préciser ce que vous entendez par là ?

R : (Rire.) *Un journaliste m'a autrefois demandé d'établir un menu composé de mes plats préférés ; un autre si je croyais en la réincarnation. De telles questions ont-elles un sens ? Je suis une psychochirurgienne et une généticienne, doublée à l'occasion d'une philosophe. C'est pour cela que la deuxième demande est à mes yeux moins absurde que la première, mais de tels détails peuvent-ils intéresser le public ? Plus que mes travaux scientifiques, me direz-vous. Non. Ce que cherchent les médias, c'est à établir un certain rapport entre mon psych et celui du téléspectateur moyen... ce personnage qui est à la fois un mythe et une réalité. Les thèmes abordés sont ennuyeux, mais c'est secondaire. Ce qui nous conduit à la question suivante.*

Q : Vous me déconcertez.

R : Posez-la, et je vous dirai si j'ai vu juste.

Q : Entendu. Je pense que le moment est venu de vous demander ce que vous êtes la seule à savoir.

R : Oh ! je préfère ça. Ce que je sais et que les autres ignorent ? Voilà une excellente question, et vous êtes le premier à me la poser. Savez-vous ce que vos collègues me demandent ? Ce qu'éprouve une femme telle que moi. J'y répondrai d'ailleurs en peu de mots : la même chose que tout autre individu isolé, différent, et capable d'analyser les raisons de cet isolement et de cette différence.

Mais pour en revenir à ce que je sais... J'ai conscience d'avoir moins d'importance que mon travail. Voilà ce que n'a pu apprendre le journaliste qui s'intéressait à mes préférences culinaires. Savoir quels sont mes vins préférés n'intéresse que ceux qui, comme moi, souhaitent connaître ma biochimie. Il n'existe pas le moindre rapport entre un article sur les célébrités et la bonne chère. Si votre confrère établissait un lien de cause à effet entre certains fromages et le génie, cela me passionnerait et ce serait moi qui irais l'interviewer.

Je suis heureuse que mon entourage me protège des simples curieux. L'État me distingue du peuple *pris dans son ensemble, parce qu'il sait que je suis une monomaniaque et qu'en m'offrant la possibilité de travailler sans contraintes je mènerai à bien ce que j'entreprends. Il y a en moi une dimension émotionnelle que vos confrères ont vainement tenté de mettre à nu. Disons qu'il s'agit d'un sens de l'esthétique qui se rapporte à ce que je sais : ce qu'un Spécial du passé appelait la recherche de la Beauté... Je pense d'ailleurs que cela s'applique à tous, à des niveaux différents. Ce sage la plaçait sur un pied d'égalité avec la Vérité. Je qualifierais cela d'Équilibre, en l'assimilant à la Symétrie. Telle est la nature profonde d'un Spécial, le but véritable de sa quête : son esprit jongle avec des concepts abstraits à même de transcender les limites de l'expression orale. Il dispose d'une vision à la fois rapprochée et globale, dont le champ embrasse trop de choses pour que le langage permette de les décrire, parce qu'il est commun à toute notre espèce. Et que le Mot – le Mot avec un M majuscule – qu'un Spécial appréhende dans son sens fondamental se situe à l'extérieur du vécu de tout autre individu. Il le qualifie de Beauté, de Vérité, d'Équilibre ou de Symétrie. Il lui arrive de s'expri-*

mer grâce au langage malléable des mathématiques ou, quand la discipline ne s'y prête pas, il donne une signification particulière à des termes connus et tente de traduire sa pensée grâce au contenu sémantique qu'ils ont acquis au fil des siècles. Mon langage est à la fois mathématique, biochimique et sémantique : j'étudie la biochimie des êtres humains, qui réagissent de façon prévisible aux stimuli reçus par des récepteurs à la sensibilité prédéterminée... le hardware, dont les microprocesseurs ont un seuil de déclenchement établi par un système biochimique autoprogrammable qui assemble des logiciels adaptés pour recevoir des informations d'un autre être humain avec une spécificité qui n'est limitée que par les capacités de l'ordinateur biologique, des programmes, et du langage qui lui est propre. Nous laisserons de côté le hardware et les logiciels de l'interlocuteur, de même que l'ensemble complexe du milieu culturel et la possibilité de concevoir des mathématiques applicables aux systèmes sociaux. Je ne travaille pas au même niveau que les statisticiens et les démographes. J'avoue laisser à mes assistants le soin de s'occuper des microstructures et consacrer plus de temps à méditer qu'à effectuer des expériences dans un laboratoire. Je ne puis décrire l'ordre qui règne dans mes pensées que comme un état de simplicité. D'extrême simplicité. Des rapports s'établissent entre des éléments qui pourraient à première vue paraître sans aucun lien. Réordonner tout cela procure une sensation agréable qui entraîne l'esprit dans des dimensions non associées aux sens. Accorder de l'importance aux choses de la vie quotidienne devient alors de plus en plus problématique et c'est pourquoi je dois parfois obtenir la confirmation que mon corps a des besoins, d'éprouver des émotions fortes... sous peine de finir par douter d'exister. Et je suis un être de chair et de sang.

Un jour, je prononcerai un Mot qui concernera l'humanité tout entière. J'ignore si d'autres que moi pourront en assimiler le sens, mais je l'espère. Car si je réussis à transmettre un tel message, mon successeur réalisera une chose que je ne puis voir qu'imparfaitement : en un sens, je la discerne déjà, car se projeter aussi loin dans le temps est un accomplissement. Mais la chair doit se reposer des visions. Même prolongées par la réjuv, nos vies sont brèves. J'exprime la Vérité. Quelqu'un comprendra un jour le contenu de mes notes.

On m'y retrouve, parlant un langage que même un de mes pairs ne pourrait assimiler : car nous avons de la Beauté un concept différent et il suit sa propre voie. Un croyant dirait que nous voyons la même chose. Ou tout au moins que le but de nos quêtes est identique. Je n'ai aucune certitude. Pour répondre à un autre Spécial du passé, je nous comparerais aux dés de Dieu.

Je vous ai dit plus de choses qu'à tout autre journaliste, car vous êtes le seul à m'avoir posé des questions dignes d'intérêt. Je regrette de ne pas pouvoir vous fournir des réponses plus claires. De nos jours, la plupart des citoyens comprennent Platon et Einstein, mais Bok laisse toujours perplexes de nombreux scientifiques. Dans quelques siècles, tous sauront ce que je sais à présent. Cependant, au niveau du macrocosme, l'humanité fait preuve d'une grande sagesse. Prise dans son ensemble, elle est aussi visionnaire que n'importe quel Spécial. Elle m'apporte la liberté, et je démontre le bien-fondé de son jugement.

Q : Vous ne pouvez interpréter ce que vous voyez.

R : Je le ferais, si j'en étais capable. S'il existait des mots pour décrire ce que je vois, je ne serais pas ce que je suis.

Q : Vous avez consacré des décennies à faire de la politique. N'est-ce pas gaspiller votre temps précieux ? N'aurait-il pas été plus judicieux de laisser de telles activités à d'autres que vous ?

R : Je trouve votre question très pertinente. Non. Pas à cette époque. Pas en ce lieu. L'Union doit prendre des décisions importantes. Les événements des cinquante dernières années nous en apportent la preuve. Il m'est en outre nécessaire de rester en contact avec la réalité. Cela m'est bénéfique... sur le plan de l'esprit, pourrait-on dire. De telles activités permettent à mes systèmes biochimiques de conserver un juste équilibre. Il n'est pas bon de laisser se multiplier les abstractions sans exercer un contrôle simultané sur ses perceptions. En termes plus simples, c'est à la fois un remède contre l'isolement intel-

lectuel et un service que je rends à mon entourage. Celui qui se consacre aux mathématiques pures est sans doute moins bien informé que le plus jeune des conseillers sur les futurs marchés interstellaires et les tenants et aboutissants d'un système de protection médical applicable aux négociants établis dans les stations de l'Union. Mes obligations politiques m'imposent de me tenir au fait de ces choses et m'évitent de me couper de notre société. Notre mode de gouvernement ne suscite pas une approbation unanime et nombreux sont ceux qui lui reprochent de faire perdre du temps à des spécialistes. Mais si les experts ne pouvaient donner leur avis, à quoi serviraient-ils ? Il est exact que des théoriciens sont dans l'incapacité de porter un jugement sur ce qui n'appartient pas à leur champ d'activité. Mais d'autres le peuvent, et doivent le faire. Nous avons parfois des opinions divergentes. Il arrive que certains d'entre nous ne puissent comprendre ce qui relève d'autres domaines que les leurs. Presque toujours parce qu'il est impossible de concilier la théorie et la pratique. C'est pourquoi il est indispensable de faire appel à des experts. Posséder une connaissance pluridisciplinaire est une nécessité absolue, tant dans le cadre des réunions du Conseil qu'en privé, pour assurer la viabilité de cette société unique en son genre qu'est l'Union.

C'est un des aspects de la simplicité qu'il m'est sans doute le plus facile d'expliquer : tous les humains ont des intérêts communs, moi incluse, et la politique n'est en fait que l'expression sur le plan pratique des mathématiques sociales.

CHAPITRE VI

1

– Cette sonnette doit tinter une fois si on presse le bouton de gauche et deux fois si c'est celui de droite, lui expliqua le super.

Florian l'écoutait avec attention et le savoir inculqué par les bandes s'imbriquait au fur et à mesure dans les données du problème. Jusque-là, le câblage serait facile à réaliser.

– Mais...

Les difficultés allaient débuter, il le savait.

– Elle ne doit pas sonner si on presse d'abord le bouton de gauche, ou deux fois celui de droite sans presser ensuite le gauche. Le temps qui te sera nécessaire entrera en ligne de compte, pour la note. La qualité de la réalisation aussi. Tu peux commencer.

Tous les composants et les outils étaient posés sur l'établi. Florian prit ce dont il savait avoir besoin. Ce fut facile.

Il dut ensuite étudier un appareil réalisé par un autre élève, en suivre les circuits et expliquer quelle était son utilité.

Il était très habile de ses doigts. Il pourrait terminer dans les temps. Sans difficulté. Ce qui s'annonçait ensuite était plus délicat. Le dernier exercice consistait à préparer le travail d'un de ses camarades. Il disposait d'un quart d'heure.

Il expliqua son projet à l'instructeur.

– Montre-moi comment tu obtiens ce résultat, répondit ce dernier.

Et il réalisa le montage.

L'homme grimaça, hocha la tête, et déclara :

– Florian, tu vas reprendre cette bande.

Il en fut profondément déçu.

– Je suis désolé. Ça ne marchera pas ?

– Bien sûr que si, fit l'instructeur avant de lui sourire. Mais je ne peux donner cet exercice à un élève de ton âge. Tu vas étudier la leçon suivante et nous verrons comment tu te débrouilles. D'accord ?

– Oui, dit-il.

Car il n'avait pas le choix. Mais cela l'ennuyait. Il travaillait avec les plus grands. C'était difficile, il devait y consacrer beaucoup de temps, et ils insistaient pour qu'il prenne des recs alors qu'il eût préféré aller à l'AG.

Il arrivait toujours en retard, et Andy le regardait de travers parce qu'il devait l'aider.

S'il estimait qu'il aurait dû en parler au super, tous paraissaient heureux de le voir travailler plus que les autres. Il gardait le rythme, même si chaque soir il était épuisé et s'effondrait dans son lit sans se rappeler quelles venaient d'être ses activités.

Quand l'instructeur l'autorisa à partir, il était une fois de plus en retard. Andy lui grommela que les porcs se fichaient de ses études et qu'il avait dû les nourrir à sa place.

– Je me charge de l'eau, dit-il.

Et il s'occupa des animaux d'Andy. Un juste retour des choses. Son ami revint à de meilleurs sentiments.

À tel point qu'il lui permit d'aller étriller Cheval avec lui puis de l'accompagner dans l'annexe où il y avait le petit : une femelle qui bénéficiait de soins particuliers et à laquelle ils donnaient des céréales dans un grand seau. Florian était trop jeune pour s'en charger. Avant d'aller voir le bébé, il fallait prendre une douche et se changer, pour ne pas risquer de le contaminer. Mais la pouliche se portait bien. Elle s'amusait à les esquiver puis venait renifler leurs doigts avant de se remettre à jouer.

Florian s'était senti soulagé lorsque Andy lui avait dit que les humains ne mangeaient pas les chevaux.

– À quoi servent-ils, alors ? avait-il demandé.

Il redoutait d'apprendre qu'on leur réservait un sort encore moins enviable.

– Ce sont des Expérimentaux. Je ne sais pas. Mais j'ai entendu dire qu'on les élève pour les faire travailler.

Comme certains porcs. Ils n'avaient pas leur pareil pour renifler les herbes locales dont le vent apportait les graines jusqu'à l'AG. Des azis passaient leur temps à promener dans les enclos et les champs ces animaux qui ne seraient jamais transformés en jambons et à griller tout ce qui franchissait la protection des clôtures. À en croire Andy, les modules renifleurs étaient efficaces mais bien moins que les cochons.

Et Florian savait grâce aux bandes que la première de toutes les Règles consistait à chercher les meilleurs moyens de se rendre utile.

2

Ari lut l'exercice, mit à contribution les connaissances inculquées par les bandétudes et demanda :

– Est-il important de savoir combien il y a de garçons et de filles ?

Maman réfléchit un instant.

– Oui, en effet. Mais ce n'est pas indispensable, pour cet exercice.

– Pourquoi ?

– Parce que certaines choses sont parfois secondaires, en fonction du problème. Tu dois toujours garder cela à l'esprit. Il faut que tu apprennes à analyser l'énoncé, éliminer le superflu et te concentrer sur ce qu'il faut trouver. En fait, tout a de l'importance – sexe, conditions météorologiques, nourriture disponible, présence ou absence de prédateurs –, mais seuls les gènes entrent en ligne de compte, à ce stade. Quand tu sauras utiliser les autres paramètres, les bandes t'apprendront à en tenir compte. Une dernière chose... elles ne te diront jamais que tu disposes de tous les éléments, car il peut toujours exister un détail auquel nul n'a pensé. Et si tu croyais tout savoir, cela pourrait te jouer un mauvais tour. C'est pourquoi on commence par des choses très simples, sans même préciser si ce sont des mâles ou des femelles. Tu as compris ?

– C'est pourtant important, insista Ari. Parce que les garçons se battent entre eux. Si aucun ne se fait manger, il y aura vingt-quatre bleus. Mais ils se feront ensuite dévorer parce qu'ils se voient de loin et ne peuvent pas se cacher. Et s'il y a des gros poissons avec eux, il ne restera pas un seul bébé bleu.

– Sais-tu si les poissons différencient les couleurs ?

– Ils le font ?

– Nous en reparlerons plus tard. Peux-tu me dire ce qui se passera si les femelles préfèrent les bleus ?

– Pourquoi est-ce qu'elles les préféreraient ?

– C'est une simple supposition. Saute d'une génération.

– Dans quelle proportion ?

– Vingt-cinq pour cent.

– Les bleus engraisseront les gros poissons et auront un tas d'enfants. Ça se complique.

Maman eut une expression bizarre, comme lorsqu'elle allait éternuer, rire, ou se mettre en colère. Elle lui adressa un drôle de regard qui n'était pas drôle du tout et se rapprocha pour la prendre dans ses bras.

Elle se conduisait souvent ainsi, ces derniers temps. Ari fut étonnée de ne pas se sentir plus joyeuse. Maman lui consacrait de nombreuses heures, désormais. Ollie aussi.

Mais Ari captait une sorte de signal de danger. Maman paraissait malheureuse. Tout comme Ollie. Il se conduisait en azi et maman ne s'emportait plus contre lui. Elle ne se mettait plus en colère avec qui que ce soit, d'ailleurs. Pas même contre Nelly qui paraissait désorientée. Phaedra était très azie, elle aussi.

Ari avait peur et voulait interroger maman, mais elle craignait de la voir pleurer. Elle avait toujours un air triste, à présent. Et Ari était peinée quand sa maman pleurait.

Elle se contenta de l'étreindre avec force.

Le lendemain elle retourna à la garderie. Elle était assez grande pour y aller toute seule. Maman l'accompagna jusqu'au seuil de l'appartement et la prit dans ses bras. Ollie vint les rejoindre et fit la même chose. Pour la première fois depuis très longtemps.

Ari tourna la tête et vit la porte close. C'était bizarre, mais elle n'eut pas le temps d'y réfléchir car elle craignait d'arriver en retard.

3

RESEUNE UN quitta la piste et Jane referma les doigts sur les accoudoirs de cuir de son siège, sans regarder le hublot. Elle refusait de voir Reseune s'amenuiser dans le lointain. Elle se mordit la lèvre et ferma les yeux. Des larmes coulèrent sur son visage pendant que l'accélération la collait au dossier du fauteuil.

Elle reporta son attention sur Ollie dès qu'ils eurent atteint l'altitude de croisière.

– Va me chercher un verre, s'il te plaît. Un double.

– Oui, sera.

Il déboucla sa ceinture et se leva pour gagner le bar.

Phaedra fit pivoter son siège vers Jane, de l'autre côté de la petite table.

– Je peux faire quelque chose pour vous, sera ?

Seigneur, il faut lui fournir une occupation ! Elle est terrifiée.

– Oui, dresse une liste de tout ce dont nous pourrons avoir besoin à bord. Nous passerons une commande dès notre arrivée à la station. Il y a un manuel dans la poche externe. Tu y trouveras un rappel de la marche à suivre.

– Bien, sera.

C'était un pansement provisoire appliqué sur ses blessures superficielles. Celles d'Ollie étaient plus profondes. Il lui avait même demandé une bande. Comme... comme un azi qui se serait adressé à son superviseur. Elle avait refusé.

– Tu es trop proche d'un CIT, Ollie. J'ai besoin qu'il en soit ainsi. Comprends-tu ce que je veux dire ?

– Oui.

Et à présent il paraissait mieux surmonter cette épreuve qu'elle.

– Sers-t'en un.

Le grondement des moteurs la contraignait à crier pour se faire entendre.

Il se tourna et hocha la tête.

– Et un pour Phaedra !

Peggy alla le rejoindre au bar. Les turbulences qui secouaient l'appareil la faisaient tituber. Elle se baissa et prit deux verres.

Pour Julia et Gloria, installées à l'arrière de l'habitacle.

– *Tu détruis mon existence !* lui avait hurlé sa fille.

Elles étaient dans le terminal, en compagnie de Denys, des azis et des membres de la Famille venus assister à leur départ. Pendant que Gloria restait figée, le menton agité de tremblements et les yeux larmoyants. Elle n'était pas un démon, mais une enfant à qui on avait donné tout le superflu et rien d'essentiel. Gloria dévisageait une grand-mère qu'elle n'avait rencontrée que rarement. Sans doute cherchait-elle sur ses traits ce qui permettait de reconnaître en elle l'incarnation du mal. La fillette ignorait tout du lieu où elle irait, de la discipline qui régnait à bord d'un vaisseau et de l'univers clos d'une station.

– Bonjour, Gloria, lui avait-elle dit au prix d'un effort.

Elle essayait de ne pas – Seigneur, surtout pas ! – établir de comparaisons avec Ari... Ari qui entendrait peut-être un avion décoller, lèverait les yeux vers le ciel et reconnaîtrait RESEUNE UN sans se douter de rien.

Gloria avait alors couru vers sa mère : cette idiote qui allait éclater en sanglots et donner à leur départ un tour ridicule. Jane se félicita de la présence des gardes de

Reseune. S'ils ne les avaient pas accompagnés, Julia eût pris la fuite sitôt arrivée à Novgorod.

À cause de la peur irrationnelle que lui inspiraient la navette, le vide, les sauts : tout ce qui relevait de ces sciences physiques auxquelles elle ne s'était jamais intéressée et qui lui inspiraient tant de méfiance.

Dommage, ma fille. J'aurais pu t'offrir un univers à ta convenance. Je suis désolée que la situation t'ait dépassée à ce point.

Mais tout s'est dégradé sitôt après ta naissance. Excuse-moi. Je regrette.

Je regrette que tu partes avec moi.

Ollie revenait. Il était blême mais conservait un calme admirable. Elle réussit à lui adresser un sourire quand il lui tendit sa boisson et s'assit près d'elle.

Elle vida la moitié de son verre sans s'en rendre compte.

– Tout se passera bien, affirma-t-elle avant de trinquer avec lui. À notre santé, Ollie. Je retourne là d'où je viens. Je rentre enfin chez moi.

Et, lorsqu'il l'eut resservie :

– Il me semble retrouver mes vingt ans, comme si rien de tout cela ne s'était jamais produit.

Ses paroles dépassaient ses pensées mais elle venait de reléguer au second plan les événements récents de son existence... à titre temporaire, tout au moins.

4

Phaedra n'était pas venue à la garderie. Elle avait été remplacée par Nelly, qui la laissait faire tout ce qu'elle voulait. Quand Sam la poussait très haut sur la balançoire, l'azie était folle d'inquiétude mais s'abstenait d'intervenir. Elle savait qu'Ari se mettrait en colère et n'aimait pas se faire disputer.

En conséquence, Sam la poussa et elle le poussa, et ils firent de l'escalade dans la cage.

Jan vint chercher Sam et Nelly raccompagna Ari à la maison. Elles avaient atteint le niveau résidentiel quand elles virent oncle Denys venir à leur rencontre.

– Nelly, tu dois aller te présenter à la sécurité, déclara-t-il.

– Pourquoi ? voulut savoir Ari.

Elle avait peur à nouveau. Elle ne pouvait établir un rapport entre les gardes et l'azie. C'était comme tout le reste, ces derniers temps. Plus rien ne lui paraissait logique.

– Tout de suite, ordonna oncle Denys à Nelly.

– Oui, ser.

Et l'énorme oncle Denys s'agenouilla pour prendre les mains de la fillette, pendant que l'azie s'éloignait.

– Ari, nous avons eu un grave problème que seule ta maman pouvait régler. Elle a dû partir.

– Où ça ?

– Très loin d'ici. Je ne sais même pas si elle reviendra. Tu vas t'installer chez moi, avec Nelly. Elle restera avec toi, dès qu'elle aura reçu une bande pour la réconforter.

– Maman va revenir !

– J'en doute, Ari. Elle a de lourdes responsabilités, un travail à accomplir. Elle doit aller... Eh bien, aussi loin qu'un vaisseau peut l'emmener. Elle savait que tu en aurais de la peine, et comme elle ne voulait pas t'inquiéter à l'avance elle m'a chargé de te faire ses adieux à sa place. Elle a dit que tu devrais vivre avec moi.

– Non !

Maman ne lui aurait jamais fait ses adieux. Toute cette histoire lui semblait louche. Elle dégagea ses mains de celles d'oncle Denys et partit à toutes jambes dans les couloirs, en direction de leur appartement. Denys ne put la rattraper. Nul n'en fut capable. Elle courut jusqu'à sa porte, son foyer, et tira sa carte de la pince de sa blouse pour la glisser dans la fente.

Le battant s'ouvrit.

– Maman ! Ollie !

Elle traversa en trombe le vestibule et visita toutes les pièces, tout en sachant que maman et Ollie ne se seraient pas cachés.

Mais ils ne l'auraient pas non plus abandonnée. Il venait de leur arriver malheur. Il s'était passé une chose épouvantable qu'oncle Denys ne voulait pas lui apprendre.

Les affaires de maman et d'Ollie n'étaient plus dans les tiroirs de la commode, il n'y avait plus aucun vêtement dans la penderie.

Ses jouets avaient eux aussi disparu. Même Poo-Poo et l'étoile qu'on lui avait donnée chez Valery.

Elle respirait avec peine. L'air paraissait se raréfier. Elle entendit la porte se rouvrir et courut dans le séjour.

– Maman ! Ollie !

Mais elle se retrouva en face d'une très grande femme, qui portait l'uniforme noir des services de sécurité. Elle venait d'entrer, alors que la porte avait été fermée.

– Concierge ! cria Ari en tentant de se montrer courageuse et de se conduire comme une adulte. Appelle maman à son bureau.

L'appareil resta silencieux.

– Je suis Ari. Appelle le bureau de maman.

– Le concierge a été débranché, lui expliqua l'inconnue.

Elle ne mentait pas. Il ne l'avait pas saluée, à son entrée. Plus rien n'était normal.

– Où est ma maman ?

– Le Dr Strassen est partie. Votre tuteur est le Dr Nye. Veuillez vous calmer, jeune sera. Il ne va pas tarder à arriver.

– Je ne veux pas le voir !

Mais la porte se rouvrit, sur un oncle Denys essoufflé et livide. Dans l'appartement de maman.

– Tout va bien, Ari. S'il te plaît.

– Dehors ! lui hurla-t-elle. Dehors, dehors, dehors !

– Ari. Ari, je suis désolé. Écoute-moi.

– Non, c'est pas vrai ! Je veux ma maman ! Je veux Ollie ! Où sont-ils ?

Denys s'approcha et essaya de la saisir. Elle courut se réfugier dans la cuisine. Il y avait des couteaux, là-bas. Mais la femme de la sécurité plongea derrière le divan.

Elle s'empara d'elle et la souleva. Ari lui donnait des coups de pied et hurlait.

– Doucement ! ordonna Denys. Attention. Pose-la.

L'azie la laissa redescendre. Denys vint la serrer contre son épaule dès que ses pieds eurent touché le sol.

– Pleure, Ari. C'est une réaction normale. Reprends ta respiration et pleure.

Elle hoqueta, hoqueta encore, inspira.

– Je vais t'emmener à la maison, ajouta-t-il d'une voix douce tout en caressant son visage. Est-ce que ça va mieux ? Je ne peux pas te porter, tu sais ? Tu veux que cette femme te prenne ? Elle ne te fera pas de mal. Tu préfères que j'appelle les meds ?

T'emmener à la maison... mais ce n'était pas *sa* maison. Il était arrivé quelque chose, à tous ceux qu'elle aimait.

Il la prit par la main et elle le suivit, docile. Elle était trop lasse pour opposer la moindre résistance. Le simple fait de marcher achevait de l'épuiser.

Oncle Denys la conduisit chez lui, la fit asseoir sur le divan, et dit à son azi – Seely – de lui apporter une boisson.

Elle but. Elle avait des difficultés à tenir le verre sans renverser son contenu, tant ses mains tremblaient.

– Nelly viendra s'installer ici, lui dit oncle Denys en s'asseyant de l'autre côté de la table. Elle sera à toi.

– Où est Ollie ? demanda-t-elle en serrant avec force le verre posé sur ses cuisses.

– Avec ta maman. Elle avait besoin de lui.

Ari inspira à pleins poumons : une bonne nouvelle, enfin. Dès l'instant où maman avait dû partir, il était bien qu'Ollie fût près d'elle.

– Phaedra est partie avec eux, ajouta Denys.

– Je me fiche de Phaedra !

– C'est Nelly que tu veux, pas vrai ? Maman te l'a laissée, pour qu'elle continue de s'occuper de toi.

Elle hocha la tête. Elle sentait une grosse boule dans sa gorge, son cœur paraissait dix fois trop gros pour sa poitrine et ses yeux étaient humides.

– Je ne sais pas grand-chose sur la façon d'élever une petite fille, et Seely non plus. Mais ta maman a fait envoyer toutes tes affaires ici. Tu auras une suite personnelle, pour toi et Nelly. Veux-tu voir ta chambre ?

Elle secoua la tête, et prit sur elle pour ne pas pleurer, ne pas se mettre en colère. Comme maman.

– Nous verrons plus tard, d'accord ? Nelly reviendra ce soir. Elle sera un peu nerveuse, parce qu'elle supporte mal les changements qui se produisent dans son existence. Promets-moi d'être bien gentille avec elle, Ari. Nelly est ton azie et tu dois veiller sur elle. Les meds voudraient la garder à l'hôpital mais elle refuse de te laisser seule. Elle rentrera chaque soir, après avoir reçu ses bandes. C'est indispensable, pour la calmer, mais elle t'aime et veut s'occuper de toi. Même si je crains que ce ne soit toi qui doives veiller sur elle. Tu me comprends ? Tu pourrais lui faire beaucoup de peine.

– Je sais, dit Ari.

Et elle en avait conscience.

– Très bien. Tu es une petite fille courageuse, plus un bébé. J'ai conscience que c'est pénible, très pénible... Merci, Seely.

L'azi venait d'apporter de l'eau et une pilule... pour elle. Seely n'était personne. Pas comme Ollie. Ni joli ni vilain. Il n'était rien du tout. Seulement un azi. Il posa un verre sur un plateau, pour le lui présenter.

– Je ne veux pas de bande ! cria-t-elle.

– Ce n'est pas un cataphorique, expliqua oncle Denys. Grâce à ceci ta tête ne te fera plus souffrir. Tu te sentiras bien mieux.

Elle ne se souvenait pas lui avoir dit qu'elle avait la migraine et maman lui répétait toujours de ne pas accepter les pilules qu'on lui proposait. Surtout celles destinées aux azis. Mais maman n'était plus là.

Comme Valery. Comme sera Schwartz. Comme tous les Disparus. Maman et Ollie venaient de tomber à leur tour dans un piège.

Je serai peut-être la prochaine à Disparaître. Et alors je me retrouverai avec eux.

– S'il vous plaît, sera, murmura Seely.

Elle prit la pilule, la posa sur sa langue et but de l'eau, pour l'avaler.

– Merci.

Il parlait d'une voix si douce qu'elle remarquait à peine sa présence. Il emporta le verre. Elle ne se rendit pas compte qu'il n'était plus là.

Mais elle voyait bien oncle Denys. Il était si gros que le fauteuil s'affaissait sous son poids. Il laissait ses bras reposer sur ses genoux et, à en juger par l'expression de son visage tout rond, il était à la fois bouleversé et ennuyé.

– Tu ne seras pas obligée de retourner à la garderie. Tu resteras ici aussi longtemps que tu le voudras. Pour l'instant, tu ne peux pas croire que ça va aller mieux, mais tu verras. Tu te sentiras déjà moins angoissée dès demain. Ta maman continuera de te manquer, mais ce ne sera pas aussi pénible. Ça va s'atténuer, de jour en jour.

Elle ne le voulait pas. Elle ignorait qui faisait Disparaître les gens mais elle savait que ce n'était pas maman. Et même si oncle Denys lui offrait des montagnes de cadeaux, elle refuserait de croire ce qu'il lui disait.

Maman et Ollie avaient su qu'ils auraient des ennuis. Ils étaient terrifiés et tentaient de le lui dissimuler. Peut-être espéraient-ils pouvoir tout arranger. Ari l'avait perçu, sans savoir l'interpréter.

Tous les Disparus se retrouvaient peut-être au même endroit. Comme les morts. Les gens avaient des problèmes et ils partaient ailleurs, une chose face à laquelle même maman avait été impuissante.

Et si maman n'avait pu l'empêcher, elle ne le pourrait pas non plus. Elle devrait les harceler, jusqu'au moment où il ne resterait plus personne. Peut-être était-ce sa faute. Elle le suspectait depuis longtemps. Mais lorsqu'ils n'auraient plus de gens à faire Disparaître elle finirait par découvrir ce qui se passait.

Et elle pourrait peut-être aller les rejoindre.

Elle ne se sentait pas très bien. Elle ne percevait plus ni ses mains ni ses pieds, et elle avait des brûlures d'estomac.

Des problèmes. Seely la prit dans ses bras et la pièce tournoya et se métamorphosa en vestibule, puis en chambre. Seely l'allongea avec douceur sur un lit et lui retira ses chaussures, avant de remonter la couverture.

Poo-Poo était près d'elle, sur le couvre-lit. Elle tendit la main et le toucha. Elle ne se rappelait plus quand on lui avait donné Poo-Poo. Elle le possédait depuis toujours. Il était le seul à être revenu après avoir Disparu. À présent, il ne lui restait plus que lui.

5

– Pauvre gosse, marmonna Justin qui leur resservait du vin. Pauvre gosse. Merde, ils auraient tout de même pu l'autoriser à aller à l'aéroport, non ?

Grant secoua la tête et but, avant de faire un geste pour lui rappeler que la sécurité les écoutait peut-être.

Justin se frotta les yeux. Il ne risquait pas de l'oublier, même s'il lui arrivait de ne plus y accorder d'importance.

– Ce n'est pas mon problème, déclara l'azi. Ni le tien.

– Je sais.

À l'intention d'éventuels auditeurs. Ils ne pouvaient savoir s'ils étaient espionnés. Ils avaient cherché des moyens de déjouer cette surveillance, et même envisagé de créer un langage sans mots apparentés, sans règles de grammaire fixes... un jargon mémorisé à l'aide de bandes. Mais l'utiliser eût éveillé les soupçons et ils employaient toujours la méthode la plus simple : l'ardoise. Il se pencha pour la prendre et griffonna : *Il m'arrive de vouloir fuir à Novgorod et travailler dans une usine. Nous concevons des bandes destinées à créer des êtres normaux. Nous leur apportons de la confiance en eux et en leur prochain, nous leur permettons de s'aimer les uns les autres. Mais tous les concepteurs ont sombré dans la folie.*

Grant écrivit : *Je crois en mes créateurs et mon superviseur. C'est mon réconfort et mon soutien.*

– Tu es malade.

L'azi se mit à rire, puis recouvra son sérieux. Il se pencha vers son ami et posa la main sur son genou. Ils étaient tous deux assis en tailleur sur le divan.

– J'ai conscience de ne pas appréhender les concepts de bien et de mal. Un azi ne doit pas employer de tels mots... pas dans leur sens cosmique. Mais tu es à mes yeux quelqu'un de très bien.

Justin en fut ému. Malgré les années écoulées ces maudits flashes-bandes le tourmentaient encore, tels les élancements d'une très vieille blessure. Son ami jugeait cela secondaire et il s'en sentait réconforté. Il posa sa main sur celle de l'azi et exerça une légère pression, faute d'avoir trouvé un quelconque commentaire.

– Je suis sincère. Ta situation est difficile. Tu t'efforces de faire le bien. Trop, parfois. Je prends du repos. Tu devrais m'imiter.

– Ai-je le choix, quand Yanni me surcharge de...

Grant lui secoua le genou.

– Non. Tu n'as qu'à refuser. Rien ne t'oblige à travailler autant. Tu pourrais consacrer tes loisirs à faire ce que tu désires. Tu sais ce qu'ils veulent obtenir. Ne leur permets pas de te refiler ce travail supplémentaire. Tu peux dire non. Tu n'en as pas besoin.

Un bébé se développait dans une cuve de Lointaine, le double d'un certain Benjamin Rubin isolé dans une enclave aménagée derrière un mur infranchissable, un homme qui effectuait des recherches dans un labo installé à son intention par Reseune.

Dans le but de disposer d'un cobaye sur lequel la Défense reporterait toute son attention. Et lorsque Jane Strassen arriverait à son tour dans cette station, elle deviendrait la mère d'un autre enfant du projet en cours.

Il le savait. Ils lui avaient fourni des enregistrements d'entretiens avec Rubin, en le chargeant de préparer les bandes-structures. Et il avait conscience qu'ils ne les utiliseraient pas sans les soumettre à un contrôle préalable.

Pas celles-ci, tout au moins. Et cela lui procurait du soulagement, après avoir dû assumer l'entière responsabilité de ses travaux pendant un an.

– C'est une preuve de confiance, non ?

Sa voix était rauque, révélatrice de la tension qu'il tentait de dissimuler.

– Ce n'est qu'un poids supplémentaire sur tes épaules, un fardeau dont tu pourrais te passer.

– C'est sans doute une opportunité de réaliser quelque chose de valable. Le projet est très important. Une chance pareille ne s'est pas présentée depuis longtemps. J'espère pouvoir rendre la vie de ce Rubin... meilleure.

Il se pencha pour verser du vin. Grant le prit de vitesse.

– Au moins cet homme a-t-il bénéficié d'un peu de compassion. Sa mère vit à bord de la station, il peut la voir. Il a quelqu'un à qui se raccrocher.

Avec ou sans les gardes qui entouraient un Spécial. Justin savait tout cela. Un intellectuel isolé et désorienté, à l'enfance marquée par une santé précaire et un attachement à sa mère excessif et désespéré, préoccupé par sa maladie et divers problèmes qui l'avaient privé de toutes les passions de l'adolescence, à l'exception de celles propres à ses activités professionnelles. Mais sans rien... rien de ce qui avait fait d'Ari Emory la femme qu'elle était devenue.

Grâce à Dieu.

– Je peux faire quelque chose pour lui. Il me faudra en outre étudier le psych des citoyens, ce qui me sera utile. La méthodologie est différente.

Grant le dévisagea en fronçant les sourcils. Ils étaient autorisés à parler de leur travail, dans l'intimité, et ils n'avaient donc pas à s'inquiéter des écoutes. Mais leur conversation devenait dangereuse et peut-être en avaient-ils déjà trop dit. Il ne savait plus. Il ressentait une profonde lassitude. Étudier, pensa-t-il. Ne plus devoir travailler sur des cas réels. Il ne désirait rien de plus. Grant semblait avoir raison de dire qu'il n'était pas fait pour affronter des situations de crise en temps réel. Le sort des azis concernés lui tenait trop à cœur.

Yanni lui avait crié :

– L'empathie, c'est parfait dans le cas d'un entretien avec le sujet, mais elle ne doit pas entrer en ligne de compte dans la recherche d'une solution ! N'oubliez pas qui vous traitez !

Des reproches fondés. Il n'avait pas les qualités requises pour procéder à des interventions psych cliniques. Parce qu'il ne pouvait analyser la situation avec détachement quand il partageait la souffrance du patient.

À cause de la prise de position de Yanni et de Denys – car il n'aurait pu se voir confier ces nouvelles tâches sans son intervention auprès de Giraud –, Reseune lui avait confié ces recherches pourtant confidentielles, de quoi donner à sa carrière une direction différente, plus proche de celle que suivait son père, et de lui permettre d'acquérir une certaine notoriété en ce domaine. Travailler sur un CIT attirerait sur lui l'attention des militaires, sans toutefois leur offrir un prétexte pour réclamer son transfert. Cela pourrait le réhabiliter et servir les intérêts de Jordan. Cette possibilité n'était pas à exclure.

Et c'était aussi une sorte d'ultimatum, une faveur qu'il regretterait s'il avait le front de la refuser. Il devait toujours tenir compte de telles considérations, même lorsqu'on lui faisait une gentillesse.

6

À son réveil, Ari découvrit qu'elle n'était pas seule dans son lit. Elle se souvint avoir ouvert les yeux pendant la nuit en sentant quelqu'un se glisser près d'elle et la prendre dans ses bras pour lui murmurer d'une voix familière :

– Je suis ici, jeune sera. Nelly est revenue.

Mais si l'azie était toujours là au matin, maman se trouvait loin et cette chambre n'était pas la sienne. Ari vivait désormais chez oncle Denys et elle voulait hurler, pleurer ou s'enfuir, courir jusqu'à un lieu où nul ne la retrouverait.

Elle resta malgré tout allongée, sans bouger, parce qu'elle savait qu'elle ne reverrait pas sa maman et qu'oncle Denys avait raison : elle se sentait moins angoissée que la veille. Des pensées de petit déjeuner venaient s'insérer entre les accès de chagrin et de désir que maman fût près d'elle à la place de Nelly.

C'était une consolation, que d'avoir encore Nelly. Elle toucha le visage de l'azie, qui s'éveilla, l'étreignit et caressa ses cheveux en disant :

– Je suis là, Nelly est là.

Avant d'éclater en sanglots.

Ari la serra contre elle. Et elle se sentit flouée parce qu'elle voulait pleurer mais que cela eût bouleversé l'azie. Et elle se montra raisonnable, comme disait maman. Elle ordonna à Nelly de se ressaisir.

L'azie cessa de renifler et de pleurnicher, puis se leva et s'habilla. Ensuite, elle donna un bain à Ari, lui lava les cheveux et lui mit un pantalon bleu tout propre ainsi qu'un pull-over. Et elle la peigna, si longtemps que des crépitements s'élevèrent de sa chevelure.

– Vous devez aller prendre votre petit déjeuner avec ser Nye, déclara-t-elle.

La nourriture était bonne et copieuse, à la table d'oncle Denys. On y servait la plupart des denrées comestibles imaginables. Ari recouvra son appétit. Oncle Denys se resservit de chaque plat et lui annonça qu'elle pourrait rester toute la journée dans l'appartement, avec Nelly puis Seely lorsque l'azie irait à l'hôpital.

– Oui, ser.

Tout était parfait. Rien ne l'était. Après les événements de la veille, peu lui importait qui lui tiendrait compagnie. Elle voulait savoir où était maman, et où elle irait. Mais elle ne le demanda pas parce qu'elle était un peu moins triste et très lasse.

Elle savait en outre que même si oncle Denys acceptait de lui répondre la situation resterait inchangée. Elle ne connaissait que Reseune.

Elle écoutait Nelly qui lui lisait des histoires. Par instants, elle pleurait sans trop savoir pourquoi. À d'autres moments, elle sommeillait. Elle s'éveilla et Nelly lui annonça que Seely allait la remplacer.

L'azi lui servit à boire, aussi souvent qu'elle le demanda. Il lui mit la vid et se plia à ses moindres désirs.

Elle déclara qu'elle voulait aller donner à manger aux poissons. Ils le firent. Une fois de retour il lui prépara une autre boisson. Elle regretta que maman ne fût pas là pour lui rappeler que c'était mauvais pour la santé. Elle décida d'en rester là, demanda du papier et s'assit pour dessiner.

Ce qu'elle fit jusqu'au retour d'oncle Denys. Pendant le dîner, il lui parla de son emploi du temps du lendemain et précisa qu'il lui achèterait tout ce qu'elle désirerait.

Et elle souhaitait avoir beaucoup de choses, dont un vaisseau spatial avec des lumières partout et une nouvelle veste. Si oncle Denys voulait lui faire plein de cadeaux, elle se chargerait de décider lesquels. Elle pensait à des jouets hors de prix que maman eût catégoriquement refusé de lui offrir.

Mais de telles choses ne pouvaient suffire à la rendre heureuse. Quand ils allaient dans les magasins elle prenait les paquets et réclamait d'autres cadeaux, pour bien faire comprendre que c'était important... mais insuffisant pour lui permettre d'oublier.

7

Grant attendait, en proie à l'angoisse. Il n'avait pas pris de rendez-vous et devait l'ouverture de la porte à la serviabilité de Marge, la secrétaire de Yanni Schwartz qui subissait à présent des reproches dans la pièce voisine. Si Grant ne pouvait suivre l'altercation, il se doutait qu'elle se rapportait aux importuns en général et à Justin Warrick en particulier.

Et pendant un court instant il faillit se lever et s'esquiver, parce qu'il prenait conscience que son initiative pourrait attirer des ennuis à Justin. Il craignait en outre que Yanni pût l'ébranler au point de le pousser à révéler des choses qu'il devait passer sous silence. Grant n'aimait pas avoir affaire aux hommes-nés tels que lui : emportés, obstinés et menaçants dans leurs moindres gestes. Yanni lui rappelait les individus qui l'avaient conduit dans la casemate des collines de Grand Bleu, et Giraud lorsqu'il avait procédé à son interrogatoire. Pour pouvoir rester assis sans céder à la panique, il dut vider son esprit et empêcher ses pensées de revenir s'y glisser. Puis la secrétaire fut de retour :

– Il accepte de te recevoir.

Il se leva et s'inclina devant elle.

– Merci, Marge.

Il gagna l'autre pièce, s'avança et déclara :

– Ser, je souhaiterais vous parler de mon CIT.

Avec les façons d'un azi. Justin lui avait affirmé que cet homme ménageait ses patients. Il calqua son attitude sur celle de ces derniers et attendit sans rien ajouter.

– Je ne donne pas de consultations, répondit Yanni.

Après avoir constaté que son interlocuteur n'était pas disposé à lui faire de faveurs, Grant renonça à jouer à l'annie docile. Il tira vers lui le siège disponible et s'assit.

– Je dois vous parler, ser. Justin accepte tout le travail que vous lui remettez et c'est à mes yeux une erreur.

– Tiens donc ?

– Il n'est pas dans vos intentions de lui confier autre chose que de simples ébauches, n'est-ce pas ? Où cela va-t-il le mener, alors qu'il a déjà vingt ans d'expérience professionnelle ? Nulle part. Il n'aura rien de plus qu'à ses débuts.

– Il s'exerce, et il en a besoin. Tu devrais le savoir. Tu souhaites que nous discutions de ton partenaire ? Tu connais ses problèmes. Il serait superflu de te les énumérer.

– Quels sont-ils, d'après vous ?

Yanni avait été jusqu'alors détendu, ou presque. Sa mâchoire se serra et son menton s'avança. Toute son attitude devint agressive, lorsqu'il se pencha sur son bureau.

– Ne serait-il pas préférable que ton CIT vienne me voir ? J'aimerais savoir si c'est lui qui t'envoie, ou si tu as pris seul cette initiative.

– C'est mon idée, ser.

Il réagissait, bon sang. Ses paumes devenaient moites. Il lui fallait ramener ce CIT à de meilleurs sentiments.

– Vous m'inspirez de la crainte et j'avoue que la perspective de passer vous voir ne suscitait pas mon enthousiasme, mais je savais que Justin refuserait de s'adresser à vous, ou tout au moins de vous parler en toute franchise.

– Pour quelle raison ?

Cet homme ne devait jamais être détendu.

– Parce que, ser...

Il inspira et tenta d'oublier ce qui se passait dans ses entrailles.

–... vous êtes le seul à pouvoir lui apprendre des choses. Vous êtes pour lui l'équivalent d'un super. Il est contraint de vous accorder sa confiance, et vous en abusez. Assister en simple témoin à ce que vous lui faites m'est très pénible.

– Nous ne parlons pas du psych d'un azi, Grant. Tu ignores de quoi il retourne et tu t'aventures en terrain dangereux... Je me réfère à ton propre esprit. Ne t'identifie pas à ton CIT. Tu as une intelligence suffisante pour pouvoir en assimiler les raisons. Dans le cas contraire...

– Vous pouvez me conseiller de prendre une bande, ser. Mais je vous demande de me prêter attention. Écoutez ce que j'ai à vous dire ! Je ne vous connais pas en tant qu'homme, mais j'ai pu constater les résultats de vos actions. Il est possible que vous vouliez aider Justin et j'admets que cela lui a été utile dans une certaine mesure, mais il ne peut continuer de travailler autant.

Yanni gronda, tel un moteur qui s'arrêtait, puis il se pencha en arrière contre le bras du fauteuil afin de l'étudier, les sourcils froncés.

– Parce qu'il n'est pas fait pour intervenir en temps réel. Je le sais. Tu le sais. Il le sait. J'ai cru qu'il finirait par s'adapter, mais c'est contraire à son tempérament. Il ne peut trouver la perspective qui convient. Il ne possède pas la patience requise pour effectuer des études de conception standard, la répétition l'exaspère. C'est un créateur, voilà pourquoi nous l'avons transféré sur le projet Rubin. Denys lui a obtenu cette affectation, avec mon soutien. C'est le mieux que nous pouvions faire pour lui... lui confier du travail théorique, mais dans un autre domaine que celui de ses recherches absurdes. Or il ne peut se concentrer sur rien d'autre. Je le sais ! Il est encore pire que son père, quand il a une idée dans le crâne. Il ne peut s'en débarrasser avant qu'il ne s'en dégage la puanteur de la putréfaction. T'estimes-tu satisfait ? Parce qu'il n'a le choix qu'entre continuer sur le projet Rubin ou végéter dans la conception standard, et que je ne puis permettre à un membre de mon équipe de consacrer trois semaines à des travaux qu'une autre personne terminerait en trois jours.

S'il avait jusqu'alors vu un ennemi en Yanni, il cessait de rester sur la défensive. Il découvrait en face de lui un honnête homme qui avait des difficultés à entendre ce qu'on lui disait et qui, pour une fois, paraissait *écouter*.

– S'il vous plaît, ser. Justin n'est pas Jordan. Il n'emploie pas les mêmes méthodes que son père. Mais il suffirait de lui en offrir l'opportunité pour qu'il réalise des recherches pleines d'intérêt. Vous ne partagez pas son point de vue, mais il s'instruit auprès de vous. Vous savez que les concepteurs azis ont un avantage sur les autres, en ce qui concerne les applications de leurs travaux. Je suis un Alpha. Je peux analyser un nouveau concept, imaginer ses effets, et porter sur lui un jugement. J'ai travaillé avec Justin sur ses projets et je peux vous dire... je peux vous dire que je les crois valables.

– Seigneur, il ne manquait plus que ça !

– Ser, il serait impossible à un CIT de le percevoir au

même titre que moi. Je possède un système d'analyse logique.

– Ses capacités ne sont pas en cause, depuis qu'il a chassé les araignées qu'il avait au plafond. Ou tout au moins qu'il réussit à les dissimuler. Je parle de ce qui risque de se passer quand ses ensembles s'intégreront dans un psych de CIT. À la deuxième, troisième et quatrième génération. Nous ne voulons pas nous retrouver avec une population d'individus obsédés par leur travail. Nous ne désirons pas que des vieillards ratatinés et grisonnants sombrent dans la folie le jour où ils devront quitter leur chaîne d'assemblage. Nous ne tenons pas à voir le nombre de suicides grimper s'il se produit des malfaçons ou une récession économique. Il s'agit en l'occurrence du psych des CIT, le domaine qu'il connaît le moins et qu'il devrait étudier pendant dix ou vingt ans avant de pouvoir y toucher. Tu dis percevoir ces choses. Eh bien, je suis un spécialiste du psych des CIT et j'ai plus de soixante ans d'expérience professionnelle. J'espère qu'un concepteur débutant saura l'apprécier.

– Votre compétence m'inspire un profond respect, ser. Et à Justin également. Mais son projet... il ne fait pas qu'augmenter l'efficacité d'un psychset, il lui apporte de la joie. Ce que vous considérez comme une source de problèmes est en fait une récompense. Il est faux de dire qu'un enfant d'azis qui reçoit une éducation et un statut de CIT interprète ce qu'il apprend en fonction de son psychset. Le fait d'insérer une des petites routines de Justin dans les ensembles d'un azi – même si ce dernier n'a pas eu ma chance : s'il n'est pas un Alpha, s'il ne s'est pas intégré aussi bien que moi et n'a pas eu un compagnon CIT depuis toujours – lui apporterait la plénitude qu'engendre la conviction d'être utile à la communauté. Il tirerait de la satisfaction de son travail. De la fierté, ser. Il subsistera sans doute des problèmes, mais l'impact se produit au niveau émotionnel. C'est la clé d'accès aux ensembles logiques eux-mêmes, une interaction qui peut s'autoprogrammer. Nul n'en a tenu compte.

– Il en résulterait une multitude de dégâts dans les structures de base des psychsets artificiels. À ce stade, il devient nécessaire de faire un peu de théorie. Tu es un concepteur compétent et j'irai droit au but. Des chercheurs ont déjà tenté de réaliser cela il y a quatre-vingts ans.

– Je le sais.

– Ils se sont contentés d'ajouter quelques fioritures à des psychsets, et cela a été suffisant pour engendrer des névroses. Un comportement de type obsessionnel.

– Vous admettrez que Justin a su éviter ce piège.

– Mais cela s'autoprogramme, tu l'as dit toi-même.

– C'est un ver, mais un ver inoffensif.

– Voilà bien le domaine auquel appartiennent de telles théories. Un ver. Seigneur ! Si cette chose peut s'autoprogrammer, nous sommes en présence d'un ver qui mettra en péril la vie des gens. Dans le cas contraire, c'est une bombe à retardement qui explosera à la deuxième ou à la troisième génération. Un ver d'une autre espèce, en quelque sorte. Je préférerais être pendu plutôt que de favoriser de telles recherches. J'ai en outre un budget à respecter. Vous me coûtez très cher sans rien m'apporter en échange.

– Nous n'avons pas chômé, l'année dernière.

– Mais Warrick ne peut garder le rythme. N'est-ce pas le but de ta visite ? Il est dans l'impossibilité de poursuivre cet effort. Il est épuisé, physiquement et mentalement. Alors, que vas-tu me proposer ? D'abattre une partie de son travail pour lui permettre de vivre dans les nuages et de concevoir des ensembles qui ne peuvent fonctionner et que je ne l'autoriserai jamais à tester sur un pauvre bougre de cobaye ? Je m'y oppose.

– Je l'aiderai. Accordez-lui un peu de liberté. Allégez le fardeau qui pèse sur ses épaules. Offrez-lui une chance, ser. Il compte sur vous. Vous êtes le seul à même de l'aider. C'est un chercheur valable, vous le savez.

– Et il gaspille son talent.

– Que faisiez-vous, au début ? Vous analysiez ses idées et lui appreniez ce qu'il ignorait. Recommencez. Cessez de le surcharger de travail. Il accepte tout ce que vous lui donnez et s'y consacre sans prendre de repos parce qu'il sait que quelqu'un souffre. C'est sa nature. Confiez-nous des tâches raisonnables et nous les mènerons à bien. Si Justin a un don pour obtenir d'un génotype bien plus de choses que les autres chercheurs, c'est parce qu'il fait entrer en ligne de compte les facteurs émotionnels. Il se peut que ses projets soient irréalisables mais, pour l'amour de Dieu, il n'a même pas encore terminé ses études. Vous ignorez ce qu'il pourra devenir. Offrez-lui une chance.

Yanni le dévisagea, pendant un long moment. Son visage s'était empourpré et il mâchonnait sa lèvre inférieure.

– Tu as un sacré bagout, mon garçon. Mais sais-tu vraiment de quoi il retourne ? Ari a fait main basse sur un gosse vulnérable qu'elle jugeait très avancé pour son âge. Elle lui a prodigué des flatteries et lui a débité un tas de conneries. Pour couronner le tout, elle l'a psyché dans son propre lit. Étais-tu au courant ?

– Oui.

– Elle a réalisé sur lui un travail en profondeur. Il croit avoir été brillant, bien supérieur à ce qu'il est à présent, et ce n'est pas en alimentant cette tendance qu'on lui rendra service. C'est un type valable, mais il n'a rien d'un génie. Il serait à son affaire, dans le cadre du projet Rubin. J'ai vu de quoi il est capable, je sais qu'il a en lui un potentiel inexploité et cela m'inspire du respect. Mais il n'est pas dans mes habitudes d'aider à entretenir des illusions. J'ai consacré ma vie à soigner les névroses et tu viens me demander d'abonder dans son sens, alors qu'il s'agit du plus grand des mirages de toute son existence ? Non, Grant, ça ne me plaît pas du tout. Je ne pourrais te dire à quel point.

– J'ai devant moi l'homme qui est pour Justin l'équivalent d'un superviseur, le supérieur auquel il s'est adressé lorsqu'il a eu besoin d'aide... et j'apprends que cet homme a décidé de détruire toutes ses espérances pour des considérations d'ordre financier. Comment qualifieriez-vous un tel individu, ser ?

– Sois maudit.

– Oui, ser. Maudissez-moi autant que vous le voulez. C'est le sort de Justin qui m'inquiète. Il a placé son avenir entre vos mains, et il est rare qu'il accorde sa confiance. Allez-vous le maudire lui aussi parce que vous estimez que sa tentative est vouée à l'échec ?

Yanni mordilla sa lèvre.

– Tu es un azi d'Ari, il me semble ?

– Vous le savez, ser.

– Bon sang, elle s'est vraiment surpassée. Tu me rappelles cette femme.

– Oui, ser.

Il trouvait cela pénible à entendre, et sans doute était-ce l'effet recherché.

Mais Yanni soupira et secoua la tête.

– Entendu. Je le mettrai sur le projet. J'allégerai ses horaires. Ce qui signifie que tu devras faire une partie de son travail, bordel !

– Oui, ser.

– Et s'il me présente ses foutues recherches, je les étudierai. Je lui apprendrai ce que je sais. Tout ce que je peux lui enseigner. A-t-il résolu les problèmes que lui posent les bandes ?

– Il n'en a jamais, ser.

– Quand tu partages sa chambre, à en croire Petros.

– C'est exact, ser. Pourriez-vous lui en faire le reproche ?

– Non, non. Certainement pas... Je vais t'avouer une chose, Grant. Je suis impressionné par ce que tu viens de faire. À vrai dire, j'aimerais qu'il y ait une douzaine d'azis tels que toi. Mais... tu n'es pas un article de série.

– Non, ser. Tout comme Ari et Jordan, Justin a participé à l'élaboration de mon psychset. Mais si vous souhaitez l'analyser, c'est avec plaisir que je vous faciliterai la tâche.

– D'une stabilité à toute épreuve. Parfait. C'est excellent.

Il quitta son siège et contourna le bureau pour venir vers l'azi qui se leva à son tour, déconcerté. Yanni le prit par l'épaule, avant de lui serrer la main.

– Grant, je compte sur toi pour passer me voir s'il te semble dépassé.

Il en fut ému. Il ne se serait pas attendu à une telle proposition d'un homme qui lui avait inspiré tant de méfiance.

– Oui, ser.

Il lui eût sans hésitation ouvert son esprit, si cela lui avait permis de trouver des informations impossibles à obtenir à la bibliothèque ou dans les labos.

– Dehors, lui dit Yanni. Va.

Comme s'il était lui aussi un azi, avec simplicité, d'égal à égal. Alors qu'il était toujours sous le choc du départ de Strassen et des bouleversements qui se produisaient dans tout Reseune. Il n'aurait pu y avoir un plus mauvais moment pour s'adresser à lui.

Grant sortit. Il ne s'était encore jamais senti à ce point à son aise en compagnie d'un CIT, Justin et Jordan exceptés.

Mais il éprouvait une angoisse rétrospective à la pensée que sa démarche aurait pu priver son ami de la tolérance dont les membres de la Maisonnée faisaient preuve à son égard ; quand sa situation était si délicate et qu'il régnait dans son esprit un équilibre précaire. Depuis qu'il avait décidé de s'adresser à Yanni, il se demandait si Justin le lui pardonnerait... et s'il méritait de se voir accorder son pardon.

Il ne lui restait plus qu'à aller l'informer de son initiative.

– Tu as fait quoi ?

Ce cri s'élevait de ses entrailles, et il encaissa un second choc car Grant réagissait comme s'il venait de le frapper.

Il en avait le souffle coupé. Il eût été mal placé pour adresser des reproches à Grant. Il connaissait suffisamment les azis pour savoir que si son ami avait pris une telle initiative c'était parce que sa propre conduite le contraignait à assumer un rôle de protecteur. Il n'avait pas su interpréter les signes avant-coureurs, la pire des erreurs que pouvait commettre un superviseur d'Alpha, après lui avoir fait partager ses soucis – Dieu lui pardonne – chaque fois qu'il avait eu besoin d'un peu de réconfort.

Et si son ami venait de se comporter en azi, il en portait l'entière responsabilité. Nul autre que lui n'était à blâmer.

Il se pencha pour prendre Grant par l'épaule. Il tentait de se calmer, mais il se sentait saturé d'adrénaline et avait des difficultés à respirer : une réaction naturelle, compte tenu des torts causés à Grant et du danger auquel la démarche de ce dernier l'eût à jamais condamné.

Ce n'était pas la faute de son ami. Cet incident eût d'ailleurs été sans gravité s'il n'avait pas risqué d'attirer l'attention de Giraud sur l'azi. Il lui fallait retourner voir Yanni et tenter de redresser la situation, avec calme. Son émotivité risquait en effet d'achever le travail.

Il eût aimé s'isoler un moment pour réordonner ses pensées, mais il n'osait le faire de crainte que Grant ne pût découvrir à quel point il était bouleversé.

– Yanni est resté très calme, précisa l'azi, craintif. Il ne s'est pas mis en colère. L'entrevue ne s'est pas passée comme tu l'imagines. Il a accepté de réduire ton travail.

– Je suis certain que tu t'en es très bien tiré, et je réussirai à rattraper le coup. Ne t'en fais pas.

– Justin ?

Il découvrait de la souffrance, dans la voix de Grant. C'était sa faute. Tout comme cette crise.

– Yanni va m'étriper, s'il croit que je t'ai chargé d'aller le voir. Il le devrait. Tu ne dois plus t'occuper de moi, Grant. Je me porte très bien. Ne t'inquiète pas.

– Arrête, bordel !

L'azi l'empoigna et le fit pivoter vers lui.

– Et ne joue pas au superviseur avec moi ! J'étais conscient de mes actes.

Justin se contenta de le fixer, sous le choc.

– Je ne suis pas un annie abruti, Justin. Frappe-moi, si ça peut te défouler, mais arrête de me jouer cette comédie ridicule.

De la colère. Non contenue. Il en avait le souffle coupé. Un secours, quand il n'en attendait plus. Il tremblait. Grant lui lâcha le bras et caressa sa joue.

– Seigneur, Justin, à quoi penses-tu ?

– Que je t'ai imposé trop de contraintes.

– Non. C'est à toi qu'on a imposé trop de choses. Je l'ai dit à Yanni. Je ne suis pas un robot, j'ai conscience des conséquences possibles de mes actes. Qu'as-tu fait, pendant toutes ces dernières années ? J'ai travaillé avec toi. M'assimilerais-tu à un de ces cas psych dont tu dois rafistoler les bandes ? Qu'est-ce que je suis, pour toi ?

Un azi était la réponse évidente. Son ami le mettait au défi de le dire à haute voix. Il sentit une onde glacée se répandre à l'intérieur de son être.

– Un annie abruti ?

– Arrête !

– Alors ?

– Peut-être...

Il prit une inspiration et se détourna.

– C'est peut-être de l'orgueil. Il est possible qu'on m'ait appris à croire que tu étais le plus vulnérable. Et voilà que je deviens une véritable épave, et que je dois m'appuyer sur toi. Comment veux-tu que je n'éprouve pas un sentiment de culpabilité ?

– Ce sont des pressions différentes. Celle que je subis ne peut venir que de toi. L'ignorerais-tu, homme-né ?

– Il ne fait aucun doute que c'est moi qui t'ai poussé à aller voir Yanni.

– Donne-moi une chance, l'ami. Je ne suis pas un robot. Ce que je ressens peut avoir une origine artificielle, mais c'est sacrément réel. Si tu veux m'engueuler, ne t'en prive surtout pas. Mais ne me débite pas ce boniment de superviseur.

– Il faudrait pour cela que tu ne te comportes pas comme un foutu azi !

Il ne pouvait croire qu'il venait de tenir ces propos. Il restait figé, paralysé par le choc. Grant également, de l'autre côté du mur de silence.

– N'en suis-je pas un ? Mais cela ne m'inspire aucun sentiment de culpabilité. Et à toi ?

– Je suis désolé.

– Non, continue. Traite-moi de foutu azi autant que tu le souhaites. Je préfère entendre ça plutôt que de voir la rage te ronger. Soit tu travailles jusqu'au moment où l'épuisement te terrasse, soit tu te morfonds. Te confier l'étude d'un psychset aberrant supplémentaire te ferait perdre les pédales. Alors insulte-moi, si ça te soulage. Je suis heureux de constater que tu as encore des réflexes d'autodéfense. Il serait presque temps que tu t'en serves.

– Pas de psych, bon Dieu !

– Désolé, mais c'est plus fort que moi. Et je remercie le Ciel de n'avoir à me préoccuper que d'un seul homme-né. Un de plus, et il faudrait m'expédier chez les dingues. De foutus hommes-nés, eux aussi. Ils ne cessent de s'attirer des ennuis. Tu avais raison, pour Yanni. Il se comporte de façon acceptable, avec les azis. C'est sur ses semblables qu'il crache son fiel, tout ce qu'il a emmagasiné au fond de son être. Le tout est de savoir s'il ne m'a pas menti. Détends-toi et écoute-moi. Il n'ignore rien de tes difficultés à travailler en temps réel. J'ai fait remarquer que tes talents seraient gaspillés dans le cadre du projet Rubin et que s'il voulait que tu sois motivé il avait intérêt à te permettre d'effectuer des recherches personnelles à tes moments perdus. Ils te doivent bien ça. Je ne crois pas m'être montré trop exigeant.

Justin sursauta. *Les écoutes,* pensa-t-il. Et il essaya de se rappeler la teneur exacte de leurs propos. Il adressa un signe de prudence à son ami, qui hocha la tête.

– Je regrette.

Et, alors qu'il eût aimé aller se dissimuler dans un recoin obscur, Grant avait une assurance et une dignité qui lui faisaient cruellement défaut.

– Grant, je... je me contente de réagir quand les événements se produisent. Pensée-flux. Tu dois comprendre.

– Non, je ne comprends pas. Je m'interroge. Le nombre de niveaux où tes réactions se produisent est sidérant. Le nombre de choses contradictoires que tu peux admettre simultanément est quant à lui inconcevable. Tout cela me dépasse. Même si je consacrais des journées entières à étudier ton psych, je passerais à côté des nuances.

– C'est pourtant très simple. Je suis mort de peur. Je croyais savoir quelle place occupait chaque chose et voilà que tu fais une démarche à laquelle je ne m'attendais pas. Toutes les valeurs viennent d'être inversées. Les hommes-nés sont logiques.

– Seigneur, que la vie serait morne sans eux ! Je me demande à présent dans quel camp se trouvait Yanni. C'est suffisant pour me donner des frissons.

– Était-il calme ?

– Très.

– Alors, tu as eu droit à son grand numéro.

– Nous devons apprendre à ne pas vous exciter. C'est une chose qu'ils devraient inclure dans nos bandes-globales. « Au-delà d'un certain seuil de tension nerveuse les hommes-nés passent sur des ensembles de programmation différents. Ils deviennent tous schizo et leurs alter ego leur inspirent de la haine. » C'est la clé de votre conduite.

– Tu n'es pas loin de la vérité.

– Bordel ! Il y a désormais des années que j'ai droit à une éducation endocrinienne. Je m'avoue surpris. Je n'y suis pas allé par quatre chemins. Opinions doubles et triples, le grand jeu. Je dois dire que je préfère mon psychset de base. Mon psychset nature, merci. Lui, au moins, il ménage mon estomac. À propos d'estomac, on sort déjeuner ?

Il regarda son ami : Grant avec ses protections à nouveau dressées, son petit sourire moqueur qui défiait le destin, l'univers et l'administration de Reseune. Pendant un instant, il fut à la fois soulagé et terrifié.

Il lui semblait que tout ce qu'il avait perdu cessait de s'éloigner, hésitait, envisageait de lui revenir.

– Bien sûr, bien sûr.

Il prit Grant par le bras et le guida vers la porte.

– Si tu as pu obtenir quelque chose de Yanni Schwartz, tu devrais envisager de te reconvertir. Il est probable que tous les membres de sa section feront appel à tes services.

– Hon-hon. Non. J'ai un emploi stable, merci.

Les passants les regardaient. Il lâcha son ami, conscient que la moitié des résidents de ce niveau avaient dû l'entendre crier. Ils cherchaient à découvrir quel avait été l'impact destructeur d'un tel comportement sur Grant.

Ils faisaient déjà l'objet d'une multitude de rumeurs, pour une foule de raisons, et il venait d'en faire naître une nouvelle.

Qui ne tarderait guère à parvenir jusqu'aux oreilles de Yanni.

8

Il y avait toujours des nouveautés. Nelly l'emmena au magasin de la galerie nord et elles revinrent avec les bras chargés de paquets. C'était amusant. Ari fit aussi des achats pour l'azie, qui en fut tellement heureuse que la fillette se sentit transportée de joie en la voyant si jolie et si fière dans son nouvel ensemble.

Mais Nelly n'était pas maman. Ari aimait bien rester dans ses bras, mais Nelly n'était que Nelly, rien d'autre. Une nuit, elle se sentit toute « vide » quand l'azie lui manifesta ainsi son attachement. Elle ne dit rien, parce que Nelly lui racontait une histoire, mais ensuite elle ne put plus supporter ces manifestations de tendresse; parce qu'elle n'était pas sa maman. Elle se dégageait et allait s'asseoir sur le sol, pour écouter la suite, et Nelly n'en semblait pas froissée pour autant.

Quant à Seely, c'était personne. Il lui arrivait de le taquiner, mais il ne riait jamais. Cela l'exaspérait et elle faisait comme s'il n'existait pas, sauf quand elle voulait une boisson ou un biscuit. Il lui en donnait bien plus que maman ne l'eût accepté, alors elle était bien sage et n'en redemandait pas. Elle mangeait même des légumes et évitait les sucreries. Maman lui avait dit que les confiseries n'étaient pas bonnes pour sa santé. Et elle se répétait tous ces conseils, parce que les oublier aurait été un peu comme oublier maman. Elle se servait donc de ces maudits légumes, quitte à avoir une boule dans la gorge quand c'étaient ceux qui avaient un goût affreux et qui baignaient dans ce machin crémeux. Beurk. Ça lui donnait envie de rendre. Mais elle en mangeait pour maman, ce qui la rendait à la fois si triste et si en colère qu'elle en avait les larmes aux yeux.

Pour pleurer, elle allait se réfugier dans sa chambre et fermait la porte. Avant d'en ressortir, elle prenait soin de se laver la figure. Elle ne voulait pas qu'on puisse la prendre pour une pleurnicharde.

Elle désirait jouer, mais pas avec Sam. Il la connaissait trop bien. Et il savait, pour sa maman. Elle lui eût tapé dessus, s'il l'avait regardée en tournant vers elle son visage dont les traits ne traduisaient jamais la moindre émotion.

Et quand Nelly lui demandait si elle voulait retourner à la garderie, elle n'acceptait que si Sam n'y était pas.

– J'ignore qui est allé là-bas, aujourd'hui, répondait Nelly.

– Alors, je préfère rester toute seule. On va faire un saut au gym. D'accord ?

Et l'azie l'emmenait. Au passage, elle donnait à manger aux poissons et jouait dans le bac à sable. Mais tracer des routes n'était pas amusant, sans Sam pour faire rouler des camions dessus, et Nelly ne savait pas construire des châteaux de sable. Alors elle se contentait de nourrir les habitants de la mare, de se promener, et de courir sur le terrain de jeu et dans le gym.

Elle consacrait de plus en plus de temps aux bandétudes, en compagnie d'enfants bien plus grands qu'elle. Elle apprenait des choses. Le soir, quand elle s'allongeait dans son lit, sa tête était si pleine qu'il n'y restait presque plus de place pour maman et Ollie.

Oncle Denys avait eu raison. C'était un peu plus facile chaque jour. Et cela la terrifiait, car moins elle en souffrait, plus il lui était difficile d'entretenir sa colère. Alors elle mordait sa lèvre au point d'en avoir mal, pour que rien ne pût changer.

Il y eut une fête des enfants. Elle y vit Amy, qui courut se réfugier derrière sera Peterson et se comporta comme un vrai bébé. Elle se rappelait pourquoi elle avait frappé cette peste. Les autres gosses se contentaient de la fixer et sera Peterson leur ordonna de jouer avec elle.

Cela ne leur fit pas plaisir, ça se voyait. Il y avait Kate, Tommy, un garçon qui s'appelait Pat, et Amy, qui pleurnichait et reniflait toujours dans son coin. Sam était là, lui aussi. Il sortit du groupe pour lui dire :

– Bonjour, Ari.

Il semblait être le seul à se sentir heureux de la voir. Elle lui répondit :

– Bonjour, Sam.

Et eut envie de rentrer chez elle.

Mais Nelly était allée dans la cuisine et prenait le thé avec l'azie de sera Peterson. Elle devait passer un moment agréable.

Ari s'avança et s'assit pour jouer avec les enfants. Ils lançaient des dés et déplaçaient des pions sur le pourtour d'un plateau qui représentait l'espace de l'Union. On recevait de l'argent. Parfait. Elle fit comme les autres et tous – à l'exception d'Amy – se remirent bientôt à discuter, rire et plaisanter. Sauf qu'ils se taquinaient entre eux. Ils faisaient bande à part, mais ça lui était égal. Elle assimila très vite la règle du jeu et commença à recevoir des crédits. Sam avait de la chance quand il lançait les dés, mais il n'osait pas dépenser son argent; tout le contraire de Tommy qui prenait trop de risques.

– Je vends une station, annonça-t-elle.

Amy se ruina presque pour l'acheter puis augmenta ses tarifs. Ari réduisit les siens. La station en question était quoi qu'il en soit située à la bordure de l'espace de l'Union. Ari continua de s'enrichir, ce qui eut le don d'irriter Amy. Elle voulut revendre la station mais sa proposition n'intéressa pas les autres joueurs, à l'exception d'Ari qui lui proposa de la reprendre à moitié prix.

Amy accepta à contrecœur et employa la somme pour acheter des vaisseaux. Ari augmenta ses tarifs.

Amy pleurnichait à nouveau. Elle eut bientôt d'autres problèmes, car Ari utilisait son argent pour acquérir des cargos et faire des stocks de tout ce dont elle pouvait avoir besoin. Et cette idiote s'obstinait à apponter dans sa station plutôt que d'aller dans celle de Tommy. Amy cherchait la bagarre. Elle la trouva. Mais Ari ne désirait pas la ruiner tout de suite, elle ne souhaitait pas voir la partie se terminer trop vite. Elle lui donna même quelques conseils.

Amy le prit très mal et se morfondit de plus belle.

Et elle fit tout le contraire de ce qu'Ari venait de lui suggérer.

Ari lui prit tous ses vaisseaux, à l'exception d'un seul. Elle attendit encore, puis s'empara de son dernier cargo. Elle avait à présent la victoire à sa portée, mais tous étaient grognons et ne taquinaient plus qu'Amy, qui quitta la table en pleurant.

Ensuite, ils ne dirent plus rien. Ils regardaient Amy qui restait dans son coin. Ils la fixaient et semblaient regretter de ne pas être ailleurs.

Ari avait la victoire à sa portée mais Sam ne s'en était pas rendu compte. Alors elle lui dit :

– Tu peux prendre ma place.

Et elle alla rejoindre Nelly dans la cuisine, pour lui annoncer qu'elle voulait rentrer à la maison. L'azie en parut ennuyée, mais elle prit congé de Corrie et la raccompagna.

Ari bouda tout le reste de la journée, solitaire et en

colère. Ce qui était parfait. Elle pensa à maman. Ollie lui manquait. Et même Phaedra.

Il lui vint à l'esprit que si Valery avait été là il n'aurait pas été aussi bête que les autres.

Ce soir-là, oncle Denys lui demanda avec beaucoup de douceur :

– Que s'est-il passé ? Ari, ma chérie, que s'est-il passé au cours de cette fête ? Qu'ont-ils fait ?

Elle devait veiller à mesurer ses paroles, faute de quoi ils risquaient tous de Disparaître. Peut-être s'en iraient-ils même si elle ne disait rien. Elle n'aurait pu se prononcer. Une chose était malgré tout certaine : ces deux idiotes d'Amy et de Kate étaient toujours là.

– Où est Valery, oncle Denys ?

– Valery Schwartz ? Sa maman a été transférée. Ils ont déménagé, c'est tout. Tu te souviens encore de lui ?

– Il reviendra ?

– Je ne sais pas, ma chérie. Mais j'en doute. Sa maman a un travail à faire. Pourquoi n'es-tu pas restée à cette fête, aujourd'hui ?

– Je m'ennuyais. Ils ne sont pas amusants du tout. Et où sont allés maman et Ollie ? Dans quelle station ?

– Lointaine.

– Je vais leur écrire.

Elle avait vu du courrier, sur le bureau de maman. Cette solution ne lui était pas venue à l'esprit, mais si elle envoyait une lettre elle arriverait sur le nouveau bureau de maman, dans cet autre endroit. À Lointaine.

– Entendu. Je suis sûr qu'ils en seront ravis.

Il lui arrivait de penser que maman et Ollie ne se trouvaient en fait nulle part. Mais oncle Denys parlait d'eux comme s'ils étaient là-bas, et qu'ils allaient très bien. Cela la soulageait mais l'incitait à se demander pourquoi maman ne lui téléphonait pas.

– Peut-on téléphoner à Lointaine ?

– Non. Un vaisseau est plus rapide et les lettres qu'il transporte arrivent plus vite à destination. En quelques mois, et non en quelques années.

– Pourquoi ?

– Tu dis « Bonjour » et le signal met vingt ans pour traverser l'espace. On te répond « Bonjour » et tu dois attendre aussi longtemps pour entendre ce mot. Ensuite tu dis ta première phrase et c'est reparti pour vingt ans. Une conversation durerait des siècles. Voilà pourquoi on communique par écrit, sans jamais utiliser le téléphone ou la radio entre les systèmes stellaires. Les vaisseaux transportent tout parce qu'ils voyagent plus vite que la lumière. Il existe encore d'autres raisons, qu'il serait inutile de t'énumérer pour te permettre d'adresser un message à ta maman. Il te suffit de savoir qu'elle est très loin d'ici et que tu ne peux communiquer avec elle que par courrier.

Elle n'avait jamais pu se représenter les distances qui séparaient les étoiles. Pas quand on pouvait faire sauter les vaisseaux de l'une à l'autre sur un plateau où l'espace était représenté. Elle frissonna et ce fut en souffrant de solitude qu'elle gagna sa chambre pour écrire cette lettre.

Elle dut recommencer plusieurs fois, parce qu'elle craignait que maman pût la croire malheureuse et s'inquiéter pour elle. Elle ne devait pas écrire : *Les autres enfants ne m'aiment pas et je reste toujours toute seule.*

Elle opta pour : *Tu me manques beaucoup. Ollie aussi. Je ne suis plus en colère contre Phaedra. Je veux que tu reviennes avec Ollie. Et avec Phaedra. Je promets d'être bien sage. Oncle Denys me donne beaucoup de biscuits, mais je me rappelle ce que tu disais et je n'en mange pas trop. Je ne veux pas devenir grosse comme lui, mais je ne veux pas non plus me priver. Nelly est très gentille et quand oncle Denys me donne sa carte de crédit je lui achète des tas de choses. À moi aussi : un vaisseau spatial, une voiture, des puzzles et des bandes ludiques, un chemisier rouge et blanc avec des bottes rouges. Je voulais m'habiller en noir, mais elle dit que je dois laisser le noir aux azis tant que je ne serai pas vieille. Les petits filles mettent des habits aux couleurs plus gaies. J'aurais pu l'acheter quand même, mais j'obéis souvent à Nelly.*

J'écoute tout le monde. Aujourd'hui, j'ai rencontré Amy Carnath et je ne lui ai pas donné un seul coup de pied. Elle pleurniche toujours autant. J'étudie beaucoup de bandes. Je fais des maths et de la chimie, de la géographie et de l'astrographie, et maintenant que je sais où vous êtes je vais m'intéresser à Lointaine. Est-ce qu'il y a des enfants, là-bas ? Est-ce que c'est joli ? Dites à oncle Denys que je peux aller vous rejoindre. Ou alors revenez. Je te promets d'être bien gentille. Je t'aime très fort. Et Ollie aussi. Je vais donner cette lettre à oncle Denys, pour qu'il te l'envoie. Il dit qu'elle mettra très longtemps pour te parvenir, et que ce sera la même chose pour ta réponse, alors écris-moi vite. Je pense devoir attendre près d'un an. J'en aurai huit, quand je la recevrai. Et si tu dis à Denys de m'envoyer te rejoindre, j'aurai presque neuf ans quand je vous reverrai. Dis-lui que je peux emmener Nelly avec moi. Je sais qu'elle aura un peu peur, mais je serai là pour la rassurer. Moi, je ne suis pas effrayée par les sauts et l'espace. Je fais un tas de choses toute seule, maintenant. Oncle Denys sera d'accord. Je sais qu'il me laissera partir, si c'est toi qui le demandes. Ton Ari qui t'aime très très fort.

9

Florian serait une fois de plus en retard. Pour gagner un peu de temps, il coupa entre le 240 et le 241 et esquiva deux groupes de plus grands, recula d'un pas et inclina la tête pour murmurer :

– Excusez-moi, merci.

Puis il tourna sur ses talons et traversa la route au pas de course avant de grimper vers les services de sécurité.

– Je suis désolé, déclara-t-il quand il se présenta à la réception du carré un.

Tout en essayant de reprendre haleine, il tendit le

mot au garde. L'homme y jeta un coup d'œil puis le glissa dans sa machine.

– De bleu à blanc à marron, dit-il. Une fois là, tu te changeras et on te donnera des instructions.

– Merci.

Il regarda dans la direction que lui désignait son interlocuteur. La zone bleue débutait derrière la porte et il se dirigea vers elle, sans courir mais d'un pas rapide.

Il était conscient de ne pas avoir rattrapé son retard, lorsqu'il atteignit la section brune où un azi l'attendait.

– Veuillez m'excuser. Je suis Florian AF-9979.

L'homme le jaugea du regard et lui dit :

– Taille 6M, dans les placards muraux. Va te changer. Vite.

– Oui, dit-il.

Il entra dans le vestiaire, trouva les 6M et prit une veste en plastique qu'il jeta sur un banc tout en se dépouillant de ses effets. Après avoir enfilé l'uniforme noir, il s'assit pour retirer ses chaussettes et mettre des chaussons. Finalement, il suspendit ses vêtements de l'AG aux patères, à côté de tenues de toutes tailles et couleurs. Sa nervosité était telle qu'il faillit oublier sa nouvelle carte, mais il pensa au dernier moment à la récupérer et à l'accrocher à la poche de poitrine de sa chemise noire, avant de passer la main dans ses cheveux et de ressortir sans perdre de temps.

– Au bout du couloir, dit l'azi. Marron à vert. Cours !

Il courut, et suivit les passages jusqu'à une porte signalée par un carré vert sur fond marron. Il la franchit et se précipita dans un gym où il y avait un homme et un autre enfant tout de noir vêtu, comme lui. Une *fille.* Et Andy. Ce fut pour lui un choc. Il reporta son attention sur l'adulte et s'inclina avec déférence.

– Veuillez excuser mon retard, ser.

Le super lui adressa un regard sévère, juste assez prolongé pour l'intimider. Florian n'osait pas poser les yeux sur la fille. Il était désormais certain qu'elle se trouvait ici pour la même raison que lui : rencontrer son partenaire.

Le super inscrivit quelque chose sur un bloc-notes et déclara :

– Florian, voici Catlin. Catlin, voilà ton coéquipier.

Il se tourna vers elle, pendant que son cœur s'emballait. Une méprise. Ça ne faisait aucun doute. On lui avait dit qu'il changerait de lit et il s'était imaginé qu'il dormirait dans la chambrée de son partenaire. Mais c'était une fille. Une erreur. Il se demandait à présent où il irait passer la nuit.

Il ne voulait pas de cette nouvelle affectation, bien que sa super lui eût affirmé qu'il pourrait revenir à l'AG pendant ses loisirs.

Et à présent la fille le décontenançait. Elle était...

Blonde ; avec de larges yeux bleus et une petite cicatrice au menton ; plus grande que lui, ce qui n'avait rien d'extraordinaire. Elle possédait un visage étroit, à l'expression sévère. Il lui semblait l'avoir déjà vue. Elle le fixait, comme on ne devait pas dévisager les gens. Et il prit conscience d'en faire autant.

– Tu connais le chemin, Catlin. Emmène Florian au relais. Un super vous y attend.

– Oui, ser, fit-elle.

Et Florian faillit demander à l'homme de vérifier s'il n'y avait pas une erreur. Mais il était arrivé en retard, ce qui constituait un très mauvais départ, et il ne comprenait pas les raisons de sa panique. Catlin s'éloignait déjà vers l'extrémité du gym : la paroi à laquelle étaient suspendus les tapis. Il la rattrapa à l'instant où elle utilisait sa carte. Elle lui tint la porte puis le précéda dans un corridor de béton interminable.

Ensuite, ils descendirent un escalier et suivirent un autre passage.

– Je vais changer de lit ? se décida-t-il à demander.

Il marchait derrière Catlin, qui tourna la tête. Il revint à sa hauteur dans un couloir, au bas d'une nouvelle volée de marches.

– Chambrée 22. Comme moi. Nous sommes transférés chez les plus grands. Tous les équipiers dorment ensemble, deux par deux.

Il en fut choqué. Mais elle semblait trouver cela normal et n'en paraissait pas troublée le moins du monde. Il se contenta de la suivre et se demanda une fois de plus si les ordinateurs n'avaient pas fait une erreur et s'il n'aurait pas dû recevoir une bande explicative. Il le demanderait au super.

Ils arrivèrent à destination. Catlin utilisa sa carte et ils entrèrent dans un bureau où un CIT les attendait.

– Catlin et Florian, ser, dit-elle.

– En retard.

– Oui, ser.

– C'est ma faute, précisa Florian. Ser...

– Pas d'excuses. Vous êtes affectés à la sécurité. Allez au relais et prenez tout ce qui vous semble utile. N'oubliez rien. Vous disposerez d'un quart d'heure pour vous équiper et vous aurez la soirée pour tout préparer. Vous traverserez une Pièce demain matin. Un parcours de soixante minutes. Vous êtes autorisés à en discuter au préalable. Rompez.

– Je... Ser, je dois aller nourrir les cochons. Je... Est-ce qu'il n'était pas prévu que je reçoive une bande ?

Le super le fixa droit dans les yeux.

– Florian, tu pourras te rendre à l'AG à tes moments de loisir, mais tu fais désormais partie de la sécurité. Vous aurez droit à quatre heures de rec pour chaque traversée réussie. Il n'existe pas de bande de préparation à ce genre d'exercices. Lever à 5 heures, entraînement à 5 h 30, petit déjeuner à 6 h 30. Et ensuite bande, Pièce, ou rec en fonction de l'emploi du temps. Vous déjeunez quand vous avez terminé. Dîner à 20 heures et extinction des feux à 23 heures. En cas de problèmes, adresse-toi à ton instructeur. Catlin est au courant. Demande-lui.

– Oui, ser.

Et Andy ? Et les cochons ? pensa Florian. *Ils m'ont pourtant dit que je pourrais continuer d'aller à l'AG.* Mais parce que le super venait de lui fournir une réponse et qu'il craignait que ce ne fût effectivement sa nouvelle affectation, il se hâta de rattraper Catlin.

Ils entrèrent dans un relais semblable à ceux où il s'était jusqu'alors équipé. Son ancien super l'avait averti qu'il lui faudrait traverser des Pièces plus ou moins comparables à celles qu'il connaissait, et qu'il ferait ensuite plus partie de la sécurité que de l'AG.

Mais quelque chose clochait. Il dormirait à côté d'une fille. Il était en un lieu étranger. Il commettrait sans doute de nombreuses erreurs. Si les supers étaient censés ne jamais refuser un entretien avec un azi, celui qu'ils venaient de rencontrer l'effrayait un peu et il avait pris un très mauvais départ.

Ne serait-ce qu'en arrivant en retard, pour commencer.

Il pénétra dans le relais derrière Catlin. Il avait conscience que la Pièce serait très difficile à traverser et ne fut guère surpris de voir sur la table des pistolets et des couteaux, en plus des outils. Il n'osait même pas les toucher, et il sentit quelque chose de très bizarre se produire dans son ventre quand la fille prit une arme à feu. Il opta quant à lui pour des pinces et un testeur de circuits. Pendant que Catlin enroulait une longueur de corde, il fit son choix dans un plateau de composants et fourra ceux qui pourraient lui servir dans ses poches, par catégories.

– Électronique ? demanda-t-elle.

– Oui. Militaire ?

– Sécurité. Tu as l'habitude des armes ?

– Non.

– Alors, il est préférable que tu n'en prennes pas. Tes Pièces, c'était quel genre ?

– Pièges. Alarmes.

Les sourcils blonds de la fille s'incurvèrent. Elle hocha la tête et son expression devint plus amicale.

– Embuscades. Il y a presque toujours un Ennemi qui nous guette. Il peut nous tuer.

– Les pièges aussi.

– Tu te débrouilles comment ?

– Pas mal, je pense.

Il la regardait à nouveau. Ses traits l'intriguaient depuis leur rencontre. Il avait l'impression de la connaître, au même titre que tout ce qu'enseignaient les bandes. Elle semblait elle aussi se souvenir de lui, à en juger par la façon dont elle l'étudiait. Cela ne le surprenait pas vraiment, il était accoutumé aux effets des bandes. Et si elle avait figuré dans ces dernières, il ne pouvait s'agir d'une erreur : on voulait qu'elle eût beaucoup d'importance à ses yeux. Il n'avait jamais imaginé que quelqu'un pourrait compter pour lui avant qu'il ne fût lié par contrat à un CIT.

Mais Catlin était une azie. Comme lui.

Et elle paraissait tout savoir sur cette affectation, alors qu'il était inexpérimenté et hésitant.

– J'ai l'impression que nous nous sommes déjà vus, avoua-t-il.

– Moi aussi.

Nul ne lui avait prêté attention à ce point, pas même Andy. Il en était ému.

– Pourquoi nous ont-ils réunis ?

– Je l'ignore. Mais je sais que tes connaissances en électronique nous seront utiles. Tu as traversé des Pièces d'un genre différent. Dis-moi tout ce que tu sais sur elles.

Il s'accorda un temps de réflexion afin d'ordonner ses idées et de ne rien oublier, comme en présence d'un super.

– On y entre et il y a une autre porte, et des pièges de toutes sortes. S'il y en a un qui se déclenche, on a perdu. On entend des bruits, ou la lumière s'éteint. Quand quelqu'un nous suit, il faut installer quelque chose à son intention. Il peut encore y avoir un verrou AI. Il faut faire bien attention avec les câblages électriques, quand il y a de l'eau. Mais c'est bidon, on ne risque pas d'être électrocuté.

– Se faire Avoir, c'est se faire Avoir. La mort est la mort. Ici, l'Ennemi peut piéger les portes et te tirer dessus, et si tu ne l'As pas le premier c'est toi qui y passes. On trouve les trucs dont tu parles, mais aussi des gaz, des embuscades. Parfois, on est à l'extérieur, d'autres fois dans un immeuble. Il arrive qu'il y ait des vrais morts. J'en ai vu un. Il s'était brisé le cou.

Il en fut bouleversé, avant de penser qu'il serait peut-être le suivant. Et ce fut en songeant aux portes piégées qu'il se munit d'une batterie, d'une bobine de fil électrique et d'une petite lampe-torche. Catlin lui tendit une écharpe noire... pour dissimuler son visage, précisa-t-elle. Elle prit encore une boîte de maquillage sombre et des objets qui devaient être des armes mais que Florian voyait pour la première fois.

– Lorsqu'ils mettent des masques à gaz dans le relais, il faut toujours en prendre, expliqua-t-elle. Comme je n'en vois pas, ils ne devraient pas utiliser de gaz, mais on se sait jamais. Ils trichent souvent.

Une sonnerie le fit sursauter.

Le temps qui leur était imparti venait de s'écouler.

– Suis-moi, dit-elle.

Et la porte s'ouvrit pour les laisser sortir avec leur matériel.

Ils empruntèrent un couloir, gravirent des marches et se retrouvèrent dans un long corridor aux murs de béton.

Percés d'innombrables portes.

– Nous sommes au 22, dit Catlin.

Deux numéros plus loin. Elle le précéda dans une petite pièce d'aspect austère avec des lits superposés.

– En haut ou en bas ? demanda-t-elle.

– Comme tu voudras.

Il n'avait jamais pensé avoir droit à une chambre individuelle, pas même à sa moitié. Il y répertoria encore une table et deux chaises, ainsi qu'une autre porte.

– Elle mène où ?

– La salle d'eau. Nous la partageons avec ceux du 20. On frappe avant d'entrer. C'est leur Règle, et comme ils sont plus grands on doit la respecter.

– Je me sens un peu perdu.

– C'est naturel, affirma-t-elle avant de vider le contenu de ses poches sur la table. Je suis ici depuis cinq jours et j'ai eu le temps d'apprendre comment ça marche, ici. Les grands sont assez patients. Ils prennent la peine de nous expliquer ce qu'ils veulent. Mais ensuite il faut s'en souvenir, sinon ils vont le dire à l'instructeur et on a des ennuis.

– Je n'oublierai pas.

Florian la regarda faire. Il avait déjà rangé son matériel là où il pourrait le trouver lorsqu'il en aurait besoin.

– Est-ce qu'on change de tenue, pour aller dans la Pièce ?

– Tous les matins.

Il l'imita et laissa chaque chose rangée par catégories, ce qui parut intéresser Catlin.

– C'est bien. Comme ça, tu n'as pas à chercher.

Il leva les yeux sur elle. Il l'avait soupçonnée de vouloir se moquer de lui, mais ce n'était pas le cas.

– C'est préférable.

– Tu sembles efficace.

– Toi aussi.

– Il est rare que je me fasse Avoir, confirma-t-elle.

Elle recula une chaise pour s'y asseoir et laissa ses avant-bras reposer sur la table.

– Et toi ?

– La même chose.

Avec sa réserve coutumière, elle paraissait satisfaite. Elle prit son arme, releva la plaque de la crosse, la rabattit.

– C'est un vrai pistolet, précisa-t-elle. Les cartouches sont à blanc, mais il faut toujours vérifier. Il se produit parfois des erreurs. C'est arrivé. Nous devons contrôler. L'Ennemi pourrait lui aussi avoir de vraies munitions et te réduire en morceaux. Celles qu'on utilise pour s'entraîner ont une large bande noire sur la douille. Pas les autres. Mais même celles-ci peuvent être mortelles, si on tire à bout portant. Il faut être très prudent, quand on est deux. La plupart des accidents sont dus à des cartouches à blanc.

Catlin savait de nombreuses histoires de novices qui s'étaient fait tuer. Florian en eut des nausées.

Elle voulut ensuite l'entendre parler des pièges, de

tout ce qu'il savait. Elle avait d'innombrables questions à lui poser et lorsqu'il y répondait il découvrait dans ses yeux étranges la concentration propre à ceux qui veulent enregistrer tout ce qu'ils entendent. Il l'interrogea à son tour sur les embuscades, et elle lui raconta ce qu'il lui avait été donné de voir.

Il la trouvait très intelligente. À l'entendre, elle semblait capable de mettre ce qu'elle disait en pratique. Il n'avait pas désiré appartenir à la sécurité. Il n'avait pas souhaité faire équipe avec une fille ; surtout pas avec une fille comme Catlin dont la bouche s'incurvait à peine lorsqu'elle souriait. Mais il était si gêné en sa présence que ces esquisses de sourires le rendaient plus heureux que les rires des autres personnes. La dérider était difficile, et l'impressionner encore plus. Et lorsqu'il suscitait cette réaction il éprouvait le besoin de recommencer, parce que entre-temps elle semblait être ailleurs.

Ils allèrent au mess. C'était le nom qu'ils donnaient au réfectoire. Ils durent rester debout, puis on les autorisa à s'installer à une table. Il y avait bien plus de garçons que de filles, ici, et tous étaient bien plus âgés qu'eux : dix ans minimum, et très disciplinés. Florian eût été très mal à l'aise si Catlin n'avait pas été là pour le tirer par la manche pour lui indiquer quand il fallait rester debout ou s'asseoir. Mais la nourriture était bonne et copieuse. Et les grands qui s'adressaient à eux étaient polis et ne paraissaient pas irrités par leur présence.

– Comment s'appelle ton équipier ? demanda l'un d'eux à Catlin.

Et elle répondit :

– Florian AF, ser.

Comme si elle parlait à un super.

– Sois le bienvenu parmi nous, dit le garçon à Florian.

Et ils lui demandèrent de se lever afin que tous pussent le voir. Il obéit, avec nervosité, mais son interlocuteur se leva en même temps que lui pour le présenter en tant que Florian AF, équipier de Catlin, un tech. S'il doutait en être un, ses activités étaient proches des leurs. Tous le dévisagèrent puis lui souhaitèrent à leur tour la bienvenue et lui permirent de se rasseoir. Ce n'était guère différent de ce qu'il connaissait, hormis qu'on ne lui avait jamais demandé de se lever de table étant donné que les occupants de nombreux dorts se retrouvaient dans le même réfectoire. Les Baraquements verts avaient leurs propres cuisines, et ils pouvaient se resservir autant de fois qu'ils le voulaient sans qu'il fût pour cela nécessaire de fournir une attestation de med.

L'instructeur leur annonça qu'ils avaient deux heures de rec et que l'extinction des feux aurait lieu à 23 heures.

Mais Catlin jugea préférable de regagner leurs quartiers – c'était le nom qu'ils donnaient aux chambres – et de se préparer le mieux possible à affronter la Pièce, étant donné qu'ils étaient autorisés à en discuter au préalable. Et ils se posèrent des questions jusqu'au moment où ils durent se coucher.

Se dévêtir l'angoissait. Il ne s'était jamais déshabillé en présence d'une fille, seulement devant des meds et des techs qui avaient pris soin de lui fournir quelque chose à mettre, de tourner le dos ou de sortir de la pièce. Catlin trouvait normal de partager la chambre de son équipier et elle retira sa chemise et son pantalon la première. Il l'imita, pendant qu'elle allait prendre une douche. Elle revint avec des sous-vêtements propres et jeta les sales dans le panier à linge.

Son corps correspondait à ce qu'il avait imaginé ; tout en os et en petits muscles. S'il n'avait pas pris un repas au mess, il se serait imaginé que l'ordinaire des membres des services de sécurité laissait à désirer. Sa silhouette était différente de la sienne, plus maigre autour de la poitrine – on pouvait voir ses côtes – et toute plate là où les garçons avaient quelque chose. C'était la première fois qu'il voyait une fille en petite tenue. Ses sous-vêtements étaient minuscules et ne dissimulaient presque rien. Il essaya de ne pas y penser et d'oublier qu'elle le regardait. Il n'aurait pu dire pourquoi, mais il trouvait cela gênant. Il n'avait cependant pas le choix, ils n'auraient pu dormir tout habillés.

Ils devaient en conséquence faire preuve de courtoisie et s'accommoder de la situation.

Il alla prendre à son tour une douche, sans perdre de temps car les plus grands voudraient sous peu se rendre dans la salle d'eau, puis il enfila des sous-vêtements propres, regagna la chambre et s'attribua le lit du bas après avoir constaté que Catlin avait pris l'autre. Il s'y glissa très vite, parce qu'elle s'était déjà couchée et que lui seul se promenait en petite tenue.

– Le dernier au lit doit éteindre, lui dit-elle. C'est ma Règle. D'accord ?

Il tendit le bras et chercha l'interrupteur. C'était la première fois qu'il passait la nuit en un lieu où toutes les lumières ne s'éteignaient pas en même temps. Il n'avait dormi que dans des baraquements, en compagnie d'une cinquantaine d'autres garçons. Il repoussa la couverture, plongea vers l'interrupteur, le pressa et repartit dans l'autre sens. Il heurta le lit, avec tant de violence que Catlin en fut secouée.

– Désolé, dit-il.

Il se hâta de remonter le drap, sans faire de bruit.

Il percevait la présence de sa partenaire, une fille qui devait avoir sept ans et était très différente de lui. Elle appartenait à la sécurité, et comme tous ses semblables elle gardait ses distances. Il craignait de se comporter comme un imbécile et de la dresser contre lui. Il resta allongé dans l'obscurité, à l'intérieur de cette petite pièce qu'il ne partageait qu'avec une fille. Il était mal à l'aise, bien plus que dans un nouveau dort. Il avait des frissons, qui n'étaient qu'en partie dus à la fraîcheur des draps. Tout était silencieux, à l'exception des bruits faits par les grands qui allaient prendre leur douche.

Il se demanda où Catlin avait vécu avant de venir ici. Elle semblait détendue. On avait dû lui expliquer ce qui se passerait, à moins qu'elle ne fût capable de s'adapter à toutes les situations. Avoir un garçon pour partenaire ne la gênait pas. Elle paraissait contente qu'il sût désamorcer les pièges et il espérait ne pas la décevoir. Il serait très embarrassé s'ils Sautaient dès la première porte.

Il éprouvait en outre de l'appréhension à la pensée de devoir installer ses pièges dans l'obscurité : une opération délicate, pour laquelle il lui faudrait utiliser sa torche. Catlin disait qu'il devrait en dissimuler la clarté sous sa veste, s'ils étaient comme d'habitude autorisés à en avoir une. Ceux qui se découpaient contre une lumière étaient des cibles idéales.

– Ne fais surtout pas de bruit, lui avait-elle dit. Je couvrirai tes arrières et tu n'auras qu'à effectuer ton travail, mais les sons aideront l'Ennemi à nous repérer. Nous essayerons d'en Avoir un de cette manière, mais tout dépendra du temps dont nous disposerons : si c'est un parcours de rapidité ou d'extermination. Ils nous le préciseront.

Il ignorait ce qu'était un parcours d'extermination.

– C'est quand le nombre d'Ennemis qu'on a Eus nous fait marquer plus de points que le temps mis pour traverser.

– Comme quand il faut installer des pièges, avait-il répondu, heureux d'avoir compris. Certains jours, il faut faire les deux... en désamorcer un et en placer un autre pour Avoir l'Ennemi qui nous suit. On a droit à un bonus, s'il ne le trouve pas. Parfois, ils nous disent de revenir sur nos pas et on ne peut pas savoir si on va tomber sur notre piège, le sien, ou s'il s'y est fait prendre. Les explosions sont visibles, mais il ne faut pas s'y fier. Il a pu déclencher le nôtre et en installer un autre.

– C'est un tour de cochon, avait-elle commenté, alors que ses yeux avaient un éclat singulier. C'est bien.

Il tenta de faire le vide dans son esprit pour trouver le sommeil. Il devait se reposer, car ils traverseraient une Pièce à l'aube, mais s'endormir s'avérait difficile parce qu'il se posait d'innombrables questions.

Même si la Pièce l'angoissait bien moins que cet endroit.

Pourquoi ont-ils fait cela ? se demanda-t-il. Et il pensa à l'arme posée sur la table, au mess silencieux, à toutes les histoires racontées par Catlin. *Sont-ils certains que ma place est ici ?*

– Ce n'est pas un jeu, avait-elle rétorqué après qu'il eut employé ce terme. Un jeu, c'est ce qu'on fait sur les ordinateurs pendant les temps de rec. On n'est pas ici pour s'amuser et nos adversaires trichent tout le temps.

Il souhaitait retourner aux AG. Il voulait revoir Cheval. Il eût aimé pouvoir aller nourrir le poulain.

Mais pour y être autorisé il lui faudrait d'abord traverser la Pièce sans se faire Avoir.

Ce serait toujours ainsi, désormais.

Il tenta de vider son esprit.

Pourquoi ne m'ont-ils pas passé de bandes ? Pourquoi ne le font-ils pas, pour que je sache ce qu'on attend de moi ?

Pour dissiper cette angoisse insoutenable.

L'ordinateur a-t-il pu m'oublier ?

10

Toutes les nuits Ari pensait que sa lettre s'éloignait et se demandait où elle se trouvait, étant donné qu'il lui fallait tant de mois pour arriver à destination. Maman et Ollie devaient désormais vivre à Lointaine. Elle se sentait rassurée, depuis qu'elle savait où ils étaient. Elle regardait des holos de la station et se les représentait là-bas. Oncle Denys lui avait apporté une brochure publicitaire de RESEUNESPACE sur laquelle on pouvait lire le nom de maman et voir des photos de l'endroit où elle devait travailler. Elle conservait cette documentation dans le tiroir de son bureau, pour pouvoir la consulter et imaginer qu'elle allait les rejoindre. Elle écrivait une lettre tous les deux ou trois jours, afin de donner de ses nouvelles à maman. Oncle Denys gardait tout son courrier et en ferait un colis, parce que les frais d'expédition étaient élevés et que maman serait aussi contente si elle recevait tout à la fois, dans la même enveloppe. Elle aurait aimé les adresser à maman et à Ollie, mais oncle Denys disait que ça aurait compliqué le travail des postiers et que si elle avait des choses à dire à Ollie maman lui remettrait ses lettres. C'était obligatoire : le courrier d'un azi devait être envoyé à son superviseur. Ce qui pouvait paraître ridicule dans le cas d'Ollie, dont l'équilibre mental était à toute épreuve. Mais la loi était la loi.

Elle mettait donc comme destinataire :

Dr Jane Strassen
Directrice
RESEUNESPACE
Station Lointaine

Et comme expéditeur :

Dr Denys Nye
Administrateur
Territoire administratif de Reseune
Zone postale 3
Station Cyteen.

Elle eût préféré que les réponses lui parviennent directement, mais elle devrait attendre pour cela d'être grande et d'avoir un domicile personnel. D'autre part, si ses lettres semblaient écrites par l'administrateur de Reseune à l'attention de la directrice de RESEUNESPACE, les secrétaires penseraient que c'était du courrier officiel et le remettraient à maman sans le laisser traîner sur leurs bureaux.

Un fait qu'elle ne pouvait qu'approuver.

Elle demanda pourquoi elle devait mettre Station Cyteen, alors qu'ils vivaient sur la planète elle-même, et oncle Denys lui expliqua que tous les envois postaux devaient transiter par les stations avant d'être distribués sur un monde. Il précisa même que pour envoyer du courrier à un habitant de la Terre il fallait indiquer Station Sol puis – parce qu'on trouvait aussi dans ce système Mars et la Lune – le nom de la planète et le pays.

Il tenta ensuite de lui expliquer ce qu'était un pays et les origines historiques de telles divisions planétaires, puis il compléta ce cours improvisé en lui passant la bande de l'*Histoire de la Terre*. Elle voulut la revoir, impressionnée par ces visions étranges. Certaines lui faisaient un peu peur, même si elle savait que ce n'était qu'une bandétude.

Elle en prenait un grand nombre, à présent. Elle suivait des leçons de biologie, de botanique, de calligraphie, d'histoire et – depuis cette semaine – d'instruction civique. Elle obtint la mention « excellent » lors des examens de contrôle et oncle Denys lui offrit l'holo d'un oiseau terrien. Il suffisait de le bouger pour le voir voler en battant des ailes. Cet objet venait de la Terre et c'était oncle Giraud qui l'avait trouvé à Novgorod.

Mais il n'y avait plus que Nelly, à la garderie, et sans autres enfants il n'était pas amusant de faire de la balançoire ou de grimper dans la cage. Elle ne s'y rendait plus chaque jour. Elle était exaspérée d'avoir toujours Nelly sur ses talons : Nelly qui se faisait du souci pour tout, et surtout pour elle. Elle déclara à oncle Denys qu'elle pourrait désormais aller seule au centre de bandétudes et à la bibliothèque, parce que tout le monde la connaissait et qu'elle ne risquait rien.

Elle prenait son temps, pour rentrer à la maison. Parfois, elle s'arrêtait pour nourrir les poissons. Un membre des services de sécurité montait la garde devant la porte et oncle Denys le lui avait permis. Ce jour-là elle dut emprunter le tunnel à cause du mauvais temps.

En chemin, elle se rappela avoir suivi ces passages avec maman pour aller jusqu'au bureau du Dr Peterson. Il fallait prendre cet ascenseur. Peterson était un épouvantable raseur, presque autant que Seely, mais il travaillait dans la même section que Justin.

Elle eut envie d'aller le voir. Sans doute condescendrait-il à lui dire bonjour. Tant de personnes de son entourage avaient Disparu qu'elle éprouvait parfois le besoin de s'assurer que les autres étaient toujours là. En obtenir la confirmation la rassurait. Et elle aimait bien revoir des lieux dont elle gardait le souvenir, quand elle en avait l'opportunité.

Elle emprunta l'ascenseur pour gagner le niveau supérieur puis suivit le couloir en restant en équilibre sur une bande métallique, comme autrefois, le jour où maman avait été retenue dans le bureau qu'elle voyait là-bas. C'était à la fois amusant et un peu triste. Elle se remit à marcher normalement.

La porte était ouverte et il régnait au-delà un désordre aussi important que la fois précédente. Et elle éprouva de la joie, parce que Justin et Grant étaient présents.

– Bonjour, leur dit-elle.

Ils la regardèrent. Il était agréable de revoir de vieilles connaissances. Elle espérait que le plaisir serait partagé. Peu de gens lui adressaient la parole, l'entourage d'oncle Denys excepté.

Mais ils ne lui retournèrent même pas son salut. Justin se leva, l'expression menaçante.

Et elle se sentit soudain rejetée, solitaire.

– Comment allez-vous ? demanda-t-elle.

Parce que c'était la question qu'on devait toujours poser.

– Où est votre nourrice ?

– À la maison.

Elle pouvait désormais appeler ainsi l'appartement d'oncle Denys sans sentir sa gorge se serrer.

– Je peux entrer ?

– Nous travaillons, Ari. Nous avons beaucoup de travail.

– Tout le monde en a trop, se plaignit-elle. Bonjour, Grant.

– Bonjour, Ari, répondit l'azi.

– Maman est partie à Lointaine.

Elle apportait cette précision au cas où ils n'en auraient pas été informés.

– Vous m'en voyez désolé, fit Justin.

– Mais je vais bientôt aller la rejoindre et vivre avec elle.

Il eut un air bizarre. Très bizarre. Grant la regardait. Et elle eut un peu peur parce qu'ils étaient tendus et qu'elle en ignorait la raison. Elle resta figée, et se demanda ce qui n'allait pas, puis son malaise se changea en panique.

– Vous savez que vous ne devriez pas vous trouver ici, Ari, lui dit Justin.

– Je peux venir vous voir, si j'en ai envie. Ce n'est pas oncle Denys qui dira quelque chose.

– Pourquoi ? Sait-il où vous êtes ?

– Justin, intervint Grant avant de demander gentiment à Ari : Qui vous accompagne ?

– Je suis toute seule.

Elle se tourna, pour tendre le doigt.

– Je reviens des bandétudes. J'ai pris un raccourci.

– C'est très gentil d'être passée nous voir, dit Justin. Mais je crois que vous auriez dû rentrer chez vous.

Elle secoua la tête.

– Non, c'est pas obligé. Oncle Denys n'est jamais à la maison, quand j'arrive, et Nelly ne lui dira rien.

Elle continuait d'éprouver cette étrange sensation. Ils n'étaient pourtant pas méchants avec elle. Ils ne semblaient pas non plus en colère. Elle tenta d'analyser la situation. Grant s'inquiétait pour Justin... qui semblait avoir peur d'elle.

Maman aurait dit qu'ils pouvaient aller au diable. Ce « ils » qui s'appliquait à tous ceux qui lui compliquaient l'existence.

– Je m'en vais, déclara-t-elle.

Elle joignit le geste à la parole, mais revint le lendemain. Elle monta sans se faire voir, se colla à l'encadrement de la porte et lança un :

– Salut !

Qui les fit sursauter. Elle éclata de rire puis s'avança pour ajouter :

– Bonjour.

– Ari, pour l'amour de Dieu, rentrez chez vous !

Elle se sentit soulagée. Cette fois Justin se mettait en colère et c'était préférable à le voir apeuré comme la veille. Elle leur avait fait peur et ils allaient la disputer.

– J'ai commencé à étudier l'informatique, hier, dit-elle. Je peux déjà écrire un programme.

– C'est très bien, Ari. Mais rentrez chez vous !

Elle rit, joignit ses mains dans le dos et se balança sur ses talons avant de se rappeler que c'était très vilain.

– Oncle Denys m'a offert un aquarium, avec des guppys. Une femelle est enceinte.

– C'est vraiment formidable, Ari. Vous devriez aller voir si elle n'a pas besoin de vous.

– Je vous apporterai quelques-uns de ses bébés, si vous voulez.

– Rentrez chez vous, Ari.

– Il m'a aussi donné un hologramme. C'est un oiseau. Et il vole.

Elle prit l'objet dans sa poche et le leur montra. Elle entra, pour leur permettre de le voir de plus près.

– Vous le trouvez comment ?

– Magnifique. Je vous en prie. Allez-vous-en.

– Je parie que vous n'avez jamais vu un holo aussi joli ?

– C'est tout à fait exact. Je vous en prie, Ari...

– Pourquoi ne voulez-vous pas que je reste ?

– Parce que votre oncle risque de se mettre en colère.

– Non. Il ne le saura jamais.

– Ari, fit Grant.

Elle se tourna vers lui.

– Vous ne souhaitez pas que nous avertissions ser Denys, n'est-ce pas ?

Certainement pas. Elle aurait des tas d'ennuis. Elle le dévisagea en fronçant les sourcils.

– Je vous en prie, répéta Justin.

Il était plus gentil que son azi. Faute de disposer d'une excuse pour s'attarder encore un peu, elle ressortit puis fit demi-tour et lui adressa un large sourire.

Justin était son ami. Son ami secret. Elle ferait attention à ne pas le mettre en colère. Elle éviterait aussi d'irriter Grant. Elle ne s'attarderait pas, lors de ses prochaines visites.

Mais le lendemain elle trouva porte close.

Ce qui l'inquiéta. Soit ils s'étaient doutés qu'elle passerait à la même heure chaque jour, soit ils avaient Disparu à leur tour.

Le jour suivant elle effectua un autre détour par leur bureau. Ils étaient là.

– Bonjour ! fit-elle.

Ce qui les effraya.

Comme ils semblaient très en colère, elle n'insista pas. Elle se contenta d'agiter la main puis repartit.

Elle les vit encore de temps en temps, et quand ses guppys eurent des bébés elle leur en apporta quelques-uns dans un bocal. Justin sembla touché par cette attention et lui promit d'en prendre bien soin.

Mais lorsqu'il dévissa le couvercle tous les petits poissons étaient morts. Elle en fut bouleversée.

– Ils ont dû rester enfermés trop longtemps, dit-elle.

– C'est probable.

Elle remarqua qu'il sentait bon, quand elle se pencha sur le bureau près de lui. Presque autant qu'Ollie.

– Je regrette, Ari.

Il était très gentil. Pour la première fois, il se comportait naturellement avec elle. Grant approcha, regarda, et se déclara à son tour désolé.

Il emporta le bocal et Justin lui affirma que de telles pertes étaient inévitables.

– Je vous en apporterai d'autres, leur promit-elle.

Elle aimait passer les voir et pensait souvent à eux. À présent, ils ne lui ordonnaient plus de partir et elle ne percevait plus de tension dans l'atmosphère. Justin se contentait d'être Justin. Et il lui tapotait l'épaule avant de lui dire qu'elle devait rentrer chez elle.

Il n'avait pas été gentil à ce point depuis très, très longtemps. Elle venait donc de remporter une victoire. Mais si elle eût aimé avoir de longues discussions avec lui, elle ne voulait pas lui forcer la main et risquer ainsi de tout gâcher. Justin et Grant étaient ses amis. Et quand maman l'enverrait chercher elle leur demanderait s'ils voulaient partir avec elle et Nelly.

Elle se retrouverait alors avec tous les gens qu'elle aimait bien et elle n'aurait pas à s'en faire, à bord du vaisseau, parce que Justin était un CIT adulte et qu'il veillerait sur elle jusqu'à Lointaine.

Son anniversaire approchait, mais elle ne voulait pas inviter les autres enfants. Elle se contenterait de recevoir leurs cadeaux, merci.

Mais même cela ne pouvait la rendre heureuse.

Elle suivit le couloir sans faire de bruit. Elle prit garde à ne pas poser les pieds ailleurs que sur la bande métallique. Puis elle sortit de sa poche la carte de Nelly et l'utilisa pour prendre l'ascenseur.

Elle savait comment la sécurité procédait à ses contrôles.

11

– Pauvre con ! hurla Yanni en lançant la liasse de papiers dans sa direction.

Justin resta cloué sur place, paralysé par le choc, alors que les feuilles descendaient se poser sur le tapis, tout autour d'eux.

– Espèce de taré ! Qu'espériez-vous donc ? Nous avons décidé de vous offrir une chance, de faire tout notre possible pour vous permettre de vous en sortir. Je me suis crevé le cul et j'ai perdu un temps fou à rédiger des critiques sur cette merde que vous baptisez un projet, afin de démontrer à un débile obstiné et obsédé par son adolescence que ses recherches ressemblaient aux tâtonnements d'un débutant et qu'Ari Emory aurait tout rejeté en bloc avec un « Merci, petit, mais des chercheurs bien meilleurs que toi s'y sont cassé les dents », si elle n'avait pas rêvé de se payer le môme en question et de foutre son père dans la merde ! Ce que vous avez fait tout seul pauvre idiot ! Débarrassez-moi de ce fatras d'inepties ! Retournez dans votre bureau et empêchez cette gosse d'y remettre les pieds, compris ?

Il reçut le coup en plein ventre et resta comme paralysé entre le besoin d'étrangler Yanni et l'épouvantable certitude que tout était fini, que la rancune d'une petite fille venait de détruire son existence, et celles de Jordan et de Grant par la même occasion.

Puis il assimila le sens de la fin de cette tirade et prit conscience qu'il se trompait, qu'il n'entendait pas les trompettes du jugement dernier.

Même si le résultat serait identique.

– Qu'a-t-elle dit ? Qu'a-t-elle bien pu raconter ? Elle m'a apporté un bocal plein de poissons, Yanni. Qu'est-ce que j'aurais dû faire ? La mettre à la porte ? J'ai essayé !

– Foutez-moi le camp !

– Qu'a-t-elle dit ?

– Elle a demandé à son oncle Denys de vous inviter à sa putain de fête d'anniversaire. Voilà ce qu'elle a fait. Vous vous vous êtes mis dans de sales draps, mon garçon. De sales draps. Tout laisse supposer qu'elle est souvent passée vous voir, ces derniers temps. Elle semble avoir trompé la sécurité en utilisant la carte de son azie pour prendre l'ascenseur. Vous avez fait une touche, on peut le dire. Que diable espériez-vous obtenir en agissant de cette manière ?

– Est-ce un psych ? C'est cela ? Denys vous a demandé de me psycher ?

– Pourquoi ne l'avez-vous pas signalé ?

– J'avais d'excellentes raisons de m'en abstenir, il me semble ?

Il reprit haleine et se domina avant de foudroyer son interlocuteur du regard.

– C'est l'incapacité des membres des services de sécurité qui est en cause. Comment aurais-je pu me douter qu'ils n'étaient même pas capables de surveiller les déplacements d'une gamine de sept ans ? Il n'a jamais été dans mes intentions de la rudoyer. Non, merci. Je ne voulais jouer aucun rôle dans cette histoire. Je n'avais pas le moindre désir d'aller voir Denys Nye pour lui dire qu'il aurait dû faire un peu plus attention à ce qui se passait chez lui. Si vous voulez qu'un enfant s'acharne à faire quelque chose, vous n'avez qu'à le lui interdire. Non, Denys m'avait bien recommandé d'être poli avec elle, de ne pas la contrarier, de l'éviter dans la mesure du possible... Merde, j'ai même bouclé mon bureau aux heures où je savais qu'elle devait revenir de ses bandétudes. Qu'est-ce que j'aurais pu faire de plus ?

– Signaler l'incident !

– Pour me retrouver mêlé à toutes vos salades ? Pour que les gardes viennent me cueillir et me soumettre à un nouvel interrogatoire ? Non, merci, j'ai déjà donné. J'ai respecté les ordres de Denys à la lettre. Je pensais que la sécurité avait installé des micros dans mon bureau, qu'elle savait où allait Ari et enregistrait mes propos, ou plutôt leur absence. Je n'ai rien dit. Rien, Yanni... seulement quelques « Retournez chez vous, Ari. Vous devez rentrer à la maison, Ari. Allez chez vous, Ari », juste avant de la mettre à la porte. Elle s'est comportée comme un enfant de son âge. Elle a trouvé un adulte à taquiner. Il n'y a rien d'anormal dans la conduite de cette petite peste. C'est vous qui dramatisez l'incident, bon Dieu ! Est-ce à un pauvre débile obsédé par son adolescence de vous conseiller de vous préoccuper un peu moins de cette gosse et de la laisser faire quelques farces, si ça peut la défouler ? Elle lit en vous. Elle perçoit la tension nerveuse de tout son entourage. Je suis bien placé pour le savoir, compte tenu de la concentration qui m'était nécessaire pour l'empêcher de me psycher au cours des deux ou trois minutes qu'elle passait dans mon bureau. Et je doute que vous et Denys soyez capables de lui cacher ce que vous éprouvez, si j'en juge par la façon dont vous vous en prenez à moi. Laissez-la tranquille ! Ne vous en mêlez pas, bon Dieu ! À moins que vous n'ayez tout organisé.

Une pause, le temps de reprendre haleine. Les poils

de sa nuque se hérissèrent sous le regard que lui adressait Yanni.

– C'est ça ? C'est ce qui se cache derrière toutes vos salades ? C'est vous qui la poussez à agir ainsi ?

– Vous êtes paranoïaque.

– Tout juste. Exact, Yanni. Qu'essayez-vous de me faire ?

– Sortez de mon bureau ! Foutez le camp d'ici ! Je vous ai tiré d'affaire. J'ai réussi à calmer l'administration. J'ai perdu toute la matinée pour tenter de vous protéger et Petros a dû y consacrer une journée complète, et vous avez sacrément raison de dire que c'était un psych, mon garçon. Je dois d'ailleurs préciser que vous vous êtes planté ! Je n'ai pas confiance en vous. J'ai peur de ce que vous risquez de faire dès que je ne vous ai plus sous les yeux. Vous marchez sur une corde raide, à une hauteur vertigineuse. Et si Ari revient, vous aurez intérêt à la mettre à la porte et à téléphoner à Denys avant que ses pas n'aient eu le temps de refroidir !

– Et en ce qui concerne Jordan ?

– Vous avez le culot de solliciter des faveurs, par-dessus le marché ?

– Et pour Jordan ?

– Je n'ai pas entendu dire qu'ils comptaient interdire vos appels. Mais vous jouez avec le feu, mon garçon. Et vous risquez de vous brûler les doigts. N'allez pas trop loin. N'allez pas plus loin.

– Que comptez-vous mettre, dans votre rapport ?

– Que vous êtes sur la défensive dès qu'on prononce le nom de cette gosse. Qu'elle vous inspire de l'hostilité.

– Pas elle ! Mais toutes ces vacheries que vous lui faites, votre maudit programme, votre maudit Projet ! Vous finirez par la rendre folle, si vous continuez de lui bourrer le crâne comme ça et de l'isoler de tout ce qui pourrait lui apporter un peu de chaleur humaine. Vous avez perdu tout ce qui faisait de vous un homme, Yanni !

– Et vous, vous avez perdu le sens de la mesure, mon

garçon. Tant dans votre vie privée que professionnelle ! Vous puisez dans la situation de quoi alimenter votre impression d'insécurité. Vous interprétez les faits sans rien observer, sans rien analyser. Vous ne faites plus preuve d'objectivité et je dois vous retirer les travaux qui se rapportent au Projet jusqu'au jour où vous reprendrez vos esprits et viendrez m'en informer. En attendant, sortez d'ici ! Et ne me faites plus perdre de temps avec vos conneries avant d'avoir résolu tous vos problèmes. Dehors !

– Je me demande ce que j'aurais pu lui répondre.

Il fut parcouru d'un frisson quand Grant s'approcha du divan pour lui tendre un verre. Les cubes de glace s'entrechoquèrent. Il but une gorgée de whisky pendant que son ami s'asseyait près de lui et lui montrait l'ardoise :

Attends quelques jours. Yanni a explosé, mais il finit toujours par se calmer.

Il secoua la tête et fit un geste d'impuissance, avant de se plonger dans la contemplation de ses mains pendant que la chaleur de l'alcool se répandait dans son sang et le froid de la glace dans son estomac.

– C'est possible. Yanni a peut-être eu raison de me traiter de concepteur novice qui passe son temps à se ridiculiser.

– C'est faux.

– Il a déchiré en morceaux mes deux dernières études. À juste titre, bon sang, car il en aurait résulté une catastrophe, une vague de suicides.

Grant prit la tablette pour écrire :

Ne renonce pas. Selon Denys, Ari n'a pas faussé les résultats de tes tests d'aptitude. Tu le croyais et tu pensais que ta place était à l'éducation. Mais Ari t'a voulu à la conception. Pourquoi ?

Il lut, et sentit ses entrailles se nouer.

Puis Grant ajouta : *Cette femme t'a fait subir beaucoup de choses, mais jamais un refus de jeter un coup d'œil à tes travaux.*

– Ils m'ont écarté du projet, dit-il.

Parce que les services de sécurité et ceux qui les écoutaient le savaient déjà.

– Yanni est persuadé que je hais cette gosse. Mais c'est faux, c'est faux, c'est faux !

Son ami le prit par l'épaule.

– Je sais, je sais. Et ils le savent eux aussi. Yanni... Il te psychait. Il t'enregistrait.

– Tout juste, et il m'a d'ailleurs déclaré que j'avais raté le test.

– Bon Dieu, ne peux-tu pas comprendre que c'est sa technique ? Tu connais ses motivations. Il continuait de te sonder. Il souhaitait provoquer une réaction, et il a été servi.

– Je me reproche ce que je lui ai dit.

Il réfléchissait aux propos qu'il avait tenus et tremblait toujours.

– Je me souviens du fond de ma pensée, mais je doute qu'il ait bien interprété mes paroles.

– Yanni est un type valable. Garde cela à l'esprit. Ne l'oublie jamais.

Il ne mit pas cette affirmation en doute et écrivit : *Le seul problème, c'est que nous ignorons dans quel camp il se trouve.*

12

Cheval baissa la tête pour manger de l'avoine dans la paume de Florian.

– Tu vois, il est très gentil. S'il semble un peu nerveux, c'est parce qu'il ne te connaît pas encore. Tu veux le caresser ?

Catlin le fit, avec méfiance. Cheval recula.

Mais quand elle ramena sa main, un véritable sourire incurvait ses lèvres.

– Il est intelligent.

C'était le seul animal de l'AG à même de faire impression sur elle. Les poulets serrés les uns contre les autres ne lui avaient inspiré que du dégoût et elle s'était reculée avec crainte en voyant les porcelets se ruer vers leurs auges, avant de déclarer qu'elle les trouvait stupides. Après que Florian eut fait remarquer qu'ils étaient sans égal pour différencier les plantes comestibles des toxiques, elle avait rétorqué que si les cochons étaient vraiment malins ils auraient trouvé un moyen de ne pas se laisser transformer en jambons.

Si les vaches semblaient très puissantes, elle les jugeait inintéressantes.

Elle avait eu son premier sourire véritable en découvrant Cheval. Elle grimpa sur la barrière et regarda l'animal jouer avec eux, hennir et rejeter sa tête en arrière.

– Nous ne mangerons pas ses bébés, lui expliqua Florian qui se hissa près d'elle. Ils travailleront et ne nous serviront pas de nourriture.

Catlin enregistra cette information sans faire de commentaire, comme à son habitude. Mais il la vit hocher la tête pour exprimer son approbation.

Il aimait bien cette fille. Un certain temps lui avait été nécessaire pour arriver à cette conclusion, car elle gardait la plupart de ses mystères, mais ils avaient effectué de nombreuses traversées de la Pièce et connu un seul échec complet : la fois où les Ennemis étaient innombrables et qu'ils avaient Eu Catlin la première. Elle s'était encore laissé Avoir le jour même, mais elle lui avait alors crié :

– Vas-y !

Avant d'occuper leurs Ennemis, pour lui laisser le temps de faire sauter la porte et de sortir de la Pièce. À cause de Florian, de sa lenteur. Elle avait Eu tous leurs adversaires, à l'exception de celui qui l'avait prise de vitesse et que Florian avait ensuite éliminé avec une grenade. Il bénéficiait de l'effet de surprise, car les techs n'étaient presque jamais armés et il était en outre occupé à désamorcer un piège. Catlin se déclarait très fière de lui.

Florian avait remercié le Ciel que ce fût une simulation et précisé à l'instructeur qu'il était le seul responsable de ce semi-échec, pour s'entendre répondre qu'ils formaient une équipe, que seul le résultat comptait, et qu'ils auraient droit à la moitié de leur temps de rec.

Une permission assez longue pour leur permettre de faire un saut jusqu'à l'AG. Il avait pu convaincre Catlin de l'accompagner, pour voir Andy et les animaux.

Il craignait que ses amis ne s'entendent pas, mais Catlin se déclarait fascinée par Cheval.

Et il demanda à Andy de lui montrer le poulain.

– Il est formidable, commenta-t-elle lorsqu'il se mit à jouer à cache-cache avec eux.

Sa queue dessinait des cercles dans les airs et ses sabots labouraient le sol de terre battue de l'écurie.

– Regarde-le ! Regarde-le se déplacer !

– Elle est aussi formidable, murmura Andy qui inclinait la tête en direction de Catlin.

Ce qui était un sacré compliment, de sa part. Florian en fut fou de joie. Il était heureux parce que tout ce qu'il aimait s'accordait : Catlin, Andy, et le reste.

Puis il se souvint qu'ils devaient être de retour avant l'extinction des feux. Il leur fallait se hâter.

– C'est l'heure, dit-il à Catlin avant de se tourner vers Andy : Je reviendrai dès que possible.

– Au revoir, leur dit Andy.

– Au revoir, répondit Florian.

– Au revoir, dit à son tour Catlin.

Ce qui le surprit. En temps normal, elle n'adressait la parole qu'aux membres des services de sécurité.

Ils devaient presser le pas. À l'aller, Florian avait montré les raccourcis à sa coéquipière, et elle n'en avait oublié aucun. Elle enregistrait toujours tout dans son esprit.

Ses jambes étaient plus longues que celles de Florian, ce qui lui permettait de le distancer. S'il avait cru les garçons plus grands et plus forts que les filles, l'instructeur lui avait expliqué que ce n'était pas toujours le cas à leur âge.

Et il pressait le pas pour rester à sa hauteur, ce qui lui valut d'être bien plus essoufflé qu'elle lorsqu'ils arrivèrent aux Baraquements verts.

Quand ils se présentèrent au comptoir de l'entrée, l'azi de faction regarda sa machine et leur ordonna :

– Présentez-vous au rapport auprès du super de la section blanche.

À l'autre bout de la Ville. À l'hôpital. Ils recevraient une bande, au lieu de regagner leurs quartiers.

– Bien, dit Catlin.

Elle reprit sa carte et la glissa sous la pince de sa chemise.

Il récupéra la sienne.

– Mêmes instructions, dit l'azi.

– Je me demande à quoi ça rime, déclara-t-il une fois à l'extérieur.

– Il n'est pas bon de se poser trop de questions, lui répondit-elle.

Mais elle paraissait elle aussi préoccupée et marchait d'un pas rapide. Il devait sans cesse piquer un sprint pour la rattraper.

Le soleil avait disparu depuis longtemps derrière les falaises. Le ciel virait au rose et la ville serait illuminée avant leur retour. Les rues étaient presque désertes, car la plupart des gens étaient allés dîner. Ce n'était pas une heure normale pour prendre une bande, et cela l'angoissait.

Ils atteignirent l'hôpital. L'employé de la réception prit leurs cartes, les lut, et leur indiqua où ils devaient se rendre.

Florian vit Catlin s'éloigner seule et il eut peur, sans savoir de quoi ou de qui. Il se sentait en danger. Elle l'était aussi. On venait ici recevoir des bandes pendant le jour, pas à la tombée de la nuit. Son estomac lui rappelait qu'il était vide. Il avait tout d'abord pensé à un de ces exercices d'alerte auxquels devaient participer les grands ; on les tirait du lit en pleine nuit et ils se précipitaient dans les couloirs.

Mais ils étaient à l'hôpital, pas dans la section des Pièces. Il dut obéir, enlever sa chemise et la suspendre, puis grimper sur la table et attendre l'arrivée du super en essayant de faire le vide dans son esprit.

Il n'avait encore jamais vu cet homme, qui brancha le lecteur avant de le regarder et de lui dire :

– Bonsoir, Florian. Comment vas-tu ?

– J'ai un peu peur, ser. Pourquoi recevons-nous une bande à une heure pareille ?

– Elle te l'apprendra. Ne t'inquiète pas.

Il prit un pistolet hypodermique et lui fit une injection dans le bras. Florian sursauta. Ces sifflements le rendaient toujours nerveux. Le super tapota son épaule puis la soutint : une forte dose, aux effets déjà perceptibles.

– Tu es courageux.

Les mains du super étaient plus douces que sa voix. Sans le lâcher, il le fit tourner et l'aida à placer ses jambes sur la table. Florian sentait toujours le contact de sa paume sous son omoplate, sur ses épaules ou son front.

– C'est une bande-profonde. Tu n'as plus peur, à présent ?

– Non, répondit-il.

Et il sentait en effet ses craintes se dissiper.

Mais pas la pénible impression d'être mis à nu.

– Encore plus loin. Le plus possible, Florian. Va m'attendre au cœur de ton être...

13

– Je n'aime pas les fêtes, déclara Ari qui s'affala dans le fauteuil. Je n'en veux pas. Je ne peux pas supporter tous ces sales gosses avec qui je dois être gentille.

Ses rapports avec oncle Denys s'étaient dégradés, depuis l'emprunt de la carte de Nelly. Cette idiote avait tout raconté à Denys et Giraud dès qu'ils avaient abordé le sujet. L'azie ne voulait pas lui attirer des ennuis, mais elle s'était affolée. Et oncle Denys leur avait ensuite tenu un interminable discours sur la sécurité en général et celle de l'immeuble en particulier, avant de dresser la liste des lieux où elle était ou non autorisée à aller.

Mais c'était surtout contre Justin et Grant que Denys était en colère, parce qu'ils ne l'avaient pas informé qu'Ari passait parfois les voir. Ils s'étaient fait disputer, eux aussi. Oncle Denys leur avait adressé un avertissement et ils devraient à l'avenir lui signaler si elle s'aventurait dans leur secteur.

Ari était elle aussi en colère, contre oncle Denys qui lui disait :

– Tu refuses de voir les autres enfants.

Sur un ton pouvant laisser supposer que c'était une question.

– Parce qu'ils sont trop bêtes.

– Eh bien, que dirais-tu de faire une fête avec des grandes personnes ? Il y aura du punch et des gâteaux. Et tu recevras des cadeaux. Je ne parle pas de réunir toute la Famille, mais par exemple Ivanov et Giraud...

– Je n'aime pas Giraud.

– Ce que tu dis là n'est pas gentil, Ari. Giraud est mon frère. Il est ton oncle, lui aussi. Et il t'aime beaucoup, tu sais ?

– M'en fiche. Tu ne me laisses pas inviter qui je veux.

– Ari...

– C'est tout de même pas la faute de Justin si j'ai pris la carte de Nelly.

Oncle Denys soupira.

– Ari...

– Je ne veux pas d'une fête où il n'y aura que des vieux.

– Écoute, Ari, je doute que Justin puisse se libérer...

– Je veux qu'il y ait Justin, et Grant, et Mary.

– Mary ?

– La tech qui s'occupe des nouveau-nés, en bas dans les labos.

– Mary est une azie, et elle serait sans doute très gênée en notre compagnie. Si tu y tiens vraiment j'essayerai d'arranger ça, pour Justin. Mais je ne te promets rien. Il a beaucoup de travail. Il faudra que je lui en parle. Mais tu peux quoi qu'il en soit lui adresser une invitation.

Voilà qui était mieux. Elle se redressa et fit reposer ses avant-bras sur les accoudoirs du fauteuil pour poser sur oncle Denys un regard un peu moins méchant.

– Et je ne veux pas que Nelly retourne à l'hôpital.

– C'est nécessaire, ma chérie. Parce que ce que tu as fait l'a bouleversée. Je n'en suis pas responsable. Tu l'as placée dans une situation délicate et elle a besoin de prendre du repos.

– C'est pas gentil, oncle Denys.

– Crois-tu que voler sa carte était « gentil » ? Elle reviendra demain matin, remise de ses émotions. Quant à moi, je contacterai Justin et j'informerai Mary que tu as pensé à elle. Elle en sera ravie. Mais je ne te promets rien. Sois sage et nous verrons. D'accord ?

– D'accord.

Se voir condamnée à suivre le couloir du bas lorsqu'elle allait aux bandétudes et en revenait la faisait bouillir de rage. Elle cherchait donc un moyen de contourner cette interdiction, mais ne l'avait pas encore trouvé.

Cette année, sa fête d'anniversaire n'aurait pas pour cadre la grande salle à manger du rez-de-chaussée. Selon oncle Denys, tous avaient tant de travail qu'il y aurait de nombreuses défections et qu'il serait suffisant d'organiser une petite réception dans leur appartement. Les plats seraient montés des cuisines et ils feraient un très bon repas, avec du punch et des gâteaux, puis elle recevrait des cadeaux. Elle établirait le menu avec Nelly et occuperait la place d'honneur en bout de table. Il disait aussi que Justin et Grant avaient promis de venir.

Et ils tinrent parole.

Ils se présentèrent sur le seuil et Justin serra la main d'oncle Denys.

Une onde de peur se répandit au même instant dans la pièce. Justin était terrifié. Grant aussi. Et tous les invités se figèrent, paralysés par quelque chose qu'ils essayaient de combattre.

Mais c'était sa fête, bon sang. Elle se leva et perçut une sensation de malaise au creux de l'estomac. Elle s'avança et se montra très aimable avec tout le monde. Ce n'était pas en disant aux gens qu'ils devaient être gentils qu'on obtenait des résultats. Il fallait attirer leur attention, pour la détourner de ce qui l'accaparait, puis ne pas ménager ses efforts pour la retenir. Faute d'avoir le temps de rechercher les causes et de déterminer les responsabilités, elle se dirigea vers Justin. C'était lui qui faisait l'objet de cette réaction de rejet collective, elle l'avait compris tout de suite.

Il y avait oncle Giraud et son azi, Abban ; le Dr Ivanov et une jolie azie appelée Ule ; le Dr Peterson et son azi Ramey ; le Dr Edwards, son instructeur préféré, et son azie Gale... plus âgée que lui mais très mignonne. Le Dr Edwards faisait partie de ses invités : un biochimiste au savoir encyclopédique qui s'entretenait de longs moments avec elle après les séances de bandétudes. Et il y avait oncle Denys, qui parlait à Justin.

– Bonjour ! dit-elle en venant les rejoindre.

– Bonjour, répondit Grant.

Il lui remit leur cadeau.

Elle secoua le paquet. Léger. Ce qu'il contenait ne faisait aucun bruit.

– Qu'est-ce que c'est ? demanda-t-elle.

Elle savait qu'ils ne le lui diraient pas mais devait continuer de retenir l'attention. Tous la regardaient.

– Vous devrez attendre encore un peu avant de le savoir, fit Justin. Sinon, il serait inutile d'emballer les cadeaux.

Elle porta la boîte à Nelly, qui se chargea d'aller la poser sur celles déjà empilées autour du fauteuil, dans l'angle de la pièce. Ari eut l'impression que tous les invités prenaient une inspiration en même temps. Elle attendait leur réaction, à présent qu'ils avaient obtenu la confirmation que Justin et Grant avaient été officiellement invités.

Les adultes se remirent à boire et à discuter. Cette fête d'anniversaire s'annonçait agréable. Ari ferait le nécessaire pour que tout se passe bien, même si oncle Denys disait des méchancetés à Justin. C'était sa réception et elle était décidée à passer un bon moment. Et ceux qui voudraient gâcher son plaisir s'en repentiraient.

Il y avait un méchant, dans la bande : Giraud, qu'elle surveillait de près. Quand nul ne leur prêtait attention elle le fixait droit dans les yeux, pour lui faire comprendre qu'elle n'était pas dupe. Elle prit la main de Justin et l'emmena admirer la montagne de cadeaux, avant de le présenter avec Grant à Nelly. L'azie en fut embarrassée, mais Ari savait qu'elle ne ferait rien à même d'envenimer la situation.

Puis elle alla dans sa chambre et en revint avec ce qu'elle possédait de plus beau ou de plus curieux, pour faire voir ces objets à tout le monde. Elle attira à nouveau l'attention générale et tous achevèrent de se détendre. Ils discutaient, s'amusaient, buvaient l'apéritif. Pas elle. Elle se réservait pour le repas.

C'était très différent de ses anniversaires précédents, ceux avec les enfants. Elle portait un chemisier bleu pailleté et un coiffeur était venu tresser ses cheveux dans l'après-midi. Elle faisait bien attention à ne pas se salir, ou froisser ses vêtements quand elle s'asseyait par terre. Elle se jugeait très élégante, grande et importante. Elle adressait des sourires à tous les convives, à présent qu'ils étaient charmants. Quand Seely annonça que le moment de passer à table était venu et que le personnel des cuisines apporta les premiers plats, elle fit asseoir Justin entre elle et le Dr Ivanov, en face du Dr Edwards, pour le mettre à l'abri de Giraud. Cette protection fut renforcée par le Dr Peterson qui prit place à côté du Dr Edwards. Ses oncles furent ainsi relégués bien plus loin. Les convives assis autour de la table étaient en nombre impair et Ari avait exprimé le souhait que Grant pût s'installer avec eux, mais oncle Denys estimait qu'il se sentirait plus à son aise avec les autres azis : un point de vue que Nelly avait confirmé, pendant qu'elle l'aidait à s'habiller. Selon elle, Grant serait gêné d'être le seul azi au milieu des CIT. Et comme Nelly partageait l'opinion d'oncle Denys, Ari n'avait pas insisté.

Elle se retrouvait en bout de table et était entourée d'adultes qui parlaient de leurs travaux et de choses qu'elle ne connaissait pas, mais les écouter l'instruisait et elle ne se sentait pas offensée quand ils cessaient de l'interroger sur ses études et ses sujets d'intérêt pour discuter entre eux.

Oui, cette fête était bien plus agréable que celles où l'on invitait une marmaille d'enfants mesquins ou stupides.

À l'arrivée de Justin et de Grant, tous s'étaient comportés comme le faisaient les gosses quand elle allait les rejoindre. Cette réaction avait exaspéré Ari, qui ne pouvait comprendre pourquoi des adultes se comportaient ainsi. Elle aurait cru les grands plus grands. Découvrir que ce n'était pas le cas la déprimait un peu.

Mais au moins savaient-ils mieux dissimuler leurs pensées. Et elle prit conscience qu'il était plus facile de supporter cette réaction de rejet lorsqu'on n'en faisait pas l'objet. Elle s'attela ensuite à dresser la liste des gens qui risquaient de poser des problèmes.

Oncle Giraud était le pire. Comme toujours. Il ruminait de sombres pensées, pendant qu'il parlait de son travail à oncle Denys qui s'en serait bien passé.

Justin ne disait rien. Il n'avait pas envie de discuter. Le Dr Peterson, un personnage assommant, s'entretenait avec le Dr Ivanov qui s'ennuyait ferme et essayait de suivre en même temps les explications que le Dr Edwards fournissait sur le Projet algues. Oncle Denys surveillait tout le monde, se montrait aimable, et tentait de faire taire son frère qui refusait de le laisser tranquille.

Le Dr Edwards lui avait parlé du Projet algues. Il lui

avait montré des bouteilles cachetées qui contenaient diverses variétés de ces plantes, en lui précisant de quels océans de la Terre elles provenaient et quelles étaient les différences entre ces mers et celles de Cyteen.

Elle essayait donc de l'écouter, quand elle n'avait pas à répondre au Dr Peterson qui décidait parfois de lui adresser la parole plutôt qu'au Dr Ivanov.

C'était bien plus distrayant que de jouer avec Amy Carnath. Et personne ne pleurnichait, ici.

Quand ils eurent mangé le gâteau et que les adultes se mirent à boire des boissons d'adultes, elle prit Justin par la main et le guida vers le cercle de fauteuils, pour le faire asseoir à côté d'oncle Denys. Et... Oh ! Justin était hypertendu.

Normal. Il n'était pas stupide et savait que si oncle Denys lui adressait des reproches la fête d'Ari serait gâchée. Mais elle avait plus d'un tour dans son sac pour empêcher la situation de se dégrader. Elle déballa en premier lieu le présent d'oncle Denys : une montre-bracelet avec toutes les fonctions qu'on pouvait imaginer. Une vraie montre, qui lui fit très plaisir. Mais même si ce présent l'avait laissée indifférente elle eût feint le contraire, pour faire plaisir à oncle Denys. Elle alla l'embrasser sur la joue et lui dit plein de choses gentilles.

Elle ouvrit ensuite le cadeau de Giraud, afin qu'oncle Denys fût encore plus content. Un holo magnifique de la planète Cyteen qu'il suffisait de bouger pour que les nuages tournent autour. Tous en restèrent béats d'admiration, surtout le Dr Edwards auquel Giraud expliqua que c'était une technique holographique révolutionnaire. Oncle Giraud la surprenait : il s'était donné la peine de lui chercher un très joli présent, qu'il paraissait lui-même beaucoup apprécier. Elle n'aurait jamais cru qu'il aimait ce genre de choses. Puis elle se rappela que c'était lui qui avait acheté l'oiseau dans le cube. Elle découvrait une nouvelle facette de Giraud, auquel elle donna un gros baiser avant d'aller ouvrir le paquet du Dr Ivanov : un casse-tête.

Et celui du Dr Edwards : une plaque dorée sur laquelle

on n'avait qu'à poser un doigt ou toute autre chose pour qu'apparaisse son empreinte, dont la couleur variait en fonction de la température de l'objet. Le motif subsistait un moment. C'était vraiment joli, mais elle avait su que tous ses présents le seraient. Elle ne manifesta pas une joie plus grande que pour le casse-tête du Dr Ivanov et le livre du Dr Peterson, et un peu moins que pour la montre d'oncle Denys et l'holo d'oncle Giraud.

C'était parfait, tous paraissaient satisfaits. Elle défit le paquet de Nelly : des sous-vêtements – c'était bien d'elle ! – puis celui de Justin : une boule, dans une boule, dans une boule. Des sphères en bois sculpté. Absolument magnifique. C'était le genre d'objet que maman eût gardé pour elle en lui disant : Et surtout, n'y touche pas, Ari ! Et il lui appartenait ! Mais elle devait prendre garde à ne pas manifester trop de joie. Peu importait à quel point elle était heureuse. Elle se contenta donc de dire merci puis alla découvrir les cadeaux offerts par ceux qui n'étaient pas venus à sa fête.

Les présents des gosses. Même de cette chipie d'Amy, qui lui envoyait une écharpe. Et Sam lui offrait un insecte robot qui courait sur ses petites pattes autour de l'appartement. Elle savait qu'il coûtait très cher, car elle l'avait vu dans la vitrine d'un magasin, et elle estima que c'était très gentil de sa part.

Elle se retrouva avec une montagne de livres et de bandes, quelques tableaux, une pile de vêtements – et il lui vint à l'esprit qu'oncle Denys avait dû indiquer sa taille à tout le monde parce que tout lui irait – ainsi que de l'argile à modeler, de nombreux jeux et des bracelets divers, deux voitures et un labyrinthe en bois dans lequel se déplaçait une boule. C'était un cadeau que lui envoyait Mary, l'azie des labos de naissance. Elle le trouva très joli et décida de lui écrire un mot de remerciement.

À Sam aussi.

Il n'existait rien de mieux que les cadeaux pour que tout le monde fût content. Les grands burent du vin et oncle Denys lui en servit un quart de verre. Le goût paraissait douteux, comme si ce breuvage était gâté. Sa réflexion fit rire les adultes, et même Justin sourit. Mais oncle Denys déclara que le goût qui lui inspirait cette méfiance était en fait celui d'un des meilleurs crus pouvant exister, avant de préciser qu'elle ne pourrait en boire plus sans se sentir bizarre et avoir sommeil.

Elle s'abstint donc d'y goûter à nouveau. Elle prit le casse-tête et le démonta, pendant que les grands buvaient et riaient et qu'oncle Denys réussissait enfin à mettre sa montre à l'heure. C'était une fête très réussie.

Elle bâilla et tous déclarèrent qu'ils devaient rentrer chez eux. Ils appelèrent leurs azis et lui souhaitèrent un bon anniversaire. Elle vint s'installer à côté de la porte avec oncle Denys, comme une maman, pour leur dire au revoir et merci d'être venus.

Tous étaient bruyants et joyeux, comme l'autre fois, longtemps auparavant. Denys sourit au Dr Edwards et lui serra la main en se déclarant ravi qu'il ait pu se libérer. Ce qui emplit le Dr Edwards de satisfaction, parce que oncle Denys occupait le poste d'administrateur de Reseune. Ari était elle aussi satisfaite, étant donné qu'elle souhaitait que les deux hommes deviennent amis. Oncle Denys fut même très gentil avec Justin quand ce dernier prit congé avec Grant.

Tout se passa très bien, avec tous ses invités.

Ils partirent, même oncle Giraud, et vint le moment de ranger les cadeaux et le reste. Mais Ari estima qu'il n'était pas trop tard pour consolider sa position auprès d'oncle Denys. Elle alla l'étreindre, très fort.

– Merci, lui dit-elle. La fête a été formidable. Et j'aime beaucoup ta montre. Merci encore.

– C'est moi qui te remercie, Ari. J'ai trouvé la soirée très agréable.

Et il lui adressa un drôle de sourire, comme s'il avait des raisons de s'estimer satisfait.

Il l'embrassa sur le front et lui dit d'aller se coucher.

Mais elle était animée de si bonnes intentions qu'elle

décida d'aider les azis à ramasser ses cadeaux. Et elle en profita pour dire à Nelly de faire bien attention à ses préférés.

Elle remit en marche l'insecte de Sam, qui bondit en avant et traversa la pièce en effrayant Nelly, qui s'écria :

– Qu'est-ce que c'est ?

Et oncle Denys vint se renseigner sur les causes de son émoi.

Ari claqua des mains pour stopper l'insecte, le ramassa et l'emporta dans sa chambre.

Très vite, parce qu'elle tenait à se conduire comme une petite fille bien sage.

14

Au matin, Ari fut réveillée par la sonnerie du gardien, auquel elle ordonna de l'arrêter en précisant qu'elle l'avait entendue. Puis elle se frotta les yeux et regretta de ne pouvoir rester à la maison. Mais elle devait aller à ses bandétudes et ne pourrait effectuer un détour par le bureau de Justin en chemin.

Jouets et vêtements encombraient sa chambre, mais elle eût surtout aimé demeurer dans son lit et se rendormir. Elle savait toutefois que Nelly ne tarderait guère à entrer pour lui dire de se préparer.

Elle décida de prendre l'azie de vitesse. Elle roula jusqu'au bord du matelas et se leva. Elle alla dans la salle de bains, retira son pyjama, prit une douche et se brossa les dents.

Nelly devait à présent être dans la chambre

Elle enfila les vêtements que l'azie lui avait préparés la veille et dit :

– Concierge, appelle Nelly.

– Elle n'est pas ici, jeune sera. Elle a dû se rendre à l'hôpital.

Et Ari eut peur, avant de penser que c'était peut-être un vieux message.

– Concierge, où est Denys ?

– Je suis dans la salle à manger, Ari, lui répondit la voix de son oncle.

– Où est Nelly ?

– À l'hôpital. Elle va très bien. Viens me rejoindre.

Elle se peigna, sortit de sa chambre et passa devant celle de l'azie. Elle franchit la porte qui donnait sur l'autre partie de l'appartement et gagna la pièce où l'attendait oncle Denys.

Il était assis à la table, au-delà de la porte voûtée. Elle entra en accrochant sa carte à son chemisier et il lui dit de s'asseoir et de prendre son petit déjeuner.

– Je n'ai pas faim. Je veux savoir ce qui est arrivé à Nelly.

– Assieds-toi.

Elle le fit, consciente qu'elle n'apprendrait rien avant d'avoir obéi. Elle connaissait bien oncle Denys. Elle prit un petit pain et le grignota sans rien mettre dessus. Seely vint lui servir un jus d'orange. Son estomac semblait vouloir refuser de coopérer.

Oncle Denys décida enfin de lui fournir des explications :

– Nelly doit recevoir d'autres bandes. Vivre en ta compagnie lui pose des problèmes, Ari, et il te faudra à l'avenir veiller à la ménager. Tu es devenue une grande fille, très intelligente, et elle se sent dépassée. Les médecins vont lui dire qu'elle n'est responsable de rien, qu'elle ne doit pas s'adresser de reproches. Mais il ne faut plus l'effrayer, compris ?

– Je ne l'ai pas fait exprès. Je ne savais pas qu'elle aurait peur de l'insecte de Sam.

– Tu l'aurais su, si tu t'étais donné la peine de réfléchir un peu.

– Oui, c'est probable, reconnut-elle.

Elle se sentait bien seule, sans Nelly. Mais elle était heureuse de savoir que l'azie n'avait rien de grave. Elle étala un peu de beurre sur son petit pain, qui eut ensuite un meilleur goût.

– En outre, elle devra s'accoutumer à la présence de deux nouveaux azis dans la Maisonnée.

Ari lui adressa un regard de reproche. Devoir supporter Seely était déjà pénible.

– Ce seront tes azis, ajouta oncle Denys. Un autre présent d'anniversaire, en quelque sorte. Mais il ne faudra surtout pas le leur dire : les êtres humains ne sont pas des cadeaux.

Elle avala un gros morceau de son petit pain. Non, elle n'était pas contente du tout. Nelly était la seule azie qu'elle voulait avoir près d'elle, mais si c'était un présent elle craignait qu'un refus pût froisser oncle Denys... et elle craignait de lui déplaire, pour de nombreuses raisons. Elle réfléchit à la situation, dans l'espoir de trouver une excuse valable.

– Tu n'iras pas aux bandétudes, aujourd'hui, dit oncle Denys. Tu passeras chercher tes azis à l'hôpital et ensuite tu consacreras la journée à leur montrer où ils vivront. Ils ne sont pas comme Nelly. Ce sont deux Alpha. Des Expérimentaux.

Une bonne gorgée de jus d'orange. Elle ne savait quoi en penser. Les Alphas étaient rares et il fallait prendre beaucoup de précautions, avec eux. Sans doute seraient-ils chargés de la surveiller. Tout cela n'était pas de bon augure. Oncle Denys avait dû prendre la décision de l'empêcher de faire tout ce qui lui était interdit. Puis elle se demanda s'il fallait attribuer ce « cadeau » à oncle Denys ou à oncle Giraud.

– Tu te présenteras à la réception, tu remettras ta carte à la sécurité, et ils te seront confiés. En fait, tu seras leur superviseur et tu ne devras pas te conduire avec eux comme avec Nelly. Je suis le super de cette azie, et c'est toi qui es placée sous sa garde. Avec eux, ce sera différent. Sais-tu quel est le rôle d'un superviseur ? Connais-tu ses responsabilités ?

– Oui, mais je ne suis qu'une enfant, protesta-t-elle.

Oncle Denys rit et étala du beurre sur un petit pain.

– C'est exact. Et eux aussi.

Il releva les yeux, l'expression empreinte de gravité.

– Mais ils ne sont pas des jouets, Ari. J'espère que tu as conscience qu'il serait très grave de t'emporter contre eux, et encore plus de les frapper comme tu l'as fait avec Amy Carnath.

– Je ne ferais jamais une chose pareille à des azis !

On ne pouvait pas les battre, ou se moquer d'eux. Sauf si c'était Ollie, ou Phaedra... pour des raisons différentes. Mais ces deux azis n'étaient pas comme les autres.

– Je sais, ma chérie. Mais je veux que tu réfléchisses avant de faire quoi que ce soit qui risquerait de leur faire de la peine. Ils sont en quelque sorte très fragiles, bien plus que Nelly, car tu seras pour eux ce que je suis pour elle, le comprends-tu ?

– Je ne suis pas certaine de les vouloir, oncle Denys.

– Tu as besoin de compagnie, Ari. Tu dois vivre avec des enfants de ton âge.

C'était exact, mais les gosses la rendaient folle. Et ce serait une catastrophe si elle ne les supportait pas, parce qu'elle serait condamnée à les avoir constamment auprès d'elle.

– Le garçon s'appelle Florian et la fille Catlin. Ils ont ton âge. Ils occuperont la chambre située entre la tienne et celle de Nelly, mais ils retourneront en Ville pour continuer leurs études. Ce sont des enfants et ils doivent comme toi obéir à leurs instructeurs. Ils sont très éveillés, plus avancés que toi dans plusieurs domaines. Les azis sont ainsi, surtout les plus doués. Tu devras faire des efforts pour te hisser à leur niveau.

Elle lui prêtait grande attention. On ne lui avait encore jamais dit qu'elle n'était pas la meilleure, et elle doutait que ce fût possible. Ils ne pouvaient pas la surpasser. Elle aurait pu réussir tout ce qu'elle voulait. Maman le lui répétait toujours, autrefois.

– As-tu terminé ton petit déjeuner ?

– Oui, ser.

– Alors, va les chercher et fais-leur visiter les lieux. Et prends bien garde de ne pas faire de bêtises, d'accord ?

Elle se leva de table et sortit dans les couloirs. Elle passa devant le poste de sécurité et franchit les grandes portes de la Maison, traversa la route et prit la direction de l'hôpital. En courant, parce que c'était plus amusant.

Elle prit soin de recouvrer sa dignité et de se tenir bien droite lorsqu'elle pénétra dans le bâtiment et alla tendre sa carte aux gardes de l'accueil.

– Oui, sera, lui dit l'un d'eux. Veuillez nous suivre.

Ils la conduisirent dans une pièce, où ils la laissèrent.

L'autre porte s'ouvrit sur une infirmière qui fit entrer deux azis de son âge : une fille au teint clair et à la chevelure blonde tressée en natte, un garçon plus petit qu'elle et aux cheveux aussi noirs que leurs uniformes.

Et oncle Denys disait vrai. Nul ne l'avait jamais regardée ainsi, lors d'une première rencontre. Ils semblaient être des amis de longue date. Et il n'y avait pas que cela. Ils paraissaient se croire dans une prison terrifiante et penser qu'elle seule détenait la clé de leur liberté.

– Bonjour, leur dit-elle. Je m'appelle Ari Emory.

– Oui, sera.

D'une voix douce, tous les deux, presque à l'unisson.

– Vous devez m'accompagner.

– Oui, sera.

C'était étrange, très étrange. Pas comme avec Nelly. Pas du tout. Elle leur tint la porte, les précéda jusqu'à l'accueil et déclara qu'ils partaient avec elle. L'homme du comptoir hocha la tête et dit :

– Voici leurs cartes, sera.

Elle les prit et les regarda.

Et elle lut leurs noms : Florian AF-9979 et Catlin AC-7892. La lettre Alpha occupait la case réservée au type et la large bande noire des services de sécurité de la Maison barrait la partie inférieure des rectangles de plastique.

Une onde glacée se répandit dans son estomac, une sensation affreuse comparable à celle qu'elle avait éprouvée en découvrant la femme en noir dans l'appartement de maman. Elle ne l'oublierait jamais. Elle revivrait toujours cet instant, dans ses cauchemars.

Elle se détourna, pour leur dissimuler sa réaction, et attendit de s'être reprise pour leur remettre les cartes et sortir avec eux.

Dès qu'ils furent à l'extérieur, leur attitude changea du tout au tout : ils devinrent très graves, très azis. S'ils l'écoutaient et l'observaient toujours, ils paraissaient désormais sur le qui-vive.

Elle devait se les remémorer tels qu'elle les avait vus dans la petite pièce de l'hôpital pour savoir qu'ils étaient deux choses à la fois : des membres de la sécurité et ses azis personnels. Ils se montraient vigilants et surveillaient tous les mouvements qui se produisaient alentour, pour la protéger.

Je voulais un Ollie, se souvint-elle. Mais le cadeau d'oncle Denys était d'une nature différente. Il lui avait offert une protection.

Pourquoi ? se demanda-t-elle avec colère et peur. *Pourquoi a-t-il jugé nécessaire de me donner des gardes du corps ?*

Comme ils étaient placés sous sa responsabilité elle les guida vers la Maison et les présenta aux azis du corps de garde. Ils furent très polis avec l'officier de service.

– Oui, sera, dirent-ils à la femme qui leur énuméra les Règles internes.

Elle employait des mots et des codes qu'Ari n'avait jamais entendus mais que ses azis semblaient bien connaître. Ils paraissaient sûrs d'eux.

Oncle Denys ne lui avait pas dit de rentrer tout de suite à la maison, mais Ari estimait que c'était ce qu'il attendait d'elle. Elle fit malgré tout un détour par le bureau de son oncle, pour lui présenter ses azis.

Puis elle regagna l'appartement et leur fit visiter les lieux, avant de leur montrer la chambre qui leur avait été attribuée et de parler de Nelly.

– Il faudra lui obéir, précisa-t-elle. Je le dois aussi, la plupart du temps. Elle est très gentille.

Ils n'étaient pas nerveux mais... autre chose. Surtout Catlin, qui regardait de tous côtés. Ils paraissaient à la fois méfiants, distants et guindés.

Elle ne s'en plaignait pas, dès l'instant où ils se montraient agréables avec elle.

Elle alla chercher la boîte de la Poursuite Stellaire, déplia le plateau sur la table et leur exposa les règles du jeu.

Ils étaient les premiers enfants à l'écouter avec autant d'attention, sans la taquiner et sans plaisanter. Elle leur remit de l'argent et des pions, puis distribua les cartes. Et la partie fut intéressante dès le début.

Les azis semblaient assimiler cela à un combat et non à un simple jeu, mais Ari n'était pas irritée comme en présence d'Amy Carnath. Ils restaient très calmes et se concentraient, pendant qu'elle étudiait le plateau et devait à tel point réfléchir qu'elle mâchonnait sa lèvre sans s'en rendre compte.

Et chaque fois qu'elle faisait quelque chose de vraiment sournois, ils semblaient l'apprécier puis ripostaient en se montrant aussi rusés qu'elle. Sitôt qu'elle disposait ses pièces de façon à placer Florian dans une situation périlleuse, Catlin la prenait à revers.

Contrairement aux autres parties de Poursuite Stellaire, celle-ci était interminable. Quand Ari eut assez d'argent pour acheter une flottille de vaisseaux, elle tint Catlin à distance et entreprit de harceler Florian.

Il lui demanda alors s'il pouvait s'associer à Catlin.

C'était la première fois que quelqu'un pensait à cette possibilité et elle fut impressionnée par sa vivacité d'esprit. Elle prit la règle du jeu et feuilleta la brochure.

– Il n'est précisé nulle part que c'est interdit, déclara-t-elle.

Ses épaules se voûtaient et tout son corps s'ankylosait. Il y avait longtemps qu'elle était assise.

– On va emporter le jeu dans ma chambre, pour que Seely ne puisse pas y toucher, d'accord ?

– Oui, sera.

Leur comportement lui rappelait sans cesse qu'ils n'étaient pas des enfants comme les autres.

Florian emporta le plateau, sans faire tomber une seule pièce. Elle estima alors qu'ils pourraient aller déjeuner dans la galerie nord. Oncle Denys l'autorisait à se rendre dans un petit restaurant dont le propriétaire et tous les serveurs la connaissaient.

Elle les emmena donc au *Relais*, un établissement situé à un angle de la galerie marchande, près des boutiques. Elle procéda aux présentations puis leur dit de s'asseoir. Elle tendit le menu à Florian, qui le parcourut des yeux un long moment avant de lui murmurer, l'air embarrassé :

– Que dois-je en faire, sera ?

– Choisir ce que tu as envie de manger.

– J'ignore la signification de ces mots. Comme Catlin, sans doute.

L'azie secoua la tête, avec gêne.

Elle leur demanda ce qu'ils aimaient et ils répondirent qu'ils prenaient presque toujours des sandwiches, à midi. Elle en commanda, pour eux et pour elle.

Ils étaient très tendus et ne cessaient de surveiller tout ce qui bougeait. Un serveur laissa tomber un plateau et ils tournèrent aussitôt la tête vers le point d'origine du bruit, comme s'il s'était produit une explosion.

– Vous n'avez pas à vous inquiéter, dit-elle.

Leur nervosité la contaminait. À les voir, on aurait pu croire qu'une catastrophe était imminente.

– Détendez-vous. C'est un membre du personnel.

Ils l'étudièrent avec calme, puis reprirent leur surveillance.

Aussi posés et graves que pendant la partie de Poursuite Stellaire.

Le serveur leur apporta à boire et s'ils le regardèrent des pieds à la tête les mouvements de leurs yeux furent presque imperceptibles.

Aucun point commun avec Nelly.

Oncle Denys disait toujours qu'on ne courait aucun danger dans les couloirs et il lui donnait deux azis persuadés que même un simple serveur risquait de les agresser !

– Écoutez-moi, dit-elle.

Et ils se tournèrent vers elle, attentifs, pour l'écouter comme seuls des azis en étaient capables.

– Vous pouvez vous détendre. On ne risque pas d'être attaqués, ici. Je connais tous ces gens.

Leur nervosité se dissipa aussitôt. Comme par magie. Comme si elle les avait psychés. Elle libéra un petit soupir et se sentit très fière du résultat obtenu. Ils burent et quand le serveur leur apporta les sandwiches, Catlin et Florian parurent impressionnés par leur garniture.

Ils semblaient les trouver appétissants, mais Florian prit un air ennuyé pour lui dire :

– Je ne pourrai jamais manger tout ça. Je regrette.

– C'est sans importance. Cesse de te faire du mauvais sang pour tout. D'accord ?

– Oui, sera.

Elle les étudia et chercha un moyen de les dérider un peu. Puis elle se souvint que les azis étaient façonnés par leur psychset et qu'il s'avérait presque impossible de modifier leur comportement.

Mais ils n'étaient pas stupides. Pas du tout. Ils étaient des Alpha, comme Ollie, et il en découlait qu'ils possédaient des capacités d'adaptation sans commune mesure avec celles de Nelly. Au cours de la partie de Poursuite Stellaire, par exemple, elle ne les avait pas ménagés mais ils ne s'étaient pas départis de leur calme.

La tâche s'annonçait difficile, mais pas irréalisable.

Ils lui avaient été confiés et on ne pouvait prendre des azis pour les abandonner ensuite. Jamais. Oncle Denys disait vrai. On ne recevait pas des êtres humains en cadeau. Vivre avec des gens créait des liens et il devenait ensuite impossible de les laisser derrière soi.

(Maman l'avait pourtant fait. Elle se sentit malheureuse, comme toujours lorsque cette pensée remontait à la surface de son esprit. Mais si c'était un abandon il ne pouvait être volontaire. Elle avait été tourmentée et bouleversée, avant son départ.)

Elle décida de lui écrire pour lui parler de Florian et de Catlin, et lui dire d'informer oncle Denys qu'il devrait les autoriser à l'accompagner quand elle irait la rejoindre. Parce qu'elle ne pourrait pas les laisser. Elle savait ce qu'on ressentait, en pareil cas.

Elle regrettait de ne pas avoir pu les choisir, car elle eût préféré un Ollie, en un seul exemplaire... pas deux. Elle aurait pu dire non. Elle aurait dû refuser le cadeau d'oncle Denys. Elle avait cru pouvoir s'en accommoder. Comme de tout le reste.

Mais elle s'était rendue dans cette pièce de l'hôpital et ils lui avaient adressé cet étrange regard. Ils l'avaient psychée sans le faire exprès. Ils voulaient tant partir avec Ari, qui souffrait elle aussi de la solitude.

Ils se retrouvaient à présent liés. Elle ne pourrait pas les laisser livrés à leur sort.

Jamais.

Audiotexte extrait de :
Une question d'union
Série civique n°3

Publications éducatives de Reseune :
9799-8734-3 approuvé pour 80 +

L'Union, telle qu'elle fut définie par la Constitution de 2301 puis étendue par l'adjonction et l'intégration de stations et de mondes, eut dès sa fondation une structure de type fédéraliste à même de garantir une autonomie maximale à chacun de ses composants. Pour pouvoir comprendre ce qu'est l'Union, il convient de se familiariser au préalable avec la mise en place des gouvernements locaux qui peuvent relever de n'importe quel système politique, dès l'instant où ce dernier a été démocratiquement approuvé par la majorité des résidents ayant l'âge requis. N.-B.: *résidents et non-citoyens. Les seuls éléments de la population qui ne disposent pas de la qualité d'électeurs lors d'un Scrutin de Choix initial sont en effet les mineurs et les azis, même si ces derniers peuvent se voir accorder ensuite un tel statut pour des consultations ultérieures.*

C'est le Scrutin de Choix initial qui légitimise le régime politique et l'habilite à se faire représenter au sein de l'Union. Lors de ce vote sont élus les membres d'une Assemblée Constituante, chargée de valider un régime politique déjà en place si telle est la volonté exprimée par la majorité des votants, ou de proposer une nouvelle structure qui devra alors être soumise à la ratification de l'Électorat initial. Après cette consultation référendaire, l'As-

semblée Constituante recense les votants légaux – c.-à.-d. tout individu qui remplit les conditions d'âge et de statut nécessaires pour pouvoir se faire représenter au sein du Conseil des Neuf et du Conseil Général de l'Union – et leur attribue un matricule de citoyen. La troisième et dernière tâche de cette Assemblée consiste à retransmettre les résultats du recensement et la liste des votants au bureau des Citoyens de l'Union.

Une fois ces formalités accomplies, la majorité simple des voix de l'électorat sera suffisante pour qu'aient lieu d'autres Scrutins de Choix. Cette décision pourra également être imposée par une ordonnance de la Cour Suprême, au terme d'une procédure en bonne et due forme. Dans le cadre d'un nouveau scrutin local, tous les résidents – originaires de l'État, émigrés ou immigrés – sont éligibles, y compris les azis qui ont obtenu un statut de citoyen.

Au niveau de l'Union, le Conseil des Neuf est composé de représentants des divers électorats professionnels. Tous les citoyens de l'Union disposent du droit de vote, mais un coefficient est appliqué à leurs suffrages en fonction de leurs qualifications. Par exemple, si le coefficient de la majorité des votants de l'électorat des Sciences est de un, celui d'un tech de labo expérimenté sera de deux et celui d'un scientifique en renom pourra être de dix, selon les références professionnelles prises en compte – un écart creusé par l'application de ce facteur dans une formule mathématique. Tout citoyen est autorisé à demander une réévaluation de son coefficient en soumettant son cas à un conseil composé de ses pairs, mais le travail fourni et l'expérience sont à l'origine de la plupart des réévaluations.

Lorsqu'un siège devient vacant au sein du Conseil des Neuf, le secrétaire du bureau concerné assume l'intérim tant que l'électorat correspondant n'a pas élu un remplaçant, hormis si le conseiller sortant a désigné son successeur.

Le Conseil des Neuf peut être dissous si un candidat de l'opposition présente une pétition qui comporte un nombre suffisant de signatures.

Les clivages apparus entre les divers partis politiques font désormais de chaque vacance une occasion de se livrer à d'âpres affrontements. Cette situation rend la position des secrétaires plus vulnérable et augmente l'importance des bureaux internes et des fonctionnaires chargés d'assurer l'exécution des décisions prises pendant que des changements se produisent aux niveaux supérieurs de l'administration.

Les conseillers prennent les décisions politiques. Leurs secrétaires, qui sont de simples salariés, établissent les lignes directrices et donnent des ordres au personnel administratif. Les chefs de service exécutent ces instructions et fournissent des rapports qui remonteront jusqu'au sommet de la chaîne hiérarchique en passant du secrétaire au conseiller, et du conseiller au Conseil des Neuf.

Ce Conseil peut proposer et voter des lois, mais le vote unanime de la délégation d'un électorat local est suffisant pour annuler toute décision qui ne s'applique qu'à ce même électorat. La majorité des deux tiers du Conseil Général et la majorité simple du Conseil des Neuf sera alors requise pour pouvoir faire appliquer malgré tout ladite décision. La souveraineté locale passe avant celle de l'Union, hormis en cas de vote presque unanime des représentants de cette dernière.

La majorité simple des Neuf est suffisante pour assurer la promulgation d'une loi, sauf décision contraire du Conseil Général composé d'un ambassadeur et d'élus de chaque monde ou station de l'Union, dont le nombre varie en fonction de l'importance de sa population.

Le Conseil des Neuf préside le Conseil Général. Le Conseil des Mondes (le Conseil Général sans les Neuf) peut lui aussi promulguer des lois à la majorité simple, sous réserve que les Neuf n'y opposent pas leur veto.

Le Conseil des Mondes compte de nos jours soixante-seize membres, dont le représentant de Cyteen. Au sein du Conseil Général (le Conseil des Mondes plus les Neuf), les élus de Cyteen sont restés de simples observateurs privés de tout droit d'expression et de vote jusqu'en 2377. Cette concession accordée par le monde où se trouve le siège du gouvernement devait rester en vigueur tant que la population globale de l'Union ne serait pas deux fois plus importante que celle de cette planète... un nombre atteint lors du recensement de 2377.

Tous les composants de l'Union ne sont pas représentés : les Territoires administratifs ne participent pas aux scrutins locaux et établissent leurs propres lois. Ils ont la même souveraineté que toute planète ou station de l'Union.

Ces enclaves, qui ne sont pas assujetties aux lois et aux taxes locales, ont leur propre système policier et judiciaire et leurs règlements internes ont force de loi sur leurs ressortissants. Un Territoire administratif est placé sous la supervision du bureau dont dépend son activité principale, et ce dernier peut intervenir dans ses affaires intérieures sous certaines conditions définies dans la Charte territoriale, dont les clauses varient selon les cas.

Il serait impossible de clore ce bref exposé sur les composants de l'Union sans parler de l'unicité de Cyteen, ce monde qui possède la population et l'électorat les plus importants, ainsi que le siège du gouvernement de l'Union (une enclave sur laquelle les autorités locales n'ont aucun pouvoir juridictionnel) et trois Territoires administratifs puissants.

Certains avancent que le principe de souveraineté nationale est battu en brèche, d'autres que ce monde est privilégié car il détient depuis toujours plusieurs sièges au sein du Conseil des Neuf. D'autres encore, des ressortissants de cette planète, pensent que Cyteen deviendra un jour une réserve gouvernementale et doit d'ores et déjà bénéficier d'une situation privilégiée car elle est en fait gouvernée par la totalité des composants de l'Union.

Il existe un autre sujet de discorde : l'utilisation des ressources de Cyteen tant par l'Union que par les Territoires administratifs, qui ne sont assujettis ni aux taxes locales ni à l'autorité du gouvernement planétaire. Les responsables de ces enclaves font remarquer que leur contribution à l'économie locale est supérieure aux avantages dont ils bénéficient, et que c'est à ses divers Territoires administratifs que ce monde doit son expansion spectaculaire...

CHAPITRE VII

1

Le petit appareil prit contact avec le terrain d'atterrissage de Planys et continua sur sa lancée jusqu'au bâtiment qui tenait lieu de terminal. Justin déboucla sa ceinture. Il ne pouvait admettre qu'il venait d'arriver à destination.

Il avait cru qu'on viendrait l'arrêter, que les règles du jeu l'autorisaient à voyager mais pas à atteindre son but. À moins que leurs adversaires n'aient décidé de s'en prendre à son père.

Il n'était pas débarrassé de ses peurs, bien au contraire. Il existait d'autres possibilités, plus graves qu'un psych. Les dirigeants de Reseune pourraient les placer dans une situation qui leur permettrait ensuite de faire pression sur Jordan, ou de rendre plus strictes encore ses conditions de détention. Il essayait de reléguer de telles pensées au fond de son esprit, là où elles se résumaient à de simples rappels à la prudence ; au même titre que celles qui le préparaient à devoir faire soudain demi-tour, à apprendre qu'on venait d'annuler son sauf-conduit, même après être allé aussi loin.

Il lui fallait se résigner à de telles incertitudes, s'il ne voulait pas perdre la raison.

Il sortit sa mallette et son sac du placard pendant que son escorte avançait. Il était à bord de l'avion qui assurait la liaison entre Reseune et Planys : un appareil privé qui portait sur son empennage le symbole de l'Homme Infini et non le logo rouge et blanc de la RESEUNAIR, pourtant chargée d'assurer les transports sur la majeure partie du continent et de desservir les bases d'outremer. L'équipage était composé de membres du personnel navigant de la RESEUNAIR mais ce jet appartenait aux labos : un engin privé comme RESEUNE UN, ce qui soustrayait à la curiosité du bureau des Transports ses manifestes de fret et ses listes de passagers.

Un long, très long vol depuis Reseune, au-dessus d'un immense océan. Un avion muni d'un sas et de filtres à dépression, avec à l'arrivée la contrainte de mettre un scaphandre et un masque avant de pouvoir en descendre. Il ouvrit le placard et prit une combinaison en plastique blanc très fin qui se changerait en étuve une fois enfilée, car ces modèles à taille unique n'avaient aucun système de circulation d'air et de simples bandes élastiques les empêchaient de se dilater comme des ballons, et de raréfier ainsi l'air fourni par le masque.

Le copilote vint vérifier l'étanchéité des joints du col, des poignets, des chevilles et de la fermeture frontale, puis il lui tapota l'épaule et lui désigna le sas. Les combinaisons de ce type n'étaient pas non plus munies d'émetteurs-récepteurs et il avait le choix entre s'égosiller ou communiquer par gestes.

Il ramassa ses bagages, eux aussi enfermés dans une enveloppe en plastique, et regarda les agents de la sécurité en se demandant s'ils allaient le laisser débarquer.

Oui. L'un d'eux s'apprêtait à emprunter le sas avec lui. Ils ne relâcheraient pas leur surveillance.

Il pénétra dans le réduit et attendit la fin du cycle d'évacuation de l'air, puis il descendit l'escalier hydraulique avec le garde sur ses talons. Au sol, les équipes en combinaisons D – quant à elles taillées sur mesure – avaient déjà commencé les opérations de maintenance de l'appareil.

La verdure était rare, à Planys. Les tours de précip tentaient de maintenir les quelques plantes en vie, mais il ne voyait que des roches rouges, des buissons bleutés et des lainebois. Sur ce continent, les ankylodermes étaient les principaux représentants de la faune, au même titre que les platythères sur l'autre hémisphère. Une des conséquences de l'isolement quasi absolu auquel Cyteen devait ses deux écosystèmes presque indépendants... à l'exception des lainebois et des innombrables calamités que le vent charriait dès l'instant où il y avait de la poussière et un certain taux d'hygrométrie.

La flore, renforcée par l'absorption de silicates et rendue toxique par un apport de métaux et d'alcaloïdes, répandait dans l'atmosphère des nuages de fibres carcinogènes. En respirer ne fût-ce qu'une dose infime était fatal. Ici, les plantes tuaient les hommes en quelques minutes ou en quelques années, selon que leur victime avait été assez stupide au point de vouloir s'en nourrir ou assez malchanceuse pour inhaler une bouffée d'air filtré. Le monoxyde de carbone présent dans l'atmosphère eût été suffisant pour effectuer le travail à lui seul. Quant aux représentants de la faune, ils ne tuaient que les gens paralysés par la peur qui restaient sur leur passage. Selon une vieille plaisanterie, ces monstres ne mouraient que si leurs chemins se croisaient et qu'ils se heurtaient tête la première. Ils étaient censés rester sur place et périr d'inanition.

Il était facile d'oublier ce qu'était ce monde, lorsqu'on vivait comme lui loin de l'arrière-pays.

Il émanait de ce lieu une impression de désolation profonde. Il suffisait à Justin de détourner les yeux des bâtiments de l'aéroport et de la base pour découvrir la véritable Cyteen, désertique et mortelle pour l'homme.

Un lieu où son père avait été condamné à passer le reste de son existence.

Pour retirer leur combinaison ils durent attendre d'avoir pénétré dans la base et gagné un sas, où ils s'époussetèrent avec vigueur pendant que le souffle de puissants ventilateurs emportait toutes les fibres qui adhéraient au plastique. Ils étirèrent ensuite les bandes élastiques pour faire tomber les fibres restantes puis subirent un lavage au jet : de l'eau additionnée d'un détergent spécial. Ils purent enfin entrer dans un autre sas, retirer leurs scaphandres et monter sur une grille en prenant soin de ne rien toucher pendant que l'équipe de décont s'occupait des bagages.

Il fut angoissé jusqu'au moment où la deuxième porte se referma derrière lui et qu'il s'engagea sous bonne escorte dans un couloir semblable aux tunnels-tempête de Reseune : un boyau aux parois de béton gris.

Le cadre était plus agréable, au niveau supérieur : toujours du béton, mais peint en vert et avec un éclairage acceptable. Pas de fenêtres... sans doute n'en trouvait-on pas une seule, dans tout Planys. Mais quelques concessions avaient été faites au confort : des plantes tombantes artificielles, des posters bon marché collés aux murs.

« Bâtiment A », annonçaient par endroits des lettres brunes d'un mètre de hauteur, en partie dissimulées ici et là par des photographies. Les portes métalliques étaient peintes en marron. Il releva une anomalie : un bureau dont les baies vitrées fermées par des rideaux donnaient sur le couloir. Sur la porte, une petite plaque en plastique gravé annonçait : « Pr Jordan Warrick, administrateur, section éducative ».

Un garde la lui ouvrit et il entra. Il vit Paul assis à un bureau. Paul qui ressemblait... à Paul, bien qu'il se fût teint les cheveux. L'azi se leva et vint l'étreindre.

Ce fut à cet instant que Justin obtint la confirmation qu'il ne rêvait pas.

– Allons-y, lui dit Paul à l'oreille. Il sait que tu es arrivé.

Ils gagnèrent l'autre pièce et son père le prit dans ses bras. Ils restèrent ainsi pendant un très long moment, sans dire un mot. Il pleurait. Ils pleuraient.

– C'est bon de te revoir, dit Jordan. Bon sang, qu'est-ce que tu as grandi !

– Et toi, tu sembles en pleine forme.

Ils se tenaient à une longueur de bras et Justin tentait

de ne pas voir les rides du pourtour des yeux et de la bouche de son père. Si Jordan avait maigri, il était athlétique... sans doute avait-il fait comme lui. À dater du jour où Denys l'avait convoqué dans son bureau pour lui annoncer qu'il venait d'obtenir un permis de voyage, Justin avait fréquenté assidûment le gym et effectué un tour de piste après l'autre pour remodeler sa silhouette en vue de ces retrouvailles.

– Je regrette que Grant n'ait pu venir.

– Lui aussi.

Il perdait le contrôle de ses nerfs. Il le recouvra et s'abstint de préciser qu'il avait des raisons de s'inquiéter et que Grant était terrifié à la pensée de rester seul à Reseune ; en tant qu'azi que son contrat plaçait sous la seule autorité des laboratoires.

– Une autre fois, peut-être.

Il fallait que ce voyage fût une réussite. Ils devaient faire en sorte qu'il n'y eût pas la moindre anicroche, s'ils voulaient que cette autorisation fût renouvelée. Justin savait que la sécurité de Planys était occupée à examiner le contenu de sa mallette et qu'à son retour à Reseune il subirait une fouille aussi minutieuse que lors de son embarquement. Mais il avait retrouvé son père et resterait avec lui jusqu'au lendemain midi. Tant qu'il serait avec Jordan, deux agents de la sécurité demeureraient dans la pièce. Mais il ne s'en plaignait pas plus que des caméras et des micros qui enregistraient ses moindres faits et gestes sans lui laisser ne fût-ce qu'un semblant d'intimité.

Ils allèrent s'asseoir à la table, et Paul vint se joindre à eux.

– J'ai décidé de te montrer mes projets, dit Justin. Ils devraient apporter ma mallette d'un instant à l'autre. Je suis impatient que tu y jettes un coup d'œil.

Avec sa brusquerie coutumière Yanni lui avait dit que ce serait une perte de temps, lorsqu'il s'était abaissé à supplier cet homme de l'autoriser à emporter ses derniers travaux à Planys. Mais il avait reçu cette autorisation l'après-midi même. *Ça va vous coûter cher,* disait la note jointe. *Vous me le payerez en heures supplémentaires.*

– Comment ça se passe, pour toi ? demanda son père.

Mais il lisait bien d'autres questions dans ses yeux, des choses qu'un fils savait interpréter mais que ne pouvaient relever des gardes et des analyseurs de voix.

Pour pouvoir venir ici, t'a-t-il fallu accepter des conditions dont j'ignore les termes ?

– Bon sang, fit-il avant de rire afin de dissiper la tension. Bien. Presque trop bien depuis un an. J'ai vécu un véritable enfer. Je suppose que tu en as été informé. Je ne faisais rien de bon. Tout ce que j'entreprenais s'effondrait...

Un tas de problèmes dont je ne peux pas te parler.

– Puis tout s'est arrangé. Yanni ne m'a plus confié de travail à effectuer en temps réel. J'en éprouve d'ailleurs un certain sentiment de culpabilité... ce qui démontre à quel point j'étais stressé. Je n'allais pas assez vite, je devais me creuser les méninges pour avoir des pensées cohérentes... en bref, je n'étais pas doué pour ce genre de choses, tout en me sentant trop concerné pour pouvoir y renoncer. Yanni croyait que ça me permettrait de résoudre une partie de mes problèmes, je le sais. Mais il a fini par me réintégrer dans la production, jusqu'au moment où il m'a affecté au service de recherche et de développement en me laissant le temps de me retourner. J'y suis très bien, merci.

Il y avait si longtemps qu'ils devaient tenir compte des délais de transmission lorsqu'ils conversaient qu'il se surprenait à regrouper ses pensées, qu'il exprimait ensuite sous forme de paquets tout en craignant de voir la sécurité intervenir pour censurer ses phrases. Mais il disposait ici de plus de libertés. Ils lui en avaient fait la promesse. Il n'avait pas à redouter les censeurs et était autorisé à aborder n'importe quel sujet, dès l'instant où ce n'était pas un plan d'évasion ou des messages secrets en provenance de Reseune.

Jordan savait, pour le Projet. Pour les deux projets : Ari et Rubin.

– J'en suis heureux, vraiment. Et Grant ?

– Il n'a pas de problèmes. Tu le connais.

Il comprit que cette question ne s'appliquait pas qu'au moment présent.

Tant d'années s'étaient écoulées depuis ce cauchemar : sa détention dans une cellule des services de sécurité, Grant à l'hôpital, Jordan parti témoigner à Novgorod puis exilé à Planys.

Il voyait sa main trembler, sur le plateau de la table. Elle était toujours agitée de soubresauts spasmodiques lorsqu'il la leva vers sa bouche et tenta de se reprendre.

– Disons que Grant... il a subi la tempête sans broncher. Il est aussi stable qu'auparavant. Il va bien. C'est vrai. Je ne sais pas ce que je serais devenu, sans lui. Et pour toi, ça c'est passé comment ?

– Très mal, au début. Mais nous formons une petite équipe bien soudée. Tous peuvent aller et venir sans contrainte, ici. Nul n'ignore quel est mon statut, mais la différence est importante... très importante.

Ô Seigneur ! Sois prudent. Ils pourront utiliser contre toi tout ce que tu dis, tous les désirs que tu exprimes. Surveille tes paroles.

–... nous nous protégeons et nous soutenons mutuellement. Je pense à ce désert, là-dehors. Soit on devient fou et on est expédié ailleurs, soit on se sent séduit par la tranquillité qui règne en ce lieu. À Planys, même la sécurité a un visage humain... Pas vrai, Jim ?

Il s'adressait au garde qui était venu s'asseoir dans l'angle de la pièce ; un homme qui se pencha en arrière sur sa chaise et laissa échapper un petit rire.

Pas un azi. Un CIT.

– Presque toujours, répondit-il.

– Je suis ici chez moi, précisa Jordan. Je considère ce lieu comme mon foyer. Il est indispensable de comprendre la mentalité qui règne ici. Nous recevons les nouvelles et la musique de la station et nous pouvons nous tenir au courant de tous les événements qui se produisent. Mais nos vêtements, nos livres, nos bandes ludiques... tout cela met beaucoup de temps à arriver jusqu'à nous, et rien ne peut entrer dans la bibliothèque sans un contrôle rigoureux de la sécurité. Alors on s'amuse entre membres du personnel... Il faut bien se distraire et la toute dernière bande que nous avons reçue est *Échos,* ce qui devrait suffire pour te faire une idée précise de notre situation.

Elle était disponible à Reseune depuis trois ans.

– Bon sang, j'aurais pu t'en apporter une douzaine.

– Toute la population de Planys te sera reconnaissante de ce que tu feras pour étoffer un peu notre vidéothèque. Je me suis plaint, comme tout le monde. Les militaires accaparent tout. Leur sacro-sainte priorité Défense. Et ce sont eux qui fouillent les bagages. Je ne pouvais pas t'avertir. J'espère que tu n'as rien dans ton sac dont nous soyons à court, ici, car il y a à la base des soldats qui manquent de... censuré, censuré et censuré. Pour ne pas parler du papier hygiénique. Nous ne sommes pas les seuls à souffrir de la pénurie.

Il rit, parce que son père riait, Paul riait, Jim-le-garde riait. C'était aussi amusant que déprimant, dans un tel contexte, au cœur de cet isolement. Et il était rassuré de découvrir que Planys n'était pas qu'un lieu d'exil coupé de tout mais aussi un endroit où la vie et l'humour avaient encore leur place.

Ils abordèrent ensuite des sujets théoriques, et en parlèrent au point d'en avoir la voix brisée. Ils allèrent au labo et son père le présenta aux membres de son équipe, toujours avec Jim désormais accompagné par un azi nommé Enny. Ils burent un verre avec Lel Schwartz et Milos Carnath-Morley, que Justin n'avait pas revus depuis l'âge de dix-sept ans ; et il dîna en compagnie de Jordan et de Paul... et de Jim et d'Enny.

Il n'avait pas l'intention de dormir. Son père et Paul non plus. Ils comptaient profiter au maximum du temps qu'il passerait à Planys. Justin rattraperait son retard de sommeil pendant le voyage de retour.

Les gardes furent relevés à 20 heures. Jordan et Paul avaient entre-temps commencé à échanger des idées avec lui, critiquer ses structures, lui dire en quoi il se trompait et lui apprendre plus de choses sur les intégrations sociopsych qu'il ne l'avait fait en consultant tous les ouvrages de référence de Yanni.

– Ô Seigneur ! s'exclama-t-il aux alentours de 4 heures du matin, pendant une pause. Si nous pouvions nous consulter de façon régulière... si vous étiez là-bas ou si je venais ici...

– Tu t'es aventuré dans une voie que bien des chercheurs ont déjà essayé d'explorer, dit Jordan. Mais tu n'es pas pour autant dans une impasse. J'avoue ne pas savoir... et, au risque de paraître imbu de moi-même, je préciserai qu'il est rare que je dise une chose pareille. J'estime que ça vaut la peine de continuer... ce qui ne signifie pas que tu arriveras à tes fins. Simplement que tes travaux suscitent ma curiosité.

– Tu es mon père. Yanni pense que je suis fou.

– Ari était folle aussi, alors.

Du regard, Justin lui reprocha d'avoir prononcé ce nom.

– Quand je l'ai accusée d'avoir faussé les résultats de tes tests d'aptitude, elle m'a dit que c'était ta thèse sur ce thème qui avait été pour elle l'élément décisif. Si j'ai cru à l'époque qu'elle esquivait mes questions, comme à son habitude, je n'avais pas encore compris jusqu'à quel stade tu avais mené tes recherches. T'a-t-elle aidé à préparer tout ceci ?

– Non, que mes premières ébauches...

Pendant peu de temps, manqua-t-il dire. Jusqu'à sa mort. Jusqu'à son meurtre. Son assassinat. Il frissonna et s'empressa de chasser ce souvenir.

– Tu ne me prenais pas au sérieux.

– C'était remarquable, pour quelqu'un de ton âge. De toute évidence, Ari a vu ce qui m'a échappé. Et Yanni aussi, désormais.

– Yanni ?

– Il m'a envoyé une lettre, un compte rendu interminable sur les recherches que tu as entreprises. S'il déclare que tu es fou, il pense que tu obtiendras des résultats. Tu es déjà parvenu sur les ensembles-profonds à des intégrations qu'il a fait traiter par la sociologie. Les ordinateurs n'ont pu fournir de réponses... conséquences non déterminées, données insuffisantes, champ d'application trop vaste, ce genre de trucs. Les sociologues n'aiment pas que leurs machines soient évasives, et tu dois te douter qu'ils ne sont pas à prendre avec des pincettes.

Jordan rapporta la théière vers la table. Il s'assit. Justin s'affaissa dans son fauteuil. Il frissonnait, à cause de l'heure tardive, du sommeil. Il s'était calé entre les accoudoirs et se contentait d'écouter.

– Ariane a participé à l'élaboration des logiciels de sociologie, ajouta Jordan. Moi également. De même qu'Olga Emory, James Carnath et une douzaine d'éminents personnages, et voilà qu'un débutant leur soumet un problème qui dépasse leurs capacités, des données à partir desquelles ils ne peuvent établir de moyenne pondérée. J'ai dit que je ne savais pas. Le fait que des machines qui ont en mémoire la totalité des connaissances sur les modèles sociaux fournissent de telles réponses est pour le moins troublant. Il est probable que les sociologues n'accordent pas autant d'intérêt à tes réalisations qu'à l'impossibilité de procéder à une simulation à partir de tes concepts, alors que leurs programmes ont été conçus pour souligner tous les aspects négatifs des hypothèses qu'on leur soumet. C'est leur spécialité.

Il le savait.

– Il n'existe que deux possibilités : soit il n'en résulte rien de préjudiciable à long terme, soit ils n'ont pas trouvé quoi. Ils ont effectué cette étude sur trente générations, et la réponse a toujours été la même : *Je ne sais pas.* Je ne serais pas étonné d'apprendre que c'est pour cela que l'administration t'a autorisé à venir me voir. Il est possible que les responsables de Reseune s'intéressent à tes travaux. Comme moi. Ils doivent se demander si je pourrais te mentir – ou me mentir – parce que je suis ton père...

Justin alla pour répondre, mais se ravisa. Jordan

comprit et attendit. Des gardes étaient présents et leur conversation devait être enregistrée à l'intention de la sécurité. Et peut-être de l'administration.

C'est pourquoi il s'abstint de dire : *Ils ne peuvent pas me laisser réussir. Ils ont trop peur que la notoriété qui en découlerait me permette d'exprimer des objections contre leur foutu Projet.* Il garda la bouche close.

Jordan parut percevoir lui aussi le danger et ajouta :

– Il est évident que je mentirais. Les raisons ne manquent pas. Mais la situation est différente en ce qui concerne mes collègues de Reseune, et ils ont compris que tu as découvert quelque chose. C'est ce qu'affirment Yanni et les ordinateurs de la sociologie, que nul ne pourrait suspecter d'avoir des motivations personnelles.

Ils risquent de m'exiler comme toi, pas vrai ? Ce qui ne peut filtrer à l'extérieur ne pose aucun problème de sécurité. Peu importent les contradictions.

Hormis... hormis ce que j'ai dit à Denys : si je disparais, on s'interrogera.

– J'ignore s'il existe un seul espoir de te voir transférer à Planys, dit Jordan. Mais peut-être faudrait-il te demander si tu souhaites un tel transfert ?

Il se figea au souvenir du paysage désertique, de la désolation au cœur de laquelle il se sentait enchâssé et qui l'emplissait d'une panique irrationnelle.

Il ne pouvait le supporter. Malgré la plus grande liberté et la diminution des pressions exercées sur ceux qui résidaient en ce lieu, cet endroit lui inspirait une terreur profonde.

Il lut de la déception sur les traits de son père.

– Tu viens de me répondre, dit Jordan.

– Non, absolument pas. Il est exact que je me sens oppressé, ici, mais je devrais pouvoir surmonter cette angoisse. Tu l'as bien fait.

– Disons que je n'ai pas eu le choix alors que tu es libre de ta décision. C'est bien ce qui te pose un problème. Non. Je comprends. Ça s'arrangera peut-être, avec le temps. Mais n'ajoutons pas cela à nos tracas. Nous devrons passer par Yanni. Ils ne peuvent nous autoriser à échanger des informations sans les faire vérifier. Nous allons travailler sur tes hypothèses... comme nous le pourrons, quand nous le pourrons. Ils s'y intéressent déjà, j'en suis certain. Leur Projet les accapare, mais pas au point de les rendre aveugles à tout ce qui peut découler de tes travaux. Ce qui constitue à la fois un avantage et un inconvénient. Tu peux constater à quel point on se préoccupe de mon bien-être.

– Ser, fit le garde.

– Désolé, répondit Jordan, avant de soupirer.

Il fixa Justin pendant un long moment et son expression traduisait de sombres pensées.

Nous avons peu de libertés, ici; bien moins qu'il ne peut le paraître de prime abord.

Ta réussite te vaudra d'être protégé, et une protection absolue équivaut à une prison d'où toute évasion est impossible.

Il sentait une boule se dilater dans sa gorge, un mélange de tristesse et de panique. Il désirait repartir, sur-le-champ, avant l'aube. Mais c'eût été stupide. Ils disposaient de si peu de temps. C'était pour cela qu'ils restaient éveillés et se poussaient dans leurs derniers retranchements, avec presque trop de sincérité.

Bon sang, en partant il a laissé un gosse derrière lui et j'ignore sous quel jour il me voit à présent. Un homme, ou un enfant qui a trop grandi ? Un étranger, peut-être. Il ne sait rien de ce que je suis devenu.

Qu'ils soient maudits, pour avoir osé commettre une pareille abomination.

Recouvrer ce qui appartient au passé est impossible. Et nous ne pouvons même pas nous dire les mots qui nous permettraient de mieux nous connaître. Ce sont nos émotions que nous devons à tout prix dissimuler à nos geôliers.

Il regarda Paul qui restait assis sans rien dire, et il lui vint à l'esprit que son père et son azi vivaient comme lui et Grant... Ils bouillaient de frustration à cause de tout ce qu'ils n'osaient pas exprimer.

C'est pareil qu'à Reseune, ici. Pour Jordan, tout au

moins. Il ne faut pas se fier aux apparences. Il ne peut parler. Il a peur de dire ce qu'il pense.

Pour nous, la situation restera toujours la même, où que nous soyons.

2

– Heures supplémentaires ? demanda le garde qui venait de s'arrêter sur le seuil de la pièce.

Grant sentit son cœur s'emballer. Il releva les yeux de son bureau.

– Oui.

– Ser Warrick est absent, aujourd'hui ?

– Oui.

– Serait-il malade ?

– Non.

Seule l'administration devait savoir où était allé Justin. C'était une des conditions imposées par les Nye. Il lui fallait taire certaines informations, ce qui avait le don d'irriter les hommes-nés. Celui-ci le foudroya du regard et grogna. Son expression se fit menaçante, mais il reprit sa ronde.

Grant poussa un soupir de soulagement. Sa tension ne s'était pas dissipée pour autant : la lame de fond du courant d'adrénaline, une angoisse qui ne cessait de s'amplifier depuis que son ami lui avait annoncé qu'il irait à Planys.

Justin était parti... seul, comme l'exigeait l'administration. Conscient qu'il irait voir son père quoi qu'il pût advenir, Grant avait même dissipé ses craintes à son sujet. Remettre ce voyage en question eût été impossible.

Et son appréhension était devenue de plus en plus profonde depuis le décollage de l'appareil et son retour dans cet appartement désert.

Il tentait de mettre ce malaise sur le compte de son anxiété chronique. Il avait toujours pu compter sur son ami, dont il ne s'était séparé qu'après la mort d'Ari : de très mauvais souvenirs.

Mais il n'était pas légalement placé sous la tutelle de Justin. Son contrat appartenait à Reseune et sans son ami pour s'opposer à l'administration Grant était vulnérable et privé de droits. Si ce voyage était dangereux pour Justin, car il confiait sa destinée aux services de sécurité qui n'auraient pas hésité à organiser un accident, il l'était bien plus encore pour un azi qui risquait d'être conduit dans les labos pour y subir un interrogatoire ou, ce qu'il redoutait le plus, recevoir une bande.

Il se répéta qu'il ne devait pas céder à la panique, qu'il n'existait rien qu'il pourrait tenter. Il n'aurait pu fuir nulle part, et il n'était pas en son pouvoir d'empêcher leurs adversaires d'agir à leur guise s'ils optaient pour la manière forte.

Au cours de la première nuit qu'il avait dû passer seul, cerné par les petits bruits d'un grand appartement vide et dans l'ignorance de ce qui se produisait sur l'autre hémisphère de ce monde, il s'était injecté une des doses d'adrénaline qu'ils gardaient avec leurs tranks, avant de prendre du kat pour obtenir l'effet recherché.

Assis en tailleur à côté de son lit, il s'était plongé dans les compartiments créés au fond de son être, afin d'en altérer l'agencement. Il devait pour cela se concentrer à tel point qu'il en était moite de sueur, et qu'il se retrouva ensuite affaibli et en proie à des étourdissements.

Lorsqu'il émergea du brouillard engendré par la drogue et les efforts, il doutait que le mélange d'adrénaline et de cataphoriques lui fût d'une quelconque utilité, mais son cœur martelait sa poitrine et il se laissa choir sur le lit pour compter les battements, en espérant qu'il ne venait pas de se porter un coup fatal.

Stupide... voilà comment il convenait de qualifier un concepteur qui osait pénétrer dans ses ensembles et se permettait de les déplacer.

Ce n'était cependant guère différent du processus auquel procédaient les azis des sections de tests pour organiser leurs divisions mentales et contrôler le degré d'intégration d'une nouvelle bande. L'important était de connaître avec précision la carte de son esprit.

Il arrêta l'ordinateur, coupa la lumière et ferma le bureau en sortant. Puis il s'éloigna dans le couloir pour regagner l'appartement désert et y vivre une nouvelle nuit d'attente.

Ses réactions d'azi, angoissantes et primaires, le poussaient à aller s'adresser à un autre superviseur qui lui eût apporté du réconfort, ou alors à prendre une pilule à même d'effacer la tension dans les strates les plus profondes de son être.

La première proposition était d'une stupidité sans bornes et ne l'inspirait guère, mais utiliser des sédatifs pour avoir un sommeil paisible le tentait. À condition d'en absorber une dose importante, il ne se réveillerait que le lendemain, juste avant d'aller accueillir Justin à sa descente d'avion. C'était une solution raisonnable et peut-être idéale, étant donné que les tranks poseraient de sérieux problèmes aux gardes qui viendraient le chercher si les Nye changeaient d'avis au tout dernier moment.

Non, ils n'auraient alors qu'à retarder le vol. Gagner du temps leur serait facile.

S'il ne prit rien, ce fut avant tout parce qu'il pensait pouvoir profiter de cette épreuve. Cette décision ne tirait peut-être pas ses origines de la section logique de son esprit... bien qu'il tînt l'enseignement endocrinien en haute estime, ces expériences que la raison et le conditionnement l'incitaient à éviter. S'il avait vécu dans un monde d'azis, tout eût été noir ou blanc, et bien délimité. Mais il évoluait au sein de la grisaille de la pensée-flux qui façonnait les hommes-nés, aux réactions nuancées par les valeurs imprécises que l'instabilité endocrinienne implantait dans leur esprit.

S'il n'aimait pas la souffrance, il accordait de la valeur à ses sous-produits.

Et au fait d'avoir les tranks dans sa poche... une

double dose chargée dans un pistolet hypodermique. Si leurs adversaires décidaient de s'emparer de lui, ils devraient s'occuper d'une urgence avant de pouvoir pénétrer à l'intérieur de son cerveau.

3

Nelly avait des problèmes.

– Nous devons faire plus attention, quand elle est là, déclara Ari à Florian et Catlin.

Ils s'étaient réunis en conseil dans une chambre pendant que Nelly aidait Seely à débarrasser la table de la salle à manger.

– Oui, sera, répondit Florian avec ardeur.

Son équipière resta silencieuse, ce qui n'était pas surprenant. Elle lui laissait le soin de répondre en son nom, tant qu'elle n'avait pas d'objections à émettre. Ce qui ne signifiait pas pour autant qu'elle souffrait d'une timidité maladive. C'était son caractère.

Nelly était mécontente. Elle les avait surpris alors que Catlin expliquait à Ari comment procéder pour projeter un adversaire par-dessus son épaule : une démonstration qui avait eu pour cadre la salle de séjour.

– Vous allez vous blesser ! s'était-elle écriée. Florian, Catlin, vous devriez être plus raisonnables !

C'était Florian qui aurait eu le plus de raisons de se plaindre. Il tenait le rôle de l'Ennemi et venait d'être projeté sur le sol. Il ne s'était pas fait mal. Il pouvait faire une chute et se relever immédiatement. Mais comme Ari ne savait pas encore ce qu'il convenait de faire ensuite, il resta prostré par terre afin que Catlin pût apprendre à leur sera comment l'empêcher de nuire.

Nelly avait entendu le bruit sourd et s'était précipitée dans la pièce au moment où Catlin feignait de briser la nuque de Florian. Au ralenti, bien sûr, car dans le cas contraire Ari n'eût rien pu voir. Ses compagnons lui avaient déjà appris à tomber, rouler sur le sol, et se retrouver sur ses pieds. Ils lui enseignaient des choses merveilleuses.

Il leur arrivait de jouer à l'Embuscade, lorsqu'ils avaient tout l'appartement à leur disposition. Ils éteignaient la lumière et devaient ensuite traverser les pièces à tâtons.

Ari se faisait toujours Avoir. Logique. Mais elle devenait une proie de moins en moins facile et découvrait chaque fois de nouveaux trucs. Elle s'amusait bien plus qu'avec Amy Carnath.

Florian lui apprenait beaucoup de choses sur les systèmes informatiques, la façon d'installer des pièges et d'utiliser un concierge pour jouer des tours pas très gentils : réduire un visiteur en petits morceaux, par exemple. Mais pour passer de la théorie à la pratique ils auraient dû subtiliser une bombe dans la section militaire. Désormais, elle savait tout sur les méthodes de reconnaissance vocale et sur les autres procédés qui permettaient à un concierge d'identifier les visiteurs, sur les verrous à empreintes palmaires reliés à l'ordinateur central de la Maison, sur les sondes rétiniennes et le reste. Elle aurait même pu déclencher l'ouverture d'une porte sans disposer de la carte correspondante.

Florian s'était familiarisé avec les systèmes de sécurité de l'appartement : des fermetures très difficiles à forcer, et une foule de gadgets passionnants, comme par exemple des verrous spéciaux, très spéciaux, reliés à un centre de contrôle dont il ne réussissait pas à découvrir l'emplacement. Sans doute les services de sécurité. S'il aurait pu essayer malgré tout de suivre les circuits, cela risquait de leur attirer des ennuis et il préférait s'en abstenir, sauf si Ari y tenait vraiment.

Il avait attendu d'être à l'extérieur pour apporter cette précision, car il avait entre-temps découvert d'autres choses.

Comme par exemple que le concierge les écoutait.

C'était un modèle très particulier, capable de tout entendre et de tout voir. Il était en outre si silencieux qu'on ne pouvait savoir s'il fonctionnait ou non. Il possédait un blindage très solide et l'enregistrement des sons et des images avait lieu ailleurs, hors de l'appartement. Les grands angulaires et les micros capables de capter aussi bien les mouvements que les sons n'étaient pas plus gros que des têtes d'épingle.

– Ils les placent sur un mur, et ils sont si petits et transparents que le seul moyen de les repérer sans le matériel de détection approprié consiste à balayer la paroi avec une lumière rasante. Mais la netteté de ces objectifs est parfaite. Ensuite, ils peuvent digitaliser l'image et augmenter la résolution. C'est pareil pour le système audio. Il leur est facile d'analyser les inflexions d'une voix. Ils ont la possibilité d'obtenir tout ce qu'ils désirent, même si ça représente beaucoup de travail. La plupart des concierges sont bien plus simples et accessibles. Ceux de la Maison sont des modèles haut de gamme, perfectionnés et encastrés, et il est presque impossible de repérer les micros noyés dans le ciment, entre les pierres et l'enduit.

Elle en était bouleversée.

– Même dans la salle de bains ?

Un hochement de tête de Florian.

– Surtout dans la salle de bains. Ceux qui installent les systèmes de surveillance pensent en priorité aux endroits qui ne viennent pas tout de suite à l'esprit.

Elle était allée voir oncle Denys, pour lui demander avec colère :

– Est-ce que la sécurité peut me voir et m'entendre, quand je fais ma toilette ?

Et oncle Denys de lui répondre par une autre question :

– Qui te l'a dit ?

– On me surveille ?

– Pour assurer ta protection, mon enfant. N'y pense plus. Ces systèmes ne sont utilisés qu'en cas de nécessité.

– Je n'en veux pas dans cette pièce !

– Mais tu n'es pas une voleuse, ma chérie. Et si tu en étais une, les gardes le sauraient. Oublie tout ça.

– Oui, ser, avait-elle dit.

Avant de demander à Florian de passer la salle de bains au peigne fin. Après avoir trouvé tous les objectifs et les micros, il avait collé sur eux un petit tampon d'argile à modeler. Sauf sur ceux du haut-parleur mural auquel elle suspendait désormais une serviette de toilette... que Nelly s'empressait d'enlever sitôt après et qu'elle remettait en place dès qu'elle revenait.

Florian allait répéter l'opération dans sa chambre quand oncle Denys la convoqua pour lui annoncer qu'au cours d'un test de routine la sécurité avait découvert qu'une partie du système de surveillance ne fonctionnait plus. Il précisa qu'il était disposé à renoncer à faire protéger la salle de bains mais qu'elle aurait intérêt à ne pas toucher au reste.

Ils en restèrent là.

Ces appareils n'étaient pas les seuls moyens de surveillance. Catlin pensait que Seely appartenait à la sécurité au même titre qu'Abban, l'azi de Giraud. Ari s'en était doutée, Florian aussi.

Catlin leur apprenait elle aussi des choses utiles : comment rester si immobile que personne ne pouvait vous entendre, quelles parties du corps il convenait de frapper en cas d'agression.

Oncle Denys n'avait aucune raison de se soucier ainsi de sa sécurité ou de s'inquiéter des dangers qui pouvaient la guetter dans les couloirs de la Maison. Et quand la lettre de maman arriverait – sous peu, désormais... elle avait compté les mois –, elle serait capable d'assurer seule sa protection pendant le voyage jusqu'à Lointaine.

Mais elle avait un peu peur d'aller en un lieu où vivaient des inconnus, depuis qu'elle avait appris que hors de Reseune des individus malintentionnés n'hésitaient pas à pénétrer chez les gens par effraction pour les voler, les tuer, ou leur faire d'autres choses désagréables. Mais elle savait repérer de loin tous ceux qui risquaient de mal se conduire et ses azis lui enseignaient comment les rendre inoffensifs par des méthodes plus expéditives que celles qui consistaient à attirer leur attention et les Travailler.

Elle eût aimé pouvoir les tester sur Amy Carnath.

Mais tout le monde l'eût appris, et on ne pouvait pas ramener les morts à la vie.

Travailler les gens permettait d'obtenir bien plus. À condition d'avoir du temps devant soi.

Elle apprit des rudiments de cette technique à Florian et Catlin, mais pas trop. Tout d'abord parce qu'ils étaient des azis et qu'elle devait prendre garde à ne pas les stresser, alors qu'il était difficile d'expliquer cela sans faire une démonstration. Ensuite parce qu'elle craignait qu'ils ne pussent s'en servir contre elle.

Et enfin parce qu'elle voulait rester la meilleure en ce domaine. Elle était leur super.

En outre, ils l'effrayaient un peu. Par instants elle ne pouvait se passer d'eux, à d'autres moments elle eût préféré ne jamais les avoir reçus en cadeau. Ils l'exaspéraient ou la faisaient rire. Elle s'interrogeait parfois sur leur compte en plein milieu de la nuit. Et elle se disait alors qu'elle n'aurait pas dû s'attacher à eux à ce point, parce que maman risquait de ne pas leur permettre de partir avec elle.

Elle ignorait pourquoi elle avait de telles pensées, mais c'était très pénible et elle ne pouvait supporter la peur, et la souffrance.

– Nous devons faire bien attention à ne pas nous attirer des ennuis, déclara-t-elle à Florian et Catlin.

Ils venaient de se retrouver dans sa chambre, après avoir été réprimandés par Nelly.

Et, parce que cette pensée était ancrée dans son esprit, elle aborda un sujet dont elle brûlait de leur parler depuis longtemps mais qu'il était difficile d'expliquer en n'utilisant que des mots.

– J'avais des amis qui ne sont plus ici. On s'attire des ennuis et ensuite ils Disparaissent.

– Que voulez-vous dire ? demanda Florian.

– Ils ne sont plus ici.

– Morts ? s'enquit Catlin.

Son cœur bondit. Elle secoua la tête.

– Ils Disparaissent. Ils partent à Lointaine, ou ailleurs.

La suite était difficile à résumer. Elle fronça les sourcils, pour leur indiquer qu'ils ne devaient pas l'interrompre.

– Ma maman et son azi ont Disparu. Elle ne voulait pas partir. Oncle Denys dit qu'elle a un travail très important à faire. Je ne sais pas s'il dit la vérité ou s'il ment. C'est peut-être ce que les grands racontent aux gosses. Un tas d'enfants ont Disparu, eux aussi. Voilà pourquoi je m'efforce d'être prudente. Vous devez l'être aussi.

– Si on nous fait Disparaître, nous reviendrons, déclara Catlin.

C'était bien d'elle. Elle en serait capable. Et dans le cas contraire elle ferait beaucoup de dégâts.

– Ma maman est très intelligente et Ollie est très fort, et je doute qu'ils se contentent de nous emmener. Il se peut qu'ils nous Travaillent, vous savez... qu'ils nous psychent.

– Qui est notre Ennemi ? voulut savoir Florian.

Tel était leur mode de pensée. Son cœur battait très fort. Elle n'en avait jamais parlé. Elle n'avait jamais considéré la question sous le même jour qu'eux, avec du recul. Tout acquérait un sens, lorsqu'on reléguait l'inquiétude en arrière-plan. Il devenait alors possible d'analyser avec lucidité la situation et de se demander : Et s'il y avait vraiment un Ennemi ? Elle s'assit pour réfléchir, chercher à identifier ceux qui pouvaient s'emparer des gens, les psycher et les faire Disparaître sans coup férir.

Elle tira Florian vers elle et mit ses mains en cornet autour de son oreille ; une précaution indispensable pour qu'un secret restât un secret... à cause du concierge. En outre, si l'Ennemi n'était pas un fruit de leur imagination ils se trouvaient en danger.

– Je pense à Giraud. Mais ce n'est pas un Ennemi ordinaire. Il peut nous donner des ordres. Il est le chef de la sécurité.

Florian en fut ébranlé. Catlin le poussa du coude. Il se pencha vers elle pour lui répéter les paroles d'Ari, et elle parut à son tour terrifiée.

Alors qu'elle n'avait peur de rien.

Ari la tira vers elle pour murmurer :

– Il est bien le seul qui serait capable d'avoir Eu ma maman.

– Alors, nous devons l'Avoir les premiers.

– Je ne suis pas certaine qu'il soit notre Ennemi.

Elle s'assit pour réfléchir, pendant que Catlin informait Florian de la teneur de ses propos. Il répondit quelques paroles et Catlin se pencha vers Ari pour lui répéter :

– Ce n'est pas le moment d'en parler.

Elle regarda Florian.

– Les grands sont dangereux, dit-il.

Puis, d'une voix à peine audible :

– Je vous en prie, sera. Demain. Dehors.

Ils avaient assimilé le fond de sa pensée. Ils la croyaient, ses craintes ne leur paraissaient pas absurdes. Elle referma les bras autour de ses genoux. Cela l'avait ébranlée et elle se reprochait sa stupidité. Elle s'inspirait de la colère. Faute d'avoir trouvé un sens aux éléments dont elle disposait, elle n'avait pu parvenir à des conclusions pourtant évidentes. Elle croyait ces Disparitions inéluctables, normales. Une hypothèse stupide. Ces événements n'étaient pas naturels. Des gens les provoquaient, et ses azis l'avaient compris, comme elle l'eût fait si tout cela n'avait pas appartenu depuis toujours à son existence, aussi loin que remontaient ses souvenirs.

Il leur arrivait de jouer à Cherchez l'intrus. Florian ou Catlin lui demandait : Quelle est l'anomalie dans le séjour ? Puis ils chronométraient le temps qu'elle mettait pour la relever. Elle avait battu Catlin à une ou deux reprises, et une seule fois Florian. À deux occasions, ils avaient dû donner leur langue au chat. Ari était plus forte à ce jeu qu'à celui auquel jouait son Ennemi.

Il fallait être d'une stupidité sans bornes, pour croire que de telles choses pouvaient être naturelles.

Lors du départ de maman elle s'était doutée qu'on lui avait forcé la main, avant de se dire presque aussitôt que ce devait être normal : maman ne l'emmenait pas avec elle parce qu'elle était trop jeune et qu'il y avait des dangers. Elle tentait de s'en persuader, alors que l'anomalie lui crevait les yeux.

Elle était à présent encore plus bête de refuser de poursuivre ses déductions jusqu'à leur conclusion logique : s'il existait vraiment un Ennemi capable d'avoir Eu maman, il s'avérait impossible de savoir si elle se portait bien. Cela la terrifiait.

Elle se rappela une dispute avec oncle Denys, au sujet de son précédent anniversaire. Elle ne voulait pas inviter Giraud et il lui avait répondu : Ce que tu dis là n'est pas gentil, Ari. *Giraud est mon frère.*

Une raison supplémentaire de s'inquiéter.

Car oncle Giraud imposait ses volontés à oncle Denys. Il était le chef de la sécurité, et ses gardes lisaient ses lettres. Ils avaient la possibilité d'empêcher qu'elles ne parviennent à maman.

Ce qui réduisait à néant tous ses espoirs.

Idiote ! Idiote !

Elle avait des nausées. Et elle ne pouvait pas demander à oncle Denys si ses soupçons étaient fondés. Il lui eût répondu : *Giraud est mon frère.*

4

Giraud versa de l'eau dans son verre et en but une gorgée. Il lisait des rapports et s'ennuyait ferme pendant que les précepteurs comparaient une rédaction récente à une autre sortie des archives.

Denys, Peterson, Edwards, Ivanov et Morley s'étaient réunis avec lui autour de cette table pour exprimer leur point de vue sur l'étendue du vocabulaire qu'employaient les enfants de huit ans. Ce n'était pas le domaine de Giraud mais, que Dieu les protège, celui de Peterson.

– L'acquis est inférieur à la norme établie par Gonner de zéro virgule sept, disait ce dernier en un murmure soporifique caractéristique de tous ses exposés.

– Je ne crois pas qu'il faille s'en inquiéter, intervint Denys. La différence est due au fait que Jane n'est pas Olga, et non qu'Ari n'est pas Ari.

– Certains avanceront qu'en dressant sa liste Gonner n'a pas tenu compte du concept exprimé. Hermann Poling a par exemple soutenu dans son article du...

Une fois sur sa lancée, Peterson refusait de s'arrêter. Giraud dessinait des petits carrés sur son bloc-notes. Il suffisait de poser une question à Peterson pour entendre une conférence préenregistrée. La maladie des enseignants. Collègues et étrangers avaient droit au même traitement que ses élèves en bas âge.

– Pour résumer... dit Giraud quand son verre fut à moitié vide et la feuille couverte de petits carrés... en résumé, en bref, vous pensez que la différence est due à Olga.

– Dans son article, Poling...

– Oui, oui. Et vous ne jugez pas utile d'employer une bande correctrice.

– Les autres tests semblent démontrer une profonde similitude entre...

– Ce que John veut dire, intervint Edwards, c'est qu'elle a une capacité d'assimilation extraordinaire et connaît le sens de la plupart des mots, mais que son développement a été si précoce qu'elle s'est créé un vocabulaire personnel comparable à une sorte de sténo.

– Toute intervention destinée à modifier son mode d'expression aurait des effets négatifs, déclara Denys. Je doute que son langage exprime ses pensées. Elle emploie ce jargon par simple préférence, et je n'ai pas essayé de décourager cette tendance. Elle possède un vocabulaire bien plus étendu, les tests le prouvent. Je doute par ailleurs que nous ayons une vue d'ensemble de la question. Je pense même qu'elle fausse de propos délibéré certains examens.

– Pourquoi ?

– Jane. Elle ne l'a pas oubliée. J'espérais que le nombre de lettres diminuerait avec le temps et que la présence des azis modifierait son comportement.

– Ne pensez-vous pas que la façon dont le départ de Jane a été organisé ait pu l'inciter à se raccrocher à cette période de son existence ? avança Edwards. Elle pourrait entretenir ces souvenirs par refus de... classer cette époque dans son passé, dans le cadre d'une sorte d'attente.

– C'est une théorie pleine d'intérêt, déclara Giraud qui se pencha sur ses avant-bras. Avez-vous des raisons particulières de le penser ?

– La fréquence de ses « Ma maman disait... » et l'intonation avec laquelle elle prononce ces mots.

– Je veux qu'on procède à une analyse vocale, lança Denys.

– Aucun problème, lui répondit son frère. Ce sera peut-être valable. Lui arrive-t-il de se référer à d'autres membres de son entourage ?

– Non, dit Edwards.

– Pas de membres de la Famille, amis, azis ?

– Nelly. Elle répète « Nelly a dit » dès que la question se rapporte à ce qui se passe chez elle. Parfois, « ça ne fait rien à oncle Denys ». Elle n'accorde aucune importance aux opinions de Nelly, qui ne lui inspire que peu de respect, mais elle veille à ne rien faire qui pourrait la peiner. Ses références à « oncle Denys » contiennent plus de déférence, mais elle les utilise avant tout comme un moyen de pression. Elle ne manque jamais de rappeler que son « oncle Denys » s'intéresse à ceci ou à cela.

Il se racla la gorge.

– Et, toujours avec à-propos, elle me laisse entendre

que son influence sur lui pourrait me valoir certaines faveurs.

Denys grogna de surprise puis se mit à rire, au grand soulagement d'Edwards.

– Comme cette invitation à sa fête d'anniversaire ?

– À quelque chose près.

– Parle-t-elle d'Ollie ? voulut savoir Giraud.

– Presque jamais. Je vais être précis. Disons qu'elle m'a souvent parlé de lui juste après le départ de Jane. Ensuite... elle n'a pas dû prononcer son nom depuis très longtemps. Plus d'un an, sans doute.

– Intéressant. Justin Warrick ?

– Pas une seule fois. Je l'ai fait, si vous vous en souvenez, et elle s'est aussitôt empressée de changer de sujet. Son nom n'est jamais revenu dans la conversation.

– J'estime que nous devrions charger les ordinateurs d'effectuer une recherche sur cette base, dit Denys.

Sur tant de bandes. Des années. Giraud libéra sa respiration et hocha la tête. Il faudrait attribuer au Projet du personnel supplémentaire, de nouveaux créneaux horaires d'utilisation du système informatique.

Juste au moment où Reseune s'apprêtait à tout rendre public à cause des attaques portées contre elle. Des pressions importantes, bon sang ! Ils venaient de découvrir une anomalie. Cette Ari était moins studieuse que la première, à la fois plus capricieuse et moins coléreuse. Lui attribuer ces azis n'avait rien arrangé. Depuis peu elle se consacrait à ses études avec plus de sérieux et effectuait des acquisitions sur le plan du vocabulaire. Si Florian et Catlin rédigeaient des rédactions bien meilleures que les siennes, c'était secondaire. Le véritable problème était posé par l'influence que Jane exerçait toujours sur le comportement d'Ari. Sans parler de l'affaire Warrick, la déclaration inattendue de Yanni selon laquelle le jeune Justin avait effectué des recherches dont les ordinateurs de la sociologie ne pouvaient établir les conséquences à long terme...

Soumettez ses travaux à Jordan, avait suggéré Denys. Autorisez-le à aller voir son père. Les Warrick ne chercheront pas à nous mettre des bâtons dans les roues, s'ils ont de quoi s'occuper, et nous savons que Jordan se penchera sur ces projets. Peu lui importe qu'ils soient ou non valables, dès l'instant qu'ils lui offrent une opportunité de rencontrer son fils.

Cette mesure était à l'origine d'une nouvelle dégradation de leurs rapports avec la Défense, qui voulait garder Jordan pour elle seule. En outre, les militaires risquaient de s'intéresser à Justin. Il était impossible de le faire passer sous leur nez sans qu'ils le remarquent, et l'armée avait la fâcheuse habitude de vouloir s'approprier tout ce qui lui semblait important, utile, ou anormal.

Merde et merde.

Si Ari veut l'avoir près d'elle, ce n'est pas uniquement dans le but que l'on sait, bordel ! leur avait dit Yanni.

Ils étaient confrontés au plus grand paradoxe du Projet : avec quelle précision fallait-il reproduire la vie antérieure du sujet ? Combien d'individus étaient-ils essentiels pour mener à bien l'expérience ? Le milieu dans lequel avait vécu la première Ari ne favorisait guère les contacts personnels – et ils pouvaient s'en féliciter – mais elle avait eu dès la plus tendre enfance de nombreuses occasions de rencontrer la presse et les foules.

– Il faut aller plus loin, dit Giraud. Bon sang, nous devons révéler son existence aux médias, pour une multitude de raisons. Lu perd patience et le temps presse ! Mais nous ne devons pas nous tromper, nous ne pouvons pas nous permettre la moindre erreur.

Aucun commentaire. Ils ne savaient que trop ce qui était en jeu.

– Nous avons d'autres moyens à notre disposition, intervint Petros. Je pense par exemple à une légère augmentation de sa tension nerveuse sur le plan de son éducation. Utilisez cela, frustrez-la un peu. Faites-lui découvrir l'amertume des échecs. Accélérez le programme.

Il y avait longtemps que Petros soutenait ce point de vue.

– Elle n'a jamais eu la moindre déception en ce domaine, intervint Denys. Pas encore.

– Nous devons veiller à ne pas la dégoûter des études, rétorqua Giraud. Mais c'est en effet une possibilité. Qu'en disent les ordinateurs, lorsqu'ils ne sont pas occupés à traiter ce que leur fournit Warrick ?

– Devons-nous tout reprendre de zéro ? demanda Peterson. Je doute d'obtenir des résultats différents. Je pense que vous devez tenir compte de ce que nous savons déjà. Accélerer le programme alors que nous venons de déceler une anomalie serait...

Petros se pencha vers lui, la mâchoire saillante.

– Vous préféreriez passer au point mort et laisser l'écart s'accentuer ?

– Je souhaiterais vous faire remarquer une chose, docteur Ivanov...

– Je sais de quoi vous voulez parler, nous le savons tous.

Giraud se servit un autre verre d'eau.

– Ça suffit, dit-il. Nous traiterons ces maudits tests. Nous leur attribuerons du temps sur les ordinateurs. Nous devons obtenir des réponses. Nous poserons la question demain, si c'est possible.

Leur meilleur atout était à ses yeux une analyse vocale, mais il leur faudrait pour cela étudier une multitude de bandes.

Le Projet dévorait le temps des ordinateurs avec voracité, et les divergences devenaient de plus en plus nombreuses.

De même que les demandes du comité d'enquête du Conseil. Le gouvernement voulait se faire communiquer tous les documents qui pourraient permettre d'établir dans quelle mesure le bureau des Sciences avait avalisé le projet Géhenne, parce que l'Alliance posait des questions précises et réclamait de plus en plus d'informations sur les colons de ce monde : une condition préalable à l'amélioration des relations diplomatiques entre les deux blocs.

Centristes et abolitionnistes exigeaient d'avoir accès à

la totalité des archives. Giraud avait appris par ses agents que Mikhaïl Corain constituait un dossier pour demander au Conseil de promulguer un décret de Divulgation qui contraindrait Reseune à lui remettre tous les documents se rapportant de près ou de loin à Emory. Il invoquerait pour cela l'existence de projets secrets, d'autres bombes à retardement sur le point d'exploser, et le fait que la sécurité nationale était prioritaire sur la souveraineté d'un Territoire administratif. Il avancerait que les laboratoires n'avaient aucun droit sur les notes et autres papiers accumulés par Ari pendant qu'elle occupait le siège de conseillère des Sciences, qu'à sa mort de tels documents revenaient de droit à l'État, et que seul un décret de Divulgation permettrait de déterminer ce qui appartenait à Reseune et ce qu'il convenait de classer dans les archives de l'Union.

Et il était exact qu'il existait des bombes à retardement, dont une fillette âgée de huit ans qui serait au cœur des débats et exposée au vitriol et à l'hostilité qui l'attendraient à Novgorod...

Ils en revenaient toujours au même point. Il s'avérait indispensable de tout rendre public.

Avant qu'un décret de Divulgation ne permît aux journalistes de prendre connaissance de tous les secrets de l'existence de la première Ari et que son double ne pût apprendre par les médias tout ce que lui réservait l'avenir.

5

Elle devait désormais se présenter chaque matin au bureau du Dr Edwards pour y suivre ses cours puis passer ses après-midi à la bibliothèque ou au labo-bandes, pour approfondir ses connaissances. Il y avait des contrôles et son professeur l'interrogeait et lui donnait de nombreux exercices.

Catlin et Florian devaient eux aussi poursuivre leur éducation, dans une école pour azis, en bas dans la Ville : un endroit qu'ils appelaient les Baraquements verts. Une fois par semaine, ils y passaient la nuit après avoir traversé une Pièce ou suivi un entraînement particulier. Le reste du temps, ils venaient la chercher à la bibliothèque ou au labo et rentraient avec elle.

Comme ce jour-là. Ils avaient tous les deux une allure martiale, avec leur uniforme noir. Peut-être étaient-ils encore plus graves que d'habitude lorsqu'ils franchirent les portes puis empruntèrent le passage pour piétons.

– Je ne crois pas qu'il existe un endroit plus sûr pour parler, déclara Catlin.

– On ne sait jamais, rétorqua Florian. Leur matériel permet d'écouter de très loin. Comme on ne peut pas savoir s'ils nous surveillent, il faut se déplacer sans cesse et espérer qu'ils ne prennent pas la peine de nous suivre avec leurs micros directionnels en pensant qu'on va dire quelque chose d'important. Ça représente un sacré travail, quand la cible est en mouvement.

– S'ils n'ont pas entendu nos propos d'hier soir, il est probable qu'ils ne s'occuperont pas de nous, déclara Ari.

Elle savait être assez gentille pour ne pas s'attirer d'ennuis, sans pour autant l'être trop et faire naître des soupçons quant à ses intentions. Elle s'abstint de le préciser à haute voix et se dirigea vers la mare aux poissons. Elle avait un sachet de nourriture dans sa poche.

– Qu'alliez-vous me dire ?

– Qu'il ne faut jamais hésiter à frapper l'Ennemi les premiers, répondit Catlin. Si c'est réalisable, bien sûr. Car il faut pour cela s'assurer de l'identité exacte des adversaires, de leur nombre, de la position qu'ils occupent et de leurs possibilités. Il faut savoir tout cela.

– Ce qui n'est pas facile quand on a affaire à des grands, fit remarquer Florian. Ils savent tant de choses.

– On peut Avoir n'importe qui, par surprise, dit Catlin.

– Mais en cas d'échec ils voudront alors nous faire Disparaître, précisa-t-il. Nous ne sommes sûrs de rien, sera. Je crois possible de les Avoir. Pour de bon. Je pourrais voler le nécessaire. Tout est dans la réserve, et ils ne prennent pas beaucoup de précautions. Pas assez, je trouve. L'important, c'est que je peux me procurer le matériel. Tuer l'Ennemi est réalisable, mais les risques sont grands. Nous pourrons faire un essai, pas deux.

– Et si nous ne savons pas qui sont les alliés de l'Ennemi, nous nous ferons Avoir à tous les coups, surenchérit Catlin. Il faut vraiment que ça en vaille la peine, pour prendre de tels risques.

Les nombreuses pensées qui traversaient l'esprit d'Ari s'assemblèrent. Clic. Sans s'arrêter, les mains enfoncées dans ses poches, elle répondit :

– Et si on ne sait pas tout, c'est encore pire que de se faire Avoir. On ignore qui il faut éliminer ensuite. Or nous ignorons qui tire les ficelles, ce que feront ses associés, qui sont nos amis et nos ennemis, et qui aura la situation en main. Et ce sont autant de choses que nous n'avons aucun moyen d'apprendre.

– Je ne sais pas, dit Florian. C'est vous qui pouvez savoir ces choses, sera, pas nous. Nous en Aurons un, peut-être deux si nous nous séparons ou si nous réussissons à les réunir au même endroit. Je parle de nos principaux Ennemis. Mais ensuite nous aurons tous les autres à nos trousses.

Ils atteignirent l'étang et Ari s'agenouilla au bord de l'eau. Elle sortit de sa poche le sachet de nourriture. Catlin et Florian vinrent s'accroupir près d'elle.

– Tenez, dit-elle.

Elle leur tendit le sachet afin qu'ils se servent puis lança un granulé au poisson blanc qui montait vers la surface. Blanc-et-rouge faillit le prendre de vitesse. Elle regardait les cercles concentriques qui s'écartaient les uns des autres et les feuilles de nénuphar qui dansaient.

– Il sera coriace, ajouta-t-elle. Nous ne pouvons pas tous les Avoir. Il y a trop d'intérêts en jeu. Giraud a des amis. C'est un personnage influent, même hors de Reseune, et il faut tenir compte de ses atouts.. la sécurité et je ne sais quoi d'autre. Et même si on le tuait...

Parler d'assassiner quelqu'un lui paraissait étrange. Ce n'était pas réel, tout en l'étant. Pour Florian et Catlin, éliminer cet homme serait facile. Si elle ne se sentait pas plus en sécurité pour autant, son impression d'impuissance s'atténuait.

– Nous aurions toujours des problèmes.

– Et ils se vengeraient sur maman et Ollie. Ils les Auraient pour de bon.

Ses azis ne pouvaient comprendre, parce qu'ils n'avaient pas eu de maman, mais ils semblaient prendre ses déclarations très au sérieux.

– Je les en crois capables. Maman et Ollie sont à Lointaine. Je leur ai envoyé des lettres et ils auraient dû les recevoir. Mais à présent je ne sais plus...

Bon sang, elle allait pleurer. Florian et Catlin l'observaient, angoissés.

– Je ne sais même pas si oncle Denys les a expédiées, termina-t-elle d'une traite, d'une voix sèche et coléreuse.

Non, ils ne comprenaient pas. Elle chercha ce qu'elle avait pu oublier de leur dire et qu'ils devaient savoir.

– Si nous avons un Ennemi, j'ignore quels sont ses buts. Parfois, je pense que maman m'a laissée ici parce qu'il aurait été trop dangereux de m'emmener avec elle. D'autres jours, je me dis qu'ils l'ont obligée à m'abandonner. Mais je ne sais pas pour quelle raison et pourquoi elle ne m'en a pas parlé.

Les azis ne dirent pas un mot pendant une minute, puis Florian rompit ce silence :

– Je ne peux pas donner un avis, et Catlin non plus. C'est des histoires de CIT, et nous ne comprenons pas les CIT.

– Les CIT ont des relations, dit-elle.

C'était aussi difficile que d'expliquer comment il fallait procéder pour Travailler quelqu'un. Elle se sentait mal à l'aise. Elle incurva et croisa ses index, tels des crochets.

– Avec d'autres CIT. Comme ce qu'il y a entre toi et Catlin, vous et moi. Ce lien peut être solide. Parfois très très fort. C'est le premier élément. Les CIT font des choses l'un pour l'autre ; parce que ça leur fait plaisir, qu'ils veulent se Travailler... ou pour s'Avoir. La plupart du temps, ils désirent se protéger, ou protéger leurs proches. Et comme tous se connaissent, c'est un peu comparable aux briques d'un jeu de construction.

Des yeux écarquillés, des expressions attentives et inquiètes.

– On peut ainsi Travailler les gens et les obliger à obéir, en les menaçant de leur faire du mal ou de nuire à une de leurs relations. Si vous saviez qu'on veut me faire du mal, vous ne resteriez pas les bras croisés.

Elle n'avait pas terminé sa phrase qu'elle pensa : *Il en découle que c'est de maman qu'ils veulent obtenir quelque chose, parce qu'elle est plus importante que moi. Et donc qu'elle n'est pas en danger. Ils m'utilisent pour la Travailler.*

Le contraire serait impossible. Ils ne m'ont jamais dit qu'ils feraient du mal à maman.

Vraiment ?

Mais tous les autres sont des grands, et comme Florian vient de le faire remarquer les adultes savent plus de choses que nous et ne nous disent pas tout ce que nous devrions savoir.

– C'est une façon de Travailler les gens, dit-elle. Il en existe bien d'autres. Par exemple découvrir ce qu'ils souhaitent, le leur donner puis le leur reprendre s'ils ne sont pas obéissants. Mais maman ne m'aurait pas quittée pour ça.

En es-tu bien certaine ?

N'existe-t-il rien à quoi elle tienne plus qu'à toi ?

Ollie ?

– On peut Avoir quelqu'un de cette manière, et c'est bien plus rapide que de le Travailler. Il est possible de lui attirer des tas d'ennuis, dès l'instant où l'on sait...

Qu'est-ce qui mettrait Giraud dans l'embarras ?

Et qu'est-ce que je pourrais obtenir de lui, si j'arrivais à l'Avoir de cette façon ?

– ... toujours les mêmes choses : qui ils sont, combien ils sont, ce qu'ils ont à leur disposition. Ça ne change rien. Et pour obtenir ces renseignements il suffit de les Travailler un peu puis d'étudier leurs réactions.

Ils ne la quittaient pas des yeux. Ils apprenaient, ils lui prêtaient attention comme seuls des azis pouvaient le faire. Et elle savait qu'ils ne lui poseraient aucune question avant qu'elle eût fini.

– Moi... dit-elle en réfléchissant bien à l'importance de ce qu'elle leur révélait... je ne leur dis que le strict nécessaire. Ils font venir Nelly, ils l'interrogent, et elle déballe tout ce qu'elle sait. Tout de suite, sans se faire prier. J'aimerais pouvoir les en empêcher, et je ne le peux pas. Mais s'ils s'en prennent à vous, je les Travaillerai pour de bon. Ce sera facile. Oncle Denys a précisé que vous étiez à moi. Si la sécurité vous dit d'aller à l'hôpital, venez d'abord m'en informer. C'est un ordre. Compris ?

– Oui, sera.

Un seul mouvement, des hochements de tête simultanés.

– Nous ne sommes pas comme Nelly, fit remarquer Florian. Nous n'obéissons qu'à vous. S'ils veulent que nous fassions quelque chose, ils doivent d'abord nous envoyer vers vous pour que vous le confirmiez. C'est la Règle, et s'ils ne la respectent pas nous devons les Avoir.

Elle l'avait ignoré. Elle ne s'en était jamais doutée. Elle jugeait cela à la fois rassurant et inquiétant. Tout semblait indiquer que la situation était bien plus grave qu'elle ne le supposait. Un fait dont ses azis avaient été conscients depuis le début.

– Si vous venez me le demander, je refuserai. Cependant, ils sont plus forts que vous.

– C'est exact, mais c'est la Règle, répondit Catlin. Et ils le savent. Uniquement vos ordres, sera.

Elle prit une inspiration profonde.

– Oncle Denys est un super.

– Mais pas le nôtre. Vous nous avez dit de lui obéir. Et à Nelly aussi. Nous le faisons, mais si c'est quelque chose d'important nous viendrons d'abord vous en parler.

– Oui, ne faites rien d'inhabituel si je ne vous l'ai pas confirmé. Vous n'irez nulle part et vous ne suivrez personne avant de m'en avoir informée.

– Si vous le dites, ce sera notre Règle.

– Soyez malins, évitez les affrontements. Contentez-vous de vous esquiver.

– C'est très bien, sera.

– Et vous ne parlerez jamais de moi. Peu importe qui vous interroge. Mentez, s'il le faut. Faites semblant d'être dociles, puis venez me répéter leurs questions.

– Oui, sera.

Ils hochèrent la tête, tous les deux.

– Alors, je vais vous révéler un secret. J'ai pour principe de ne pas tout dire. Ce matin, par exemple, j'ai eu un examen de contrôle. J'aurais pu répondre à bien plus de questions, mais je ne veux pas le faire. Ne dites qu'à moi ce que vous savez.

– C'est une Règle ?

– Une Règle capitale. Il y a un garçon qui s'appelle Sam : je jouais avec lui, autrefois. C'est lui qui m'a offert le robot insecte. Il n'est pas très malin, mais tout le monde le trouve sympathique... et j'ai décidé d'être un Sam la plupart du temps. Comme ça, les gens sont plus gentils avec moi et même les imbéciles peuvent comprendre ce que je veux qu'ils sachent si je décide de les Travailler. Mais pour qu'ils ne puissent pas deviner que c'est une comédie, nul ne doit être au courant. Il faut toujours se comporter comme ça. Je l'ai appris de Sam et d'oncle Denys. Il fait pareil. Il est malin, il utilise des petits mots qui lui permettent de marquer des points contre les autres sans qu'ils s'en rendent compte. C'est un truc indispensable. Les empêcher de savoir, sauf si c'est utile. Voilà ce qu'on va faire. On va être très gentils avec Giraud. Mais pas d'un seul coup. D'abord, on va le mettre en colère pour lui donner une raison de se fâcher contre nous. Ensuite, on fera comme s'il avait été trop méchant, pour qu'il veuille se faire pardonner. Et après il ne sera pas surpris si nous sommes bien sages, parce qu'il croira nous avoir Travaillés. Voilà comment on doit s'y prendre, avec les grands.

– C'est très rusé, commenta Catlin.

Elle arborait un de ses rares sourires véritables.

– Je vous dirai un autre secret. J'ai fait une liste des Anomalies. Il est Anormal que des gens Disparaissent. Il est Anormal que maman ne m'ait pas dit où elle irait, ou seulement qu'elle devait partir. Il est Anormal que Nelly passe la moitié de son temps à l'hôpital. Il est Anormal qu'une CIT de mon âge devienne la super de deux azis. Il est Anormal que des meds analysent mon sang plusieurs fois par semaine. Il est Anormal que je sois invitée aux fêtes des adultes. Il est Anormal que mon intelligence soit supérieure à celle des autres enfants. Il est Anormal que vous ayez un travail à votre âge. Je n'ai pas terminé cette liste et je pense qu'elle s'allongera encore. Vous allez y réfléchir, et me faire part de vos conclusions et de vos suggestions. Il faut trouver un moyen d'apprendre tout ce qu'on ignore sans que nos Ennemis se doutent de rien.

6

Grant vit l'avion se poser et libéra un soupir de soulagement.

Son attente n'était pas terminée pour autant. Les passagers devraient se soumettre au lent processus de décont, obligatoire pour tout ce qui provenait de l'autre hémisphère ; y compris les bagages qui seraient en outre fouillés avec soin pendant que les équipes au sol passeraient l'appareil au jet et le désinfecteraient par fumigation.

Ces opérations avaient déjà débuté, quand il s'écarta des baies vitrées du terminal pour se diriger vers la section de décont. Il s'assit en face des portes blanches et croisa les mains sur ses genoux. Ses doigts se crispèrent... un tic nerveux. Détends-toi, n'eût pas manqué de lui dire un superviseur.

Un conseil qui pouvait s'appliquer en permanence à tous les CIT, estima-t-il. Sa tension était engendrée par des pensées-flux. Lorsqu'un azi sain d'esprit ne disposait pas de la totalité des éléments qui permettaient de trouver la solution d'un problème, il effaçait l'énoncé et prenait du repos ou s'intéressait à autre chose. Mais un CIT ne pouvait s'y résigner et continuait d'analyser le flux en fonction de ce qu'il percevait et de ses opinions aux valeurs nuancées, en mettant à contribution son système endocrinien qui déclenchait alors un processus d'apprentissage basé sur le flux... et à même d'accentuer les intégrations à l'intérieur du flux en question. Depuis peu, Grant consacrait trop de temps à de telles occupations. Et il ne supportait pas le stress auquel les CIT étaient soumis en permanence.

Et il tentait de résoudre quatre ou cinq problèmes insolubles, car il se trouvait désormais en état de dépendance envers l'adrénaline.

Les portes blanches s'ouvrirent. Des membres de l'équipage sortirent et s'éloignèrent dans le couloir, sans faire cas de sa présence.

Puis les battants furent à nouveau poussés et Justin franchit le seuil. Grant se leva, remarqua la joie et le soulagement de son ami, et s'avança pour l'étreindre.

– Comment vas-tu ? s'enquit-il.

– Très bien. Jordan aussi.

Ils s'écartèrent pour laisser passer un groupe d'employés, auxquels ils emboîtèrent le pas.

– Je dois récupérer mon attaché-case et mon sac.

Ils allèrent chercher les bagages, irradiés et fouillés.

– Je m'en charge, dit Grant.

– Laisse-moi faire.

Justin récupéra sa mallette et son sac de voyage, puis ils sortirent du terminal pour prendre le car qui assurait la navette entre l'aéroport et la Maison.

– As-tu fait bon voyage ? s'enquit Grant lorsqu'ils furent à l'extérieur, là où nul ne pouvait les entendre.

– Oui.

Justin tendit ses bagages à un porteur azi.

Les agents de la sécurité présents dans le véhicule devaient être de simples passagers. Dès qu'ils furent montés, le conducteur ferma les portes et Justin s'affala dans un siège à l'instant où le car démarrait et quittait le portique illuminé du terminal pour monter vers la Maison.

– Nous avions tant de choses à nous dire que nous ne nous sommes pas couchés de la nuit. Nous avons regretté que tu ne sois pas présent.

– Moi aussi.

– Planys m'a agréablement surpris. Cette base est à la fois plus déprimante et agréable que je ne l'imaginais. Le personnel est sympathique. Jordan et Paul se sont adaptés à leur nouvelle existence. Ils vont bien, tous les deux.

Il parlait d'une voix rauque. Épuisé, il laissa sa nuque reposer contre l'appui-tête et ajouta :

– Ils vont étudier mes projets. Jordan m'a dit qu'ils l'intéressent parce qu'il existe au moins un élément que les ordinateurs ne peuvent intégrer dans leurs calculs. Et il ne m'a pas tenu de tels propos pour m'encourager. Il est probable que je serai autorisé à retourner à Planys avant la fin de l'année. Avec toi, peut-être. Ou toi tout seul. Il aimerait vraiment te voir.

– J'en suis touché.

Ils ne pouvaient entrer dans les détails, mais Grant se sentait soulagé. Puis le car s'immobilisa sous le portique de la Maison et ils en descendirent. Justin insista pour porter ses bagages, malgré sa lassitude.

– Tu n'es pas mon valet, déclara-t-il sur un ton autoritaire.

Parce qu'il refusait de voir son ami se comporter en serviteur devant témoins, même pour lui rendre service.

Mais il lui laissa le soin de ranger la mallette et le sac dès qu'ils se retrouvèrent dans leur appartement. Il retira sa veste et s'affala sur le divan, avant de déclarer :

– C'était parfait. J'ai des difficultés à admettre que j'ai pu aller à Planys. Et en revenir. Tout est si différent là-bas.

– Un whisky ?

– Un doigt. J'ai dormi pendant le vol mais je me sens toujours aussi crevé.

L'azi sourit à Justin dont la tête dodelinait. Un effet du décalage horaire. Il se chargea de servir le whisky, à présent que nul ne pouvait les voir. Il prit deux verres.

– Et ça s'est passé comment, pour toi ?

Cette question fit renaître le malaise de Grant.

– Bien, très bien.

L'impression s'accentua quand il apporta la boisson.

Justin but une gorgée d'alcool. Sa main tremblait, et il posa sur son ami un regard voilé par la lassitude. Grant leva son verre afin de porter un toast, les lèvres incurvées par un rictus ironique. Ils ne pouvaient savoir si leur compagnon n'avait pas fait l'objet de manipulations psychiques.

Ils auraient dû s'y résigner, car plus rien ne justifiait de se battre, pensa Grant.

Il leva son verre et but.

Puis il gagna la chambre pour prendre un mot glissé sous l'oreiller et le rapporter à son ami.

Si je te montre ceci c'est que j'ai tous mes esprits, mais si tu le trouves on m'aura fait subir un lavage de cerveau. Agis en conséquence.

Justin se tourna vers lui. Son expression qui traduisait jusqu'alors de l'effroi se fit interrogatrice.

Grant lui sourit, roula le bout de papier en boule et s'assit pour boire son whisky.

7

S'esquiver par les cuisines était aisé. Ils ne les traversèrent pas en groupe. Catlin et Florian passèrent les premiers, car les cuisiniers ne se méfieraient pas de deux membres des services de sécurité : les gardes avaient libre accès à tous les secteurs de Reseune.

Puis Ari entra à son tour. Elle Travailla les azis et se comporta en véritable peste avec un apprenti chargé de préparer des crêpes. Après avoir goûté la pâte, elle s'approcha d'un marmiton qui hachait des oignons et lui reprocha de la faire pleurer : un prétexte qui lui permit de gagner le pas de la porte, de sortir des cuisines et de partir à toutes jambes vers le bas de la colline où Florian et Catlin l'attendaient.

Elle plongea et roula sur le sol, avant d'adresser un large sourire aux deux azis qui étaient déjà à plat ventre.

– Venez, dit alors Catlin.

Elle serait leur éclaireur. Elle était la plus habile, pour ce genre de choses.

Ils la suivirent jusqu'à la station de pompage. Une fois là, Ari retira son chemisier et son pantalon, puis enfila les vêtements que lui tendait Florian : une tenue noire d'azie, moins difficile à se procurer que des chaussures à sa pointure. Elle avait dû utiliser la carte d'oncle Denys pour acheter des bottes qui feraient l'affaire, si nul ne les regardait de trop près. Elle les portait déjà. Puis Florian prit la carte d'Ari et colla en travers une bande noire qui rappelait celle des services de sécurité et dans la case vierge des CIT un triangle semblable à celui des azis.

– Est-ce que ça va ? demanda-t-elle après avoir accroché le rectangle de plastique à son corsage.

– Le visage, dit Catlin.

Et elle prit une expression d'azie, figée et compassée.

– C'est mieux.

Catlin repartit aussitôt. Elle se pencha à l'angle du poste de pompage pour étudier le terrain, puis se redressa et s'avança. Ils la suivirent jusqu'à la route, où ils se regroupèrent comme s'ils n'avaient aucune raison de se cacher.

Ari estimait qu'on ne remarquerait pas sa disparition avant un certain temps mais que ce serait ensuite un véritable branle-bas de combat.

Elle n'avait jusqu'alors vu la Ville que de loin, depuis les fenêtres de la Maison, et elle eût aimé marcher plus vite et visiter le plus de quartiers possible avant d'être retrouvée par les gardes.

Ou de décider de rentrer, à la tombée de la nuit. Ce qui l'attendait serait à la fois amusant et désagréable ; elle savait qu'elle aurait de sérieux problèmes. Il lui serait possible de revenir, se changer et regagner la Maison par les cuisines à la faveur de la panique générale. Mais cela révélerait qu'elle était très adroite et on la placerait sous étroite surveillance.

Non, il était préférable de se comporter comme une sorte de Sam et de se faire prendre.

Elle pourrait ainsi déclarer avoir obligé ses azis à lui obéir. Catlin et Florian n'auraient pas d'ennuis, car ils devaient exécuter ses ordres. Tout le monde le savait. Ils ne seraient pas inquiétés. Elle si. Mais c'était le but recherché.

Elle souhaitait simplement joindre l'utile à l'agréable avant d'être capturée.

8

L'ordinateur travaillait en temps partagé et traitait moins rapidement les données depuis que Yanni Schwartz avait entré les paramètres d'un ensemble d'intégration Bêta. Cet homme bénéficiait d'une priorité absolue. Justin se leva pour aller se servir du café. Il en profita pour remplir la tasse de Grant qui se penchait sur son terminal, à tel point absorbé par son travail qu'il n'eût pas perdu le fil de ses pensées même si le plafond lui était tombé sur la tête.

L'azi prit la tasse sans détacher les yeux de l'écran et but une gorgée de café.

Justin entendit des pas dans le couloir. Il se tourna vers le seuil de la pièce et vit entrer un homme en uniforme noir, suivi par deux de ses semblables.

La panique tendit ses muscles et noua son ventre.

– Vous êtes convoqués à la sécurité.

– Pourquoi ?

– Pas de questions. Suivez-nous.

Justin pensa au breuvage brûlant que contenait sa tasse. Grant sembla deviner ses pensées. Il se leva à l'instant où un quatrième garde faisait irruption dans le bureau.

– Allons voir de quoi il retourne, déclara-t-il.

Il posa sa tasse.

– Je dois faire une sauvegarde, protesta Grant.

– Immédiatement !

– Mon programme...

– Grant.

C'était Justin, qui gardait son calme sans trop savoir comment.

Cela venait de se produire, ce qu'ils redoutaient depuis si longtemps. Il envisagea de résister, mais espérait encore pouvoir se tirer de ce mauvais pas grâce à de simples explications. Et l'administration de Reseune avait à sa disposition assez d'hommes pour venir à bout de deux concepteurs de bandes sédentaires.

La docilité représentait pour eux l'unique solution, il l'avait compris bien des années plus tôt. Il laissa ses mains en vue et accompagna les gardes sans protester. Son ami l'imita et ils prirent l'ascenseur pour descendre dans les tunnels-tempête du sous-sol.

La porte de la cabine s'ouvrit et ils sortirent, encadrés par leur escorte.

– Les mains contre le mur, ordonna l'officier.

Justin perçut la nervosité de son ami et le prit par le bras.

– Tout va s'arranger. Nous allons dissiper ce malentendu.

Il se tourna vers la paroi et attendit pendant que deux hommes fouillaient l'azi puis lui mettaient des menottes. Ils vinrent ensuite s'occuper de lui.

– Je présume que vous ne savez pas de quoi il retourne ?

Il avait posé cette question sans céder à la panique, le visage collé au mur et les bras ramenés dans son dos. L'officier le fit tourner vers lui.

– Venez.

Aucune explication. Mais les gardes paraissaient moins tendus.

Ne pas s'écarter du scénario. Coopérer. Rester calme et ne pas faire de vagues.

Par une porte munie d'un verrou, dans une section de sécurité, à l'intérieur de corridors déserts. Justin ne s'était jamais aventuré dans cette partie des tunnels-tempête de Reseune, et il espérait que ces hommes n'avaient pas menti en mentionnant leur destination.

Une autre porte verrouillée, un ascenseur, et l'inscription SÉCURITÉ 1 ON sur la paroi opposée : une information qui lui apporta du soulagement.

Vers le haut, ensuite, avec une rapidité surprenante. Les portes s'ouvrirent sur un passage qu'il reconnut aussitôt, le couloir qu'il arpentait dans ses pires cauchemars.

– C'est un lieu familier, dit-il à Grant avec une désinvolture feinte.

Puis deux gardes poussèrent son ami dans une pièce latérale, pendant que les autres l'entraînaient plus loin dans le corridor, en direction d'une salle d'interrogatoire dont il ne se souvenait que trop.

– Nous ne passons pas par le bureau des entrées ?

Il s'avérait difficile de ne pas céder à la panique et ses jambes vacillaient.

– Je ne suis pas du genre tatillon, mais je dois vous faire remarquer que vous ne respectez pas les règlements.

Aucune réponse. Ils le conduisirent dans la pièce et le firent asseoir sur une chaise avant de s'immobiliser derrière lui, menaçants et silencieux.

Quelqu'un entra. Il tourna la tête, vers Giraud.

– Dieu soit loué ! dit-il, presque avec sincérité. Je suis soulagé de voir quelqu'un qui pourra me fournir des explications. Auriez-vous l'amabilité de m'apprendre ce qui se passe ?

L'homme s'assit sur l'angle du bureau. Une posture d'intimidation, conjuguée à une attitude presque amicale.

– C'est à vous de me le dire.

– Je ne vois pas de quoi vous voulez parler. J'étais occupé à travailler quand vos sbires sont venus me chercher pour me conduire ici, sans faire enregistrer mon arrivée aux entrées. Quelle mouche vous pique ?

– Ou êtes-vous allé déjeuner ?

– Nulle part. Je suis resté dans mon bureau, avec Grant. Nous n'avons pas interrompu notre travail. Allons, Giraud, à quoi rime cette histoire ?

– Ari a disparu.

– Comment ça, disparu ?

Son cœur se mit à battre deux fois plus vite.

– Elle... est en retard pour se mettre à table ou elle s'est volatilisée ?

– Je vous soupçonne de le savoir, d'être au courant de tout. Vous avez pu l'attirer à l'extérieur. Peut-être a-t-elle accepté d'aller faire une petite promenade avec son vieil ami.

– Seigneur, vous êtes dingue !

– Vous avez pu organiser cet enlèvement avec votre père.

– Comment, bon Dieu ? Interrogez les gardes de Planys. Ils ne nous ont pas lâchés d'une semelle. Pas une seconde.

– Il est exact qu'ils ne vous ont pas entendus échanger de propos suspects.

Ils étaient remontés jusqu'à Jordan !

– Nous allons fouiller votre appartement. Ne prenez pas la peine d'invoquer vos droits, car cette arrestation n'est pas officielle. Je vais vous dire ce que nous savons. Ari est sortie par les cuisines et nous avons retrouvé ses vêtements derrière la station de pompage.

– Je ne sais rien, bordel !

– Ce lieu est proche de la berge du fleuve, où un bateau pourrait accoster sans être vu. C'est cela ? Vous lui avez fixé un rendez-vous et un de vos complices l'attendait.

– Non. Non. Absolument pas. Elle doit vous faire une autre de ses farces. Elle a fait une fugue... N'êtes-vous jamais sorti de la Maison quand vous étiez gosse ?

– Nous organisons des battues sur la berge. Nous avons envoyé des patrouilles. Nous surveillons toutes les routes.

– Je ne lui ferais pas le moindre mal. Jamais !

Son interlocuteur l'étudiait. Son visage s'était empourpré et il devait faire un effort pour ne pas céder à la panique.

– Vous comprendrez que nous ne pouvons pas nous permettre de vous croire sur parole.

– Oui, bien sûr. Et je souhaite autant que vous qu'on la retrouve au plus vite !

– J'en doute.

– D'accord, Giraud. J'accepte de signer une décharge pour vous autoriser à me psychosonder, mais je vous supplie de permettre à Grant de rester près de moi.

L'homme se leva.

– Qu'est-ce que ça peut vous faire ? Est-ce trop vous demander ? Acceptez, bon Dieu !

Il sortit sans répondre.

– Amenez l'autre, dit-il à un garde de faction dans le couloir.

Justin agrippa l'accoudoir du fauteuil. Il était en sueur et avait des vertiges ; des flashes de l'appartement d'Ari se superposaient à sa vision de cette pièce, mais il entendait des portes claquer, des gens crier dans le lointain, des bruits de pas qui se rapprochaient. Grant, espérait-il. Il priait le Ciel de voir arriver son ami avant le tech muni d'un pistolet hypodermique.

9

Ils suivaient le trottoir et Ari se comportait toujours en azie. Elle calquait son attitude sur celle de Florian et de Catlin et adressait des signes de tête aux passants, sans ralentir le pas.

Ils n'étaient pas les seuls enfants. Les plus jeunes les saluaient, avec respect. Ils virent un groupe de bambins vêtus de bleu qui se tenaient par la main, derrière une grande fille en rouge.

– Nous arrivons dans la section bleue, déclara Florian quand ils croisèrent un autre chapelet de gosses. C'est ici que résident les tout-petits. À cinq ans, je vivais là.

Ils passèrent entre des bâtiments, toujours plus loin de la route qui traversait la Ville.

Ils avaient vu les Baraquements verts – de l'extérieur, car Catlin pensait qu'ils n'auraient pu y entrer sans devoir justifier leur présence –, le terrain de manœuvre et la zone industrielle. Ils s'étaient avancés jusqu'aux portes de la filature, de la forge et du moulin.

Les panneaux indicateurs suivants étaient vert, puis blanc dans vert. Se guider était d'une extrême simplicité, lorsqu'on savait comment procéder. Il suffisait de mémoriser l'ordre des couleurs. La Ville était divisée en sections et pour se rendre à une adresse – rouge à blanc à brun à vert, par exemple – il fallait se diriger tout d'abord vers le rouge, puis chercher un carré blanc dans le rouge, et ainsi de suite.

Le bâtiment qu'ils atteignirent peu après était démesuré, plus grand que les moulins, et il se dressait à la limite de l'agglomération. Il n'y avait au-delà que des champs et des clôtures qui s'éloignaient jusqu'aux Falaises du Nord et aux tours de précip.

Ils s'arrêtèrent à la bordure de la Ville pour regarder des azis qui désherbaient le sol, assistés par des porcs-renifleurs.

– Est-ce qu'il y a des platythères, par ici ? demanda Ari. En avez-vous déjà vu ?

– Pas moi, répondit Florian. Mais on en trouve là-bas.

Il désigna le point où le fleuve venait effleurer les falaises.

– Il arrivent de cette direction. Ils défoncent les murs de béton, mais ça les arrête... pour le moment.

Elle suivit la clôture du regard, jusqu'à la Novaya Volga, avant d'étudier l'énorme bâtisse. Elle remarqua de grosses créatures dans un enclos éloigné.

– Qu'est-ce que c'est ?

– Des vaches. On les parque à l'extérieur pour qu'elles puissent se nourrir. Venez. Il y a plus intéressant.

– C'est dangereux, Florian, déclara Catlin.

– Qu'est-ce qui est dangereux ? voulut savoir Ari.

Il les guida vers une entrée latérale. L'intérieur du bâtiment était plongé dans la pénombre et l'air avait une odeur bizarre, à la fois agréable et désagréable. Autour de la partie centrale en terre battue ils voyaient ce que Florian appelait des mangeoires et des stalles. Une chèvre occupait un de ces boxes.

Ari s'avança pour l'étudier de plus près. Elle avait déjà vu des chèvres et des porcs, mais toujours de très loin car elle ne pouvait sortir de la Maison. L'animal aux poils blancs et marron leva ses yeux bizarres vers Ari, et elle eut l'étrange impression qu'il s'interrogeait à son sujet, qu'il était encore plus vivant et intelligent qu'un AI.

– Venez, murmura Catlin. Venez, on peut nous voir.

Elle les suivit. Florian passa sous une clôture, franchit une porte, traversa un réduit obscur et sortit au-dehors. Le brusque contraste entre la pénombre et la clarté du jour la fit ciller.

Ils avaient devant eux un enclos occupé par un animal dont la vision lui rappela certaines bandes : des bandes de la Terre, des bandes narratives dont l'action se déroulait dans un lointain passé.

– Je vous présente Cheval, dit Florian.

Il grimpa sur la barre inférieure de la barrière et s'accouda à celle du haut.

Ari fit de même et Catlin vint se jucher près d'elle. Elle se contenta de regarder le cheval, le cœur battant.

Il hennit et rejeta sa tête en arrière, en secouant sa crinière : c'était le nom qu'on donnait à ses cheveux. S'il avait des sabots, ils étaient très différents de ceux des cochons et des chèvres. Et un losange blanc apparaissait sur son front.

– Attendez, dit Florian.

Il sauta de la clôture, retourna à l'intérieur du bâtiment et revint avec un seau. Cheval dressa les oreilles, vint vers lui et étira le cou au-dessus de la barre supérieure pour manger le contenu du récipient.

Ari grimpa plus haut sur la barrière et tendit la main, afin de caresser la robe de l'animal. Son odeur était puissante, et son poil poussiéreux. C'était une bête très forte. Solide et chaude, comme Ollie.

– A-t-il une selle et une bride ? s'enquit-elle.

– Qu'est-ce que c'est ? demanda Florian.

– Ce qui permet de se tenir sur son dos.

L'azi parut déconcerté, pendant que Cheval piaffait, la tête toujours plongée dans le seau.

– Se tenir sur son dos, sera ?

– Va te placer dans un angle.

Florian obéit, et Cheval le suivit. Il se retrouva au ras de la clôture et Ari grimpa sur la barre supérieure puis sauta, pour retomber à califourchon sur le dos de l'animal.

Qui fit un écart. Elle agrippa sa crinière. Il était... merveilleux. Vraiment chaud, et puissant.

Puis il fit une sorte de bond, baissa son encolure et releva sa croupe. Ari fut projetée dans les airs, très haut vers le ciel, légère comme une plume, avant de redescendre vers la clôture. Elle tournoyait, quand elle vit le sol monter à sa rencontre.

Bang !

Tête la première. Elle souffrait, mais pas vraiment. Une partie de son être semblait engourdie.

Puis la voix de Catlin :

– Ne la touche pas ! Attention !

– Ça va, dit-elle.

Et elle découvrit un goût de sang et de terre dans sa bouche.

Parler était difficile. Elle avait le souffle coupé et mal au cœur. Elle déplaça un pied et voulut se redresser en s'aidant d'un bras, et ce fut à cet instant qu'elle eut vraiment mal.

– Attention, attention, sera, non !

Le genou de Florian venait se placer devant son visage, et elle en fut heureuse car elle tombait. Elle s'effondra sur la jambe de l'azi, et non tête la première dans la poussière.

– Catlin, va chercher de l'aide ! Trouve Andy ! Vite !

– Je savais pourtant qu'il m'aurait fallu une selle, grommela-t-elle.

Elle craignait de gémir ou de rendre.

Parce que tous ses os devaient être brisés et qu'elle n'avait encore jamais souffert à ce point. Le pire, c'était son épaule et son estomac. Elle avait toujours de la terre dans la bouche et sa lèvre était fendue.

– Aide-moi à me relever, dit-elle à Florian.

Car son dos la torturait, dans cette position.

– Non, sera, s'il vous plaît, ne bougez pas. Votre bras est cassé.

Elle tenta de se redresser pour voir à quoi ressemblait un bras cassé. Mais la douleur empira et elle renonça.

– Qu'a fait Cheval ? demanda-t-elle.

Elle ne pouvait reconstituer ce qui s'était passé.

– Il a levé ses pattes arrière et vous vous êtes envolée. Il ne l'a pas fait exprès, il n'est pas méchant.

Elle entendait des gens courir, mais ne les voyait pas.

Florian les lui dissimula jusqu'au moment où ils l'entourèrent et que des voix d'azis, à la fois posées et inquiètes, lui dirent que les meds allaient arriver et qu'elle ne devait pas bouger.

Elle aurait voulu se lever. Il était humiliant de rester couchée par terre au milieu de tous ces gens qui se penchaient vers elle.

Puis il lui vint à l'esprit que Giraud se mettrait vraiment en colère et que cette partie de son plan se déroulerait comme prévu.

Il ne lui restait qu'à attendre les meds, et à espérer qu'ils ne tarderaient pas trop à arriver.

10

Adossé à la paroi capitonnée, Grant restait assis sur le sol. La tête de Justin reposait sur ses jambes, qu'il ne pouvait déplacer malgré ses crampes. Il devait en outre laisser ses mains sur l'épaule et le front de son ami, pour lui confirmer sa présence, le rassurer. Rien ne bougeait, dans cette cellule où il ne faudrait faire aucun bruit tant que les effets de la drogue ne se seraient pas dissipés.

La sécurité poursuivait sa surveillance. Deux gardes étaient de faction derrière une paroi de verre. Seul un médecin pouvait rester auprès d'un détenu qui venait de subir un psychosondage, mais Giraud faisait fi des règlements. Il agissait à sa guise et leur accorder cette faveur ne tirait pas à conséquence.

Bien qu'éveillé, Justin errait encore dans les limbes de la désintoxication, un univers où les sensations et les sons s'amplifiaient au point d'en être insoutenables. Grant conservait avec lui un contact physique et lui murmurait des paroles apaisantes :

– Justin. C'est Grant. Je suis ici. Comment vas-tu ?

– Bien.

Les yeux de son ami s'entrouvrirent.

– Tes idées redeviennent-elles limpides ?

Une inspiration, plus profonde que les précédentes.

– Je vais très bien, même s'il me semble toujours être ouvert.

– Je comprends. Mais ils se sont contentés de procéder à ton interrogatoire. Je suis constamment resté près de toi.

– Parfait.

Et ses paupières se fermèrent. Grant ne pouvait rien faire de plus pour lui. Giraud lui avait posé des questions sur la visite rendue à Jordan et leur implication éventuelle dans la disparition d'Ari. Lui affirmer que ses épreuves étaient terminées eût été dangereux. Giraud pouvait décider de revenir. Et l'encourager à parler – quand tout devait être enregistré – serait plus risqué encore à cause des tranks.

– Quels sentiments vous inspire la jeune Ari ? avait demandé Giraud.

Et Justin de répondre :

– De la pitié.

L'attention de Grant fut attirée par des mouvements derrière la paroi de verre et il releva les yeux. Il vit Denys Nye discuter avec les gardes, qui ouvrirent la porte de la cellule pour le laisser entrer.

L'azi le foudroya du regard et serra Justin contre lui, avant de se pencher vers son oreille pour lui murmurer :

– Justin. Ser Denys est venu te voir. Détends-toi. Je suis là, je ne te laisserai pas.

Son ami était conscient. Il ouvrit les yeux.

Denys marchait sans faire de bruit, ce qui était surprenant pour un individu de sa corpulence. Il approcha et s'arrêta, puis se pencha afin de déclarer à mi-voix :

– Ils ont retrouvé Ari. Elle se porte bien.

Justin prit une inspiration, sa poitrine se dilata.

– C'est vrai ? Qu'en penses-tu, Grant ?

L'azi lança un regard de reproche au visiteur.

– Possible.

Puis il serra son compagnon contre lui, afin de lui confirmer sa présence.

– C'est la stricte vérité, affirma Denys. Je regrette. Je suis vraiment désolé. Nous ferons tout ce qui est en notre pouvoir pour compenser ces désagréments.

Grant sentit le pouls s'emballer, sous sa paume.

– Détends-toi, dit-il.

Son cœur imita celui de Justin, pendant qu'il effectuait un tri dans les propos qu'il venait d'entendre et leur cherchait un sens. Puis la colère l'incita à demander :

– Comment espérez-vous pouvoir tenir parole, ser ? L'enfant est en sécurité, mais vous oubliez les autres activités de ces laboratoires. Vous êtes de sacrés imbéciles, pour avoir mis en péril la santé mentale d'un homme dont vous ignorez encore le potentiel. Vous n'avez cessé de le persécuter et de le traiter comme s'il était responsable de tous les maux qui s'abattent sur Reseune... alors qu'il n'a jamais, je dis bien jamais... fait le moindre mal à qui que ce soit. Yanni Schwartz pourrait vous confirmer qu'il a fallu lui retirer les interventions en temps réel tant la souffrance d'autrui lui était insupportable. À quoi sert votre célèbre compétence en psych, si vous n'êtes même pas capables de comprendre qu'il ne ferait pas de mal à une mouche, pas même aux gens qui ont fait de sa vie un véritable enfer ?

– Grant, murmura Justin. Grant...

– Non, fit Denys. Il a raison. Je sais, je sais. Dire que je regrette ne peut suffire, et il est quoi qu'il en soit bien trop tard pour le faire. Vous allez rentrer chez vous. Ari a été retrouvée. Nous avons dû l'hospitaliser car elle a fait une chute, mais elle s'en remettra. Elle est partie seule, elle s'est déguisée... une simple farce, sans le moindre rapport avec vous. Je ne vais pas m'attarder, je sais que ma place n'est pas ici, mais je tenais à vous en informer. J'ai estimé que vous aimeriez le savoir, parce que vous ne lui voulez aucun mal et qu'il serait grand temps de vous traiter avec quelques égards. Je suis sincère. Je trouverai un moyen de nous racheter, j'en fais la promesse. J'ai accepté trop de compromis au nom de cette sacro-sainte sécurité, mais c'est fini. Je m'y engage.

Il prit l'azi par l'épaule.

– Des meds ne tarderont pas à arriver. Ils le transporteront par les tunnels jusqu'à votre résidence. Il peut rentrer chez lui, s'il le désire. À moins qu'il ne préfère attendre ici de s'être remis. Il a le choix.

– Chez nous, dit Grant. C'est bien cela, Justin ? Tu souhaites rentrer maintenant ?

Son ami hocha la tête.

– Oui, je ne veux pas rester ici.

Il avait articulé avec soin ces paroles. Un soubresaut agita son bras, qui se souleva pour redescendre presque aussitôt. C'était la preuve qu'il recouvrait le contrôle de son être.

– Je vous en fais le serment, répéta Denys. Plus jamais ça.

Puis il sortit, d'une démarche qui traduisait de la colère.

Grant étreignit Justin et effaça la tension de ses muscles, de crainte que son ami ne pût la percevoir. Esprit azi. Silencieux et stable.

– Denys est venu ? demanda Justin.

– Il sort à l'instant. Nous allons rentrer à la maison. Je ne crois pas qu'il ait menti. Ils ont retrouvé Ari et savent que tu n'es pour rien dans cette affaire. Repose-toi, à présent. Prends ton temps. Je ne te laisserai pas seul.

Justin soupira puis resta silencieux.

11

Ce fut en car qu'elle effectua le bref trajet entre l'hôpital et la Maison, et elle supplia oncle Denys de lui permettre de faire à pied le reste du parcours. Une gouttière immobilisait le bras cassé, et sitôt après avoir pris son oncle par l'autre main elle craignit de ne pas pouvoir aller jusqu'au bout. Ses genoux vacillaient et elle était en sueur sous son corsage, fendu pour qu'elle pût l'enfiler malgré son plâtre. Elle n'aurait pu s'exhiber en public en chemise de nuit et robe de chambre. Mais elle rentrerait chez elle sans aide. Elle en avait la ferme intention.

Elle éprouva malgré tout un profond soulagement, quand elle pénétra dans l'appartement où l'attendaient Nelly, Florian et Catlin. Les azis paraissaient à la fois peinés et heureux de la voir. Même Seely.

Et elle fut elle aussi si contente de les retrouver qu'elle eut envie de pleurer. Mais elle retint ses larmes.

– Je veux me coucher, dit-elle.

Oncle Denys la conduisit vers sa chambre, qu'elle atteignit en mettant à contribution ses dernières forces pendant que Nelly s'affairait devant eux.

Elle avait rabattu le drap, posé Poo-Poo à sa place habituelle et redressé les oreillers. Ari trouva très agréable de pouvoir s'allonger dans son lit.

– Je vais vous aider à retirer vos vêtements, proposa l'azie.

– Non, je veux seulement me reposer un peu.

Oncle Denys jugea cette idée excellente.

– J'ai soif, et je veux avoir Florian et Catlin près de moi, ajouta-t-elle pendant que son oncle les laissait.

Nelly sortit à son tour et fut remplacée peu après par ses azis qui lui apportaient un verre.

– Nous sommes désolés, dit Florian.

Leurs expressions confirmaient ses paroles.

Ils l'avaient accompagnée à l'hôpital puis étaient restés près d'elle. Ils semblaient se tenir prêts à bondir sur tout individu à l'aspect douteux. Ari leur avait donné l'ordre de la laisser, sur les conseils d'oncle Denys. Il disait qu'ils avaient besoin de repos. Elle avait émergé du sommeil le temps de leur affirmer qu'ils n'avaient rien à se reprocher et devaient rentrer à la Maison, avant d'ajouter :

– J'irai bientôt vous rejoindre.

Ce qu'elle venait de faire.

Le Dr Ivanov déclarait qu'elle pouvait s'estimer heureuse de s'être brisé un bras plutôt que le crâne. Un point de vue qu'elle partageait sans réserve. Elle revoyait le ciel et le sol tournoyer et sentait encore l'impact ébranler tous ses os.

Oncle Denys disait lui aussi qu'elle avait eu beaucoup de chance et que Cheval aurait pu la tuer, ce qui le mettait dans tous ses états.

C'était exact, mais elle tenait à préciser que sa monture ne l'avait pas fait exprès... qu'elle s'était simplement déplacée, en quelque sorte.

– Cheval va bien, n'est-ce pas ?

– À merveille, avait-il répondu. C'est pour toi que nous étions inquiets.

Il était très gentil. Tous l'étaient, bien plus que d'habitude. Le Dr Ivanov venait prendre de ses nouvelles, les infirmières lui apportaient à boire, Florian et Catlin restaient près d'elle tant qu'on ne les chassait pas. Le seul point noir était Giraud : il n'avait pas décidé de passer la voir, mais elle se sentait quoi qu'il en soit trop lasse pour le Travailler.

Elle était dans son lit, avec ses azis à ses côtés, et il lui semblait se trouver... très loin de tout le reste. Tranquille. Elle se félicitait de cette gentillesse, parce qu'elle n'aurait pu affronter personne et était épuisée. Elle n'avait d'autre désir que de rester allongée et souffrir un peu moins.

– Ce n'est pas votre faute, répéta-t-elle à Florian et Catlin. C'était mon idée, il me semble ?

– Nous aurions dû vous en empêcher, dit Florian.

– Vous n'aviez pas le choix. Vous devez exécuter mes ordres, non ?

– Oui, c'est exact, répondit Catlin après un moment de réflexion.

Et les deux jeunes azis en parurent soulagés.

Elle dormit tout l'après-midi, le bras levé et immobilisé dans une gouttière : une mesure prescrite par le Dr Ivanov pour que sa main ne pût enfler. Elle doutait que ce fût d'une quelconque utilité, étant donné qu'elle changeait sans cesse de position, mais la fatigue eut finalement raison d'elle. Elle se réveilla quand Nelly vint lui dire de prendre une pilule. Puis elle se rendormit aussitôt, parce qu'elle était dans son lit et que l'antalgique avait des propriétés soporifiques.

Puis l'azie lui apporta son repas, qu'elle mangea de la main gauche. Le Dr Ivanov lui avait tenu un long discours sur la prédominance d'une main sur l'autre et précisé qu'elle devrait éviter d'écrire tant qu'elle aurait son plâtre. Il lui conseillait d'employer un scripteur pour faire ses devoirs, et elle trouvait cette suggestion à son goût.

Il disait encore qu'elle ne garderait ce plâtre que trois semaines – parce qu'il avait fait le nécessaire pour hâter sa guérison – et que son bras serait ensuite comme neuf, après quelques séances de rééducation destinées à lui rendre ses muscles. Elle n'avait aucune objection à émettre. Ce qu'elle venait de vivre était une aventure, mais elle ne tenait pas à rester handicapée.

Il était agréable de faire l'objet de tant d'attentions. L'inquiétude était à l'origine de changements d'attitude fascinants. Elle y réfléchissait, pendant ses périodes d'éveil.

On lui servit son dîner, des plats qu'elle pouvait manger avec les doigts, et ensuite elle voulut que Florian et Catlin restent dans sa chambre car elle se sentait désormais bien réveillée. Mais oncle Denys choisit cet instant pour venir la voir et leur dit de sortir un moment. Il désirait s'entretenir avec elle.

– Je ne veux pas, protesta Ari.

Elle bouda un peu, parce qu'elle souffrait et qu'oncle Denys avait cessé d'être gentil. Après l'avoir choyée toute la journée, son entourage redevenait comme avant sans lui laisser le temps de se préparer à ce qu'elle voyait poindre à l'horizon.

– Je serai bref, affirma-t-il en refermant la porte. Et il n'est pas dans mes intentions de te gronder pour ta petite escapade.

Elle s'était donc trompée sur ses intentions, ce qui éveilla sa curiosité et sa méfiance. Il prit la chaise de Nelly et l'approcha. Elle fut soulagée de constater qu'il ne s'assoirait pas sur le lit, juste au moment où elle avait trouvé une position presque confortable.

Il se pencha vers elle.

– Il faut que tu saches pourquoi nous nous sommes tant inquiétés. Ce n'est pas parce que tu es allée en Ville, mais parce que tu es très importante et que des gens... n'hésiteraient pas à te faire du mal s'ils réussissaient à entrer dans Reseune. C'est pour cela que la sécurité a eu si peur.

C'était sérieux. Les propos d'oncle Denys complétaient ses mises en garde et expliquaient pourquoi elle était, à sa connaissance, la seule enfant qui avait pour compagnons deux azis des services de sécurité. Elle en fut à la fois intéressée et effrayée. Il lui semblait que des grappins miniatures crochetaient une multitude d'informations dispersées.

– Qui me veut du mal ?

– Des individus qui voulaient nuire à ton prédécesseur. Sais-tu ce que signifient les lettres DP, à la fin d'un matricule de CIT ?

– Dupliqué Parental.

– Connais-tu le sens de ce terme ?

Elle hocha la tête, sans la moindre hésitation.

– Ça veut dire que la personne en question est le jumeau de sa maman ou de son papa.

– Un simple jumeau ?

– Non. Sa copie exacte.

– Ils sont absolument identiques, même au niveau du généset, n'est-ce pas ?

Un autre mouvement de tête.

– Bien que ton matricule ne s'achève pas par ces lettres, elles pourraient s'y trouver.

Une déclaration déconcertante. Effrayante. Et absurde.

– Prête-moi bien attention. Contente-toi de m'écouter, sans m'interrompre. Ta maman, Jane Strassen, avait une excellente amie. Cette dernière est décédée, elle a connu une fin tragique. Reseune ne pouvait pas se passer de cette femme et les spécialistes l'ont dupliquée ; ils ont créé un bébé à son image. Jane a décidé de l'élever pour qu'il ne soit pas confié à des étrangers. Elle a fait cela pour son amie défunte. Et quand elle a eu ce bébé elle l'a autant aimé que s'il était le sien. Me comprends-tu, Ari ?

Une sorte de boule obstruait le fond de sa gorge. Elle avait froid, jusqu'au bout de ses membres.

– Me comprends-tu, Ari ?

Elle hocha la tête.

– Jane est ta maman, Ari. Rien ne peut le changer. Une maman, c'est la dame qui aime un bébé, qui s'occupe de lui et lui apprend tout ce qu'il doit savoir, comme Jane l'a fait pour toi.

– Alors, pourquoi m'a-t-elle abandonnée ?

– Parce qu'elle a été chargée d'un travail qu'elle seule pouvait mener à bien. Par ailleurs, Jane a eu une première fille, Julia... une adulte très jalouse de toi qui a elle aussi une enfant de ton âge : Gloria. Elles ont rendu la vie très difficile à ta maman et ont été envoyées avec elle à Lointaine. Elles n'ont jamais pardonné à Jane d'être devenue ta maman, tu sais. Elle n'a pas eu le choix. Quand elle est partie, elle a dû les emmener avec elle, parce qu'elle craignait qu'elles ne soient méchantes avec toi si elles demeuraient ici. Alors, elle t'a confiée à moi en me disant qu'elle ferait son possible pour revenir un jour. Mais Lointaine est située à l'autre bout de l'espace et la santé de ta maman est précaire. Elle est âgée, et le voyage de retour risquerait de lui être fatal. Tu sais maintenant pourquoi elle est partie en sachant que ce serait sans doute pour toujours. Elle devait s'en aller avant que tu ne sois devenue grande. Au début, elle croyait que ce serait facile. Mais elle est devenue pour toi une véritable maman, et si elle t'a aimée à ce point ce n'est pas à cause de l'Ari qui est morte mais parce que tu es Ari et qu'elle... qu'elle t'aime, tout simplement.

Elle remarqua que ses joues étaient humides. Elle pleurait. Elle tenta de déplacer le bras immobilisé pour s'essuyer le visage, avant d'utiliser l'autre main.

– Elle ne pouvait pas t'emmener avec elle à Lointaine. Julia et Gloria s'y trouvent, et comme ta génémère avait de nombreux ennemis tu es plus en sécurité à Reseune. Tu as des professeurs pour assurer ton éducation et des amis pour s'occuper de toi... pas toujours les meilleurs, hélas ! Je ne suis pas très qualifié pour élever une petite fille, mais je me suis efforcé de faire tout mon possible et je continue dans cette voie. Si j'ai décidé de te parler de ces choses, c'est parce que tu viens de prouver que tu es assez grande pour aller te promener toute seule. Tu risques de rencontrer des gens qui te diront ce que tu ne dois pas apprendre par un inconnu. La plupart des résidents de Reseune te connaissent, et tu te poses sans doute des questions... pourquoi tu t'appelles Emory et non Strassen, par exemple.

Elle avait horreur de passer pour une idiote, mais la conclusion s'imposait. Cela aurait dû lui sauter aux yeux, même si les enfants ne portaient pas toujours le même nom que leur mère. Elle avait supposé s'appeler comme l'homme avec qui maman avait fait son bébé.

Mais on n'arrivait à rien de bon en tentant de déduire ce que les adultes cachaient aux enfants.

Pourquoi je ne suis pas une Strassen ? avait-elle demandé à maman.

Parce que tu es une Emory et que... c'est comme ça. Prends Tommy Carnath. Sa maman se nomme Johanna Morley. Ce sont des histoires de grands.

Elle eut mal au cœur, et des sueurs froides.

– S'il te plaît, oncle Denys. Je sens que je vais vomir. Appelle Nelly.

Il le fit aussitôt. Et l'azie souleva son bras de la gouttière puis la conduisit dans la salle de bains, où elle eut des nausées. Mais elle ne put rendre, ce qu'elle jugea regrettable car elle souffrait à présent dans son corps comme dans son esprit.

Nelly lui apporta un verre d'un médicament pétillant.

Il était infect, mais elle le but quand même. Ensuite, elle se sentit un peu mieux et s'adossa aux oreillers pendant que l'azie réordonnait sa chevelure.

Elle n'avait pas changé. Nelly était toujours Nelly. Si Ari estimait qu'oncle Denys avait raison de dire que sa maman restait toujours sa maman, elle ne savait plus bien qui elle était. Elle voulait le découvrir. Son oncle aurait pu lui répondre, mais elle ne souhaitait pas entendre d'autres révélations pour l'instant.

Il regagna sa chambre, vint vers elle, et caressa son épaule valide avant de lui demander :

– Comment te sens-tu ? Tu penses que ça va aller, ma chérie ?

Maman l'appelait comme ça. Oncle Denys ne l'avait encore jamais fait. Elle se mordit la lèvre, afin que la souffrance fût autant physique que morale.

– Ari ?

– Qu'est-ce qu'on aurait encore pu me dire ?

– Qu'il y avait à Reseune une femme très célèbre qui portait le même nom que toi.

Il approcha la chaise et Nelly dut reculer. Elle décida de prendre quelques objets posés sur la table de chevet et de les emporter dans la salle de bains.

– Que tu ressembles trait pour trait à la petite fille qu'elle a été. Et on la voit dans la plupart des bandes que tu devras bientôt étudier. La première Ari était intelligente, très intelligente. Plus que n'importe qui. Elle n'est pas ta maman et tu n'es pas son enfant. Vous êtes bien plus proches que cela. Nous ne savons pas encore à quel point, mais tu es exceptionnelle et je sais que Jane est très fière de toi.

Il lui caressa à nouveau l'épaule. Nelly était entretemps revenue et repartie. Il se leva. Ari ne lui accordait plus son attention. Elle tentait de faire le point dans son esprit, mais son cerveau paraissait s'être changé en bouillie.

– Si ça peut te faire plaisir, je dirai à Florian et Catlin de passer la nuit avec toi.

Elle se demandait comment apprendre à ses azis

qu'elle était idiote à ce point. Ils ne cesseraient pas de l'aimer pour autant; ils lui appartenaient et c'était pour eux un devoir. Mais ils seraient bouleversés... pour la simple raison qu'elle l'était. Elle s'essuya le visage du dos de sa main valide et tenta d'interrompre ses reniflements.

– Ari ?

– Nelly le sait ?

– Oui. Elle n'a pas tout compris, mais elle est au courant. Elle l'a toujours su.

Ce qui la mit en rage.

– Elle appartenait à ta maman, Ari. Jane lui a confié un très lourd fardeau à porter, lorsqu'elle lui a fait ces révélations et ordonné de garder le secret. Nelly est loyale à ta maman. Elle ne pouvait lui désobéir.

– Et Ollie, il le savait lui aussi ?

– Naturellement. Veux-tu que Florian et Catlin passent la nuit dans ta chambre ? Ils pourront installer des matelas dans un coin. Ils ont l'habitude de dormir à la dure.

– Et eux, ils savent ?

– Non, ils sont à toi. Seuls les azis de Jane ont su la vérité.

Elle en fut soulagée. Ils n'avaient pu ricaner dans son dos.

– Et Amy Carnath ?

Oncle Denys se renfrogna et réfléchit un moment.

– Pourquoi me le demandes-tu ?

– Parce que !

– Jane m'a chargé d'assurer ton éducation, Ari, et nous sommes convenus que je ne répondrais pas à toutes tes questions. Il est parfois nécessaire de trouver seul les réponses. Je respecterai l'engagement que j'ai pris envers ta maman, même si cela te déplaît. Tu es très éveillée et tu dois arriver sans aide à certaines conclusions, comme l'aurait fait la première Ari... et j'ajouterais que c'est un sujet qui ne peut intéresser que toi. Mais rappelle-toi ceci : quelle que soit la question... elle révèle toujours de nombreuses choses sur celui qui la pose. Garde cela à l'esprit, Ari.

Il referma la porte.

Elle réfléchit à ses paroles. Elle ignorait s'il obéissait aux instructions de maman. Il était difficile de savoir s'il ne mentait pas.

Sur ce que lui avait dit maman.

Ou ce qu'elle était.

Florian et Catlin revinrent peu après, sans faire de bruit.

– Ser Denys nous a informés que vous aviez des instructions à nous donner, dit Catlin.

Ari veilla à conserver une expression neutre, afin de leur dissimuler ce qu'elle éprouvait. Ses cils étaient humides et son nez devait être tout rouge, mais elle avait besoin de leur présence.

– J'ai des révélations à vous faire. Asseyez-vous sur le lit. Je viens d'obtenir des réponses à certaines questions.

Ils prirent place au bord du lit, un de chaque côté, en prenant garde de ne pas la secouer.

– Oncle Denys dit que je ne viens pas du géneset de maman mais d'une de ses amies, dont je suis la DP. Maman a une fille et une petite-fille dont elle ne m'a jamais parlé, et Nelly et Ollie le savaient depuis le début. C'est tout ce qu'il m'a appris, parce qu'il veut que je trouve le reste toute seule.

Elle leur fit signe d'approcher mais ne put utiliser sa main droite. Ce fut donc Florian qui se leva et contourna le lit, pour venir se pencher vers sa bouche.

– Il se peut qu'oncle Denys ait voulu me Travailler. Je ne sais pas. Et je me demande pourquoi il ferait une chose pareille, bien que Giraud soit son frère. Passe à Catlin.

Il le fit et les sourcils de l'azie s'incurvèrent. Elle hocha la tête, l'air pensif. Ari se demanda si elle ne se conduisait pas de façon ridicule. Dans quelle mesure devait-elle croire les déclarations d'oncle Denys, quels éléments de son récit étaient plausibles ?

Florian et Catlin se chargeraient d'obtenir des confirmations ; c'était leur spécialité.

Ces explications permettaient d'élucider des mystères, mais pas tous. Il subsistait des Anomalies :

Les Disparitions, par exemple, et les manigances de Giraud.

Pourquoi maman ne lui avait-elle pas laissé une lettre ? Où était-elle, si elle l'avait écrite ?

La liste des questions s'allongeait.

Il était Anormal qu'ils ne lui aient pas dit plus tôt la vérité.

Il était Anormal que maman lui eût menti et dit que son papa s'appelait James Carnath ; ce qui n'expliquait même pas d'où venait son nom d'Emory.

Il était Anormal que maman eût détourné tant de fois la conversation pour ne pas répondre à ses questions, à tel point qu'elle n'osait plus lui en poser tant cela semblait la mettre mal à l'aise.

Et, à la réflexion, maman l'avait Travaillée... elle en gardait le souvenir.

C'était cela qui lui donnait envie de rendre.

Elle avait peur, parce que rien n'était peut-être vrai, pas même ce qu'on venait de lui dire. Mais elle ne pouvait confier ce soupçon à personne.

La remarque faite par oncle Denys à la fin de leur entretien n'entrait pas dans la catégorie des révélations. Elle savait depuis longtemps que les questions pouvaient fournir plus d'informations que les réponses. Oncle Denys en avait lui aussi conscience et voulait la mettre en garde, l'avertir de ne pas aborder certains sujets.

Comme maman, mais de façon différente, sans détour : ne me fais pas de confidences, tu ignores si je suis ton allié.

S'il voulait la Travailler, il suivait des voies pour le moins détournées, et le médicament semblait continuer de pétiller dans son cerveau. Si c'était bien le but recherché, oncle Denys avait commencé par lui embrouiller les idées.

Ou par détourner son attention de ce qu'elle voulait apprendre.

Merde ! pensa-t-elle. *Merde !*

Parce qu'elle se retrouvait clouée dans son lit, qu'elle souffrait, et que les tranks l'empêchaient d'avoir des pensées limpides.

12

Présentez-vous à mon bureau, lut-il sur l'écran après avoir branché le terminal. Il se tourna vers Grant.

– Je dois aller voir Yanni.

L'azi fit pivoter son siège, pour le regarder.

Pas de commentaire. Il n'avait aucun conseil à lui donner. Il était simplement inquiet.

– À tout à l'heure. Je regrette que tu ne puisses pas m'accompagner.

– Moins que moi, sans doute.

Justin ne se sentait pas prêt à affronter Yanni, mais il n'avait pas le choix. Il haussa les épaules, adressa à son ami un regard qui contenait de l'angoisse puis sortit dans le couloir d'une démarche hésitante. Il ne s'était pas encore remis de son psychosondage.

Seigneur, aidez-moi à me tirer de ce mauvais pas ! pria-t-il.

Grant avait enregistré dans les compartiments de sa mémoire d'azi tout ce qu'il avait entendu et vu au cours de son interrogatoire puis pendant son rétablissement : des réflexions anodines aux commentaires des meds chargés de le ramener à leur appartement. Il trouvait réconfortant de savoir qu'il ne s'était *rien passé d'autre,* et la présence de son ami lui avait permis de se concentrer sur l'instant présent et de se lever au matin, de ne pas s'appesantir sur l'avenir et de décider de se rendre à son travail.

Je voudrais me mettre à jour, avait-il déclaré. Il se référait aux piles de rapports qui attendaient depuis des semaines de recevoir le tampon « À classer ». C'était une journée idéale, pour de telles activités.

Mais pas pour régler des situations délicates. Il estima en chemin que la sécurité avait dû réétudier l'enregistrement de l'interrogatoire et y découvrir des propos suspects, Dieu sait quoi, et que Yanni ferait...

Dieu sait quoi.

– Me voilà, Marge, dit-il à l'assistante de son supérieur.

– Entrez, il vous attend.

Une interdiction d'accès à la mémoire centrale du système informatique, voilà de quoi il devait retourner.

Il ouvrit l'autre porte. Yanni était à son bureau.

– Ser.

L'homme leva les yeux sur lui, ce qui l'obligea à puiser dans son courage.

– Asseyez-vous.

Ô Seigneur! Il se laissa choir dans le fauteuil, hypertendu et incontrôlable.

– Mon garçon, ajouta Yanni d'une voix douce qui ne lui ressemblait guère, comment allez-vous ?

– Très bien.

Deux mots, à la limite du balbutiement.

– J'ai fait un véritable scandale, quand j'ai été informé de l'incident. Auprès de Denys, Ivanov et Giraud. J'ai cependant cru comprendre qu'ils avaient permis à Grant d'être présent.

– Oui, ser.

– Ils y avaient intérêt. Je vais vous faire une confidence : ils ont enregistré votre interrogatoire. Cette cassette n'a aucune existence officielle, mais vous pourrez l'obtenir si vous le désirez. Giraud s'y est engagé, mon garçon. Ils semblent recouvrer un peu de bon sens, ce matin.

Justin regardait son interlocuteur. Il pensait avec apathie qu'il y avait un piège, qu'on le conditionnait. Ils étaient sur écoutes, cela ne faisait aucun doute. S'il accordait sa confiance à cet homme, la chute serait brutale.

– Vous procédez à une nouvelle analyse vocale ?

Un pli se creusa entre les sourcils de Yanni.

– Non. Je veux simplement vous fournir quelques explications. La situation de Giraud est délicate. Il fait l'objet de fortes pressions. Reseune va rompre le secret, pour le Projet. Je ne peux vous en dire plus, hormis qu'ils ont révélé la vérité à Ari. En partie, tout au moins. Elle sait qu'elle n'est pas la fille biologique de Jane Strassen mais la DP d'Ariane Emory... qui n'est encore pour elle qu'un simple nom. Ils espèrent réduire ainsi les dangers. Elle a un bras cassé et de nombreuses contusions. Ils lui ont fait ces révélations pendant qu'elle était sous tranks, afin de limiter la réaction au plan émotionnel. Ils ont pu ainsi la contrôler et lui faire accepter au niveau viscéral, avant qu'elle ne se mette à chercher les pourquoi et les comment en mettant à contribution ses capacités de déduction supérieures à la moyenne. Si je vous dis cela, c'est parce qu'elle est allée vous voir et qu'elle risque de s'adresser à vous pour obtenir des informations complémentaires. Si elle le fait, ne cédez pas à la panique. Contentez-vous de suivre les instructions de Denys. Contactez-le, et dites à Ari que vous n'avez pas le choix parce que autrement vous auriez des ennuis... ce qui n'est d'ailleurs que la stricte vérité.

Justin respirait plus facilement. S'il pensait toujours à un piège, la menace cessait d'être imprécise et il bénéficierait d'un répit ; les événements désagréables se produiraient à une date ultérieure qui restait à préciser.

– Savez-vous comment a réagi mon père ?

– Je l'ai contacté hier soir. Il m'a dit aller bien et s'inquiéter pour vous. Il serait superflu de préciser qu'on ne peut tout se dire par téléphone. J'ai répondu qu'il n'avait pas à s'en faire, que je me renseignerais sur votre compte et que je le rappellerais aujourd'hui.

– Confirmez-lui que je me porte bien.

Il remarqua que les doigts de sa main droite s'étaient crispés sur l'accoudoir du fauteuil. Il les desserra et s'efforça de se détendre.

– Merci. Merci de vous être mis en rapport avec lui.

Yanni haussa les épaules, soupira et le dévisagea. Il se renfrogna.

– Je vous inspire de la méfiance, pas vrai ?

Justin jugea préférable de ne pas répondre.

– Mais écoutez-moi bien. J'ai appris à vous connaître et je savais que vous n'étiez pour rien dans la disparition de la gosse. C'est Giraud qui a tenu à procéder à un autre de ses foutus sondages sur un esprit supérieur à la moyenne. Il n'a tenu aucun compte de mes conseils. Il est pressé et se fiche des règlements, de la légalité, et de tout ce qui a la malchance de se trouver sur son chemin.

Yanni prit une inspiration.

– Ne dites rien. Si je vous ai fait venir ici, c'est pour vous informer que Denys a décidé de débloquer des crédits pour vos recherches. Rien de faramineux, notez bien, mais vous travaillerez moins sur le projet Rubin et aurez droit à un créneau horaire d'utilisation des ordinateurs de la sociologie. Pas grand-chose, mais c'est mieux que rien. Disons que l'administration fait un complexe de culpabilité. Vous pouvez appeler ça comme vous voulez. Je retransmettrai vos rapports à la socio, qui les enverra ensuite à Jordan. Vous serez autorisé à aller le voir plus souvent. J'ai pensé que cette nouvelle vous ferait plaisir.

– C'est exact, ser, répondit Justin.

Parce que son interlocuteur attendait un commentaire. Il eût été aussi grave d'accorder sa confiance à Yanni Schwartz que de croire qu'un séismographe annonçant une secousse sismique s'était déréglé.

– Allez. Faites une pause. Sortez d'ici.

– Bien, ser.

Il s'extirpa du fauteuil, franchit la porte et passa devant Marge sans la regarder. Il s'éloigna dans le couloir en proie à une terreur qu'atténuait une certaine apathie. C'était une machination ourdie par la sécurité. On voulait l'inciter à ne plus rester sur ses gardes, pour pouvoir ensuite le frapper avec plus de violence. Il redoutait de découvrir qu'il était arrivé malheur à Grant pendant son absence... l'hypothèse qui lui venait immédiatement à l'esprit, et la pire.

Mais son ami l'attendait sur le seuil de leur bureau, rongé par l'inquiétude.

– Yanni a été très aimable, expliqua-t-il.

La petite pièce encombrée de papiers lui inspirait de la claustrophobie.

– Allons prendre un café.

Leur travail passait au second plan. Il avait besoin de l'espace et des bruits feutrés de la cafétéria de la galerie nord.

Modifier leur emploi du temps, faire quoi que ce soit d'inhabituel risquait d'attirer sur eux l'attention de Giraud. Rien ne paraissait sûr. Le terrain semblait miné. Telle était la terreur que laissait derrière lui un sondage profond. Il aurait dû prendre des tranks, mais il s'y refusait.

Une fois arrivé à destination, il répéta à Grant les propos de Yanni tout en buvant son café. Son ami l'écouta avec attention, avant de déclarer :

– Il était temps. Grand temps qu'ils recouvrent un peu de bon sens.

– Tu leur fais confiance ? demanda-t-il.

Avec désespoir, comme s'il lui laissait le soin de différencier illusions et réalités. La panique l'envahissait à la pensée que son ami risquait de le trahir et de lui répondre : Oui, tu peux les croire et t'en remettre à eux.

– Non, pas plus qu'hier. Mais je pense que Yanni est quant à lui sincère. Il doit commencer à comprendre quelles sont tes possibilités et ce qu'ils risquent de perdre s'ils se laissent obnubiler par la petite Ari. Il a probablement réussi à convaincre Denys. Et si Denys l'a cru, Giraud finira par se laisser fléchir. Non. Écoute-moi. Je suis sérieux.

– Bon sang...

Il se sentait sur le point de pleurer, vaincu par la terreur.

– Je ne tiens pas le coup. Je suis trop vulnérable, même éveillé. Ne m'embrouille pas les idées.

– Je dois te dire une dernière chose, avant de changer de sujet. Si Yanni leur a tenu des propos de ce genre, il est logique qu'ils reviennent à de meilleurs sentiments. Je ne pense pas qu'ils ont changé, mais notre situation peut s'améliorer. Bon Dieu, détends-toi, n'essaie pas de deviner ce qu'ils feront d'après leurs actions précédentes, tente de les chasser de ton esprit pendant quelques jours. Veux-tu que j'aille voir Yanni ?

– Non !

– Du calme. D'accord, d'accord.

– Pas de paternalisme avec moi, bordel !

– Oh ! Je constate que nous sommes à bout de nerfs. Bois ton café. Ça va s'arranger. L'important, c'est que tu tiennes le coup, d'accord ? Yanni est cinglé, tu es indemne et moi aussi. Quant à l'administration, elle a perdu les pédales mais ce n'est pas une nouveauté.

Il rit – un son proche d'un éternuement –, puis il s'essuya les yeux et but une gorgée de café presque froid.

– Seigneur ! je me demande si je m'en remettrai un jour.

– Pas si vite. Une chose à la fois. Nous allons tout laisser tomber pour aujourd'hui et rentrer à la maison, d'accord ?

– Je préférerais être entouré de témoins.

– Au bureau ?

– Au bureau.

Il inspira, pour ramener son pouls à la normale.

Sur le chemin du retour, il s'arrêta à la boutique du coin afin d'acheter un holoposter qui agrémenterait la paroi, au-dessus de son poste de travail.

Grant y jeta un coup d'œil pendant que Justin présentait sa carte de crédit à la caisse.

On y voyait un avion qui survolait l'arrière-pays et l'inscription : PRENEZ LA RESEUNAIR.

Audiotexte extrait de :
Une question d'union
Série civique n°3

Publications éducatives de Reseune :

9799-8734-3 approuvé pour 80 +

De 2301 à 2351, la politique expansionniste de l'Union bénéficia d'un soutien unanime : l'élan colonial auquel on devait la construction des treize premières stations stellaires restait toujours aussi vigoureux.

La découverte des richesses biologiques de Cyteen et de la nouvelle technique du voyage spatial par bonds permit à ce monde d'acquérir son autonomie économique puis politique, après qu'il eut exploré l'espace environnant et établi à son tour un certain nombre de colonies. Cyteen avait été fondée par des hommes et des femmes qui désiraient se débarrasser du joug de la Compagnie Terre, et cet idéal d'indépendance fut un des ferments philosophiques de la culture de l'Union... la recherche d'une nouvelle forme de gouvernement.

À partir de l'époque où les relations entre Cyteen et la Compagnie Terre commencèrent à se dégrader, pour aboutir aux Guerres de Compagnie et à la Sécession, sans doute convient-il de considérer cette planète dans le contexte plus vaste de l'Union. Un profond désir de liberté, l'adhésion au principe d'une autonomie locale accrue, l'enthousiasme suscité par l'exploration de l'espace, le développement du commerce et l'établissement de nouvelles frontières furent les principaux facteurs de l'évolution des mentalités. Les auteurs de la Constitution ju-

geaient primordial que le gouvernement central ne pût intervenir qu'à titre exceptionnel dans les affaires intérieures des composants de l'Union, que ce fût une station d'appontage, une roue gravitationnelle ou un chapelet de systèmes stellaires constitués en entités politiques... hormis si les peuples concernés voulaient changer de dirigeants ou se livrer à des actes d'ingérence hégémonique hors de leur zone astrographique. C'est ce principe qui permit la coexistence d'entités politiques différentes au sein d'une Union indivise et chargée de maintenir ce que les fondateurs ont appelé un consensus global.

L'Union fut en effet conçue comme une structure à même de recevoir en son sein tout nouvel élément, même extra-humain, grâce à sa capacité d'adaptation aux cas particuliers et au principe selon lequel les législations planétaires et celles de l'Union se contrôlaient réciproquement.

Mais, chose presque inévitable lors d'une sécession, l'Union fut aussitôt confrontée à un conflit. Les Guerres de Compagnie mirent à rude épreuve le nouveau gouvernement et l'existence de nombreuses institutions découle de décisions imposées par cet âpre combat... on compte parmi elles les premiers partis politiques.

Il serait possible de dire que le rassemblement expansionniste fut fondé en même temps que l'Union, mais lorsque les hostilités entrèrent dans leur phase la plus critique le mouvement centriste réclama l'ouverture de pourparlers et la division de l'espace à Mariner. Les centristes, imprégnés d'idées libérales, pacifistes et réunificatrices, virent leur influence augmenter au cours des dernières années de la guerre puis régresser paradoxalement dès la cessation du conflit. Sans doute convient-il d'attribuer ce phénomène à l'impopularité des clauses du Traité de Pell. Le courant expansionniste retrouva en outre de la vigueur lorsque les militaires démobilisés vinrent grossir les rangs de la population civile et peser sur les économies planétaires.

Le courant centriste se chargea ensuite d'exprimer la peur grandissante qu'une politique d'expansion accom-

pagnée par une colonisation incontrôlée de l'espace pût conduire à une dispersion irrémédiable des cultures humaines ; et pour certains à des guerres entre noyaux d'humanité aux intérêts divergents.

Mais à l'exception de sociologues tel que Pavel Brust, le principal défenseur de la Théorie de la diffusion, ce mouvement regroupait surtout ceux qui craignaient de voir leurs intérêts menacés en cas de poursuite de la colonisation : nous citerons comme exemples les habitants des stations stellaires situées à l'écart des axes de cette expansion et ceux qui craignaient de se voir condamnés à vivre une interminable succession de conflits.

Deux événements permirent au mouvement centriste de prendre un nouvel essor : premièrement, au sein de l'Alliance le pouvoir fut transmis sans heurts de l'administration des Konstantins bellicistes à celle des Dees modérés ; deuxièmement, un important secteur spatial sous influence extraterrestre fut découvert au-delà de Sol. Refoulés sans ménagement hors de cette zone par la Convention E.T., les Terriens reportèrent leur attention sur l'espace humain et les centristes se firent les porte-parole de ceux qui estimaient qu'une ère de stabilité et de consolidation déboucherait sur une réunification de l'humanité ou, tout au moins, une paix durable. Pour ceux qui s'inquiétaient de la découverte d'une race extraterrestre expansionniste dans l'univers, prendre cette voie semblait plein de sagesse.

En 2389 le courant centriste fut rejoint par celui des abolitionnistes, qui s'opposaient aux méthodes permettant de fonder les colonies existantes et en projet, tant pour des raisons économiques que philosophiques ou religieuses. Les abolitionnistes dénonçaient les pratiques telles que l'effacement mental ou la psychochirurgie et réclamaient l'interruption définitive de la production d'azis. Ce ralliement offrait des moyens d'expression aux adversaires d'un gouvernement supra-planétaire, et l'on comptait parmi eux les Citoyens autonomistes qui souhaitaient rendre les planètes et les stations indépendantes de l'autorité centrale ; la Ligue contre l'expérimentation hu-

maine ; le Conseil religieux ; et d'autres groupuscules dont – sans caution officielle – le Comité de l'homme : un mouvement extrémiste coupable de prises d'otages et d'attentats contre des centres de recherche génétique et des bâtiments gouvernementaux.

Ceux qui redoutaient l'influence de Sol ou minimisaient les risques d'une guerre humano-extraterrestre jugeaient les buts poursuivis par les centristes dangereux. Les expansionnistes redoutaient une stagnation et une récession économiques. On trouvait à la tête de leur mouvement des responsables qui appartenaient à des mouvances diverses, parmi lesquels une femme remarquable sur les plans scientifique, philosophique et politique : Ariane Emory.

Son assassinat en 2404 suscita une réprobation quasi unanime et discrédita les abolitionnistes, ce qui fut à l'origine de l'éclatement de la coalition centriste.

Il s'ensuivit une période de repli, de réorganisation et de réalignement politique, jusqu'à la révélation en 2412 de l'affaire de Géhenne. L'opération effectuée sur ce monde alimentait les peurs des modérés et ternissait l'image de la majorité expansionniste, et plus particulièrement de certains de ses anciens dirigeants tels qu'Ilya Bogdanovitch, ex-président du Conseil des Neuf, Ariane Emory de Reseune et l'amiral Azov, le chef de la Défense qui avait approuvé le projet.

En 2413 les centristes obtinrent pour la première fois de l'histoire la majorité au Sénat de Viking et au Conseil de Mariner, de nombreux sièges et postes au sein du Conseil des Mondes, et quatre représentants au Conseil des Neuf.

S'ils ne détenaient la majorité absolue dans aucune des assemblées, leur influence croissante et leurs progrès rapides inquiétaient les expansionnistes et les délégués non alignés devenaient des personnages importants et courtisés avec une ferveur sans précédent. Ces pratiques donnèrent lieu à des accusations de corruption, même si aucun élu ne perdit son mandat de cette manière.

Ces antagonismes ont permis de tester la solidité de la

trame de l'Union. Certains théoriciens politiques ont remis en question la sagesse des législateurs à qui nous devons le système des électorats, qui permet selon eux de défendre ses propres intérêts en les plaçant au-dessus de ceux de la Nation prise dans son ensemble.

Nasir Harad, président du Conseil, exprima l'aphorisme suivant lors de son discours de réinvestiture après sa condamnation pour trafic d'influence : « Lorsque des politiciens utilisent leurs voix pour protéger leurs intérêts, on appelle cela de la corruption ; lorsque de simples citoyens font la même chose, c'est de la démocratie. Les électeurs savent faire la différence. »

CHAPITRE VIII

1

Un communiqué fut diffusé dans les couloirs de la section un. Un avis de tempête, pensa Justin qui continua de saisir des données pendant que Grant gagnait le seuil de la pièce afin d'apprendre de quoi il retournait.

– Justin. Justin!

Il se recula et se leva.

Tout s'était figé, à l'extérieur. Tous écoutaient.

– *... à Novgorod, sous la forme d'un dossier transmis ce matin par les représentants légaux des intérêts d'Ariane Emory qui réclament la reconnaissance de ses droits et l'invalidation de toute procédure de Divulgation engagée à l'encontre de Reseune. Il est démontré que conformément au code de l'identité parentale cette enfant mineure qui aura neuf ans dans cinq jours est la personne légale d'Ariane Emory et qu'il ne saurait être question de s'approprier ses biens sans décision de justice rendue en bonne et due forme par une juridiction compétente. Il est également demandé à la justice d'enjoindre à la Commission d'enquête d'interrompre des investigations qui portent atteinte à la vie privée, à la santé et aux droits de propriété de l'intéressée.*

»Cette nouvelle a été annoncée dans la capitale au moment où la Commission s'apprêtait à ordonner la réquisi-

tion de tous les fichiers se rapportant à l'ex-conseillère, étant donné que certains de ces documents peuvent contenir des informations sur des opérations comparables à celle effectuée sur Géhenne.

»Mikhaïl Corain, leader du parti centriste et conseiller du bureau des Citoyens, a déclaré : "Il est évident que c'est une manœuvre de diversion. Reseune paraît être aux abois."

»Après avoir pris connaissance de ce commentaire, James Morley, le porte-parole des laboratoires, a rétorqué : "Il n'était pas dans nos intentions de demander à la justice de trancher dans cette affaire mais nous devons protéger la vie privée et le bien-être de cette enfant. C'est notre préoccupation majeure depuis sa conception. Nous ne pouvons accepter qu'elle fasse l'objet de viles machinations politiciennes. Elle a des droits inaliénables, et nous savons que la cour les lui reconnaîtra. Son identité ne peut être contestée et une simple analyse cellulaire la confirmera."

»Les représentants de l'administration de Reseune se sont refusés à tout commentaire...

2

Elle croyait devenir folle. Il lui arrivait de penser que tous lui mentaient, avant de se convaincre du contraire et d'admettre qu'une autre Ari Emory avait pu vivre avant elle.

Mais le soir où elle put enfin se lever et aller dans le séjour avec le bras en écharpe, oncle Denys lui déclara qu'il avait quelque chose à lui montrer. Il précisa que ses azis seraient eux aussi intéressés et prit un gros album.

Il les fit asseoir autour de la table – Ari sur la droite, Florian et Catlin sur la gauche – puis il ouvrit l'album et le poussa devant elle : des photos, des holos et d'anciens documents jaunis par les ans. Il lui désigna un cliché d'elle, sous le portique de la Maison, en compagnie d'une inconnue.

– Voilà Ari quand elle était petite, dit-il. Et cette dame, c'est sa maman. Elle s'appelait Olga Emory.

Il montra une autre photo.

– Et voici James Carnath. Ton papa.

Elle le savait. C'était le portrait que maman lui avait autrefois montré.

La fille lui ressemblait, mais elle n'était pas en compagnie de sa maman. Par ailleurs, c'était bien son papa. Quelque chose clochait. Elle se voyait, mais les portes de la Maison paraissaient différentes.

Ce qui se déroulait dans son estomac était bizarre. Oncle Denys tourna la page sur des vues de Reseune, prises longtemps auparavant, à une époque où la Maison était moins grande, la Ville peu étendue et les champs minuscules. Il manquait des bâtiments importants, comme l'écurie de l'AG, la plupart des moulins et la moitié des constructions, et l'autre Ari suivait avec sa maman une rue qu'elle pouvait reconnaître en direction de cette agglomération inconnue.

Puis elle se vit dans la salle de classe du Dr Edwards, mais avec un autre professeur. Elle étudiait le contenu d'un bocal et sa grimace était l'équivalent d'un de ses Beurk. Elle perçut cela dans ses entrailles et s'imagina son visage en de pareilles circonstances.

Mais elle n'avait jamais eu un tel corsage, ni cette épingle à cheveux.

Elle se sentait retournée, parce que ce qu'elle voyait paraissait bien réel. Il en découlait que maman lui avait raconté des mensonges et qu'elle passait pour une idiote aux yeux de Catlin, de Florian, et de tous les autres. Mais elle ne pouvait détacher les yeux de ces images. Elle restait assise, pendant que son bras cassé la faisait souffrir et qu'elle se jugeait ridicule, assise en robe de chambre et en pantoufles dans le séjour pour regarder des photos d'elle dans un lointain passé.

Très lointain.

L'autre Ari avait vécu à cette époque. Une amie de Jane, selon oncle Denys. Mais il ne lui avait pas semblé que sa maman était vieille à ce point.

Cent trente-quatre ans. Non. Cent quarante et un, non... deux. Ari aurait bientôt neuf ans, maman avait à présent cet âge.

Cent quarante-deux ans...

Ari fêterait sous peu son neuvième anniversaire et recevrait des lettres de Lointaine : bientôt, d'un jour à l'autre. Elle aurait sans doute droit à des explications. Elle recevrait tout son courrier à la fois...

– Et voilà Jane, lui dit oncle Denys.

Il lui montra une photo. Ari jouait avec d'autres gosses, près d'une belle femme brune qui avait la bouche et les yeux de sa maman mais qui était bien plus jeune qu'elle. Et Ari devait avoir cinq ou six ans. Un bébé. Maman avait donc eu une autre Ari avant elle.

Et elle fut jalouse de cette petite Ari qui avait connu sa maman quand elle était si jolie. Elle ne souffrait plus d'avoir été abandonnée mais sentait à nouveau sa gorge se serrer.

Oncle Denys se pencha vers elle et l'attira contre son épaule.

– Je sais. Je sais, Ari. Je suis désolé.

Elle le repoussa et tira l'album devant elle, pour étudier cette photo dans ses moindres détails : les vêtements de maman et ceux d'Ari, les preuves que ce n'était pas un épisode oublié de son existence. Tout était trop démodé pour que ce fût le cas.

– Et voilà Giraud, dit oncle Denys qui désignait de l'index un garçon dégingandé.

Il ressemblait à tout le monde et à personne. À le voir, nul n'aurait pu croire qu'il deviendrait un jour si méchant. Il faisait penser... à un enfant, rien de plus.

Elle tourna la page : Ari, sa maman, un tas d'adultes.

Puis elle, en compagnie de Florian et de Catlin. Mais c'était impossible, car le décor était celui de la Reseune de l'ancien temps.

Un frisson glacial la parcourut, comme quand Cheval l'avait désarçonnée. Elle eut peur et regarda ses azis, pour voir leur réaction.

Ils ne posèrent aucune question. Ils ne voulaient rien demander. Ils respectaient les usages et ne se seraient jamais permis d'interrompre oncle Denys, mais Ari les savait déconcertés et bouleversés car ils étaient devenus très azis et attentifs.

Et elle ne pouvait même pas prendre la main de Florian pour le rassurer, à cause de son plâtre.

– Les reconnais-tu ?

– Qu'est-ce que ça veut dire ?

Elle bouillait de colère. Tout cela était absurde et effrayant. Florian et Catlin avaient peur, eux aussi.

– Tu n'es pas la seule à être revenue parmi nous, déclara Denys d'une voix douce. Il y a eu une autre Catlin et un autre Florian. Ils appartenaient à la première Ari, qu'ils ont protégée toute leur vie. Tu me comprends, Florian ? Et toi, Catlin ?

– Non, ser, répondit Florian.

– Non, ser, répéta Catlin. Mais c'est logique.

– Qu'est-ce qui est logique ?

– Nous sommes des azis, et il est possible de nous reproduire à de nombreux exemplaires, précisa-t-elle comme s'il n'existait rien de plus évident.

Mais je suis une CIT, pensa Ari, bouleversée. *C'est bien ce que je suis, n'est-ce pas ?*

– Vous êtes des Alpha, déclara oncle Denys. Et dupliquer des Alpha est difficile. Vous évoluez très vite, mais il est exact que vous recréer pose moins de problèmes que lorsqu'il s'agit d'un CIT. Tout simplement parce que les azis reçoivent très tôt des bandes spécifiques. Éduquer Ari a été... plus délicat.

M'éduquer. M'apprendre... quoi ? Pourquoi ?

Mais elle le savait. Elle comprenait tout, à présent. Oncle Denys expliquait ce qu'elle était en réalité, sans s'adresser à elle mais à Florian et Catlin parce que les azis assimilaient plus facilement de tels concepts.

Sais-tu ce qui différencie un azi d'un CIT ? lui avait demandé maman, le jour où elles étaient allées voir les nouveau-nés.

Je croyais le savoir.

Denys ne paraissait pas décidé à tourner la page.

– M'as-tu compris, Ari ?

Elle ne dit rien. Lorsqu'on se sentait dépassé par la situation il valait mieux laisser quelqu'un d'autre se ridiculiser à sa place, sauf si nul ne connaissait la question qu'il convenait de poser.

Mais oncle Denys savait. Il essayait de lui faire comprendre quelles révélations contenaient ces photos.

– Ta maman t'a enseigné certaines choses, et je dois à présent la remplacer. Tu es une CIT, ne va pas t'imaginer le contraire. Tu as une personnalité qui t'est propre, Ari, au même titre que Florian et Catlin. Il n'a pas été facile de parvenir à ce résultat. La première Ari était une petite fille exceptionnelle, et tu acquiers ses capacités et tout ce qu'elle a possédé. Ce dernier point est très important. Les contrats de Florian et de Catlin sont des éléments de ce qui te constitue, parce que vous êtes destinés à rester ensemble et qu'il ne serait pas juste de les exclure de ta vie. Tu détiens la majorité des actions de Reseune, ce qui fait de toi quelqu'un de très riche, et nous n'avons pas le moindre doute sur ton identité. Mais je t'ai déjà dit que nous avons des ennemis. Certains de ces individus malintentionnés voudraient s'approprier des choses qui t'appartiennent... parce qu'ils ignorent jusqu'à ton existence, comprends-tu ? Ils croient qu'Ari est morte et qu'ils peuvent prendre tout ce qu'elle avait... et qui est à toi, désormais. Sais-tu ce qu'est un procès ? Sais-tu ce que veut dire « intenter une action en justice » ?

Elle secoua la tête, les idées embrouillées par ses propos. Il lui apprenait trop de choses à la fois, dans trop de domaines différents.

– Tu sais qui sont les juges, n'est-ce pas ?

– Oui... Les seri qui sont dans les tribunaux et qui étudient des enregistrements avant de libérer les prévenus ou de les envoyer dans un hôpital.

– Je parle d'une affaire civile, Ari, pas criminelle. Ces juges tranchent les litiges et établissent par exemple qui est le légitime propriétaire d'un patrimoine. C'est une action de ce genre que nous avons engagée devant la Cour Suprême de Novgorod, afin d'empêcher tes adversaires de te prendre tout ce que tu possèdes. Nul n'a le droit de s'approprier ce qui a déjà un légitime propriétaire. Le problème, c'est qu'on ignore que tu existes. Tu devras donc te présenter devant ces juges pour leur prouver que tu es Ari et que tu as le droit de porter son matricule-CIT.

– C'est absurde !

– Il faut leur démontrer que tu n'es pas un imposteur.

– Je sais qui je suis !

– Comment le prouveras-tu à des gens qui ne te connaissent pas ?

Elle y réfléchit, et eut des frissons.

– Tu n'as qu'à le leur dire.

– Ils me suspecteraient de mentir. Un enregistrement génétique constitue une preuve irréfutable, mais nous pourrions leur adresser un prélèvement effectué sur le géneset d'Ari que nous conservons dans nos labos. Ils risqueraient d'estimer que tu n'es pas la même Ari et que tu n'as aucun droit sur ses biens. C'est pour cette raison que tu dois te présenter devant ce tribunal, et dire aux juges que c'est ton fichier génétique, que tu es Ariane Emory, et que tout ce que réclament les membres de la Commission te revient de droit.

Elle se tourna vers Florian et Catlin, blêmes et figés. Elle reporta son attention sur oncle Denys.

– Et eux ? On pourrait aussi me les prendre ?

– Si tu n'existais pas, comment pourrais-tu détenir leurs contrats ?

– C'est ridicule, oncle Denys. Complètement absurde !

– C'est à toi de le prouver. J'aurais voulu t'éviter cette épreuve pendant ta convalescence, mais le temps presse. Nos adversaires ne perdent pas de temps et ils feront voter un décret pour te spolier de tout, la totalité de ce qui t'appartient, parce qu'ils n'ont jamais entendu parler de toi. Il est indispensable que tu ailles dire aux juges que ces choses te reviennent et qu'on n'a pas le droit de te les prendre.

– Quand ?

– Sous peu. Dans quelques jours. Ce n'est pas tout, Ari. Si nous n'avons pas révélé ton existence, c'était pour éviter d'attirer l'attention sur toi. Si tu vas à Novgorod, tes ennemis te verront et tu seras ensuite en danger. La plupart voudraient te déposséder, mais quelques-uns n'hésiteraient pas à te tuer. Bien que tu sois une petite fille. Ils sont très méchants.

– Qui, ser ? demanda Catlin.

– Un certain Rocher, et des exaltés dont nous ignorons l'identité. Ari ira dans la capitale sous bonne escorte. De nombreux gardes armés assureront sa protection, mais vous devrez ouvrir l'œil, être très vigilants sans gêner vos collègues. Contentez-vous de veiller sur Ari.

– Serons-nous armés, ser ?

– Je doute qu'une telle mesure soit appréciée. Non. Vous devrez être attentifs, regarder autour de vous, faire en sorte qu'il ne puisse rien arriver à Ari.

Elle prit une inspiration profonde.

– Et moi, quel sera mon rôle ?

– Comparaître devant la cour. Tu te présenteras aux juges et répondras à leurs questions. Ils voudront savoir quand tu es née, quels sont ton nom et ton matricule. Giraud sera présent. Il te dira comment tu dois te comporter.

Elle en eut des sueurs froides.

– Je ne veux pas de Giraud ! Je veux que ce soit toi qui m'accompagnes.

– Oncle Giraud est plus qualifié que moi pour de telles démarches, ma chérie. Il fournira des enregistrements et tous seront bien forcés de te croire. Ils voudront sans doute disposer d'un prélèvement cellulaire, mais ce n'est qu'une petite piqûre de rien du tout et tu es une grande fille courageuse. Tu sais en outre que c'est indispensable. Pour prouver que tu ne mens pas. Ils ont tous vu des photos d'Ari Emory... il sera facile de les convaincre. Mais il n'y aura pas que les juges. Il faudra aussi compter avec les journalistes, qui seront nombreux. Je doute cependant qu'ils soient méchants avec une petite fille, et ils auront peur d'oncle Giraud.

Elle n'aurait jamais cru que Giraud pourrait servir un jour à quelque chose. Mais oncle Denys avait raison, son frère était bien plus fort que lui en ce domaine.

S'il n'était pas son principal Ennemi. La situation se compliquait de plus en plus.

– Florian et Catlin partiront avec moi ?

– Oui.

– Les juges ne pourront pas me les prendre ?

– Ils ont tous les droits, ma chérie, sauf celui de te voler. Il te suffit d'apporter des preuves de ton identité, c'est tout. Voilà pourquoi tu dois aller à Novgorod. Sinon plus rien ne sera sûr... pas même ici.

Ari était assise dans un des fauteuils de cuir de RESEUNE UN : un siège si grand que ses pieds effleuraient à peine le plancher. En face d'elle, Florian et Catlin échangeaient leurs places pour regarder tour à tour par le hublot. Mais Ari en avait un pour elle toute seule et elle voyait l'arrière-pays s'étendre en contrebas, à perte de vue.

Avant de se poser à l'aéroport de Novgorod ils survoleraient l'agglomération : le port spatial, le Palais de l'État et les docks vers lesquels se dirigeaient les péniches qui descendaient avec lenteur la Novaya Volga. Ils verraient la Baie de Swigert et l'Océan. Le pilote indiquait leur position et les noms des sites qu'ils pouvaient voir; en ce moment la Grande Cuvette occidentale, un simple point brun sur les cartes et une grande tache brune avec un lac en son centre depuis les airs. Pour interroger cet homme elle n'avait qu'à presser un bouton sur l'accoudoir du siège.

– Nous atteignons la chaîne du Kaukaz qui s'étend sur notre droite, annonça-t-il.

Ils l'avaient autorisée à aller à l'avant pour admirer le long ruban de la Novaya Volga.

Après lui avoir demandé si elle aimait prendre l'avion le pilote s'était fait un devoir de dire à quoi servaient les commandes, montrer comment il fallait procéder pour changer de cap et expliquer quel était le rôle des ordinateurs de bord.

C'était passionnant. Elle avait demandé une deuxième démonstration pour Florian et Catlin, puis oncle Giraud était venu lui dire de laisser le pilote tranquille et de retourner à sa place pour prendre connaissance du dossier. L'homme lui avait adressé un clin d'œil et déclaré qu'à cause de leurs acrobaties Giraud avait dû renverser son verre.

Elle eût aimé se débarrasser de son plâtre qui gênait ses mouvements et offrait à oncle Giraud l'opportunité de lui dire de rester sanglée dans son siège.

Mais elle désirait surtout en finir au plus tôt avec cette histoire de juges et de journalistes. Selon oncle Denys, elle pourrait ensuite visiter la cité. Ce serait formidable. Elle fêterait son anniversaire à Novgorod. Elle se dépêcherait de prouver qu'elle n'usurpait pas son identité puis s'adonnerait à des activités bien plus intéressantes.

Elle se demandait malgré tout ce qui se produirait si oncle Denys s'était montré trop optimiste.

Si Giraud ne réussissait pas à convaincre les juges.

Oncle Denys ne cessait de répéter que les erreurs judiciaires appartenaient au passé, que les nouvelles méthodes d'identification les rendaient impossibles. En outre, la loi était la loi et nul ne pouvait s'approprier le bien d'autrui sans une décision de justice préalable, et faire un procès à une petite fille eût été impensable. D'autant plus que Giraud avait au bureau de la Défense des amis habilités à classer des fichiers dans la rubrique confidentielle.

Autrement dit, top secret.

Les journalistes sont plus à craindre que les juges, lui

avait déclaré oncle Denys. Ils exhumeront de vieilles photos de la première Ari et ils te parleront d'une enfant née à Reseune il y a très longtemps, la DP d'Estelle Bok. Cette expérience s'est soldée par un échec, mais tu as surmonté tous les problèmes qu'elle a eus. S'ils te comparent à elle, tu devras leur répondre que tu es Ari et qu'ils pourront le constater quand tu seras devenue grande. Je sais que tu te débrouilleras très bien. Rien ne t'oblige à être polie avec les journalistes agressifs, mais ils se laisseront plus facilement convaincre si tu es gentille avec eux.

Ce qui semblait laisser présager une bagarre. Oncle Denys lui avait en fait conseillé de Travailler ces gens, et il était un spécialiste de la question.

L'Ennemi triche, disait Catlin.

Ce qui l'inquiétait, car elle se demandait si les juges n'en feraient pas autant.

L'autre soir, quand ses azis étaient restés dans sa chambre, Catlin était venue lui demander à l'oreille :

– Sera, sera, en qui pouvons-nous avoir confiance ?

Pour une fois Florian n'était pas leur porte-parole, et il s'agissait sans doute de la question la plus importante que Catlin lui avait jamais posée.

Et l'azie attendait. Elle lui laissait le temps de réfléchir à la réponse. Ari lui avait fait signe de se rapprocher encore pour lui murmurer :

– Moi. Nous sommes ensemble. N'accordez pas d'importance à ce que disent les autres, c'est une Règle. Ils ne pourront pas prétendre que je ne suis pas celle que je suis.

Depuis, Florian et Catlin semblaient moins nerveux.

Elle regarda la liasse de documents qu'oncle Giraud lui avait donnés à étudier pour la préparer aux questions des journalistes et des juges, et elle regretta de ne pas pouvoir se détendre comme ses azis.

3

Ce matin-là, l'activité était réduite dans la section un et dans tout Reseune. Il eût été impossible de se procurer une vid portable, tant dans la Maison que les labos.

Justin et Grant avaient installé leur récepteur sur le plan de travail et fermé la porte de la pièce. Les jeunes concepteurs s'étaient regroupés dans la salle commune du rez-de-chaussée, mais tous ceux qui avaient participé de près ou de loin au Projet s'étaient isolés dans leurs bureaux, seuls ou en compagnie de proches amis, et nul appel téléphonique ne troublait le silence.

Ils recevaient les images transmises par les caméras officielles de la Cour Suprême ; sans aucun commentaire, conformément à la loi.

Les avocats remirent des liasses de documents aux clercs, auxquels les magistrats demandèrent si les parties étaient présentes et les dossiers complets.

Des réponses affirmatives.

Une enfant tournait le dos aux objectifs, assise à une table à côté de Giraud. Elle resta immobile et ne manifesta aucune nervosité pendant l'ouverture de l'audience, malgré son manque d'intérêt évident.

Justin pensa qu'elle devait prêter l'oreille et froncer les sourcils, comme à son habitude.

Les médias avaient couvert l'atterrissage de l'appareil mais seule la caméra du salon d'accueil de l'aéroport avait permis aux journalistes de voir Ari Emory. Aucune interview ne pouvait leur être accordée avant la fin du procès.

Ari tenait oncle Giraud par sa main valide, vêtue d'un ensemble bleu ciel très juvénile, flanquée de Florian et Catlin en uniforme noir. Ces azis avaient fait penser à des enfants déguisés... jusqu'au moment où ils s'étaient tournés vers le point d'origine d'un bruit sec, comme mus par les mêmes muscles.

– Ils doivent en avoir froid dans le dos, avait murmuré Justin à Grant. Merde. C'est bien eux, on ne peut pas en douter. Peu importe leur taille.

Les services de l'information avaient ensuite passé un document d'archive : l'écran scindé en deux parties distinctes pour permettre aux spectateurs de comparer l'Ari actuelle et ses azis à leurs versions précédentes. Le trio visible sur la vieille photo leur ressemblait à tel point qu'on aurait pu croire assister à la même scène, prise sous un angle et un éclairage différents. Ari, vêtue d'un autre ensemble, avec à son côté Geoffrey Carnath au lieu de Giraud Nye.

– Seigneur ! même leurs expressions sont identiques, avait-il murmuré en découvrant le froncement de sourcils d'Ari (des deux Ari) et son port de tête. Se sont-ils donné la peine de lui inculquer ses attitudes ?

– Voilà qui ne m'étonnerait pas outre mesure, avait répondu Grant. Elle a reçu des bandes instinctives, et rien ne prouve qu'ils se sont contentés de lui enseigner la calligraphie, pas vrai ?... Mais nous sommes nombreux à prendre des habitudes de ce genre.

Pas les CIT, avait-il pensé. *Merde ! c'est nécessairement cela. Une bande d'acquisition instinctive. Un apprentissage musculaire. Seule une très bonne actrice pourrait réaliser une imitation aussi parfaite d'Ari.*

Ou encore cette dernière. Ils disposent de tous les enregistrements d'Olga. Se donneront-ils autant de peine pour Rubin junior ?

Il étudiait la petite fille attentive et immobile en face des juges. Florian et Catlin n'avaient pas été autorisés à s'asseoir près d'elle. Il n'y avait que Giraud et leurs avocats.

– Reseune a refusé de fournir des enregistrements génétiques, fit remarquer le président du tribunal. Les laboratoires ont-ils modifié leur position sur ce point ?

Giraud se leva :

– Il serait superflu de rappeler à la cour que le généset en question est celui d'une Spéciale...

Le président du tribunal et oncle Giraud prenaient tour à tour la parole. Ari prêtait attention à leurs propos et restait immobile.

Ils parlaient de génétique, de phénotypes, d'empreintes digitales et rétiniennes. Ils avaient procédé à tous les tests d'usage, un prélèvement cellulaire excepté, lorsqu'elle s'était présentée au bureau de l'identité du tribunal.

– Ariane Emory, dit le président, veuillez venir à la barre.

Elle se leva. Oncle Giraud avait précisé qu'elle n'était pas tenue de respecter le protocole, étant donné que les juges ne s'attendaient pas à avoir affaire à une avocate, mais qu'elle devrait être très polie avec ces magistrats. Ils étaient chargés de résoudre les cas les plus épineux et méritaient en conséquence son respect.

– Bien, ser.

Elle leur fit une petite courbette semblable à celle exécutée par Giraud un peu plus tôt puis gagna la barre et les regarda. Ils étaient au nombre de neuf, comme les conseillers. Elle avait entendu parler de la Cour Suprême, dans ses bandes, et à présent qu'elle comparaissait devant ce tribunal elle trouvait cela fascinant.

Bien qu'elle eût préféré assister à un autre procès que le sien.

– Vous appelle-t-on Ari ?

– Oui, ser.

– Quel âge avez-vous, Ari ?

– J'aurai neuf ans dans quatre jours.

– Quel est votre matricule ?

– CIT 201.08.0089, sans DP.

Elle l'avait lu dans un des documents fournis par oncle Giraud.

Le juge feuilleta quelques dossiers puis releva les yeux.

– Je constate que vous avez grandi à Reseune.

– Oui, ser. J'y vis.

– Vous avez un bras dans le plâtre, pourriez-vous nous en expliquer les raisons ?

Giraud lui avait bien recommandé de ne dire que la stricte vérité, au sujet de son accident.

– Je suis tombée de Cheval.

– Dans quelles circonstances ?

– J'étais sortie de la Maison avec Florian et Catlin. Une fois en Ville, je suis montée sur Cheval et il m'a projetée par-dessus la clôture.

– Ce Cheval serait-il un véritable cheval ?

– Oh, oui ! Il vient des labos. C'est mon animal préféré.

Elle se rappela ce qu'elle avait éprouvé pendant le court instant passé sur le dos de sa monture, juste avant la chute, et cela l'emplit de bonheur. En outre, le président du tribunal semblait s'intéresser au sujet.

– Ce n'était pas sa faute, précisa-t-elle. Il n'est pas méchant. Il a été surpris et a sursauté, c'est comme ça que je me suis envolée.

– Qui aurait dû vous surveiller ?

– La sécurité.

L'expression bizarre du juge semblait indiquer qu'elle venait de lui révéler plus de choses qu'elle n'en avait eu l'intention. Tous les magistrats paraissaient partager ce point de vue et trouver sa réponse amusante. Mais comme la situation risquait d'échapper à son contrôle et que ça ne ferait pas plaisir à tout le monde, elle prit la ferme décision d'être un peu plus prudente à l'avenir.

– Faites-vous des études ?

– Oui, ser.

– Vos professeurs sont-ils gentils avec vous ?

Il essayait de la Travailler, c'était évident. Elle arbora une expression angélique.

– Oh, très !

– Et eux, sont-ils satisfaits de vos résultats ?

– Je le pense. Je suis très forte dans toutes les matières.

– Pourriez-vous me dire ce qu'est le DP d'un individu ?

Une question piège. Elle voulut regarder oncle Giraud mais estima que cela risquait d'être mal interprété. Elle leva les yeux vers le président du tribunal.

– C'est la même personne légale.

– Savez-vous ce qui en découle ?

– Oui, si vous authentifiez mon identité nul n'aura le droit de prétendre que je suis quelqu'un d'autre et de s'approprier ce qui m'appartient sans qu'une décision de justice soit rendue ; et comme les mineurs ne sont pas censés pouvoir assurer leur défense ou savoir ce qu'ils veulent, il sera impossible de me faire un procès avant ma majorité.

Il en parut ébranlé.

– Vous a-t-on appris ce que vous devriez répondre ?

– Aimeriez-vous entendre dire que vous n'êtes pas qui vous êtes ? Ou qu'on veuille vous voler toutes vos affaires ? Ceux qui le feraient apprendraient trop de choses sur votre compte, et ce ne serait pas bien de faire cela... surtout à un enfant. Il deviendrait facile de le psycher, ensuite.

Ce qui l'ébranla à nouveau.

– Dieu, murmura Justin.

Giraud raccompagnait Ari vers son siège.

– Elle a très bien répondu à cette question, commenta Grant.

Mikhaïl Corain foudroya l'écran du regard et mordilla sa lèvre inférieure, au point de la faire saigner.

– Merde, merde, merde ! grommela-t-il Que pourrions-nous faire contre ça ? Cette gosse a bien appris sa leçon...

– Les intérêts d'une enfant ne peuvent tout de même pas passer avant ceux de la nation, déclara Dellarosa.

– C'est votre avis, et le mien, mais pas nécessairement celui des juges. Il ne faut pas oublier que ces vieux birbes ont été nommés sous le régime de passe-droits d'Emory et que le président du tribunal était un ami de cette femme. Nous devons contacter Lu.

– Encore ?

– Encore, oui. Dites-lui que c'est une urgence. Il sait ce que je veux... allez le voir. Non, laissez tomber. Je m'en charge. Trouvez-moi un véhicule.

Suivez l'audition, disait le message de Giraud. Et le secrétaire de la Défense fixait l'écran, la mâchoire calée sur ses poings, le pouls emballé, les coudes posés sur des piles de photos et de bulletins scolaires. Une petite fille aux yeux brillants, avec un bras dans le plâtre et une balafre au menton. L'effet serait parfait sur le public.

Et si les résultats de ses contrôles étaient moins bons que ceux de la première Ari, ils pouvaient malgré tout être qualifiés d'impressionnants.

Corain demandait une entrevue depuis qu'il avait appris l'existence de l'enfant, mais Lu ne souhaitait pas le rencontrer... pas avant la conférence de presse qui aurait lieu juste après ce procès à l'issue prévisible.

Connaître le taux d'écoute serait du plus grand intérêt.

Il était prêt à parier que Giraud Nye avait demandé à Catherine Lao de faire pression sur les médias... cette femme avait été une des amies de la conseillère Emory.

Bon sang, l'ancienne coalition semblait renaître de ses cendres. Les alliances du passé se reformaient. Ce militaire âgé et cynique qui se souciait avant tout de protéger les intérêts de l'Union n'avait jamais sympathisé avec Emory – pas vraiment – mais il ne pouvait détacher les yeux de l'écran et avait des pensées inimaginables quelques instants plus tôt.

Pauvre imbécile, se dit-il.

Il prit une feuille de papier et entreprit de rédiger un mémo destiné aux conseillers juridiques du bureau de la Défense.

Les conséquences militaires de la divulgation des fi-

chiers d'Emory priment toute autre considération. Il convient de classer ces archives en tant que documents confidentiels et de s'apprêter à invoquer le secret Défense pour étouffer dans l'œuf toute nouvelle action entreprise sur le plan légal.

Et, à l'attention de son aide : *Je dois rencontrer Harad. Le plus tôt possible.*

Hormis s'il se produisait un coup de théâtre au cours de la conférence de presse, naturellement.

4

– Veuillez venir à la barre, Ari, lui dit le président du tribunal.

Les magistrats voulaient donc l'entendre à nouveau, juste après la déposition d'oncle Giraud et une suspension de séance destinée à leur permettre d'aller déjeuner.

Elle s'avança avec calme et dignité, dans la mesure où son plâtre le lui permettait. Le juge remit un document au greffier et déclara :

– Ari, ce tribunal a décidé d'accéder à votre demande. Il ne subsiste aucun doute sur l'identité de votre généмère, ce qui était l'unique point litigieux faisant l'objet de ce procès. Vous êtes donc habilitée à porter son matricule CIT.

» Quant à savoir s'il doit être suivi de la désignation DP, nous délivrerons une certification provisoire... et cette mention ne figurera pas sur votre carte d'identité étant donné que Reseune est un Territoire administratif et qu'il relève de sa compétence de déterminer si vous êtes la fille d'Ari Emory ou son dupliqué parental... conformément aux clauses de sa charte territoriale. Ce tribunal ne juge pas utile de se substituer aux autorités de Reseune dès l'instant où aucun parent de la défunte n'a fait opposition.

» Vous avez en conséquence la libre disposition de tous les biens et avoirs répertoriés sous votre matricule CIT, avec obligation de respecter et d'accomplir tous les contrats et engagements légaux non échus lors du décès de votre génémère, ainsi que tous les contrats et engagements légaux négociés en votre nom par votre tuteur légal. La totalité des titres établis au nom d'Ariane Emory sous ce même matricule sont validés et les individus qui font l'objet de cet acte judiciaire sont considérés comme étant en tout point identiques, exception faite de votre statut actuel de mineure sous tutelle.

« Cette décision prendra effet à dater de ce jour et de cette heure.

Le maillet s'abattit. Le greffier apporta à Ari un document dûment signé, paraphé et marqué du sceau de tous les juges. « Ordonnance de certification », lut-elle au sommet. Avec son nom juste au-dessous : « Ariane Emory ».

Elle soupira et le remit à Giraud qui le lui demandait.

– Je trouve toujours que c'est ridicule, murmura-t-elle.

Mais elle était folle de joie, même si elle regrettait de ne pas pouvoir conserver ce certificat. Il était en effet moins important pour son oncle que pour elle et elle craignait qu'il ne pût l'oublier quelque part.

Elle fut agréablement surprise par les journalistes. Elle se rendit très vite compte qu'ils n'étaient pas méchants et qu'il n'y avait pas d'Ennemis parmi eux. Ils ne brandissaient que des calepins ou des caméras, et elle se tourna vers Florian et Catlin pour leur dire :

– Détendez-vous, nous n'avons rien à craindre.

Puis elle s'assit sur la chaise qu'on lui avait apportée sitôt après qu'elle eut déclaré se sentir lasse et souffrir de son bras.

Et il ne lui était plus interdit de balancer ses pieds, à présent. Sois naturelle, lui avait dit Giraud. Et veille à ne pas être agressive, parce que tu vas passer aux informations et que tous les habitants de l'Union pourront ainsi constater que tu es une gentille petite fille et qu'il serait injuste de te faire un procès et de réclamer un décret de Divulgation.

Un conseil plein de bon sens.

Elle resta donc bien sage pendant qu'ils écrivaient leurs questions et les transmettaient au doyen des journalistes, des choses du genre :

– Comment vous êtes-vous blessée ?

Puis un homme se leva et demanda :

– Ser Nye, pourriez-vous nous dire ce qu'est un cheval ?

Ce qu'elle trouva très drôle, parce qu'il suffisait de prendre une bande pour le savoir. Mais elle ne se moqua pas de ce journaliste :

– Je peux le faire, dit-elle. Cheval est à la fois son nom, et le nom de l'espèce à laquelle il appartient. Il est à peu près grand...

Elle leva la main, et jugea la hauteur insuffisante.

– ... deux fois comme ça. Marron et noir. Quand il marche, on dirait qu'il danse. Florian pourrait vous le confirmer. Il s'occupait de lui. Sur Terre, les gens montaient sur leur dos pour se déplacer, mais c'était moins difficile parce qu'ils leur mettaient une selle et une bride. J'ai essayé sans, et c'est pour ça que je suis tombée. Bang. Par-dessus la clôture.

– Vous avez dû souffrir.

Elle balançait les pieds et commençait à se sentir à son aise : elle les Tenait. Il était plus facile de les Travailler quand ils ne préparaient pas leurs questions à l'avance.

– Pas beaucoup. Je dirais presque que c'est plus pénible maintenant. Mais ils m'enlèveront ce plâtre dans quelques semaines.

Ils reprirent malheureusement leurs questions écrites.

– Avez-vous beaucoup d'amis, à Reseune ? Jouez-vous avec d'autres enfants de votre âge ?

– Ça m'arrive.

Ne sois pas agressive, lui avait dit Giraud.

– Surtout avec Florian et Catlin. Ils sont mes meilleurs amis.

– Je voudrais un complément d'information, dit quelqu'un. Ser Giraud, pourriez-vous nous fournir des détails sur leurs activités ?

– Souhaites-tu répondre toi-même, Ari ? lui demanda Giraud. Que faites-vous pour vous distraire ?

– Oh ! un tas de choses. On cherche l'intrus, on joue à la Poursuite Stellaire, on construit des tas de trucs.

Elle balança à nouveau ses pieds et se tourna vers ses azis.

– Pas vrai ?

– Si, confirma Florian.

– Qui s'occupe de vous ?

– Nelly. Ma maman l'a laissée avec moi. Et oncle Denys. Je vis chez lui.

– Des précisions, demanda une femme.

Mais Giraud lut la question suivante.

– Dans quelle matière es-tu la meilleure ?

– La biologie. Ma maman m'a appris beaucoup de choses.

Elle devait en profiter. Ils recevraient cette émission, là où elle vivait à présent.

– Je lui ai écrit des lettres. Est-ce que je peux dire bonjour à ma maman ? Ils me verront, à Lointaine ?

Giraud ne semblait pas apprécier. Il s'était renfrogné et son regard lui intimait de se taire.

Elle décida d'adresser un sourire angélique aux caméras pendant que les journalistes discutaient entre eux.

– Elle pourra me voir ?

– Mais bien sûr, ma chérie, lui cria une femme. Qui est donc ta maman ?

– Elle s'appelle Jane Strassen, et ce sera bientôt mon anniversaire. Je vais avoir neuf ans. Bonjour, maman !

Parce que le méchant oncle Giraud ne pouvait pas l'obliger à se taire. N'avait-il pas dit que toute la population de l'Union serait de son côté, si elle se conduisait comme une gentille petite fille ?

– Un complément d'information !

– Il serait préférable de garder quelques questions pour la prochaine conférence de presse, répondit oncle Giraud. Nous avons encore une longue liste de sujets à aborder. Je vous demande de ne pas l'allonger car la journée d'Ari a été très éprouvante. Pas aujourd'hui.

– Parlez-vous de cette Jane Strassen qui est directrice de RESEUNESPACE ?

– Oui, une scientifique qui doit sa notoriété à des travaux remarquables. Je regrette de ne pas avoir pensé plus tôt à le préciser. Nos services se tiendront à votre disposition pour vous fournir des renseignements sur sa carrière et ses recherches. Mais je vous demande de ne pas vous écarter de ce qui a été prévu afin de ménager cette enfant. En outre, sa vie de famille est une question d'ordre privé et mieux vaudrait attendre quelques années avant de l'interroger sur ce point. N'oubliez pas que vous avez affaire à une petite fille très lasse et que si nous nous égarons dans les détails il sera impossible d'aborder tous les thèmes prévus. Voici la question suivante, Ari : quels sont tes passe-temps favoris ?

Oncle Giraud les Travaillait, et ils n'étaient pas dupes. Elle aurait pu le contrer, mais elle aurait des ennuis et n'y tenait pas. Elle était parvenue à ses fins. Elle ne risquait rien, parce que oncle Giraud n'oserait pas la disputer devant les journalistes, des gens que tout le monde écoutait et qui faisaient parfois des enquêtes.

Elle avait appris ce qu'était la liberté de la presse. On en parlait dans ses bandes d'Instruction civique.

– Mes passe-temps ? J'étudie l'astronomie. Et je m'occupe de mon aquarium. Oncle Denys m'a acheté des guppys. Ils viennent de la Terre. Il ne faudrait garder que ceux qui ont une jolie queue et se débarrasser des vilains en les donnant à manger aux koïs de l'étang, vous savez ? Mais je ne le fais pas. Je me contente de les mettre à part, dans un bac différent, parce que je ne veux pas qu'ils soient dévorés. C'est très intéressant. D'après mon professeur, nous assistons à une régression atavique. Oncle Denys va m'acheter d'autres aquariums que je pourrai mettre dans le boudoir.

– Les guppys sont des petits poissons, expliqua oncle Giraud.

Et Ari ne put s'empêcher de penser que les citadins ne savaient décidément pas grand-chose.

– Les élever est très facile, affirma-t-elle. N'importe qui pourrait en avoir. Ils sont très jolis et ils ne mangent presque rien.

Elle changea de position sur sa chaise.

– C'est pas comme Cheval.

FIN DU PREMIER VOLUME

2935

Composition Communication à Champforgeuil
Impression Brodard et Taupin
à La Flèche (Sarthe) le 24 octobre 1990
1527D-5 Dépôt légal octobre 1990
ISBN 2-277-22935-0
Imprimé en France
Editions J'ai lu
27, rue Cassette, 75006 Paris
diffusion France et étranger : Flammarion